KB189665

오디세이아

호 메 로 스

일신서적출판사

머 리 말

옛날부터 호메로스 작이라고 전해졌던《오디세이아》는《일리아스》의 뒤를 이어 연결되는 이야기이다.

트로이 공략 후 그리스 여러 대장들의 다양한 귀국담 중의 하나로, 이타케 섬의 영주 오디세우스가 돌아오는 중에 폭풍우를 만나 길을 잃고 해상의 여러 곳을 표류하게 된다. 그렇게 10년 동안 떠돌아다니다가 겨우 고국으로 돌아왔지만 그가 없는 틈에 부인인 페넬로페와 외아들 텔레마코스를 괴롭혔던 흉폭한 구혼자들을 퇴치하고 부인과 아들을 다시 만난다는 줄거리이다.

상고시대의 그리스 서사시 편으로서 그 용어나 시형(詩型)은 지금의《일리아스》와 완전히 같으며, 소위 서사시 방언(epic dialect)에 의해 각 행이 영웅시율로 장단 각각의 육각율에서 성립되었다.

원래 고대시로서 그 각각은 악센트와 리듬이 아닌 장단의 음절을 조합시킨 리듬에 의해 구성되었고 그 분해와 종합에 의해 완급이 자유롭게 시인의 의도를 반영할 수 있어서 7·5조와 알렉산드란의 단조를 볼 수가 없다.

또 전체 구조도《일리아스》와 닮아 전경과 도중에 글을 쓰기 시작해 주인공을 대양 한가운데에 띄워 여신 칼립소가 사는 섬에 압류되어 있는 것을 아테네의 발언에 의해 주신 제우스가 신하를 파견해 배를 출발시키는 장면에서 시작한다. 그는 갑자기 난파하여 '스케리에'에 정박하여 그곳의 왕인 알키노스에게 과거를 말하는 장면에서 트로이아 출발 이래 표류했던 이야기들이 자세하게 서술되어 있다. 전 124서의 전반, 즉 본권에 들어 있는 것은 그것으로 끝나 후반에 그는 왕의 협력에 의해 이타케에 귀착, 자식과 충복의 협력 하에 괘씸한 구혼자들을 퇴치한다.

전반적인 면에서 군담(軍談)인《일리아스》보다 쉽고 평이한 어조로 표현되어 있으며 회화로 이루어진 주인공의 이야기는 구어인 담화체를 이용하고 있다. 《오디세이아》는 분명《일리아스》보다는 한 단계 아래이며 독자를 당혹케 하는 불명확한 구절도 다수 있을 수 있으며 상서롭지 못한 어구도 사용되고 있다. 또한 유의어의 남용이랄 수 있는 부분도 잇으나 그 대다수는 율격의 부족 부분과 필요 부분을 보충하고 충전하는 역할을 하고 있다.

《오디세이아》에 사용한 원전을 대략 소개하면 아래와 같다. Homeri Odyssea, rec P. von der Mühll. Basiliae, 1946에 준거했고 Merry and Riddel의 옥스포드판(1886년 발행) 및 Ameis-Hentze의 토이브나판(1992년 발행, 라이프치히)을 참고했다.

제 9 편 이후에서 오디세우스가 길었던 자신의 표류담을 서술하는 이야기 속의 이야기 형식으로 반복되어지는 문장을 여기서는 이중 인용을 피해 단 한 번의 인용으로 그치고 있음을 양해해주기 바란다.

오디세이아
차　례

제 1 편

신들의 모임, 아테네 여신의 애처로운 호소, 제우스는 여기에 응답하여 이십 년만에 오디세우스를 귀국시키기로 한다. 억류지의 여신 칼립소 섬에는 헤르메스 신을, 고향인 이타케에 있는 아들 텔레마코스에게는 아테네의 여신을 직접 보내어 권유한다.

그 사나이의 이야기를 해 다오, 뮤즈의 여신이여! 지략이 뛰어났으며,[1] 트로이아의 거룩한 도성을 함락시킨 뒤, 여러 곳을 방황해온 사나이에 대해서. 또한 그는 여러 나라에 가보아서 그들의 기질도 알았고, 특히 해상에서는 무수한 고뇌를 가슴 깊이 되씹었었다. 자기 자신의 생명을 지키고 부하들에게는[2] 귀국의 길을 터주려 했었다. 그렇건만 부하들을 구해내지는 못했다. 그들은 자신의 어리석은 짓 때문에 몸을 망쳤다.

어리석은 자들이여, 허공을 거니는[3] 태양의 신의 소들을 잡아먹었으니. 그래서 태양의 신은 그들로부터 귀국할 시기를 빼앗아버렸던 것이다. 그러한 이야기를 어느 대목부터라도 좋으니 우리에게 얘기해 다오, 뮤즈의 여신이여. 그때 준엄한 파멸을 모면한 다른 장군들은 전쟁도 험난한 뱃길도 모두 무사히 벗어나서 고향에 돌아가 있었다. 그러나 오직 그만은 고국으로 돌아가 아내를 만나기를 간절히 바랐건만 여신 중에서도 젊은 여신 칼립소[4]가 억류하고

---

1) 지략이 뛰어났으며 : 주인공의 같은 유의 하나로 해석한 셈. 그러나 다음 단을 요약한 즉 '여러 곳을 방황해온'이라는 뜻으로 보는 학자도 있다.

2) 부하들에게는 : 여기서 '부하'로 한 것은 hetairos이며, 친구, 동료라 해도 좋다(그렇게 번역한 곳도 있다). 여기서는 부하로 했다.

3) 허공을 거니는 : 휘페리온이란 말로서 고유명사로도 볼 수 있다. 그러나 본래의 뜻은 태양을 형용하는 것이 분명하며, 후에 그의 아버지인 티탄의 이름으로 해석하게도 되었다.

4) 칼립소 : 출소 불명의 젊은 여신, 제 5 편에 상세히 나온다. 명칭은 '숨겨진(비밀의) 여(신)' 이란 뜻.

있었다.

거룩한 이 님프는 그를 남편으로 삼으려고 텅 빈 동굴 속에 가둬놓고 있었다. 마침내 세월은 흘러 신들에 의해 이타케로 향하여 돌아갈 때가 정해졌다. 그러나 그때도 온갖 고난은 벗어날 수 없어, 부하를 데리고 떠날 수는 없었다. 다른 신들은 모두 그를 불쌍히 여겼으나 오직 포세이돈만은 신처럼 보이는 오디세우스가 고향으로 돌아가는 것을 탐탁하게 여기지 않았었다. 그런데 마침 그 무렵 포세이돈은 먼 곳에 살고 있는 아이티오페스[5]족들에게 가고 없었다. 이들은 인간 세계의 맨 끝에 살았는데 두 파로 나뉘어 한 파는 태양이 저무는 서쪽 끝에, 다른 한 파는 아침 해가 뜨는 동쪽 끝에 있었다.

포세이돈은 황소들과 양들을 제물로 바치는 제사에 참여하러 갔던 것이다. 포세이돈이 향연의 자리에 기분좋게 앉아 있는 동안 다른 신들은 올림포스에 있는 제우스의 궁전에 모여 있었다.

인간과 신들의 아버지가 먼저 말을 꺼냈다. 인품이 좋은 아이기스토스[6]를 상기하면서 아가멤논의 아들로서 먼 곳까지 이름을 떨친 오레스테스가 그를 죽인 것을 회상하면서 불사신인 신들에게 말하는 것이었다.

"어찌하여 인간들은 신에게 책임을 돌리려 하는가. 재앙이란 재앙은 모두 우리 때문에 일어난다고 하지만 실은 그들 자신의 분수에 벗어난 행동으로 해서 쓰디쓴 시련을 겪는 것이다. 지금만 해도 그렇다. 아이기스토스는 상궤를 벗어나서 아트레우스의 아들[7]의 부인인 크리타이메스토레와 밀통하여 남편이 귀국하자 그를 살해하였다. 그것은 결국 자신을 파멸시킬 것이라는 것을 알면서도 말이다. 뛰어난 정탐자 아르고스를 죽인[8] 헤르메이아스를 사자로

---

5) 아이티오페스 : 지금의 에티오피아. 에티오피아 인이라 해도 무방하다. 그러나 당시의 인문 세계 남쪽(동서)의 양극에 사는 것으로 상상된다.

6) 인품이 좋은 아이기스토스 : 그는 아가멤논을 살해한 자로 '인품이 좋은지는' 의문이지만 이러한 형용은 단순한 미칭(美稱)에 지나지 않는다.

7) 아트레우스의 아들 : '아트레우스의 집'과 같음. 메넬라오스에도 형용되며, 여기서는 아가멤논을 가리킴.

8) 아르고스를 죽인 : 이 형용은 헤르메스(古形 : 헤르메이아스) 신을 말하는데 본래의 뜻은 분명치 않은 Argei라는 격형(格形)은 오히려 '아르고스에 있어서'로 된다. 다음에도 '죽인다'인지 '빛난다'인지, 또는 다른 말인지 결정하기 어려우나 통상 '무수한 눈을 가진 거인' 아르고스를 살해한 사람으로 풀이되며, 헬라의 명으로 이오의 문지기를 지낸 자(古典 神話), 또는 '밤하늘에 빛나는' 것인지도 모른다.

보내어 말했건만.

아가멤논을 죽여서도 안 되며, 또 그의 아내를 탐내면 안 된다고. 머지않아 그의 아들 오레스테스가 성인이 되어 자기의 고향에 돌아가면 반드시 아버지인 아가멤논을 대신해서 복수할 것이니까. 헤르메이아스를 시켜 그렇게 전했는데도 아이기스토스의 혼미한 마음을 설득시킬 수는 없었다. 그래서 지금 한꺼번에 벌을 받고 있는 것이 아닌가."

그러자 이번에는 빛나는 눈의 여신 아테네가 말했다.

"우리들의 아버지시여, 왕자 중에서도 가장 높으신 크로노스의 아드님이신 신이시여! 그 사나이가, 그 자가 파멸의 보답으로 죽은 것은 당연합니다. 누구든지 그처럼 나쁜 짓을 하는 사람은 모두 죽어 마땅합니다. 하지만 저의 가슴은 마음씨 착한 오디세우스를 생각하면 가슴이 미어질 듯 괴롭습니다. 불운한 사람, 가까운 사람들과 멀리 떨어져 바다로 둘러싸인 외딴 섬에서 온갖 고초를 다 겪고 있다니 참으로 딱하기만 합니다.

그 섬은 수목에 뒤덮여 있는데 한 여신이 그 곳에서 살고 있습니다. 그 여신은 바다의 구석구석까지 다 알고 있으며 하늘과 땅을 따로따로 떼어놓은 큰 기둥을 혼자 힘으로 떠받친다는 심보가 고약한 아틀라스의 딸이지요. 그 처녀 신은, 그 불운한 사나이의 비탄에도 아랑곳하지 않고 붙잡아놓고는 상냥한 채 어르고 달래면서 고향인 이타케 섬을 잊게 하려고 온갖 아양을 다 떨고 있습니다. 하지만 오디세우스는 고향 땅에서 솟아 오르는 연기라도 보고 싶어 죽을 지경이랍니다. 그런데도 아버지이신 신께서는 거들떠보려 하시지도 않으시는군요.

올림포스에 계신 아버지께서는 오디세우스가 아르고스군의 선단에서 희생의 제사를 올린 것도, 저 광대한 트로이 마을에서 받지 않으셨던가요. 어찌하여 그처럼 그를 미워하십니까?"

이에 대하여 모든 구름을 불러모으는 제우스가 이렇게 말했다.

"나의 딸이여, 그 무슨 말이 그대의 입술 사이로 흘러나오는가. 내가 어찌 존귀하신 오디세우스를 잊으랴. 그 사람은 지혜와 분별이 남달리 뛰어났고 광대한 하늘을 지배하는 불사(不死)의 신들에 대해서도 제사를 게을리하지 않았다. 다만 대지를 주름잡는 포세이돈[9]만이 시종 완고하게 화를 내고,

---

9) 포세이돈 : 해신(海神), '다의 天神' 인지, '主神 다스(다온)' 인지, 여기서는 단안거인(單眼巨人) 폴리페모스의 아버지로 되어 있다.

신이나 다름없는 아들 폴리페모스의 눈을 그 사나이가 멀게 한 것을 원망하고 있는 것이다.

모든 퀴클로프스(單眼鬼) 중에서도 그는 가장 힘이 세었었다. 그의 생모는 님프인 토사로서, 황량한 대해원을 지배하는 포르키스의 딸이었다. 그녀가 널따란 동굴에서 포세이돈과 살면서 얻은 자식이었다. 그래서 포세이돈은 오디세우스를 죽이지는 못하고 고향에 가지 못하도록 방랑케 한 것이다.

어쨌든 우리가 지금 한 자리에 모였으니, 잘 상의하여 그가 귀국할 수 있도록 계책을 세워줘야 하지 않겠느냐. 그러면 포세이돈도 노여움을 버릴 것이다. 다른 불사의 신들이 모두 반대하는데 자기 혼자 반대할 수도 없을 테니까."

그러자 이번에는 빛나는 눈의 여신 아테네가 말했다.

"우리들의 아버지시여, 왕자 중의 왕자이신 크로노스의 아드님이시여, 만약 그 계획이 신들의 마음에 드신다면——마음이 어진 오디세우스가 자기 집으로 돌아가는 계획이——아르고스를 죽인 전령의 신 헤르메이아스를 오귀기에[10] 섬으로 서둘러 보내시지요. 긴 머리가 치렁치렁한 그 님프들에게 이 뜻을 전해주도록 말입니다. 인내심이 강한 오디세우스를 고향으로 돌아가게 하겠다는 우리의 뜻을 전해주도록 말입니다. 그리고 나는 이타케[11] 섬으로 가서 그의 아들을 격려해주고 용기를 북돋아주도록 하겠습니다.

긴 머리의 아카이아 사람들을 회의에 소집하고 구혼자들을 혼내주겠습니다. 그들은 매일같이 양이나 산양이나 소를 몇 마리나 잡아 잔치를 벌이니 말입니다. 그리고 스파르타나 모래 언덕이 많은 필로스로 가게 하시어 사랑하는 아버지의 귀국에 대해 물어보겠습니다. 그렇게 하면 세상 사람들도 좋아할 것입니다."

이렇게 말하고 나자 여신 아테네도 멋진 신발을 신었다. 그 발은 황금으로 만들었으며, 풍랑이 심한 바다도, 끝없는 육로도 거침없이 바람처럼 빠르게 가게 하였다. 그리고 손에는 날카로운 청동 촉이 달린 무겁고 튼튼한 창을 들고 있었다. 그 창은 위대한 신의 딸인 이 여신을 화나게 하면 이름난 무사들도 무찌를 수 있었다.

---

10) 오귀기에 : 여신 칼립소가 살고 있는 절해고도, 신화 속의 엘레폰이다. 그 어원은 확실치 않다.

11) 이타케 : 그리스 본토의 서해안에 있는 섬. 현재의 레포카스 또는 이사키 섬이라고도 함.

아테네는 이 창을 들고 올림포스의 높은 봉우리에서 성큼 내려와 이타케 섬 마을에 있는 오디세우스의 성의 안뜰에 섰다. 손에 청동 창을 든 그 모습은 타포스 섬의 군주 멘테스를 빼닮았었다.

성내에서는 구혼자들이 저마다 뽐내면서 그들이 잡아먹은 소들의 가죽을 깔고 앉아 공기놀이를 하면서 놀고 있었다. 하인과 몸종들은 분주하게 술병에 포도주와 술을 따르고 또 어떤 하인은 구멍이 숭숭 뚫린 해면(海綿)으로 식탁을 닦기도 하고, 또 어떤 하인은 고기를 수북하게 썰어놓기도 했다.

여신이 나타난 것을 맨 먼저 본 사람은 신처럼 보이는 텔레마코스였다. 그는 구혼자들 틈에 섞여 홀로 마음을 졸이고 있었다. 하루 속히 아버지가 돌아오셔서 못된 구혼자들을 성에서 몰아내주었으면, 그리고 영주의 자리를 되찾고 재산도 되찾게 되었으면…….

이런 생각을 하며 앉아 있던 차에 아테네의 여신을 발견한 것이다. 손님을 대문 앞에 너무 오래 기다리게 해서는 안 되겠어서 문께로 다가가서 그의 오른손에 든 청동 창을 받아들고 여신에게 이렇게 말했다.

"잘 오셨습니다. 어서 드시지요. 우선 식사부터 하신 후 용건을 말씀해 주시지요."

이렇게 말하면서 손님을 안내하자 여신 팔라스 아테네는 그의 뒤를 따라 안으로 들어왔다. 마침내 두 사람이 우뚝 솟은 성관 안으로 들어가자 그는 손님의 창을 받아 기둥 옆 창대(槍台)에 세웠다. 그 창대에는 오디세우스의 튼튼한 창도 여러 개 세워져 있었다. 그는 또 정교하게 조각한 의자에 여신을 앉히고 바닥에 깔개를 깐 후 발 밑에는 발판까지 놓아주었다. 그리고 자기 곁에는 장식이 달린 긴 의자를 놓아 구혼자들이 가까이 오지 못하게 했는데, 그것은 방자한 구혼자들이 시끄럽게 떠들어 손님이 식사할 때 기분이 언짢아지지 않도록 하려는 배려였으며, 또 한편으로는 혹시나 아버지의 소식이라도 들을 수 있을까 해서였다.

그때 한 하녀가 황금 물병에 손 씻을 물을 갖고 와서 은 대야에 부었다. 그런 다음 윤이 나는 식탁을 갖다 놓았다. 그러자 점잖은 늙은 하녀가 빵과 맛난 음식을 갖다 차렸다. 또 한 사람의 하인은 갖가지 고기를 썰어 쟁반에 담아 손님에게 권하고 손님 옆에 황금 술잔을 갖다 놓자 두 사람의 잔에 술을 따랐다.

그때 방자한 구혼자들이 들어와서 소파나 의자에 마구 앉았다. 그러자 몸종들은 그들에게도 손 씻을 물을 올리고 바구니에 빵을 그득 담아 그들 곁에 놓아준 후 술병에 술을 가득 따랐다. 구혼자들은 부지런히 음식을 먹었다. 이렇게 실컷 먹고 마시고 나자, 노래와 춤에 관심을 돌렸다. 노래나 춤은 향연에 따르게 마련이었다. 하인이 음유시인 페미오스에게 멋진 하프를 넘겨주자 그는 하프를 퉁기며 아름다운 노래를 부르기 시작했다.

그때 텔레마코스는 빛나는 눈의 여신 아테네에게 말을 걸었다. 머리를 가까이 바짝 대고 다른 사람이 듣지 못하도록 작은 소리로,

"손님, 이렇게 말씀드리면 언짢아하실지 모르겠습니다만 너그럽게 보아주십시오. 저들은 저렇듯 노래와 춤에 정신이 빠져 있는데 보시다시피 남의 집에 와서 멋대로 무전취식을 하고 있습니다. 이 집 주인의 백골이 어딘지도 모를 먼 땅에서 빗물에 씻기고 있는지 아니면 파도에 휩쓸리고 있는지도 모르는 그런 사람의 집에서 말이지요.

하지만 그 주인이 이타케로 돌아온다면, 그들은 꽁지가 빠지게 달아나버리겠지요. 황금이나 좋은 옷을 남보다 많이 갖고 있더라도 말입니다. 아까도 말했듯이 그분은 억울하게 돌아가셨고 저희들에겐 아무런 위안도 주지 못하십니다. 살아서 돌아오실 거라고 누군가가 말해주더라도 아버지가 살아서 돌아오실 가망은 없는 것 같습니다. 그것은 어찌 되었든 분명하게 말씀해 주십시오.

손님은 어떤 분이시며 어디서 오셨는지요? 그리고 양친은 누구신지요? 어떤 배를 타고 오셨으며 뱃사람들은 어찌하여 손님을 이타케로 데리고 왔을까요? 그 뱃사람들은 어떤 신분의 사람이라고 말했습니까?

이렇게 묻는 것은, 손님께서는 결코 걸어서 여기까지 오셨다고는 믿을 수 없어서입니다. 이 점에 대해서는 분명한 해답을 듣고 싶습니다. 납득이 갈 수 있도록 말씀해주십시오. 손님은 저희 집에 처음 오셨습니까? 아니면 그 전부터 저희 부친과 친교가 있었는지요? 저희 집에는 여러 나라에서 손님이 많이 오셨고, 아버님은 여러 나라 사람들과 친하게 지내셨거든요."

그러자 빛나는 눈의 여신 아테네가 말했다.

"그렇다면 나도 물으신 점에 대해서 분명히 말해드리지요. 나는 지혜로운 안키알로스의 아들 멘테스라는 사람입니다. 항해를 좋아하는 타포스 사람들의 영주인데 부하들을 거느리고 배로 여기까지 왔지요. 포도주빛 바다에 돛을 달고 언어가 다른 종족이 살고 있는 테메세로 청동을 구하러 가던 중이었지요.

내가 타고 온 배는 여기서는 먼 숲이 울창한 레이온 산 기슭의 레이트론 포구에 정박시켜놓았지요. 그런데 우리는 대대로 서로 절친한 사이였습니다. 라에르테스 영감께 가서 물어보시면 아시겠지만, 지금은 도시에서 떨어진 시골에서 나이 많은 시녀들의 시중을 받으며 괴로운 나날을 보내고 있다는 소문을 들었습니다.

그런데 내가 방문한 것은 당신의 아버님이 돌아오신다는 말을 들었기 때문입니다. 아마도 그분은 신들의 방해로 귀로가 편치 않은 모양입니다. 하지만 오디세우스는 죽지 않았으며 살아있는 것이 분명합니다. 망망한 대해로 둘러싸인 섬에 누군가에 의해서 억류되어 있을 겁니다. 무지막지한 자들이 강제로 억류시키고 있는 것이 분명합니다.

지금 내가 점을 쳐드리지요. 나는 예언자도 아니고 새점〔鳥占〕을 잘 치지는 못하지만 당신의 아버님은 머지않아 고향으로 돌아오리라 믿습니다. 가령 쇠사슬에 묶여 있다 하더라도 현명한 분이시니 돌아올 계책을 세울 것이 분명합니다. 그래서 말인데 이 한 가지만 확실하게 말해주시오. 당신은 정말로 오디세우스의 아들입니까? 그 용모 하며, 서글서글한 눈매 하며 그분을 빼닮았군요.

트로이아[12]로 떠나시기 전의 일이기는 하지만, 그분과는 왕래가 잦았지요. 아르고스의 대장들은 그 밖에도 많이 배를 타고 출정했지요. 그 후로는 나도 오디세우스를 본 적이 없으며 그도 나를 본 적이 없습니다."

그러자 이번에는 영리한 텔레마코스가 말했다.

"손님, 그러시다면 저도 확실하게 말씀드리겠습니다. 저희 어머니께서는 제가 그 분의 아들이라고 말씀하셨습니다. 하지만 저로서는 잘 모르겠습니다. 누구라도 자기가 자기의 아버지를 분간하지는 못하겠지요. 다만, 운수좋은 무사의 아들이라면 고마울 뿐이지요. 편안하게 늘그막까지 살 수 있을 테니까요. 그러나 저의 아버님은 사람들 중에서도 아주 불행한 분이십니다."

이 말을 듣자 빛나는 눈의 여신 아테네가 말했다.

"페넬로페는 이렇듯 훌륭한 아들을 낳았으니 신들은 후세까지도 당신의

12) 트로이아 : 호메로스에서는 트로이에지만 아카이아 인과 아울러 편의상 통칭의 이름을 쓰기로 했다. '트로에스(트로이아 인)가 거주하는 지역'이란 뜻, 일리오스(후대에 와서는 일리온)가 그 도성이다. 소아시아 서북단 가까운 서해안에 돌출해 있는 구역, 이데(이다) 산지가 뒤에 있다.

가문을 욕되게 하지는 않을 거요. 그런데 이 점에 대해서는 분명하게 말해 주시오. 이것은 도대체 어떤 성격의 연회이며, 왜 이런 연회를 베풀었는지, 혹 결혼 피로연인가요? 저 자들은 오만불손하게 먹고 마시는데 분별있는 사람이라면 이런 난장판을 보고 어찌 개탄하지 않겠습니까."

그러자 현명한 텔레마코스가 대답했다.

"손님, 그렇게 물으시니 말하겠습니다. 전날 아버님이 계셨을 때는 저의 집도 부자에다 알아주는 가문이었습니다. 그런데 지금은 신들이 마음을 바꾸어 고난의 연속입니다. 그분을 볼 수도 들을 수도 없게 하고 말았습니다.

아버님이 죽은 것이 확실하다면 이처럼 애통해하지는 않을 것입니다. 아버님이 전우들과 함께 트로이아 싸움에서 패하였다든가 전우의 팔에 안겨 숨을 거두셨다면 아카이아 군사들은 무덤을 쌓아주셨을 것이며 당신의 아들에게도 후세에까지 훌륭한 명예를 남겨주셨을 것입니다. 그런데 회오리바람이 아버님을 채어갔는지 자취도 이름도 남겨놓지 않은 채 돌아오지 않으시는군요. 저에게 남겨진 것은 고통과 비탄뿐입니다. 제가 마음 아파하는 것은 아버님 때문만은 아닙니다.

신들은 저에게 또 다른 재앙을 내리려 합니다. 이 부근의 섬들을 다스리는 영주들은 둘리키온이나 사메 섬, 숲이 울창한 가퀸토의 영주들, 그리고 이타케 섬에서 세도를 부리는 자들까지도 저의 어머님께 청혼하러 와 저의 집 재산을 마구 축내고 있습니다. 그러나 어머니는 이런 사위스런 혼담을 거절하지도 못하고 뿌리칠 힘도 없습니다. 그들은 저의 집 재산을 마구 파먹어 머지않아 저까지 알거지가 될 판입니다."

그러자 분개한 팔라스 아테네가 말했다.

"허 참, 큰일이군. 그 뻔뻔스런 구혼자들을 응징하기 위해서라도 하루 속히 오디세우스가 돌아와야 하겠군. 지금 그가 돌아와서 문 앞에 버티고 서 있다면, 투구를 쓰고 방패와 두 개의 투창(投槍)을 들고 말이오. 내가 전에 처음 보았던 당당한 그 모습이겠지요.

에피레[13]에 사는 메르메로스의 아들 이로스한테 갔다 오는 길이라 했지요. 그때 우리도 술을 마시며 흥을 돋우웠습니다. 오디세우스는 속력이 빠른 배를

13) 에피레 : 여러 곳에서 볼 수 있는 성(城)의 이름. 여기서는 엘리스 주에 있는 성인 것 같다.

구해 사람을 죽이는 독약을 구하러 갔다 오는 길이라 했습니다. 그것은 청동 화살촉에 바를 독인데 이로스는 그 독약을 주지 않았다고 했습니다.

그래서 우리 아버님이 그 독약을 나누어드렸지요. 아버님은 오디세우스를 무척이나 사랑하셨으니까요. 그때와 같은 기세로 오디세우스가 구혼자들 앞에 모습을 나타낸다면 누구나 할것 없이 죽여 없애 혼례의 쓴 맛을 보게 하련만.

하지만 그것은 오직 신들의 뜻에 달렸을 뿐. 어쨌든 당신은 구혼자들을 이 성내에서 몰아낼 방도나 짜보시오. 자, 그러면 지금 내가 하는 말을 잘 들으시오. 내일 아카이아의 남자들을 모두 회의장에 불러모아 그들에게 이렇게 말하시오.

구혼자들은 각기 자기 집으로 돌아가라 하고 어머니께는 결혼할 생각이 있거든 위세가 당당하다는 친정[14]으로 가 계시라 하시오. 그러면 친정 어른들이 혼례 준비도 해줄 것이고 지참금도 넉넉히 마련해주실 테니까요.

또한 당신에게는 빈틈없는 계책을 알려줄 터이니 잘 지키도록 하시오. 좋은 배 한 척을 마련하여 노젓는 사람 열 사람을 태우시오. 그리고 오랫동안 집을 나가 돌아오시지 않는 아버님을 찾으러 떠나시오. 그러면 누군가 가르쳐줄지도 모르고 소식을 잘 전해주는 제우스의 전갈을 들을 수 있을지도 모르니까요.

우선 필로스로 가서 네스토르 전하에게 물어보는 것이 좋을 겁니다. 그 다음에는 스파르타에 있는 블론드요. 그 사람은 청동 갑옷을 입은 아카이아의 장수 중 가장 늦게 돌아온 자니까요. 그리고 아버님이 살아 있으며 머지않아 귀국할 것이라는 소식을 듣거든 괴롭더라도 1년만 참으시오.

또 만약 이미 세상을 떠나셨다면 그때는 고향으로 돌아가서 아버지의 묘소를 만들고 성대하게 장례를 치르도록 하시오. 그런 다음에 어머님을 재혼시키시오. 이러한 모든 일을 다 끝냈으면 구혼자들을 당신의 집에서 어떻게 해치울 것인지 정정당당하게 처치할 계책을 용의주도하게 짜야 할 것이오.

당신의 나이도 이제는 어린애가 아니니까. 당신은 들어본 적이 없었던가요? 오레스테스가 아버지를 살해한 아이기스토스에게 복수하여 얼마나 좋은

14) 친정 : 페넬로페의 아버지는 이칼리오스이며, 스트라본에 의하면 스파르타의 튄다레오스와 형제지간이라고 한다. 그렇다면 헬레네와는 종자매가 되는 셈인데, 계보가 좀 이상하다.

평판을 얻었는지. 당신도 훤칠하고 늠름한 젊은이이니 후세에 이름을 남길 수 있도록 용기를 내시오.

나는 나의 빠른 배로 속히 돌아가야 합니다. 부하들이 목이 빠지게 기다리고 있을 테니까. 그러면 정신을 바짝 차리고 내가 한 말을 잊어서는 안 됩니다."

그러자 현명한 텔레마코스가 말했다.

"손님, 친절하신 그 말씀 꼭 명심하겠습니다. 아버지가 자식에게 하는 듯한 그 말씀을. 바쁘신 여로인줄 아오나 좀더 쉬었다 가시지요. 목욕도 하시고 푹 쉬십시오. 그리고 또 저의 정성이 담긴 선물도 받으시지요. 그것은 특히 가까운 손님에게 드리는 선물입니다."

주인의 말에 빛나는 눈의 여신 아테네가 말했다.

"아니오. 갈 길이 바빠 떠나야겠습니다. 주시겠다는 선물은 돌아오는 길에 갖고 가지요. 저도 감사의 표시로 답례품을 드리도록 하겠습니다."

이렇게 말하자 빛나는 눈의 여신 아테네는 새처럼 하늘 높이[15] 날아 사라져버렸다. 청년의 가슴속에 전보다 더 강하게 아버지를 그리워하는 마음을 심어주고서.

아들은 무척 큰 감명을 받았다. 그는 방금 떠난 손님은 신일 것이라 생각했다. 그는 곧 구혼자들이 있는 곳으로 가서 함께 어울렸다. 유명한 음유시인은 아직도 낭송을 계속하고 있었으며 구혼자들은 그의 노래에 귀를 기울이고 있었다. 노래는 마침 아카이아 군사들이 귀국하는 대목으로, 팔라스 아테네의 지휘 아래 트로이아에서 돌아오는 험난한 귀로에 얽힌 비통한 내용이었다.

그 멋진 노래를 아칼리오스의 딸 페넬로페가 이층 방[16]에서 듣고 있었다. 부인은 두 시녀와 함께 층계를 내려왔다. 부인은 구혼자들이 있는 곳에 이르자 무거운 지붕을 떠받치고 있는 큰 기둥 옆에서 걸음을 멈추었다. 부인의 두 볼은 반짝이는 베일로 가려져 있었다. 부인은 눈물을 흘리면서 경건한 음유시인에게 말했다.

---

15) 하늘 높이 : 갖가지 설이 있으며 새의 이름이라고도 한다. 또는 '채광구(採光口)'에서 등으로 해석하기도 한다.

16) 이층 방 : '위에 있는 방', 침실이나 다락으로도 해석된다. 보통 사다리를 놓고 오르내린다.

"페미오스여, 그대는 사람들의 마음을 위로해줄 노래를 알고 있겠지. 신들의 기적을 노래한 곡을 여기 모인 사람들에게 들려주오. 모두들 조용히 술을 마실 수 있도록. 하지만. 지금 부르는 그 노래만은 부르지 말아주오.

어둡고 슬픈 그 노래는 내 가슴을 찢어놓을 것 같소. 그토록 소중한 분을 잃은 슬픔으로 내 가슴은 미어질 것만 같소. 그분의 이름은 헬라스 전역과 중앙 아르고스까지 널리 알려져 있으니까."

그러자 현명한 텔레마코스가 말했다.

"아, 어머님, 어찌하여 새삼스레 이 음유시인의 노래를 막습니까? 자기의 마음이 내키는 대로 부르게 하소서.

그것은 이 음유시인의 뜻이 아니라 제우스의 뜻인 것 같습니다. 신께서는 고달픈 세상[17] 사람 각자가 신의 뜻에 합당하도록 하게 하려는 것이 아니겠습니까? 음유시인이 다나오스의 후예[18]의 비극적인 운명을 노래한다고 책하지 마십시오. 세상 사람들이란 언제나 새로운 노래를 듣고 싶어 하니까요. 그러니 어머님도 마음을 돌리시고 그의 노래를 들어보도록 하시지요.

트로이아에서 귀국할 기회를 놓친 것은 오디세우스 한 사람만은 아니며 목숨을 잃은 사람은 그 밖에도 많이 있습니다. 다시 방으로 돌아가셔서, 하시던 일이나 계속하세요. 베를 짜시든지, 실을 뽑으시든지. 시녀들에게도 각기 자기가 할 일을 하게 하세요. 이야기하는 것은 남자들이 맡지요, 특히 제가요. 이 집안의 가장은 저니까요."

페넬로페는 깜짝 놀라 자기의 방으로 돌아가버렸다. 사려 깊은 아들의 말에 크게 감동했던 것이다. 페넬로페는 시녀들과 함께 다시 이층으로 돌아가서 그리운 남편 오디세우스 일을 걱정하며 울음을 터뜨렸다. 그 울음은 빛나는 눈의 아테네님이 그녀의 눈꺼풀에 단잠을 내려주실 때까지 계속되었다.

한편 구혼자들은 어두컴컴한 넓은 홀에서 소란스럽게 떠들면서 저마다 부인의 옆자리에 눕고 싶어 했다. 현명한 텔레마코스는 구혼자들에게 이렇게 말했다.

---

17) 고달픈 세상 : '고달픈 세상살이', '열심히 일하다' 또는 '보릿가루를 먹고' 살다 등의 뜻.

18) 다나오스의 후예 : '다나오이 사람들'이란 뜻. 전선에서는 아르고스의 시조 중의 한 사람인 다나오스의 자손(이 왕인)의 나라 사람들인데 이집트의 기록에 있는 다나우나와 동일하게 본다면 종족명으로 보는 편이 좋다.

"우리 어머니의 구혼자들이여, 그렇게 소란만 피우지 말고 식사나 하면서 즐겨 봅시다. 떠들지들 마시고 조용히 노래를 듣자구요. 이 음유시인은 신들 못지 않게 훌륭하게 노래를 부르지 않습니까. 그리고 내일 아침에는 집회장에 모입시다. 그때 나는 여러분께 이 집에서 나가 달라고 말할 작정입니다. 각자 집에 가서 자기의 신상이나 걱정하십시오. 하지만 남의 재산을 보상도 하지 않고 탕진하려고 한다면 나 또한 영원히 여기 계신 신들에게 호소하겠습니다.

제우스 신께서 복수해주시도록——. 그럴 때 이 집안에서 당신들을 완전히 처치한다 해도 할 말이 없을 것입니다."

이렇게 말하자 그들은 모두 텔레마코스의 대담무쌍한 말에 놀라 혀를 내둘렀다. 그러자 이번에는 에우피테스의 아들, 안티오노스가 말했다.

"텔레마코스여! 자네에게 그처럼 대담하고 오만하게 말하게 한 것은 신들임에 틀림없다. 자네는 아버지의 아들로서 이 집의 주인이지만 바다로 둘러싸인 이 이타케에서 크로노스의 아들이 자네를 영주로 시키지 않기를 비네."

현명한 텔레마코스가 그 말에 대답했다.

"안티오노스여! 내가 한 말에 비위가 거슬리겠지만 제우스 신께서 허락하신다면 그렇게 할 작정입니다. 세간에서는 나의 이 지위가 하찮은 것이라고 생각하십니까?

영주란 결코 하찮은 지위가 아닙니다. 우리 집안은 곧 유복해지고 저 자신도 존경을 받게 될 테니까요.

바다로 둘러 싸인 이 이타케 섬에서는 남녀 노소 누구나 저를 존경하게 될 것입니다. 오디세우스가 죽은 이상 누군가가 이 자리를 차지하겠지요. 하지만 저로서는 우리 집과 노비들의 주인이 될 것입니다. 존경하는 아버님께서 전쟁 중에 얻은 이 자들의 주인이 꼭 되고 말겠습니다."

이번에는 폴리보스의 아들 에우리마코스가 말했다.

"텔레마코스여! 누가 이 바다로 둘러싸인 이타케 섬의 영주가 되는가는 오직 신들의 뜻에 달려 있다. 하지만 자네의 집 재산은 자네 자신이 간수하고 자네의 집도 다스려 나가게나. 이타케가 존속하는 한 자네의 의사를 무시하고 자네의 재산을 폭력으로 빼앗으려는 사람은 없네.

그런데 이보게, 아까 있던 손님에 대해서 한 가지 물어보겠네. 그 손님은 어디서 온 자인가? 어느 나라에서 왔다고 하던가? 어느 집 자손이며 조상들한테 물려받은 전답은 어디에 있다던가? 아니면 자네의 아버님이 돌아오실 거라는 소식이라도 가져왔던가? 아니면 자기의 볼일이 있어 이 섬에 왔다던가?

날개라도 돋친 듯 서둘러 가버렸군. 인사를 나눌 틈도 주지 않고서. 차림새나 용모가 천한 신분은 아닌 모양이던데."

현명한 텔레마코스가 대답했다.

"에우리마코스님! 저의 아버님이 돌아오실 희망은 전혀 없군요. 어떠한 소문도 믿을 것이 못 됩니다. 어머니가 불러들인 점쟁이의 말도 믿을 수 없습니다. 방금 전에 왔던 손님은 아버님과는 오랜 친구로 타포스에서 온 분이었습니다. 손님은 현명하신 안키알로스의 아드님인 멘테스라 했습니다. 그리고 항해를 좋아하는 타포스를 통치하고 있다 합니다."

텔레마코스는 이렇게 말하면서도 그 손님은 불사의 여신임에 틀림없다고 생각했다.

구혼자들은 춤을 추고 노래하면서 어두워지기를 기다렸다. 밤이 되자 그들은 제각기 집으로 자러 갔다. 텔레마코스도 아름다운 정원에 아담하게 지은 드높은 침실로 이것저것 생각하면서 들어갔다. 충직한 하녀(유모) 에우리클레이아는 관솔불을 높이 들어 길을 밝혀주었다. 이 하녀는 페이세노르의 아들 오프스의 딸인데 그 옛날 라에르테스[19]가 자기의 재산에서 스무 마리의 소[20]를 주고 나이 어린 그녀를 하녀로 사들였었다. 그리하여 사랑하는 아내처럼 끔찍이 아껴주었으나 부인의 마음을 상하게 할까봐 결코 잠자리를 함께 하지는 않았었다.

그 하녀가 지금 관솔불을 들고 따라온 것은 텔레마코스를 어려서부터 키워왔기 때문이었다. 텔레마코스는 침실로 들어가서 침대에 걸터앉아 옷을 벗었다. 그리고 벗은 옷을 현명한 늙은 하녀에게 건네주자 하녀는 옷을 차곡차곡 개어서 침대 옆 옷걸이에 걸었다. 그런 다음 침실에서 나가자 은으로 만든 손잡이를 당겨 문을 닫고 가죽 끈으로 문고리를 묶었다. 텔레마코스는 양털 담요를 덮고 누워 아테네 신이 말해준 여행에 대해 밤새껏 생각하고 또 생각했다.

---

19) 라에르테스 : 오디세우스의 연로한 아버지로, 시골의 장원(莊園)에 은둔해 있다.
20) 스무 마리의 소 : 소가 물가의 기준이 된 고대의 현물경제(現物經濟)의 시대를 나타냄. 보통 세 마리만 주면 노비를 살 수 있었다니 매우 비싼 값을 주고 하녀를 사들인 셈이다.

제 2 편

이타케 섬에서 열린 시민 집회. 구혼자들의 횡포에 참다못한 텔레마코스는 섬 사람들을 모아놓고 구혼자들에게 물러가기를 요구하고 자기 자신은 아버지를 찾으러 그리스 본토로 가겠다고 선언한 후 아테네 여신의 도움을 받아 밤에 몰래 배를 띄운다.

새벽의 동녘 하늘이 붉게 물들기 시작하자, 오디세우스의 사랑스런 아들은 잠자리에서 일어나 옷을 갈아 입고 어깨에는 검을 메고 두 발에는 날렵한 신을 신었다. 그리고는 신과 같은 모습으로 침실을 나섰다.

그리고 낭랑한 목소리의 전령들에게 아카이아 인들을 집회장에 모이게 했다. 사람들은 곧 모여들었다. 모두 한자리에 다 모였을 때 청동 창을 든 텔레마코스가 집회장소에 나타났는데 두 마리의 날쌘 개가 그의 뒤를 따랐다. 게다가 아테네 여신이 날렵한 매력을 더해주어 시민들은 모두 그의 모습을 보고 감탄했다.

아버지가 늘 앉던 자리에 그가 앉자 장로들은 옆으로 비켜섰다. 그러자 아이기티오스가 말하기 시작했다. 비록 늙어 허리는 굽었으나 박식한 노인이었다. 노인의 사랑하는 아들 안티포스는 신과 같은 오디세우스를 따라 좋은 말의 산지인 일리오스로 배를 타고 떠나 저 흉악한 퀴클로프스(單眼鬼)에 의해 후미진 동굴 속에서 살해되어 최후의 희생으로 바쳐졌던 것이다. 노인에게는 그 밖에도 세 아들이 있었다. 그 중 한 아들 에우리노모스는 구혼자들 틈에 섞여 있었으나 다른 두 아들은 조상 대대로 물려받은 논밭 일을 하고 있었다. 그런데도 노인은 출정한 아들을 못 잊어 언제나 비탄 속에 살고 있었다. 지금도 노인은 그 아들을 생각하며 눈물을 흘리면서 군중을 향해 입을 열었다.

"이타케 섬에 살고 있는 사람들이여, 지금 내가 하는 말을 잘 들으시오. 우리의 존엄하신 오디세우스께서 배를 타고 떠난 이래 우리의 모임이나 회의는 한 번도 열린 적이 없었소. 그런데 지금 우리를 모이게 한 사람은 누구요? 무슨 큰일이라도 났다는 말인가요? 아니면 어느 나라 군대라도 쳐들어온다는 말인가요? 아니면 섬 전체에 관해서 의론할 일이라도 생겼단 말인가요? 그 인물은 분명히 유능한 분일 것이오. 제우스 신이시여, 그분을 도우사 가슴속에 간직했던 어떤 소원이든지 뜻대로 이루어지게 하소서."

이 말에 오디세우스의 아들은 무척 기분이 좋아졌다.

그는 더 이상 앉아 있을 수 없어 집회장 앞으로 나섰다. 그러자 사려분별이 빠른 전령 페세이노르가 그의 손에 홀장(笏杖)을 건네주었다. 텔레마코스는 노인에게 말하기를,

"노인이시여, 그 사람은 먼 데서 온 사람이 아닙니다. 시민들을 모이게 한 것은 바로 접니다. 저는 오늘 우리에게 닥쳐온 어려움을 말하려 합니다. 그러나 그것은 외국의 군대가 쳐들어온 것도 아니고 만약 그런 말을 들었더라면 왜 화급히 알려드리지 않겠습니까. 또한 나라 전체에 무슨 큰일이 일어나 보고하거나 의논하려는 것도 아닙니다. 제가 말씀드리고자 하는 것은 그런 것이 아니라 저희 집에 닥쳐온 큰 재난입니다. 그 하나는 훌륭하신 아버님을 잃은 것입니다. 그분은 여러분의 군주로서도, 저의 아버지로서도 자상한 분이셨습니다.

또 하나는 더욱 큰 재앙입니다. 그 재앙으로 우리 재산은 무너질지도 모릅니다. 어머님께서 재혼할 생각이 없는데도 구혼자들이 몰려오고 있습니다. 그들은 이 고장에서도 지체있는 집안의 자제들입니다. 어머님께서 외조부이신 이칼리오스의 성으로 가는 것도 위험한 일입니다. 만약에 어머님께서 그리로 가신다면 외조부님은 당신께서 직접 사윗감을 고르시고 마음에 드는 사람에게 따님을 주시겠지요. 그런데 구혼자들은 매일같이 몰려와서 소나 양이나 살찐 산양을 멋대로 잡아먹고 마구 술을 퍼마시고 있습니다. 정말 기고만장입니다.

하지만 이런 재앙을 물리쳐줄 아버지가 안 계십니다. 우리의 힘으로는 도저히 막아낼 길이 없습니다. 그들과 맞서 싸워봤자 비참한 참패만 당할 것이 뻔합니다. 저에게 그들을 물리칠 힘이 있다면 이대로 가만히 있지는 않겠습니다. 이제 더 이상 참을 수 없는 사태에 이르렀습니다. 저희 집 재산이 더 이상 낭비되어서는 안 되겠습니다. 당신들도 그것은 나쁜 짓임을 인정하실 것입니다. 신들의 노여움을 두려워해야 합니다. 신들은 이런 방자한 행동을 벌하실지도 모릅니다.

올림포스의 제우스 신이시여! 집회를 주재하시는 테미스 신이시여!

간절히 부탁드립니다. 여러분 저 혼자 쓰라린 비탄에 젖어 살게 내버려두십시오. 훌륭하신 저의 아버님이 아카이아 인들에게 악의를 품고 괴롭히지 않은 이상——. 또 아버님께서 아카이아 인들에게 못할 짓을 했다 하더라도 그들이 저에게 이런 고통을 줄 수 있겠는지요. 차라리 저의 재산이나 가축만 축내면 그래도 낫겠습니다. 그럴 경우 언젠가는 그 보상을 받을 수 있을 테니까요. 그러나 당신들은 내 마음속에 치유할 수 없는 고통만 안겨주고 있습니다."

그는 이렇게 분격하여 말하고 눈물을 글썽이면서 홀장을 땅바닥에 던져버렸다. 그러자 일동은 숙연해졌다. 누구 한 사람 텔레마코스에게 반박하려 하지 않았다. 그러나 유독 안티노스만이 그에게 말했다.

"텔레마코스여! 그 무슨 소리를 하는건가. 우리를 모욕하고 그 책임을 우리에게 돌리겠다는건가? 아카이아 족의 구혼자들이 자네에게 비난받을 이유는 하나도 없네. 그것은 모두 자네의 어머님에게 책임이 있네. 그녀는 너무나 교활했네. 다 알고 있듯이 벌써 삼 년[1]이 지나 사 년째가 되었군. 이 사람 저 사람의 가슴을 들뜨게 하여 누구한테고 약속을 했었지. 본심은 전혀 달랐는데도 말일세. 그녀는 집 안에 큼직한 베틀을 들여놓고 얇고 폭이 넓은 베를 짜면서 우리에겐 이렇게 말했다.

'저에게 구혼하는 분들이시여, 거룩한 영주이신 오디세우스가 죽은 이상 저와의 결혼을 서둘지 마시고 조금만 더 기다려주세요. 이 베를 다 짤 때까지. 뽑은 실이 쓸모없게 되지 않도록.

이것은 라에르테스님의 장례에 쓸 옷감이거든요. 머지않아 굉장한 고통이 따를 저주스런 죽음의 순간이 닥칠 때까지. 재산도 풍족한 그분이 몸에 걸칠 수의도 걸치지 못 한다면 이 나라의 모든 아카이아 여자들[2]로부터 도리를 다 못 했다는 비난을 받을 테니까요.'라고 우리에게 말했단 말일세.

그 무렵 당신의 어머니는 낮에는 열심히 베를 짰고, 밤에는 등불 아래서 짠 베를 다시 풀었었네. 이렇게 삼 년 동안 간교한 술책으로 우리 눈을 속여가면서 아카이아 사람들을 속여왔지만 사 년째가 되었을 때 그녀의 속

1) 벌써 삼 년 : 이 햇수에 대해서는 이론이 있다. 삼 년째인지, 사 년째인지 이론이 분분하다. 그러나 후단의 내용으로 보아 지금은 사 년째로 보는 견해가 많다.

2) 아카이아 여자들 : 여기서 아카이아라 하는 것은 아카이오(남자들)에 대해서 마찬가지로 정복민족(民族)의 부인들을 지칭한 것으로 보인다.

마음을 잘 아는 한 시녀의 입에서 말이 새어나왔다네. 그래서 우리는 자네의 어머니가 짠 베를 다시 푸는 현장을 보게 되었네. 거짓이 탄로나자 그녀는 싫었지만 풀었던 베를 다시 다 짤 수밖에 없었네.

이것이 구혼자들이 자네에게 들려줄 말이었네. 자네도, 아카이아 사람들도 이것으로 충분히 납득했으리라 믿네. 그런즉 자네도 어머니를 보내드리게. 친정 아버님께서 정해준 사람에게든 자기 자신이 좋아하는 사람과 결혼하라고 말하게나.

아테네 여신의 뛰어난 재질만 믿고 더 이상 우리를 괴롭히지 말라고 하게. 그 옛날 머리결이 고왔다는 아카이아 족 여인들, 즉 튀로[3]나 알크메네나 예쁜 관을 썼다는 미케네에 대해서는 많이 들어왔지만 누구 한 사람 페넬로페보다 더 뛰어난 분별력을 가진 여자는 없었다고들 하네.

하지만 그러한 지혜도 쓸모가 없어졌네. 그녀가 생각을 고쳐먹지 않는 한 자네의 생활이나 재산은 계속 줄어들 것일세. 신들이 그녀의 가슴속에 있다 해도 소용이 없네. 자네의 생활에는 더욱 고통만 가중하게 될 테니까.

그녀가 원하는 아카이아 사람과 결혼하기 전에는 그 누구도 자기 집으로든, 다른 곳으로든 가지 않을 것이네."

이 말에 현명한 텔레마코스가 대답했다.

"안티노스님이여, 그럴 수는 없습니다. 안 가겠다는 분을 보내시다니요. 저를 낳아주시고 길러주신 분, 그리고 아버님도 어딘가에 살아계신지 돌아가셨는지도 모르는데 외조부님인 이카리오스님에게도 어머님을 강제로 돌려보내신다면 크게 보상을 해드려야 하고요.

그러니까 외조부님도 가만히 계시지는 않을 것이고 어머님을 돌려보내시면 신들은 저에게 천벌을 내리실 것이고, 세상 사람들도 저를 욕할 것입니다. 한 줌의 양심이라도 갖고 있다면 당장 이 집에서 나가주십시오. 그러나 당신들이 한 사람의 가산을 아무런 보상도 없이 축내고 싶거든 마음대로 해 보시지요.

저는 큰소리로 항상 살펴주시는 신들께 간청하겠습니다. 제우스 신께서

---

3) 튀로 : 옛 전설에 나오는 살모네스의 딸로 포세이돈의 사랑을 받아 페리아스와 네레우스(네스토르의 아버지)를 낳았다는 아크메네는 제우스에 의해서 헤라클레스의 어머니가 된 페르세우스의 손녀.

복수해 달라고 말입니다. 그렇게 되면 당신들은 이 집 안에서 살해되고 말 것입니다."

텔레마코스가 이렇게 말하자 이에 응답하여 제우스 신은 높은 산꼭대기에서 두 마리의 독수리를 날려 보냈다. 두 마리의 독수리는 잠시 하늘을 배회하다가 날개를 쫙 펴고 웅성대는 집회장 위로 날아왔다. 날개를 펄럭이면서 원을 그리던 독수리는 날카로운 눈매로 노려보았다. 그리고는 사나운 발톱으로 볼과 목덜미를 서로 할퀴더니 오른쪽으로[4] 돌아 집과 성곽을 지나 단숨에 날아갔다.

사람들은 독수리가 하는 짓을 보고 당황해 했다. 아무래도 무슨 불길한 조짐 같아 몸둘 바를 몰라했다. 그러자 마르토르의 아들인 장로 할리테르세스가 군중 속에서 일어나 말했다. 그는 같은 연배 중에서는 누구보다도 새점을 잘 쳤으며, 점괘를 정확하게 풀 수 있는 사람이었다. 이 장로는 사람들의 불행을 막기 위해 입을 열었다.

"이타케의 여러분들 지금 내가 무슨 말을 하든지 잘 들으시오. 특히 구혼자들은 귀담아 들으시오. 당신들에게 무서운 재앙이 닥쳐오고 있소. 오디세우스가 가족 곁을 멀리 떠나 있는 것도 이제 얼마 남지 않았소. 아니 벌써 가까이 와서 당신들을 살육할 계책을 세우고 있는지도 모르오. 그 화는 모든 사람들에게까지 미칠 것 같소.

이타케에 사는 모든 사람에게 말이오. 자, 서둘러 손을 써야 하오. 재앙을 방지하기 위해서요. 그러니 구혼자들은 무례한 행동을 중지하시오. 그것이 신상에 이로울거요. 나는 결코 헛된 소리를 하지 않소. 아르고스의 군사들이 일리오스를 향해 떠났을 때의 일을 생각해보시오. 그때 내가 했던 예언을 생각해보란 말이오. 지략이 뛰어난 오디세우스도 함께 떠날 때, 내가 한 예언을 기억하겠지요. 갖은 시련을 다 겪으며 부하들을 다 잃고 이십여 년만에 쓸쓸히 고향으로 돌아올 것이라고 한 말을. 그 예언이 그대로 실현되고 있지 않소?"

그의 말에 이번에는 폴리보스의 아들 에우리마코스가 말했다.

"영감님, 집에 가서 영감님 자식들에게나 예언을 하시구려. 자식들이 재난을 당하지 않도록 말이오. 이번 일에 대해서는 영감님보다 내가 더 잘 알고 있소. 새들이란 햇볕을 받으며 날아다니기를 좋아하니까. 새들이 하는 짓이 다

---

4) 오른쪽으로 : 오른쪽은 상서로움을 나타내는 새점.

옳다고는 볼 수 없지요.

오디세우스는 먼 이국 땅에서 죽은지 오래요. 그때 영감도 함께 죽었더라면 이런 쓸데없는 소리는 안 들었을 텐데. 그랬더라면 이처럼 신탁이니 어쩌니 하면서 수선을 안 떨 테고. 잔뜩 화가 나있는 텔레마코스를 부채질하지도 않았을 텐데……. 혹시 자기 집에 선물이라도 보내줄 줄 아나보지?

분명히 말해두지만, 나이 든 주제에 잔꾀를 부려 젊은이들을 이러쿵 저러쿵 충동질한다면 첫째로 영감 자신한테 불운이 닥쳐올 것이고 벌금을 물게 될거요. 그러면 당신은 고생이 말이 아니겠지.

그리고 텔레마코스, 자네에게는 모든 사람들이 보는 앞에서 충고해두겠네. 자네의 어머님을 외가로 돌아가 있게 하게. 그러면 친정집에서는 결혼준비를 해줄 것이고 지참금도 넉넉히 주실 것이네. 그러기 전에는 이 아카이아의 아들들은 이 시끄러운 구혼 문제에서 손을 떼지는 않을걸세. 우리는 그 누구도 두려워하지 않으니까. 텔레마코스가 아무리 뭐라 해도 신들을 끌어대도 소용이 없지.

영감님, 당신이 아무리 떠들어도 소용이 없소. 되려 인심만 잃을 테니까. 그리고 자네의 어머니가 결혼 문제를 질질 끌면서 아카이아 사람들을 애태우는 한 자네의 재산은 날이 갈수록 더욱 축이 날 뿐이오. 우리는 그녀의 미덕에 군침을 삼키면서 매일같이 몰려와 실랑이를 벌일거요. 훌륭한 솜씨[5]를 가진 여자가 있다 해도 다른 신부감을 거들떠보지도 않을 것일세."

이 말을 듣자 현명한 텔레마코스가 말했다.

"에우리마코스님, 그리고 구혼자 여러분! 이 문제에 대해서는 당신들에게 더 이상 부탁도 의논도 하지 않겠습니다. 이 문제에 대해서는 신들도 아카이아 사람들도 다 알고 있는 사실이니까요. 그건 그렇고 저에게 빠른 배 한 척과 스무 명의 뱃사람을 구해주십시오. 나를 도와 이곳 저곳 여행할 수 있도록. 나는 우선 스파르테와 모래 언덕이 많은 필로스로 가서 집을 떠나신 후 오래도록 소식이 끊긴 아버님이 언제쯤 돌아오실지 알아보겠습니다. 세상 사람 중의 누가 가르쳐줄지 또는 제우스 신에게서 소식을 들을 수 있을지도

5) 훌륭한 솜씨 : arete라는 말은 호메로스 이전에는 추상적인 '덕행(德行)'보다는 더 구체적인 '능력, 기능' 남자에게는 '무용, 재간'이 본래의 뜻. 후세에 와서는 '효능'이란 뜻으로 종종 사용되는 라틴 어의 virtus.

모르니까요.

그리고 만약 아버님이 살아 있으며, 귀국할 것이라는 소문을 듣게 되면 괴롭기는 하겠지만 일 년은 더 참겠습니다. 그러나 만약 아버님이 이미 세상을 떠나셨다면 속히 고향으로 돌아와서 어버님의 묘를 만들고 훌륭하게 장례를 치루겠습니다. 그런 다음 어머님을 재혼하도록 하겠습니다."

그가 말을 마치고 자리에 앉자, 멘토르가 군중 틈에서 일어났다. 그는 영예로운 오디세우스의 부하였었다. 오디세우스가 선단을 이끌고 출정할 때 집안 살림을 모두 그에게 맡기면서 연로한 아버님 라에르테스의 말을 잘 듣고 매사를 빈틈없이 하라 이르고 떠났었다. 그 사람이 지금 군중을 향해 말했다.

"이타케의 여러분들, 내 말을 잘 들으시오. 누구든지 자기가 왕홀(王笏)을 가진 군주라 하더라도 타인에게 친절을 베풀고 정의를 실현하려 애쓰지 마시오. 오히려 포악한 독재를 하는 것이 좋을 것이오. 이제 이 나라 안에서는 오디세우스를 두려워할 사람이 아무도 없으니까. 하지만 혈기에 넘친 구혼자들을 결코 비난하려는 것은 아니오. 악의에 찬 행패를 부린다 해도.

그들은 자기의 생명을 걸고 오디세우스는 죽었다고 믿고 그의 가산을 탕진하려는 자들이오. 그런데 내가 분개하는 것은 시민들이 모두 방관하고 있다는 점이오. 소수의 구혼자들을 그렇게 하지 못하도록 말리지 않기 때문이오."

그러자 이번에는 에우에노르의 아들 레오크리토스가 말했다.

"멘토르여, 자네는 건방지기 짝이 없군. 정신이 돈 것은 아니겠지. 우리를 제지하라고 대중을 선동하다니, 그들과 다투는 것은 싫다 이 말이오. 이타케인인 오디세우스가 돌아와서 자기의 집에서 먹고 마시는 구혼자들을 집 안에서 몰아내려고 계획하고 있다 하더라도. 부인은 남편의 귀국을 기뻐할 수만은 없을 테니까.

아무리 기다리던 남편이라도 그는 돌아오는 즉시 비참한 죽임을 당할 테니까. 그러니까 자네의 말은 설득력이 없네. 자, 모두들 집으로 돌아가서 자기 일이나 하도록 합시다. 텔레마코스의 여행 준비는 멘토르나 할리테르세스가 해주도록 하게. 그들은 대대로 이 집 사람이었으니까. 하지만 텔레마코스는 이타케에 눌러 앉아 여러 가지 정보를 들어야 할걸, 이번 여행은 실행하기 어려우니까."

그는 말을 마치자 서둘러 군중을 해산시켰다. 시민들은 각자 자기 집으로 돌아가고 구혼자들은 다시 존귀하신 오디세우스의 집으로 향했다. 한편 텔레마코스는 바닷가로 나가 바닷물에 손을 씻고 아테네 여신에게 기도를 올렸다.

"저의 기도를 들어주소서. 당신은 어제 우리 집에 오셔서 저에게 명하셨습니다. 배를 타고 먼 바다로 나가 오랫동안 돌아오시지 않는 아버님의 귀국에 대해 알아보라고. 그런데 아카이아 인들은 이를 방해하며 떠나지 못하게 합니다. 특히 버릇없는 구혼자들은 갖은 수단을 다 써서 방해하고 있습니다."

이럴 때 아테네 여신이 멘토르의 모습을 하고 나타나서 그에게 말했다.

"텔레마코스여, 금후 그대는 겁쟁이가 되거나 사리분별이 흐려져서는 안 된다. 그대는 아버지한테서 확고한 기개를 이어받지 않았던가. 그분과 마찬가지로 행동이나 언변에서 남에게 뒤지지는 않을 것이다. 그렇다면 이번 여행은 틀림없이 실현될 수 있을 것이다.

하지만 만약 당신이 오디세우스와 페넬로페의 아들이 아니라면 성공을 기대할 수 없겠지. 예로부터 아버지만큼 훌륭한 아들은 드문 법. 대개는 아버지보다 못하거든. 앞으로 그대가 겁쟁이가 되거나 사리분별이 흐뜨러지지 않는다면, 그리고 오디세우스의 지혜가 다소나마 그대에게 남아 있다면 이 일을 훌륭히 완수할 수 있을 것이다. 그러므로 구혼자들의 얄팍한 책모는 그냥 내버려두시오.

그들은 옳고 그름도 가릴 줄 모르며 죽음과 검은 운명이 임박하여 하루 사이에 모두 몰살당할 것도 모르는 자들이오. 한편 그대가 간절히 소망하는 여행도 머지않아 실현될거요. 나는 자네의 아버지와는 절친한 친구가 아닌가? 빠른 배를 속히 구해 나도 함께 가도록 하겠소. 그대는 우선 집으로 돌아가서 구혼자들과 같이 있도록 하시오. 그리고 식량을 모두 그릇에 담아 준비를 서두르시오. 포도주는 두 귀가 달린 병에 담고 맷돌에 탄 보리는 튼튼한 가죽 부대에 담도록 하시오. 나는 거리에 나가 뱃사람을 구하겠소. 그리고 배 같은 것은 사면이 바다인 이타케 섬에는 새 것도 낡은 것도 얼마든지 있지 않소. 그 중에서 가장 좋은 배를 고르겠소. 준비가 끝나는 대로 넓은 바다를 향해 떠납시다."

제우스의 딸 아테네 여신이 이렇게 말하자, 텔레마코스도 힘을 얻어 서둘렀다. 그는 급히 집으로 돌아갔다. 집 안에서는 구혼자들이 여러 마리의 산양을 잡아 가죽을 벗기고 살찐 돼지를 구우며 떠들고 있었다. 안티오노스는 텔레마코스가 돌아온 것을 보자 큰소리로 웃으며 그의 손을 잡고 말했다.

"텔레마코스여, 이 겁없는 젊은이여, 그렇게 흥분하지 말고 우리와 같이 먹고 마시세. 배 준비와 뱃사람 구하는 것은 아키이아 인들이 해줄 테니까. 신성한 필로스에 가서 훌륭한 아버님의 소식을 들을 수 있도록."

그러자 현명한 텔레마코스가 대답했다.

"안티오노스님, 오만방자한 당신네들과는 함께 식사하지 않겠습니다. 유쾌하게 웃고 떠들 수는 없습니다. 아직도 직성이 안 풀립니까? 당신들은 제가 어리다고 전과 다름없이 전의 재산을 축내고 있습니다. 그러나 이제 저는 어린애가 아닙니다, 철이 들었으니까요. 몸도 튼튼해졌구요.

당신들한테 재앙의 죽음이 내려지도록 최선을 다하겠습니다. 필로스에 가서든지, 아니면 그대로 여기에 있으면서든지——. 나는 꼭 갔다 오겠습니다. 지금 말한 이 여행은 결코 헛되지 않을 것입니다. 남의 배를 타고서라도——아직은 배도 뱃사람도 구하지 못한 형편이니까."

이렇게 말하면서 안티오노스의 손에서 자기 손을 뺐다. 그 사이에도[6] 구혼자들은 집 안에서 연회 준비하기에 바빴다. 구혼자들은 여전히 욕지거리를 하며 떠들었다. 그럴 때 한 젊은이가 말했다.

"텔레마코스는 우리를 죽이려고 흉계를 꾸미는 것 같소. 어쩌면 모래 언덕이 많은 필로스나 스파르테에서 자기 편이 되어줄 사람을 데려올지도 모르오. 아니면 에피레로 가서 사람의 목숨을 해치는 독초를 얻어와서 술에 타서 우리를 몰살시키려 할지도 모르오."

그러자 다른 젊은이가 말했다.

"그가 배를 타고 멀리 방황하다가 오디세우스처럼 죽어버릴지도 모르지. 그렇게 되면 우리에게는 걱정거리가 더 생기겠지. 우리는 그의 재산을 나누어 가지려고 아우성칠 테니까. 하지만 이 집은 텔레마코스의 어머니와 결혼하는 사람 몫으로 하자구."

그 사이에 텔레마코스는 천장이 높고 큰 아버지의 광으로 내려갔다. 광 안에는 황금이나 청동 기구가 가득 쌓여 있었고 궤 속에는 의복이 가득 들어 있었으며, 향긋한 올리브 기름도 많이 있었다. 여러 해 묵은 술이 담긴 통도

6) 그 사이에도 : 이 1행은 고대의 유력한 학자들에 의해서 제외되었다. 다음 단과 연결이 되지 않아서이다.

많이 있었다. 이런 것들은 가지런히 벽 쪽에 정돈되어 주인인 오디세우스가 갖은 고생 끝에 집으로 돌아오기를 기다리고 있는 것 같았다.

거기에는 또 두 짝이 잘 맞는 들창이 자물쇠로 잠겨져 있었는데, 그 안에는 밤낮없이 페이세노르의 아들이며 오프스의 딸인 에우리클레이아가 이것들을 지키고 있었다. 텔레마코스는 이때 이 늙은 하녀를 불러 말했다.

"할멈, 술을 두 귀가 달린 여러 개의 병에 넣어주게. 할멈이 그토록 소중히 아껴두던 것으로 제우스의 후예이신 오디세우스가 죽음의 운명에서 벗어나 언젠가는 돌아오실 거라고 아껴두던 그 술을 말일세.

그것을 열두 개의 병에 가득 담아 잘 봉해 두게. 그리고는 튼튼한 가죽 부대에 탄 보리를 담게. 절구에 찧은 보리 스무 되만 말일세. 이 일은 할멈만 알고 있고 아무한테도 말해서는 안 되네. 그리고 그것들을 한 곳에 놓아두게. 어머님이 이층 방으로 주무시러 가시면 내가 가지러 올 테니까.

그리고 나는 스파르테와 모래 언덕이 많은 필로스로 떠나겠네. 그곳에 가서 사랑하는 아버님의 귀국 소식을 알아보려고 하네."

이렇게 말하자, 충직한 유모 에우리클레이아는 눈물을 흘리면서 말했다.

"귀하신 몸으로 어찌 그런 생각을 하시게 되었는지요. 이 넓은 땅을 가로질러 어디로 가시려는지요. 그분은 낯설고 먼 곳에서 돌아가셨습니다. 제우스의 후손인 오디세우스님께서는——. 저들은 도련님이 떠나시기가 바쁘게 또 갖은 흉계를 다 꾸밀 것입니다. 간악한 음모를 꾸며 도련님의 목숨을 빼앗고 이 집 재산을 나누어 가질 것입니다. 그러니 제발 떠나지 마시고 생명의 안전을 도모해야 합니다. 험난한 바다로 떠나 재난을 자초하지 말아주십시오."

유모의 말에 현명한 텔레마코스가 대답했다.

"할멈, 걱정하지 말게. 이것은 다 신의 뜻에 따른 것이니까. 그리고 꼭 맹세해주게. 열흘이나 열하루가 되기 전에는 어머님에게 절대로 말하지 않겠다고. 어머님이 내가 떠나고 없다는 것을 알고 묻기 전까지는——. 너무 상심하셔서 고운 얼굴이 상해서는 안 되니까."

늙은 하녀도 신들에게 굳게 맹세했다. 맹세가 끝나자 하녀는 두 귀가 달린 여러 개의 병에 포도주를 담고 가죽 부대에 탄 보리를 담았다. 한편 텔레마코스는 안채로 돌아가서 구혼자들과 어울렸다. 이때 빛나는 눈의 여신 아테네는 다른 생각이 나서 텔레마코스의 모습으로 변장하고 시내를 돌아다녔다. 그리고 사람들을 만나자, 해가 지거든 빠른 배가 정박한 곳으로 모이라고 일렀다.

또 프로니오스의 명예로운 아들 노에몬에게 빠른 배 한 척을 준비하라고 하자 그는 이를 흔쾌히 받아들였다. 해가 지고 길거리도 어둠에 묻혔다. 노에몬은 배를 대자 항해에 필요한 도구를 빠짐없이 배에 싣고 포구의 외딴 곳에 배를 정박시켰다. 그 주위에는 여신의 독려로 민첩한 사람들이 모여들었다. 이때 빛나는 눈의 여신 아테네는 또 다른 생각이 났다.

존엄하신 오디세우스의 성관으로 가서 구혼자들에게 달콤한 잠이 들게 하였다. 술을 마시고 있던 자들은 모두 몽롱해져서 손에서 술잔을 떨어뜨렸다. 그들은 졸음을 참지못해 뿔뿔이 흩어져 잠을 자러 갔다. 빛나는 눈의 여신 아테네는 멘토르의 모습과 목소리로 텔레마코스를 문 밖으로 불러내어 이렇게 말했다.

"텔레마코스여, 아까부터 채비를 한 동지들이 노를 잡은 채 당신이 나오기를 기다리고 있소. 그럼 어서 떠납시다. 더 이상 출발을 늦추지 말고."

팔라스 아테네가 이렇게 큰소리로 말하면서 앞장서자 텔레마코스도 신의 뒤를 따랐다. 이렇게 해서 두 사람은 배가 있는 곳으로 갔다.

표구에는 머리를 길게 기른 동지들이 기다리고 있었다. 텔레마코스는 그들을 향하여 우렁찬 목소리로 말했다.

"자, 여러분, 식량을 운반합시다. 모든 것들은 한 곳에 준비해두었으니까. 그러나 어머님은 다른 시녀들이나 마찬가지로 아무것도 모르고 있소. 단 한 사람의 시녀가 알고 있을 뿐이오."

이렇게 말하면서 앞장서자 모두 그의 뒤를 따랐다. 그들은 오디세우스의 사랑하는 아들이 시키는 대로 준비한 것들을 갑판이 튼튼한 배에 실었다. 텔레마코스는 배에 올라탔다. 아테네 여신은 그보다 먼저 뱃머리에 앉아 있었다. 여신의 옆자리에 텔레마코스가 앉자 뱃사람들은 밧줄을 풀고 노를 저을 자리에 앉았다.

그러자 빛나는 눈의 여신 아테네가 순풍을 보내주었다. 그 바람은 포도주빛 바다 위를 상쾌하게[7] 스치고 지나가는 서풍이었다. 텔레마코스는 동지들을 독려하여 돛을 올리게 했다. 그들은 그의 명에 따라 출항 준비를 서둘렀다. 단풍나무로 만든 돛대를 배의 중앙에 세우고 고정시킨 다음 흰 돛을 튼튼한

7) 상쾌하게 : '알맞게' 또는 '정확하게' 분다고 해석하기도 한다.

쇠가죽끈으로 달아맸다. 바람이 불어 돛이 부풀고 배가 바다로 미끄러지듯 나가자 검은 파도가 철썩이며 양 뱃전에 부딪쳤다. 배는 물결을 가르면서 목적지를 향해 쏜살같이 달렸다. 돛줄을 검게 칠한 배에 단단히 매어놓자 그들은 혼주기에서 술을 따라 영원한 불사신들, 특히 그 중에서도 빛나는 눈을 가진 제우스의 따님에게 잔을 올렸다.

배는 새벽까지 목적지를 향하여 항해를 계속했다.

제 3 편

필로스에서의 이야기. 노장(老將) 네스토르의 본거지인 서해안의 필로스 시에 당도한 텔레마코스는 왕을 만나 환대를 받는다. 아버지 오디세우스의 소식을 묻자 메넬라의 거성인 스파르타로 가보라고 권유한다.

태양은 찬란하게 빛나는 수면에서 떠올라 하늘 높이 솟아올랐다. 불사신과 논밭을 가는 인간들을 비추기 위해. 그들은 필로스에 있는 넬레우스[1]의 장엄한 성채에 도착했다. 때마침 그곳 시민들은 바닷가에 나가서 검은 머리를 한 대지를 뒤흔드는 대신[2] 앞에 검은색 황소를 몇 마리 잡아 희생의 제사를 지내고 있었다.

거기에는 오백 명씩 앉을 좌석이 아홉 개나 마련되어 있었으며 각 좌석 앞에는 황소를 아홉 마리씩 잡아 차려놓고 있었다. 시민들은 내장을 서로 나누어 먹고 허벅지의 살은 구워서 신의 제단에 바치고 있었다. 그때 잘 단장한 배가 바닷가로 다가왔다. 그들은 곧 돛을 내리고 배에서 내려 육지로 올라왔다. 텔레마코스도 아테네 여신을 따라 배에서 내렸다.

이때 빛나는 눈의 여신 아테네가 말했다.

"텔레마코스여, 우물쭈물하지 말고 힘을 내야 하오. 아버지의 행방을 찾기 위해 험한 바다를 헤치고 왔으니까. 아버지가 어디에 묻혀 있는지 어떻게 돌아가셨는지 알아보러 온 것이니까. 우선 말을 잘 타는 기사 네스토르에게 물어보시오. 그가 어떤 생각을 하고 있는지 알아보시오. 그리고 확실하게 말해 달라고 부탁하시오. 그는 분별있는 사람이라 거짓말은 하지 않을 것이오."

---

1) 넬레우스 : 네스토르의 아버지, 포세이돈의 아들. 이 신이 바로 조신(祖神), 종족의 수호신이다. 기원 전 필로스로 추정되는 지역에서 발굴된 옛 문자가 새겨진 기왓조각에도 이 신의 이름을 볼 수 있다.

2) 대지를 뒤흔드는 대신(大神) : 포세이돈을 지칭함. 유사한 형용사가 많다. 본래는 지신(地神)으로 추정된다(호메로스의 시대에는 해신으로 바뀌었다).

그러자 이번에는 현명한 텔레마코스가 말했다.

"네, 멘토르님, 그러면 어떻게 찾아가야 할지요. 어떤 식으로 그분에게 인사를 드려야 할까요. 저는 말주변도 없는데다가 젊은이로서 연만하고 훌륭한 그분에게 어떤 식으로 말을 꺼내야 할지 모르겠습니다."

그러자 빛나는 눈의 여신 아테네가 말했다.

"텔레마코스여, 그럴 때는 신께서 가르쳐줄 것이오. 그대가 태어나고 자란 것도 다 신의 뜻일 테니까."

이렇게 말하고 나자 팔라스 아테네는 더 이상 두 말도 하지 않고 앞장서 걸었다. 텔레마코스도 그의 뒤를 따라 필로스 사람들이 모여서 제사를 지내는 곳으로 갔다. 그곳에는 네스토르가 아들들을 거느리고 앉아 있었다.

그 주위에서는 부하들이 잔치 준비를 마치자, 고기를 굽거나 고기를 꼬챙이에 꿰고 있었는데, 손님들이 온 것을 보자 우루루 몰려와서 손을 잡고 인사를 하면서 자리에 앉으라고 권했다. 네스토르의 아들 페이시스트라토스가 제일 먼저 다가와서 두 사람의 손을 잡아 향연석 옆에 있는 양털 방석을 깐 곳에 앉혔다. 그곳은 형인 트라시메데스와 아버지가 앉은 옆자리였다.

그리고 내장을 먹으라 권하고 황금 술잔에 포도주를 가득 부어 축배를 올린 후 산양 가죽으로 만든 방패를 든 제우스 신의 딸, 팔라스 아테네에게 말했다.

"손님들은 마침 포세이돈 신에게 제사지낼 때 오셨으니 기도를 드립시다. 헌주와 기도를 마쳤으면 이분에게도 헌주할 수 있도록 달콤한 술잔을 넘겨주시오. 이분도 불사의 신께 청원할 일이 있을 테니까.

인간은 누구나 신의 가호를 원하지요. 이분은 나처럼 젊고 나이도 비슷한 것 같군요. 당신에게 먼저 이 황금의 잔을 올리지요."

이렇게 말하면서 여신의 손에 맛 좋은 포도주를 가득 부은 잔을 건네주자, 아테네의 여신은 예의 바른 그 행동을 가상하게 생각했다. 신인 자기에게 먼저 황금 술잔을 드렸으니 말이다.

여신은 포세이돈에게 간절히 기도했다.

"대지(大地)를 떠받치는 포세이돈이여, 저희들의 소원을 들어주소서. 지금 우리가 하려는 일을 나쁘게 생각 말아주십시오.

첫째로 네스토르와 그 아들들에게 영예를 주시옵고 다음에는 필로스에 사는 사람들의 제물을 기꺼이 받아주시고 축복을 내려주소서. 그리고 또 텔레마코스와 제가 목적을 달성하고 귀국할 수 있도록 보살펴주소서. 우리는 그 일을 위해 검게 칠한 배를 타고 이곳에 왔으니까요."

여신은 기도를 끝내자 텔레마코스에게 두 귀가 달린 예쁜 술잔을 건네주었다. 오디세우스의 사랑하는 아들도 여신처럼 기도를 올렸다. 사람들은 고기를 굽고 그것을 썰어서 앞에 나누어놓고 잔치를 벌였다. 이렇게 실컷 먹고 마시기가 무르익어가자 게렌의 기사[3] 네스토르가 이야기를 시작했다.

"식사도 즐겁게 끝났으니 손님들이 어떤 분이신지 물어보아도 괜찮겠지요? 손님들은 어떤 분이고 어디서 무슨 일로 오셨는지를. 아니면 거침없이 방황하는 해적처럼 다른 나라 사람에게 재앙을 입히면서 방황하는지 궁금합니다."

그러자 현명한 텔레마코스가 대답했다. 돌아오시지 않는 아버지에 대해 물어보라고 아테네의 여신이 그를 고무시켜주었기 때문이었다.

"넬레우스의 아드님이신 네스토르님, 아카이아 인의 영예이신 당신께서 우리가 어디서 왔느냐고 물으시니 저도 말씀드리겠습니다.

우리는 네이온(산) 기슭의 이타케에서 왔습니다. 여기에 온 목적은 나라 전체의 공적인 일이 아니라 저 개인의 문제입니다. 우리 아버님의 행방을 알아보러 왔습니다. 인내심이 강한 오디세우스님의 소식을 들으려고요. 사람들 말로는 당신과 함께 싸움터에 나가 트로이아 사람들의 성을 공략했다 했습니다. 그때 트로이아 군과 싸우던 다른 장수들은 모두 비참하게 전사했다 합니다. 그러나 저의 아버님에 대해서만은 어떻게 돌아가셨는지 크로노스의 아드님은 소문을 퍼뜨리지 못하게 하신 것 같습니다. 육지에서 적과 싸우다 전사하셨는지 아니면 바다에서 암피트리테[4]의 파도에 휩쓸려 운명하셨는지 누구 한 사람도 확실히 모릅니다. 그래서 이처럼 당신 앞에 무릎을 끓고 부탁드리는 것입니다.

---

3) 게렌의 기사(騎士) 네스토르 : 이 지명은 그리스 본토에는 없기 때문에 문자 그대로 '게레니온'이라고 흔히 기록되는데 이 어형(語形)은 파생 형용사이며, 지명으로 사용되는 일은 드물다. 그 원형은 '게렌'이며 아이오리스 지방에 있다고 하며 테사리아 지방인 듯하다.

4) 암피트리테 : 흔히 포세이돈의 비(妃)로 알려진 님프의 이름. 여기서는 바다의 대명사로 사용되고 있는데 '트르트'라는 음단(音團)은 물, 강, 바다를 의미하는 선주민 계통의 말이라고 말하는 학자도 있다.

아버님의 비참한 최후를 직접 보셨거나 여행을 하며 돌아다니는 사람들로부터 무슨 이야기를 들으셨다면 그 얘기를 저에게 해주십시오. 아버님께서는 남달리 불행하게 태어난 분이십니다. 제가 딱하다거나 측은하다고 해서 사실대로 말하기를 꺼리실 필요는 없습니다. 저의 아버님을 본 그대로 자세히 말씀해주십시오. 이렇게 간절히 부탁드립니다.

혹시 저의 아버님이신 용감한 오디세우스가 아카이아 군사들이 고전했다는 트로이아에서 말이나 행동으로 당신을 도와주신 적이 있었다면 그러한 일들을 보답하는 셈치고 자세히 말씀해주십시오."

이에 답하여 게렌의 기사 네스토르가 말했다.

"아, 그대는 일기당천하던 우리 아카이아 무사들이 참고 견디던 쓰라린 추억들을 말하라는 말인가요? 우리는 선단을 이끌고 아킬레우스의 지휘하에 적들을 찾아 안개낀 바다 위를 헤맸지요. 어떤 때는 프리아모스 왕의 넓은 도시에서 치열한 접전도 벌였구요. 그 싸움은 너무나 치열해서 용사들은 거의가 전사했습니다.

아레스의 반려자[5]인 아이아스도 그곳에서 쓰러졌으며 아킬레우스도, 신과 같은 상담자[6] 파트로클로스도 거기서 전사했지요. 인품도 뛰어났고 두려움도 모르는 사랑하는 나의 아들 안틸로코스[7]도 목숨을 잃었습니다. 게다가 엄청난 재앙이 닥쳐왔습니다. 죽어야 할 인간의 몸으로 어찌 다 그것을 일일이 이야기할 수 있겠습니까?

오 년이고 육 년이고 당신이 이곳에 묵으면서 듣는다 하더라도 용감한 아카이아 사람들이 받은 고난을 어찌 다 들을 수 있겠습니까? 그 얘기를 다 듣기도 전에 가슴이 미어져서 고국으로 돌아가버릴 것입니다. 우리는 구 년 동안 갖은 책략을 다 써서 적군을 괴롭혔는데 결국 크로노스의 아드님께서는 우리가 성공을 거두도록 해주셨던 것입니다. 그 당시 지략에 있어서는 그와 겨룰 자가 없었습니다. 당신의 아버님인 오디세우스의 지략은 출중했

---

5) 아레스의 반려자 : 무인(武人)을 형용할 때 많이 쓰는 표현. '아레스의(예속하는)' 라고 쓸 때도 종종 있다. 이러한 표현에서는 이미 《일리아스》 고유의 신관(神觀)에서 아레스를 적군측의 수호신으로 보는 것이 아니라 이미 그리스화 되고 있음에 주의할 것.

6) 상담자 : '책모가', '선동가' 라는 뜻이며 전쟁이나 공포의 뜻으로 쓰일 때도 많으나, 여기서는 단순히 무사 아이아스로 사용되므로 미칭(美稱) 비슷한 뜻으로 간주된다.

7) 안틸로코스 : 네스토르의 맏아들로 트로이의 싸움 때 아버지를 구출하려다 전사했다.

습니다. 그대는 정말로 그분의 아들인가요? 아닌게 아니라 자세히 보니 감이 잡히는구려.

말하는 것까지도 그분을 닮았군요. 젊은 사람이 그토록 말을 잘 하다니. 나와 그대의 존엄하신 아버님 오디세우스는 오랜 전쟁 동안 단 한 번도 회의석상이나 어떤 일을 상의할 때 의견이 서로 달랐던 적이 없었지요. 우리는 한 몸이 되어 치밀한 책략을 세웠습니다. 아르고스의 군사를 위해 좌상의 전과를 얻기 위해서…….

그러나 프리아모스의 높이 솟은 도성을 함락시키고자 우리는 배를 탔습니다. 그때 신께서는 아카이아 군사를 괴롭혔습니다.

그때 제우스 신은 큰 뜻이 있어 아르고스 군사의 귀국길을 방해하셨던 것입니다. 우리가 모두 올바르거나 생각이 깊다고는 할 수 없었으니까요. 그래서 우리 편의 많은 사람들은 비참한 최후를 맞이해야 했습니다.

위대한 아버님[8]의 딸 아테네를 분노케 했기 때문이었습니다. 여신은 아트레우스 가문의 두 왕을 서로 싸우게 했습니다. 두 왕은 회의장으로 아카이아 병사들을 소집시켰으나 사리분별도 없는데다가 순서도 제대로 밟지 못했고 해가 질 무렵이어서 아카이아 군사들은 술에 취해 있었습니다. 두 왕은 그들을 소집한 이유를 말해주었습니다. 그때 메넬라오스는 아카이아 군사들에게 망망대해에 배를 띄워 아카이아 군사들을 돌아가게 하자고 권했으나, 아가멤논은 그것이 마음에 들지 않았던 것입니다.

그는 군사들을 그냥 눌러 있게 하고 거룩한 제물을 바치는 제사를 지내어 아테네 여신의 분노를 가라앉히려 했습니다. 그러나 신들의 뜻을 바꿀 수 없다는 것을 미처 깨닫지 못했던 것입니다. 두 사람은 자리에서 일어나 심하게 다투었습니다. 아카이아 병사들도 두 편으로 갈라져서 서로 싸웠지요. 그날 밤은 모두 뒤숭숭한 마음으로 잠자리에 들었습니다. 왜냐하면 제우스께서는 이미 우리에게 고난에 찬 재앙의 손길을 뻗쳤기 때문입니다. 이튿날 아침 우리 부대[9]는 바다에 배를 띄우고 노획한 보물들과 허리띠를 두른 여자들을 배에 실었습니다. 남은 절반의 군사들은 용사의 우두머리이며 아트레우스의 아들인 아가멤논의 휘하에 그대로 머물러 있었습니다. 나머지 절반의 우리들은

8) 위대한 아버님 : 제우스를 일컬음. 즉 아테네의 여신을 지칭하고 있다.

9) 우리 부대 : 네스토르 이하 디오메데스, 메넬라오스, 오디세우스 등의 일행을 가리킴.

배를 타고 닻을 올리자 우리 배는 쏜살같이 바다 위를 달렸습니다. 신께서 넓은 바다에 잔잔한 물결을 일게 해주셨기 때문입니다. 우리는 테네도스 섬에 이르자 고향 길을 축하하며 신들에게 거룩한 제물을 바쳤지만 제우스는 귀국을 허락할 마음이 없으셨던지 또다시 심하게 서로 다투게 했습니다. 정말 잔인한 분이셨지요. 그래서 한 부대는 작은 배들을 되돌려 오던 곳으로 되돌아갔습니다.

현명하고 지략이 뛰어난 오디세우스님은 아틀레우스의 아들 아가멤논에게로 병사들을 거느리고 되돌아갔던 것입니다. 그러나 나는 나를 따르는 배들을 이끌고 전진을 계속했습니다. 신께서 우리에게 재앙을 내릴 것이라고 믿었기 때문이지요.

티데우스의 용감한 아들[10]도 동지들을 격려하면서 빠져나왔고, 금발 머리의 메넬라오스도 우리를 뒤따라와 레스보스 섬에서 우리와 합류했습니다. 우리가 길고 험한 항로에 대해 여러 가지 궁리를 하면서 지체하고 있을 때 뒤쫓아왔던 것입니다. 험준한 키오스 섬의 바깥쪽으로 돌아갈 것인지, 프쉬리에 섬[11]의 좌측으로 돌아갈 것인지, 아니면 키오스 섬 안쪽의 바람이 심한 미마스 곶을 빠져나갈 것인지를 생각하고 있었습니다. 우리에게 계시를 주십사고 기도하자, 신께서는 넓은 바다 한가운데를 가로질러 에우보이아를 향해 가라고 계시를 내렸습니다. 그래야지 하루 속히 재난을 면할 수 있다는 거였지요.

때마침 바람이 세차게 불어닥쳐 배들은 물고기가 많은 바닷길을 달려 그날 밤으로 게라이스토스 곶[12]까지 갔습니다. 우리는 망망대해를 무사히 건너게 해준 예를 포세이돈에게 올리기 위해 황소의 허벅지 살을 가득 바쳤습니다.

그리하여 나흘째 되는 날에는 튀데우스의 아들이며 기사인 디오메데스의 부하들은 목적지에 도착했습니다. 그 무렵 나는 필로스를 향하여 항해를 계속하고 있었습니다. 순풍이 여전히 불어오고 있었으니까요. 그랬던 관계로 나는 아무런 소문도 듣지 못한 채 돌아왔기 때문에 누가 무사히 살아났으며 죽었는지 전혀 알 수 없습니다.

---

10) 티데우스의 용감한 아들 : 디오메데스. 아이토리아의 오이네우스의 아들. 튀데우스와 아르고스의 왕 아드라스토스의 딸(아르게이아) 사이에 태어난 아들.

11) 프쉬리에 섬 : 레스보스의 남서쪽에 있는 작은 섬.

12) 게라이스토스 곶 : 에우보이아 섬의 남단에 있는 곶, 아테나이로 가는 중간지점인데 험난하기로 이름났다.

그러나 이곳으로 돌아와서 들은 이야기는 다 말해드리지요. 절대로 숨기거나 하지 않겠습니다. 창을 잘 쓰기로 이름난 뮈르미돈 사람들[13]은 무용이 출중한 아킬레우스의 영예로운 아들[14]의 지휘 아래 무사히 귀국했다고 합니다.

포페이아스의 훌륭한 아들 필록테테스도 돌아왔다고 합니다. 이도메네우스도 자기의 부하들을 빠짐없이 데리고 크레타 섬으로 돌아갔다 합니다.

하지만 아트레우스의 아들에 대해서는 비록 당신들이 먼 곳에 살고 있더라도 듣게 되었을 겁니다. 그들이 돌아오자 아이기스토스가 악랄한 파멸을 꾀했으나 그 자도 비참한 복수를 당했다 합니다. 비록 살해당한 사람이라 하더라도 아들이 살아 남아 있다는 것은 다행한 일이지요. 그의 아들 오레스테스는 아버지를 살해한 아이기스토스에게 복수했으니까요.

인품도 훌륭하고 키도 크고 훤칠한 젊은이여, 그대도 용기를 내도록 하시오. 그러면 후세 사람들도 그대를 칭찬해줄 것이니까."

그러자 현명한 텔레마코스가 말했다.

"네, 그러겠습니다. 넬레우스의 아드님인 네스토르님. 그분은 확실하게 복수하셨으니 아카이아 사람들은 그분의 이름을 후세에까지 노래로써 널리 전할 것입니다. 바라옵건대 신들께서는 무례하게 저를 괴롭히는 구혼자들에게 복수할 수 있도록 큰 힘을 주소서. 그들은 저를 모욕하고 악랄한 흉계를 꾸미고 있습니다. 그러나 신께서는 그러한 행운을 저에게도 아버님에게도 주시지 않았습니다. 그러니 지금으로서는 참고 견딜 수밖에 없습니다."

그러자 게렌의 기사 네스토르가 말했다.

"참으로 안됐군요, 그대의 말을 들으니 생각이 납니다. 소문에 의하자면 구혼자들은 그것을 모두 어머님 탓으로 돌린다더군요. 떼를 지어 집으로 몰려와서 멋대로 못된 짓을 한다지요. 말해주오. 그대가 그들을 멋대로 내버려두는 것인지. 아니면 신의 뜻에 따라 온 나라 사람들이 당신을 미워하고 있기라도 한 것인지. 하지만 언젠가 당신의 아버님이 돌아오셔서 톡톡히 복수할 지 누가 알겠습니까. 혼자서든 아니면 아카이아 사람들을 데리고 가서 뼈아픈 복수를 할 것인지 누가 알겠습니까? 빛나는 눈의 여신 아테네가

13) 뮈르미돈 사람들 : 아킬레우스의 부하인 프티에(프티오티스)의 백성.

14) 아킬레우스의 영예로운 아들 : 네오프톨레모스를 가리킴, 둘째 아들 필록테테스는 유명한 동명의 극(소포클레스 작)의 주인공이며 활의 명인, 이도메네우스는 크레테의 왕.

그대를 돌보아주실지도 모릅니다. 지난 날 트로이아에서 아카이아 인들이 고난을 겪고 있을 때 영예로운 오디세우스를 각별히 배려해주셨듯이 말입니다. 신들께서 그때처럼 공공연히 자비를 베푼 것은 본 적이 없습니다. 팔라스 아테네가 그를 비호한 것처럼. 신께서 당신을 가엾이 여기시고 염려해주신다면 구혼자들은 한 사람도 구혼을 하겠다는 생각을 갖지 않게 될 것입니다."

이번에는 현명한 텔레마코스가 말했다.

"하지만 네스토르님, 지금 하신 말씀은 도저히 기대하기 어려운 것입니다. 하신 말씀은 너무나 엄청나서 두려울 뿐입니다. 그렇게 된다면 오죽 좋을까마는 그런 기적은 결코 일어나지 않을 것입니다."

그러자 이번에는 빛나는 눈의 여신 아테네가 말했다.

"텔레마코스여, 어찌 그런 말이 그대의 입에서 나오는가. 신께서는 할 의사만 있다면 먼 곳에 있더라도 얼마든지 도와줄 수 있구 말구. 나라면 아무리 고생을 겪더라도 고향으로 돌아가 가을을 맞이하는 쪽을 택하겠네.

아가멤논이 아이기스토스와 자기 아내의 흉계로 죽었던 것처럼만 되지 않는다면 무엇을 망설이겠나. 하지만 죽음의 운명은 어쩌지 못하는 것, 신께서 아무리 아끼는 인간이라도 죽음의 순간이 닥쳐오면 신도 그를 구해내지는 못하네."

이에 대해서 현명한 텔레마코스가 대답했다.

"멘토르님, 그런 고통스런 이야기는 그만두시지요. 그분의 귀국은 기대할 수 없습니다. 불사의 신들은 아버님에게 검은 죽음의 운명을 정해주셨으니까요. 그 문제는 접어두기로 하고 다른 점에 대해서 네스토르님께 여쭙고 싶습니다. 삼대에 걸쳐서 이 고장을 통치하셨다 하니 제가 보기에 당신은 불사의 신처럼 우러러 보입니다. 넬레우스의 아드님이신 네스토르시여, 진실을 저에게 말씀해주십시오. 아트레우스의 아들의 광대한 나라를 다스리던 아가멤논은 돌아가셨던가요?

그때 메넬라오스는 어디에 계셨던가요? 저 교활한 아이기스토스가 무용이 출중한 분을 살해하다니——. 왕께서는 아카이아의 아르고스에 계시지 않고 어떤 다른 나라라도 방랑하셨던가요? 그래서 그들은 그분을 살해한 것일까요?"

게렌의 기사 네스토르가 대답하여 말했다.

"젊은 분[15]이여 사실대로 모든 것을 말하리다. 어떤 사태가 벌어졌는지 그대는 짐작하고 있는 것 같군요. 아트레우스의 아들인 금발의 메넬라오스가 트로이아에서 돌아왔을 때 아이기스토스가 살아 있는 것을 자기 집에서 보았더라면 당장 죽여 무덤에 묻지도 않고 들개나 독수리의 밥이 되게 들판에 팽개쳤을 것이고 그토록 못된 짓을 저질렀으니 아카이아 여인들도 누구 한 사람 울지도 않았을 거요. 우리가 갖은 고초를 겪으면서 싸우는 동안 그는 말을 방목하는 아르고스의 오지에서 아가멤논의 아내를 감언이설로 괴롭히고 있었지요. 처음에는 부인도 그런 소리엔 귀도 기울이지 않았습니다. 클리타임네스토레[16]님은 현숙한 분이었으니까.

그녀의 곁에는 음유시인이 있었는데 아틀레우스의 아들은 트로이아로 떠날 때 자기의 아내를 지켜 달라고 부탁했었지요. 그러나 신들이 내린 운명이 비(妃)[17]를 굴복시켰을 때 아이기스토스는 그 음유시인을 무인도로 보내어 독수리의 밥이 되게 했습니다. 그리하여 비가 기꺼이 몸을 맡기자 그는 자기 집으로 비를 데리고 갔습니다. 그는 거룩한 신의 제단에 허벅지 고기를 바치고 비단과 황금으로 만든 그릇을 제단에 바쳤습니다. 그때쯤 우리는 트로이아를 출발하여 배를 타고 돌아오고 있었습니다. 아틀레우스의 아들(메넬라오스)와 나는 무척 친한 사이였지요. 그런데 아테네의 돌출부인 수니온 곶[18]에 이르렀을 때 포이보스 아폴론이 메넬라오스의 배의 키를 잡는 사나이를 활로 쏘아 죽였습니다. 오네토르의 아들 포론티스라는 이름의 이 사나이가 바로 그 키잡이였습니다. 그는 양 손으로 큰 기를 잡은 채 죽었는데 누구보다도 키를 조종하는 기술이 뛰어난 사나이었습니다. 메넬라오스는 갈 길이 바빴으나 자기의 부하인 키잡이를 장사지내기 위해 그곳에 머물러 있어야 했습니다.

그러나 그가 포도주빛 바다로 다시 떠나 배들을 빨리 몰아 말레이아 곶에

---

15) 젊은 분 : 친근하고 사랑스러움을 나타내는 호칭으로, 어린애에게 '아가야' 라고 표현하는 것과 마찬가지이다.

16) 클리타임네스토레 : 아가멤논의 비(妃)로 후단에 그녀에 대한 이야기가 나온다. 헬레네와는 자매지간이다. 후대에 와서는 클리타임네스토라라고 많이 불렀다.

17) 비(妃) : 이 말은 아이기스토스로도 해석할 수 있다. 이야기의 내용은 다소 다르더라도 결과는 같다.

18) 수니온 곶(岬) : 아테나이의 아티케 주 동남단에 돌출해 있는 곳. 지금도 포세이돈의 신전 터가 있으며, 풍광명미하다.

이르렀을 때 천둥을 울리는 제우스 신이 그것을 보고 더욱 고통을 주시려 했는지 세찬 바람을 일게 하여 산더미 같은 파도가 배들을 덮치게 하여 선단을 둘로 갈라놓았습니다. 그래서 한쪽은 크레타 섬으로 떠내려 보냈지요. 이아르다노스 강가에 퀴도네스 인들이 사는 곳으로 말입니다. 그곳 고르틴[19] 어구에는 험준한 암초가 파도 사이로 삐죽삐죽 보였는데 동남풍이 불어제껴 왼쪽 바위 끝으로 파이토스를 향해 큰 파도가 밀려오게 했습니다. 그 선단이 이곳에 이르자 배에 탔던 사람들은 구사일생으로 목숨만은 건졌으나 배들은 암초에 부딪쳐서 산산조각이 나고 말았습니다. 한편 난파를 면한 다섯 척의 배들은 바람과 물결에 밀려 아이집토스(이집트)에 닿게 되었습니다. 메넬라오스는 그곳에서 많은 재산과 황금을 얻어 언어가 다른 여러 나라를 방황하게 되었습니다.

그런 사이에 아이기스토스는 고국에 있으면서 몹쓸 짓을 저질렀던 것입니다. 그는 아트레우스의 아들을 죽인 후 황금이 많이 나는 미케네에서 군주가 되어 칠 년 동안이나 그 나라를 다스리고 있었습니다.

그런데 팔 년째 되던 해에 오레스테스가 아테나이 사람의 손에서 풀려나자 돌아와서 아버지를 살해한 교활한 아이기스토스를 죽였습니다. 오레스테스는 부정한 어머니와 비열한 아이기스토스의 장례 때 아르고스 사람들을 불러 잔치를 베풀었습니다. 그런데 그 날, 용감한 메넬라오스가 배에 재물을 가득 싣고 돌아왔습니다.

젊은이여, 그러니 집을 떠나 너무 오래 먼 곳을 방랑하지 마시오. 재산도 팽개친 채 자기 집까지 오만무례한 자들에게 내맡긴 채 오랫동안 방랑하다니 당치도 않습니다. 그들은 그대의 재산을 멋대로 나눠 가질 것이오.

그러나 메넬라오스만은 하루 속히 찾아가보시오. 그분은 얼마 전에 외국에서 갓 돌아왔으니까. 그분이 머나먼 나라에서 돌아오리라고는 아무도 믿지 않았기 때문이오. 아무리 날개가 튼튼한 새가 일 년을 날아도 오지 못할 무섭고 넓은 바다 건너 먼 나라에서 돌아왔단 말이오. 그러면 어서 빨리 그대의 일행을 거느리고 떠나시오.

육지로 가기를 원한다면 두 사람이 탈 수 있는 수레와 말도 준비해주겠습니다. 나의 아들들도 당신을 안내해줄 것이오. 금발의 메넬라오스가 살고

19) 고르틴 : 크노소스의 남쪽 내륙에 있는 도시. 법문비(法文碑)로 유명한 옛 도시.

있는 라케다이몬[20]으로.

젊은이 자신이 그에게 확실한 것을 말해 달라고 부탁해보시오. 그는 절대로 거짓말은 하지 않을 것이오. 분별있는 무사이니까."

이러는 사이에 해가 지고 어두워졌다. 그때 빛나는 눈의 여신 아테네가 일동에게 말했다.

"노인장, 하신 말씀은 모두 지당합니다. 그러면 제물이 될 소의 혀를 자르고 포도주에 물을 타서 포세이돈과 그 밖의 불사신들에게 잔을 바친 후 잠자리에 들도록 합시다. 이미 해도 졌으니 제사가 너무 늦지 않도록 해야겠습니다."

제우스 신의 따님의 말에 모두 동의했다. 그러자 전령들이 물을 갖고 와 그들의 손에 부었고 젊은 시종들은 혼주기에 술을 가득 따랐다. 술잔에 술을 부어 제단에 바치자 다시 잔에다 술을 따랐다. 그들은 제사에 썼던 소의 혀를 불 속에 던지고 거기에 신주(神酒)를 뿌렸다. 제사를 마치자 그들은 마음껏 마셨다.

그때 아테네 여신과 신과 같은 텔레마코스가 그들의 배로 돌아가려는데 네스토르가 인자한 목소리로 그들을 불러세웠다.

"손님들께서 배로 돌아가 주무시다니 말도 안 됩니다. 저희 집이 그처럼 가난해 보이십니까? 덮을 이불도, 깔 이불도 없어서 손님이 오더라도 잘 수 없는 줄 아십니까? 우리 집에는 덮을 이불도 요도 넉넉하게 있습니다. 내 집을 두고 손님들을 배에서 주무시게 한다면 죄를 받아요. 내가 살아 있는 한 그렇게 할 수는 없습니다. 누구든지 저희 집에 오신 손님은 정성껏 모시라고 자식들에게도 일러놓았으니까요."

그러자 빛나는 눈의 여신 아테네가 말했다.

"정말 감사합니다. 연로한 왕이시여, 그렇다면 텔레마코스도 그 말씀에 따르는 것이 좋을 것 같소. 이 사람은 댁으로 가서 자겠지만 나는 배로 돌아가서 동행자들의 사기를 북돋아주고 자세한 이야기를 들려주기 위하여 검은 배가 있는 곳으로 돌아가겠습니다. 동행 중에서는 내가 유일한 연장자니까요. 그들은 그저 우정에서 따라온 젊은이들로 도량이 넓은 텔레마코스와 같은 또래이지요. 그러니 저는 오늘 밤을 그 배에서 자도록 하겠습니다.

20) 라케다이몬 : 스파르타의 주(州) 이름. 뒤에 와서는 라코니아라는 이름으로 흔히 불리고 있다.

그리고 내일 아침 일찍 사기가 충천하여 카우코네스의 나라로 떠나겠습니다. 거기서 해결해야 할 거래상의 일들이 많이 있습니다. 그러나 이 젊은 친구는 댁에 머물 것입니다. 이 젊은이는 내일 마차에 태워 아드님과 함께 떠나 보내주십시오. 말은 잘 달리고 힘도 센 놈으로 부탁드립니다."

이렇게 말한 후 빛나는 눈의 여신 아테네는 백로의 모습으로 변장하여 날아갔다. 그것을 보자 아카이아 사람들은 모두 놀랐다. 연로한 왕도 그것을 보고 놀랐다. 그러더니 텔레마코스의 손을 잡고 그의 이름을 부르며 말했다.

"젊은이여! 그대가 겁쟁이라고는 생각지 않습니다. 젊은 분이 신까지 데리고 다니는 것을 보면. 저분은 올림포스의 궁전에 사는 신으로, 제우스의 따님인 트리토게네이아[21]임이 분명합니다. 그 여신은 훌륭했던 젊은이의 아버님을 아르고스의 군사들 중에서도 언제나 소중하게 아끼셨지요.

여신이시여, 우리들에게도 훌륭한 영예를 내려주소서. 저 자신과 아들들과 저의 착한 아내에게도. 그 답례로 이마가 넓은 암소를 제물로 바치겠나이다. 그 소는 아직 한 번도 멍에를 씌운 적이 없으며 그 뿔에 황금을 입혀 제물로 바치겠습니다."

이 기도를 팔라스 아테네는 들어주셨다. 게렌의 기사 네스토르는 앞장서서 아들과 사위들을 거느리고 훌륭한 자기 집으로 향했다. 그리하여 소문난 저택에 도착하자 그들은 모두 긴 의자나 안락의자에 걸터앉았다.

다 자리에 앉자, 노인은 혼주병을 들어 잔에 포도주를 가득 따랐다. 그 맛난 술은 11년 묵은 것이었는데 늙은 하녀가 뚜껑을 벗기고 마개를 땄다. 노왕은 그 술을 혼주병에 따르고 물을 탄 후 아테네에게 바치면서 기도를 드렸다. 산양가죽 방패를 든 제우스의 따님에게.

일동이 헌주(獻酒)를 끝내고 마음껏 마시고 나자 잠자리에 들기 위해 모두 집으로 돌아갔다. 그러나 게렌의 기사 네스토르는 신 같은 오디세우스의 아들 텔레마코스를 소리가 울리는 주랑(柱廊) 아래 있는 조각으로 장식된 침대에 눕게 하고 무사들의 우두머리이며 물푸레나무 창의 명수인 페이시스트라토

---

21) 트리토게네이아 : 여신 아테네를 일컬음. 글자의 뜻은 '트리토에 태어난 여신', 트리토는 트리톤(海神), 트리토니스, 트리토(보이오티나에 있는 강의 이름) 등에서 아마도 선주민계의 강이나 물을 의미하는 말로 추측된다. 그러나 그것과 아테네와의 관련이 문제이다. 유서가 분명치 않은 여신이어서 아테네가 아테나이 뿐만 아니라 보이티아 등과도 깊은 연관이 있는 것은 확실하다고 생각한다.

스를 곁에서 자게 했는데 그는 집에 있는 아들 중 유일한 독신자였다. 그리고 자기도 잠을 자러 높다란 별채의 방으로 들어갔다. 안주인은 주인의 잠자리를 펴주었다.

여신의 장미빛 손가락이 새벽을 가리키자 게렌의 기사 네스토르는 잠자리에서 일어나 밖으로 나가 잘 다듬은 돌 위에 앉았다. 그 대리석 돌은 높다란 문 앞에 있었는데 기름으로 잘 닦아 반짝반짝 빛이 났다. 그 돌은 신들 못지않게 지략이 뛰어났다는 그의 아버지 넬레우스가 앉던 돌이었다. 그러나 그분은 이미 세상을 떠나 저승으로 가버리고 없었다.

아카이아 군사의 수호자인 게렌의 기사 네스토르는 홀장을 들고 지금 그 돌 위에 앉아 있었다. 그의 주위에는 아들들이 모두 모여 있었다. 에케프론과 스트라티오스도, 페르세우스와 아레토스, 그리고 신에 견줄 만한 트라시메데스도, 여섯째 아들인 페이시스트라토스도 각자 자기 집에서 왔다. 그리고 또 신처럼 보이는 텔레마코스를 데리고 와서 옆자리에 앉혔다.

이때 게렌의 기사 네스토르가 입을 열었다.

"사랑하는 아들들아, 지금 내가 말하는 나의 소원을 들어다오. 우선 아테네 여신의 마음을 가라앉혀드리자. 여신께서는 갖가지 모습으로 변장하여 나타나셨다가 신들의 풍성한 잔치 자리로 떠나셨다. 너희들 중 한 사람은 들로 나가 소몰이꾼에게 암소를 몰고 오게 하거라. 그리고 또 한 사람은 텔레마코스님의 검은 배에 가서 두 사람만 남겨두고 동행자들을 모두 데리고 오거라.

또 한 사람은 금세공사 라에르케스를 데리고 와서 황소의 뿔에 황금을 입히거라. 다른 사람들은 여기서 기다리기로 하고 시녀들을 시켜 성대한 잔치 준비를 하라 일러라. 그리고 좌석을 정돈하고 장작과 깨끗한 물도 갖다 놓도록."

이렇게 말하자 모두 부지런히 움직였다. 들판에서 암소를 끌고 오고 배에서는 늠름한 텔레마코스의 부하들도 도착했다. 금세공사도 금세공에 쓸 쇠모루와 망치 등 필요한 연장을 가지고 안으로 들어왔다.

이때 아테네 여신도 자기에게 바쳐질 제물을 받으려고 나타났다. 게렌의 기사 네스토르가 황금 덩어리를 주자 금세공사는 여신의 훌륭한 제물을 보고 흡족해하시도록 암소의 뿔에 멋지게 금을 씌웠다.

스트라티오스와 에케프론은 암소의 뿔을 붙잡고 제단이 있는 곳으로 끌고 갔다. 아레토스는 꽃무늬를 새긴 그릇에 깨끗한 물을 담아왔다. 그의 다른 한 손은 보리를 넣은 바구니를 들고 있었다.

용감한 트라시메데스는 날이 선 손도끼를 손에 들고 희생에 바쳐질 소를 내려치려고 옆에 서있었다. 한편 페르세우스는 피를 받을 접시를 들고 있었다. 게렌의 기사 네스토르는 정화수에 손을 담그고 보리알을 뿌리고 아테네 여신에게 간절한 기도를 올리면서 희생에 바쳐질 소의 머리털을 잘라내어 불 속에 던졌다. 기도가 끝나고 보리알을 뿌리는 의식이 끝나자 혈기 왕성한 네스토르의 아들 트라시메데스가 손도끼로 암소의 머리를 내려치자 손도끼가 암소의 목덜미 힘줄을 잘라 암소가 쓰러졌다. 네스토르의 딸들과 며느리들, 그리고 클리메노스의 큰 딸이며 네스토르의 부인인 에우리디케도 일제히 함성을 질렀다. 사람들이 암소의 머리를 들어올려 떠받치자 무사들의 우두머리인 페이시스트라토스가 칼로 목을 찔렀다. 검붉은 피가 흘러나오고 생명은 뼈를 떠났다.

소의 다리를 잘라내고 의식에 따라 허벅지 살을 잘게 썰고 두 겹으로 기름기가 섞인 고기를 씌웠다. 연로한 왕 네스토르가 그것을 장작불 위에 구우면서 그 위에 술을 붓자 곁에 있던 젊은이들이 다섯 갈래가 난 쇠꼬챙이로 고기를 뒤적거렸다. 허벅지 살이 다 구워지고 모두 내장을 맛보고 나자 나머지 살도 쇠꼬챙이에 꿰어 구웠다. 그러는 동안 네스토르의 아름다운 막내딸 폴리카스테는 텔레마코스를 목욕시켰다. 목욕이 끝나자 향긋한 올리브유를 몸에 발라주고 깨끗한 베옷과 겉옷을 입혀주었다.

텔레마코스는 불사신 같은 모습으로 목욕탕에서 나와 병사들의 어진 군주인 네스토르의 옆에 가서 앉았다. 고기가 다 구워지자 꺼내어 모두 먹기 시작했다.

하녀들이 분주하게 돌아다니며 황금 술잔에 포도주를 따라주었다. 모두 마음껏 먹고 마시고 났을 때 게렌의 기사 네스토르가 입을 열었다.

"아들들아, 텔레마코스님을 위해 훌륭한 갈기가 달린 말 두 필을 끌어내어 수레에 매어드려라. 길을 떠나시도록."

그러자 아들들은 시키는 대로 발이 빠른 말 두 필을 수레에 매었다. 늙은 하녀는 식량과 포도주와 고기 등 제우스가 보살피시는 영주님들이 먹기에 손색없는 음식들을 수레에 실었다.

텔레마코스가 훌륭한 수레에 오르자 무사들의 우두머리인 네스토르의 아들 페이시스트라토스가 옆자리에 앉아 고삐를 잡고 채찍을 휘둘렀다.

두 필의 말은 들판을 향해 우뚝 솟은 필로스 성을 뒤로 하고 멀리 사라져

갔다. 말들은 온종일 멍에를 멘 채 달렸다. 해가 져서 주위가 어두워질 때 페라이[22] 읍에 있는 디오클레스의 저택에 닿았다. 그는 강의 신 알페이오스의 아들인 오르틸로코스의 아들이었다.

그들은 그 집에서 하룻밤을 묵었는데 주인은 손님을 융숭하게 대접했다. 여신의 장미빛 손가락이 가리키는 새벽이 되자 그들은 다시 말을 수레에 매고 화려하게 꾸민 수레에 올랐다. 채찍을 휘두르자 소리가 울리는 주랑을 지나 두 필의 말은 힘차게 달렸다. 이윽고 그들은 밀이 여물고 있는 들판에 다다랐는데 이곳이 이 여행의 최종 목적지였다. 그들의 말은 그만큼 빨리 달렸다. 다시 해가 지고 길에는 어둠이 내렸다.

22) 페라이 : 페레라고도 불리며 멧세니아의 동쪽에 있는 옛 도시.

제 4 편

라케다이몬에서 있었던 일. 텔레마코스는 네스토르의 아들을 안내역으로 하여 스파르타에 도착, 왕성을 찾아간다. 메넬라오스 왕도, 왕비 헬레네도 그를 동정하여 자기가 편력하는 동안 들었던 얘기를 해주며 그를 위로해준다. 한편 이타케의 구혼자들은 그가 귀국할 때 살해할 음모를 꾸민다.

그들 일행은 산세가 험한 라케다이몬에 도착하여 메넬라오스의 거성으로 수레를 몰았다. 마침 그날은 아들의 결혼 축하연을 벌이고 있었는데 친척들과 많은 하객이 와 있었다.

또한 그날은 현숙한 딸과 용사 아킬레우스의 아들의 혼례일이기도 했다. 그것은 이미 오래전, 트로이아에서 두 사람을 결혼시키려고 약속했던 터라 신들도 그들의 결혼에는 이의가 없었다. 메넬라오스 왕은 딸에게 말과 수레를 딸려서 아킬레우스의 지배하에 있는 뮈르미돈으로 보내려던 참이었다. 그의 아들은 스파르타에서 알렉토르의 딸[1]을 며느리로 맞아들이려 했다. 이 아들은 늘그막에 태어난 메가펜테스[2]인데 힘이 센 장사였다. 신들이 헬레네에게는 첫아기인 딸 헤르미오네 외에는 더 이상 후손을 낳게 하지 않았기 때문이었다. 이 딸은 그 용모가 황금으로 만든 아프로디테를 빼닮은 미모였다.

이 날 이웃에 사는 사람들과 메넬라오스의 친척들은 메넬라오스의 널따란 궁전에 모여 잔치를 벌이고 있었다. 훌륭한 음유시인이 그들과 섞여 하프를 뜯으며 노래를 불렀고 두 곡예사는 노래에 맞추어 손님들 사이에서 곡예를 부렸다.

---

1) 알렉토르의 딸 : 이 알렉토르는 일반 알렉토르와는 다른 사람으로, 출처가 분명하다. '스파르타에서'란 그 주소를 말하며 스파르타에 사는 호족 중의 한 사람인 듯하다.

2) 메가펜테스 : 여기서는 멜라네오스의 서자로 '커다란 비탄'라는 이름으로, 헬레네와 헤어진 후 여자 노예와의 사이에서 태어났다고 한다. 부왕의 사후, 헬레네를 추방했다고 한다.

한편 텔레마코스와 네스토르의 훌륭한 아들이 그 성의 문 앞에 두 마리의 말이 끄는 그들의 수레를 세우자 메넬라오스의 충직한 시종 에테오네우스가 나와서 그들을 영접했다. 시종은 그들의 영주인 메넬라오스에게 이 사실을 알리려고 성관을 가로질러 메넬라오스에게로 다가가서 아뢰었다.

"낯선 손님 두 분이 왔는데 제우스 대신(大神)의 혈통인 것 같습니다. 말을 마구간으로 들어보내고 안으로 모실까요. 아니면 그들을 친절히 맞아줄 다른 곳으로 가보라고 할까요?"

그러자 금발의 메넬라오스는 화를 내면서 말했다.

"보에테우스의 아들인 에테오네우스여, 그대는 분별없는 바보가 아니었는데 어찌 어린아이같이 바보스런 말을 하는가. 우리 두 사람도 이국 땅에서 그분들의 신세만 지다가 고국으로 돌아오지 않았더냐. 어쩌면 제우스 신께서 더 이상 역경을 겪지 않게 해주실지도 모른다고 기대하면서……. 어서 빨리 말을 풀어 마구간에 메고 손님들을 이곳으로 모셔오게."

이렇게 말하자 시종은 급히 방에서 나가 충실한 하인들을 불러 자기를 따라오라고 했다. 그들은 땀에 젖은 말의 멍에를 풀고 말은 마구간으로 몰고 가고 일립맥(一粒麥)[3]은 곁에 뿌려주고 흰 보리가루도 섞어서 주었다. 그러고는 반짝이는 벽 옆에 수레를 세우게 하고 손님들을 성관 안으로 안내했다.

텔레마코스와 네스토르의 아들은 제우스 신이 보호하는 군주(메넬라오스)의 궁전의 호화로움에 감탄했다. 태양이나 달을 보듯이 찬란한 섬광이 영예로운 메넬라오스의 지붕이 높은 궁전을 비쳐주고 있었다.

그들은 휘황찬란한 궁전을 둘러본 후 반들반들하게 닦은 욕조에 들어가 목욕을 했다. 시녀들은 그들의 몸을 씻긴 후 몸에 올리브유를 발라주고 그들의 양 어깨엔 양털로 짠 윗옷과 겉옷을 걸쳐준 후 두 사람을 아트레우스의 아들인 메넬라오스의 옆자리로 안내했다.

한 시녀는 아름다운 황금으로 만든 물통에 손 씻을 물을 갖고 와서 은으로 만든 대야에 붓고 손을 씻게 했다. 다음에는 늙은 시녀가 앉아 있는 자리 곁에 네모난 탁자를 놓고 빵이며 맛있는 음식들을 차려놓았다. 또 요리사는 갖가지 고기를 썰어 접시에 담아왔고 황금 술잔에 술을 따랐다.

---

3) 일립맥(一粒麥) : 소맥(小麥 ; 밀)의 한 종류로 학명 triticum monococeum, 그리스 어로는 zeia.

금발의 메넬라오스는 그들을 접대하며 말했다.

"어서 드시지요, 먼 길에 얼마나 시장하겠습니까? 식사가 끝나거든 손님들이 어떤 분들이신지 여쭈어보겠습니다. 아마도 손님들은 왕홀을 가진 국왕의 자손이겠지요. 비천한 사람이 이런 훌륭한 아들을 둘 수는 없을 테니까요."

이렇게 말하면서 두 사람에게 잘 구운 쇠고기 등심을 나누어주었다. 그 고기는 특별한 손님에게만 내놓는 요리였다.

두 사람이 마음껏 먹고 마시고 나자 텔레마코스는 다른 사람이 듣지 못하게 작은 소리로 네스토르의 아들에게 말했다.

"내가 소중히 아끼는 네스토르의 아드님, 잘 살펴보시오. 이처럼 소리가 잘 울려퍼지는 넓은 실내에 찬란하게 빛나는 청동이나 황금, 은이며 백금(白金)[4]이며 상아 장식품들을. 올림포스에 계신 제우스 신의 궁전도 이렇겠지요. 멋진 물건들로 가득 차 있지 않습니까. 보기만 해도 넋을 잃겠군요."

그가 이렇게 말하는 것을 엿들은 금발의 메넬라오스가 말했다.

"젊은 양반들, 생명이 유한한 인간으로서 누가 감히 제우스 신과 비교할 수 있겠습니까? 그러나 인간들 중에서는 재물을 가지고 나하고 경쟁할 자는 없습니다. 이것들은 내가 갖은 고생을 하며 여러 나라를 방황한 끝에 배에 싣고 팔 년만에 돌아온 것이니까요.

나는 키프로스 섬과 페니키아, 이집트까지도 갔다 왔습니다. 또한 에티오피아에도 갔으며 시돈 시나 아라비아에서[5] 리비아에도 갔었지요. 그 고장에서는 새끼 양이 태어나면 곧 뿔이 돋고 양은 일 년에 새끼를 세 번 낳는다 합니다. 그 고장은 영주에서 목동에 이르기까지 치즈며, 고기며, 맛 좋은 양젖까지도 부족함을 몰라서 일 년 내내 마실 수 있는 양젖을 얻을 수 있다 합니다.

내가 이처럼 여러 나라를 방황하고 있는 동안 재산을 많이 모으기만 했지만, 내가 없는 동안에 저주스런 형수 때문에 나의 형님은 어떤 자에게 살해당했소.

---

4) 백금(白金) : 여기서 말하는 백금은 엘렉트로스이며 금과 은을 합금한 것(보통 4 : 1의 비율로 한다)이다. 선사시대에 많으며, 후에는 호박(琥珀)이나 엘렉트론(中性)이라 했다. 전기를 가리키는 electro는 이처럼 마찰해서 생기는 것에 바탕을 두고 있다.

5) 아라비아에서 : 원어(原語)로는 에렘보이, 아라비아 인의 옛 이름이라 한다.

그러니 많은 재산을 모았다 한들 무슨 소용이 있겠습니까?

손님들의 부모님이 어떤 분이신지는 모르겠으나 손님들도 우리 집안에 대해 들어 알고 있을 것입니다. 귀중품이 가득 진열된 집에 있다 한들 무슨 소용이 있겠습니까. 차라리 지금 있는 재산의 삼분의 일만 가지고 내 집에서 살 수 있었더라면 오히려 좋았을 텐데……. 그리고 아르고스에서 멀리 떨어진 트로이아에서 목숨을 잃은 동지들이 살아 있었더라면 얼마나 좋았겠습니까?

나는 집 안에 틀어박혀 한탄도 했고 어떤 때는 눈물도 흘리며 마음을 달래기도 했습니다. 그러나 이런 모든 슬픔을 합친 것보다 더한 슬픔을 안겨주는 분이 한 사람 있습니다.

그분 일을 생각하면 잠도 안 오고 음식도 목으로 넘어가지 않습니다. 아카이아 군사 중 그분(오디세우스)만큼 나를 위해 고생하며 애써준 사람은 없었으니까요.

그분에게는 갖가지 재난이 닥쳐와서 나를 더욱 비탄에 빠지게 했습니다. 얼마나 오랫동안 돌아오지 않는 것인지 생사조차 알 길이 없습니다. 아마도 라에르테스[6] 노인도 사려 깊은 페넬로페도 그의 아들 텔레마코스도 모두 비탄에 젖어 있을 것입니다. 그가 출정할 무렵, 텔레마코스는 갓 태어난 갓난아기였답니다."

이 말을 듣자 아버지 생각으로 비탄에 잠겨 있던 텔레마코스는 설움이 복받쳤다. 아버지에 관한 이야기를 듣고 있는 텔레마코스의 눈에서는 눈물이 흘러내려 자줏빛 망토를 두 손으로 들어 올려 눈을 가렸다. 그것을 보자, 메넬라오스는 앞에 앉은 손님이 아버지를 그리며 울게 놔둘 것인지 아니면 슬퍼하는 사연을 물어볼 것인지 한동안 망설이고 있었다.

메넬라오스가 착잡한 마음으로 망설이고 있는데 그의 부인 헬레네가 향기가 진동하는 내전에서 나왔다. 그녀의 자태는 황금의 화살[7]을 든 아르테미스 여신처럼 아름다웠다.

부인을 모시고 온 시녀 아드레스테가 편안한 안락의자를 갖고 왔고 알

---

6) 라에르테스 : 오디세우스의 연로한 아버지. 계보상으로는 케파레니아의 시조 케파로스의 손자이며 데우카리온의 먼 후손이다. 페넬로페는 오디세우스의 아내이며, 텔레마코스는 그 아들이다.

7) 황금의 화살 : 아르테미스 여신의 칭호, 여기서 화살은 화살의 대를 지칭함.

키페는 보드라운 양털 융단을 갖다 깔았다. 또 필로는 폴리보스[8]의 부인 알칸드레가 선사한 은으로 만든 바구니를 갖고 왔다.

폴리보스는 이집트의 테바이에 살았는데 그의 집에는 세계에서 가장 금은 보화가 많았으며, 그는 은으로 만든 욕조 두 개와 발이 세 개 달린 솥 두 개, 황금 덩어리를 열 개나 메넬라오스에게 주었다. 또 헬레네에게는 부인을 시켜 황금으로 만든 실패와 바닥에는 바퀴가 달렸으며 황금으로 테두리를 두른 은바구니 등 많은 선물을 보내 왔었다.

바로 그 바구니를 시녀 필로가 갖고 와서 헬레네의 옆에 놓았는데 그 안에는 잘 다듬은 털실이 들어 있었고 그 위에는 보랏빛 양털을 감은 실패가 놓여 있었다. 헬레네가 안락의자에 앉자 발 밑에는 발판이 놓였다.

헬레네는 자세한 내막을 알아보려고 이렇게 물었다.

"제우스 신께서 보살피시는 메넬라오스님, 우리 집에 오신 이 두 손님이 뉘신지 알고 계십니까? 가만히 있을까요, 아니면 제가 생각하는 바를 솔직하게 말씀드릴까요? 남자분에게서건, 부녀자에게서건 이처럼 모습이 닮은 분은 아직껏 만나뵌 적이 없습니다. 너무나 놀라워서 바로 쳐다볼 수조차 없습니다. 이쪽 분은 지략이 훌륭한 오디세우스님의 아드님같군요. 그분은 아드님이 출생한 직후 출정하셨지요. 이 철면피 같은 저를 구출하려고 아카이아 군사들이 대담한 공격을 가하기 위해 트로이아 성 밑으로 밀어닥치던 그 무렵이었습니다."

그러자 금발의 메넬라오스가 말했다.

"맞아요, 나도 지금 부인과 똑같은 생각을 하고 있었소. 두 다리며, 손이며, 눈매며, 이마와 머리카락까지도 그분을 빼닮았군. 나는 지금 오디세우스님이 나 때문에 얼마나 고생을 하며 애써주었는지 그 추억담을 들려드리던 참이었소. 내 얘기를 듣고 있던 이 젊은 손님이 자줏빛 망토 자락으로 눈물을 닦고 있었소."

그러자 이번에는 네스토르의 아들 페이시스트라토스가 말했다.

"아트레우스의 아드님이시며 제우스 신께서 보살펴주시는 무사들의 우두머리이신 메넬라오스님, 이분은 틀림없이 그분의 아드님이십니다. 너무나

8) 폴리보스 : 여기서는 이집트의 왕을 가리킨다. 물론 다소 비슷한 이집트의 이름이든지 또는 파라오일지도 모른다.

겸손하셔서[9] 처음 뵙자마자 그런 말을 한다는 것은 예의에 어긋나는 짓이라고 생각하고 계십니다. 메넬라오스님의 말씀을 신의 말씀처럼 고맙게 생각하고 계실 뿐입니다. 저는 게렌의 기사 네스토르께서 저에게 그분을 동행하여 안내해드리라고 보낸 사람입니다. 아버지가 출타하여 돌아오지 않으면 집에 남아 있는 아들로서는 달리 도와줄 사람이 없으면 여간 걱정되지 않을 것입니다. 지금 아버님이 돌아오시지 않았으며 이타케 사람들은 누구 한 사람 그를 위해 재난을 막아주지 않고 있는 실정입니다."

그러자 금발의 메넬라오스가 대답하여 말했다.

"아아, 그것이 사실이라면 나와 절친했던 분의 아드님이 찾아오셨군요. 그분은 나를 위해 무던히도 고생을 하셨지요. 그분이 와주신다면 다른 아르고스 사람 이상으로 극진히 모셔야겠다고 생각하고 있었으니까요. 올림포스에 계신 제우스 신께서 속력이 빠른 선단을 이끌고 바다를 건너 귀국토록 허락하시기를 간절히 바리던 참이었지요.

그리고 이타케 섬에서 모든 재산과 자식과 부하들도 이곳에 옮겨와서 아르고스의 한 도성에 살 수 있도록 해드리고 집도 지어드리지요. 내가 다스리고 있는 이 주위의 도성 중의 하나를 내드릴 작정이었소. 그렇게 된다면 가끔 이것에 오셔서 함께 이야기도 나누면서 친하게 지낼 수도 있으련만. 죽음의 검은 그림자가 우리를 에워쌀 때까지는 말이오. 그러나 신께서는 그것을 시기하시는지 그분만은 돌아오지 못하시게 하고 있군요."

그가 이렇게 말하자 모두 슬픔으로 목이 메었다. 제우스 신의 딸인 아르고스 태생의[10] 헬레네도 눈물을 흘렸으며, 텔레마코스도, 아트레우스의 아들 메넬라오스도 눈물을 흘렸다.

네스토르의 아들도 두 눈에서 눈물이 흘렀다. 인품이 뛰어났던 형 안티클로스[11] 생각이 났기 때문이었다. 빛나는 새벽의 여신의 훌륭한 아들 멤

9) 너무나 겸손하셔서 : 글자의 뜻대로 말하자면 '건전한 마음씨의'. 뒤에 나오는 소프론과 동의어.

10) 아르고스 태생의 : 여기서의 아르고스는 '중앙 아르고스'와 같이 넓은 지역을 가리키는 것이든가 그리스 군을 아르고스 군사라 칭하는 것과 같은 호칭이라 생각한다. 또는 후세의 아르고스 지방만이 아니라 페르폰네소스 전체, 또는 동양부(東洋部)를 가리키는 것일지도 모른다.

11) 안티클로스 : 이 에피소드는 다른 서사시 〈일리오스의 공략(함락)〉에서 따온 것 같으며, 또 그 후에 추가되었을 것이라고 고래로 많은 학자들이 추정하고 있다.

논에게 살해당한 형을 생각하면서 페이시스트라스가 입을 열었다.

"아트레우스 가문의 어른이시여, 저의 늙으신 아버님께서는 언제나 당신을 세상에서 가장 현명한 분이라고 하셨습니다. 저희가 집에 모여 담소할 때면 늘 당신이 화제에 오르셨습니다. 괜찮으시다면 저의 말씀을 좀 들어주십시오. 만찬이 끝난 뒤까지도 계속 비탄에 젖어 있기는 싫습니다. 곧 새벽이 될 테니까요. 우리 인간이 이미 죽은 사람이나 그럴 운명에 놓인 자를 위해 눈물을 흘리는 것이 잘못 되었다고도 생각지 않습니다. 그것은 불쌍한 인간에게는 하나의 보상[12]이며, 머리를 잘라 무덤에 바치고 눈물을 흘리는 것은 인지상정이겠지요. 저의 형님도 그 무렵에 전사하셨지요. 형님은 아르고스의 군사 중에서 누구보다도 무용이 출중했습니다. 당신도 저의 형님을 아실 것입니다. 저는 비록 한 번도 만나본 적이 없었지만 사람들의 말에 따르면 형님 안티클로스는 누구보다도 빨리 달렸으며 누구보다도 뛰어난 무사였다고 합니다."

이 말에 금발의 메넬라오스가 대답하여 말했다.

"친애하는 젊은이시여, 당신의 말은 분별있는 대장부의 언행이군요. 연만한 그분의 언동을 닮았구려. 하기야 훌륭한 그 아버지의 그 아들이니 분별있는 말을 할 수 있겠지요. 훌륭한 혈통은 숨길래야 숨길 수가 없지요.

크로노스의 아드님이신 제우스 신께서는 그분에게 행운을 내려주셨습니다. 그분은 유복한 노후를 맞이하고 있으며 또 아드님들은 누구보다도 뛰어난 무사가 되도록 신께서는 보살펴주시고 계십니다. 그러니 이제부터는 우리도 아까처럼 슬퍼하지 말고 그만 슬픔을 거둡시다. 그리고 손을 씻은 다음 다시 한 번 저녁 식사를 합시다. 의논할 일은 새벽녘에 하는 것이 좋겠군요. 텔레마코스와 내가 충분히 얘기할 수 있도록."

이때 메넬라오스의 충직한 시종 아스팔라온이 그들의 손에 다시 물을 부어주었다. 일동은 다시 잘 차린 저녁 식사를 들기 시작했다.

그럴 즈음 제우스 신의 딸 헬레네는 한 가지 묘안을 생각해냈다. 그녀는 곧 그들이 마시고 있는 포도주병에 고뇌를 잊게 하고 분노를 없애주는 약을 탔다. 그 약은 모든 고뇌를 잊게 해주는데 일단 이 약을 탄 술을 마시게 되면 그날 하루만은 아버지와 어머니가 함께 죽었더라도 또는 형제나 사랑하는

---

12) 보상 : '명예의 배분', '보상의 분배'와 같은 뜻.

자식이 청동 칼에 찔려 죽었더라도 두 눈에서 눈물을 흘리지 않고 슬픔을 잊게 해준다는 약이었다.

제우스의 따님이 갖고 있는 이 신기한 약은 이집트의 톤 왕의 왕비인 폴리담나가 준 것이었다. 그 나라에서는 보리를 심는 밭에 약효가 뛰어난 약초도 심고, 독초도 자랐다. 그래서 그 나라 사람들은 의술이 뛰어났었다. 그들은 의신(醫神) 파이에온의 후손이었던 것이다.

이렇게 술에 약을 탄 후 술을 따르게 하자 헬레네는 이렇게 말했다.

"아트레우스의 아드님이신 메넬라오스시여, 제우스 신께서 돌보시는 당신과 또 여기 앉아 계시는 훌륭한 분들의 아드님들에게 말씀드리겠습니다. 물론 제우스 신께서는 좋은 일이든 악한 일이든 뜻대로 하실 수 있으시겠지만 이제 그만 슬픔은 잊어버리고 자리에 앉아 식사도 하시고 즐겁게 이야기나 나누시지요. 그러면 우선 제가 이런 자리에 어울리는 이야기를 하겠습니다.

하지만 자초지종을 다 얘기해드릴 수는 없습니다. 인내심이 강한 오디세우스께서 얼마나 많고 큰 시련을 견뎌냈는지, 그리고 이 용사가 세운 혁혁한 무훈에 대해서 다 얘기다기란 저로서는 여간 벅찬 일이 아니니까요.

아카이아 군사들이 트로이아에서 사투를 벌이고 있을 때 그분은 심한 상처를 입은 몸에 누더기 옷을 걸쳐서 노비 같은 모습으로, 적들이 우글대는 트로이아의 한복판에 잠입했지요. 신분을 숨긴 채 거지로 변장했었지요. 아카이아 군사의 선단에 계실 때는 결코 그런 모습이 아니였지요.

그런데 이런 남루한 거지 차림으로 트로이아 성내에 잠입했으니 그곳 사람들은 아무도 눈치챌 수 없었지요. 하지만 저만은 그분을 알아보았기 때문에 즉각 물어보려 했으나 그분은 용케도 피해가셨습니다.

하지만 결국 그분을 목욕시키고 올리브유를 몸에 발라주고 새 옷을 걸치게 한 후 굳게 맹세해드렸습니다. 그분의 빠른 선단이 진지에 도착하기 전에는 트로이아 사람들에게 오디세우스가 나타났다는 사실을 발설하지 않겠다고요.

그러자 그분은 비로소 저에게 아카이아군의 계획을 모조리 얘기해주었습니다. 그 뒤에 그분은 날카로운 청동 칼로 트로이아 군을 무찌르고 아르고스 군의 진지로 갖가지 정보를 가지고 돌아가셨습니다.

그때 트로이아의 다른 여자들은 탄식하며 소리내어 울었으나 저는 속으로 무척 기뻐했습니다. 고국으로 돌아가게 된 것이 저의 마음을 기쁘게 했던 것입니다. 그리운 고국 땅에 내 딸과 궁전과, 그 마음씨나 용모가 뛰어난 남편마저 버려둔 채 아프로디테의 계책에 걸려 끌려간 어리석음을 후회하였습니다."

그러자 금발의 메넬라오스가 말했다.

"부인이여, 과연 당신이 한 말은 다 조리에 맞는 말이오. 나는 지금까지 많은 영웅들로부터 사리분별이며, 생각하는 방법에 대해 배워왔으며, 여러 곳을 돌아다니며 견문을 넓혀왔지만 저 인내심이 강한 오디세우스님 같은 분은 이 눈으로 한 번도 본 적이 없었소. 가령 이번 경우만 하더라도 대담하게도 잘 다듬은 목마 속에 아르고스의 군사 중에서 선발한 뛰어난 무사들을 잠복시켜 트로이아 편에게 살육과 죽음을 안겨주었는데 그때 당신도 그곳에서 나왔었지. 트로이아 군사들에게 영예를 주려 하신 신께서 당신을 오게 했음이 틀림없었소. 당신이 올 때는 신 같은 데이포스도 따라왔었소.

그때 당신은 목마의 주위에서 세 번이나 걸음을 멈추고 병사들이 숨어 있는 목마의 배를 쓰다듬으며 다나오이 편 대장들의 이름을 한 사람 한 사람 불렀었소. 더욱이 아르고스 편 대장들의 부인의 목소리까지 흉내내어서.

그때 나와 티데우스의 아들 디오메데스와 존엄한 오디세우스는 목마의 배 속에 들어 앉아 있었는데 당신의 목소리를 들었었지요. 그래서 우리는 모두 당장 일어나서 밖으로 나갈 것인지, 아니면 그 안에서 신호를 보낼까 하고 망설이고 있었소.

그때 오디세우스님은 우리 두 사람을 말렸었소. 다른 아카이아의 무사들은 모두 잠자코 있었는데 유독 안티클로스만은 소리를 질러 대답하려 했소. 그러자 오디세우스님이 사정없이 손으로 그의 입을 막아버려 아카이아의 무사들을 안전하게 지켜주었소. 팔라스 아테네가 당신을 저쪽으로 데리고 갈 때까지 그의 입을 틀어막고 있었지요."

그러자 이번에는 현명한 텔레마코스가 말했다.

"아트레우스의 아드님이시며 제우스가 보살펴주시는 메넬라오스님, 그러나 더욱 유감스러운 것은 그러한 일들도 무참한 파멸로부터 아버님을 구해내지는 못했습니다. 이제 이야기는 그만 하고 저희들을 잠자리에 들게 해주시지요."

이렇게 말하자, 아르고스 태생인 헬레네는 시녀들에게 명하여 주랑 곁에 침대를 놓게 하고 아름다운 자줏빛 모포를 깐 다음 그 위에 시트를 깔았다. 그리고 또 부드러운 털로 짠 품이 넉넉한 상의[13]를 그 위에 더 놓았다.

13) 품이 넉넉한 상의 : 짧은 망토 같은 상의.

그런 다음 시녀들은 손에 횃불을 들고 넓은 방에서 나갔고, 침대 준비가 끝나자 시종들이 손님들을 그곳으로 안내해갔다. 두 손님은 궁전 입구의 주랑 아래서 깊은 잠으로 들어갔다.

한편 메넬라오스는 지붕이 높은 내전에서 잤는데 그 옆에는 모든 여성 중에서도 가장 아름다운 헬레네가 잠옷을 입고 잠자리에 누워 있었다.

장미빛 손가락이 가리키는 새벽이 되자 용감한 메넬라오스는 잠자리에서 일어나서 옷을 입었다. 옷을 입자 날카로운 검을 어깨에 메고 신을 신었다. 침실에서 나오는 그 모습은 신처럼 보였다. 그리고 텔레마코스의 옆에 앉으며 말했다.

"텔레마코스님, 대체 어떤 용무가 있기에 그 넓은 바다를 건너 이 신성한 라케다이몬에 오셨습니까. 나라 일로 오셨는지, 아니면 개인의 사사로운 일로 오셨는지 사실대로 말해주시지요."

그러자 현명한 텔레마코스가 대답하여 말했다.

"아트레우스의 아드님이시며 제우스 신께서 보살펴주시는 메넬라오스님, 제가 이곳에 온 것은 당신께서 혹시 저의 아버님에 대한 소식이라도 들려주시지 않을까 해서입니다. 지금 저의 집과 집안은 파멸되어가고 있으며 그 많던 재산도 바닥이 나고 있습니다. 저의 집에는 못된 자들이 몰려와서 저의 집 양들과 살찐 소들을 마구 잡아먹으면서 저의 어머님께 구혼하고 있습니다.

혹시 메넬라오스님께서 저의 아버님의 최후를 목격하셨거나 아니면 여러 나라를 떠돌아다니는 자들로부터 저의 아버님에 대해서 들은 것이 있으면 저에게 들려주십사고 찾아온 것입니다. 저의 아버님은 남달리 불행한 운명을 안고 태어나신 분입니다. 말하기 거북하거나 저를 동정하여 좋게만 말씀하지 마시고 만나셨던 그때의 상황을 사실대로 듣고 싶습니다. 저의 아버님이 트로이아에서 싸울 때 말이나 청동으로 약속한 대로 성공을 거둔 일이 있다면 그때 일을 상기하시어 사실대로 저에게 말씀해주십시오."

그러자 금발의 메넬라오스는 표정이 흐려지며 말했다.

"못된 놈들, 용감무쌍한 대장부의 잠자리에 겁쟁이인 주제에 누으려 하다니! 그것은 마치 사나운 사자의 잠자리에 어미 사슴이 와서 아기 사슴을 재워놓고 산등성이며 풀이 무성한 골짜기로 풀을 뜯어먹으려 간 것 같군. 사자가 자기의 잠자리로 돌아와서 그들을 단숨에 잡아먹듯 오디세우스도 그 못된 놈들을 죽여버릴 것이다.

한 번은 오디세우스가 레스보스 섬에서 필로메레이데스와 씨름을 했는데 그가 상대를 단번에 내동댕이쳐 아카이아 군사들을 기쁘게 했었지요.

제우스 신과 아테네 여신. 그리고 아폴론 신이시여, 오디세우스가 그때처럼 용맹스럽게 구혼자들과 맞서 싸워 한 놈도 남김없이 처치해버리게 하소서.

그리고 텔레마코스께서 물어보신 일에 대해서는 추호라도 진실에 어긋나는 말을 하거나 적당히 얼버무릴 생각은 추호도 없습니다. 즉 바다의 노인이 얘기해준 것을 조금이라도 감추거나 하지 않고 다 얘기해드리지요.

나는 항상 바삐 이곳으로 돌아오고 싶었으나 신께서는 나를 이집트에 남아 있게 했지요. 그것은 내가 신들께 합당한 제물을 바치지 않았던 때문이었습니다. 신들은 당신들께서 지시하는 것을 인간들이 잊지 않기를 바라시니까요.

나일 강 어귀에는 한 섬이 있었는데 사람들은 그 섬을 파로스라고 불렀습니다. 육지에서 그 섬까지는 빠른 배로 하루가 걸리는 거리였지요. 그 섬에는 좋은 항구가 있었고 항해하던 배들은 식수를 얻으러 이 섬에 들렀다가 다시 떠나곤 했습니다.

신께서는 이 파로스 섬에 저를 이십여 일 동안이나 묶어두었습니다. 그것은 망망한 대해로 배를 떠나보낼 순풍이 불지 않았던 때문이었습니다.

그때 만약 신들 중의 한 분이 저를 불쌍히 여기시어 도와주지 않았더라면 식량이 떨어져서 굶어 죽었을 것입니다.

그 신은 바다의 노인이라 불리는 존엄하신 프로테우스의 따님인 에이도테였는데 그 여신께서 나 혼자 외로이 떨어져 있을 때 직접 찾아오셨지요. 그때 우리는 굶주린 배를 채우기 위해 휜 낚시바늘을 가지고 고기를 잡으려고 섬을 돌아다니고 있던 중이었지요.

그 여신은 내 곁에 다가와서 말씀하셨지요. '그대는 어찌 그리 어리석은가? 바보란 말인가? 아니면 일부러 고생을 사서 하는 건가? 이토록 오랫동안 이 섬에 갇혀 있으면서도, 언제까지 있어야 할지도 모르다니……. 동료들도 꽤나 걱정이 심하겠군.

그래서 나도 대답했습니다.

'그렇다면 저도 말씀드리겠습니다. 당신이 어떠한 여신인지는 모르겠으나 결코 내가 좋아서 여기에 눌러 앉아 있는 것이 아닙니다. 저는 광활한 하늘을 지배하시는 신으로부터 벌을 받고 있는 모양입니다. 그렇다면 저에게 가르쳐주십시오. 신들은 모든 것을 다 알고 있을 테니까요. 여러 신들 중에서 어느 분이 저의 항로를 막고 귀국을 방해하고 있는지?'

내가 그렇게 말하자, 여신 중에서도 특히 고귀한 그 여신이 대답하더군요. '나그네여, 그렇다면 확실하게 말하지요. 이곳에 바다의 노인이란 분이 올 것이오. 그분은 이집트의 신으로 프로테우스라는 이름을 가졌는데 포세이돈의 부하로서 바다의 깊이를 알고 있는데, 그분은 바로 나의 아버님이시지요. 당신은 어떻게 해서든지 그분을 기다렸다가 만날 수만 있다면 앞으로의 갈 길이며 귀국에 대해서도, 그리고 어떻게 하면 고기떼가 많은 바닷길을 무사히 건널 수 있는지 말해줄 것이오.

그리고 또 제우스 신께서 보살펴주시는 당신이 원하신다면 나쁜 일이든지, 좋은 일이든지 모두 다 들려드리겠습니다. 당신이 길고도 괴로웠던 여행길을 떠난 후 당신의 집에서 일어났던 모든 일들을.'

여신이 이렇게 말하시기에 나도 이에 대답했습니다. '그렇다면 제발 어떻게 하면 그 노인을 만날 수 있는지 저에게 가르쳐주십시오. 잘못하면 노인이 저를 먼저 발견하고 저를 피하실지도 모르니까요. 인간의 몸으로 신을 이기기란 어려운 일이니까요.'

내가 이렇게 말하자 여신 중에서도 기품 높은 그분이 다시 말했습니다. '그렇다면 당신에게 확실하게 말씀드리지요. 태양이 중천에 높이 떠오를 무렵, 바다에서 서풍에 일렁이는 잔물결의 물보라를 몸에 뒤집어 쓴 채 바다의 노인이 나타날 것입니다. 그는 바다에서 나오자마자 텅 빈 동굴에 누울 것입니다. 노인의 주위에서는 바다표범과 아름다운 바다의 아가씨들이 잠을 자는데 잿빛 바다 속에서 올라올 때 그 숨소리에 섞여 깊은 바닷속 냄새가 날 것입니다. 그곳에 아침 햇살이 비칠 때 내가 당신을 데리고 가서 그곳에 눕도록 하겠습니다. 당신은 즉시 널빤지로 만든 좋은 배로 가서 힘이 센 사람 세 사람만 골라 데리고 오십시오.

그리고 이 바다 노인의 괴상한 술책에 대해서 모두 말해드리겠습니다. 첫째로, 바다표범의 수를 세어보면서 한 바퀴 도십시오. 다 센 다음 그 한복판에 드러누우십시오. 마치 양떼를 지키는 양치기처럼. 이때 노인이 완전히 잠이 든 것 같으면 지체없이 여럿이 달려들어 노인이 꼼짝 못 하게 붙잡으십시오. 노인이 발버둥쳐 도망치게 해서는 안 됩니다. 그 노인은 그때 이

지상에 살고 있는 온갖 생물과 물, 그리고 무서운 기세로 타오르는 불덩이 등 갖가지 모습으로 변장하여 달아나려 할 텐데 무슨 일이 있더라도 놓쳐서는 안 됩니다.

이윽고 그 노인이 자고 있었을 때의 그 모습으로 다시 돌아와서 당신에게 말을 걸어오거든 노인을 놓아주십시오. 그때 노인에게 물어보십시오. 여러 신들 중에서 어떤 신이 당신을 괴롭히고 있는지, 또한 어떻게 해야 물고기가 득실대는 바다를 건너 귀국할 수 있을지 물어보십시오.'

이렇게 말하고 나자 그 여신은 다시 바닷속으로 들어가버렸지요. 나는 바닷가 모래밭으로 끌어올려놓은 배가 있는 곳으로 갔는데 나의 마음속은 갖가지 생각으로 착잡했습니다. 배가 있는 곳에 이르러서 여러 사람들과 함께 저녁 식사를 지었습니다. 그러는 사이에 밤이 되어 우리는 큰 파도가 밀려오는 바닷가에 누워서 잠을 잤지요.

이튿날 장미빛 손가락의 새벽이 되자, 힘이 세고 믿음직스런 부하 셋을 데리고 바닷가로 가서 신들에게 기도를 드렸습니다. 그때 어제 만났던 그 님프가 바닷속으로 들어가서 네 마리의 바다표범 가죽을 갖고 나와주었습니다. 그 가죽은 방금 벗긴 것인데, 그 여신의 부친을 속이기 위해서였지요. 그 여신은 해변에 모래 구덩이를 파고 그 안에 들어가 앉아 우리가 오기를 기다리고 있었습니다. 우리가 가까이 다가가자 그 구덩이 속에 우리를 눕히더니 그 위에 바다표범 가죽을 덮어주었습니다. 그때는 참으로 견디기 힘들었습니다. 바다에서 사는 바다표범의 구역질나는 악취는 정말 견디기 어려웠습니다. 그 누구도 바다에 사는 괴물 옆에서 자리라고는 생각하지 못했을 것입니다.

그러나 여신은 친절하게도 그것을 예방하는 방법을 가르쳐주었습니다. 여신이 선향(仙香)을 갖고 와서 우리의 코 밑에 대주자 바다 짐승의 구역질나는 냄새도 사라졌습니다. 우리는 참을성있게 아침 내내 그곳에서 대기하고 있었습니다.

그러자 바닷속에서 바다표범들이 떼를 지어 올라와 바닷가에 드러누웠습니다. 한낮이 되었을 때 연로한 바다의 신도 바닷속에서 나타나서 살찐 바다표범을 둘러보면서 수를 세어보았습니다. 그때 노인은 우리를 바다표범으로 잘못 알고 맨먼저 세었지요. 바다 노인은 이런 음모가 있을 줄은 꿈에도 몰랐습니다. 일일이 센 다음, 그도 누워서 잠이 들었습니다.

우리는 일제히 소리치며 달려들어 노인을 꼼짝 못 하게 붙잡았는데, 노인도 결코 가만히 있지는 않았습니다.

처음에 노인은 멋진 수염을 기른 사자로 변신하더니, 다음에는 큰 뱀이 되기도 하고 표범이나 멧돼지로 변신하기도 했습니다. 그리고 흘러가는 물이나 높은 나무로 변신하기도 했습니다. 그러나 우리 또한 조금도 힘을 늦추지 않고 그 노인을 꼭 붙들고 있었습니다. 변신술에 능한 이 노인도 어쩔 수 없었던지 마침내 단념하고 우리한테 물었습니다.

'아트레우스의 아들이여, 도대체 어느 신이 그대를 도와주어 이런 계략을 꾸미게 했는가. 누가 잠복까지 해가면서 나를 붙잡으라 하던가.'

그래서 나도 말했습니다. '바다의 노인이시여, 우리가 이 섬에 붙잡혀 있으며 돌아갈 기약도 없이 눌러앉아 있다는 것을 다 아시면서 새삼스레 그것을 물으시다니요. 신들께서는 모르는 것이 없을 것인즉 제발 저에게 말씀해주십시오. 불사의 신들 중 어느 분이 저의 항로를 막아 귀국을 방해하고 있는지. 그리고 물고기가 많은 바다를 어떻게 해야 건너갈 수 있는지를.'

그러자 늙은 바다의 신은 저에게 말했습니다. '그대는 포도주빛 바다를 건너 한시 바삐 고향으로 돌아가고 싶었다면 배에 오르기 전에 반드시 제우스 신이나 그 밖의 신들께 훌륭한 제물을 바치고 떠나야 했소. 그러지 않고는 정해진 운명 때문에 가족을 만나는 것도, 고국 땅을 밟고 훌륭한 당신의 궁전에도 가지 못하오. 이집트의 하늘에서 내린 강물을 다시 한 번 건너가서 광대한 하늘을 지배하시는 불사의 신들에게 깨끗한 소 백 마리를 제물로 바치기 전에는. 그런 연후에라야 그대가 갈망하는 여행을 허락해 주실 것이오.'

늙으신 바다의 신이 이렇게 말하자 나의 가슴은 미어질 것만 같았습니다. 머나먼 이집트까지 다시 위험한 항해를 하라니 말입니다.

그러나 저는 마음을 가다듬고 대답했습니다. '연로한 바다의 신이시여, 당신께서 명하신 대로 꼭 실천하겠습니다. 그런데 이것만은 꼭 알려주셔야 하겠습니다. 그리고 확실하게 말씀하여주셔야겠습니다. 네스토르와 제가 트로이아를 떠날 때 남아 있던 아카이아의 군사들은 모두 무사히 고국으로 돌아갔는지요? 아니면 그들 중에서 누가 배에서 죽었는지, 아니면 전우의 팔에 안겨 죽었는지 말씀해주십시오. 전쟁은 이미 끝났으니까요.'

바다의 노인은 즉각 대답했습니다. '아트레우스의 아들이여, 어찌하여 그런 일들을 꼬치꼬치 물으려 하는가. 그대는 그것을 알 필요도 없으며, 내가 어떤 생각을 하고 있는지 알 필요도 없을 터인데 말이오. 만약 그대가 모든 것을 다 알게 된다면 오래 오래 눈물을 흘리지 않으면 안 될 텐데 말이오. 왜냐하면 그들 중에는 생명을 잃은 자도 많고 생존자도 많이 있었소. 청동 갑옷을 입은 아카이아의 대장 중에서는 두 사람만 귀국 중에 숨졌소. 싸움터에서 있었던 일은 그대도 함께 있었으니 알고 있을 것이고, 그리고 한 사람은 죽지는 않았으나 넓은 바다 위에 억류되어 있는 것 같소. 아이아스는 긴 노를 가진 선단과 함께 난파당했소. 처음에는 포세이돈이 귀라이의 거대한 암초에 부딪치게 했으나, 요행히 구출되었소. 그래서 죽음만은 모면했을 거요. 비록 아테네의 여신으로부터 미움을 받기는 했지만 불순한 말만 하지 않았던들. 신들의 의향이 어떤지 알아보지도 않고 대해의 넓고 험난한 뱃길을 빠져 나왔다고 소리를 쳤던 거요. 그가 이렇게 말하는 것을 포세이돈이 듣자 곧 삼지창을 손에 들고 귀라이의 바위를 내리쳐서 두 개로 갈라놓으셨지요.

갈라진 한쪽은 그대로 거기에 남아 있었으나 갈라진 바위의 다른 한쪽은 바다 속으로 가라앉아버렸소. 아이아스가 앉아서 소리를 치던 쪽의 바위가 가라앉아버린 것이오. 그리하여 그는 소용돌이치는 바다의 밑바닥으로 처박히고 말았던 거요. 결국 그는 짠 바닷물만 실컷 마시고 최후를 맞이하게 되었지요.

그러나 당신의 형은 훌륭한 배 안에 있을 때만은 죽음의 운명을 면할 수 있었는데, 그것은 헤라 여신이 도와주셨기 때문이었지요. 그런데 마레이아의 험준한 곳에 막 닿을 즈음 질풍이 그를 나꿔채어 전날 티에스테스의 성관이 있던 곳의 변두리에 배를 닿게 하였지요. 그 무렵 그곳에는 아이기스토스가 살고 있었소. 그러나 드디어[14] 신들이 바람을 본래의 방향으로 되돌려주어 고국으로 돌아갈 수 있었소.

그는 고국 땅을 다시 밟게 되자 기뻐하면서 고국의 땅을 손으로 만져보고 땅에 엎드려 입을 맞추었소. 그리고 뜨거운 눈물까지 흘렸었소. 그런데 망루가 있는 언덕에서 파수를 보던 자가 그의 모습을 발견했소. 그 파수꾼은 흑심을 품고 있던 아이기스토스가 급료로 금 이 탈란타[15]를 주고 일 년 동안 파수를

14) 그러나 드디어 : 이 부분은 고전 시대의 전설과는 아주 달라 이론이 분분하다.

15) 2탈란타 : 급료가 2탈란타라는 뜻. 1탈란톤(복수는 탈란타)은 확정하기 어려우나 약 180만원 전후(원래는 무게의 단위).

보게 했는데, 그것은 왕이 귀국하는 것을 지켜보기 위해서였소. 왕이 지나가는 것을 보거든 해치우도록[16] 말이오.

이 사나이는 영주의 성으로 달려가서 보고했소. 그러자 아이기스토스는 교활한 음모를 꾸몄소. 온 나라 안에서 힘센 장사 스무 명을 선발하여 매복시키고 한편으로는 잔치 준비를 시켰었소. 그런 다음 백성들의 목자인 아가멤논을 맞이하기 위하여 말과 수레를 이끌고 떠났소. 그러나 마음속으로는 음흉한 흉계를 꾸미면서. 그리고 눈치채지 못하게 그의 집으로 데리고 가서 연회를 베풀고 연회가 끝나자 그를 죽여버렸소. 사람들이 황소를 구유통 옆에서 죽이듯이 말이오. 그때 아트레우스의 아들을 따라온 자 중 살아 남은 사람은 한 사람도 없었으며 아이기스토스의 부하들도 모조리 죽여버렸소.'

나는 이런 말을 듣자 그만 가슴이 미어져서 모래밭에 앉아 울음을 터뜨렸지요. 그 때의 내 기분은 더 이상 살고 싶지도 않았습니다. 실컷 울고 있는데 바다의 노인이 이렇게 말했습니다. '아트레우스의 아들이여. 그렇게 울고만 있으면 어떻게 하나. 울음을 그치고 어떻게 하면 고향으로 돌아갈 수 있는지나 궁리해보시오. 아이기스토스는 아직 살아 있을지도 모르고 만약 오레스토스가 당신보다 먼저 그를 죽여버렸다면 그의 장례식에라도 참석해야 할 것이 아니겠소.'

이 말을 듣자, 슬픈 가운데도 다시 활력을 되찾게 되었지요. 그래서 그에게 말했어요.

'두 사람에 대해서는 이제 잘 알았습니다. 그러면 세 번째 사나이의 이름을 가르쳐주시오. 아직도 살아 있으며 광활한 바다의 어디에 묶여 있는지, 아니면 이미 죽었는지 궁금합니다.'

내가 이렇게 말하자 노인은 대답했지요. '라에르테스의 아들(오디세우스)이오. 이타케 섬에 사는 그 사람이 어느 섬에서 눈물을 흘리고 있는 것을 보았었소. 젊은 여신 칼립소의 집이었는데 그 여신이 놓아주지 않아 자기 나라로 돌아가지 못하고 있었소. 그에게는 넓은 바다를 건널 수 있는 노를 갖춘 배도, 선원도 없었소. 제우스 신께서 보살펴주시는 메넬라오스여, 신들의 말에 의하면 그대는 말이 풀을 뜯는 아르고스에서 생명이 다하도록 살 수는

16) 해치우도록 : 아이기스토스를 살해하는 것을 가리킴.

없을 것이오. 불사의 신들은 세계의 끝인 극락[17]의 들판으로 그대를 보낼 것이오. 그곳은 금발의 라다만티스가 다스리는 곳인데, 인간에게는 가장 안락한 나라로, 눈도 없고 겨울의 폭풍우도 불지 않고 대양에서 불어오는 서풍이 인간에게 생기를 되찾게 해주는 곳이라 하오. 그것은 그대가 헬레네를 비(妃)로 삼아 제우스 신의 사위가 되었기 때문이오.'

노인은 이렇게 말하자 파도가 이는 바다 속으로 들어가버렸지요. 나는 선단이 있는 곳으로 나의 훌륭한 동료들을 데리고 갔는데, 가는 도중 가슴이 미어질 것만 같았지요. 배가 있는 곳에 도착하자 우리가 저녁 식사 준비를 하는 동안 어느덧 밤이 되었지요. 우리는 해변에 누워 잠을 청했지요. 이튿날 이른 새벽, 배를 반짝이는 바다 위로 끌어내리고 배에 돛대를 박고 돛을 달자, 우리는 배에 올라 노를 저을 준비를 갖추었지요. 그리고 노를 저어, 하늘로부터 나일강 어귀로 가서 배를 멈추자 우리는 신께 백 마리의 소를 제물로 바쳤소. 이렇게 신들의 노여움을 진정시킨 후 아가멤논의 이름이 후세에 대대로 전해지게 하기 위해 그의 분묘를 쌓았었지요. 이렇게 한 다음 귀로에 올랐는데 신들도 순풍을 보내주시어 우리는 그리운 고향땅으로 돌아오게 되었지요.

그런데 젊은 양반, 앞으로 열하루나 열이틀만 더 우리 집에 묵도록 하시지요. 그러면 훌륭한 선물과 세 필의 말이 이끄는 이인용 수레, 그리고 예쁜 술잔도 드리지요. 그 술잔에 술을 따라 신들에게 바치고, 언제까지나 나를 생각해 주시오."

그러자 이번에는 현명한 텔레마코스가 말했다.

"아트레우스의 아드님이시여, 제가 이곳에 오랫동안 머물도록 붙들지 말아주십시오. 일 년 동안이라도 이곳에 머물면서 메넬라오스님의 재미있는 얘기를 듣고 있으면 저희 집이나 부모님 생각도 잊을 수 있겠지요. 그러나 거룩한 필로스에 남겨두고 온 동료들이 제 마음을 괴롭히는군요. 선물도 주시겠다 하셨는데 그것이 어떤 선물이든 광 속에 그대로 넣어두시지요. 말도 이타케 섬으로는 가져가지 않겠습니다. 메넬라오스님을 위해 장엄한 징표로서 이곳에 두고 가겠습니다.

메넬라오스님께서도 넓은 들판을 영지로 가지셔서, 그 들판에서는 토끼

---

17) 극락(極樂 : 엘류시온) : 세계의 끝에 있는 것으로 상정된 낙원경(樂園境), 크레테의 왕 미노스와 형제간인 라다만티스의 지배하에 있다고 한다.

풀이나 등심초며, 밀도 호밀도 보리도 자라고 있지만 이타케 섬에는 넓은 목장도 없습니다. 그 많은 섬 중에서도 말이 달릴 수 있는 곳이나 좋은 목장을 갖지 못해서 고작 산양이나 기를 수 있는 곳이지만 더없이 아름답고 즐거운 곳이랍니다."

이 말에 용감한 메넬라오스는 텔레마코스의 등을 어루만지면서 말했다.

"그대가 훌륭한 집안의 사람이라는 것은 그대의 말만 들어도 알 것 같구려. 사정이 정 그러시다면 선물을 바꾸어드리지요. 그것은 아주 간단하니까. 우리 집 창고에 쌓여 있는 어떤 것이라도 원하시는 대로 선물로 드리지요. 그 중에서도 가장 값진 것으로. 우선 정교하게 만든 혼주기가 있는데, 그것은 은으로 만들어져 있으며 그 테두리를 황금으로 장식한 것으로 헤파이스토스 신께서 직접 만들었지요. 이것을 저에게 선사해주신 분은 시돈[18]의 왕이신 파이디모스님이신데 내가 귀국 중 그분의 성관에 묵게 되었을 때 주신 것이오. 그것을 당신에게 드리지요."

이렇게 서로 얘기를 주고받고 있는데 훌륭한 왕(메넬라오스)의 연회에 초대받은 사람들이 성관으로 몰려왔다. 어떤 사람은 산양을 몰고 왔고, 무사의 기분을 돋구어줄 술을 갖고 오는 사람도 있었다. 그들의 아낙들은 맛있는 빵을 만들어 보내기도 했다. 이처럼 메넬라오스의 성관에서는 연회 준비에 분주했다.

그러나 한편 오디세우스의 성관 앞에서는 구혼자들이 전과 다름없이 오만무례하게 원반 던지기나 가는 창 던지기를 하며 즐기고 있었다. 안티노스와 신처럼 보이는 에우리마코스도 앉아 있었다.

이들 두 사람은 구혼자들의 우두머리격으로 그 역량도 그들 중에서는 가장 뛰어났었다. 프로니오스의 아들 노에몬이 두 사람 옆으로 다가와서 안티노스에게 물었다.

"안티노스여, 도대체 우리는 텔레마코스가 언제 모래 언덕이 끝도 없이 뻗어 있는 필로스에서 돌아올 것인지 알고 있는가? 텔레마코스는 내 배를 타고 떠났는데 뜰이 넓은[19] 엘리스로 돌아가자면 그 배가 있어야 하오. 그

---

18) 시돈 : 포이니키아의 유력한 상공업 도시, 티로스와 함께 호메로스에 자주 나온다.

19) 뜰이 넓은 : 이 형용은 euru와 choros로 되어 있어서 종종 '넓은 무도장을 가진'으로 해석되기도 하나 시읍(市邑)을 형용하는 말로는 개연성이 적고, '지역이 넓은' 것을 형용하기 위해 시율(詩律)의 제약으로 축소된 것으로 짐작된다.

배 안에는 암놈 말이 열두 마리가 실려 있네, 그 중에는 아직도 허약하고 젖을 떼지 않은 노새의 새끼가 있는데 그 중 한 마리를 데려와서 단련시켜야겠소."

그의 말을 듣자 모두 아연해 했다. 그들은 텔레마코스가 넬레우스가 있는 필로스에 갔으리라고는 꿈에도 생각지 못했으며, 이 섬의 어디에선가 묻혀 살면서 돼지를 기르는 사람이나 양치기와 함께 지내고 있을 것이라고 생각하고 있었던 것이다.

그러자 이번에는 에우피테스의 아들 안티노스가 말했다.

"그가 언제 떠나갔는지, 어떤 젊은이들이 그와 함께 떠났는지, 이타케 섬 사람 중에서 선발한 자인지, 아니면 그의 집 하인이나 고용인인지 확실하게 말해주게. 충분히 이해할 수 있도록. 자네의 승낙도 없이 자네의 검은 배를 빼앗아갔는지, 아니면 자네의 허락을 받고 타고 갔는지를."

프로니오스의 아들 노에몬이 대답하여 말했다.

"내가 승낙해주었소. 다른 사람도 그가 부탁한다면 거절하지 못했을거요. 국왕의 아드님이 여러 가지로 고민하던 끝에 하는 부탁을 거절하기란 어려운 일이 아니겠소. 텔레마코스를 따라간 젊은이들은 이타케 섬 안에서는 우리들 다음으로 출중한 자들이었소. 그리고 멘토르님도 그들의 지휘자로서 배에 타는 것을 보았는데 신처럼 위엄이 있어 보였소. 그런데 참 이상하단 말이오. 그 존엄한 멘토르님을 어제 새벽 이곳에서 보았단 말이오. 그때 분명히 배를 타고 필로스로 떠났었는데……."

이렇게 말하고 나자 노에몬은 아버지의 집을 향해 가버렸다.

그러자 혈기가 왕성한 이 두 사람[20]도 몹시 불안해졌다. 운동 경기를 중단시키고 구혼자들을 한 곳에 모아놓자, 에우피테스의 아들 안티노스가 노에몬에게서 들은 말에 몹시 화가 나서 말했다. 그의 가슴은 분노로 부글거리고 있었으며 두 눈은 불덩이처럼 이글거렸다.

"이 무슨 날벼락인가. 텔레마코스는 엄청난 일을 하고 있소. 이 여행은 도저히 실천에 옮기지 못할 것으로 알고 있었는데 말이오. 우리가 그토록 방해했는데도 그 애숭이는 배를 내어 온 나라에서 힘센 장정들을 선발하여 떠나고 말았소. 그는 이제 우리를 괴롭히려 하겠지. 그러니 제우스 신께서

---

20) 이 두 사람 : 안티노스와 에우리마코스 두 사람을 가리킴.

그가 성인이 되기 전에 이를 말려주시기를 빌 뿐이다. 어쨌든 어서 빠른 배와 스무 명의 동지를 나에게 모아주게. 그가 돌아오는 길목에서 지키고 있게. 이타케 섬과 사모스 섬의 사이에서 지키고 있다가 자기의 아버지를 찾는 텔레마코스에게 따끔한 맛을 보여줄 수 있게 말이오."

이렇게 말하자 구혼자들은 이구동성으로 찬성하고 자리에서 일어나 오디세우스의 성관으로 갔다.

페넬로페도 이 사실을 곧 알게 되었다. 구혼자들은 이 일을 비밀리에 하려 했으나 전령 메돈이 안뜰 밖에 있다가 이 책모를 듣고 그녀에게 알려주었던 것이다. 메돈이 페넬로페에게 이 사실을 알려주려고 방으로 막 들어서려는데 페넬로페가 가까이 오라고 말했다.

"전령님, 어찌하여 저 오만한 구혼자들은 당신을 또 내게로 보냈습니까? 오디세우스의 시녀들에게 하던 일을 중단하고 자기들을 위해 식사라도 준비하라는 건가요? 이제는 아주 진저리가 나요. 더 이상 몰려들지 않았으면 좋으련만. 여기서 향연을 여는 것도 이것이 마지막이 되었으면 좋겠어요. 그자들은 걸핏하면 여기에 몰려와서 마음씨 착한 텔레마코스의 재산을 축내고 있으니 말이오. 당신들은 어렸을 때 당신들의 부모한테서 들어보지도 못한 것 같군요. 오디세우스가 당신들 부모들 사이에서도 얼마나 뛰어난 분이었다는 것을. 그분은 누구에게도 공정하지 못한 일은 하지 않았지요. 그것이 바로 한 나라의 군주로서 지켜야 할 훌륭한 길이지요. 세상에는 흔히 어떤 사람은 미워하고, 어떤 사람은 사랑하는 사람이 있지만 그분은 단 한 번도 도리에 어긋난 일을 한 적이 없었습니다. 그러나 당신들의 도리에 벗어난 거친 행동은 예전에 있었던 은혜를 깨끗이 잊어버렸다는 증거입니다."

그 말에 분별있는 메돈이 말했다.

"지당하신 말씀입니다. 지금까지 해온 그들의 짓이 가장 악랄한 짓이었다면 얼마나 좋겠습니까? 그런데 구혼자들은 더 흉악하고 가증스런 음모를 꾀하고 있습니다. 크로노스의 아드님이신 제우스 신께서 그들의 음모가 성사되지 못하게 해주시도록 빌 뿐입니다. 지금 그들은 텔레마코스님이 아버님의 소식을 알아보기 위하여 신성한 필로스와 라케다이몬으로 떠나셨다 돌아오시는 길에 매복해 있다가 예리한 검으로 살해하려는 음모를 꾸미고 있습니다."

그 말을 듣자 부인은 무릎과 마음이 떨려 말을 잇지 못했다. 두 눈에는 눈물이 가득 고였으며 목이 메어 말도 하지 못했다. 한참 후에 부인은 가까스로 입을 열어 그에게 말했다.

"전령님, 내 아들은 어찌하여 그곳으로 떠났을까요? 빠른 배를 타고 떠날 필요는 없었을 텐데. 그 험난한 바다로 떠났으니 자기의 이름마저 이 세상에서 잊게 할 작정일까요?"

그 말에 분별이 뛰어난 메돈이 대답했다.

"어느 신께서 그분에게 그렇게 하라고 시키셨는지, 아니면 그분 스스로 아버님 소식을 알아보려고 그렇게 결심하셨는지 저로서는 전혀 알 수가 없습니다."

전령은 이렇게 말하더니 방에서 나왔다. 페넬로페는 너무나 가슴이 미어지는 것 같아 더 이상 앉아 있을 수가 없었다. 그녀는 아담하게 꾸며진 내실 문지방에 주저앉아 눈물을 흘리면서 애통해했다. 페넬로페의 주변에는 시녀들이 몰려와서 흐느껴 울었다. 페넬로페는 울면서 말했다.

"올림포스에 계시는 신들께서는 나와 같은 또래의 모든 여자들 중에서도 특히 나에게는 가장 큰 고뇌를 주셨소. 나는 오래 전에 남편을 잃었소. 그분은 사자 같은 용맹스런 다나오스의 후예 중에서도 가장 용감한 분으로, 그분의 명성은 헬라스와 아르고스의 온 나라 안에까지 널리 알려져 있었지요. 그런데 이번에는 또 사랑스런 내 아들이 한 마디의 작별 인사도 없이 질풍처럼 떠나가버렸구려. 그런데도 떠나간 사실조차 모르고 있었다니. 당신들은 그런데도 나에게 한 마디도 말해주지 않았소. 내 아들이 검은 배를 타고 떠날 때 그것을 다 알고 있었는데도 말이오. 너무나 매정하오! 내 아들이 이 여행을 계획한다는 것을 내가 알았더라면 그 아이가 아무리 떠나고 싶어 해도 나는 말렸을 것이고 그래도 굽히지 않는다면 나를 죽이고 떠나라고 했을 것이오.

누구라도 빨리 가서 돌리오스 노인을 불러오시오. 옛날 내가 이 집에 시집올 때 아버님께서 나에게 딸려보낸 그 노인을. 그 노인은 나무가 무성한 과수원을 돌보고 있을 것이오. 그 노인을 라에르테스님에게 보내어 이 사실을 알리면 그분은 어쩌면 좋은 계책을 생각하셔서 이리로 오셔서 시민들에게 호소할 것이오. 그 자들[21]이 신이나 다름없는 오디세우스의 자손을 멸망시키려고 음모를 꾸미고 있다고 호소할 것이오."

그녀의 말에 마음씨 고운 유모 에우리클레이아가 말했다.

---

21) 그 자들 : '아들을 죽이려고'와 같이 접속사를 변형시킨 것이라고 주장하는 학자도 있다.

"존경하옵는 마님, 시퍼런 청동 칼로 저를 죽이신다 해도, 또는 이 집에서 내쫓으신다고 해도 좋습니다. 사실대로 말씀드리겠습니다. 저는 이번 일을 죄다 알고 있었습니다. 텔레마코스님이 분부하시는 대로 식량과 달콤한 술 등 물품들을 챙겨드렸습니다. 하지만 저에게 엄숙한 서약을 하라고 하셨습니다. 도련님이 떠나시고 열이틀이 되기 전에는 마님께 말씀드리지 말라고요. 마님께서 도련님이 떠나셨다는 것을 아시기 전까지는——. 마님이 너무 상심하셔서 얼굴을 상하게 해서는 안 된다는 것이었습니다. 그러하오니 어서 목욕을 하신 후 깨끗한 옷으로 갈아 입으시고 시녀의 부축을 받아 이층으로 올라가셔서 산양 가죽 방패[22]를 든 제우스 신께 기도하십시오. 그렇게 하면 여신께서는 도련님을 사지(死地)에서 보호해주실 겁니다. 그리고 갖가지 불행으로 괴로워하시는 라에르테스님에게는 더 이상 괴로움을 주셔서는 안 됩니다. 알리지 마셔야 합니다. 틀림없이 아르테이시오스의 혈통을 이어받은 분을 끝까지 미워하시지는 않을 것입니다. 아마도 신께서는 이 성관과 기름진 넓은 땅을 지켜주실 겁니다."

이렇게 위로해주면서 두 눈의 눈물을 닦아주었다.

그래서 왕비는 목욕을 하고 깨끗한 옷으로 갈아입은 후 시녀들을 거느리고 이층으로 올라가서 제사에 쓸 보리를 바구니에 담아들고 가 아테네 여신에게 기도하였다.

"산양 가죽 방패를 가지신 제우스 신의 따님이신 아트리트네[23]님이시여! 언젠가 지모가 뛰어난 오디세우스가 암소와 산양의 살찐 넓적다리를 구워 제사를 드린 일을 상기하시어 사랑하는 저의 아들을 도와주시고 또한 오만무례한 구혼자들의 간악한 흉계에서 보호해주소서."

이렇게 큰소리로 기도하자 여신은 그 기도를 들으셨다.

한편 구혼자들은 어둑어둑한 넓은 대청에서 방자하게 떠들어댔다. 그 중 한 젊은이가 이렇게 말했다.

"이것은 분명히 많은 사람들로부터 구혼을 받고 있는 페넬로페 부인이

---

22) 산양 가죽 방패 : 제우스를 형용하는 말로 사용되는 말. 비를 안은 구름을 검은 산양 가죽(아이기스)으로 만든 방패에 담고 있다고 한다. 제우스는 거치른 하늘, 천둥을 관장하는 신이다.

23) 아트리트네 : 아테네 여신의 별칭, 트르트게니아와 연관이 있는 말로 생각되며 그 말의 뜻은 전혀 알려지지 않고 있다.

혼례 축하연을 준비하고 있는 것 같소. 자기의 아들을 죽이려는 계책이 꾸며지고 있다는 것도 모르고서 말이오."

이렇게 그들은 떠들고 있었지만 그들의 계획이 어떻게 되어가는지는 아무도 알지 못했다. 그때 안토노스가 일장 연설을 하였다.

"여러분, 말들을 조심하시오. 누군가 우리가 하는 말을 듣고 내전에 알리거나 하면 안 되니까. 모두 일어나서 아까 우리가 하던 이야기를 실천에 옮기도록 합시다."

이렇게 하여 스무 명의 힘센 젊은이를 선발하자 빠른 배가 정박해 있는 바닷가로 떠났다. 그들은 우선 배를 깊은 바다에 띄우고 돛대에 돛을 달고 노를 가죽끈으로 뱃전에 단단히 묶었다. 그 사이에 시종들이 무기 등을 운반해왔다. 그들은 해안에 배를 정박시킨 후 육지로 올라가서 저녁 식사를 하고 밤이 되기를 기다리고 있었다.

한편 페넬로페는 이층 방에서 식사도 하지 않고 마실 것도 마시지 않은 채 오직 아들이 죽음을 모면하고 돌아와주지 않을까, 무례한 구혼자들에게 살해되면 어쩌나 걱정하고 있었다. 그것은 마치 암사자가 사냥꾼들에게 둘러싸여 겁에 질려 있듯이 페넬로페는 몸을 뒤척이다가 잠이 들었다.

이때쯤 빛나는 눈의 여신은 생각난 것이 있어 도량이 넓은 이카리오스의 따님인 이프티메의 환영을 만들었다. 이프티메는 페라이 거리[24]에 살고 있는 에우멜로스에게 출가한 분인데 그 여인의 환영을 거룩한 오디세우스의 저택으로 보냈다. 그렇게 한 것은 비탄에 젖어 울고 있는 페넬로페로 하여금 울음을 그치게 하고 슬픔을 잊게 해주기 위해서였다. 그 환영은 문틈을 비집고 들어가 부인의 머리맡에 서서 그녀에게 말했다.

"페넬로페여, 비탄에 젖어서 자고 있구나. 안락하게 지내시는 신들께서는 그대를 슬프게만 하지는 않을 것이다. 그리고 그대의 아들을 꼭 돌아올 수 있도록 정해놓으셨다. 신들에게 아무런 죄도 짓지 않았으니까."

그러자 정숙한 페넬로페가 대답했다.

---

24) 페라이 거리 : 이 페라이는 테사리아 중부에 있는 성곽 도시로 페리아스의 씨 다른 형 페레스가 점거하고 있었으며 후에 그의 아들 아드메토스의 거성으로, 페리아스의 이오르코스에 가깝다. 에우멜로스는 아드메토스와 마르케스티스 사이에 태어난 아들, 트로이의 전쟁에도 출정했었다.

"언니가 어떻게 다 오셨지요? 너무나 먼 곳에 살고 계셔서 지금까지 한 번도 오시지 않았잖아요? 내 가슴을 아프게 하는 괴로움과 불행을 잊으란 말씀인가요? 저는 오래 전에 훌륭한 남편을 잃었습니다. 그분은 사자처럼 용감했으며, 다나오스의 후손 중에서도 가장 뛰어난 분이었지요. 그분의 명성은 온 헬라스에, 그리고 아르고스의 방방곡곡까지 퍼져 있었지요. 그런데 이번에는 사랑하는 제 아들이 튼튼한 배를 타고 멀리 떠났답니다. 아직 철도 들지 않았으며 행동거지도 서툰 어린 나이에. 나는 남편보다도 그 아이 때문에 더욱 마음이 아픕니다. 그가 간 고장에서나 또는 바다 한복판에서 재난을 당할까 걱정입니다. 간악한 마음을 품고 있는 자들은 그 아이가 고국으로 돌아오기 전에 살해하려고 음모를 꾸미고 있답니다."

부인의 말에 환영은 이렇게 대답했다.

"글쎄, 염려하지 않아도 될 테니, 기운을 차리거라. 든든한 분이 곁에 계시니까. 그분은 누구나 곁에 있어 주시기를 바라는 팔라스 아테네 여신이시다. 그분이 함께 떠나셨다는구나. 그분은 너를 불쌍히 여기시어, 자초지종을 말해주라고 나를 이곳으로 보내신 것이다."

이번에는 현숙한 페넬로페가 말했다.

"만약에 언니가 신의 명을 받아 나를 찾아오셨다면, 그분에 대해서 자세히 말해주세요. 아직도 살아 있으며 눈으로 햇빛을 받고 있을까요? 아니면 벌써 세상을 떠나 저승으로 가 계신지?"

그 말에 환영이 대답하여 말했다.

"오디세우스가 아직도 살아 있는지, 죽었는지에 대해서는 자세히 말할 수 없다. 바람처럼 허황된 소문을 전하는 것은 재앙만 불러 일으키니까."

이렇게 말하자, 바람처럼 문틈을 빠져나가 자취를 감추었다. 혼자 남은 이카리오스의 딸 페넬로페는 잠에서 깨어났다. 그녀의 마음은 한결 편안해졌다.

한편 구혼자들은 배에 오르자 쏜살같이 바다 위로 미끄러져 나갔다. 그들의 마음 속에는 텔레마코스를 죽여야겠다는 생각으로 가득 차 있었다.

배가 이타케 섬과 사모스 섬 사이에 이르자 험준한 바위가 많은 한 섬이 나타났다. 그 섬은 아스테리스라는 작은 섬인데 배가 정박할 수 있는 두 포구가 나란히 마주보고 있었다. 아카이아의 음모자들은 이곳에 숨어 텔레마코스가 나타나기를 기다렸다.

제 5 편

오디세우스의 뗏목 항해. 여신 칼립소는 헤르메이아스의 재촉으로 오디세우스를 뗏목에 태워 섬에서 떠나보내는데 그 뗏목은 폭풍을 만나 파선한다. 그는 가까스로 헤엄쳐서 스케리에 섬에 닿게 된다.

새벽의 여신은 잠자리에서 일어나서 티토노스[1]의 곁을 떠났다. 불사의 신들과 언젠가는 죽어야 할 인간들에게 빛을 가져다 주기 위해서였다. 한편 신들은 하늘 높이 천둥을 울리는 제우스 신과 함께 회의장에 모여 앉았다.

이때 아테네 여신은 신들에게 오디세우스의 갖가지 고난을 상기시켜 그들에게 말했다. 아직껏 님프[2]의 저택에 억류되어 있는 것을 염려하면서.

"제우스님, 그리고 영원하시며, 축복받은 신들이시여, 앞으로는 왕홀을 가진 국왕은 결코 자비를 베풀고 정의의 길을 걸을 것이 아니라 포학과 불법을 일삼는 것이 더 나을 것이라는 결론에 도달하게 되었습니다. 저 훌륭한 오디세우스를 보십시오. 그는 한 나라의 군주로서 아버지처럼 백성들을 다스렸건만 지금은 한 섬에 역류되어 갖은 고난을 다 겪고 있습니다. 그는 지금 님프 칼립소의 강제로 억류되어 자기 나라에도 돌아가지 못하고 있습니다. 왜나햐면 그에게는 노를 가진 배도 없으며 고국으로 데려다 줄 뱃사람도 없으므로 넓은 바다를 건너 고향 땅으로 가지 못하고 있습니다. 게다가 그의 사랑하는 아들이 고향으로 돌아오는 것을 도중에 숨어 있다가 살해하려고

1) 티토노스 : 흔히 트로이아 왕가의 출신으로 프리아모스 왕과는 형제지간이라고 하는데 이것은 확실치 않으며 동방 이민족의 전설에서 유래한 것 같다. 새벽의 여신 에오스의 사랑을 받아, 그의 처소에서 지냈는데 늙게 되자 개미의 껍질같이 되었다고 한다.

2) 님프 : 여신 칼립소를 말함. 일설에 의하면 거인 아트라스의 딸이라 하는데, 다른 자매들과의 관련이 애매하며 다른 설인 헬리오스(태양신)의 딸로 본다면 키르케와는 자매지간이 된다. 말하자면 공상의 산물이다.

음모를 꾸미는 자들도 있습니다. 그 아들은 아버지의 소식을 알아보려고 신성한 필로스와 라케다이몬까지 갔었습니다."

그러자 모든 구름을 모으는 제우스가 말했다.

"나의 딸아, 그게 무슨 소리냐? 오디세우스는 돌아가는 즉시 그 사나이들에게 복수하게 한다는 것은 바로 네가 꾸며낸 계책이 아니더냐. 그러니 텔레마코스는 네가 잘 호위하여 돌려보내는 것이 좋겠다. 너도 그만한 힘을 가지고 있을 것인즉 그 아이를 이타케로 돌아가게 할 수 있을 것이다. 그리고 구혼자들이 헛탕을 친 채 돌아가게 하거라."

그러더니 이번에는 사랑하는 아들 헤르메이아스를 보고 말했다.

"헤르메이아스야, 너는 이번에 빈틈없는 사절 역할을 맡아주어야겠다. 머리결이 아름다운 님프를 찾아가서 고생하고 있는 오디세우스를 귀국시키기로 했다는 우리의 결의를 전하고 오거라. 그러나 그 사람은 신이나 죽어야 할 인간의 도움없이 혼자 힘으로 돌아가도록. 그 대신 나무로 엮은 뗏목을 타고 온갖 고난을 겪은 끝에 이십 일만에 신들의 핏줄을 이어받은 파이에케스인들이 살고 있는 비옥한 스케리에 섬[3]에 도착하게 되겠지. 그 사람들은 그를 신처럼 진심으로 환대하고 다시 배에 태워 그리운 그의 고국으로 보내줄 것이다. 청동이나 황금도, 그리고 옷도 듬뿍 선물로 주어서. 오디세우스가 전쟁에서 얻은 물건 중 자기 몫으로 나누어받은 것들을 아무런 피해없이 고스란히 갖고 돌아갔다 하더라도 그것에는 결코 미치지 못할 정도로. 즉 그의 운명은 이렇게 결정되어 있는 것이다. 그리하여 사랑하는 가족도 만나고 자기 나라의 높이 솟은 성관으로 돌아가게 될 것이다."

이렇게 말하자 아르고스를 살해한 사절의 신도 이의없이 수긍하고 두 발에 멋진 신을 신었다. 그 신발은 신성하고 황금으로 만들었는데 물결이 높이 이는 바다 위건 끝없는 땅 위를 쏜살같이 날아가게 할 수 있는 신발이었다. 또한 그의 손에는 인간의 눈에 이상한 힘을 미치게 하여 신의 뜻대로 깨어나게도 하는 지팡이를 들고 위세가 당당하게 날아갔다.

그는 피에리에[4] 산맥을 넘어 바다로 곤두박질쳐서는 파도 위를 갈매기처럼

---

3) 스케리에 섬 : 뒤에 오디세우스가 파선하여 헤엄쳐간 신인(神人) 파이에케스들이 사는 섬 이름. 지금의 코르퀴라 섬이라고도 하나 확실치 않다.

4) 피에리에 : 텟사리아의 북방, 올림포스 산의 동북으로 이어지는 산맥. 시신(詩神) 무사이들이 사는 곳이라 하여 그들을 피에리데스라 부른다.

날쌔게 날아갔다. 물고기를 잡으려고 물보라에 날갯죽지를 적셨다가는 다시 날으는 갈매기처럼 헤르메이아스는 출렁이는 파도 위를 날아갔다.

그러나 이윽고 멀리 있는 그 섬에 이르자 보랏빛 바다에서 나와 넓은 육지로 오르더니 큰 동굴이 있는 곳까지 걸어서 갔다. 그 동굴에는 아름다운 머리를 한 젊은 여신이 살고 있었는데 마침 동굴 안에 있었다. 난로에서는 한참 불길이 솟아오르고 있어서 향나무 타는 냄새가 온 섬 안에 진동했다. 여신은 동굴 속에서 고운 목소리로 노래를 부르면서 황금색 북으로 베를 짜고 있었다.

동굴 주위는 무성한 나무로 가득했는데 오리나무와 버드나무에 향기를 내뿜는 측백나무가 빽빽이 들어서 있었다. 그 나뭇가지들에는 온갖 새들이 둥지를 틀고 있었다. 수리부엉이나 매, 요란하게 지저귀는 바다 까마귀들로, 이 새들은 먹이를 주로 바다에서 구해왔다. 텅 빈 동굴 주위에는 포도 덩굴이 뻗어 있었으며 덩굴에는 포도가 주렁주렁 달려있었다. 그리고 네 갈래로 뻗어져서 수정처럼 맑은 물을 뿜어내는 샘가에는 부드러운 풀밭이 펼쳐져 있고, 그곳에는 오랑캐꽃이나 파슬리 등이 자라고 있었다. 이러한 풍경을 본다면 불사의 신들이라 하더라도 감탄하여 마음의 위로를 받을 것이다.

이곳에서 잠시 걸음을 멈추고 아르고스를 죽인 사절 헤르메이아스는 아름다운 경치를 살펴보았다. 경치를 구경하고 나자 널따란 동굴 속으로 들어갔다. 그를 영접하러 나온 칼립소는 찾아온 사람이 누군지 곧 알아보았다. 왜냐하면 불사의 신들은 서로 멀리 떨어져서 살고 있더라도 모두 잘 알고 있기 때문이었다. 그러나 헤르메이아스는 기량이 뛰어난 오디세우스를 그 동굴 속에서는 볼 수가 없었다. 오디세우스는 지금도 바닷가에 나가 시름에 젖어 있었다. 눈물을 흘리며 탄식하면서 망망한 바다를 바라보고 있었다.

여신 중에서 특히 거룩한 여신 칼립소는 반짝반짝 빛나는 팔걸이 의자에 앉아 헤르메이아스에게 물었다.

"황금 지팡이를 짚으신 헤르메이아스께서 어쩐 일로 오셨습니까. 전에는 오신 적이 없으셨기에 드리는 말씀입니다. 용건을 말씀해보시지요. 하시는 말씀은 모두 따르겠습니다. 제가 할 수 있는 일이라면 하구 말구요. 어쨌든 안으로 드시지요, 귀한 손님이신데."

이렇게 말하자 여신은 네 개의 발이 달린 식탁을 가까이 놓게 하고 신들이 먹는 성찬을 내왔다. 그리고 새빨간 신주(神酒)를 섞어 따랐다.

아르고스를 죽인 사절의 신이 식사를 마치자 여신에게 입을 열었다.

"여신인 당신께서 신인 나에게 찾아온 까닭을 물으시니 확실한 용건을 당신에게 전하도록 하겠습니다. 나를 이곳에 보낸 분은 제우스 신이십니다. 제가 맡은 임무는 별로 마음이 내키지 않는 일이지만 어쩌겠습니까? 그 누가 자진해서 이렇게 멀고 험한 바닷길을 달려오겠습니까? 더구나 인간이 살지 않아 나에게 제물을 바칠 사람도 없는 이곳에. 어쨌든 산양 가죽으로 만든 방패를 가지신 제우스 님의 뜻이니 어떤 신이라도 이를 회피하거나 거역할 수는 없는 일이겠지요. 그분의 분부는 다른 어떤 무사보다도 그 불쌍한 사나이를 당신의 곁에 더 이상 눌러 있게 하지 말고 풀어주라는 것입니다. 그들은 프리아모스 성시(城市)를 둘러싸고 구 년 동안이나 전쟁을 계속하다가 십 년만에 성을 공략하고 고국으로 돌아가는 중이었지요. 그러나 그들은 돌아가던 중 아테네 여신에게 죄를 지었지요. 아테네 여신은 화가 나서 강풍을 일으켜서 파도에 휩쓸리게 했지요. 이때 다른 무사들은 대부분이 죽었지만 그 사람만은 바람과 파도에 실려 이 섬에 닿게 되었었소. 그러나 그의 운명은 가족을 떠나 이 섬에서 죽게 되어 있지는 않으며, 앞으로 고향으로 돌아가서 자기의 집에서 가족도 만나게 되어 있기 때문이오."

이 말을 듣자 여신 중에서도 거룩한 칼립소는 부르르 몸을 떨면서 헤르메이아스에게 위엄있는 목소리로 말했다.

"참으로 무정한 분들이시군요. 신들은 여신이 인간인 사나이와 같이 자는 것을 너무 시기하셔요. 인간을 남편으로 삼는 것이 어떻다는 말입니까? 장미빛 손가락을 가진 새벽의 여신이 오리온[5]을 가까이 하자 신들은 그것을 시기하여 황금의 옥좌에 계신 성스러운 아르테미스님이 오르티기에[6]에서 오리온을 활로 쏘아 죽이실 때까지 계속 새벽의 여신은 시기하셨지요. 또한 이아시온[7]과 아름다운 머리를 가진 테메테르가 서로 사랑하여 논두렁에서

---

5) 오리온 : 포세이돈과 에우리알레스 사이에서 태어난 아들로 거인이며 미남으로 알려져 있으며 사냥을 좋아했다. 새벽의 여신 에오스의 사랑을 받았으나 아르테미스의 활에 맞아 죽었다. 또는 벌레에 물려 죽었다는 말도 있다. 그에 대해서는 갖가지 설화가 있다. 사후 하늘에 올라가 성좌(星座)가 되었다.

6) 오르티기에 : 여기서는 델로스 섬을 가리키는 말로 추정되는데 아르테미스와 관련이 있는 여러 지방에도 같은 이름을 붙이고 있다.

7) 이아시온 : 데메테르의 사랑을 받은 청년. 보통 트로이아 왕가의 조상인 다르다노스와 형제간이며 제우스와 아트라스의 딸 엘렉트라 사이에서 태어난 아들로 알려졌으며 대지의 곡령(穀靈)의 화신인 정령신(精靈神)이다. 그래서 대지의 여신과 맺어졌으나 살해된다.

세 번이나 잠자리를 함께 했는데 제우스님께서는 그것을 알자 번쩍이는 벼락으로 쳐죽이셨지요.

그런데 이번에는 또 내가 죽었어야 할 인간인 사나이와 같이 지낸다고 시기하시는군요. 그 사람은 파선된 배의 용골(龍骨)에 혼자 걸터앉아 있는 것을 내가 구해주었지요. 타고 있던 빠른 배를 제우스님이 번쩍이는 벼락으로 부숴버렸을 때, 다른 사람들은 포도주빛 바다에서 모두 빠져 죽었으나 그 사람만은 바람과 파도에 밀려 이 섬으로 밀려왔었지요. 나는 그를 구조하여 잘 보살펴주었습니다. 그리고 언젠나 그에게 말해주었지요. 언제까지고 늙지도 죽지도 하지 않게 하겠다구요. 하지만 산양 가죽 방패를 가지신 제우스님의 뜻이 그러하시다니 그분의 명령을 피하거나 거역하지는 않겠습니다. 떠나보내지요. 저 거친 바다 한 복판으로 떠나보내지요. 하지만 저로서는 그럴 힘이 없습니다. 이곳에는 노를 갖춘 배도 없고 저어갈 뱃사람도 없으니까요. 그래도 어떻게 해서든지 그리운 고향 땅으로 돌아갈 수 있는지 가르쳐주겠다고 약속하겠습니다."

그러자 아르고스를 죽인 사절의 신이 말했다.

"그러면 약속한 대로 어서 떠나 보내시오. 제우스님의 노여움을 사서 고통당하지 않으려면……."

아르고스를 죽인 사절의 신은 이렇게 말하고는 떠났다. 한편 젊은 여신은 기량이 뛰어난 오디세우스를 찾아갔다. 여신은 눈물을 글썽이며 해변에 앉아 있는 오디세우스를 찾아냈다. 귀국을 갈망하는 그의 마음은 탄식과 슬픔으로 그의 생명을 조금씩 갉아먹고 있었다. 이제는 님프를 보고도 기뻐하는 기색조차 없었다. 그는 밤이 되면 널따란 동굴 속에서 마음에도 없는 이 여신과 잠자리를 같이 해야 했으며 낮에는 매일같이 바위나 파도가 철썩이는 바닷가 모래 사장에 앉아 눈물 젖은 눈으로 거친 바다를 바라볼 뿐이었다.

아름다운 여신은 그의 곁으로 다가가서 말했다.

"참으로 가엾은 분, 이제 더 이상 여기서 슬픔에 잠기지 않아도 되게 되었어요. 자, 기운을 차리세요. 이 섬에서 당신이 돌아갈 수 있도록 도와드릴 테니까요. 어서 서둘러야 해요. 청동 도끼로 큰 나무들을 베어내어 널찍한 뗏목을 엮으세요. 그리고 그 뗏목 위에 높다랗게 갑판을 만드세요. 뗏목을 엮는 동안 나는 식량과 물과 진홍빛 포도주를 챙겨서 갖고 오겠어요. 긴 항해에도 충분히 먹고 마실 수 있을 만큼. 옷도 넉넉하게 준비하고 순풍도 불게 하지요. 저 광활한 하늘을 지배하시는 신께서 그러기를 바라시니까요. 그분은 나보다는 훨씬 사려도 깊고 매사를 뛰어난 솜씨로 성사시키시지요."

이렇게 여신이 말하자 인내심이 강하고 존엄한 오디세우스도 두려움에 몸을 떨면서 위엄있는 어조로 여신에게 말했다.

"여신께서는 무슨 흉계를 꾸미시나보군요. 나를 돌려보내시겠다는 것은 도저히 믿을 수 없습니다. 뗏목을 타고 넓은 바다를 건너가라시니 말도 안 됩니다. 장비를 갖춘 빠른 배도 제우스 신께서 보내시는 순풍을 받더라도 그것은 어려운 일입니다. 만약 여신께서 확실한 약속을 해주지 않으신다면 떠나지 않겠습니다. 나에게 무서운 재앙을 꾸미지 않겠다고 맹세해주시겠습니까?"

이렇게 말하자 여신 중에서도 기품있는 칼립소는 그의 등을 어루만지며 말했다.

"당신은 정말 빈틈없는 분이군요. 그렇다면 대지도, 머리 위의 광활한 하늘도 높은 곳에서 흘러내리는 스틱스 강물[8]도 증인으로 삼아, 당신에게 그 어떤 재앙도 내리게 하지 않겠다고 맹세하지요. 다만 지금 내가 생각하고 있는 것은 내가 만일 당신과 같이 긴급한 사태가 일어난다면 어떻게 할 것인가 하는 염려입니다. 나 또한 분수를 모르는 처지도 아니고 나의 심성도 쇠나 돌이 아닌 이상 당신이 딱한 처지에 있다는 것을 알고 있으니까요."

그러자 여신 가운데서 기품 높은 님프는 앞장서서 그를 안내해갔다.

한참 후에 여신과 오디세우스는 넓은 동굴에 당도했다. 헤르메이아스가 앉았던 자리에 그가 앉자 여신은 갖가지 식품을 내왔다. 그리고 여신이 오디세우스의 맞은편에 자리잡자 시녀들은 신들이 먹는 신식(神食)과 신주(神酒)를 차려놓았다.

두 사람이 차려온 음식을 먹고 나자 여신 중에서도 존엄하신 칼립소가 말했다.

"제우스님의 후예이시고, 라에르테스의 아드님이며 지략이 뛰어난 오디세우스여, 당신은 정말로 그리운 고향으로 떠날 생각이십니까? 그럼 잘 가시오. 그러나 당신이 고향에 당도하기까지 얼마나 많은 고난을 겪어야

---

8) 스틱스 강물 : 명계에 있는 검은 물이 흐르는 강. 신들이 이 강물에 대고 맹세를 한다하여 신성시되고 있다.

하는지 안다면 여기서 나와 함께 살면서 늙지 않는 불사의 신이 되려 하련만! 하지만 당신이 그토록 애타게 만나고 싶어하는 당신의 부인은 나만은 못하다고 말할 수 있지요. 용모로 보나 키로 보나 우리네 여신과 생명이 유한한 인간과는 비교가 안 되니까요."

여신의 말에 지혜가 뛰어난 오디세우스가 대답했다.

"여신이여, 그런 일로 언짢아하지는 말아주십시오. 나의 정숙한 아내 페넬로페의 자태나 키가 당신보다 못하다는 것은 저도 잘 알고 있으니까요. 그 여자는 생명이 유한한 인간이고 당신은 불사의 신이시니까요. 그런데도 불구하고 저는 언제나 하루 속히 고향으로 돌아갈 날만 손꼽아 기다리고 있습니다. 설령 어느 신께서 포도주빛 바다를 항해하는 나의 배를 방해하여 폭풍을 만나더라도 고난을 참고 견딜 것입니다. 나는 지금까지 수많은 고난과 역경을 사나운 풍파나 싸움터에서 헤쳐나왔으니까요. 그러므로 앞으로 재난을 다시 당하더라도 지금까지 겪은 고난에 하나 더 추가하는 정도일 것입니다."

그러는 사이에 해가 지고 어두워졌다. 두 사람은 동굴 안으로 들어가서 애틋한 하룻밤을 보냈다.

장미빛 손가락을 가진 새벽의 여신이 나타나자 오디세우스는 옷을 입었다. 한편 여신도 은빛으로 빛나는 긴 겉옷을 입고 허리에 아름다운 황금 벨트를 맨 후 머리에 베일을 썼다. 그리고는 지혜가 뛰어난 오디세우스를 떠나보낼 채비를 했다. 우선 청동으로 만든 청동 도끼를 건네주었다. 그 도끼는 손에 알맞게 잡혔으며 양면에는 시퍼렇게 날이 서 있었다. 올리브나무로 된 자루가 달려있었다. 손도끼를 건네주자, 여신은 앞장서서 울창한 숲이 있는 섬의 변두리로 그를 데리고 갔다. 거기에는 오리나무, 미루나무, 키가 큰 전나무들이 이미 말라죽어 있어서 물에 가볍게 뜰 수 있는 목재가 많이 있었다. 여신 중에서도 품위 있는 님프 칼립소는 다시 집으로 돌아갔다. 오디세우스는 부지런히 나무를 베었다. 그가 벤 나무는 스무 그루였는데 청동 도끼로 가지를 치고 다듬어 먹줄을 쳐 반듯하게 늘어놓았다.

그때 여신 중에서도 기품있는 칼립소가 송곳을 갖고 와서 오디세우스는 나무에 구멍을 뚫어 맞추어놓고 튼튼한 나무못을 박았다. 숙련된 배목수가 운반선의 선창을 널찍하게 만들듯이 오디세우스도 뗏목 위에 널찍한 갑판을 마련하고 마지막으로 긴 뱃전을 대어 맞추었다. 뗏목의 한복판에는 돛대도 세우고 돛을 감을 활대도 달았다. 또한 배가 똑바로 갈 수 있도록 키를 달았다.

뱃전에는 틈이 생기지 않도록 가느다란 버드나무 가지를 둘러쳐서 파도를 막게 했다. 그러는 동안 지체 높은 여신 칼립소는 돛을 만들 큼직한 천을 갖고 와서 오디세우스는 돛을 훌륭하게 만들었다. 만든 돛을 활대에 밧줄로 단단히 묶고 굴림대를 사용하여 배를 바다에 띄웠다.

나흘만에 모든 준비가 끝났다. 칼립소는 닷새째 되는 날 그를 섬에서 떠나 보내기로 했다. 우선 오디세우스를 목욕시킨 다음 몰약(沒藥) 향기를 씌운 옷을 입혔다. 그리고 한 가죽 자루에는 검은 포도주를 담고, 또 한 자루에는 물을 가득 담았다. 식량과 부식도 넉넉히 배에 실어준 다음 고통을 진정시켜주는 따뜻한 순풍을 보내주었다.

오디세우스는 순풍에 돛을 올리고 키를 잡자 배는 즉각 넓은 바다로 향해 움직였다. 그는 졸지도 않고 정신을 바짝 차려 육련성(六連星)을 지켜보기도 하고 늦게 기우는 목동좌(牧童座)며, 짐수레라 불리는 대웅성좌(大熊星座)를 지켜보면서 배를 저어갔다. 이 대웅성좌는 언제나 똑같은 위치에서 빙빙 돌면서 오리온을 감시했다. 이 성좌는 대양의 물에는 결코 목욕하지 않는 유일한 성좌로서 여신 중에서도 기품 높은 칼립소가 오디세우스에게 항해하는 동안 이 별을 왼쪽에 위치하게 배의 방향을 잡으라고 일러주었기 때문이었다.

이렇게 해서 17일 동안 항해를 계속했다. 18일째 되는 날 드디어 파이에케스 족[9]이 사는 고장의 산들이 모습을 드러내었다. 이것이 그때 그와 가장 가까운 육지였는데, 안개가 자욱한 바다 위에 점점이 놓여 있는 방패처럼[10] 보였다.

이것을 에티오피아 인들이 베푼 연회에서 돌아온 대지를 뒤흔드는 대신(大神) 포세이돈이 솔뤼모이 족[11]의 산 위에서 보게 되었다.

바다 위를 달려가는 오디세우스의 배를 보자, 그는 버럭 화를 내면서 머리를 설레설레 흔들더니 혼잣말로 중얼거렸다.

"아니, 이게 어찌된 일인가. 이것은 필시 신들이 오디세우스에 대하여 의견을 달리했음이 분명하다. 내가 에티오피아에 가 있는 동안에 말이다. 그는

---

9) 파이에케스 족 : 반신반인(半身半人)의 종족으로 스케리에 섬에 살고 있다는 가공의 종족. 뒤에 설명이 나온다.

10) 방패처럼 : 이 말은 여러 가지로 읽을 수 있으며 '곶(岬), 산봉우리(리온)', 야생무화과나무(에리논?)의 열매나 또는 아지랑이.

11) 솔뤼모이 족 : 스트라본에 의하면 소아시아 동남쪽에 사는 종족. 그러나 확실한 것은 아니다.

이미 파이아케스 인들이 사는 나라 가까이 와 있지 않은가. 그곳은 그가 고난의 마지막 고비를 넘길 곳이다. 하지만 놓쳐버려서는 안 된다. 녀석에게 모진 고난을 안겨줄 테니까."

그는 이렇게 말하고 구름을 긁어모으고 두 손으로 삼지창을 들어 바닷물을 휘저으며 사방에서 폭풍이 불어오게 했다. 몰려든 구름으로 육지도 바다도 모두 덮어버리고 하늘에서는 밤이 내리 깔렸다. 동풍과 남풍이 무서운 기세로 불어대고 서풍이 하늘에서 불어오는 북풍을 동반하고 불어와서 큰 파도를 일으켰다. 오디세우스는 손발이 떨리고 심장이 터질 것만 같았다. 그는 자기 자신에게 말했다.

"아, 이 무슨 날벼락인가. 여신이 나에게 한 말이 사실로 나타나는군. 조금만 더 가면 고향 땅을 밟을 수 있을 텐데. 고향에 닿기 전에 심한 고난을 겪을 것이라더니 그것이 사실로 나타나는구나. 제우스 신께서는 어찌하여 저런 구름떼로 넓은 하늘을 덮게 하신단 말인가. 게다가 바다를 휘젓고 사방팔방에서 폭풍우가 몰아치게 하다니……. 이제는 파멸할 수밖에 없다. 다나오스의 후예들은 나보다 세 배나 더 운이 좋았다. 아니 네 배나. 그때 트로이아의 넓은 싸움터에서 아트레우스의 아들들에 대한 의리를 존중하여 죽은 그들이 훨씬 더 행복했다. 트로이아의 많은 무사들이 페레우스의 아들[12]의 시체를 사이에 두고 치열하게 싸우고 있을 때 청동으로 만든 창을 나에게 던졌었지. 그때 나도 죽었더라면 얼마나 좋았을까. 그랬더라면 장례도 훌륭하게 치러주었을 것이고 아카이아 인들에게 나의 명예를 전해주었으련만. 그러나 지금의 나는 비참한 죽음의 운명이 기다리고 있을 뿐이다."

그가 이렇게 말하자마자, 큰 파도가 머리 위에서 무서운 기세로 떨어져 뗏목을 뒤흔들었다. 그는 뗏목 한 구석에 처박히고 꼭 잡고 있던 키도 놓쳐버리고 말았다. 그리고 돛대도 두 동강이 나고 말았다. 그는 바다 속으로 빨려 내려갔으나 사나운 파도를 뚫고 쉽사리 떠오를 수가 없었다. 떠날 때 지체 높은 칼립소가 입혀준 옷에 물이 베어 더욱 몸이 무거웠다. 한참 후에야 가까스로 바다 위로 떠올라 짠소금물을 토해냈으며 머리에서도 물이 흘러내렸다. 이런 처참한 처지에서도 뗏목 생각은 잊지 않았다. 파도 사이로 뚫고 나가 뗏목의 한끝을 잡아 다시 뗏목 위로 올라가 앉아 죽음의 위기를 피하려

12) 페레우스의 아들 : 아킬레우스를 가리킴.

했다.

집더미 같은 파도는 멋대로 뗏목을 이리저리 끌고 다녔다. 늦여름부터 가을에 걸쳐 북풍이 바짝 마른 엉겅퀴의 둥근 열매를 들판 위로 굴려가듯이 사방에서 불어오는 세찬 바람은 바다 위에 떠 있는 뗏목을 서로 주고받듯이 갖고 놀았다.

이런 처절한 광경을 카드모스의 딸[13]로서 복사뼈가 예쁜 이노, 즉 레우코테가 목격했다. 이 님프는 원래 사람의 목소리를 내는 인간이었으나 지금은 파도가 일렁이는 바다에서 신들의 존경을 받는 몸이 되었다. 바로 이 님프가 오디세우스가 심한 풍랑에 고난을 겪고 있는 것을 측은히 여겨 갈매기로 변장한 후 포구에서 뗏목 위로 날아가 앉아 그에게 말했다.

"불운한 분이시여! 대지를 뒤흔드는 포세이돈님은 어찌하여 그처럼 당신에게 심술을 부리나요? 그러나 그가 아무리 심술을 부리더라도 당신의 목숨을 빼앗지는 못할 것입니다. 그런즉 부디 이렇게 하시오. 당신은 바보는 아닌 모양이니 말이오. 우선 그 젖은 옷을 벗고 뗏목은 바람에 떠밀려가는 대로 내버려둔 채 헤엄쳐서 파이에케스 족들이 살고 있는 나라로 가는 길을 찾아보시오. 그곳에 가게 되면 당신의 운명은 박해의 손아귀에서 벗어나도록 정해져 있지요. 그리고 이 스카프를 가슴의 아랫부분에 꼭 졸라매시오. 이 스카프는 매우 신통력이 있어서 어떤 고난을 당할 염려도, 죽을 염려도 없게 해줍니다. 그러나 두 손으로 육지를 만지게 되거든 가슴에 매었던 그 스카프는 풀어서 포도주빛 바다에 던져버리시오. 고개를 반대 방향으로 돌리고 육지에서 훨씬 더 멀게 던져야 합니다."

이렇게 말하자, 이 여신은 머리에 쓰는 스카프를 그에게 주고 자기는 다시 갈매기의 형상을 한 채 파도치는 바다 속으로 들어가버렸다.

인내심이 강한, 존엄한 오디세우스는 곰곰이 생각하다가 도량이 넓은 자기의 마음에 대고 말했다.

"아, 매정도 하군. 불사의 신들 중 어느 분이 짓궂은 계교를 부려 날더러 뗏목을 버리고 가라 하시는군. 하지만 그 말을 듣지 않겠다. 육지는 아직

---

13) 카드모스의 딸 : 옛 전설에 의하면 이노는 아타마스에게 출가하였는데 후에 전실 자식을 죽이려다 잘못하여 헤라의 저주로 발광했다. 발광하자 자기의 한 아들은 죽이고 한 아이는 바다에 던졌다. 그 후 두 사람 모두 신이 되었는데 자기는 레우코테아(흰 여신), 아들은 뱃사람의 수호신인 파라이몬이 되었다 한다.

멀리 떨어져 있다는 것을 이 눈으로 똑똑히 보았으니까. 그곳으로 가면 고난을 면한다고는 했지만……. 그래, 이렇게 해보아야겠다. 그것이 상책일 것 같다. 묶여 있는 뗏목이 그대로 있는 한 그대로 여기에 있도록 하자. 어떤 재난을 당하더라도 참아가면서……. 하지만 파도에 뗏목이 부서지면 시키는 대로 헤엄쳐가자. 더 이상 좋은 방법은 없을 테니까."

이런 생각을 하고 있을 때, 대지를 뒤흔드는 포세이돈은 또다시 집더미 같은 파도를 머리 위에서 덮어 씌웠다. 그것은 마치 산처럼 높이 쌓인 왕겨 더미에 세찬 바람이 불어닥쳐 왕겨가 사방으로 흩어져버리듯이 포세이돈은 뗏목을 산산조각으로 부숴버렸다. 오디세우스는 말을 타고 달리듯이 파선된 뗏목의 통나무에 걸터앉자, 전에 칼립소가 입혀준 옷을 벗어 던지고 스카프를 가슴의 아랫부분에 붙들어맸다. 그러고는 두 팔을 벌려 헤엄치려고 바다로 뛰어들었다. 대지를 뒤흔드는 대신이 이것을 보자 머리를 흔들면서 혼잣말처럼 말했다.

"그러면 그런 식으로 갖은 고생을 하면서 바다 위를 헤매거라. 제우스가 보살피는 무사들과 만날 때가 올 때까지는 말이다. 그러나 네가 재난을 이 정도쯤이야 하고 얕잡아보게는 하지 않을 것이다."

포세이돈은 이렇게 말하고 갈기가 훌륭한 말을 채찍질하며 세상에서도 이름 높은 궁이 있는 아이가이[14]로 갔다.

한편 제우스의 딸인 아테네 여신은 또 다른 것을 생각해냈다. 즉 다른쪽 방향의 바람은 통로를 전부 막아 바람이 멈추도록 명했다. 그러고는 갑작스레 부는 북풍만 불게 하여 오디세우스가 헤엄쳐가는 앞의 파도를 가라앉혀 제우스의 혈통을 이어받은 오디세우스가 노를 잘 젓는 파이에케스 사람들을 만날 때까지 죽음과 비참한 운명을 면하게 하여주었다.

그 무렵 오디세우스는 이틀 낮 이틀 밤 동안 출렁이는 파도에 몸을 맡긴 채 헤맸다. 그리고 몇 번이고 죽을 고비를 만나기도 했다. 급기야 사흘째 되는 날 새벽이 찾아왔을 때 바람은 완전히 자고 잔잔한 바다 저편에 육지가 있는 것을 발견했다.

---

14) 아이가이 : 이른바 에게(아이가이오스) 해의 원어인데 그 소재는 다소 신화적, 즉 포세이돈의 본거지인 신전이 있는 곳으로서 후에는 페르폰네소스 반도의 북쪽 해안 아카이아 주의 해안을 이렇게 불렀다. 파우사니아스의 《순유기(巡遊記)》에도 실려 있다. 다음에 나오는 헤리케도 같은 해안이며 역시 그 사전(社殿)의 소재지로 되어 있다.

그것은 마치 어린 아이가 자기의 아버지가 살아 있다는 것을 고맙게 여기고 기뻐하는 것만 같았다. 그 아버지란 심보가 고약한 신령의 공격을 받아 여러 가지로 고통을 받고 오랫동안 병상에 누워 있는데 다행히 신들께서 병마로부터 해방시켜준 것같이, 오디세우스의 눈에는 육지나 숲이, 고맙고 다정하게 비쳐졌다.

그는 어서 빨리 육지에 올라가 자기 발로 직접 걸어보고 싶어져 힘차게 헤엄쳐갔다. 그러나 바닷가에서 사람이 소리쳐 부르면 들릴 수 있는 곳까지 이르렀을 때 해안 바다 속의 암초에서 부딪쳐 울리는 소리를 들었다. 커다란 파도가 메마른 육지로 밀려갔다가는 다시 밀려오면서 요란한 소리를 내며 부서지면서 닥치는 대로 덮쳐버렸다. 더구나 주위에는 배가 정박하고 있는 포구나 파도를 피할 수 있는 부두도 전혀 없었고, 툭 튀어나온 곳이나 암초, 그리고 칼날같이 치솟은 바위만 보였다.

그때 오디세우스는 무릎이 떨리고 용기를 잃어, 도량이 넓은 자기의 마음에 대고 말했다.

'이 무슨 기구한 운명인가. 제우스 신께서 육지를 바라보게 해주시어 이 넓은 바다를 헤엄쳐왔는데 잿빛 바다에서 뭍으로 올라갈 길이 보이지 않다니. 저처럼 해안은 바위[15]가 절벽을 이루고 있고 그 아래서는 파도만 요란한 소리를 내며 바위에 부딪치고 있지 않은가. 해안 가까이는 더욱 깊어서 두 발로 딛고 설 수도 없으니 재난을 면할 방도가 없다. 내가 바위를 붙잡고 올라갈 때 큰 파도가 밀려온다면 뾰죽한 바위에 부딪쳐 찔릴지도 모른다. 그렇게 되면 애써 시도한 나의 돌진도 비참한 결과로 끝나고 말 것이다. 하지만 해안 쪽으로 조금만 더 헤엄쳐가면 바다 쪽으로 튀어나온 모래 사장이나 포구 같은 것이 있을지도 모른다. 하지만 걱정이 되는 것은 질풍이 몰아쳐서 고기떼가 우글대는 바다로 나를 날려버릴지도 모른다는 것이다. 또 신은 거대한 괴물이 바다에서 솟아올라 나에게 덤벼들도록 할지도 모른다. 암프트리테[16]는 그러한 괴물을 많이 그리고 있다는 말을 들은 적이 있었으니까. 대지를 뒤흔드는 대신은 그토록 나를 미워하고 있었으니까.'

그가 이처럼 마음속으로 생각하고 있을 때 커다란 파도가 그를 험준한

15) 바위 : 여기서 바위라고 말한 것은 해석이 다양해서 암초나 절벽으로도 볼 수 있다.
16) 암피트리테 : 포세이돈의 비(妃)로서, 여기서는 바다의 대명사처럼 쓰이고 있다.

해안의 암벽으로 밀어붙였다. 이때 만약 빛나는 눈의 여신 아테네가 보살펴주시지 않았더라면 바위에 부딪쳐 살갗이 찢기고 뼈가 부러졌을지도 모른다. 그때 그는 두 손을 뻗어 날쌔게 달려들어 바위를 붙잡았다. 그리고 큰 파도가 빠져나갈 때까지 기를 쓰고 바위를 붙잡고 있었던 것이다. 그런데 파도는 또다시 밀려와서 그를 먼 바다로 끌어내었다. 마치 문어가 살고 있는 굴 속에서 끌려 나올 때 끌려 나오지 않으려고 안간힘을 쓴 끝에 문어의 발에 작은 돌들이 잔뜩 달라붙어 있듯이 그의 팔은 여기 저기 피부가 벗겨져 있었으며 큰 파도는 그의 몸을 덮쳤다.

그때 만약 빛나는 눈의 여신 아테네가 도와주지 않았더라면 오디세우스는 불행하게도 생명을 잃었을지도 몰랐다. 그는 해변에 부딪치는 파도에서 빠져나와 육지를 향해 헤엄쳐 갔다. 어쩌면 파도가 거세지 않은 모래톱 같은 곳이 없을까 하고. 그는 마침내 맑은 물이 흐르는 강 어귀에 이르게 되었는데 그곳이야말로 육지에 오르기에 가장 좋은 곳 같았다. 바위도 없고 평탄했으며 바람도 막을 수 있는 아늑한 곳이었다. 그때 그는 마음속으로 기도를 드렸다.

'신이시여, 당신께서는 어느 신이신지 모르겠사오나 저의 기도를 들어주소서. 이렇게 무릎 꿇고 간절히 빌겠습니다. 저는 지금 막 포세이돈이 내린 벌에서 벗어나려고 이곳으로 빠져나왔습니다. 비록 인간이라도 여러 곳을 유랑하던 끝에 신 앞에 엎드려 기도를 드린다면 들어주실 것입니다. 저는 갖은 고생 끝에 당신의 냇물과 당신의 무릎 아래 다가와서 이렇게 간절히 기도하오니 저를 불쌍히 여기시어 저의 소원을 들어주소서.'

이렇게 말하자 그 냇물의 신은 냇물의 물줄기를 멈추게 하고 파도를 잠재워 그가 가는 방향으로 순풍을 불게 하여 무사히 그를 강물이 흐르는 곳으로 인도해주었다. 그는 육지로 올라가서 두 무릎을 구부리고 억센 두 팔도 구부렸다. 그는 풍랑에 시달려 기진맥진한데다가 피부도 이곳 저곳 벗겨져 있었다. 그의 입과 콧구멍에서는 짠 바닷물이 마구 쏟아져 나와 이제는 숨도 제대로 쉴 수 없었다. 그는 무서운 피로로 몸도 제대로 가누지 못해 옆으로 몸을 눕혔다. 이내 다시 기운을 되찾자 그는 여신이 준 스카프를 몸에서 풀어 그것을 소리내어[17] 바다로 흐르는 강 한복판에 던졌다. 그러자 큰 파도가

---

17) 소리내어 : 이 말에 대해서는 갖가지 해석이 있으며 '소리내며 흐르는'이라고도, '바다에 부딪쳐 흐르는' 등으로도. 말하자면 '바다'라는 요소와 '중얼거리다'라는 말이 합쳐진 것과 같다.

강물 하류로 그것을 흘려보내 이노[18]가 그것을 두 손으로 받게 했다.

한편 오디세우스는 강에서 떨어진 갈대 숲이 우거진 곳으로 가 몸을 내던지더니 곡식을 무르익게 하는 땅에 입을 맞추었다. 그리고 도량이 넓은 자기 마음에 대고 걱정스럽게 말했다.

'아, 이 얼마나 기구한 운명인가. 이제부터 나는 어찌될 것인가. 이렇게 강가에 쭈그리고 앉아서 걱정으로 하룻밤을 새운다면 심한 추위와 안개로 몸도 꼼짝하지 못하고 나를 숨지게 할지도 모른다. 강에서 불어오는 바람은 새벽녘에 더욱 차니까. 그러다 강둑으로 올라가, 울창한 숲속으로 들어가서 빽빽하게 들어선 나무 아래서 잔다면 추위와 피로를 풀고 편안하게 잠을 잘 수 있겠지만 무서운 들짐승이 나타나서 나를 잡아먹을지도 모른다.'

이렇게 생각하다가 그래도 숲속으로 들어가는 것이 상책이라 생각했다. 그 숲은 강에서 그리 멀지 않았으며 주위도 깨끗했다. 두 개의 나무가 한 뿌리에서 자라났는데 한 나무는 야생 올리브나무였고 또 한 그루는 재배하는 올리브나무였다. 그 숲은 습기찬 바람도 뚫고 들어오지 못했으며, 태양도 이글거리는 빛의 화살을 던지지 못하며, 비도 밑바닥까지 스며들지 못할 만큼 빽빽하게 가지를 무성하게 뻗고 있었다.

오디세우스는 그 나무 밑으로 들어갔다. 그는 주위의 낙엽을 긁어모아 넓직하게 잠자리를 만들었다. 그래서 두세 사람의 남자가 추운 겨울에도 충분히 몸을 감출 수가 있었다. 오디세우스는 긁어모은 낙엽 위에 몸을 눕혔다. 그리고 외딴 곳에서 혼자 사는 사람이 다른 곳에서 불을 얻어오지 않아도 될 수 있도록 불씨를 검은 재 속에 잘 묻어 두듯이 오디세우스는 낙엽 속에 드러누웠다. 아테네 여신은 하루 속히 그가 피로에서 회복할 수 있도록 그의 눈에 잠을 쏟아부었다.

18) 이노 : 앞에 나왔던 레우코테아를 지칭함. 신이 되기 전에는 카드모스의 딸 이노였다.

제 6 편

스케리에 섬에서 있었던 일. 아테네 여신은 파이에케스 족의 섬인 스케리에 섬에 가서 왕녀 나우시카에게 시녀를 데리고 강가로 가게 한다. 지친 몸으로 잠을 자던 오디세우스는 인기척에 눈을 떠 왕녀가 찾아온 것을 본다. 그는 왕녀를 따라 왕성으로 들어가게 된다.

인내심이 강한 존귀한 오디세우스는 피로에 지쳐 이곳에서 잠들어 있었다. 그럴 즈음 아테네 여신은 파이에케스 사람들이 사는 나라의 왕성으로 갔다. 이 나라 사람들은 그 전에는 오만하기 짝이 없는 퀴클로프스(單眼鬼)[1]족 근처의 넓은 땅에 살고 있었으나 퀴클로프스 족들을 기운이 센 것을 기화로 그들을 괴롭혀왔었다. 그래서 신처럼 생긴 나우시토스[2] 왕은 백성을 이끌고 그 고장을 떠나 스케리에로 오게 되었다. 그곳은 인간들이 살고 있는 고장과는 여러 모로 달랐다. 그는 고을 둘레에 성벽을 쌓고 집과 신전을 지었다. 그리고 백성들에게는 골고루 전답을 나누어주었다.

그러나 나우시토스 왕은 운명이 다하여 저 세상으로 갔고 그 무렵에는 알키노스가 신들이 내려주신 뛰어난 지혜로 나라를 다스리고 있었다.

빛나는 눈의 여신 아테네는 도량이 넓은 오디세우스의 귀국을 돕기 위해 이 왕의 궁전으로 갔다. 여신이 화려하게 꾸민 궁전에 들어가니 왕녀 나우시카가 거기에 자고 있었다. 그 왕녀는 알키노스 왕의 딸로 전아한 여신[3]처럼

---

1) 퀴클로프스 : 글자의 뜻대로라면 '둥근 눈'으로 외눈을 가진 거인(족)의 명칭. 여기서는 포세이돈의 아들이 되는 폴리페모스가 활동하고 있었다. 그러나 이들의 상당수는 산허리의 동굴 속에서 살았다. 원래는 화산의 분화구를 의인화한 것으로 해석된다.

2) 나우시토스 : 반신족(半神族 ; 동화에 나오는)인 파이에케스 족의 왕으로 현재의 왕 알키노스의 아버지, 뒤에 나오는 바와 같이 포세이돈의 아들이라 한다.

3) 전아한 여신 : 이른바 가리테스(로마의 Gratiae)로, 즉 three Graces. 흔히 '반짝이는' 아그라이아와 '번영'인 탈리아(탈레이아), 에우프로슈네의 세 기둥. 원래는 식물을 무성하게 하는 전령. 후에는 주로 아름다움과 전아함을 받드는 신으로 알려졌다.

몸매가 예뻤다. 왕녀의 옆에는 우아한 여신처럼 아름다운 두 시녀가 있었는데 시녀들은 한 사람씩 문 양쪽에 대기하고 있었다. 눈부신 그 문은 닫혀 있었다.

그러나 여신은 바람처럼 문 안으로 들어가 왕녀의 침상으로 다가가서 왕녀에게 말했다. 그때 여신은 이름 높은 뱃사람 뒤마스로 모습을 변장하였는데 이 뒤마스의 딸은 왕녀와는 나이가 같았으며 아주 친한 사이였다. 빛나는 눈의 여신 아테네는 그 처녀의 모습을 빌려 말했다.

"나우시카님, 왕후께서는 어쩌면 이토록 천하태평으로 느긋한 따님을 낳아놓으셨을까요. 혼인 날도 얼마 남지 않았는데 이 반짝거리는 옷가지들을 손질도 하지 않고 내버려두시다니. 혼인 날에는 고운 옷을 입으셔야 해요. 그리고 함께 따라갈 들러리를 설 여자들에게는 좋은 옷을 입혀주어야 하구요. 이런 사소한 일에서의 좋은 평판은 세상에 알려지게 마련이지요. 그러면 아버님, 어머님도 기뻐하실거구요. 그러나 아침 햇살이 퍼지거든 빨래를 하러 가시지요. 저도 따라가서 도와드릴게요. 이제는 처녀로 지내는 것도 얼마 남지 않았어요. 파이에케스 족의 뛰어난 젊은이들은 너나 할것 없이 왕녀님을 아내로 맞고 싶어 한답니다. 그러니 내일 아침 일찍 지존하신 아버님께 당나귀와 바퀴가 넷 달린 수레를 마련해 달라고 여쭈세요. 그 수레에 띠나 옷가지나 빛깔이 고운 홑이불 등을 싣고 가게 말이지요. 그렇게 하면 왕녀님도 걸어가지 않으셔도 될 게 아닙니까. 빨래터는 성내에서 멀리 떨어져 있으니까요."

이렇게 말하고 나자 빛나는 눈의 아테네 여신은 올림포스를 향해 떠났다. 그곳에는 신들의 영원한 옥좌가 마련되어 있었다. 그 옥좌는 심한 바람에도 흔들리지 않으며, 큰 비가 내려도 젖지 않으며 눈도 접근하지 못했다. 언제나 구름 한 점 없는 하늘 아래 반짝이는 하얀빛으로 충만한 곳이었다.

빛나는 눈의 여신 아테네는 소녀에게 자상하게 지시한 다음 행복한 신들이 언제나 즐겁게 지내는 그곳을 향해 떠난 것이다.

이윽고 훌륭한 대좌에 앉으시는 새벽의 여신이 와서 고운 옷을 입고 있는 나우시카를 잠에서 깨어나게 했다. 그녀는 간밤에 꾼 꿈이 하도 신기해서 가슴을 두근거리며 부모님께 알리려고 내전으로 향했다. 어머니는 화로 옆에 앉아서 시녀들과 보랏빛으로 물들인 실을 실패에 감고 있었고 부왕인 아버지는 사기가 충천한 파이에케스 사람들의 초청을 받아 회의에 참석하러 문 밖으로 나오려던 참이었다.

왕녀는 부왕 곁으로 다가가서 말했다.

"아버님, 짐수레 한 대를 마련해주세요. 높다랗고 바퀴가 튼튼한 수레로요. 고운 옷들을 냇가에 가서 빨려고 해요. 옷들이 모두 더러워졌거든요. 그리고 아버님도 그런 훌륭한 분들과 자리를 같이 하여 국사를 의논하실 때는 깨끗한 옷으로 갈아 입으시는 것이 좋겠어요. 이 궁 안에는 사랑스런 아드님이 다섯이 있는데 그 중 두 분은 결혼하셨지만 세 분은 아직 미혼이시라 언제나 깨끗한 옷으로 갈아입고 춤추는 곳에 가고 싶어 한답니다. 그런 잡다한 일들을 보살펴주는 것이 제가 해야할 일이니까요."

이렇게 말하는 것은 자기 자신의 화려한 결혼에 대해 아버님께 말하는 것이 부끄러워서였다. 그러나 왕은 미리 알아차리고 말했다.

"그렇게 하려무나. 너를 위한 일이라면 당나귀건, 무엇이건 아까울 것이 없으니까. 그리고 짐수레는 하인들에게 높고 바퀴가 튼튼한 것으로 준비하게 해주마."

왕이 하인들에게 명하자 그들은 시키는 대로 밖으로 나가 튼튼한 사륜 짐수레를 끌어내고 수레에 노새[4]를 맸다. 한편 하녀는 안에서 호화로운 옷들을 갖고 나와 짐수레에 실었다. 왕비인 어머니는 바구니 속에 갖가지 맛있는 음식과 부식을 담고 포도주도 산양 가죽 부대에 담아 수레에 실었다.

왕녀가 수레에 오르자 왕비는 목욕 후에 바르도록 홀쭉한 황금 병에 올리브유를 따라 건네주었다. 왕녀는 가죽으로 만든 채찍과 번쩍거리는 고삐를 잡고 채찍을 휘두르자 노새들은 발굽 소리도 요란하게 길을 달려 옷가지와 왕녀를 싣고 갔는데 시녀들도 그 뒤를 따랐다.

그들은 깨끗한 물이 흐르는 강가에 도착했다. 거기에는 언제나 물이 마르지 않는 빨래터가 있어서 아무리 더러운 것이라도 깨끗하게 씻어주었다. 왕녀 일행은 수레에서 노새를 풀어주어 강 언덕의 꿀처럼 달콤한 풀을 마음껏 뜯어먹게 놓아주고 수레에서 옷가지를 끌어내려 검푸른 물 속에 담갔다.

그녀들은 누가 먼저 하는가 경쟁이라도 하듯이 물에 담근 빨래를 발로 밟아 말끔히 때가 빠지자 그 옷들을 바닷가에 가지런히 널었다. 그것은 바닷물이 육지로 밀려와서는 조약돌을 깨끗하게 씻어놓은 곳이었다.

4) 노새 : 당나귀와 말의 혼혈종으로 그리스 어로는 '반(半) 당나귀' 헤미오츠스라 불리우며 인내력이 강하고 짐을 잘 싣는 것으로 알려져 있다. 당나귀보다 약간 더 크다.

시녀들은 물 속에 들어가서 몸을 씻은 후 몸에 올리브유를 듬뿍 바르고 나자 옷가지들이 눈부신 햇볕에 마르는 동안 강둑에 앉아 식사를 했다.

시녀들과 왕녀는 식사를 마치자 이번에는 공던지기 놀이를 벌였다. 머리 위로 공을 던지는 놀이였다. 나우시카가 새하얀 팔을 휘저으며 노래를 선창하는 모습은 활의 명수인 아르테미스[5]가 높은 산봉우리들을 이리 저리 거닐고 있는 것 같았다. 이 아르테미스가 높게 치솟은 타유게토스 봉우리나 엘리만토스 봉우리 같은 곳에서 멧돼지나 빠른 수사슴들을 잡으러 쫓아다닐 때는 산양 가죽의 방패를 드신 제우스의 따님들도 들과 산으로 따라다니며 놀았으며 모신(母神) 토토도 그것을 보고 매우 기뻐하셨었다. 그럴 때 님프들은 너나 없이 예뻤지만 여신은 머리나 얼굴이 누구보다도 아름다웠었다.

이 왕녀는 어느 시녀보다도 미모가 출중했었다. 왕녀와 시녀들이 궁으로 돌아가려고 노새들을 수레에 맨 후 깨끗이 빤 옷가지를 개어 싣고 막 떠나려는데 빛나는 눈의 여신 아테네도 또 다른 생각을 해냈다.

즉 오디세우스를 깨워 용모가 아름다운 소녀를 눈에 띄게 하고 왕녀가 그를 파이에케스 사람들의 도성으로 안내하게 하려는 것이었다. 왕녀가 한 시녀를 향해 공을 던졌으나 그 시녀에게 공이 맞지 않고 공은 소용돌이치는 강물 속으로 들어가고 말았다. 시녀들이 일제히 함성을 지르자, 그 소리에 놀라 오디세우스는 잠에서 깨어났다. 그는 몸을 일으켜 이것 저것 생각해 보았다.

'무슨 소릴까. 이번에는 또 어떠한 인간들이 사는 곳에 왔단 말인가. 이곳에 사는 사람들은 무지막지하고 야만스러워 무례하기 그지 없는 자들일까. 아니면 손님에게 친절[6]하고 신을 두려워하는 마음을 가진 족속일까. 소녀 같은 여자들의 목소리가 들려왔는데 님프들의 목소리일지도 모른다. 험준한 산봉

---

5) 아르테미스 : 사냥의 신으로서 특히 화살과 관계가 깊다. 역병, 급성 질환의 화살(눈 깜짝할 사이에 죽게 한다)을 쏜다. 산봉우리로 돌아다니며 야수를 잡는다고 한다.

6) 손님에게 친절 : 여기서 손님이라고 한 말 크세노스는 외래인, 이방인이라는 뜻이기도 하고 반드시 아는 사람일 필요는 없다. 원시 씨족사회에서는 외부에서 오는 미지의 사람은 큰 문제여서, 한편으로는 이것을 막고 감시하며 한편으로는 이를 보호한다. 여기서는 외래인에게 호의를 가지고 친절하게 대우하는 쪽이다. 크세노스는 특히 상호 가족적인 친밀 관계를 갖는 지인 사이의 표현에 사용되고 있다.

우리나 강물의 원천인 샘이나 목초가 무성한 들판에 사는 님프들의 목소리겠지. 아니 어쩌면 말을 하는 인간이 이 근처에 살고 있을지도 모른다. 어쨌든 직접 밖으로 나가 살펴봐야겠다."

이렇게 중얼거리면서 오디세우스는 나무가 빽빽하게 들어선 숲속에서 나왔다. 억센 손으로 나뭇잎이 많이 달린 가지를 꺾어 알몸의 하반신을 가리고 나오는 그의 모습은 마치 산 속에서 자란 사자가 용맹스런 자기의 힘만 믿고 비가 오든, 바람이 불든 개의치 않고 두 눈에 불을 켠 채 소떼든, 양떼든, 또는 들에 사는 사슴떼에게 덤벼들고 허기진 배를 채우려고 가축이나 인간이 사는 튼튼한 집을 침범하는 것과 같았다.

오디세우스는 알몸인데도 아름다운 소녀의 틈에 끼여들려고 했다. 그러나 풍랑에 시달린 그의 몰골은 아가씨들의 눈에 무서운 괴물로 비쳐 모두 기겁을 하여 바닷가로 달아나버렸으나, 오직 알키노스 왕의 딸만은 혼자 남아 있었다. 그것은 아테네 여신이 그의 가슴속에 대담한 용기를 불어넣어 그녀의 팔다리에 두려움을 없애주었기 때문이었다. 그래서 왕녀는 꼼짝않고 버티고 서 있었다. 이때 오디세우스는 어떻게 해야 할까 하고 망설였다. 아름다운 아가씨의 무릎에 매달려서 무작정 사정해볼 것인지 아니면 이대로 멀찌감치 서서 부드러운 말씨로 도성으로 가는 길도 물어보고 입을 옷가지도 얻어 입을 수 있지 않을까라고. 결국 그는 멀찌감치 서서 부드러운 말로 부탁해보는 것이 좋겠다고 생각했다. 만일 선불리 무릎에 매달렸다가는 오히려 아가씨의 마음에 반발심을 일으키게 할 것만 같았다.

그는 부드러운 말씨로 조리있게 말을 꺼냈다.

"이렇게 무릎에 매달려 애원합니다. 당신은 여신이십니까, 아니면 죽어야 할 인간이십니까. 만일 광대한 하늘을 지배하시는 신 중의 한 분이라면 제우스 대신(大神)의 따님이신 아르테미스님과 모습이나 키, 몸매가 가장 많이 닮으셨군요. 만약 지상에 사는 인간이라면 아가씨의 아버님이나 어머님은 저보다 세 배나 더 행복한 분들임에 틀림없습니다. 그 형제분들도 세 배나 더 행복한 분이라 믿습니다.

아마도 그분들은 당신 덕분에 더욱 행복을 느끼게 되겠지요. 이처럼 젊고 아리따운 집안의 꽃이 가무(歌舞)의 무리에 어울리는 것을 언제나 볼 수 있으니까 말입니다. 그리고 당신의 남편이 될 사람은 많은 사람 중에서도 특히 뛰어난 분임에 틀림없습니다. 그분은 많은 혼수품을 마련해놓고 당신을 맞아들이겠지요. 제가 이렇게 말씀드리는 것은 인간의 세계에서 이만한 분은 만나본 적이 없기 때문입니다. 그래서 지금 이렇게 뵙기만 해도 외경의 마음을 금할 수 없습니다.

저는 이전에 델로스[7]섬에서 아폴론 신의 제단 옆에서 당신처럼 싱싱한 종려나무가 자라는 것을 본 적이 있습니다. 나는 많은 군사를 거느리고 그곳에 간 적이 있었지요. 나는 그곳으로 원정을 가던 중 많은 어려움을 겪었지만 그때 나는 그 어린 나무를 보고 너무나 감동하여 한참 동안 넋을 잃고 그 자리에 서 있었습니다. 그처럼 멋진 나무가 대지에서 자라나는 것을 한 번도 본 적이 없었으니까요. 지금 나는 그때와 마찬가지로 당신의 용모에 감동하여 무릎에 매달리어 애원하는 것조차 송구스러울 따름입니다. 저는 지금 이루 형용키 어려운 처지에 처해 있습니다. 나는 어제 겨우 스무 날만에 포도주빛 바다로 빠져 나왔는데, 큰 파도와 폭풍우가 오귀기에 섬에서 나를 이곳으로 실어다 주었습니다. 그리고 신께서는 나를 여기에 이렇게 버리셨습니다.

신께서는 여기서는 나에게 무서운 재난을 내리시겠지요. 그러니 나를 불쌍히 여기시어 자비를 베풀어주십시오. 나는 온갖 고난 끝에 당신을 처음으로 만나게 된 것입니다. 나는 이곳에 사는 사람은 아무도 모릅니다. 그러니 성내로 가는 길을 가르쳐주시기 바랍니다. 그리고 이 알몸을 가릴 수 있도록 헌 옷가지나 보자기라도 주실 수 없을는지요.

그리고 당신이 원하시는 무엇이라도, 남편이든, 집이든, 혹은 마음의 화합을 내려주시기를 신께 빌겠습니다. 그렇게 말씀드리는 것은 남편과 아내가 마음을 합쳐서 가정을 지켜 나간다면, 적의를 품고 있는 자들에게는 못마땅한 일이겠지만, 자기 편으로서는 무엇보다도 기쁜 일이겠지요. 그런 것을 가장 잘 알고 있는 분은 당신들 자신이겠지요."

그의 말에 흰 팔의 나우시카가 대답하여 말했다.

"처음 보는 분이지만, 나쁜 사람이거나 멍청한 사람은 아닌 것 같군요. 인간들에게 행복을 내려주시는 분은 올림포스에 계신 제우스님이시지요. 좋은 사람에게나 나쁜 사람에게 자기 나름의 행복을 분배해주시지요. 당신도 당신의 몫을 나누어 받았을 것인즉, 어떤 일이든 꼭 참고 견뎌내셔야 하겠지요.

---

7) 델로스 섬 : 아폴론의 신전이 있는 에게 해 중의 작은 섬, 그 신앙으로 해서 여러 나라의 사람들이 모여들기도 했다. 옛 신앙의 중심지라 하겠다.

어쨌든 우리가 사는 나라에 오신 이상, 입을 옷이든 그 밖에 다른 것이건 불편하게 해드리지는 않겠습니다. 불행한 사람이 사람에게 얻을 수 있는 물건이라면. 그리고 성으로 가는 길도 가르쳐드리고 주민들의 이름도 알려 드리지요.

이곳에 사는 사람들은 파이에케스라는 종족으로, 저는 도량이 넓으신 알키노스님의 딸, 그분은 이들의 왕이시며 파이에케스의 사람들은 그분의 권세나 위력을 우러러보고 있습니다."

이렇게 말하고 아름다운 시녀들에게 분부했다.

"얘들아, 서거라. 남자 분을 보았다고 어디까지 도망칠 작정이냐? 너희들은 적국에서 온 사람으로 생각하는 것은 아니겠지? 이 파이에케스 사람들이 사는 땅에 적의를 품고 오는 사람은 살아 있는 사람 중에는 없을 것이고 또 앞으로도 없을 것이다. 우리는 불사의 신들과 친한 사이이고 또 인간 세계와 멀리 떨어진, 파도가 일렁이는 세계의 한 끝에서 살고 있으므로 죽어야 할 인간 중에서 우리와 관계를 가질 사람은 아무도 없다.

하지만 이분은 매우 불행한 분으로 여러 곳을 유랑하다가 이 고장에 닿게 된 분이시다. 그러니 이분을 잘 돌보아드리지 않으면 안 된다. 타국에서 오신 분이나 도움을 청하는 분은 모두 제우스 신께서 보내신 분이시니까. 그분들에게 드리는 것은 변변치 못하더라도 정성이 담겨야 할 것인즉, 이 손님에게 우선 먹을 것과 마실 것을 대접하거라. 그리고 강물에 목욕을 시킨 후 바람이 없는 곳으로 모시거라."

그러자 시녀들은 왕녀의 분부대로 오디세우스를 바람이 없는 곳으로 데리고 가서 앉혔다. 그리고 그 옆에 겉옷과 속옷을 놓아주고 황금으로 만든 잘룩한 병에 가득 든 올리브유를 주면서 강물에 들어가서 목욕을 하라고 권했다.

그때 존귀하신 오디세우스가 시녀들에게 말했다.

"시녀들이시여, 그러면 저쪽에 가 계시지요. 그 사이에 나는 몸에 묻은 소금기를 깨끗이 닦아내고 올리브유도 바르겠습니다. 정말 오랫동안 피부에 기름도 바르지 못했거든요. 그렇지만 여러분이 보는 앞에서는 목욕하기가 망설여지는군요. 아름다운 아가씨들 앞에서 알몸을 보이는 일은 삼가야 하니까요."

이렇게 말하자 시녀들은 멀리 떨어진 곳으로 가서 그 사실을 왕녀에게 보고했다. 한편 존귀한 오디세우스는 강물을 퍼서 몸에 묻은 소금기를 씻어냈다. 그의 등과 양 어깨에는 소금기가 덕지덕지 묻어 있었다. 소금기가 말라붙어 있는 머리도 깨끗이 씻은 다음 몸에 기름을 발랐다.

아직 숫처녀인 소녀가 준 옷을 몸에 걸쳤을 때, 제우스 대신의 따님인 아테네 여신은 그의 모습이 더욱 의젓하고 키도 크게 보이게 하고 머리카락도 히아신스색[8]으로 예쁘게 바꾸어놓았다. 그것은 마치 헤파이스토스와 팔라스 아테네 등 두 신으로부터 갖가지 기술을 익힌 명공(名工)이 은그릇의 가장자리에 황금을 씌울 때처럼, 그리고 마무리를 섬세하게 하듯이 여신은 오디세우스의 머리나 어깨를 더욱 우아하게 다듬었다. 그러자 그는 혼자 바닷가로 가서 아름답고 우아한 모습으로 앉아 있었다. 왕녀는 그 모습에 감탄하여 아름다운 시녀들에게 말했다.

"내 말을 들어보거라, 팔이 흰 시녀들아. 너희들에게 할 말이 있다. 이분이 신과도 같은 파이에케스 사람들과 어울린다 하더라도 올림포스에 계신 신들의 뜻에 어긋나지는 않을 것 같다. 조금 전까지만 해도 비천한 사람으로 보였는데 지금은 넓고 큰 하늘을 지배하시는 신들과 같은 모습이 아니냐. 저런 분이 이곳에 살면서 내 남편이 되어준다면 얼마나 기쁘겠느냐. 자, 시녀들아. 저 손님에게 음식과 마실 것을 드리도록 해라."

이렇게 말하자, 시녀들은 곧 그 명령에 따랐다. 오디세우스의 옆에 먹을 것과 마실 것을 갖다 드렸다. 인내심이 강한 오디세우스였으나 정신없이 먹고 마셨다. 그도 그럴 것이 그는 오랫동안 굶주려왔으니까.

그런데 흰 팔의 마우시카는 또 다른 생각을 했다. 차곡차곡 옷을 개어 수레에 싣고 튼튼한 다리를 가진 노새들을 수레에 메자 수레에 올라 오디세우스에게 말했다.

"손님, 그럼 함께 도성으로 가시지요. 이제부터 총명하신 우리 아버님의 궁으로 모시겠습니다. 그곳에 가시면 파이에케스의 훌륭한 분들을 모두 만나게 될 것입니다. 그럴 때는 이렇게 하시지요. 손님께서는 결코 눈치가 없는 분이라고는 생각되지 않으므로 우리가 전답이 늘어선 곳을 지날 때는 시녀들과 같이 노새나 수레를 이용하여 빨리 통과하도록 하시지요. 도성 안에 들어서면 거기에는 높다랗게 벽으로 둘러싸인 탑이 서 있고 도성의 양쪽

---

8) 히아신스색 : 이 식물에 대해서는 전부터 의문이 많아서 여러 가지 설이 분분했다. 더욱이 그 종류가 한 가지만은 아니며 붓꽃이나 백합류인 것 같다. 그러나 '색(色)'은 자줏빛을 가리키는 듯하다.

산 아래로 훌륭한 항구가 눈에 뜨일 것입니다. 그 어구는 매우 좁은데 양끝이 치켜올라가 있는 여러 척의 배가 길 위로 끌어 올려져 있을 것입니다. 그것은 시민들이 각자 자기의 선치장(船置場)을 갖고 있기 때문입니다. 거기에는 포세이돈의 신전 옆에 집회가 있는데 먼 데서 실어온 큰 돌들을 땅을 파고 일렬로 묻어놓았습니다.

시민들은 그 근처에서 검은 배의 밧줄이며 돛 등 배의 장비를 손질하고 있을 것입니다. 파이에케스 사람들은 활이나 화살이나 화살통 같은 것에는 전혀 관심이 없고 오직 돛대나 키 등 항해에 필요한 기구에만 관심이 있으며 배 타는 일을 좋아하여 잿빛 바다를 항해한답니다.

저는 그 사람들의 입에서 좋지 않은 말들이 오르내리는 것을 피하고 싶습니다. 시민들 중에는 경망스러운 사람도 있어 '나우시카를 따라가는 저 낯선 사나이는 누군가. 제법 사나이답고 훤칠하게 생긴 저 사나이를 왕녀는 어디서 찾아내어 데리고 가는 것일까. 어쩌면 자기의 남편으로 삼으려 하는지도 모른다. 아니면 표류하고 있는 것을 배에서 끌어내어 데리고 오는 것인지도 모르고, 어쨌든 먼 나라에서 온 사나이야. 아무래도 가까운 나라에서 온 사람 같지는 않군. 어쩌면 왕녀의 간절한 기도를 들은 신께서 와서 앞으로 오래도록 함께 살게 될 지도 모르지. 만약 왕녀가 직접 나가서 자기의 신랑감을 구해왔다면 온 나라의 파이에케스 사람들을 완전히 무시하고 있는 것이 아니고 무엇이겠는가. 이곳에서도 쟁쟁한 젊은이들이 그녀에게 구혼하고 있지 않은가.' 하고 수근댈 것입니다. 다른 여자가 그런 짓을 했다면 저 또한 그들과 마찬가지로 건방진 여자라고 말할 것입니다. 양친이 버젓이 살아 계신데도 승낙도 없이 결혼식도 올리기 전에 남자들과 교제를 한다면 저를 욕할 것입니다.

그런즉, 손님 제 말을 들으시고 이렇게 하시지요.[9] 저의 아버님한테 한시바삐 귀국 준비를 부탁하시려거든 말입니다. 조금만 더 가면 아테네 여신님의 훌륭한 숲을 보시게 될 것입니다. 그곳에는 여러 그루의 갯버들이 서 있는데 그곳에서는 샘물이 흐르고 있으며 그 일대는 파란 들판으로, 그곳은 우리 아버님의 장원(莊園)입니다. 그 장원은 성 안에서 소리치면 들릴 정도로 가

9) 이렇게 하시지요 : 어떤 옛 사본(寫本) Ω의 읽는 법에 따른 폰 데르 밀은 아리스토파네스와 같이 '즉각'으로 해석하고 있다.

까운 곳이랍니다. 그곳에서 잠시 기다려주세요. 우리가 아버지의 궁에 도착할 때까지.

우리가 궁 안에 도착했을 때쯤 해서 도성으로 들어오세요. 그리고 저의 아버님인 도량이 넓으신 알키노스님의 궁전이 어디냐고 물으세요. 그곳은 찾기 쉬워서 어린 아이라도 안내할 수 있을 것입니다. 이 성에서 이보다 더 훌륭한 집은 찾아볼 수 없을 테니까요. 당신은 그 성관이나 정원에 들어섰으면 성관 중앙으로 곧바로 들어오셔서 저의 어머님이 계신 곳으로 가십시오. 그때 어머니는 화로 옆에 앉아서 큰 기둥에 몸을 기댄 채 보랏빛 털실을 꼬고 계실 것입니다. 그것은 눈이 번쩍 뜨일 만큼 훌륭한 물건이지요. 시녀들은 그 뒤에 앉아 있을 것입니다. 또 어머님이 앉아 계신 옆자리에는 아버님의 좌석이 있고 아버님이 거기에 앉아서 술을 드시는 모습은 불사의 신처럼 보일 것입니다. 당신은 그 곁으로 가서 어머님의 무릎에 손을 대십시오. 귀국의 기쁨을 조금이라도 더 일찍 맞이하고 싶으시다면 말입니다. 비록 먼 나라에서 오신 분이라도 그렇게 하셔야 합니다. 그때 어머님이 손님에 대해서 좋은 감정을 가지셨다면 손님의 가족들과 재회할 수도 있고 훌륭한 저택이 있는 당신의 고국으로 돌아가려는 소망도 이루어질 수 있을 것입니다."

그녀는 이렇게 말하고 번쩍거리는 채찍을 휘두르자 두 마리의 노새는 강을 뒤로 남겨둔 채 힘차게 달려갔다. 왕녀는 능숙한 솜씨로 노새를 몰아 시녀들과 오디세우스가 뒤따라오도록 노새를 몰았다. 이윽고 해가 지고 그들은 세상에 이름 높은 아테네 여신의 숲에 이르자, 오디세우스는 곧 제우스의 따님인 아테네 여신에게 기도를 드렸다.

"산양 가죽 방패를 가지신 제우스님의 따님이신 아트리트네[10]시여, 저의 기도를 들어주소서. 먼젓번 저의 배가 파선했을 때는 결코 저의 기도를 들어주시지 않았지만. 대지를 뒤흔드는[11] 신께서 저의 배를 산산조각으로 부셨을 때 말입니다. 하지만 제가 파이에케스에 있을 때만은 친절과 동정을 받을 수 있도록 도와주소서."

이렇게 기도를 드리는 것을 팔라스 아테네는 들었으나, 그 신[12]의 비위를

---

10) 아트리트네 : 아테네 여신을 말함.

11) 대지를 뒤흔드는 : 포세이돈의 별칭. 원래는 대지의 신임을 말해주고 있다. 후대에 와서는 큰 파도가 대지를 뒤흔든다 하여 억지로 갖다 붙였다.

12) 그 신 : 포세이돈을 지칭함.

거슬리게 하고 싶지는 않았다. 아버지와 형제지간인 그 신에게는 언제나 신경을 쓰고 있었기 때문이었다. 그 신은 거룩한 오디세우스가 고향으로 돌아갈 때까지는 몹시 화를 내고 있었던 것이다.

제 7 편

알키노스 왕의 궁전에서 있었던 일. 왕녀와 헤어진 오디세우스는 아테네 여신의 비호하에 살며시 궁전으로 들어가서 왕비 아레테 앞에 나타나 간절히 도움을 청한다. 왕과 왕비는 이를 쾌히 승낙하고 장로들이 보는 앞에서 송환해줄 것을 약속하지만 그가 입은 옷을 보자 왕비는 이상하게 여겨 그 이유를 묻는다.

이처럼 인내심이 강하고 존귀한 오디세우스가 이곳에서 기도를 드리고 있는 동안 튼튼한 두 마리의 노새는 왕녀가 탄 수레를 끌고 성내로 들어갔다. 그녀가 부왕의 훌륭한 궁에 도착하자, 왕녀는 현관 앞에 수레를 세웠다. 불사의 신 같은 왕녀의 형제들이 나와 노새를 수레에서 풀어주기도 하고 수레에서 옷가지를 안으로 나르기도 했다. 왕녀는 자기의 방이 있는 쪽으로 걸어갔다. 아페이레 태생의 시녀로서 침상 시중을 드는 노녀 에우리메두사는 왕녀를 위해 불을 피웠다. 이 여자는 옛날 아페이레에서 양끝이 젖혀진 배에 실려온 것을 사람들이 골라서 알키노스에게 선물로 바친 여자였다. 그것은 이 왕이 파이에케스 족 전체를 다스렸으며, 국민들은 모두 그의 명령을 신의 말씀처럼 지키고 따랐기 때문이었다. 이 늙은 시녀는 흰 팔의 나우시카를 궁 안에서 길러낸 사람으로 그녀는 지금 왕녀를 위해 불을 피우고 저녁상을 준비했다.

그 무렵 오디세우스는 도성으로 들어가려고 자리에서 일어섰다. 아테네 여신은 이때 그의 주위에 자욱한 안개를 내리게 했다. 혹시 의기왕성한 파이에케스 족의 누군가가 길에서 그를 만나 시비를 걸거나 어디서 온 사람이냐고 묻거나 하는 일이 없도록 하기 위해서였다. 그가 매력으로 가득 찬 도성으로 막 들어서려 할 때 빛나는 눈의 여신 아테네가 젊은 처녀의 모습으로 변장하고 물병을 손에 들고 나타났다. 오디세우스는 그 소녀의 앞에 이르자 물었다.

"아가씨, 알키노스님의 궁이 어디 있는지 안내해주실 수 있을는지요. 그분은 이 나라를 다스리시는 분이라 하는데, 나는 먼 타국에서 갖은 고생 끝에 이곳에 온 사람이라 이 고장에 대해서는 아무것도 모르고 또한 이 고장에는 아는 사람도 없습니다."

그러자 빛나는 눈의 여신 아테네가 말했다.

"타국에서 오신 분이시여, 그러시다면 내가 그분의 궁전을 가르쳐드리지요. 그분은 저의 훌륭한 아버님댁 근처에 살고 계시니까요. 그러니 아무 말도 마시고 계십시오. 제가 길을 안내해드릴 테니까요. 그리고 어떤 사람에게도 눈을 돌리거나 물어보거나 하지 마십시오. 왜냐하면 이 고장 사람들은 타국에서 온 손님에 대해서는 결코 친절하게 대해주지 않습니다. 즉 그들은 넓은 바다로 건네주는 빠른 배에만 의지하고 있지요. 이것도 대지를 뒤흔드는 대신이 주신 선물로 그들의 배는 새의 날개이거나 사람의 생각처럼 빠르니까요."

팔라스 아테네는 이렇게 말하자 앞장서서 안내하므로 그도 여신의 뒤를 따랐는데, 사람들이 오가는 길을 걸어갔지만 파이에케스 사람들은 아무도 그를 보지 못했다. 그도 그럴 것이 머리가 아름다운 아테네님이 오디세우스를 위해 그의 주위에 짙은 안개를 뿌린 때문이었다. 오디세우스는 항구나 멋진 배들, 이 고장 사람들의 집회소, 성벽들을 감탄의 눈으로 둘러보면서 걸었다. 그 성벽들은 높이 솟아 있었으며, 말뚝이 박혀 있어서 보기만 해도 놀라울 지경이었다. 그러나 드디어 국왕의 훌륭한 궁에 당도했을 때, 빛나는 눈의 아테네 여신이 말을 꺼냈다.

"타국에서 오신 분이시여, 이것이 당신께서 찾고 있는 그 궁입니다. 지금 제우스님께서 보살피시는 영주님들이 연회를 베풀고 있는 것이 보이지요? 그럼 안으로 들어가시지요, 조금도 주저하실 필요는 없습니다. 기상이 활달한 분일수록 무엇이든 하는 일마다 순조롭게 해낼 수 있지요. 비록 타국에서 온 분이라도 말입니다. 성관에서는 맨 먼저 왕비님을 만나도록 하세요. 이 왕비는 아레테라는 이름을 가졌는데 알키노스 왕과는 같은 혈통이라 합니다. 대지를 뒤흔드는 포세이돈님과 페리보이아님 사이에서 태어난 분이 나우시토스입니다. 이분[1]은 여성 중에서도 특히 용모가 아름답고 도량이 넓은 에우리메돈의 막내 따님으로, 이 왕은 옛날 신들을 두려워하지 않는 거인을 다스렸는데 난폭한 그들을 멸망시키고 자기 자신도 돌아가셨지요. 그분의

---

1) 이분 : 페리보이아를 지칭함.

따님이 포세이돈님을 만나 나우시토스를 낳았습니다. 바로 이분이 파이에케스족을 다스려왔습니다. 이 나우시토스 왕은 레크세노르와 알키노스의 두 아들을 두셨으나 레크세노르는 결혼 직후 아들도 두기 전에 은궁신(銀宮神) 아폴론이 활[2]을 쏘아 죽여버렸습니다. 그래서 슬하에는 외동딸 아레테만 남게 되었습니다. 이 아레테를 알키노스가 왕비로 맞이하여 끔찍이 사랑했는데 이 지상의 어느 여자보다도 그리고 남편을 섬기는 어느 여자도 아레테보다 귀중한 대접을 받지는 못했을 것입니다. 왕비는 자기의 자녀로부터나 남편인 왕으로부터도 소중히 아껴지고 한몸에 존경을 받고 있습니다. 백성들도 왕비가 거리를 지날 때는 신처럼 우러러보고 인사를 드리지요. 그것도 그럴 것이 이 왕비는 지혜와 분별이 뛰어났고 남을 위한 일이라면 여자는 말할 것도 없고 남자들의 싸움까지도 말려주시지요. 그런즉 왕비께서 당신에 대하여 호감을 가지시기만 한다면 고향에 돌아가서 가족들을 만나고 높이 치솟은 당신의 성관에 들어갈 수도 있을 것입니다."

빛나는 눈의 여신 아테네는 이렇게 말하고 아름다운 스케리에 섬에서 황량한 바다로 향해 떠났다. 마라톤의 평원을 지나 널찍한 교차로가 있는 아테나이에 도착하자 견고한 엘렉테우스의[3] 궁전으로 들어갔다.

한편 오디세우스는 말로만 들어오던 알키노스의 궁전으로 들어갔다. 그는 청동으로 만든 문 앞에 이르자 가슴을 두근거리며 머뭇거렸다. 그것은 햇빛이나 달빛처럼 번쩍이는 빛이 도량이 넓은 알키노스의 높다란 궁전을 비치고 있었기 때문이며 사방의 벽과 안채도 청동으로 장식했고 위쪽은 파란색 에나멜로 장식해 있었다. 순금으로 장식한 겹문은 굳게 닫혀져 있었으며 은으로 만든 기둥은 청동으로 만든 문지방 위에 세워져 있었다. 문짝 위의 인중방(引中枋)은 은으로 만들었으며, 손잡이는 황금으로 장식되어 있었다. 문 앞편에는 황금과 은으로 만든 개들이 놓여 있었다. 이 개들은 헤파이토스[4]가 뛰어난 기술로 만들어 도량이 넓은 알키노스 왕의 궁전을 지키게 한 것으로, 언제까지고 늙지도 죽지도 않는 개들이었다.

---

2) 아폴론이 활 : 레크세노르가 급병(急病)으로 죽은 것을 가리킴.

3) 엘렉테우스의 궁전 : 아테나이의 아크로폴리스 언덕 위에 있는 엘렉티온(또는 파르테논) 신전을 말하는데 이 부분은 고래로 의문시되어왔다. 아테나이에서 편찬할 때 추가한 것으로 보인다.

4) 헤파이토스 : 쇠로 사람이나 개의 상을 만든 신.

그리고 실내에는 여기 저기 띄엄띄엄 벽에 붙여 의자가 놓였는데, 의자에는 여자들이 짜서 만든 방석이 놓여 있었다.

파이에케스의 장로들은 여기에 앉아서 술을 마시거나 식사를 했다. 음식이나 술은 언제나 충분히 저장해놓고 있었다. 또한 훌륭하게 만든 제단에는 황금으로 만든 청년의 상(像)이 두 손에 관솔불을 들고 서 있었는데, 그것은 향연에 참석하는 사람들을 위해 밤에 성관 내를 밝게 비쳐주기 위해서였다. 궁내에는 50명의 시녀들이 있었으며, 그들은 노랗게 익은 곡식을 절구에 빻아 가루를 만들거나 옷감을 짜거나 실을 꼬기도 했다. 시녀들이 앉아서 일하는 모습은 키가 큰 갯버들의 잎들이 바람에 출렁이는 것 같았다. 촘촘하게 짜낸 베에서는 기름 방울이 뚝뚝 떨어지고 있었다.

시녀들은 파이에케스 사나이들이 어느 나라 사람보다도 바다 위에서 배를 빨리 저을 수 있듯이 베 짜는 일에 능숙했었다. 그것은 아테네 여신이 뛰어난 손재주와 지혜를 가르쳐주었기 때문이었다.

안뜰의 바깥쪽에는 대문 가까이 널따란 과수원이 있었으며 울타리로 빙 둘러 쌌는데 거기에는 들배나 석류, 맛있는 과실이 열리는 사과나무, 달콤한 무화과나무며 무성하게 자라는 올리브나무 등 각종 과수가 우거져 있었다.

거기에서 열리는 과실들은 결코 썩는 일이 없으며 추운 겨울이든, 무더운 여름이든 일 년 내내 계속 열렸다. 그리고 언제나 서풍이 부드럽게 불어와서 과일을 익게 하여 배는 배대로 사과는 사과대로 익어갔으며 또 한편에서는 포도가 포도덩굴에서 무화과는 무화과나무에서 익고 있었다.

또한 그곳에는 포도가 많이 열리는 포도밭도 있었는데 양지바른 곳이어서 따뜻한 햇볕에 포도를 말리고, 한편에서는 포도를 수확하고, 포도 송이를 으깨어 즙을 짜기도 했다. 또 앞쪽에 있는 포도 덩굴에는 아직도 꽃이 피어 있었으나 그 옆의 덩굴에는 포도송이가 검게 익고 있었다.

맨 아래쪽 밭이랑은 채소가 가지런히 심어져 있었는데 온갖 채소가 일 년 내내 자라고 있었다. 그 사이로 두 줄기의 샘물이 흘러 한 줄기는 과수원 전체에 물을 대주고 다른 한 줄기는 안 뜰을 지나 높이 치솟은 궁 안에 물을 보내주었다. 백성들도 이 물을 길러갔다. 신들은 알키노스에게 이처럼 풍성한 선물을 내려주셨던 것이다.

오디세우스는 이곳에서 발걸음을 멈춘 채 감탄한 눈으로 바라보다가 서둘러 궁 안으로 들어섰다. 그리고 파이에케스 족들의 지도자들이나 참모들이 잔에 술을 부어 아르고스를 죽인 신[5]에게 잔을 올리는 장소에 이르렀다. 잠자리에 들기 전에 이 신한테는 잔을 올리는 습관이 있었는데, 존귀한 오디세우스는 마침 이때 자욱한 안개에 둘러싸여 궁 안으로 들어갔던 것이다. 아테네 여신은 오디세우스가 알키노스 왕과 왕비 아레테 앞에 갈 때까지 안개를 계속 내리어 아무도 그가 들어오는 것을 보지 못하게 했다.

아레테의 두 무릎에 오디세우스는 손을 얹었다. 바로 그때 이 불가사의한 안개는 말끔히 걷히고 오디세우스의 모습이 보이게 되자 그 자리에 있던 사람들은 놀라서 바라볼 뿐 아무 말도 하지 못했다. 그때 오디세우스는 애원했다.

"신과 같으신 레크세노르의 따님 되시는 아레테시여, 당신의 무릎에 매달려 간청하려고 갖은 고생을 다 겪으면서 여기까지 오게 되었습니다. 이 연회에 참석하신 귀하신 손님들께도 살아 있는 동안 신께서 복을 내려주시기를, 그리고 여러분의 자녀들에게 집안의 재산과 국민들한테서 받은 모든 영예를 무사히 물려주실 수 있게 되기를 간절히 빕니다. 또한 저에게는 하루 속히 고국으로 돌아갈 수 있도록 여행을 떠날 채비를 해주시기 바랍니다. 저는 가족과 떨어져서 오랫동안 수없이 많은 고난을 겪고 있는 몸입니다."

이렇게 말하고 오디세우스가 난로 옆[6]의 재 위에 주저앉자, 사람들은 모두 입을 다문 채 조용해졌다. 이윽고 장로격인 에케네오스님이 좌중을 보고 말했다. 그는 파이에케스의 남자들 중에서 가장 연장자로서 말솜씨가 뛰어났고, 옛날 일에 대해서도 잘 알고 있었는데 그가 좌중에 대고 입을 연 것이다.

"알키노스 왕이시여, 손님을 땅 위에, 더구나 난로의 재 위에 앉아 있게 하는 것은 온당치 못한 일입니다. 저희들은 모두 전하의 분부만 기다리고 있을 뿐입니다. 손님을 자리에서 일어나게 하시어 은으로 장식한 의자에 앉도록 하시지요. 그러는 동안 전하께서는 시녀들에게 포도주를 따르게 하시어 천둥을 울리게 하시는 제우스 신께 올리도록 하십시오. 제우스 신께서는 언제나 경건한 탄원자들과 함께 하시니까요. 한편 시녀에게 명하시어 저녁

---

5) 아르고스를 죽인 신 : 이미 나왔던 헤르메이아스 신을 말함. 아주 오래된 신의 이름으로, 진짜 뜻은 아직 확실치 않다.

6) 난로 옆 : 선사시대에 북방에서 침입한 그리스 족의 가옥의 중심을 이루는 넓은 홀은 중앙에 난로가 있었던 것으로 생각된다. 이곳은 가장 신성하고 중요한 장소여서, 바로 그 난로 옆에 집주인과 그 부인이 앉았었다.

식사를 내오도록 하는 것이 좋겠습니다."

그러자 현명한 알키노스는 기지가 뛰어난 오디세우스의 손을 잡고 장로의 권고대로 자기의 아들 라오메돈을 일어나게 하더니 그 자리에 앉혔다. 그 아들은 왕이 특히 귀여워하는 왕자였다. 시녀가 아름다운 황금 그릇에 손씻을 물을 담아와서 손을 씻도록 은대야에 부었다. 그리고 그 옆에 반들반들하게 닦은 탁자를 갖다 놓고 그 위에 빵과 갖가지 요리를 차려놓았다. 인내심이 강하고 존귀한 오디세우스는 푸짐한 음식을 먹고 마셨다.

그때 알키노스 왕이 전령에게 말했다.

"폰토노스여, 이제부터 천둥을 울리게 하시는 제우스 신께 잔을 올릴 수 있도록 혼주기에 가장 좋은 술과 물을 섞어 여기 계신 모든 분들에게 따라드려라. 제우스 신께서는 언제나 슬기로운 탄원자를 보살펴주시니까."

그러자 폰토노스는 마음을 달콤하게 해주는 포도주를 섞어서 우선 신에게 따라 올리고 사람들의 잔에 일일이 술을 따랐다. 신에게 제주도 올렸고 모두 마음껏 마셨을 때 알키노스는 사람들에게 말했다.

"파이에케스의 지도자, 그리고 참모들이여, 이제부터 나는 내가 마음속에 품고 있는 것을 내 마음이 명하는 대로 말하겠다. 이제 연회를 파할 테니 모두 집으로 돌아가서 잠을 자기 바란다. 그리고 내일 아침에는 장로들을 더 많이 오게 하여 회의를 열고 손님에게도 융숭한 대접을 한 다음 신들에게도 훌륭한 제사를 드리도록 하겠다. 그런 다음 손님을 돌려보낼 절차를 상의하기로 한다. 이 손님이 아무리 먼 곳에서 오셨다 하더라도 고난을 겪지 않고 편안하게 자기의 고향으로 돌아갈 수 있도록. 그리고 손님이 자기의 고향땅을 밟기 전에 재난을 당하지 않도록. 그러나 돌아간 뒤에는 태어날 때 받은 숙명과 신수를 점치는 여자들이 뽑아준 점괘 그대로 되겠지만——. 하지만 이분이 하늘에서 내려오신 불사신 중의 한 분이라면, 이번에는 여느때와는 다른 계책을 신들께서는 꾸미고 계신 것이다. 왜냐하면 전 같으면 언제나 신께서 우리에게 그 모습을 보이셨으니까. 우리가 매우 훌륭한 제물을 바칠 때는 우리와 함께 앉아 식사도 하셨고 또 누군가가 혼자서 여행을 떠날 때 신을 만났다 해도 결코 그 모습을 감추는 일이 없으셨으니까. 외눈박이 퀴클로프스나 사나운 거인족을 대할 때와 같으셨다."

이에 대해서 지략이 뛰어난 오디세우스가 대답하여 말했다.

"알키노스님이시여, 그렇게는 생각지 말아주십시오. 저는 넓고 넓은 하늘을 지배하시는 신들과는 생김새나 키로 보나 조금도 닮지 않은 죽어야 할 인간입니다. 세상 사람 중에서도 가장 큰 고난을 타고난 사람들과 똑같은 처지입니다. 그러면 제가 겪어온 고난에 대해 말씀드리겠습니다. 하지만 지금은 우선 저녁 식사부터 하도록 허락하여주십시오. 뱃속의 창자처럼 염치없는 것은 또 없으니까요. 설령 제가 아무리 큰 고난을 겪어왔으며 가슴속에 고민을 품고 있다 하더라도 배가 고프다고 창자가 아우성을 치니까요. 지금 저의 가슴속에는 고민으로 가득 차 있는데도 여전히 창자는 먹고 마시자고 야단이군요. 이전의 고생 같은 것은 다 잊고 자기 배만 채워 달라는군요. 여러분들, 내일 새벽에 이 불행한 사나이가 고국 땅을 밟을 수 있도록 채비를 서둘러 주실 것을 부탁드립니다. 어떤 고난이 닥치더라도 저의 고향이 돌아가서 저의 땅이나 재산, 그리고 하인들과 높이 솟은 저의 집을 볼 수만 있다면 그 자리에서 죽더라도 여한이 없겠습니다."

이렇게 말하자, 거기에 모인 사람들은 그의 조리있는 말에 찬성하여 그를 돌려보내 주자고 말했다. 신들에게 제사를 올리고 나자 마음껏 술을 마신 후 모두 잠자리에 들기 위해 집으로 돌아갔다.

넓은 홀 안에는 오디세우스만 남아 있었다. 그의 옆에는 아레테와 신 같은 모습을 한 알키노스가 앉아 있었고 시녀들은 그릇을 챙겼다. 그때 흰 팔의 아레테가 먼저 입을 열었다. 왜나하면 오디세우스가 입고 있는 엷은 속옷이나 엷은 훌륭한 옷이 자기가 시녀들과 함께 만든 것이었기 때문이었다. 그래서 큰소리로 오디세우스에게 말했다.

"손님, 내가 우선 물어보고 싶은 것은 바로 이것입니다. 즉 당신은 어디서 온 누구십니까? 그리고 그 옷은 누가 주었습니까? 손님은 아까 바다 위를 헤매다가 이곳에 오게 되었다고 말했지요?"

이렇게 묻자 지략이 뛰어난 오디세우스가 대답하여 말했다.

"왕비님, 자초지종을 다 말하라 하시지만 힘들군요. 하늘에 계신 신들께서는 저에게 너무나 많은 재난을 내리셨습니다. 하지만 그렇게 물으시니 다 말씀드리겠습니다. 여기서는 아주 먼 바다 가운데 오귀기에라는 섬이 있습니다. 그곳에는 아트라스의 따님으로 교활한 계책을 잘 꾸미는 칼립소라는 여자가 살고 있었습니다. 아름다운 머리를 가졌지만 아주 무서운 여신이어서 신들이든 생명이 유한한 인간이든 이 여신과는 아무도 사귀지 않았습니다.

그런데 운수가 사납게도 신은 불행한 저만을 그녀에게로 데리고 가셨던 것입니다. 제우스의 신께서는 포도주빛 바다 한가운데서 저의 빠른 배를 흰 번갯불로 내리치셔서 산산조각이 나게 하셨지요. 그때 저의 용감한 동지들은 모두 죽어버렸으나 저만은 부서진 배의 용골에 매달려 구 일간이나 표류했는데 열흘째가 되는 날 어두운 밤에 저를 오귀기에 섬으로 떠밀려 보냈습니다. 그곳은 머리가 아름다운 칼립소라는 이름의 무서운 여신이 살고 있었지요. 그 여신은 저를 맞아들여 융숭하게 대접하고 또 보호해주면서 언제까지고 늙거나 죽지 않게 해주겠다고 말했습니다. 그러나 저를 끝내 설득할 수는 없었습니다.

저는 칠 년 동안 그 섬에 억류되어 있었습니다. 저는 눈물로 옷자락을 적시며 매일을 지냈습니다. 그 옷은 칼립소가 준 것인데 신선이 입는 옷이었습니다. 그런데 팔 년째로 접어들었을 때 제우스 신께서 시키셨는지 아니면 그녀의 마음이 바뀌었는지 여신은 나를 재촉하여 돌아가라고 했습니다. 저는 여러 개의 통나무를 베어 뗏목을 엮었는데 그녀는 식량이며 술을 뗏목에 실어주고 신선이 입는 옷을 입혀주더니 순풍을 보내주어 십칠 일 동안은 편안하게 항해를 계속했습니다. 그러나 십팔 일째 되던 날 저의 고향의 울창한 산들이 보여 기뻐한 것도 한 순간뿐이었습니다. 저는 또 산더미 같은 고난을 겪어야 했습니다. 그것은 대지를 뒤흔드는 포세이돈 여신이 심술을 부려 사방팔방에서 폭풍이 일게 하고 바다가 들끓게 하여 저의 갈 길을 막았으며 뗏목 위에서 탄식하는 저를 집더미 같은 파도로 덮치게 하였습니다. 저는 바다에 빠져 허우적거리면서 헤엄을 쳤지요. 이때 바람과 파도가 저를 이 나라의 해안으로 밀어붙였습니다. 저는 가파른 해안의 절벽으로 기어올랐지요. 그러나 파도는 사납게도 저를 또다시 깊은 바다로 끌어냈습니다.

저는 사력을 다하여 다시 헤엄쳐 해안으로 왔습니다. 그곳은 강 어귀로 높은 절벽도 없고 아늑한 해안이어서 바람도 잔잔했습니다. 해안으로 올라서자 향기로운 밤이 찾아왔습니다. 저는 강가의 숲이 우거진 곳으로 가서 나무숲의 낙엽이 수북이 쌓인 곳에서 잠이 들었는데 신께서는 깊은 잠이 들게 하시어 낙엽에 묻혀 이튿날 한낮까지 자고 있었습니다. 저는 저녁때가 가까워 잠에서 깨어났습니다. 마침 그때 바닷가에서 왕녀님의 시녀들이 공놀이를 하고 있는 것을 보게 되었습니다. 그 중에서도 왕녀님은 여신 같은 모습이었습니다.

저는 그분에게 구원해 달라고 간청했습니다. 왕녀님은 나이가 젊으셨지만 매우 자상하고 분별이 있으셔서 굶주린 저에게 충분한 음식과 빨갛게 빛나는 포도주를 주셨을 뿐 아니라 강물에서 목욕도 하게 하고 옷까지 주셨습니다. 이것으로 대충 그 동안에 있었던 마음 아픈 일들의 이야기를 끝내기로 하겠습니다."

그러자 이번에는 알키노스 왕이 말했다.

"손님이시여, 그렇다면 나의 딸은 법에 합당한 짓을 했다고는 볼 수 없소. 시녀들과 함께 당신을 이곳으로 데려왔어야 했소. 당신은 내 딸에게 도움을 청했다고 하지 않았습니까?"

지모가 뛰어난 오디세우스가 왕에게 대답했다.

"왕이시여, 그 일로 해서 훌륭하신 따님을 꾸짖지는 말아주소서. 왕녀께서는 저를 보고 시녀를 따라오라 하셨습니다. 다만 제가 자청해서 사양했습니다. 그랬다가 전하의 심기를 상하게 하면 어쩌나 해서였습니다. 이 세상에 사는 인간들은 시기심이 많은데다 남의 말 하기를 너무 좋아하니까요."

그러자 알키노스가 말했다.

"손님이시여, 그만한 일로 내가 화를 내다니 말도 안 됩니다. 어떤 일에서건 그때그때 요령껏 처신해야 하니까요. 아버지 신이신 제우스님이나 아테네 여신이나 아폴론께서 당신처럼 훌륭한 분을 이곳에 있게 하셔서 내 딸과 결혼하여 사위가 되게 해주신다면 나의 재산과 궁전도 다 드리겠습니다. 그러나 그것이 싫다 하더라도 파이에케스에 사는 누구 한 사람이라도 당신을 억지로 붙잡지는 않을 것입니다. 제우스 신께서는 결코 그것을 용납하지 않을 테니까요.

나는 당신을 송환할 기한을 미리 정해놓았습니다. 당신이 충분히 납득할 수 있도록 내일로 정했습니다. 당신이 깊은 잠을 자고 있는 동안 뱃사람들은 배를 저어 당신의 고향과 집으로 보내드릴 것입니다. 당신이 원하신다면 에우보이아 섬[7]보다 훨씬 먼 곳이라도 보내드리지요. 우리 나라의 사람 중에 그곳에 갔다온 사람이 있었는데 아주 먼 곳이라는 말을 들은 적이 있지요. 옛날 금발의 라다만티스[8]가 대지의 아들 티티오스[9]를 만나보고 싶다고 해서

7) 에우보이아 섬 : 아테나이의 아티케 주를 동북쪽으로 에워싸듯이 하고 있는 큰 섬. 이오니아계의 종족이 살고 있으며, 에레토리아와 카르키스가 주읍(主邑)이다.

8) 라다만티스 : 미노스의 형제로서, 사후에 명계(冥界)에서 사자(死者)의 재판에 종사했다고 한다.

그를 그 섬으로 데리고 간 적이 있었지요. 그렇게 먼 뱃길을 조금도 피로한 기색도 없이 하룻만에 갔다 오지요. 이 말만 들어도 당신은 우리가 갖고 있는 배가 얼마나 빠르고, 뱃사람들의 노젓는 기술이 얼마나 뛰어난가를 짐작할 수 있을 것입니다."

이 말을 듣자 인내심이 강하고 존귀한 오디세우스는 너무 기뻐서 감사의 기도를 드렸다.

"아버지 신이신 제우스시여, 지금 알키노스 왕께서 하신 말씀을 모두 실행케 하여 주소서. 그리고 이분에게는 곡식이 무르익는 이 땅에서 불멸의 영예를 누리도록 해주시고 저에게는 고향으로 돌아갈 수 있도록 하여주소서."

두 사람이 이런 얘기를 나누는 동안, 하얀 팔의 아레테는 시녀들에게 명해서 주랑(柱廊) 아래 침상을 놓아드리고 보랏빛 나는 깨끗한 담요를 깔고 또 그 위에 두툼한 이불을 펴놓고 또 그 위에는 양털로 짠 홑이불을 그 위에 덮어놓으라고 했다. 그러자 시녀들은 관솔불을 앞앞이 들고 넓은 홀에서 나가 부지런히 잠자리를 마련하고 나자 오디세우스에게 다가가서 재촉했다.

"손님, 잠자리가 다 준비되었으니 그만 일어나시지요."

그래서 오디세우스도 자는 것이 좋겠다고 생각하여 자리에서 일어났다.

오디세우스는 소리가 울리는 주랑 아래 놓인 침상으로 들어가서 눈을 감았다. 한편 알키노스는 높게 치솟은 내전에서 잤는데 그 옆에서는 왕비가 침상과 침구를 돌보고 있었다.

---

9) 티티오스 : 대지의 아들로서 레토를 무례하게 사랑하다가 그의 아들들에게 살해당했다고 한다.

제 8 편

오디세우스는 파이에케스 족들이 베푼 연회석상에서 음유시인이 부르는 노래를 듣고 눈물을 흘린다. 왕은 섬 사람들을 모이게 하여 그를 돌려보낼 준비를 서두르게 하고 그에게 줄 선물을 갖고 오게 한다. 전날 밤 왕궁에 머문 오디세우스는 경기장 구경도 하고 연회석상에서 들은 트로이아 함락을 제재로 한 노래를 듣고 눈물을 흘린다. 알키노스 왕은 그의 신분에 대해 자세히 물어본다.

일찍 뜨는 장미빛 손가락을 가진 새벽의 여신이 나타났을 때 거룩한 알키노스 왕은 잠자리에서 일어났다. 이때 제우스의 후예인 오디세우스도 잠에서 깨어났다. 거룩한 알키노스 왕은 사람들의 선두에 서서 파이에케스 사람들의 집회장으로 향했다. 부둣가에 있는 집회장에 도착하자 알키노스는 돌을 잘 다듬어 만든 돌 위에 오디세우스와 나란히 앉았다.

한편 팔라스 아테네는 총명한 알키노스 왕의 전령으로 변장하여 시내를 여기저기 돌아다녔다. 그것은 기량이 뛰어난 오디세우스의 귀국 채비를 살펴보기 위해서였다. 그는 시민 한 사람 한 사람에게 다가가서 이렇게 말했다.

"파이에케스의 지도자나 참모들이시여, 어서 집회장으로 나가 먼 나라에서 온 손님의 이야기를 들어보세요. 그 손님은 조금 전에 총명한 알키노스 왕의 궁전에 도착했다는군요. 그는 바다 위에서 심한 풍랑을 겪었지만 그 모습이 불사의 신 같답니다."

이렇게 말하고 돌아다니자 집회장은 곧 앉을 자리도 없을 만큼 모여든 사람들로 꽉 차게 되었다. 군중들은 현명한 라에르테스의 아들인 오디세우스를 보고는 모두 감탄을 연발했다. 물론 그것은 아테네 여신이 그의 머리 끝에서부터 양 어깨에 이르기까지 아름답게 보이도록 화장을 해주었기 때문이었다. 여신이 그렇게 한 것은 파이에케스 사람들이 그에게 호감을 갖도록 하게 하기 위해서였다.

사람들이 다 모이자 알키노스 왕은 말을 꺼냈다.

"파이에케스의 지도자나 참모들은 들으시오. 지금 내가 하는 말은 나의 가슴이 명하는 말인즉 잘 들어주시오. 여기 오신 손님은 동쪽에서 오신 분인지, 서쪽 나라에서 오신 분인지는 잘 모르겠으나 갖은 고생을 하며 거친 바다를 헤매다가 내 궁으로 찾아오셨소. 이분은 자기를 고향으로 꼭 돌아가게 해 달라고 사정했습니다. 그러니 전이나 다름없이 이 손님도 부탁을 들어드려야 할 것 같소. 나는 지금까지 내게 찾아와서 부탁하는 사람을 보내주지 않아 이곳에 오래 머물면서 눈물로 세월을 보내게 한 적은 한 번도 없었소. 자, 검은 배를 빛나는 바다 위로 끌어내어 젊고 뛰어난 선원 오십이 명을 선발해 주시오.

그리고 노걸이에 노를 튼튼히 매어놓고 이리 오도록 하시오. 궁으로 가서 식사를 합시다. 젊은 사람들에게 당부할 말은 이것이었소. 또 홀장(笏杖)을 가진 영주들은 나의 궁으로 가는 것이 좋겠소. 그곳에서 손님을 대접할 것인즉. 모두들 빠짐없이 참석해주기 바라오. 그리고 신처럼 뛰어난 음유시인[1] 데모도코스를 불러 오도록 하시오. 신께서는 누구보다도 뛰어난 노래 솜씨를 그에게 주셨으니까요. 그는 노래로 사람을 즐겁게 해주는 재주를 주셨으니까 말이오."

이렇게 말하고 앞장서 걸어가는 그의 뒤를 홀장을 든 영주들이 따라가고 전령은 신 같은 음유시인을 부르러 갔다.

한편 온 나라 안에서는 52명의 젊은이가 선발되어 지시한 대로 바닷가로 가 검은 배를 바다에 끌어내리고 돛대를 세우고 돛을 실은 다음 여러 개의 노를 가죽끈으로 단단히 매었다. 준비가 끝나 배를 부두에 정박시키자 젊은이들은 총명한 알키노스의 궁전으로 향했다.

궁전 안은 사람들로 꽉 차 있었다. 알키노스는 열두 마리의 양과 흰 송곳니가 난 돼지 여덟 마리와 다리를 비비꼬는 소 두 마리를 잡아 제물로 바친 후 가죽을 벗겨 맛있는 요리를 만들게 했다.

또 전령은 노래를 잘 부르는 음유시인을 데리고 왔는데, 이 음유시인은 특히 노래의 여신이 귀엽게 여겨 선복(善福)과 재앙을 함께 내려주셔서, 두

---

1) 음유시인 : 가창자(歌唱者)라고도 한다. 이 원시(原詩)가 만들어진 시대의 음유시인은 하프를 뜯으면서 가요를 노래했을 것으로 보이며 많은 민족에게서 볼 수 있다(아이슬랜드, 중세 유럽 여러 나라 등). 그러나 호메로스의 시대에는 악기는 없었으며 지팡이를 들고 음송(吟誦)했다고 하여 라프소도스라 불려졌다.

눈을 멀게 한 대신 즐거운 노래를 부르는 재주를 주셨던 것이다.

폰토노스는 은으로 장식한 의자를 연회에 모인 사람들의 가운데 놓아주고 음유시인을 앉게 한 다음 큰 기둥에 기대게 했다. 그리고 소리가 높이 울리는 큰 하프를 음유시인의 머리 위쪽에 매달아놓아, 손으로 뜯을 수 있도록 해놓고 자리에서 일어섰다. 또 그 옆에는 다리가 넷 달린 탁자에 빵이 담긴 바구니와 포도주병도 놓아주어 마음껏 먹고 마실 수 있게 해주었다.

사람들은 요리 접시에 연신 손을 내밀어 마음껏 먹었다. 이윽고 먹고 마시는 일에 어느 정도 싫증을 느꼈을 때 노래의 여신은 음유시인에게 무사들의 명예를 노래하게 하였는데, 그 무렵 이 노래에 대한 평판은 매우 유명했다. 그것은 오디세우스와[2] 펠레우스의 아들 아킬레우스가 말다툼을 벌이는 대목이었다. 언젠가 이 두 사람은 신들의 화려한 연회장에서 심한 언쟁을 벌였는데 병사들의 우두머리인 아가멤논은 아카이 족의 대장들이 다투고 있는 것을 오히려 속으로 기뻐하고 있었다. 왜냐하면 포이보스의 신 아폴론이 한 말이 생각났기 때문이었다. 그가 아폴론의 신탁을 물어보기 위하여 신성한 퓌토 마을[3]에 갔을 때 제우스 대신(大神)의 계책으로, 트로이아 인과 다나오이 군에게 재앙의 발단이 시작되었던 것이다.

이 이야기를 지금 이 이름높은 음유시인이 노래하고 있었다. 그때 오디세우스는 자줏빛 망토의 널따란 옷자락으로 단려한 그의 얼굴을 가렸다. 그것은 눈에서 떨어지는 눈물을 파이에케스 사람들에게 보이는 것을 부끄럽게 생각한 때문이었다. 그도 음유시인이 노래를 쉴 때마다 눈물을 닦고 머리에 썼던 망토를 벗고 두 귀가 달린 잔에 술을 따라 신에게 바쳤는데, 파이에케스의 인사들은 노래에 흥이 나서 다시 노래를 재촉했으나 오디세우스는 머리에 망토를 뒤집어쓴 채 울고 있었다. 이때 다른 사람들은 그가 눈물을 흘리고 있는 것을 알지 못했으나 알키노스 왕만은 그것을 알고 있었다. 그는 바로 그의 옆에 앉아 있어서 그가 우는 것을 들었던 것이다. 그는 노를 잘 젓는 파이에케스 사람들에게 말했다.

"파이에케스의 지도자나 참모들이여, 잘 들으시오. 우리는 이제 음식도

---

2) 오디세우스와 : 여기서 노래 불려지는 오디세우스와 아킬레우스의 언쟁이란 후세의 가요에는 전해지지 않으며 명백하지 않다. 또 트로이아를 멸망시키는 방책에 대한, 또는 트로이아 상륙 전의 초기에 있었던 일이라고도 전해진다.

3) 퓌토 마을 : 델포이의 옛 마을. 아폴론의 대신전을 포함하는 성역.

충분히 먹었으며 하프도 즐길 만큼 들었소. 이러한 음악은 연회석에는 으레 따르게 마련인가. 그러면 이제부터 밖으로 나가 갖가지 경기를 해보는 것이 어떻겠습니까. 이 손님이 자기의 고국으로 돌아가서, 우리가 권투나 씨름이나 넓이뛰기를 얼마나 잘하는가를 말해주도록 말이오."

이렇게 말하고 앞장서가자 모두 그 뒤를 따랐다. 소리가 잘 울리는 하프를 풀어 들더니 음유시인 데모도코스의 손을 잡고 밖으로 나가 파이에케스 일족의 장로들을 뒤따라갔다. 그들이 집회 장소에 이르자 많은 군중들도 그들을 따라 모여들었다. 그러자 힘센 젊은이들이 경기에 나가겠다고 나섰다.

아크로네오스[4]가 경기를 하겠다고 나서자 오키알로스나 엘라트레우스, 나우테우스, 프림네우스, 안키알로스, 에레토메우스, 폰테우스, 프로이레우스, 톤, 아나베시오네스, 테크톤 가문의 폴리네오스의 아들 암피알론스 같은 젊은이도 경기에 나섰으며 인류에게 재앙을 내린다는 아레스같이 생긴 에우리알로스도 나섰는데, 그는 용모로 보나 키로 보나 파이에케스 족 중에서 인품이 뛰어난 라오다마스의 다음 가는 강자였다. 또한 인품이 훌륭한 알키노스의 세 아들인 라오다마스와 할리오스, 그리고 신과도 같은 클리토네오스도 경기에 나섰다.

경기는 처음에 달리기부터 시작했다. 그들은 출발점에서부터 뿌연 먼지를 일으키며 날 듯이 벌판을 달려갔다. 그 중에서도 특히 빨리 달린 사람은 클리토네오스였는데 노새가 하루 종일 밭을 가는 정도의 거리를 누구보다도 먼저 종착점에 들어섰다.

다음에는 씨름 경기를 하였는데 여기서는 에우리알로스가 다른 누구보다도 뛰어났었다. 그리고 넓이뛰기에서는 암피알로스가 우승했다. 원반던지기에서는 에라토레우스가 승리했으며 권투 경기에서는 알키노스의 훌륭한 아들 라오다마스가 우승을 거두었다.

경기를 통해 모두 마음을 풀었을 때 알키노스의 아들 라오다마스가 사람들에게 말했다.

"그러면, 이번에는 손님에게 한 번 물어보는 것이 어떨까요. 손님은 어떤 경기를 할 수 있는지. 몸집으로 보아서 결코 약한 분 같지는 않으니까요. 두 허벅다리며, 정강이도, 그리고 두 팔과, 목덜미도 젊은이 못지 않게 튼

---

4) 아크로네오스 : 이하의 인명은 모두 배나 항해에 능했다. 그만큼 파이에케스 사람들은 항해에 뛰어났었다.

튼해보이고 그 동안 많은 고생을 겪은 탓으로 약간 수척해졌을 뿐인 것 같소. 아무리 무쇠 같은 대장부라도 심술궂은 바다는 당해낼 수 없으니까."

그 말에 이번에는 에우리알로스가 대답하여 말했다.

"라오다마스여, 자네가 마침 잘 말했군. 그러면 자네가 직접 가서 그분에게 우리의 뜻을 전하게나."

그러자 알키노스의 훌륭한 아들 라오다마스는 자리에서 일어나 오디세우스에게 말했다.

"손님이시여, 자신이 할 수 있는 운동으로 우리와 한 번 경기를 해보지 않으시겠습니까? 사람이란 무엇이건 운동을 할 수 있다는 것은 더없이 좋은 일이니까요. 이 세상에 살아 있는 동안 자기의 다리나 팔로써 이룬 공명보다 더한 것은 없지요. 그러니 가슴속의 근심걱정은 떨쳐버리시고 같이 해보시지요. 당신이 바라는 귀국도 멀지 않은 같습니다. 부두에는 배도 대어놓았으며, 선원들도 다 준비를 마쳤으니까요."

그의 제의에 대해서 지모가 뛰어난 오디세우스가 대답하여 말했다.

"라오다마스여, 어찌하여 당신은 그런 일로 내 마음을 괴롭히십니까? 저는 지금 경기 같은 것에 관심을 가질 정도로 마음이 한가하지 못합니다. 저는 지금까지 계속 헤아릴 수 없을 만큼 많은 고생을 겪어왔습니다. 저는 여러분이 모여 있는 이곳에서도 국왕 전하와 여러분께 귀국을 도와주십사고 애원하면서 앉아 있는 중입니다."

그러자 이번에는 에우리알로스가 비난조로 말했다.

"손님, 당신은 경기에 자신이 없는 것 같군요. 당신은 노걸이가 많이 달린 배를 타고 바다를 항해하는 뱃사람의 우두머리 같은 장시치[5]나, 배에 실은 화물에만 늘 신경을 써서 돈을 많이 벌어 가지고 갈 궁리만 하는 사람 같구려. 경기를 잘 할 사람 같지는 않아 보입니다."

오디세우스는 그의 말에 약간 언짢은 듯 눈을 치켜뜨며 말했다.

"방금 하신 그 말씀은 좀 지나친 것 같군요. 신들은 인간에게 좋은 것만 주시지는 않은 모양입니다. 그 모습이나 지혜 분별이나 말 솜씨를 골고루 다 갖추게 하지는 않은 것 같습니다. 어떤 사람은 용모가 그리 뛰어나지 않지만, 뛰어난 말재주를 주셔서 그가 설득력있게 말하면 어느 모임에서나

5) 장사치 : 어구(語原的)로 보아 실업가인 듯.

돋보이고, 그가 거리를 지나가면 사람들로부터 신처럼 한 몸에 존경을 받지요. 또 어떤 사람은 그 모습이 불사신처럼 보여도 그의 언행은 품위가 없거나 합니다. 당신도 생김새는 신과 같지만 무척 분별이 없군요. 당신은 내 가슴속에 감동을 주지 못 하는군요. 전혀 조리에 맞지 않는 말을 하니까 말입니다. 당신이 말히듯이, 나는 경기를 못하지는 않습니다. 나도 젊었을 때, 펄펄 힘이 넘치던 시절에는 누구보다도 경기를 잘 했으니까요. 그러나 지금은 온갖 고난으로 쓰디쓴 좌절에 빠져 있는 형편입니다. 전쟁터에서, 그리고 험난한 바다 위에서 숱한 재난을 겪었으니까요. 하지만 정 원하신다면 경기에 참가해보겠습니다. 당신의 말이 저에게 큰 충격을 주었지만 다른 한편으로는 용기가 솟아나게 하였으니까요."

이렇게 말하자 그는 망토를 걸친 채 앞으로 나가 크고 묵직한 원반을 들었다. 그것은 파이에케스 사람들이 던지는 것보다 훨씬 큰 것이었다. 그것을 빙빙 휘둘러 억센 팔로 힘껏 던지자, 원반은 윙 소리를 내면서 날아갔다. 긴 노를 잡는 데 능숙한 파이에케스 사람들은 땅에 납작 엎드렸다. 그 원반을 다른 사람들이 던진 것보다 훨씬 멀리 날아가갔다. 그런데 아테네 여신이 남자의 모습으로 변장하고 나타나서 원반이 떨어진 지점에 표시를 하고 말했다.

"손님이시여, 장님이 손으로 더듬어도 이 표지는 식별할 수 있을 것입니다. 다른 사람의 원반이 떨어질 지점보다는 훨씬 더 멀리 날아갔으니까요. 이 경기에는 파이에케스의 어느 누구도 당신을 따를 사람은 없습니다."

이 말에 오디세우스도 기쁨을 감추지 못했다. 그리고 자기에게 호의를 보이는 친구가 이 경기장에도 있다는 것이 여간 기쁘지 않았다. 그는 홀가분한 기분으로 파이에케스 사람들에게 말했다.

"자, 내가 던진 원반만큼 멀리 던져보시지요, 젊은 양반들. 내가 다시 한 번 던져 보겠습니다. 자신있는 사람은 나와 겨루어봅시다. 내 기분을 언짢게 한 이상 무엇이든 상대해드리지요. 권투든 씨름이든, 달리기든 아무것이라도 좋으니 라오다마스 한 분만 빼놓고는 다 좋습니다. 왜냐하면 그분은 내가 묵고 있는 댁의 주인이니까요. 그 누가 친한 사람과 다투기를 원하겠습니까? 그런 사람은 버릇없는 못된 사람이니까요. 누구든지 신세를 지고 있는 집 주인과 경기를 하면서 다투려는 사람은 없을 것입니다. 더구나 남의 나라에서 그렇다면 자기에게 이로울 것은 하나도 없습니다. 그러나 그분 이외에는 누구와도 상대해드리겠습니다. 나는 사나이 대장부가 할 수 있는 경기라면 무엇이라도 할 수 있습니다. 잘 만든 활을 쏘아 명중시키는 것도 내가 으뜸이었소. 많은 적들과 우리 군사가 싸울 때도 그들을 명중시켰으니까. 다만 한 사람, 필록테테스만은 당해내지 못했소. 그러나 트로이아에서 아카이아 군사들이 그들과 싸울 때 필록테테스 다음으로는 내가 가장 활을 잘 쏘았지요. 이 대지 위에서 현재 곡식을 먹고 사는 인간 중에서는――. 그러나 예전의 무사들과는 겨루어볼 생각이 꿈에도 없소. 헤라클레스나 오이칼리아 사람 에우리토스[6]와는 겨루지 않겠소. 다 아는 바와 같이 에우리토스는 아폴론 신의 노여움을 사, 죽여버렸지요. 그래서 집에서 편안하게 노년을 보낼 수가 없었지요. 그는 신에게 도전한 것이 잘못이었소. 또 창던지기로 말하자면 누가 활을 쏘아도 나의 창만큼 멀리 쏘지는 못할 것입니다. 단 한 가지, 달리기만은 파이에케스 사람 중 누군가가 나보다 더 잘 달릴지도 모르오. 나는 바다 위에서는 제대로 영양을 섭취할 수 없었습니다. 그래서 사지가 축 늘어져 힘을 쓰지 못합니다."

이렇게 말하자 그 자리에 있던 사람들은 모두 잠잠해졌다. 알키노스 왕만이 그를 보고 말했다.

"손님이시여, 당신이 지금 하신 말씀은 결코 우의에 벗어난 말이 아닙니다. 이곳 젊은이들이 군중들 보는 앞에서 버릇없이 무례한 말을 해서 매우 불쾌했을 줄 압니다. 그래서 손님께서는 당신의 힘과 기량을 보여줘야겠다고 생각하신 것이겠지요. 경우에 밝은 사람이라면 그런 말을 하지 않았을 것입니다. 그런데 손님 내 말을 들어보시오. 당신이 고향으로 돌아가 당신의 성관에서 부인이나 아들과 함께 연회를 열었을 때 우리의 뛰어난 솜씨를 상기하시어 다른 분들에게 말해주시구려. 제우스 신께서는 우리에게도 먼 선조 때부터 갖가지 재주를 내려주셨더라고 말입니다. 즉 우리는 권투와 씨름에 뛰어나지는 못하지만 빨리 달리기와 배를 젓는 일에서는 누구보다 뛰어났습니다. 우리는 향연을 베풀기를 좋아하며 하프나 가무에 뛰어났고 옷은 갈아입는 일이나 따뜻한 물에 목욕을 하고 잠자리에 드는 일에 익숙해 있지요. 자, 파이에케스 사람들 중, 특히 춤 솜씨가 뛰어난 분들이여, 어서

6) 헤라클레스나 에우리토스 : 헤라클레스의 궁술(弓術)은 유명하며, 프로메테우스를 쪼는 독수리를 활로 쏘기도 했다. 에우리토스는 텟사리아의 오이카리아 사람(또는 엣세니아의 오이카리아)이라 하며, 활의 명인으로 알려졌다. 그의 아들 이피토스는 그 활을 오디세우스에게 기증하였는데 그는 그 활을 소중하게 간수했다고 한다.

신나는 놀이를 시작하시오. 이 손님이 고국으로 돌아가셔서 가족들에게 우리가 얼마나 항해에 능하며 가무에 능한가를 이야기해줄 수 있도록. 그러면 누가 큰 하프를 갖고 와서 데모도코스에게 주도록 하시오. 그 하프는 내 성관에 있을 테니까요."

신과 같은 알키노스가 이렇게 말하자 전령은 국왕의 성관에서 하프를 가져오려고 자리에서 일어났다. 그리고 행사의 모든 일을 주관하는 아홉 사람도 모두 일어났다. 이들은 시민들이 뽑은 자들로, 경기를 할 때 모든 진행을 맡아 했는데 그들은 땅을 평평하고 고르게 닦아 춤을 출 장소를 마련했다. 한편 전령이 하프를 갖고 와서 데모도코스에게 주자, 그는 한가운데로 걸어 나갔다. 그의 양 옆에는 갓 성년이 된 젊은이들이 서서 팔다리를 놀리며 춤을 추었다. 오디세우스는 그들이 발을 구르며 멋지게 춤추는 것을 감탄하면서 지켜보았다.

음유시인은 하프를 뜯으면서 아레스[7]와 아름다운 관을 쓴 아프로디테가 사랑을 나누는 장면을 노래하기 시작했다. 이들 두 신이 몰래 남편의 신인 헤파이토스의 집에서 밀통하는 것에서부터 많은 선물을 준 일, 헤파이토스의 잠자리를 더럽힌 일, 또 이것을 태양의 신 헤파이토스에게 알려준 일의 내용이었다.

헤파이토스는 이런 이야기를 듣자 음흉한 생각을 하면서 대장간으로 갔다. 그는 우선 모루 위에 큼직한 쇠망치를 올려놓고서 깨지지도 풀어지지도 않는 튼튼한 쇠그물을 만들었다. 두 사람이 거기에 갇혀 있게 하기 위해서였다. 이것으로 아레스 신에 대한 분풀이를 할 수 있는 그물을 만들자, 그는 자기의 침상이 놓여 있는 내전으로 들어가서 네 구석에 있는 기둥에 쇠살을 둘러치고 대들보에도 매달았다. 그것은 마치 촘촘한 거미줄 같아서 사람의 눈에는 도저히 뜨이지 않았으며, 신들이라도 눈에 뜨이지 않을 정도였다. 마침내 이처럼 침대 둘레에 철망을 치자 렘노스[8] 섬으로 가는 척했다. 이 섬은 전

---

7) 아레스 : 이 설화에서는 헤파이토스가 아프로디테의 남편으로 되었으며, 그의 집에서 밀회하는 것으로 되었다. 그러나 후대의 다른 여러 설화에서는 아레스가 남편이고 로마에서도 베누스의 남편으로 노래되거나 그림으로 묘사되어 있다(루크레티우스의 《사물의 본성에 대하여》의 서설 등).

8) 렘노스 : 다도해의 북부에 있는 화산으로 이루어진 섬. 예로부터 헤파이토스의 신앙으로 알려져 있으며 화산의 밑바닥에 그의 작업장이 있는 것으로 상상되었다.

세계에서 가장 잘 꾸며놓은 성시(城市)로서 이 신이 무척 마음에 들어하는 곳이었다. 황금 고삐를 가진 아레스 신도 결코 눈을 감고 망을 보지는 않았다. 이름난 대장쟁이 헤파이토스가 나가고 없는 것을 보자 아름다운 관을 쓴 퀴테라 여신[9]과 사랑을 나누기 위해 헤파이토스의 아름다운 궁전으로 향했다. 그 여신은 지금 막 막강한 힘을 가진 아버지(크로노스의 아들)의 집에서 돌아와 자리에 앉는 참이었다. 이때 아레스 신이 들어와서 그의 손을 어루만지고 이름을 부르면서 말했다.

"사랑스런 여신이여, 어서 함께 침실로 가서 즐깁시다. 헤파이토스는 지금 렘노스 섬에 가고 집에 없소. 지금쯤 렘노스 섬에서 상스러운 말을 하는 신티에스 족들과 놀고 있을 테니까."

이렇게 말하고 두 사람은 침대에 가서 누웠다. 그러나 꾀가 많은 헤파이토스가 쳐놓은 쇠그물이 위에서 내리 덮어 꼼짝도 못 하게 되었다. 그들은 이제 빠져날 수 없다는 것을 알게 되었다. 이때 그 이름 높은 권모술수의 신이 곁으로 다가왔다. 그는 렘노스 섬으로 가던 중 태양의 신이 지켜보다가 그에게 알려주어 되돌아왔던 것이다.

그는 집 앞에 이르자 분노에 찬 목소리로 소리쳤는데 그 소리가 너무 커서 모든 신들의 귀에 다 들렸다.

"아버지 신이신 제우스님과 그 밖에 언제나 행복하게 사시는 신들이시여, 다 이리 오셔서 이 꼴불견스럽고 망칙한 짓들을 보십시오. 제우스의 따님인 아프로디테는 내가 절름발이라 하여 언제나 나를 멸시하고 위세 등등한 아레스와 밀통하고 있습니다. 그 사나이는 훤칠한 체구를 갖고 있기 때문이지요. 하지만 저는 다리를 좀 절 뿐, 그 밖에 다른 결점은 하나도 없습니다. 저는 저의 부모님이 원망스럽습니다. 이럴 바에야 차라리 낳아주시지 말았더라면 좋았을 텐데 말입니다. 그런데 보십시오. 두 신은 저의 침대에 드러누워 애정행각을 벌이고 있습니다.

그것을 본 저의 가슴은 찢어질 것만 같습니다. 그들이 아무리 사랑하는 사이라도 이처럼 남의 침대에 버젓하게 누워서 자다니요. 장인 어른께서 혼수품들을 모두 돌려주시기 전에는 그들을 쇠그물에서 풀어주지 않겠습니다.

---

9) 퀴테라 여신 : 스파르타의 남쪽 해상 가까이 있는 작은 섬. 여신 숭배의 한 중심인 듯한 '퀴테레이아'라는 이름으로 널리 알려져 있다.

그러니 이 개미만도 못한 여자를 얻기 위해 드렸던 것들은 모두 돌려주십시오. 그 따님은 용모는 예쁘지만 행실이 착하지 못합니다."

이렇게 말하자 신들은 청동 문지방이 있는 넓은 방으로 몰려들었다. 대지를 뒤흔드는 포세이돈도, 행운을 가져다 주는 헤르메이아스도, 화살을 멀리 쏘는 아폴론 신도 왔다. 그러나 아름다운 여신들은 부끄러운 생각에서 모두 자기 집에 틀어박혀 있었다.

이리하여 선복(善福)을 주시는 신들은 모두 현관 앞에 서서 헤파이토스의 계책으로 그물에 걸린 두 사람을 보고 웃음을 터뜨렸다. 그리고 옆에 있는 신과 마주보면서 이렇게 얘기했다.

"못된 짓은 오래 가지 못하게 마련이야. 느린 사나이가 오히려 재빠른 이를 따라잡기도 하거든. 이 헤파이토스도 다리를 절어 걸음이 빠르지 못하지만 올림포스를 지배하는 신들 중에서는 가장 발이 빠르다는 아레스를 따라잡지 않았소. 절름발이인데도 교묘한 수단으로 말이오. 그는 간통의 대가를 독톡하게 치러야 하겠지."

신들이 이런 이야기를 주고받고 있을 때 제우스의 아들인 아폴론이 헤르메스에게 말했다.

"헤르메스여. 제우스의 아들이며, 사절의 신이며, 선복을 내리는 그대도 저처럼 튼튼한 쇠그물에 묶이는 한이 있더라도 황금의 아프로디테와 동침하기를 바라겠는가?"

그러자 이번에는 사절의 신이며 아르고스를 죽인 헤르메스가 대답했다.

"먼 곳까지 화살을 쏘는 아폴론이시여, 그렇게 하구 말구요. 쇠 그물이 세 겹, 네 겹으로 쳐 있다 하더라도, 그리고 남자 신이고 여자 신이 그것을 본다 하더라도 나 같으면 황금의 아프로디테와 같이 자고 싶습니다."

이렇게 말하자 불사의 신들은 또 한바탕 큰소리로 웃었다. 그러나 포세이돈만은 따라 웃지 않고 열심히 이름 높은 공장(工匠) 헤파이토스에게 아레스 신을 풀어주라고 말했다. 그는 헤파이토스에게 위엄있는 목소리로 말했다.

"풀어주게. 내가 자네에게 약속하지. 그대가 요구하는 만큼 불사의 신이 보는 앞에서 저 자가 정당한 벌금을 지불하도록 할 테니까."

이에 대해 이번에는 잔꾀가 많은 이름 높은 헤파이토스가 말했다.

"대지를 뒤흔드는 포세이돈 신이시여, 나에게 그런 부탁을 하지 마십시오. 그런 형편없는 자들의 말은 믿을 것이 못 됩니다. 아레스가 쇠그물에서 풀려나서 어디론가 도망쳐버린다면 내가 어찌 불사의 신들 앞에서 당신에게 청구할 수 있겠습니까?"

그러자 대지를 뒤흔드는 포세이돈이 다시 말했다.

"헤파이토스여, 만약 아레스가 벌금을 내지 않고 도망쳐버린다면 내가 대신 치러주겠네."

이 말에 이번에는 헤파이토스가 대답하여 말했다.

"그렇게 간곡하게 말씀하시니 더 이상 거절할 수 없군요."

이렇게 말하더니 힘이 센 헤파이토스는 쇠그물을 풀었다. 튼튼한 쇠그물에서 풀려나자, 두 신은 자리에서 일어났다. 그러고 나자 신은 트라키아를 향해 달려갔고, 미소를 잘 짓는 여신 아프로디테는 키프로스 섬의 파포스로 갔다. 그곳에는 신성한 신의 뜰과 향기로 풍기는 제단이 있었는데, 전아한 신녀(神女)들이 이 여신을 맞아들여 목욕시키고, 향긋한 올리브유를 발라주었다. 그리고 현란한 옷을 입혀주었다.

그 유명한 음유시인은 이러한 노래를 불렀었다. 오디세우스는 이 노래를 듣고 무척 마음의 위안을 받았다. 그뿐 아니라 긴 노로 배를 잘 젓는 파이에케스 사람들도 역시 즐거워했다.

이때 알키노스는 하리오스와 라오다마스에게 명하여 둘이서 춤을 추게 했다. 춤에서는 이들과 겨룰 자가 없을 만큼 잘 추었기 때문이었다. 두 사람은 앞으로 나와 예쁘게 생긴 공을 두 손에 들었다. 자주색이 예쁜 이 공들은 지혜로운 폴리포스가 그들을 위해 만들어준 것이었다. 그 공을 한 사람이 몸을 뒤로 젖히며 구름을 향해 던지자 다른 한 사람은 땅에서 높이 뛰어 발이 땅에 닿기 전에 그 공을 받았다.

이렇게 공을 바로 위로[10] 높이 던지는 놀이가 끝나자 곡식을 풍성하게 영글게 하는 대지 위에서 공을 주고 받으며 둘이서 춤을 추었다. 그 사이에 다른 젊은이들은 경기장에 서서 계속 손뼉을 친 박자를 맞추어 요란한 박수 소리가 끝나지 않았다.

이때 존귀한 오디세우스는 알키노스에게 말했다.

"알키노스 왕이시여, 만인 중에서도 특히 뛰어나신 당신께서는 아까 자랑하셨지요. 이곳 사람들은 특히 춤을 잘 춘다고요. 그것이 지금 사실대로

---

10) 바로 위로 : '열심히'라든가 '기세 좋게'라고 해석할 수도 있다.

증명되어 큰 감명을 받았습니다."

이렇게 말하자 훌륭한 알키노스는 매우 기뻐하면서 노젓기를 잘 하는 파이에케스 사람들에게 말했다.

"잘들 들으시오, 파이에케스의 지도자나 참모들이여. 나는 이 손님이 매우 현명한 분이라고 생각하오. 나는 작별의 예로써 이분에게 부끄럽지 않을 만큼 선물을 드릴까 생각하오. 이 땅은 열두 개의 지구(地區)를 훌륭한 영주들이 다스리고 있는데, 그러니까 나는 열세 번째의 영주가 되는 셈이오. 영주님들 각자가 새 겉옷과 속옷, 그리고 값진 황금 덩어리를 손님에게 선사하도록 합시다. 그리고 지금 바로 갖고 와주기 바라오. 손님이 기쁜 마음으로 그것을 가지고 만찬에 참석할 수 있도록 말이오. 그리고 에우리알로스는 선물을 드리면서 정중하게 사과하는 것이 좋겠소. 그대가 말을 잘못한 것은 사실이니까."

이 말에 모두들 찬성하여 선물을 가져오도록 집으로 사람을 보냈다. 한편 에우리알로스는 왕에게 아뢰었다.

"알키노스 왕이시여, 전하의 분부대로 저는 이 검을 손님께 드리고 사과드리겠습니다. 이 검은 청동으로 만든 것으로 자루는 은으로 만들었으며 칼집은 상아로 만든 것으로 매우 값진 것입니다."

이렇게 말하더니 은자루가 달린 것을 손님에게 주면서 정중하게 말했다.

"안녕히 가십시오, 손님어른. 제가 무례한 말을 했다면 그만 잊어주시기 바랍니다. 오랫동안 가족들과 헤어져서 숱한 고생을 겪으셨다니 아무쪼록 편안히 돌아가소서."

그러자 지략이 뛰어난 오디세우스가 대답했다.

"당신도 안녕히 계십시오. 그리고 신들이 당신에게 복을 내려주시기를 빌겠습니다. 하지만 이 검은 화해의 뜻으로 주셨으니 감사히 받겠습니다."

오디세우스는 이렇게 말하면서 은자루가 달린 검을 어깨에 둘러메었다. 그러는 사이에 해가 지고 훌륭한 선물 꾸러미들이 속속 도착했다. 전령들이 갖고 온 선물들을 알키노스 왕의 궁으로 가져가자 알키노스의 아들이 그것을 받아 어머니인 왕비 앞으로 그 값진 많은 선물을 가지고 갔다. 훌륭한 알키노스 왕이 이들의 선두에 서서 넓은 홀로 나와 한층 높은 옥좌에 앉았다. 그리고 알키노스 왕은 아레테 왕비에게 말했다.

“왕비여, 보관해둔 훌륭한 옷상자를 갖고 오시오. 가장 좋은 것으로. 그리고 깨끗한 겉옷과 속옷을 상자에 다 담거든 청동 솥에 불을 지펴 물을 끓이시오. 손님께서 목욕을 하고 나서 명예로운 우리 파이에케스 사람들이 갖고온 선물을 살펴볼 수 있도록 말이오. 그리고 향연을 베풀고 노래를 즐기도록 해드립시다. 나는 그분에게 내가 언제나 즐겨 쓰던 황금 술잔을 드리겠소. 집으로 갖고 가서 제우스나 그 밖의 신들에게 신주(神酒)를 따라 올리시도록 말이오.”

이렇게 말하자 왕비는 시녀들을 시켜서 세 발이 달린 큰 솥에 불을 지피도록 일렀다. 시녀들은 불을 지피고 솥 안에 물을 붓더니 장작에 불을 붙이자 불꽃은 배가 불룩한 솥을 에워싸고 물을 데웠다.

아레테는 그 사이에 손님에게 선사할 예쁜 옷상자를 다락에서 갖고 오게 하여 그 안에 파이에케스 사람들이 선사한 옷이며 황금 덩어리를 차곡차곡 담았다. 왕비 자신도 손님에게 줄 멋진 옷과 속옷을 골라 상자 안에 넣고 나자 오디세우스에게 말했다.

“손님, 직접 살펴보시고 잘 묶으시지요. 검은 배를 타고 귀국하시는 동안 배 안에서 잠시 잠이 드시더라도 혹시 분실되거나 파손되지 않도록 말입니다.”

왕비가 이렇게 말하자 인내심이 강하고 존귀한 오디세우스는 얼른 상자 뚜껑을 닫고 끈으로 그것을 단단히 묶었다. 그 묶는 방법이 매우 교묘했는데 그것은 이전에 키르케 여신이 가르쳐준 것이었다. 그때 늙은 시녀가 와서 목욕을 하도록 권했다. 그는 즐거운 마음으로 더운 물이 담긴 욕조를 바라보았다. 왜냐하면 머리가 아름다운 칼립소의 곁을 떠난 이래 이처럼 융숭한 대접을 받은 적은 처음이었기 때문이었다.

시녀들은 그를 목욕시킨 후 몸에 올리브유를 발라주고 나자 속옷과 아름다운 옷을 입혀주었다. 욕실에서 나온 그는 향연이 열리고 있는 곳으로 갔다. 그때 왕녀 나우시카는 신들이 내려주신 아름다운 모습으로 지붕을 받쳐주는 굵고 튼튼한 기둥에 기대어 있었는데, 오디세우스를 가까이서 보자 깜짝 놀라 그에게 말했다.

“손님, 고국에 돌아가시더라도 언제까지고 저를 기억해주시겠지요? 손님을 맨처음에 구해준 사람은 저였으니까요.”

“도량이 넓으신 알키노스의 따님이신 나우시카여, 헤라 여신의 부군 되시는 제우스 님께서 저를 고향에 돌아가게 해주시기를 이렇게 빌고 있습니다. 저는 고향에 돌아가 있더라도 언제까지고 당신께 감사드릴 작정입니다. 당신은 내 생명의 은인이시니까요."

이렇게 말한 후 알키노스 왕의 옆자리로 가서 앉았다. 사람들은 잘라놓은 고기를 일일이 나누어주고 포도주를 섞고 있었다. 전령은 유명한 음유시인 데모도코스를 데리고 와서 중앙의 높은 기둥 곁에 의자를 놓아주어 앉게 했다.

이때 지략이 뛰어난 오디세우스가 등심살을 잘라주면서 전령에게 말했다. 그 고기는 흰 어금니가 나 있는 돼지의 살점이었는데 양쪽에는 푸짐하게 비계가 붙어 있었다.

"전령이여, 이 고기를 데모도코스에게 갖다 주시구려. 나는 재앙을 당한 처지지만 그 사람에게 인사라도 드리고 싶소. 이 지상에 사는 모든 인간 중에서도 음유시인은 누구보다도 명예와 존경을 받아야 합니다. 그 이유는 예술의 신이 그들에게 노래를 가르쳐주셨으며 그들을 비호하고 계시기 때문이오."

전령이 고깃덩이를 갖고 가서 데모도코스에게 주자 이 음유시인은 매우 흡족해했다. 사람들은 갖가지 요리를 마음껏 먹고 마셨다. 그때 지략이 뛰어난 오디세우스가 데모도코스에게 말했다.

"데모도코스여, 그 많은 사람 중에서도 당신을 특히 찬양합니다. 당신은 제우스의 따님이신 예술의 신(무사)께 노래를 배웠는지 아폴론 신께 배웠는지는 모르겠지만 아카이아 사람들이 겪었던 고난이나 운명을 당신이 그 자리에 있으면서 보았거나 들은 것처럼, 그들의 내력을 소상하게 노래하시니 말입니다. 그러면 곡을 바꾸어 목마를 만드는 부분을 노래해주시지 않겠습니까? 에페이오스가 아테네 여신의 도움을 받아 만들었다는 그 목마의 뱃속에서 오디세우스가 트로이아 성을 공략하기 위하여 병사들을 끌고 들어가 일리오스를 공략했던 대목 말이오. 그 대목을 하나도 빼놓지 않고 노래로 들려준다면 나는 지금이라도 세상 사람들에게 말해주겠소. 신께서는 당신에게 정말로 신성한 노래의 힘을 내려주셨다고."

오디세우스가 이렇게 말하자, 데모도코스는 영감을 얻어 노래를 시작했다. 즉 아르고스의 군사들이 늘어선 장막에 불을 지른 후 배를 타고 출범하는 대목부터 부르기 시작했다.

오디세우스의 무사들은 목마의 속에 숨어 트로이아의 광장에 잠복하고 있었다. 트로이 사람들이 그 목마를 성 안으로 끌고 들어갔기 때문이었다. 이렇게 해서 목마는 성 안에 서 있게 되었는데, 트로이아 사람들은 목마를 둘러싸고 영문도 모르고 왁자지껄 떠들어대기만 했다. 그들의 의견은 세 갈래로 갈려져 있었다. 첫째는 속이 텅 빈 목마의 배를 청동칼로 내려쳐서 두 동강이로 내자는 것이고, 둘째는 요새의 꼭대기로 끌고 가 바위 위에서 던져버리자는 것이고, 또 하나의 의견은 그대로 놔두고 신들의 마음을 위로해주기 위해 거대한 봉납물(捧納物)로 쓰자는 것이었는데 결국 세 번째 의견에 따르기로 결정되었다. 왜냐하면 이 성은 이 거대한 목마를 성 안에 있게 하면 멸망할 운명에 놓여 있었기 때문이었다. 바로 그 목마의 뱃속에는 트로이아 인들을 살육과 죽음의 운명으로 몰아넣기 위하여 아르고스의 용사들이 대기하고 있었다.

음유시인은 또 아카이아의 아들들이 목마의 뱃속에서 나와 트로이아 성을 함락시킨 경위를 노래했는데, 목마의 배에서 쏟아져 나온 군사들의 높이 치솟은 성시를 무찔렀다. 그때 오디세우스는 데이포보스의 성관으로 향했다. 그 모습은 군신(軍神) 아레스 같았다. 그때 오디세우스는 신과도 같은 메넬라오스와 협동으로 치열한 전투를 감행했다. 데모도코스는 이때도 아테네 여신의 도움으로 승리를 거두었다고 노래했다.

이 유명한 음유시인은 그러한 내용을 노래했는데 그 동안 오디세우스는 사랑하는 남편의 품에 안겨 아내가 눈물을 흘리듯이 두 볼에 눈물을 흘리고 있었다.

자기가 사는 도성이나 자기의 자식들을 위해 무참한 재난을 막아보려다가 성벽 앞이나 군중 앞에 쓰러진 남편이 숨이 끊어지려는 것을 보고 아내가 달려가서 남편의 몸에 엎드려 통곡하는 아내를 적들은 뒤에서 나무로 만든 창으로 등이나 어깨를 마구 찌르고 그것도 모자라서 노예로 끌고 갔다. 여인은 말할 수 없는 슬픔에 젖어 여인의 볼은 야위어갔다. 오디세우스는 마치 그 여인처럼 속눈썹 아래로 뼈아픈 눈물을 흘리고 있었다.

그러나 알키노스 왕만이 바로 그 옆에 앉아 있어서 그 울음소리를 듣고 노젓기에 뛰어난 파이에케스 사람들에게 말했다.

"잘들 들으시오, 파이에케스의 지도자들이나 참모들이여. 데모도코스에게는 이제 높은 소리를 내는 하프는 그만 연주하게 합시다. 모든 사람들이 이 노래를 듣고 다 기뻐한다고는 볼 수 없으니까. 우리가 만찬을 들고 신성한 음유시인의 노래를 시작하자 이 손님은 계속 슬픔에 젖어 있었소. 아무래도 큰 슬픔이 가슴을 미어지게 한 것 같소. 그러니 노래는 그만 들읍시다. 다같이 즐길 수 있도록. 주인의 입장에서나, 손님의 입장에서나 그렇게 하는 것이 좋을 성 싶소. 왜냐하면 오늘의 연회는 손님을 위해 베푸는 것이니까. 우리는 그분을 보낼 준비도 했으며 선물도 우리의 정성을 담아 그분께 드렸던 터요. 아무리 이해심이 좋는 사람들이라도 타국에서 온 손님이나 기원자(祈願者)[11]는 형제와 같으니까, 잘 모셔야 하오. 그리고 손님께서도 내가 물어보는 말에 숨김없이 말해주시기 바랍니다. 이름이 무엇인지, 당신의 고향에서 어머님이나 아버님이나 이웃에 사는 사람들은 당신을 무엇이라 불렀습니까?

사람은 누구나 이름을 갖고 있지요. 사람이란 태어나면 비천한 사람이든 지체 높은 신분이든 부모들이 이름을 지어주게 마련이지요. 또한 손님이 사는 나라의 이름이나 고을의 이름도 알고 싶습니다. 손님을 고국으로 돌아가시게 할 때 지명을 알아야 찾아갈 수 있을 테니까요. 파이에케스 사람들의 배에는 키를 잡는 사람도 없으며 키도 달려 있지 않습니다. 다른 나라의 배에는 다 달려 있지만 우리 배에는 없다는 말입니다. 배가 스스로 배에 탄 사람의 생각을 식별하며 온 세계의 도성이나 비옥한 평야를 다 알고 있어서 넓은 바다 위를 쏜살같이 건너갈 수 있습니다. 아무리 짙은 안개가 끼어 있어도 걱정할 것이 없습니다. 그래서 이 배들은 재난을 당하거나 실종될 염려도 없습니다.

언젠가 우리 아버님께서 이렇게 말씀하시는 것을 들은 적이 있습니다. 포세이돈은 우리를 좋지 않게 생각하고 계신데 그것은 우리가 모든 사람들을 목적지까지 안전하게 태워다 주기 때문이다. 언젠가는 포세이돈이 파이에케스 사람들의 훌륭한 배가 먼 항해를 마치고 돌아올 때 짙은 안개가 덮힌 앞바다에서 마구 부숴버리든가 우리의 도성을 큰 산으로 덮어버릴지도 모른다고 하셨습니다. 하지만 그러한 것들은 오로지 신의 뜻에 달렸겠지요. 어쨌든 저에게 확실하게 말해주십시오. 당신이 어디를 표류했는지, 세계의 어떤 나라에 가셨는지, 그곳에 사는 사람들이나 그들의 도성에 대해서, 그리고 난

---

11) 기원자 : 이것은 어떤 사람이나 신에게 기원할 일이 있어 찾아온 사람을 말한다. 고대 사회의 크세노스와 유사한 보조 조직으로, 신성시되어(신의 비호 아래 있어서) 함부로 다루어서는 안 될 사람으로 여겨졌다. 이것을 범하면 신으로부터 벌을 받게 되며, 신화나 전설에도 그러한 예가 많다(hiketes).

폭하고 인심이 나쁜 자나 법을 모르는 자들이나, 타국 사람에 대해서 친절을 베풀고 신을 두려워하며 받들어 모시는 사람들에 대해서도 이야기해주시지요.

손님께서는 다나오스의 후예인 아르고스 군[12]에 대한 것이나 일리오스의 운명에 대한 노래를 듣고 우셨을 때, 그 무슨 슬픈 사연이라도 있으신지요? 후세 사람들의 노래에 남도록 신께서는 성을 쌓기도 하고 인간에게 파멸의 운명을 내리시기도 하지요.

혹시 누군가 잘 아는 분 중에 일리오스의 성 아래서 전사라도 하셨는지요. 용감한 손님의 사위나 장인 같은 분이 말이지요? 자기와 같은 혈통이나 씨족의 사람으로서 불행을 당한 분이 있었던가요? 유능하고 분별있는 친한 친구란 친형제나 다름없는 사이니까요."

---

12) 다나오스의 후예인 아르고스 군 : 호메로스의 시에서는 양자가 다 아카이오이(아카이아 인들, 아카이아 족)과 같은 뜻으로 사용되고 있으나 그 유래는 각각 다르다. '다나오스의 후예'는 이미 설명한 아르고스이나 아카이오이는 여러 가지 뜻이 있다.

제 9 편

오디세우스가 알키노스 왕의 성관에 체류했을 때의 이야기. 왕의 요구에 따라 오디세우스는 자기의 신상을 밝히고, 트로이아가 멸망한 후 배를 내어 탈출했을 당시의 경과를 들려준다. 즉 배를 출항한 며칠 후에 풍랑을 만나 표류하던 중, 외눈박이 거인을 만나 곤욕을 치루다가 간신히 빠져나왔던 일 등을 말해준다.

지모가 뛰어난 오디세우스는 알키노스 왕에게 대답하여 말했다.

"알키노스 왕이시여, 음유시인도 한두 사람이 아니지만 이처럼 뛰어난 음유시인의 노래를 듣게 되니 즐겁기 그지없습니다. 그의 노래 솜씨는 그야말로 신의 경지입니다. 환희가 온 나라에 넘쳐 흐르고 이 궁전 안에서 베풀어진 향연에 참석하여 음유시인의 노래에 도취해 있는 것을 보니 저 또한 흐뭇하기만 합니다. 더구나 식탁에는 빵이나 고기가 가득 차려져 있고 군사들은 혼주병에서 맛있는 술을 따라주시니 더 없이 즐겁습니다.

하지만 전하께서는 비탄에 찬 저의 재난에 대해 물으시니 더욱 설움이 북받쳐오는군요. 무엇을 먼저 말하고 무엇을 나중에 말씀드려야 좋을지 갈피를 잡지 못하겠습니다. 하늘에 계신 신들께서는 그토록 많은 재난을 저에게 내리셨거든요.

그러면 우선 저의 이름부터 말씀드리지요. 지금 내가 고난의 날[1])을 잘 견디어내어 먼 곳에 가 있게 된다 하더라도 여러분들이 찾아왔던 손님으로 기억할 수 있도록 말입니다. 저는 온갖 간계에 뛰어나서 인간 세계에서 평판이 자자한 라에르테스의 아들로 오디세우스이며 그 이름은 하늘에까지 알려져 있습니다.

제가 사는 곳은 이타케 섬으로, 그 섬에는 숲속의 나뭇잎을 흔드는 네리토스

1) 고난의 날 : '불쌍하고 가련함'을 모르는 날의 최후의 시기. 여기서는 일리오스가 함락되던 때를 가리킴. 일반적으로 무참한 최후의 순간.

산이 높게 솟아 있으며, 그 일대에는 도리키온, 사메, 그리고 울창한 숲으로 뒤덮인 자킨토 같은 많은 섬들이 다닥다닥 몰려 있습니다. 이타케 섬은 지대가 낮고 해가 지는 쪽의 바다 맨 앞쪽에 위치하고 있으며 위에 말한 섬들은 해가 뜨는 동쪽에 있는데 바위가 많아 매우 험준합니다. 그러나 젊은이들이 성장하기에는 더없이 좋은 고장이어서 저로서는 이곳보다 더 좋은 곳을 아직 본 적이 없습니다.

여신들 중에서도 특히 존엄한 칼립소가 나를 억류하고 텅 빈 동굴 속에서 자기의 남편이 되어 같이 살자고 했던 것처럼 키르케도 자기의 성 안에 저를 억류하려 했습니다. 키르케는 모사에 뛰어난 아이아이에의 여신인데 역시 남편이 되어 달라고 했습니다. 그러나 저를 설득시킬 수는 없었습니다. 자기의 조국이나 부모 이상으로 그리운 것은 없습니다. 비록 부모의 곁을 멀리 떠나 다른 나라에 살면서 영화를 누린다 해도 그리운 마음을 달래주지는 못합니다.

그러면 이제부터 고난에 찬 저의 귀국 여행에 대해서 이야기하겠습니다. 그것은 제가 트로이아를 출발할 때부터 제우스 신께서 저에게 내리신 것이었습니다. 바람은 일리오스에서부터 나를 키코네스 족[2)]의 나라로 가까이 가게 했지요. 이마로스 고을이었습니다. 나는 그곳에서 성시를 공략하고 시민들을 소탕한 다음 성내에서 부녀자들이나 재물을 잔뜩 빼앗아 동지들에게 골고루 분배했습니다. 그때 나는 서둘러 그곳에서 빠져나오라고 명했건만 왠일인지 동지들은 그때 내 말을 들으려 하지 않고 그곳에 눌러앉아 술을 질탕 마시고 해변에서 마구 양들을 잡아먹고 뿔이 구부러진 암소도 죽였습니다. 그러는 사이에 키코네스 사람들이 이웃에 살고 있는 키코네스 족에게 가서 그들을 불러왔습니다. 그들은 수도 많을 뿐 아니라 용맹스러웠습니다. 그들은 내륙에 살고 있었는데 말을 타고 싸울 줄 알았으며 필요에 따라서는 말을 타지 않고도 잘 싸운다고 했습니다. 그들이 아침 일찍 떼를 지어 몰려왔습니다. 그 수는 엄청나서 철마다 피는 꽃송이나 나뭇잎만큼이나 많았습니다. 그때 제우스 신께서 내리신 재앙이 우리에게 닥쳐왔던 것입니다.

우리는 우리가 타고 온 빠른 배 가까이 진을 치고 청동 날이 달린 긴 창을 던지면서 싸웠습니다. 이렇게 하여 아침 나절, 성스러운 햇살이 높이 솟아오를 때까지는 우세한 적들을 잘 막아낼 수 있었습니다. 그러나 해가 서쪽으로

---

2) 키코네스 족 : 다도해의 북쪽 해안 지방인 이마로스 일대에 점거하는 만족(蠻族).

기울고 쟁기에서 소를 풀 때쯤 되자 키코네스 족은 아카이아 군을 무찌르고 승리하게 되었습니다. 이때 각 배에서는 전우가 여섯 명씩 전사하고 다른 병사들은 간신히 죽음의 운명을 모면할 수 있었습니다.

우리는 거기서 다시 배를 저어갔습니다. 아끼는 부하들을 잃은 것은 가슴 아픈 일이었으나 살아난 것만 다행으로 여기면서 말이지요. 그래도 전사한 전우들의 이름을 큰소리로 세 번씩 불러보기 전에는 배를 띄우지 않았습니다.

그런데 이번에도 뭉게구름을 부르시는 제우스 신께서 북쪽에서 불어오는 사나운 돌풍으로 우리 선단을 덮치게 하셨습니다. 갑자기 대지나 넓은 바다가 캄캄한 먹장 구름으로 뒤덮이더니 배들은 뱃머리를 파도에 처박은 채 떠밀려갔습니다. 돛은 폭풍에 갈기갈기 찢어져버렸습니다. 우리는 겁이 나서 돛을 내리고 서둘러 노를 저어 배를 육지에 대었습니다.

우리는 그곳에서 피로와 걱정으로 초조해하면서 이틀 낮 이틀 밤을 꼬박 드러누워 있었습니다. 그러나 사흘째 되는 날 머리가 아름다운 새벽의 여신이 나타났을 때, 다시 돛대를 세우고 새하얀 돛을 단 후 각기 노를 저을 위치에 앉았습니다. 이리하여 배는 바람과 키잡이에 의해서 손조롭게 항해를 시작했습니다. 그래서 우리는 순조롭게 고국 땅을 밟을 수 있을 것으로 생각했지요.

그런데 이게 또 왠일입니까. 우리가 마레이아 곶을 막 돌려 할 때 북풍이 몰아쳐서 파도와 조수의 흐름은 우리가 탄 배를 육지에서 멀리 떨어져 있는 키테라 섬 근처를 표류하게 했습니다.

그날부터 구 일 동안 저주스런 바람이 부는 대로, 물고기가 득실대는 바다 위를 떠다니다가 열흘째 되는 날, 연밥을 먹는[3] 사람들이 사는 나라에 상륙하게 되었습니다. 그 나라 사람들은 식물의 열매를 먹고 살았습니다. 우리는 육지에 올라가서 물을 길어다 배에 실은 다음 저녁 식사를 시작했습니다. 저녁 식사를 끝내고 물도 마시고 나자, 우리 중에서 두 사람을 선발하여 이 고장에서 곡식을 먹는 인간은 어떤 사람인지 알아보고 오라고 했습니다. 그리고 다른 한 사람을 전령으로 따라보냈습니다. 그들은 바로 떠나 연밥을 먹는 족속들이 사는 곳으로 갔으나 그 족속들은 별로 우리 동지들을 해치려 하지도 않고 연밥을 주면서 먹으라고 했다 합니다.

---

3) 연(蓮)밥을 먹는(사람) : 연밥과 비슷한 아마도 양귀비의 씨, 아편 같은 마약을 먹는 인종에 관한 이야기가 전해져왔는지, 어쨌든 공상의 나라이다.

이 달콤한 연밥을 먹은 부하는 돌아오려고도, 이를 보고하러 오려 하지도 않고 그곳에 머물면서 고향으로 돌아갈 마음조차 없는 것 같았습니다. 저는 돌아가지 않겠다고 울면서 발버둥치는 그들을 강제로 끌고 와서 선창 바닥에 묶어놓고 부하들을 독려하여 노를 저을 자리에 앉혀 잿빛 바다를 노저어 갔습니다.

부지런히 노를 저어 다음에 닿은 곳은 난폭하고 법도가 없는 퀴클로프스[4] 들이 사는 나라였습니다. 이들은 불사신들의 도움만 믿고 손수 식물도 심으려 하지 않고 곡식도 가꾸지 않았으나 밀도, 보리도 포도 덩굴도 제우스가 비를 뿌려 자라게 했습니다. 이들은 모여서 상의하는 모임도 없고, 그 어떤 법규도 없이 높은 산 위의 동굴 속에서 살았으며 처자도 팽개친 채 서로간에 아무런 관심도 갖지 않았습니다.

강 어귀에는 비탈진 섬이 길게 뻗어 있는데 그곳은 퀴클로프스들이 사는 데서 그리 멀지도 가깝지도 않은 곳으로 그곳은 나무들이 무성하고 산양들이 많이 서식하고 있었습니다. 그곳에는 사람들도 들어오지 않고 사냥꾼들도 자주 오지 않기 때문이었습니다. 사냥꾼들은 숲속으로 들어가 이산 저산을 헤매면서 짐승을 잡아서 생계를 꾸려가지만 이 섬에서는 목축도 하지 않고 농사도 짓지 않은 채 일 년 내내 인기척이 없습니다. 오직 제멋대로 우는 산양들만 살고 있었습니다.

왜냐하면 이 외눈박이 귀신들은 뱃머리를 붉게 칠한 배도 갖고 있지 않았으며 배를 만들 수 있는 목수가 없었기 때문이었습니다. 그들이 배를 가졌더라면 인간들이 살고 있는 곳을 찾아 몇 번이고 바다를 넘나들었을 것입니다. 그리고 이 섬은 토지도 비옥하고 철마다 그때그때 곡식도 잘 자랄 것이니 그들은 이 섬을 잘 개척할 수도 있었을 것입니다.

이 섬의 해변가에는 부드럽고 널따란 습지대가 있어서 포도 덩굴은 언제나 열매를 맺게 할 것이고 또한 밭을 일굴 평탄한 들판도 있어서 보리도 심을 수 있을 것입니다.

---

4) 퀴클로프스(單眼鬼) : 앞에서도 언급한 바와 같이 둥근 눈 하나를 가진 거인족으로, 아마도 분기공(噴氣孔)이 많이 있는 화산(火山)에서 착상된 듯한 공상의 거인족(巨人族)인데 일반적으로 시칠리아 섬의 에트나(아이토네) 화산 근방으로 생각되며 여러 가지 전설이 있다. 병에 그린 그림이나 에토르스키 족인 타르쿠이니 무덤의 벽화에도 있으며 많이 유포되어 있다.

이 섬에는 또 배가 정박하기 좋은 포구가 있어서 굵은 밧줄도 필요없고 닻을 내릴 필요도 없으며, 포구에 배를 밧줄로 맬 필요도 없이 배를 바닷가로 끌어 올려놓았다가 순풍이 불어올 때까지 며칠만 기다리면 되는 곳이었지요. 포구 앞쪽에 맑은 물이 흐르는 것은 동굴 밑에서 샘물이 솟기 때문이며 그 둘레에는 버드나무가 빽빽하게 들어서 있었습니다. 우리는 그곳에 배를 댔는데 어떤 신이 우리를 그곳으로 안내해 주었는지도 모릅니다. 그때는 짙은 안개가 우리 배를 둘러싸서 달도 하늘에서 자취를 감추고 한치 앞도 안 보이는 캄캄한 밤이었으니까요. 그래서 그때는 아무도 이 섬을 보지 못했습니다.

우리는 배를 육지로 끌어 올릴 때까지 큰 파도가 육지로 밀려왔다가 다시 빠져나가는 것을 볼 수도 있었습니다. 우리는 배를 끌어 올리자 돛을 풀어 내리고 바닷가로 올라가 눈부신 새벽이 될 때까지 눈을 붙이기로 했습니다.

장미빛 손가락을 가리키는 새벽의 여신이 나타났을 때 우리는 호기심에 가득 차서 그 섬을 배회했습니다. 그때 산양 가죽 방패를 가진 제우스의 따님인 님프들이 우리들이 식사할 수 있도록 산양떼를 몰고 오셨습니다. 우리는 즉시 배에서 활을 갖고 나와 세 편으로 나누어 산양 사냥을 하였는데 신께서는 쉽게 많이 잡을 수 있게 해주셨습니다.

제가 인솔해온 배는 열두 척이었는데 한 배에 아홉 마리씩 나눠주고 나에게는 열 마리를 골라주셨습니다. 이렇게 해서 그날은 하루 종일 고기며 술을 마음껏 먹고 마셨습니다. 우리가 키코네스 족의 성스러운 고을을 공격했을 때 우리는 모두 두 귀가 달린 병에 술을 가득 담아 실어서 좋은 술이 많이 있었지요. 그러면서 우리는 퀴클로프스(單眼鬼)가 살고 있는 땅을 보았습니다. 그들은 우리가 있는 곳 가까이 살고 있었는데, 그들이 피우는 연기도 보였으며 양이나 염소의 울음소리도 들렸습니다.

그날은 해가 지고 어두워졌을 때 우리는 파도치는 해변에서 잠을 잤습니다. 장미빛 손가락을 가리키는 새벽의 여신이 다시 찾아왔을 때 나는 병사들을 모아놓고 그들에게 말했습니다.

'나의 친애하는 동지들이여, 내가 내 배를 타고 몇 사람과 같이 가서 저들이 어떤 사람들인지 살펴보고 올 터인즉, 여기서 기다리고 있으시오. 그들은 과연 난폭하고 법도도 모르는 자들인지, 아니면 손님을 친절하게 맞이하고 신들을 두려워하는 마음을 가진 자들인지 살펴보고 오겠소.'

이렇게 말하고 저는 맨 먼저 배에 올라 묶어놓은 밧줄을 풀게 하고 노를 젓게 하여 곧 그곳에 닿게 되었습니다. 그곳에 이르니 바다에 가장 가까운 한쪽 끝에 동굴이 있었으며, 큰 월계수(月桂樹)가 지붕처럼 덮고 있는 그 동굴 속에서 양이나 산양, 그리고 작은 가축들이 많이 살고 있었습니다. 그 둘레는 깊게 파고 묻은 돌이나 키 큰 소나무며 떡갈나무가 둘러서 있어 높은 울타리를 이루고 있었는데 엄청나게 큰 거인이 그 안에 살고 있었습니다.

그 사나이는 다른 사람과 떨어져서 양이나 산양 등을 기르며 혼자 살았으며 다른 거인들과는 왕래도 하지 않는 무법자였습니다. 거대한 그의 모습은 곡식을 먹고 사는 인간과는 달라서 마치 높은 산봉우리 중에서도 가장 높은, 숲이 무성한 산봉우리 같았습니다.

나와 같이 배를 타고 정찰을 나왔던 다른 동지들은 그대로 배 안에서 배를 지키고 있게 하고 특히 힘센 열두 명을 선발하여 데리고 갔었는데 이때 산양가죽 자루에 검고 달콤한 포도주를 가득 담아갔습니다. 그 술은 에우안테스의 아들 마론이 준 것으로, 이 사나이는 이스마로스 일대의 땅을 지배하는 아폴론 신의 제사를 맡는 사람으로 우리는 이 신주(神主)를 아들이나 부인처럼 보호해주었습니다. 이 신주는 포이보스 아폴론의 신성한 뜰 안에 살고 있었으며, 그는 우리에게 잘 정련한 황금 칠 탈란타[5]와 순은으로 만든 혼주기병, 그리고 두 귀가 달린 열두 개의 병에 포도주도 가득 담아 우리에게 선물로 주었습니다.

그 술은 이 세상의 것으로는 생각되지 않을 만큼 뛰어난 것이어서 집 안의 하인이나 하녀들도 그것을 본 사람은 아무도 없으며 다만 자기와 자기의 아내, 그리고 신임이 두터운 늙은 하녀 한 사람만 알고 있을 뿐이었습니다. 이 꿀처럼 달콤한 붉은 술은 한 잔을 스무 잔의 물에 섞으면 그것을 담은 혼주기에서 풍겨나오는 말할 수 없이 달콤한 향기를 풍겼습니다. 그 향기를 맡으면 손을 놀리는 일조차 귀찮을 지경입니다. 그 술을 가죽 자루에 가득 담고 또 곡식 같은 것도 넣어 가지고 갔습니다. 우리가 만나게 될 사람은 힘이 센데다가 그지없이 난폭하고 법도를 지키지 않을 사나이로 보였기 때문이었습니다.

얼마 후에 우리는 그 동굴에 다다랐습니다. 그러나 동굴 안에서는 거인이 없었습니다. 양들에게 풀을 뜯기러 들로 나간 모양입니다. 우리는 동굴 속으로

---

5) 7탈란타 : 1탈란톤이 약 37그램이므로 270킬로그램 정도가 된다.

들어가서 샅샅이 살펴보았습니다. 여러 개의 바구니에는 치즈가 가득 담겨 있었으며, 여러 개의 우리 안에는 새끼 양과 새끼 산양이 있었는데 일일이 구별하여 봄에 낳은 새끼, 여름에 낳은 새끼, 겨울에 낳은 새끼를 따로따로 분리시켜 우리에 가두었으며, 그리고 통마다 갓 짜낸 생우유가 가득 담겨 있었습니다.

이때 저를 따라온 동지들이 저에게 말했습니다. 치즈를 좀 훔쳐가자구요. 그리고 양과 산양 새끼도 우리에서 몰아내어 배에 싣고 가자는 것이었습니다. 그러나 저는 그들의 말을 들어주지 않았습니다. 그렇게 했더라면 좋았을지도 모르지요. 그 사나이를 만나면 선물이라도 주지 않을까 하여 동료들의 말은 귀담아 들으려 하지도 않았습니다. 하지만 막상 만나보니 우리에게는 고마운 존재가 아니었습니다.

우리가 불을 피워 구운 고기를 신들께 제물로 바치고 치즈를 먹으면서 동굴에 앉아서 기다리고 있으려니까 그 사나이가 나타났습니다. 그는 저녁을 지을 때 땔려고 큰 통나무를 메고 와서 동굴 바닥에 쾅 하고 내려놓았습니다. 그때 우리는 너무 놀라서 동굴 구석으로 달아났습니다. 그러더니 그는 살찐 양과 산양들을 동굴 속으로 몰아넣었는데 젖을 짤 암컷들이고 수놈은 동굴 밖에[6], 어린 양과 새끼 산양은 높게 울타리를 친 안뜰에 두었습니다.

그리고 이번에는 문 대신 큰 돌을 높이 들어 올려놓았는데 네 바퀴가 달린 짐수레 스물두 대를 들이대어도, 굴림대를 대고 밀어도 들어올릴 수 없을 만큼 큰 바위를 문 앞에 갖다 놓았던 것입니다. 그러고는 앉아서 양이나 산양의 젖을 짠 다음 어린 새끼를 어미의 배에 갖다 대주었습니다. 그는 또 방금 짠 흰 젖의 절반은 응고시켜 바구니에 담고, 나머지 절반은 통 속에 넣어 두었는데, 그것은 나중에 저녁 식사 때 마시기 위해서입니다. 서둘러 이 일을 마치고 불을 켰을 때에야 비로소 우리가 있는 것을 보고 물었습니다.

'너희들은 못 보던 녀석들인데 어디서 온 놈들이냐? 어디서 이 먼 바다를 건너왔단 말이냐? 무슨 거래라도 하기 위해서 왔는지, 아니면 별 볼일도 없이 떠돌아다니고 있는거냐? 목숨까지 내걸고 바다를 떠돌아다니면서 남의

---

6) 동굴 밖에 : 이 동굴의 안과 바깥에 대해서는 자세히 알 수 없으나 문자 그대로 동굴의 훨씬 안쪽 구석 입구에 칸막이가 있고(거기에 큰 돌이 있다). 그 바깥은 아우레(안뜰 같은 것, 여기서는 현관 앞의 광장 같은)로 되어 있는 것으로 생각된다.

나라 사람들에게 재앙을 안겨주는 해적처럼 말이다.'

우리는 그의 우렁찬 목소리와 산더미같이 큰 체구에 겁이 나서 쥐구멍이라도 찾고 싶은 심정이었습니다. 그러나 정신을 가다듬어 그에게 대답했습니다.

'우리는 트로이아에서 돌아오던 중 길을 잘못 들어 여기까지 오게 된 아카이아의 병사들입니다. 사방에서 불어오는 폭풍에 떠밀려 넓은 바다를 떠도는 신세가 되었습니다. 마음은 고향으로 돌아가고 싶지만 엉뚱한 방향으로만 헤매었던 것입니다. 아마도 제우스님께서 꾸민 일 같습니다. 우리는 거대한 성을 함락시키고 많은 적군을 무찔러서 세상에 명성을 떨친 아트레우스의 아들 아가멤논의 부하들입니다. 저희가 이곳에 와서 무릎에 매달려서 부탁드리는 것은 무언가 손님에 대한 선물 같은 것이라도 얻을 수 있을까 해서입니다. 그것은 타국에서 건너온 손님에 대한 하나의 관습이니까요. 제우스님은 타원하는 사람이나 외래인[7]을 비호해주는 신으로, 다른 나라에서 온 사람도 동등하게 지켜주시지요.'

그러자 거인은 곧 험악한 말투로 대답했습니다.

'너는 정신 나간 놈이다. 너는 먼 나라에서 왔다고 했는데, 신을 두려워하라느니 모시라느니 하는 걸 보면 확실히 그런 것 같구나. 외눈을 가진 거인들은 산양 가죽 방패를 든 제우스나 다른 신들에 대해서는 관심도 없다. 그것은 우리가 훨씬 강하니까. 그런즉 나는 제우스의 미움을 사지 않기 위해서, 내 마음이 내키지 않는 한 너희들을 용서해줄 수 없다. 어쨌든 말해보아라. 이곳에 올 때 잘 만들어진 배를 어디다 메어두었는지. 육지의 맨 끝이더냐, 아니면 이 근처인지, 그걸 말해보아라.'

그는 이렇게 말하면서 나를 달래는 척 했으나 세상 일에 소상한 저를 속일 수는 없었습니다. 그래서 저는 슬쩍 거짓말을 했습니다.

'그 배는 대지를 뒤흔드는 포세이돈이 큰 바위에 부딪치게 하여 부숴버렸습니다. 당신들 나라와의 국경이었는데 그는 배를 곶으로 끌어들여 앞바다에서 폭풍이 일게 하였습니다. 그러나 저는 천신만고 끝에 생명만은 구할 수 있었습니다.'

---

7) '외래인'(타원인) : 제우스 Z-xenios와 같이 고립무원에 처한 사람을 비호하기 위한 관습적인 제도이다. 크세노스는 손님과 또한 외래에서 온 사람도 의미하는데 청원인은 이미 말했던 구제를 원하는 자이며, 모두 사회 질서를 지키는 제우스의 비호를 받고 있다.

제가 그렇게 말하자, 인정머리없는 이 거인은 아무 대답도 하지 않고 벌떡 일어나더니 우리의 동지들에게 손을 내밀어 두 사람을 한꺼번에 번쩍 들어 강아지처럼 땅바닥에 내동댕이쳤습니다. 두 사람의 머리가 터져 뇌수가 흘러나와 땅을 적셨습니다. 그는 이 두 사람의 손발을 토막내어 저녁 식사를 준비했습니다.

그는 산에 사는 사자처럼 내장이며, 살이며 뼈까지 모조리 먹어 치웠습니다. 우리는 울면서 제우스 신께 두 손을 들어 올려 빌 뿐, 처참한 그의 소행을 지켜보면서도 어찌할 바를 몰라 가슴만 조이고 있었습니다. 퀴클로프스는 사람을 잡아먹고 물도 타지 않은 우유를 배가 터지게 마시고 나자 양들이 있는 동굴 속에 몸을 길게 뻗고 드러누웠습니다. 나는 그것을 보자, 그의 곁으로 다가가서 날카로운 검으로 가슴을 찔러 죽이려고 그의 횡격막이 그의 간을 떠받치고 있는 부분을 손으로 만져보다가 생각했습니다. 제가 만약 그를 죽인다면 우리도 무서운 파멸을 맛보아야 할 것이다. 왜냐하면 우리는 그 거인이 문 앞에 갖다 막아놓은 무거운 바위를 우리의 힘으로는 도저히 치울 수가 없었기 때문이었지요.

우리는 한탄하면서 아침이 되기만 기다리고 있었습니다. 마침내 장미빛 손가락을 가리키는 새벽의 여신이 나타나자, 그는 일어나서 불을 피우고 양들의 젖을 짜자 새끼양을 어미 곁에 있게 하고, 서둘러 일을 마치자 또 우리 동료 중 두 사람을 잡아 식사 준비를 하는 것이었습니다. 식사를 끝내자 동굴 입구를 막았던 큰 바위 덩이를 치우더니 살찐 양들을 밖으로 내보냈습니다.

이번에는 또 전이나 다름없이 화살통의 뚜껑을 닫듯이 다시 큰 돌로 동굴 입구를 막아놓았습니다.

퀴클로프스는 살찐 양들을 산으로 보냈습니다. 저는 그곳에 남아 어떻게 해서든지 복수를 해야겠다고 계책을 궁리했습니다. 그러면 아테네님이 도와주실 것이라고 생각했던 것이지요. 마침 퀴클로프스가 갖다 놓은 큰 막대기가 양들의 우리 곁에 놓여 있었습니다. 그것은 갓 베어온 푸른 올리브 나무로 아마도 말려서 짚고 다닐 생각이었던 모양입니다. 처음에는 그 나무를 보았을 때 스무 개의 노가 달린 우리의 검고 큰 배의 돛대 같다고 느꼈습니다. 넓은 바다를 항해하는 큰 운송선(運送船)의 돛대 같다는 생각이 들었던 것입니다. 저는 이 길고 굵직한 막대 곁으로 가서 여섯 자 정도의 길이만큼 잘라내어 동료들에게 주고 잘 다듬으라고 했습니다. 다 다듬자, 저는 끝을 뾰죽하게 깎아서 활활 타는 불에 그을렸습니다. 저는 그것을 거름 더미 속에 파묻어 감추어 두었습니다. 동굴 속에는 거름이 많이 쌓여 있더군요.

다음에는 동지 중 한 명을 선발하여 나와 함께 용기를 내어 이 거인이 잠들었을 때 감추어두었던 그 막대로 그의 눈을 찌를 작전이었습니다. 그래서 제비를 뽑게 했더니 나도 저런 사람을 뽑았으면 좋겠다고 생각했던 네 사람의 동지가 뽑혀, 나까지 다섯 사람이 그 일을 맡아 하기로 했습니다.

저녁때가 되니 거인은 털이 북실북실한 양떼를 몰고 돌아와 다시 동굴 속으로 양들을 몰아 넣었습니다. 이번에는 동굴의 앞뜰에는 한 마리도 남겨두지 않고 다 동굴로 몰아 넣었습니다. 그가 그렇게 한 것은 무슨 다른 생각이 있어서인지, 아니면 신께서 그렇게 하라고 지시했는지는 모르겠으나, 아무튼 그는 커다란 바위를 들어 동굴 입구를 막아 놓고 양이나 산양의 젖을 짰습니다. 젖을 다 짜고 나자 각 어미 양에게 새끼 양을 대주었습니다. 이런 일들을 서둘러 마치자 다시 우리 중의 두 사람을 잡아서 저녁 식사 준비를 하였습니다. 그때 저는 그에게 다가가서 담쟁이 덩굴 무늬가 새겨져 있는[8] 술잔에 검은 포도주를 따라 두 손에 받쳐들고 말했습니다.

'퀴클로프스님, 이 술을 드시지요. 사람의 고기를 먹은 다음에는 술을 드는 법이랍니다. 우리는 맛있는 포도주를 많이 갖고 왔습니다. 저를 불쌍히 여기시어 고향으로 보내줍시사고 부탁드리기 위해 당신에게 드릴 술도 싣고 왔습니다. 하지만 당신이 하는 짓은 너무 잔혹합니다. 참아 눈 뜨고 볼 수 없을 지경입니다. 이후 다른 사람들이 어떻게 당신을 찾아오겠습니까? 이곳에 와보고 싶어 하는 사람이 아무리 많더라도 당신의 행동이 너무 잔혹하다는 것을 알면 오려 하지 않겠지요.'

이렇게 말하자 거인은 술을 받아 마셨습니다. 그는 술맛이 마음에 들었던지 한 잔 더 달라고 했습니다.

'한 잔 더 다오, 그리고 너의 이름을 알려 다오. 지금 네가 좋아할 선물을 줄 생각이다. 물론 퀴클로프스들을 위해서도 오곡을 무르익게 하는 대지는 포도주를 만들 포도를 열리게 하고 제우스가 내린 비는 포도 송이를 영글게 하지만……. 그런데 이 술은 신주(神酒)나 신선이 마시는 술 같군.'

---

8) 담쟁이 덩굴 무늬가 새겨져 있는 술잔 : 이것도 담쟁이 덩굴 무늬가 있는 그릇이라는 설과 담쟁이 덩굴의 밑둥을 잘라 만든 것이라는 두 가지 설이 있다.

그가 이렇게 말하여 저는 다시 빨간 술을 따라주었습니다. 퀴클로프스는 겁도 없이 석잔이나 받아 마셨습니다. 퀴클로프스의 체내에 술기운이 돌기 시작했을 때 나는 부드러운 목소리로 그에게 말했습니다.

'퀴클로프스님, 당신께서 세상에 널리 알려진 저의 이름을 물으시니 말씀드리지요. 하지만 약속하신 대로 저에게 선물을 주십시오. 우티스(아무도 없다는 뜻)[9]가 저의 이름입니다. 저의 부모님이나 다른 사람들은 모두 저를 이렇게 부릅니다.'

그러자 이 거인은 험상궂은 말투로 나한테 말했습니다.

'그러면 너의 동지들 중에서 우티스를 맨 마지막에 잡아먹기로 하지. 이것이 너에게 줄 선물이다.'

그러더니 벌렁 드러누워 잠이 들었습니다. 굵은 목을 뒤로 젖힌 채 깊은 잠에 빠졌던 것입니다. 잠시 후 그는 너무 취해서 마셨던 포도주나 인간의 살점을 마구 토해냈습니다. 바로 그때 저는 거름 더미 속에 감추어둔 몽둥이를 꺼내어 뜨거운 잿속에 넣어 뜨겁게 달구는 한편 동지들을 격려하였습니다. 겁을 먹고 도망치거나 하지 않도록 말입니다. 생나무였던 올리브나무 막대는 곧 뜨겁게 달아 올랐습니다. 저는 그 막대를 꺼내어 들고 거인 곁으로 다가갔는데 동지들도 내 곁에서 따라왔습니다. 신께서 용기를 불어 넣어주셔서 우리는 올리브 막대를 단단히 움켜쥐자 거인은 눈에 뾰족한 끝을 찔러박았습니다. 그리고 저는 그 위에 올라타서 막대를 마구 돌렸습니다. 마치 목수가 배를 만들 목재에 송곳으로 구멍을 뚫듯이 말입니다. 그러자 다른 동료들도 가죽끈으로 묶어 송곳을 돌려주니 막대는 더욱 깊숙이 박혔습니다. 그 송곳처럼, 거인의 눈에 뾰죽하게 깎은 막대를 박고 돌리자 눈에서 피가 흐르기 시작했습니다. 또 눈썹과 눈까풀도 눈알이 타는 열기로 타버렸고 몽둥이도 한쪽 끝이 타버렸습니다. 그것은 마치 대장간에서 대장장이가 큰 도끼나 손도끼를 불에 달구었다가 찬 물에 넣었을 때 요란한 소리를 내는 것처럼 거인의 눈은 올리브나무 막대의 끝에 찔려 지글지글 소리를 내었으며, 거인도 무섭게 큰소리로 울부짖어서 주위의 바위에까지 쩌렁쩌렁 울렸습니다. 우리는 혼비백산하여 달아났습니다. 그러자 거인은 눈에 박힌 막대를 빼냈습니다.

---

9) 우티스(아무도 없는) : 그리스 어로 Outis(우티스), 영어의 no one에 해당한다. 이런 이름은 보통 없지만 뒤에 나오는 설화를 이끌어내기 위해 만들어낸 것이다.

그는 미친 사람처럼 피묻은 막대를 빙빙 돌리더니 멀리 던져버렸습니다.

그는 큰소리로 다른 단안귀(單眼鬼)를 불렀습니다. 그들은 이 근처의 바람이 휘몰아치는 산봉우리의 동굴 속에서 살고 있었는데, 퀴클로프스가 고함쳐 부르는 소리를 듣고 사방팔방에서 모여들어 동굴 입구에 둘러서서 무슨 일이 벌어졌느냐고 물었습니다.

'폴리페모스여, 도대체 무슨 일이 있기에 한 밤중에 잠도 자지 못하게 소리를 지르는가. 어디에서 인간이 나타나서 자네의 양이라도 끌고 갔단 말인가. 아니면 자네를 죽이기라도 하려 한다는 말인가? 자네를 속이거나 폭력으로 말일세.'

이번에는 동굴 속에서 힘센 폴리페모스가 대답했다.

'여보게들, 나를 속이고 죽이려 한 자는 우티스란 자일세.'

그러자 모여든 사람들이 말했습니다.

'찾아온 사람이 아무도 없고 자네가 혼자 있는데 그렇게 되었다면 제우스 대신(大神)이 내리신 벌이니 어쩔 수 없는 일이지. 그러니 포세이돈 신에게 비는 것이 좋겠네.'

그들은 모두 그곳에서 물러가며 이렇게 말했습니다. 저는 속으로 크게 웃었습니다. 내 이름을 우티스라고 대면서 그를 보기 좋게 속였던 것이지요. 퀴클로프스는 너무 아파 몸부림치면서 손으로 더듬더니 동굴 입구의 돌을 치워버리고 문 입구에 앉아 두 손을 벌리고는 누가 양을 데리고 밖으로 나가면 붙잡을 자세를 취하고 있었습니다. 그는 제가 그토록 어리석은 줄 알고 있었습니다. 그러나 저는 그때 갖가지 묘책을 궁리하고 있었습니다. 어떻게 하면 저의 동료나 제가 죽음을 면할 길을 찾아낼 수 있을까 하고 말이지요. 저는 생사의 갈림길에서 어떻게 하면 살아날 수 있을까 하고 머리를 짰습니다. 마침내 우리에게 닥친 재난에서 벗어날 수 있는 그 묘책이 떠올랐습니다. 즉 살이 토실토실하게 쪘으며 털은 수북히 자란 덩치도 좋은 짙은 보랏빛 검은 털이 난 숫양들을 소리나지 않게 잘 꼰 버드나무 덩굴[10]로 묶었습니다. 이 덩굴은 퀴클로프스의 침상에서 갖고 온 것인데 그 덩굴로 양을 세 마리씩 묶고 가운데 양의 배 밑에 바짝 달라붙게 하여 양쪽 두 마리의 양이 그 동지를

10) 버드나무 덩굴 : agnus castus라는 식물인 듯. 가는 덩굴 모양의 가지가 있는 식물로 무엇을 묶을 때 사용했다.

무사히 보호하여 밖으로 나간다는 계획이었습니다. 즉 세 마리의 양이 동지 한 사람씩을 데리고 나가는 셈이지요. 저는 세 살 반이 된 튼튼한 양의 등을 붙들고 그 양의 배 밑에 엎드려 무성한 털을 단단히 잡고 매달렸습니다. 이렇게 하고 있으면서 빛나는 새벽이 되기를 기다렸습니다.

이윽고 일찍 뜨는 장미빛 손가락을 가리키는 새벽의 여신이 나타나자, 숫양들은 밖으로 나갔으나 암놈들은 아직 젖을 짜지 않아 젖이 불어 터진 것 같아 음매음매 하면서 울었습니다. 하지만 동굴 주인인 퀴클로프스는 통증에 시달리면서도 안에 있는 양들의 잔등을 어루만지고 있었습니다. 그는 우리가 양들의 가슴 밑에 매달려 있는 것을 어리석게도 알지 못했습니다. 내가 매달렸던 양은 맨 마지막으로 동굴을 빠져나갔습니다. 그때 거인 폴리페모스는 내가 매달린 양의 등을 어루만지면서 이렇게 말했습니다.

'이봐라, 숫양아 너는 어째서 맨 나중에 나가느냐? 전에는 어느 양보다도 먼저 나가더니. 전에는 늘 앞장서서 밖으로 나가 풀을 뜯어먹지 않았더냐? 너는 가장 먼저 냇가로 갔었지. 그리고 저녁때는 맨 먼저 동굴로 돌아오려고 했지. 그런데 오늘은 반대로 맨 나중에 나가다니 아마도 너는 주인이 눈알을 잃은 것을 슬퍼하는 모양이구나. 못된 녀석들이 나를 이렇게 장님으로 만들어놓았구나. 저주스런 동료들과 합세하여 내 마음을 술로 혼란케 한 우티스란 놈이었지. 그 놈은 아직 파멸에서 벗어나지 못했을 것이 분명하다. 만약 네가 말을 할 수 있어서 그 녀석이 나를 피해 어디로 도망쳤는지 말해줄 수 있다면 얼마나 좋겠니. 그 놈을 죽여버려 그 뇌수를 이 동굴 바닥 여기저기에 뿌려놓았을 텐데. 그러면 내 마음도 후련해질 텐데 말이다.'

거인은 이렇게 말하고 그 숫양을 놓아주어 밖으로 내보냈습니다. 우리는 동굴 입구에서 좀 떨어진 곳에 이르자 우선 내가 맨 먼저 숫양의 배 밑에서 일어나 동지들을 풀어주었습니다. 우리는 이따금 뒤를 힐끔힐끔 뒤돌아보면서 살찐 양떼들을 배가 있는 곳으로 몰고 갔습니다. 동지들은 기다리던 우리가 돌아가자 환성을 질렀습니다. 우리가 죽지 않고 살아 돌아온 것을 기뻐하면서도 희생당한 동지들을 애도했습니다.

그러나 저는 눈썹을 치뜨고 고개를 저어보이면서 울음을 그치게 하고 양떼를 빨리 배에 싣고 파도치는 바다 위로 배를 젓도록 명했습니다. 동지들은 서둘러 배에 올라 노 저을 자리에 앉아 잿빛 바다를 노저어갔습니다. 그러나 사람이 소리치면 들릴 만한 곳까지 배를 저어 갔을 때 나는 큰소리로 퀴클로프스에게 소리쳤습니다.

'이봐라, 퀴클로프스야. 너는 겁이 많은 우리들을 동굴 속에서 폭력으로 다 잡아먹을 수는 없었다. 너는 너의 못된 행동에 대해 천벌을 받아 마땅했다. 못된 놈 같으니라구. 제 집에 온 손님을 무지막지하게 잡아먹다니. 그래서 제우스나 다른 신들께서는 너에게 벌을 내리신 것이다.'

이렇게 말해주자 이 거인은 더욱 화가 나서 높은 산봉우리의 꼭대기를 뜯어내어 내던졌습니다. 그것은 우리의 뱃머리 바로 앞까지 와서 떨어졌는데 떨어진 바위로 바다에는 큰 파도가 일고 파도에 떠밀려 배는 다시 육지 쪽으로 밀려가서 육지에 닿을 것만 같았습니다.

그래서 저는 양손에 긴 장대를 들고 옆으로 밀어내는 한편 동료들을 격려하여 속히 이 재난에서 빠져나갈 수 있도록 고개를 흔들어 신호를 보내면서 부지런히 노를 젓게 하였습니다. 그러자 동료들은 몸을 앞으로 굽혀 열심히 노를 저었습니다. 이윽고 아까보다 두 배나 더 먼 바다로 배가 나갔을 때 저는 다시 거인에게 소리쳤습니다. 이때 동료들은 나에게 소리치지 말아 달라고 애원했습니다.

'제발 가만히 계십시오. 왜 또 그 난폭한 거인을 성나게 하려 합니까? 또 산봉우리를 떼어내어 던지면 배가 다시 육지로 밀려갈 텐데요. 우리는 여기서 죽는게 아닌가 걱정했잖아요? 만약 그 놈이 당신이 지르는 소리를 듣는다면 모서리가 날카로운 돌덩이를 던져 이 목선(木船)도, 우리의 머리도 모두 쳐부수고 말 것입니다. 그는 워낙 힘이 세서 먼 곳까지 던지니까요.'

모두들 이렇게 말했으나 흥분한 내 마음을 설득시킬 수는 없었습니다. 저는 분을 삭이지 못하여 또 큰소리로 말했습니다.

'퀴클로프스여, 만약에 죽어야 하는 인간 중의 누군가가 어찌하여 볼상사납게 눈알을 찔렸느냐고 묻거들랑 도성을 함락시키는 명수 오디세우스에게 당했다고——라에르테스의 아들이며 이타케 섬에 성관을 가진 그 무사의 손에 의해 장님이 되었다고 말하라구.'

그러자 이 거인은 크게 탄식하더니 대답하여 말했습니다.

'음, 그랬었군. 옛날에 들었던 예언이 적중했군. 옛날, 이곳에 한 점쟁이가 있었는데 키도 크고 의젓한 사나이였다. 그는 에우리모스의 아들 텔레모스라는 자였는데 음양술(陰陽術)이 뛰어나서 외눈을 가진 거인들에게 예언을 해주면서 노년까지 여기서 살았었다. 그 점쟁이는 나에게 말했었다. 이런 일이 앞으로 닥쳐올 것이라고 예언한 적이 있었다. 즉 오디세우스라는 자에 의해서 시력을 잃을 것이라고 예언했던 것이다. 그래서 나는 언제나 키가 크고 훌륭한 사나이가 언젠가 이곳에 올 것이라고 생각하고 있었다. 대단한 무용을 갖춘 자가 찾아올 것이라고 말이다. 그런데 키도 작고 볼품도 없으며 힘도 없는 녀석이 나의 눈을 멀게 했다니 나에게 술을 퍼먹이고 말이다. 하지만 오디세우스여, 너에게 선물을 줄 것인즉 다시 이리 오너라.

그리고 네가 고향으로 돌아갈 수 있도록 대지를 뒤흔드는 이름 높은 대신께 부탁해 주마. 나는 그분의 아들이며, 그분은 내 눈도 고쳐주실 것이다. 그것은 축복받은 신들도, 죽어야 할 인간들도 할 수 없지만 그분만은 고쳐주실 수 있다.'

거인은 이렇게 말했지만 저는 그에게 이렇게 대답해주었습니다.

'내가 너를 생명도 넋도 없게 하여 저승으로 보내줄 수만 있다면 얼마나 좋겠느냐. 대지를 뒤흔드는 대신(大神)이라도 그 눈을 고칠 수 없게 말이다.'

제가 이렇게 말하자 퀴클로프스는 별이 빛나는 하늘에 두 손을 들어 올리고 포세이돈 신에게 간절한 기도를 올렸습니다.

'대지를 떠받치시는 칠흑같이 검은 머리의 포세이돈이시여, 제가 당신의 진짜 아들이며, 나의 아버님이시라면 도성을 함락시키는 오디세우스가 고향으로 돌아가지 못하게 해주소서. 그는 라에르테스의 아들로서 이타케 섬에 성관을 갖고 있는 사나이라 합니다. 그러나 만약에 신의 뜻이, 그가 다시 가족을 만나고 으리으리한 자기의 성관으로 돌아가서 고향땅을 밟게 해주시는 것이라면, 온갖 고난을 겪고 나서 자기의 동지도 모두 잃은 채, 타국 사람의 배에 실려 늦게 돌아가게 하시고, 또한 돌아간다 하더라도 그의 성관에서 골치 아픈 일들이 벌어지게 해주소서.'

검은 머리를 날리는 신께서는 그의 기원을 들어주셨습니다. 그러자 거인은 전보다도 더 큰 바위를 들어 빙글빙글 돌리다가 내던지니 그 바위는 검푸른 뱃머리를 가진 배의 바로 뒤에 떨어져 배의 키를 부러뜨릴 뻔 했습니다. 바다에 떨어진 바위 덩이로 해서 바다에는 다시 큰 파도가 일었으며 파도가 배를 앞쪽으로 밀어내어 이번에는 맞은편 섬의 해안에 닿게 되었습니다.

천신만고 끝에 우리가 떠났던 산양섬(山羊島)으로 돌아오니 우리의 훌륭한 배의 동료들은 목이 빠지게 우리를 기다리고 있었습니다. 우리는 배를 모래사장으로 끌어 올리고 배에서 내렸습니다. 그리고 배에 싣고 온 외눈박이 거인의 양들을 끌어내려 골고루 나누어주었습니다. 그러나 예의 그 큰 숫양은 정강이 받이를 멋지게 한 동지들이 양들을 각자에게 분배할 때 제 몫으로 주었습니다. 저는 그 양을 잡아 허벅지 살을 구워, 만인을 다스리시고 검은 구름을 모아오시는 크로노스의 아드님인 제우스 신께 제물로 바쳤습니다.

그러나 제우스 신께서는 제가 바친 제물을 받지 않으시고, 어떻게 하면 저 멋진 배들과 뛰어난 저의 동지들을 잃게 해줄까 하고 여러 가지를 궁리하고 계셨습니다.

우리는 그날 해가 질 때까지 하루 종일 맛있는 고기며 달콤한 술을 마음껏 먹고 마셨습니다. 해가 지고 어둠이 내리자 우리는 바닷가에 드러누워 잠을 잤습니다. 장미빛 손가락을 가리키는 새벽의 여신이 나타났을 때, 저는 동지들을 깨워 서둘러 배에 오르게 하고 닻줄을 감아 올리게 했습니다. 모두 배에 오르자 노 젓는 자리에 저마다 앉아 잿빛 바다로 저어갔습니다. 그러나 배를 저어가면서도 마음이 아픈 것은, 죽음을 면한 것은 다행이었지만 소중하게 아끼던 동지를 많이 잃었기 때문이었습니다."

제 10 편

오디세우스의 표류담의 계속. 그들은 열두 척의 배를 타고 바람의 섬 아이올로스 섬에 이르게 되나, 그 후 심한 폭풍우를 만나 식인족 라이스트리고네스의 나라를 지나, 마녀 키르케의 섬에 당도했을 때는 단 한 척의 배만 남게 되었다. 이곳에서 1년 동안 머문 다음 키르케의 권유로 명부(冥府)를 방문하게 된다.

"우리가 배를 댄 곳은 아이올로스 섬[1] 이었습니다. 이 섬에는 히포테스의 아들, 아이올로스가 살고 있었는데 그는 불사의 신들과도 친한 사이였습니다. 이 섬은 바다 한복판에 떠 있었으며 섬 전체를 청동 성벽이 견고하게 둘러싸고 있고, 그 아래는 미끄러운 절벽이었습니다. 그는 열두 명의 자녀들을 데리고 성관에서 살았는데 여섯 아이는 딸이고, 또 여섯 아이는 한창 나이의 아들이었습니다. 그래서 그는 딸들을 아들의 아내로 삼게 하였으므로 그들은 모두 사랑하는 부모 곁에 살면서 향연으로 하루 하루를 보내고 있었습니다. 그들의 식탁에는 산해진미가 가득 놓여 있었는데 고기굽는 연기가 성관 안을 가득 메웠으며, 즐겁게 떠드는 소리가 안뜨락까지 새어 나왔습니다. 낮에는 이처럼 질탕하게 잔치판을 벌였지만 밤이 되면 정숙하고 사랑스런 아내와 함께 우아하게 장식한 침대에서 두꺼운 이불을 덮고 자는 것이었습니다. 우리는 이처럼 그분들이 살고 있는 훌륭한 도시와 성관에 가게 된 것입니다.

아이올로스는 한 달 동안이나 저를 융숭하게 대접해주었으며 제에게 일리오스에 대한 이야기며 아르고스 군의 선단에 대해서, 그리고 아카이아

1) 아이올로스 섬 : 아이올로스는 각종 바람을 주관하는 신으로, 바다 위의 외딴 섬에 살고 있다. 그러나 바람의 신이 헤시오도스에서는 에오스나 아스트라이오스의 아들로 보고 있으며, 북풍 포아레는 또 다른 출신이다. 결국 특유한 공상 세계에 있는 특유한 바람의 신으로 보아야 할 것이다. 또한 이 아이올로스는 홍수의 신, 테우카리온의 손자인 아이올로스(말하자면 아올로스 사람들의 조상)와는 전혀 다른 사람이라는 데 주의할 것.

인들의 귀국이 어떻게 되었는지 자세하게 물어보았습니다. 그래서 저도 모든 것을 차례차례 얘기해주었습니다.

그러나 제가 다시 떠나야겠다고 말하면서 우리가 편안하게 떠날 수 있도록 부탁하자 국왕은 이를 거절하지 않고 우리가 떠날 수 있도록 채비를 갖추어주었습니다. 국왕은 저에게 아홉 살 난 소의 가죽으로 만든 가죽부대를 주었는데 왕은 그 부대 속에 온갖 바람의 길을 넣어 봉해주었습니다. 그것은 제우스 신께서 바람을 관리하는 일을 그에게 맡겨주었기 때문이었습니다. 항해 중에 제가 바람을 멈추게 하거나, 바람을 일으키게 할 수 있도록 하라고 말입니다. 그리고 그 가죽부대를 텅 빈 배 안에 반짝이는 은끈으로 붙들어 매어준 것은 위급할 때 바람이 불지 않도록 하려는 배려에서였습니다.

그런 다음 왕은 우리 배에 서풍(부드러운)을 불게 하여 배도 승무원들도 무사히 배를 저어가게 하려 했습니다만 실제로 그렇게는 되지 않았습니다. 결국 우리가 분별이 없어서 파멸을 당하고 말았던 것입니다.

우리는 아흐레 동안 그런대로 항해를 계속하여 열흘째에는 고향 땅이 거의 보일 정도로 가까이 가게 되었습니다. 멀리서 불을 피우고 있는 사람들이 보일 정도였으니까요. 이때 지칠 대로 지친 저는 나도 모르게 홀연히 잠이 들었습니다. 그도 그럴 것이 저는 한시바삐 고향으로 돌아가고 싶은 마음에서 배의 항로를 직접 지시하고 다른 선원들에게는 그 일을 절대로 맡기지 않았기 때문입니다.

할 일이 없어진 선원들은 제가 너그러운 히포테스의 아들인 아이올로스에게서 선물을 받아 혼자만 집으로 가져가려 한다고 수군거렸습니다. 그들은 가까이 있는 사람과 눈길을 마주치며 말하는 것이었습니다.

'제기랄, 저분은 어느 나라에 가건, 누구한테서나 호감을 받고 정중한 대접을 받는군. 트로이아에서 노획한 귀한 보물을 많이 갖고 왔는데도 말일세. 우리도 그분과 같이 원정군에 가담하여 고향으로 돌아가는 중이지만 아무것도 갖고 가지 못하지 않은가. 이번에도 아이올로스는 우의의 징표로 이 물건을 선사하지 않았던가. 저 가죽부대에는 얼마나 많은 금은보화가 들어 있을까'.

이렇게 수근대던 중 못된 의견이 좌중을 지배하게 되자, 가죽부대를 열어보기로 했던 것입니다. 가죽부대의 끈을 풀자 사방에서 바람이 한꺼번에 불어닥쳐 선원들을 고향 땅에서 먼 바다쪽으로 휩쓸고 갔습니다. 잠에서 깨어난 저는 당황한 가운데 여러 가지로 궁리해보았습니다. 배에서 뛰어내려

바다에 빠져 죽어버릴까, 아니면 끝까지 견뎌볼 것인가 하고 말입니다. 저는 옷을 뒤집어쓰고 배 안에 누워 있었습니다. 우리 선단은 심한 폭풍에 떠밀려서 다시 아이올로스 섬으로 되돌아가게 되자 동지들은 한숨만 쉴 뿐이었습니다.

우리는 다시 육지로 올라가서 음료수를 배에 싣고 배 곁에서 식사를 했습니다. 양식과 식수를 배에 싣고 나서 전령과 동지 한 사람을 데리고 저는 다시 아이올로스의 성관으로 갔습니다. 마침 왕은 왕비와 자녀들과 함께 식사를 하는 중이었습니다. 우리는 문 옆 문지방에 주저앉았습니다. 그들은 깜짝 놀라 이렇게 물었습니다.

'아니, 오디세우스님, 왜 다시 돌아오셨습니까? 대체 어떤 고약한 신이 당신을 습격했습니까? 우리는 만반의 대비를 하여 보내드렸는데요. 당신이 원하시는 곳이면 고향이든 집이든 어디든지 무사히 갈 수 있도록 말입니다.'

저는 무척 거북했지만 말했습니다.

'못된 저의 동료들과 심술궂은 잠이 저를 위기로 몰아 넣었군요. 제발 저를 다시 한 번 도와주십시오. 여러분들은 그만한 힘이 있으시니까.'

제가 이렇게 사정했으나 모두 입을 다문 채 말이 없었습니다. 잠시 후에 왕이 대답했습니다.

'이 섬에서 썩 물러가도록 하라. 살아 있는 자들 중에서도 가장 못된 놈들이구나. 거룩한 신들의 미움을 받는 인물을 보살펴주거나 편안히 보내준다는 것은 허용되지 않는 법. 어서 나가라. 너희들은 불사신들의 미움을 받으니까 그런 불행을 당하는 거다.'

이렇게 말하면서 탄식하는 저를 성관 밖으로 내쫓았습니다.

우리는 무거운 마음으로 항해를 계속했습니다. 동지들은 고된 노젓기로 심신이 지칠 대로 지쳐서 기진맥진한 상태였습니다. 순풍조차 불어오지 않았습니다. 그런 가운데서도 우리는 엿새 동안 쉬지 않고 배를 저어갔습니다. 칠 일째에 닿은 곳은 라모스의 험준한 성시[2]였는데, 이곳은 라이스트리고네스라는 종족이 살고 있는 텔레피로스라는 고장이었습니다. 그곳에서는

---

2) 라모스의 험준한 성시 : 이 라모스란 족장(族長 ; 왕)의 이름인 듯. 그러나 고을의 이름인지도 모른다. 즉 지명은 테레비로스이며, 왕은 안티파테스라 불리므로(양자 모두 그리스어 계통) 원어일 것이라는 설도 있다(오이디우스는 왕의 이름이다). 또는 전래하는 이야기에서 유래된 명칭이며, 갖가지 계통의 이야기가 합쳐진 것일지도 모른다.

양치기들이 양을 몰고 마을로 돌아올 때 인사를 하면 밖으로 나가는 양치기가 그 인사에 다시 인사를 보냈습니다. 또한 그 나라에서는 잠을 자지 않고 일하면 두 곱의 임금을 받을 수 있다 합니다. 밤에는 소를 돌보는 대가로, 또 낮에는 흰 양떼를 돌보는 대가로 임금을 받았습니다. 그만큼 밤과 낮의 경계가 가까웠습니다.

우리는 그 나라에서 세상에서도 유명한 항구로 갔습니다. 그 주위에는 깎아지른 듯한 벼랑이 둘러처져 있었으며 항구로 들어가는 입구는 아주 좁아 간신히 안으로 무사히 들어갈 수 있었습니다. 우리는 배들을 몰고 들어가서 부두에 매었습니다. 항구 안은 크고 작은 파도가 치지 않아 언제나 잔잔했습니다. 저는 혼자서 검게 칠한 배를 항구의 한쪽 구석에 대고 굵은 밧줄로 바위에 매어놓고 전망이 좋은 높은 바위 언덕으로 올라가서 사방을 둘러보았습니다. 그러나 밭을 가는 소나 일하는 사람도 보이지 않고, 오직 한 줄기 연기만이 모락모락 하늘로 올라가는 것이 보일 뿐이었습니다. 저는 동지들을 파견하여 도대체 어떤 인간들이 이 땅에서 오곡을 먹으며 살고 있는지 살펴보라고 일렀습니다. 저는 두 사람을 선발하고 또 전령도 한 사람 딸려 보냈더니 그들은 배에서 내려 평탄한 길로 걸어갔는데, 그 길은 수레가 높은 산에서 목재를 실어나르는 통로였습니다.

그들은 마을 바로 앞에서 물을 긷던 한 처녀를 만났는데, 이 아가씨는 라이스트리고네스의 왕, 안티파테스가 자랑하는[3] 딸이었습니다. 그 처녀가 맑은 물이 흐르는 아르타키 샘에 와 있었던 것입니다. 이 고을 사람들은 이 샘에서 물을 길어다 마셨던 것입니다.

제가 보낸 정탐자들은 처녀의 곁에 가서 물었습니다. 이 땅을 다스리는 왕은 어느 분이시며 그 왕이 다스리는 백성은 어떤 사람이냐고 말입니다. 그러자 처녀는 아버지인 왕이 사는 성관의 높다란 지붕을 가리켜주었습니다. 세 사람은 궁전으로 들어가서 왕비를 만났는데 산봉우리처럼 몸집이 커서 모두 놀랐습니다. 왕비는 빨리 집회장으로 가서 남편인 안티파테스를 불러오게 했습니다. 그런데 이 왕은 우리 동지들에게 파멸의 음모를 꾸몄습니다. 그는 우리 동지 중 한 사람을 붙잡자 식탁 위에 올려놓고 잡아 먹었습니다. 남은

3) 자랑하는 : 이 말의 원어는 '힘'이라는 말과 관계가 있는 듯한데, 선주민 계통일지도 모른다. 어쨌든 하나의 미칭이며 기품있는, 자랑스러운과 같은 형용어.

두 사람은 뛰쳐나와 배로 도망쳐왔습니다. 그러자 왕은 도성에 큰소리로 외쳤습니다. 그 소리를 듣자 힘이 센 라이스트리고네스 족들이 이곳 저곳에서 몰려 나왔는데 그 수도 많았을 뿐 아니라 그 모습 또한 인간이라 하기에는 믿어지지 않을 만큼 거인이었습니다.

그들은 인간이 간신히 들어올릴 만한 큰 돌을 바위 위에서 내던졌습니다. 그러자 우리의 배들 위에서는 요란한 아우성이 울려왔으며 돌에 맞아 죽는 동지들의 비명 소리와 돌에 맞아 배가 부서지는 소리로 일시에 아수라장이 되고 말았습니다. 거인들은 죽은 동지들을 물고기처럼 쇠꼬챙이에 꿰어 식사 때 먹으려고 갖고 갔습니다.

거인들이 항구에서 우리 동지들을 이렇게 무참하게 살해하고 있는 동안, 저는 허리에 찼던 검을 뽑아 뱃머리를 묶은 밧줄을 끊어버렸습니다. 그러고는 남은 동지들을 재촉해서 이 재난에서 벗어나려고 다시 노를 젓도록 명했습니다. 동지들은 살기 위해서 기를 쓰고 노를 저어 제가 탄 배를 향해 날아오는 돌을 피해 앞바다까지 빠져나왔으나 다른 배들은 모두 부서지고 말았습니다.

우리는 슬픔을 참아 가면서 계속 배를 저어갔습니다. 동지들을 잃었으나 죽음을 면한 것을 다행으로 여기면서 항해한 끝에 닿은 곳은 아이아이에라는 섬이었습니다. 이 섬에는 아름다운 머리를 한 키르케[4]가 살고 있었는데, 키르케는 사람의 목소리로 말하는 무서운 여신으로 마음씨가 악랄한 아이에테스와는 자매간이었습니다. 이들 두 여신은 인류에게 빛을 주는 태양신과 대양신(大洋神; 오케아노스)의 딸이라는 페르세를 부모로 하여 태어났다 합니다. 우리는 이 섬의 해안에 몰래 배를 대었는데, 그곳은 파도를 피할 수 있는 아늑한 후미로, 어느 신인가 우리를 그곳으로 인도해준 모양입니다.

우리는 배에서 내려 이틀 낮 이틀 밤을 피로와 고민으로 조바심치며 누워 있었습니다. 그러나 사흘째 되는 날, 머리도 아름다운 새벽의 여신이 날이 새게 하였을 때, 저는 저의 창과 검을 빼들고 사방을 둘러볼 수 있는 높다란

---

4) 키르케 : 대체로 선주민 계통의 신격에 속한 것 같으며, 태양신의 딸이나 손녀로서 마술을 잘하는 코르키스의 왕(원래는 코린토스의 왕) 아이에테스의 여동생으로서, 대해의 고도 아이아이에에 사는 공상 설화 속의 히로인. 그 이름은 소리개(키르코스) 섬에서 연유된 듯하다. 오디세우스와의 사이에서 아들 텔레고노스를 낳았다는 설도 있다.

언덕으로 올라갔는데 그것은 어쩌면 사람들이 일궈놓은 밭을 볼 수 있거나 사람들의 목소리를 들을 수 있을지도 모른다는 생각에서였습니다. 험준한 언덕에 올라서자 길이 널따란 대지에서 연기가 올라가고 있는 것이 보였습니다. 연기가 나는 곳은 키르케 성관 안의 무성한 나무와 숲이 있는 곳이었는데 그때 저는 속으로 생각했습니다. 연기가 피어 오르는 것을 본 이상 가서 알아보는 것이 좋겠다는 판단을 내리게 된 것입니다. 저는 우선 빠른 배가 정박해 있는 바닷가로 가서 동지들에게 식사를 하게 한 다음 탐험대를 편성하여 내보낸다는 것이었습니다. 그러나 양끝이 휘어진 배 가까이 가서 보니, 신들 중 어느 분이 내가 혼자 있는 것을 불쌍하게 보셨던지 큰 뿔이 달린 큰 사슴을 제가 가려는 길 앞으로 보내주셨습니다.

그 사람은 숲속의 풀밭에서 물을 마시려고 강으로 내려가던 참이었습니다. 뜨거운 햇볕에 지쳐버렸던 것이었지요. 그 사슴이 숲에서 나올 때 사슴의 등뼈를 겨냥해서 창을 던졌습니다. 그랬더니 청동의 창 끝에 등을 찔려 사슴은 외마디 비명을 남기고 모래바닥에 쓰러진 채 숨이 끊겼습니다. 저는 쓰러진 사슴을 발로 꽉 밟고 사슴의 등에 꽂힌 청동 창살을 빼냈습니다. 그리고 작은 나뭇가지나 버드나무 가지를 꺾어 여섯 자 정도의 길이로 줄을 꼬아서 무서우리만큼 큰 사슴의 네 다리를 묶은 다음 목덜미부터[5] 어깨에 두르고 창을 지팡이 대신 짚으면서 검은 배가 있는 곳까지 갖고 왔습니다. 그 사슴은 너무나 커서 한 손으로 들고 올 수가 없었던 것입니다. 배 앞에 이르자 그 사슴을 내려놓고 동지들 옆에 다가가서 격려해주었습니다.

'이보게들, 우리는 아무리 쓰라린 처지였다 하더라도 저승에는 가지 않을 것일세. 최후의 날이 오기 전에는 말일세. 그러니 빠른 배 안에 먹을 것이나 마실 것이 있는 이상 배불리 먹도록 하세. 기아에 시달려서는 안 되네.'

이렇게 말하자 동지들은 내 말에 찬동하여 뒤집어 쓰고 있던 천을 벗어 던지고 거친 바닷가에 쓰러져 있는 사슴을 놀란 눈초리로 바라보고 있었습니다. 그 사슴은 그만큼 큰 짐승이었습니다. 그들은 그 짐승을 실컷 보고 나더니 손을 깨끗이 씻고 먹음직스런 식사 준비를 하기 시작했습니다.

이렇게 해서 그 날은 하루 종일, 해가 질 때까지 산더미 같이 많은 고기와

---

5) 목덜미부터 : 목을 네 다리로 만든 구멍에 넣어 어깨에 메고 다리를 앞쪽으로 늘어뜨리는 형상을 말함.

술로 잔치를 벌였습니다. 이윽고 해가 지고 어두워지자 우리는 파도가 높은 바닷가에 누워 잠을 청했습니다.

장미빛 손가락을 가리키는 새벽의 여신이 나타날 즈음 저는 동지들을 불러놓고 이렇게 말했습니다.

'여보게들 나의 말을 잘 들어주게. 우리는 지금 어느 쪽이 서쪽이고 어느 쪽이 동쪽인지도 모르고, 또 인간에게 빛을 주는 태양이 어느 쪽으로 지는지도, 그리고 어느 쪽에서 태양이 떠오르는지도 모르고 있네. 그러니 무슨 좋은 방법을 빨리 찾아내지 않으면 안 된다고 생각하네. 그런데 아무래도 신통한 방법이 떠오르지 않네. 왜냐하면 어제 내가 깎아지른 듯한 언덕에 올라 이 섬을 둘러보니 섬의 둘레는 끝없는 바다로 둘러싸여 있었으며 그런 바다 한가운데 이 섬이 나지막하게 누워 있을 뿐이었네. 그런데 이 섬의 한복판에서 무성한 숲 사이로 연기가 모락모락 올라가는 것을 나의 이 두 눈으로 똑똑히 보았네.'

이렇게 말하자 모두 또 가슴이 미어지는 것같이 보였습니다. 그도 그럴 것이 라이스트리고네스의 왕 안티파테스의 처사라든가, 사람 고기를 먹는 흉악한 퀴클로프스의 짓거리를 상기했기 때문이었습니다. 동지들은 소리내어 슬피 울었지만, 아무리 울어도 뾰죽한 수는 없었습니다. 저는 각반을 잘 맨 동지들을 모두 세어 두 패로 나누고 각 분대에 각각 대장을 임명했습니다.

한 분대의 대장은 내가 맡고 다른 분대는 신 같은 모습을 한 에우릴로코스에게 맡긴 후 청동을 댄 가죽 투구 속의 제비를 넣어 흔들어보니 기량이 뛰어난 에우릴로코스의 제비가 튀어나왔습니다. 그러자 에우릴로코스를 따라 스물두 명의 동지들이 울면서 떠났고 남아 있던 우리도 슬픔을 감출 수 없었습니다.

그들은 한참 가다가 나직한 숲이 있는 곳에서 돌을 잘 다듬어 지은 키르케의 성관을 발견하게 되었습니다. 그곳은 전망이 매우 좋았는데, 그 주위에는 산에 사는 이리나 사자도 여러 마리 보였습니다. 그 짐승들을 키르케가 이상한 약초를 먹여서 마법을 써서 사람을 짐승의 모습으로 바꾸어놓았던 것입니다. 이 짐승들은 사람한테는 절대로 덤벼들지 않고 오히려 긴 꼬리를 흔들면서 뒷발로 일어서서 다녔습니다. 그것은 마치 주인이 연회에서 돌아오는 것을 꼬리를 흔들면서 반가워하는 개 같았습니다. 이 짐승들은 그러한 개처럼 우리

일행을 둘러싸고 꼬리를 흔드는 것이었습니다. 그들은 겁에 질려 머리가 아름다운 여신의 집 문 곁에 서있는데 키르케가 성관 안에서 고운 목소리로 노래를 부르는 것이 들려왔습니다. 마침 안에서는 베틀에 앉아 베를 짜고 있었는데 그것은 여신들이 언제나 짜는 성스럽고 폭이 넓은 천으로 매우 훌륭한 것이었습니다. 그들 중 가장 먼저 말을 꺼낸 사람은 무사들의 우두머리인 폴리테스로, 저의 부하들 중에서도 특히 아끼는 자였습니다.

'동지들, 성관 안에서 누군가가 큰 베틀에 앉아 베를 짜면서 고운 노래를 부르고 있지 않은가. 그 노랫소리가 여기까지 쩌렁쩌렁 울려오고 있는데, 여신인지 인간인지는 모르지만 어쨌든 말을 걸어보는 것이 어떻겠는가?'

그가 이렇게 말하자 모두 큰소리로 불렀습니다. 그러자 그 여자는 곧 일어나서 빛나는 성문을 열고 그들을 안으로 들어오라고 했습니다. 그들은 아무 생각없이 모두 안으로 들어갔으나 에우릴로코스만은 어쩐지 수상쩍은 생각이 들어 들어가지 않았습니다. 그 여자는 그들이 안으로 들어가자 그들을 소파에 앉히고 치즈나 보릿가루나 노란 벌꿀을 프람노산 술에 타서 내놓았는데, 이 술에 무언가 무서운 나쁜 약을 섞어놓았던 것입니다. 그 술을 마시면 자기의 고향에 대한 것을 모두 잊게 하는 것이었습니다. 그들이 이 음식을 다 먹었을 때 그녀는 지팡이를 휘둘러서 그들을 돼지 우리에 가두어버렸습니다. 그러자 그들은 머리며, 목소리며, 모발이며 모습까지도 돼지로 바뀌어버렸는데 그래도 마음만은 전과 다름없이 인간 그대로였습니다. 그들은 돼지 우리 안에 갇혀 울기만 했습니다. 그때 키르케는 너도밤나무 열매며 산사나무 열매 같은 것을 먹이로 던져주었습니다. 그런 열매가 흙 위에서 자는 돼지들이 먹는 먹이였으니까요.

한편 에우릴로코스는 검은색 칠을 한 빠른 배가 있는 곳으로 빠른 걸음으로 돌아가 동지들이 큰 변을 당했음을 알리려 했으나 마음만 초조할 뿐 좀체로 말이 나오지 않았습니다. 그토록 그의 가슴은 슬픔으로 가득 차 있었으며, 두 눈은 눈물로 흐려져 있었습니다. 우리가 이를 수상히 여겨 다그쳐 묻자, 그제야 그는 간신히 입을 열어 동지들이 변을 당했음을 알려주더군요.

'우리는 명령에 따라 숲을 헤치고 앞으로 나가던 중 나지막한 숲속에 훌륭한 성관이 있는 것을 발견했습니다. 성관 안에서는 누군가가 큰 베틀에 앉아 소리 높게 노래를 부르면서 베를 짜고 있는 것 같았습니다. 그것이 여신인지, 인간인지는 잘 모르지만 우리가 큰소리로 부르자 여자가 빛나는 문을 열고 우리를 안으로 불러들였습니다. 그래서 우리는 별 생각없이 안으로 들어갔으나, 저만은 어쩐지 수상쩍은 생각이 들어 안으로 들어가지 않고 혼자 남아 있었습니다. 그랬더니 모두 자취를 감추어버리고 아무도 나오지 않았습니다. 제가 오래도록 문 밖에 앉아서 기다리고 있었는데도 말입니다.'

그가 이렇게 보고하자, 저는 은으로 장식한 청동 검을 어깨에 메고 활을 들고는 에우릴로코스에게 그 길을 다시 한 번 안내하라고 했습니다. 그러나 그는 두 손으로 나의 무릎에 매달려 울면서 이렇게 애원했습니다.

'제발 부탁입니다. 저를 다시는 그곳에 데려가지 말아주십시오. 오디세우스님 자신도 다른 동지들도 다시는 돌아오지 못하십니다. 그곳으로 가기보다는 남아 있는 동지들을 이끌고 어서 달아나도록 하시지요. 그러면 재앙을 면할지도 모르니까요.'

그가 이렇게 말하기에 저는 대답했습니다.

'에우릴로코스여, 그렇다면 그대는 이곳에 남아 검은 배 곁에서 먹고 마시고 있거라. 그러나 나는 가야겠다. 꼭 가보지 않으면 안 돼.'

저는 이렇게 말한 후 그가 갔던 곳을 향해 떠났습니다. 이윽고 신성한 숲이 있는 곳까지 가서 갖가지 마약을 사용한다는 키르케의 성관에 막 당도하려 할 때 황금 지팡이를 가진 헤르메스 신이 저쪽에서 왔습니다. 그 신은 겨우 콧수염이 나기 시작한 젊은이 같은 모습이었습니다. 그 신은 저의 손을 잡고 저의 이름을 부르면서 말했습니다.

'허어, 불운한 사람, 길 안내도 없이 혼자서 오다니. 이번에는 또 어디로 가려 하오. 당신의 부하들은 저기 보이는 키르케의 성관 안에 갇혀 있소. 돼지처럼 견고한 우리 속에 갇혀 있는데, 그들을 구출하러 온 모양인데, 그렇게 되면 당신 자신도 돌아가지 못할 것이오. 당신은 당신의 동지들과 함께 이곳에 남아 있게 될 테니까. 하지만 내가 당신을 재난에서 구해내고 무사히 지켜주겠소. 자, 그러면 이 효험이 좋은 약초를 가지고 키르케의 성관으로 들어가시오. 이 약초는 재앙에서 당신을 보호해줄 것이니까.

그러면 키르케의 요술이 어떤 것인지 모두 말해주겠소. 그녀는 여러 가지를 섞은 죽을 만들어 먹으라고 줄 텐데, 그때 키르케는 마법의 약을 섞어 넣겠지만 당신을 마술에 걸지는 못할 것이오. 이 효험이 탁월한 약초가 있는 이상. 내가 지금 그 약초를 그대에게 주고 그 사용법을 가르쳐주겠네. 그리고 만약 키르케가 긴 지팡이를 들고 덤벼들거든 당신은 허리에 찬 검을 빼어 키르케에게 덤벼드시오. 마치 찔러 죽일 것처럼 서슬이 퍼렇게 말이오. 그러면 키르케는 겁을 내면서 자기와 함께 자자고 말할 거요. 그때 당신은 그것을 거절하면 안 되오. 그녀가 동지들의 마법을 풀어주고 당신에게도 대접을 잘하게 하기 위해서는. 그러나 그러자면 신들에게 굳은 맹세를 하라고 그녀에게 요구하시오. 즉 당신에게 간악한 재앙을 꾸미지 않겠다는 것, 당신의 무기를 모두 빼앗고 쓸개빠진 벌거숭이로 만들지 않겠다고 맹세하도록 말이오.'

이렇게 말하고 아르고스를 죽인 헤르메스 신은 땅에서 그 약초를 뽑아 저에게 주고 그 약초의 성능에 대해서도 가르쳐주었습니다. 그 약초는 뿌리가 검은빛을 띠었으며 우유빛 비슷한 꽃이 피어 있었습니다. 신들은 이 풀을 몰리라고 불렀는데, 생명이 유한한 인간으로서는 이를 캐기도 어렵지만, 신들은 무슨 일이든 다 할 수 있지요.'

헤르메스 신은 이렇게 말하더니 높은 올림포스 산을 향해 숲이 우거진 섬에서 날아가셨고 저는 다시 키르케의 성관을 향해갔습니다. 그러나 가는 도중에도 마음은 심란하기만 했습니다. 저는 아름다운 머리를 가진 여신의 성관 문 앞에 이르자 소리 높게 소리쳤습니다. 그러자 여신은 저의 목소리를 듣고 얼른 나와 두 문을 열고 들어오라 했습니다. 가슴이 아팠지만 따라가보니 저를 은으로 장식한 팔걸이 의자에 앉히고 발에는 발판도 놓아주었습니다. 그러고는 황금 그릇에 죽을 담아 나에게 먹이려고 마법의 약을 넣었습니다. 제가 그 죽을 다 먹었으나 마법에 걸리지 않자 키르케는 지팡이로 저를 마구 때리고 저의 이름을 부르면서 말했습니다.

'자, 그러면 이제 돼지 우리로 가서 다른 동지들과 함께 자거라.'

그때 저는 허리에서 검을 뽑아 키르케에게 덤벼들었습니다. 마치 찔러 죽이기라도 할 듯이. 그러자 키르케는 큰소리를 지르면서 저의 무릎에 배달리며 겁에 질린 목소리로 말하는 것이었습니다.

'당신은 어떤 분이시며, 어디서 오셨습니까? 어느 나라의 사람이며, 양친은 누구신지요? 나는 정말 깜짝 놀랐습니다. 이 약초를 마셨는데도 전혀 마술에 걸리지 않으시니 말입니다. 어떤 사람이든 이 약을 먹고 나면 배겨내지 못했거든요. 당신한테 저의 요술이 통하지 않은 것을 보면 필시 당신은 오디세우스임에 틀림없습니다. 황금 지팡이를 든 아르고스를 죽인 신께서는 그분이 머지않아 이곳에 오실 것이라고 늘 말씀하셨습니다. 검게 칠한 빠른 배를 타고 트로이에서 고향으로 돌아가는 길에 들를 것이라구요. 자, 이제 칼은 도로 칼집에 꽂으시고 저의 침대로 가시지요. 달콤한 잠자리에서 굳은 언약을 주고받읍시다.'

저는 그녀의 말에 이렇게 대답해주었습니다.

'아니, 키르케님, 이제 와서 그게 무슨 말씀입니까? 나의 동지들을 돼지의 형상으로 만들어놓았으면서……. 게다가 나까지 이곳으로 끌어들여 음흉하게도 당신의 침상으로 함께 가자니, 그것은 말도 안 됩니다. 당신은 내가 아무 무기도 갖지 않은 채 벌거벗고 여자를 탐하는 얼간이로 만들 작정인가요? 나는 당신의 침대 위로 올라갈 생각은 추호도 없습니다. 만약 당신이 마음을 고쳐먹고 굳은 맹세를 하기 전에는 말입니다. 그러니 앞으로 더 이상 나에 대해서 못된 재앙을 꾸미지 않겠다고 맹세를 하십시오.'

그랬더니 키르케는 내가 요구한 대로 굳게 맹세해주었습니다. 그녀가 서약을 하고 나자, 저는 그녀의 훌륭한 침대 위로 올라갔습니다. 그러는 동안 성관 안에서는 시녀들이 왔다갔다하면서 분주하게 일하고 있었습니다. 이 네 사람의 시녀들은 샘가나 숲속이나 성스러운 강에서 태어난 이들로서 그 중 한 시녀는 의자 위에 자줏빛 보를 덮고 그 밑에는 삼베를 깔았습니다. 다른 한 시녀는 의자 앞에 은으로 만든 네 다리가 있는 탁자를 갖다 놓고 그 위에 황금으로 만든 빵을 담은 황금 바구니를 올려놓았습니다. 그러자 세 번째 시녀가 와서 은으로 만든 혼주병에 마음을 녹여주는 술을 타서 황금잔에 부었으며, 네 번째 시녀는 물을 떠다가 큰 솥에 붓고 불을 지펴 물을 데웠습니다. 이윽고 반짝이는 청동 솥 안의 물이 끓기 시작하자 나를 욕조 속에 앉히고 더운물에 찬물을 알맞게 타서 머리며 양어깨부터 씻기 시작했습니다. 피로에 지쳐 있던 저의 팔다리에도 차츰 기력이 회복되어갔습니다. 목욕을 끝내고 올리브유도 듬뿍 바르고 나자 이번에는 짧은 외투와 깨끗한 속옷을 주었습니다. 그러고는 방 안으로 안내하여 은으로 장식한 의자에 앉히더니 발 밑에 발판도 놓아주었습니다. 한 시녀는 또 아름다운 주전자에 물을 담아와서 은대야에 부어주며 다시 손을 씻으라고 했습니다. 제가 앉은 옆에 윤이 나는 네 발 탁자를 놓고 늙은 시녀가 빵과 갖가지 요리를 탁자 위에 갖다 놓고 식사를 하라고 권했습니다. 그런데도 저는 마음이 내키지 않아 다른 일을 생각하고 있었습니다. 다음에는 또 어떤 재앙이 내릴 것인가 하고 조마조마하면서 말입니다. 키르케는 제가 음식에 손도 대지 않은 채 깊은 시름에 잠겨 있는 것을 보더니 제게로 다가와서 말하는 것이었습니다.

'오디세우스님, 왜 드시지 않고 앉아만 계십니까? 또 무슨 일이라도 일어날까 걱정이 되시나보죠? 이제 마음을 푹 놓으세요. 조금 전에 굳게 맹세해드리지 않았습니까?'

그녀가 이렇게 말하기에 저는 그 말에 대답했습니다.

'키르케님, 진실된 인간인 이상, 자기의 동지들이 풀려난 것을 확인도 하지 않고 태평스럽게 먹고 마실 수 있겠습니까? 그러니 제가 이 음식을 먹고 마시기를 진정으로 바라신다면 이 눈으로 나의 부하들이 풀려난 것을 볼 수 있게 해주시지요.'

그러자 키르케는 지팡이를 들고 밖으로 나가 돼지 우리가 있는 곳으로 가 우리의 문을 열고는 아홉 해나 묵은 수퇘지의 모습을 한 부하들을 우리 밖으로 몰아냈습니다. 그들이 말없이 마주보고 서 있자 키르케는 그들 사이를 비집고 지나가면서 전과는 다른 이상한 약을 그들의 몸에 바르는 것이었습니다. 그러자 그 돼지들의 몸뚱이에서는 키르케가 그들에게 약을 먹여 자라났던 억센 털들이 말끔히 빠져버리더군요. 털이 빠지자 전처럼 젊고 늠름한 젊은이로 다시 되돌아왔습니다. 동지들은 전보다도 한층 늠름했고 몸집도 더 커보였습니다. 동지들은 제가 와 있는 것을 보자 제 손을 덥석 잡고 감격하며 소리내어 엉엉 울었습니다. 그들이 하도 슬프게 울자, 여신도 이들을 측은하게 여기는 것 같았습니다. 키르케 여신은 제 곁으로 다가와서 말했습니다.

'제우스의 후예이며 라에르테스의 아들이시며 지혜로운 오디세우스님, 그러면 빠른 배가 정박해 있는 바닷가로 가서 그 배를 뭍으로 끌어 올리고 배에 실린 보물과 선구(船具)들을 모두 동굴 속에 갖다 넣으시지요. 그런 다음 충성스런 부하들을 데리고 이곳으로 다시 돌아오도록 하십시오.'

여신은 이렇게 말하면서 저의 마음을 달래려 했습니다.

그래서 저는 우리의 빠른 배가 있는 바닷가로 다시 돌아가 배에서 기다리고 있는 부하들을 만나게 되었습니다. 그들은 눈물을 흘리면서 우리 일행을 맞았는데, 그것은 마치 들판의 목장 울타리 안에서 송아지들이 실컷 풀을 뜯어먹고 돌아온 어미 소가 목장의 우리 안으로 돌아왔을 때 기뻐서 어쩔 바를 모르면서 어미 소 곁으로 우루루 몰려드는 것처럼 저를 보자 제게로 몰려들었습니다. 그때의 그들은 바위가 많은 이타케의 고향 땅이라도 돌아간 것같이 기뻐하는 것이었습니다. 그들은 저를 보자 울면서 말하는 것이었습니다.

'제우스 신께서 길러주신 오디세우스님, 당신이 돌아오시니, 우리는 마치 고향 땅인 이타케 섬에 돌아간 것만큼이나 기쁘군요. 그건 그렇고 다른 동지들이 어떻게 처참하게 죽었는지 자세히 이야기해주십시오.'

그래서 저는 다정하게 말해주었습니다.

'알았네, 우선 우리 배를 육지로 끌어 올리도록 하세. 그리고 배에 실린 보물과 선구들을 전부 동굴 속에 넣어두도록 하고 서둘러 나를 따라오도록 하게. 그러면 키르케 여신의 성관에서 동지들과 만날 수도 있고 맛있는 음식과 술도 마음껏 먹을 수 있을테니까.'

그러자 그들은 모두 저의 말에 따랐습니다. 다만 에우릴로코스만은 저의 말을 들으려 하지 않고 동지들을 따라가지 못하게 말리려고 이렇게 말하는 것이었습니다.

'참 딱한 사람들이군, 자네들은 어디로 가겠다는 말인가. 어찌하여 그대들은 재앙 속으로 자청해서 가겠다는 것인가. 키르케는 자네들이 가자마자 돼지나 이리나 사자 새끼로 만들어버릴 텐데. 그렇게 되면 자네들은 키르케의 널따란 성관이나 지키며 있어야 한단 말일세. 전에 우리가 무모한 오디세우스의 말만 듣고 그를 따라갔다가 퀴클로프스가 우리를 동굴 속에 가두었던 일을 벌써 잊었는가 오디세우스의 무모한 행동으로 신세를 망친 동지들을 잊었단 말인가.'

이렇게 그가 말하자, 저도 심경이 착잡해졌습니다. 저는 허리에서 검을 뽑아 그의 목을 치려고 했습니다. 그러자 다른 동지들이 애원하면서 저를 말렸습니다.

'제우스님의 후예이신 오디세우스시여, 이 사나이는 배 곁에서 배나 지키도록 하시지요. 그리고 나머지 사람들만 키르케의 성관으로 안내해주십시오.'

결국 우리는 배가 있는 바닷가에서 키르케의 성관을 향해 길을 떠났습니다. 그러자 에우릴로코스도 배 곁에 혼자 남아 있지 않고 우리를 따라왔습니다. 그는 제가 버럭 화를 내자 잔뜩 겁을 먹고 있었습니다.

그러는 동안, 키르케도 자기의 성관에 남아 있는 저의 동지들도 일일이 목욕시키고 올리브유로 발라준 다음 부드러운 털외투와 속옷을 입혀주어 오디세우스 일행이 성관에 돌아왔을 때는 한창 식사를 하고 있는 중이었습니다. 그들은 동지들과 다시 만나게 되자 서로 얼싸안고 큰소리로 울어, 성관 안은 일시에 울음 바다로 바뀌었습니다. 그때 여신 중에서도 존엄한 키르케가 제 곁에 다가와서 말했습니다.

'제우스님의 후예이시며 라에르테스의 아드님이신 오디세우스시여, 이제 울음일랑 거두시지요. 당신들이 물고기가 득실대는 바다에서 얼마나 고생했으며, 육지에서도 못된 자들이 당신들을 얼마나 괴롭혔는지 나도 잘 알고 있습니다. 자, 이 음식들을 드시고 마음껏 술도 마셔 원기를 되찾도록 하시지요. 여러분이 고향인 이타케 섬을 떠날 때처럼 기운을 내십시오. 지금 당신들은 지칠 대로 지쳐서 기운이 멎고 고달픈 유랑으로 기쁨을 잃었습니다. 그토록 모진 고생을 했으니까요.'

키르케는 이렇게 말하면서 우리에게 용기를 북돋아주었습니다.

우리는 이 성관에 눌러 있으면서 푸짐한 고기와 맛있는 술을 마시며 일 년을 보냈습니다. 일 년이 지나 계절이 한 바퀴 돌았을 때 충성스런 부하들이 나를 불러 이렇게 말했습니다.

'이제는 고향 생각도 하실 때가 되지 않았습니까? 만약 신의 계시에 따라 오디세우스님이 무사히 몸을 보존하고 훌륭한 당신의 성관과 고향 땅으로 돌아갈 수 있게끔 정해진 운명이라면 말입니다.'

이렇게 말하면서 저를 설득시키려 하는 것이었습니다. 우리는 하루 종일 자리에 눌러 앉아 푸짐한 고기와 맛있는 술로 잔치를 벌였는데 이윽고 해가 지고 어둠이 찾아오면 각각 성관의 방에서 잠을 자는 것이었습니다.

저는 키르케의 침대에 올라가서 그녀의 무릎에 매달려 간청했습니다. 그랬더니 여신은 저의 청을 잘 들어주었습니다. 저는 여신에게 말했습니다.

'키르케시여, 전에 저에게 한 약속을 들어주소서, 고향으로 보내주시겠다던 그 약속 말입니다. 이제는 나도 고향으로 돌아가고 싶습니다. 저의 동지들도 저와 같은 심정입니다. 그들은 당신이 자리를 뜨기만 하면 내게로 다가와서 고향으로 보내달라고 애원합니다.'

내가 이렇게 간청하자 여신 중에서도 존귀한 키르케가 대답했습니다.

'제우스님의 후예이시며 라에르테스의 아드님이신 오디세우스시여, 정 마음이 내키지 않으신다면 내 성관에 더 이상 있지 않아도 좋습니다. 그러나 그러자면 우선 다른 곳으로 여행을 하고 올 필요가 있습니다. 즉 저승의 왕이 살고 있는 곳이나 페르세포네이아[6]가 있는 곳으로 가서 테바이 사람으로 장님 예언자인 틸레시아스[7]의 혼령에게서 신탁을 받아오도록 하십시오. 그 사람은 죽은 뒤에도 페르세포네이아가 분별력을 주었기 때문에 다른 사람들은 그림자만 날아다니지만 그 사람만은 지혜로운 능력을 갖고 있지요.'

그녀의 말을 듣자, 저는 넋을 잃은 채 침대에 걸터앉아 울고만 있었습니다. 이제는 더 이상 살아서 햇빛을 우러러볼 희망이 없어진 것만 같았습니다. 실컷 몸부림치면서 울고 난 다음 저는 키르케에게 말했습니다.

'아, 키르케시여, 하지만 대체 누가 길을 안내해줄 수 있을까요? 검게 칠한 배를 타고 명부(저승)에 가본 사람은 한 사람도 없으니까요.'

이 말에 키르케는 대답하여 말했습니다.

'제우스님의 후예이시며 라에르테스의 아드님이신 재주가 뛰어난 오디세우스시여, 안내자가 없다고 걱정할 필요는 없어요. 돛대를 세우고 흰 돛을 단 다음 가만히 앉아 있기만 하면 북풍의 입김이 배를 실어다 줄 테니까요. 그러나 배를 타고 오케아노스의 강[8]을 건너면, 잡초가 무성한 해안이 있는데 이곳은 페르세포네이아의 동산이라고 하며 키가 큰 갯버들이나 열매가 뚝뚝 떨어지는 버드나무가 있을 것입니다. 소용돌이가 깊게 굽이치는 이곳에 배를 대세요. 그리고 당신 자신은 어둡고 습기찬 명왕(冥王)의 성관으로 가십시오. 이 부근에서[9] '불타는 불의 강'과 '울음의 강'이 흘러드는 아케론의 못이 있는데, 이것은 '증오의 강'의 한 지류로 큰 바위 위에서 두 강물이 요란한 소리를 내며 합쳐지지요.

그리고 이번에는 명부의 왕 가까이 다가가서 깊게 구덩이를 파는 것입니다. 길이나 폭을 여섯 자 정도로 말입니다. 그리고 그 구덩이 주위에 망령을 위한

---

6) 페르세포네이아 : 명계(冥界)의 주신 아이데스의 비(妃)로서 자하에 군림하는 무서운 여신, 또는 테메테르의 딸로서 그 수난(受難) 신화의 히로인인 코레(처녀신)와 동일신이다. 그러나 이와 관계가 없는 지하의 여신이 설화와 뒤섞여서 합쳐진 것일지도 모른다.

7) 틸레시아스 : 테바이 태생으로 탁월한 점쟁이로 유명하며 여러 가지 전설이 있다.

8) 오케아노스의 강 : 후에 대양으로 되었으나 원래는 세계를 둘러싼 대조류의 강, 원시의 물이기도 했다. 일설에 의하면 세계와 여러 신의 근원이며 그 유적을 곳곳에서 볼 수 있다.

9) 이 부근에서 : 이하 명계의 여러 강이 합류하는 이 부근의 지리에 대해서는 그 설이 구구하다. 아켈로스는 아케론이라고도 했다.

공양의 제주를 올리는데, 처음에는 꿀을 섞은 우유, 다음에는 달콤한 포도주, 세 번째는 물을 따라 부어주고 그 위에 흰 보릿가루를 뿌립니다. 이렇게 죽은 자들의 맥 빠진 망령에게 열심히 기원을 드리도록 하세요. 만약 이타케 섬으로 돌아가게만 해주신다면 새끼를 낳지 않은 암소 중 가장 좋은 소를 성관에서 제물로 바치고 그 소를 구울 제단의 불을 갖가지 보물로 장식해드리겠다면서 기도를 드리는 것입니다. 또한 틸레시아스에게는 별도로 새까만 최상의 새끼양을 제물로 바치겠다고 하십시오.

이렇게 세상에 널리 알려진 망령들에게 기원을 드렸으면 이번에는 털이 까만 어린양 중 암놈을, 명부를 향해 목을 비틀어 제물로 바치도록 하는데 그러는 동안 당신은 강물이 흐르는 방향에서 고개를 돌리고 있어야 합니다. 그렇게 하면 이승을 떠난 죽은 자들의 망령이 우르르 몰려올 것입니다. 그러면 당신은 지체없이 부하들을 독려하여 이렇게 하라고 시키십시오. 즉 서슬이 퍼런 청동 칼날로 목줄기를 잘려서 쓰러져 있는 양들의 가죽을 벗기고 잘 구워서 이름 높은 명부의 왕과 페르세포네이아에게 제물로 바치고 기원을 드리십시오. 한편 당신은 허리에 찬 청동 검을 뽑아 들고 틸레시아스에게서 이야기를 듣기 전에는 망령들이 희생의 제물로 바친 피 가까이 접근하지 못하도록 해야 합니다. 그러는 동안에 점쟁이가 찾아올 것입니다. 그 점쟁이는 당신의 여행에 관한 일이며 물고기가 우글거리는 바다를 어떻게 건너가야 한다고 당신의 귀국 여정에 대해 말해줄 것입니다.'

그러는 사이에 황금 보좌에 앉은 새벽의 여신이 나타났으므로 키르케는 저의 양 어깨에 윗옷과 속옷을 입혀주고 키르케 자신도 눈부시게 희고 통이 넓은 옷을 입었습니다. 그리고 허리춤에는 황금으로 띠를 두르고 머리에 베일을 썼습니다. 저는 성관 안을 지나 동지들 한 사람 한 사람에게 따뜻한 말로 격려해주었습니다.

'자, 이제 한가하게 단잠에 취해 있을 때가 아닐세. 우리는 다시 떠나야 하네. 이 성관의 주인이신 키르케 여신님의 지시에 따르도록 하세.'

이렇게 말하면서 동지들을 설득했습니다. 그러나 여기서도 동지들을 전부 데리고 떠날 수는 없었습니다. 그 중에서도 가장 나이가 어린 엘페노르는 무용이 남보다 뛰어나지도 못했고 분별력도 신통치 않았는데 키르케의 성관에서 과음을 하고 성관 옥상에서 자고 있었습니다. 그 자는 동지들이 바쁘게 움직이며 출발 준비를 하느라고 시끄럽게 떠드는 소리를 듣고 갑자기 잠에서 깨어났으나 늦을까 당황한 나머지 계단으로 내려오지 못하고 허겁지겁하다가 옥상에서 거꾸로 굴러 떨어졌던 것입니다. 그는 목뼈가 부러지고 이내 숨이 끊기고 말았던 것입니다. 동지들이 그의 주위에 몰려들자, 저는 그들에게 말했습니다.

'자네들은 지금 그리운 조국을 향해 떠나는 것으로 알고 있을지 모르지만 키르케 님이 나에게 지시한 길은 귀국길이 아니었네. 우리는 이제부터 명부의 왕과 저 무서운 페르세포네이아가 기거하는 성관으로 가서 테바이 사람인 틸레시아스한테 신탁을 청해야 하네.'

이렇게 말하자 동지들은 애간장이 찢어질 듯이 머리를 쥐어뜯으며 엉엉 우는 것이었습니다. 하지만 아무리 울고불고 해도 소용이 없었습니다.

우리는 슬피 울면서 우리의 빠른 배가 정박해 있는 바닷가로 갔습니다. 그 사이에 키르케는 우리의 검게 칠한 배 가까이 와서 털이 검은 암컷의 새끼양을 배 안에 매어 주었습니다. 그는 우리의 곁을 앞질러 온 것이었지요. 신께서 그 모습을 남에게 보이고자 하지 않으신다면 여신이 가는 것을 아무도 볼 수는 없었습니다."

제 11 편

오디세우스의 명계 방문담. 키르케의 지시에 따라, 그는 명계의 경계에 당도한다. 그는 그곳에서 죽은 자들의 망령을 초청하여 틸레시아스의 혼령으로부터 예언을 받아 돌아가신 어머니나 전사한 동지들, 그리고 옛날 영웅들의 혼령들과도 만나게 된다.

"우리는 배를 끌어올려두었던 바닷가로 가서 우선 배를 바다 위로 끌어내리고 검게 칠한 배에 돛대와 돛을 실었습니다. 그리고 양과 산양도 배에 실은 다음 우리도 배에 올랐습니다. 우리는 그러는 동안에도 슬픔으로 눈물을 주체하지 못했습니다. 하지만 키르케는 우리의 배 뒤에서 우리의 길을 안내해줄 바람을 돛이 불룩하도록 보내주었습니다. 아름다운 머리를 한, 사람의 목소리를 내는 그 여신이 말입니다. 우리는 돛줄을 일일이 점검하고 배에 앉았습니다. 키를 잡는 것은 바람이 맡아주었습니다. 이렇게 하루 종일 배가 바다 위를 항해하는 동안 돛은 바람을 받아 불룩해져 있었습니다. 이윽고 해가 지고 사방이 어둠에 덮였을 때 배는 깊은 오케아노스(大洋河)의 끝에 다다랐습니다. 이 부근은 킨메리오이[1]족들이 사는 고장으로 언제나 짙은 안개가 끼어 있어서 일 년 내내 뜨겁게 이글거리는 태양이 내려쪼이는 일도 없고 가령 아침 해가 별들로 가득 찬 하늘로 올라온 때도, 또는 해가 질 때도 어둡기만 해서 무시무시한 어두운 밤산이 있는 곳에 도착하자, 우리는 배를 육지 가까이 대고 양과 산양들은 육지에 내려놓은 다음 다시 오케아노스의 강줄기를 따라 키르케가 가르쳐준 지점까지 갔습니다.

페리메데스[2]와 에우릴로코스가 이곳에 희생물로 바친 짐승을 갖다 놓자,

---

1) 킨메리오이 : 대양의 끝에 있으며, 해가 뜨지 않아 항상 캄캄한 지역. 아마도 극지(極地)에 가까운 북녘 땅인 듯하다. 킨메리오이는 뒤의 킨브리(게르만 계의 종족)이거나 켈트계이거나 또는 북독일이나 북부 영국 근방에 사는 주민인 것 같다.

2) 페리메데스 : 이타케에서 종군한 부하 중에서 에우릴로코스와 함께 중요한 지위를 차지하고 있다.

저는 허리에 찼던 검을 뽑아 길이와 폭이 여섯 자 정도의 깊은 구덩이를 팠습니다. 다음에는 그 구덩이 주위에 죽은 자들에게 바칠 제물을 차려놓았습니다. 맨 처음에는 꿀을 탄 우유를, 다음에는 달콤한 포도주를, 다음에는 물을 따랐고, 그 위에 흰 보릿가루를 뿌렸습니다. 그리고는 죽은 자들의 기력이 빠진 혼령에게 기원했습니다. 만약 살아서 이타케에 돌아간다면 새끼를 낳지 않은 암소 중 가장 좋은 소를 저의 성관에서 제물로 바치고 제단의 불을 갖은 보물로 장식해드리겠다고 말입니다. 그리고 틸레시아스에게는 별도로 그만을 위해 가장 좋고 검은 털의 양을 제물로 바치겠다고 기원했습니다. 이처럼 죽은 자들의 망령에게 정성껏 제사를 올린 다음, 양들의 목을 잘라 구덩이에 넣자 검붉은 피가 흘렀습니다. 그러자 이승을 떠난 죽은 자들의 혼령이 떼를 지어 몰려왔는데 나이 어린 소녀나 독신 청년들[3], 갖은 고생을 한 듯한 노인들, 가슴 아픈 슬픔을 안은 마음씨 착한 소녀들, 또는 청동 창에 찔려 죽은 사람들, 전쟁터에서 싸우다 피흘려 죽은 무사들의 망령들이 무섭게 아우성을 쳐 저를 공포에 질리게 했습니다.

이때 저는 동지들을 격려하며 명했습니다. 청동 칼에 목이 잘린 양들의 가죽을 벗겨 불에 구워 제물로 바친 다음 명부의 왕과 무서운 페르세포네이아 신께 큰소리로 기원을 드리라구요. 그리고 저는 허리에 찬 청동 검을 빼들고는 틸레시아스의 이야기를 충분히 듣기 전에는 죽은 자들의 망령이 희생으로 바친 피 가까이 오지 못하도록 지키고 있었습니다.

맨 먼저 나타난 것은 엘페노르의 망령[4]이었습니다. 그도 그럴 것이 그의 망령은 아직 머나먼 대지 아래 묻히기 전이었던 것입니다. 우리는 급히 서둘다 보니 키르케의 성관에서 울며 탄식하는 의례[5]도 치루지 않은 채, 그리고 매장도 하지 않은 채 길을 떠났던 것입니다. 그의 망령을 보자 저는 눈물을 흘리면서 망령에게 말했습니다.

'엘페노르여, 어찌하여 그대는 이 어두운 저승으로 내려왔는가. 그대는 걸어서 왔을 터인데 검게 칠한 배를 타고 온 우리보다도 먼저 와 있지 않은가.'

---

3) 나이 어린 소녀나 독신 청년들 : 한창 때의 청춘남녀를 가리킴.
4) 엘페노르의 망령 : 키르케의 성관 옥상에서 떨어져 죽은 청년을 말함.
5) 울며 탄식하는 의례 : 죽은 사람을 장사지낼 때 우는 사나이(여자)처럼, 조의를 표하는 사람들, 또는 부인들이 소리내어 울면서 보내는 의례.

제기 이렇게 말하자 그는 탄식하면서 대답했습니다.

'제우스님의 후예이시며 라에르테스의 아드님이신 지혜로운 오디세우스시여, 제가 이런 잘못을 저지르게 된 것은 신령께서 내리신 운명이며 무서운 그 포도주 때문입니다. 그때 옥상에서 내려오려고 높다란 사닥다리가 있는 곳으로 간다는 것이 그만 지붕에서 거꾸로 떨어지고 말았던 것입니다. 그래서 목뼈가 부러져, 저의 영혼은 저승으로 내려오게 된 것입니다. 이제는 뒤에 남은 사람들과 또한 이 자리에 없는 사람들의 이름으로 당신에게 간청합니다. 즉 당신의 부인과 어려서부터 당신을 길러주신 당신의 아버님과 고향의 성관에 홀로 남겨두고 온 텔레마코스님의 이름을 빌려 간절히 부탁합니다. 아마도 당신께서는 명부의 성관을 나서면 배를 저어 아이아이에 섬에 배를 정박시키겠지요. 전하, 그때도 저에 대해서 잊지 말아주십사고 부탁드리는 것입니다. 울며 탄식하는 의식도 없이 또는 저를 장사지내지 않고 떠나지 마십시오. 그러면 신들의 노여움을 사게 됩니다. 아직도 남아 있는 저의 무구(武具)와 저의 시신을 화장하여 잿빛 바닷가에 저의 무덤을 만들어 이 불운한 사나이의 얘기가 후세까지 전해지게 해주십시오. 무덤을 쓰신 다음에는 저의 무덤 위에 노를 세워주십시오. 제가 살았을 때, 동지들과 함께 배를 저었던 그 노를 말입니다.'

그래서 저는 이렇게 대답해주었습니다.

'불운한 나의 친구여, 그 일은 틀림없이 해주겠네.'라고.

우리 두 사람은 이렇게 씁쓸한 말을 주고받으며 앉아 있었습니다. 그때 망령들은 조금 떨어진 곳에서 이야기를 하고 있었습니다. 그러는 동안에 세상을 떠나신 저의 어머님의 망령이 오셨습니다. 어머님은 도량이 넓으신 아우틀리로코스의 따님으로 안티클레이아라는 분이었습니다. 제가 일리오스로 출정한 직후 어머님은 세상을 떠나셨다 합니다. 저는 어머님의 망령을 보자 측은한 생각에서 눈물을 흘렸습니다. 그러나 아무리 슬퍼도 틸레시아스한테 이야기를 듣기 전에는 피가 뿌려진 곳에 가까이 오지 못하게 했습니다.

이때 마침 테바이 사람 틸레시아스의 망령이 왔습니다. 황금 지팡이를 든 그는 나를 보자 말했습니다.

'제우스의 후예이시며 라에르테스의 아드님이신 지략이 뛰어난 오디세우스시여, 그대는 어찌하여 태양의 빛을 버리고 이곳에 왔는가? 망령들이 우글거리는 아무런 즐거움도 없는 이곳에 무엇하러 왔는가? 어쨌든 그 검을 거두고 이 구덩이에서 물러나게나. 내가 피를 잔뜩 마시고 자네에게 확실한 신탁을 자세히 말할 수 있도록 말일세.'

그래서 저는 검을 다시 칼집에 꽂고 뒤로 물러섰습니다. 그러자 그 노인은 거무스레한 피를 마시고 나서 말하는 것이었습니다.

'긍지 높은 오디세우스여, 그대는 즐거운 귀국을 바라는군. 그러나 한 신이 그것을 방해하고 있네. 대지를 뒤흔드는 신은 가슴에 맺힌 원한을 잊지 않을 것일세. 그 신은 자기의 사랑하는 아들[6]의 눈을 찔러 장님이 되게 했다고 화가 나서 그대에게 깊은 원한을 품고 있네. 하지만 그대가 동지들과 함께 마음을 가다듬고 정신만 바짝 차린다면 그대의 고향으로 돌아갈 수 있을 것이오. 우선 그대는 그대의 멋진 배를 트리나키에 섬[7]에 정박시킬 텐데 그때 그대는 태양신의 암소들과 양들이 풀을 뜯고 있는 것을 보게 될 것일세. 그 짐승들은 만물을 살피시고 들으시는 신의 것인즉 그 소나 양을 해치지 않고 귀국하는 일에만 정신을 쏟는다면 비록 갖은 고통을 겪기는 해도 이타케 섬으로 돌아갈 수 있네. 그러나 만약 그대들이 그 짐승들을 해친다면 그대의 배나 부하들도 파멸을 면치 못할 걸세. 또 설령 재앙을 면했다 하더라도 그 시기도 늦거니와 처참한 꼴로 돌아가게 될 것일세. 동지들도 다 잃은 채 타국의 배에 실려서……. 그리고 고향으로 돌아가더라도 그대의 집에서는 갖가지 재난이 기다리고 있을 것이네. 그 못된 녀석들이 신처럼 거룩한 아내에게 구혼을 하고 혼수품까지 가지고 와서 그대의 재산을 털어먹고 있을걸세.

하지만 그대가 만약 고향으로 돌아가게 된다면 단단히 앙갚음을 할 수 있네. 그대는 성관에서 계약에 의해서건 또는 예리한 청동검으로 구혼자들을 살해한 다음에는 손에 익숙한 노를 저어 바다를 모르는 사나이들이 살고 있는 곳에 당도할 때까지 항해를 계속해야 하네. 그 자들은 아직껏 소금을 친 음식을 먹을 줄 모르며 얼굴이 빨간 그들은 배가 어떻게 생겼는지도 모르며 배에는 날개나 마찬가지인 노라는 것도 모르며 살고 있네. 지금 내가 이르는 말을 명심하게. 혹시 항해하다가 만난 낯선 사람이 그대가 어깨에 메고 있는 것을 보고 겨를 까부는 키[8]라고 하거들랑, 때를 놓치지 말고 손에 잘 맞는

---

6) 사랑하는 아들 : 퀴클로프스의 폴리페모스를 지칭함.

7) 트리나키에 섬 : 그 소재가 명확하지 않으며, 아무래도 전설에 나오는 섬인 듯하다. 후에는 시칠리아 섬(삼각형이었으므로)을 트리나크리아라 불렀다.

8) 겨를 까부는 키 : 긴 자루가 달려 있어서 배를 젓는 노와 그 모양이 비슷하다.

그 노를 대지에 꽂아놓고 훌륭한 제물을 포세이돈에게 바치도록 하게. 새끼양과 황소와 암퇘지[9]의 새끼를 말일세. 또 고향에 가거들랑 불사의 신들에게 백 마리의 소를 제물로 바치게. 그리고 그대에게도 바다에서 죽음이 찾아올 것일세. 조용하고 다정한 죽음이——. 그 죽음은 그대가 노령으로 쇠약해졌을 때 그대의 생명을 빼앗아갈걸세. 그대에게 해주는 예언이란 이상과 같네.'

그의 말에 대해서 저는 이렇게 대답했습니다.

'틸레시아스여, 그러한 일들은 모두 신들께서 정해놓으신 것이겠지요. 하지만 이것 한 가지만은 저에게 말해주십시오. 저는 제 바로 옆에 계신 돌아가신 어머님의 망령을 보았는데, 그 망령은 아무런 말도 없이 핏덩어리 옆에 앉아 있습니다. 그리고 그 망령은 자기의 자식을 쳐다보거나 말을 걸려 하지도 않습니다. 선생님, 어떻게 하면 어머님의 망령이 저를 알아볼 수 있는지 가르쳐주십시오.'

그러자 틸레시아스는 말했습니다.

'그야 간단하지. 내가 일러줄 터이니 잘 명심해두게. 그 누구든 세상을 떠난 망령 중 자네가 핏덩어리 옆에 가까이 하는 것을 허용한 망령만은 그대에게 말할 것이네. 하지만 그대가 가까이 오는 것을 거절하면 그대로 물러갈 것이네.'

이렇게 말하고 나자, 틸레시아스의 망령은 신탁을 다 말했으므로 명왕의 성관으로 돌아가버렸습니다. 그러나 저는 그 자리에서 서서 어머님의 망령이 다가와서 검붉은 피를 마실 때까지 기다리고 있었습니다. 그러자 곧 저를 알아보시고 울먹이는 듯한 목소리로 말했습니다.

'나의 아들아, 너는 어찌하여 살아 있는 몸으로 이 흐릿한 유령의 세계에 왔단 말이냐. 살아 있는 자로서 이곳을 보는 것은 어려운 일이거늘……. 여기까지 오는 도중에는 몇 개의 큰 강이 가로놓여 있지. 우선 첫째로 대양하(大洋河 ; 오케아노스)가 있는데, 그 강은 걸어서는 도저히 건널 수 없지. 튼튼하고 빠른 배가 없이는 건널 수 없어. 그런데 트로이아에서부터 길을 잃어 여기까지 왔단 말인가? 배와 부하들을 거느리고 오랜 세월 동안 헤매고도

9) 새끼양과 황소와 암퇘지 : '세 가지 제사' 즉 트리티아라 불리며, 로마의 Suovetaurilia와 비슷하다. 옛날 제사의 한 형식인 듯하다. 그러나 보통 포세이돈에게 드리는 제사에는 검은 황소를 제물로 바치는 것이 정식이었다(검은 것은 地神의 표시).

고향인 이타케에는 돌아가지도 못했고 아내도 만나지 못했다는 말이군.'

어머님의 망령이 이렇게 말하기에 저는 대답했습니다.

'어머니, 부득이한 사정이 있어 테바이 사람 틸레시아스의 망령에게 신탁을 받으려고 이곳에 내려왔습니다. 거룩한 아가멤논 왕을 따라 트로이 사람들과 전쟁을 하기 위해 일리오스로 떠난 이래 아직껏 아카이아 근처에도 가지 못했고 고향에도 가지 못한 채 비탄에 싸여 방랑을 계속하고 있습니다. 어쨌든 이 일에 대해서 분명히 말씀해주십시오. 도대체 어떤 죽음의 운명이 어머님의 생명을 앗아갔는지요. 긴 병환 때문이었는지, 아니면 활을 쏘는 아르테미스 여신께서 그 우아한 화살을 쏘아 죽게 하셨습니까? 그리고 아버님과 고향에 두고 온 저의 아들에 대한 것도 들려주십시오. 제가 차지하고 있던 지위나 영예가 아직도 유지되고 있는지, 아니면 어떤 다른 사나이의 수중으로 넘어갔는지, 그리고 예절 바르던 아내가 아들을 잘 돌보고 있는지, 아니면 아카이아 사람 중 가장 기량이 뛰어난 사나이에게로 재혼해버렸는지도 모두 말씀해주십시오.'

제가 이렇게 말하자 어머님의 망령은 말했습니다.

'너의 아내는 너의 성관에서 참을성있게 버티고 있기는 하지만 밤이나 낮이나 슬픔과 눈물로 보내고 있단다. 그러나 너의 훌륭한 왕위나 영예는 아직 아무에게도 빼앗기지 않았다. 그래서 너의 아들 텔레마코스는 누구의 방해도 받지 않고 편안하게 영지를 다스리면서 풍족하게 생활해가고 있다. 그리고 너의 아버님은 전이나 다름없이 시골에 은둔한 채 도성에는 나타나지 않으신다. 편안하게 잘 수 있는 침대나 털옷이나 담요도 없이 겨울에는 집에서 하인들과 불 옆 잿속에서 주무신다는구나. 몸에는 허름한 옷만 걸치시고, 또 여름이나 나무 열매가 익는 가을이면 포도밭 비탈진 한 구석에 쌓인 나뭇잎이 그분의 잠자리란다. 그분은 그곳에 누워 네가 돌아오기만 기다리면서 걱정으로, 쓸쓸하게 지내시고 있단다. 나 또한 늙어 생을 마친 것이다. 성관에 있던 나를(활을 쏘는) 여신께서[10] 활로 쏘아 죽인 것도 아니고, 병에 걸려 죽은 것도 아니다. 늙은 육신이 쇠약하여 생명이 다했을 뿐이다. 그보다는 오디세우스여, 네가 돌아오기를 애타게 기다리다가 생을 마친 것이다.'

어머님의 망령이 이렇게 말하자, 저는 마음을 진정시키지 못한 채 어머님의

---

10) (활을 쏘는) 여신께서 : 아르테미스를 지칭함.

망령을 붙잡으려고 세 번이나 매달렸습니다. 그러나 어머님의 망령은 세 번다 저의 손에서 그림자처럼 또는 꿈처럼 가볍게 날아서 달아나버렸습니다. 저의 가슴은 그럴 때마다 슬픔으로 미어질 것 같았습니다. 저는 어머님의 망령을 향해 소리쳤습니다.

'어머님, 어찌하여 제가 그토록 잡으려 하건만 달아나버리십니까? 비록 저승길이라 하더라도 어머님과 얼싸안고 찢어질 듯한 슬픔을 털어놓으려 했건만. 페르세포네이아가 어머님의 망령을 이리로 보낸 것은 저에게 더욱 슬픔을 안겨주기 위해서였을까요?'

이렇게 제가 말하자 어머님의 망령은 대답하셨습니다.

'그건 당치도 않은 말이다. 너는 모든 인간 중에서도 가장 불행한 사람이다. 제우스의 따님이신 페르세포네이아께서는 너를 괴롭혀주려는 것이 아니라, 이것은 죽어야 하는 인간으로 죽은 다음에는 겪어야 하도록 정해진 운명[11]이다. 사람이 죽으면 살도, 뼈도, 힘줄도 그냥 내버려두지 않고 활활 타는 맹렬한 불길이 한줌의 재로 만들어버리기 때문이란다. 일단 흰 뼈에서 생기가 떠나고 나면, 영혼은 꿈처럼 육체를 버리고 떠나가버리게 마련이란다. 그런즉 너는 한시바삐 광명의 세계를 찾아 떠나도록 해라. 그리고 이 다음에 네 아내를 만나거든 이런 얘기를 해줄 수 있도록 잘 기억해두거라.'

저희 모자가 이런 얘기를 주고받는 동안에 존엄하신 페르세포네이아의 독촉을 받고 여자들의 망령이 몰려왔습니다. 그 여자들은 전에 지체 높은 가문의 부인이거나 딸로서 그녀들의 망령은 검붉은 핏덩어리 주위로 몰려들었습니다. 그때 저는 그 망령 각자에게 어떻게 하면 여러 가지 궁금한 점들을 물어볼 수 있을까 하고 궁리하고 있었습니다. 그래서 가장 좋은 방법이라 생각한 것은 허리에 찼던 긴 검을 빼들고 그 망령들이 검붉은 피를 함께 마시지 못하도록 하는 것이었습니다. 그래서 망령들은 한 사람씩 차례차례 와서는 자기의 신분을 밝히고 저는 그 망령 한 사람 한 사람에게 물어볼 수 있었습니다.

제가 맨 먼저 만난 망령은 훌륭한 아버지를 가진 티로[12]였는데, 그녀의

---

11) 정해진 운명 : 고래로 전해지는 법도(法度), 여기서는 정식의 디키를 말함(고대 사회의).

12) 티로 : '훌륭한 아버지' 살모네우스의 딸. 처음에는 텟사리아 사건, 뒤에 엘리스 주로 옮김. 통상의 전설에서는 포세이돈의 사랑을 받으나, 계모 시데로의 학대를 받아 집에서 쫓겨났다. 쌍둥이인 펠리아스와 넬레우스(네스토르의 아버지)를 섬겼으며 그 후 크레테우스의 아내가 되어 많은 자녀를 낳았다.

이야기에 따르면, 자기는 기량이 뛰어난 살모네스의 딸로서 아이올로스의 아들[13]인 크레테우스의 부인이었다 합니다. 그녀는 한때 거룩한 에니페우스의 하신(河神)을 사랑하여 지상을 흐르는 여러 강 중에서도 아주 아름다운 강이었습니다. 그래서 그녀는 언제나 이 맑고 아름다운 에니페우스의 강가를 찾아가서 거닐었는데 대지를 떠받치고[14] 대지를 뒤흔드는 신(포세이돈)이 이 에니페우스 하신의 모습으로 변장하여 소용돌이치는 강 어귀에서 그녀와 동침하게 되었답니다. 그때 파도가 일어 그 주위를 작은 산처럼 활 모양으로 둘러싸서 신과 인간인 여자가 처녀의 띠를 풀었고 잠을 자게 했다 합니다. 포세이돈 신께서 그녀와 달콤한 사랑을 나누고 났을 때 신께서는 그 처녀의 손을 꼭 잡으며 말했다 합니다.

'여인이여, 우리의 애정을 기뻐하라. 일 년 후에는 훌륭한 아기를 얻으리라. 불사의 신과 한 언약은 결코 헛되지 않을 테니까. 그 아이를 잘 기르는 것이 좋을 것이다. 자, 그러면 집으로 돌아가거라. 그러나 이 일을 누구에게도 누설하지 말아야 한다. 나는 바로 대지를 뒤흔드는 포세이돈이다.'

신은 이렇게 말하더니 파도가 출렁이는 바다 속으로 들어가버렸다 합니다. 한편 그녀는 일 년 후 펠리아스와 넬레우스를 낳았는데 이들 두 아들은 제우스의 씩씩한 시종[15]이 되었다 합니다. 두 아들 중 펠리아스는 멀리 떨어진 고장인 이아올코스에서 많은 양을 치면서 살았고 동생인 넬레우스는 사막이 끝도 없이 뻗어 있는 펠로스에서 살고 있었다 합니다. 그 후 여성들의 여왕으로 군림하게 된 티로는 크레테우스와 살게 되었는데 여기서도 많은 아이들을 낳았습니다. 아이손과 페레스, 그리고 마차를 이용한 전쟁에 뛰어났던 아미타온도 그때 낳은 아들이라 했습니다.

다음에 제가 만난 망령은 안티오페였습니다. 그녀는 아소포스 하신의 딸[16]로, 제우스의 팔에 안겨 밤을 지냈는데 이때 낳은 아들이 바로 암피온과

13) 아이올로스의 아들 : 이 아이올로스는 바람의 신이 아니라 헬렌의 아들(데우카리온의 손자)로서 아이올로스 족의 조상이 되었으며 많은 자녀를 갖게 되었다.

14) 대지를 떠받치고 : 포세이돈을 지칭함.

15) 제우스의 씩씩한 시종 : 여러 지방의 왕을 지칭함. 모두 '제우스의 후예' 라든가 '제우스가 양육한' 으로 지칭한다.

16) 아소포스 하신의 딸 : 보이오티아 주를 흐르는 주요한 강 중의 하나, 테바이 근처를 흐른다.

제토스로, 그들은 처음으로 일곱 개의 문이 달린 테바이 성을 쌓고 나라를 세웠는데 성벽을 쌓지 않고는 아무리 용맹스럽고 힘이 센 무사라도 테바이에 주거를 정할 수는 없었기 때문이라 했습니다.

그 다음에 만난 것은 암피트리온의 부인인 알크메네였습니다. 이 부인은 제우스 대신의 두 팔에 안겨 살았는데 대담하기 이를 데 없고 사자 같이 용맹스런 헤라클레스를 낳았다 합니다. 그리고 또 고매한 기상을 타고난 크레이온의 딸, 메가레도 만났는데, 암피트리온의 아들[17]이며 힘이 센 사나이와 결혼한 여자였습니다.

또한 오이디푸스의 어머니로 미모가 훌륭한 에피카스테[18]도 만났습니다. 이 여자는 자기도 모르는 사이 자기의 아들을 남편으로 삼게 되었으며 아들 또한 자기의 아버지인줄도 모르고 어머니의 남편을 죽인 후 어머니와 결혼하게 되었는데 신들은 이러한 사실을 사람들에게 널리 알렸습니다. 하지만 에피카테스는 신들의 무서운 계략에 의해 번민 속에서 카드메이아의 시민들을 계속 다스렸습니다만 결국 높은 대들보에 새끼줄을 매고 목을 매어 슬픔 속에 명부로 가고 말았다 합니다. 그리하여 아들에게는 어머니의 원한을 품곤 에리니우스[19]가 맛볼 수 있는 온갖 고뇌를 남겨 놓은 채 말이지요.

또한 기량이 뛰어난 클로리스[20]도 만났습니다. 그 여인은 넬레우스가 전날 그녀의 미모에 반하여 많은 혼수품을 주고 아내로 맞이했는데 이아소스의 후손인 암피온의 딸이라 했습니다. 이 암피온은 미니아스 족의 근거지인 오르코메스에서 권세를 부리던 왕이었습니다. 그래서 클로리스는 필로스의 왕비가 되었으며 남편과의 사이에서 네스토르와 크로미오스 전투에 능한 페리클리메노스 같은 훌륭한 아들을 낳았으며, 또한 고상하고 우아한 페로라는 딸을 낳았는데, 이 왕녀는 미모가 뛰어나서 인근의 젊은이들이 다투어 청혼해왔으나 넬레우스는 다리를 비비 꼬며 이마가 널찍한 소를 피라케에서

17) 암피트리온의 아들 : 영웅 헤라클레스를 말함. 제우스와 알크메네 사이에서 태어난 아들.

18) 에피카스테 : 오이디푸스의 생모. 후대에서는 보통 이오카스테라 불린다. 그러나 꼭 그렇게 불리지만은 않았다.

19) 에리니우스 : 인륜을 배반했다 하여 신들의 세계에서 처벌을 받게 되었다. 에리니우스는 본래 원시 씨족사회에서 혈연(血緣)의 의를 지키는 정신(精神).

20) 클로리스 : 테바이(올코메노스)의 왕 암피온의 딸로서 넬레우스에게 출가했다(그녀 한 사람만은 이른바 레토의 저주와 벌을 면할 수 있었던 것 같다).

몰고 오지 않으면 딸을 주지 않겠다고 했습니다. 그 소는 이프크로스님이 갖고 있던 소였는데 훌륭한 점술사 멜람푸스[21]만이 그 소를 끌고 오겠다고 약속했습니다. 그러나 가혹한 운명은 그를 붙잡고 돌아오지 못하게 했습니다. 고생스런 옥살이와 시골에서 거친 소를 치게 했답니다. 그러나 유수 같은 세월이 흘러 일 년이 지나자 이피크로스는 그 점술사를 석방시켜주었습니다. 그 점술사가 신탁을 남김없이 설명해주었기 때문입니다. 그는 제우스의 뜻대로 꿈을 이룰 수 있었습니다.

또 레데[22]의 모습도 보았습니다. 그녀는 틴다레오스의 부인으로 용맹스런 쌍둥이 아들을 낳았는데 한 아들은 말을 조련시키는 카스토르이고 또 한 아들은 권투의 명수인 폴리데우케스인데, 이 두 아들은 지금 살아 있으면서도 생물을 낳아주는 대지가 그들을 억눌러 감추어두고 있다 합니다. 이 두 아들은 지하에 있으면서 제우스께서 내려주신 존엄한 임무를 맡아 하루씩 교대로 이 세상에 나타나고, 또 하루는 저 세상에 가 있어야 하는데 신 같은 영예를 누리고 있었습니다.

또 그 다음에는 알로에우스 부인인 이피메데이아의 모습을 보았습니다. 이 부인은 포세이돈과 동침하여 두 아들을 얻었는데 수명은 극히 짧았으나 신과 같은 오토스와 먼 나라에까기 그 이름이 알려진 에피알테스였습니다. 이들 두 아들은 키가 굉장히 컸으며 보리를 익게 하는 밭이 그들을 길러주었다 하는데 매우 용모가 아름다웠습니다. 게다가 말로만 들어오던 오리온[23]은 특히 뛰어났었습니다. 아직 아홉 살밖에 안 되었는데도 어깨의 폭이 아홉 자가 넘었으며 키는 아홉 길이 넘어서 올림포스에 계신 불사의 신들에 대해서도 아비규환의 끔찍한 싸움을 걸겠다고 위협했습니다. 그러기 위해서는

---

21) 멜람푸스 : 유명한 예언자로서 아드라스토스 왕이나 안피아라오스의 선조에 해당한다(티로와 크레테우스의 손자이며 이아손의 사촌 동생). 이 인물에 대한 설화는 널리 알려져 있다.

22) 레데 : 이른바 레다로, 백조가 된 제우스와의 이야기는 고전 회화의 제재로 유명하다. 헬레나와 클리타이메스토레의 어머니이다. 아마도 소아시아 계통의 대지모신(大地母神)의 변신인 듯하다.

23) 오리온 : 이미 나왔던 것으로, 개를 데리고 대지를 배회하는 사냥꾼. 여기서는 아직 하늘에 올라가지 않고 명계(冥界)에 있는 것 같은데 호메로스 속에서도 이미 하나의 성좌(星座)로 나온다(《일리아스》 18·489, 22·29 등).

오사의 산[24]을 올림포스의 꼭대기에 포개어 쌓고 다시 그 위에는 숲의 그림자가 흔들리는 페리온 산을 올려놓아 하늘까지 올라가겠다고 호언했는데 아마도 그렇게 했을 것입니다. 그들이 성년이 되기만 했더라면 말입니다. 그러나 제우스 아드님이신 레토의 두 아들[25]을 아직 관자놀이 아래 솜털이 보송보송 돋아나 있었으며 수염도 나기 전에 멸망해버렸습니다.

또한 파이드레[26]와 프로크리스, 그리고 아름다운 아리아드네[27]와도 만났습니다. 아리아드네는 마음씨가 고약한 미노스의 딸인데 전에 테세우스가 크레타 섬에서 신성한 아테나이의 높은 언덕으로 데려오려고 했으나 뜻을 이룰 수 없었다 합니다. 이곳에 도착하기 전에 아르테미스님이 파도가 몰아치는 디에 섬에서 디오니소스가 보는 앞에서 죽여버렸던 것입니다.

그리고 마일라나 클리메네, 그리고 무섭게 생긴 에리피레도 보았습니다. 이 여자는 사랑하는 남편과 맞바꾸어 황금 목걸이를 가진 여자였습니다. 그러나 제가 만났던 부인들의 이름을 다 들어 얘기할 수는 없습니다. 예전에 이름났던 사람들의 부인이나 딸들에 대해서 말입니다. 그 얘기를 다하기 전에 날이 밝을 테니까요.

이제 그만 저의 빠른 배로 가서 동지들과 함께 잠을 자야겠습니다. 전송해주시는 일은 신들과 당신들에게 일임하겠습니다."

이렇게 말하자, 사람들은 모두 조용해졌으며 어두컴컴한 실내는 온통 마법에 걸려 있는 것 같았다. 잠시 후에 팔이 흰 아레테가 먼저 입을 열었다.

"파이에케스의 여러분들, 여러분들은 이분의 생김새며, 훤칠한 키, 그리고 그분이 간직하고 있는 마음속의 분별력을 어떻게 생각하시는지요. 이분은

---

24) 오사의 산 : 테사리아의 남부 경계와 동부 산악 지대에 있는 높은 산, 후자는 마인(馬人) 케이론의 서식처로 알려지기도 했다.

25) 레토의 두 아들 : 아폴론과 아르테미스를 지칭함.

26) 파이드레 : 크레테의 왕 미노스의 딸로서, 영웅 테세우스를 안내한 아리아드네의 여동생. 후에 테세우스의 비가 되었으나 의붓아들 히포리토스를 사랑하다가 자살하는 사건은 에우리피데스의 극(劇)으로 유명하다. 프로크리스는 아테나이의 왕 엘렉테우스의 딸로서 케파로스에게 시집갔으나 사냥할 때 남편의 창에 찔려 죽었다고 한다.

27) 아리아드네 : 위에 말한 파이드레의 항을 참고할 것. 일반적으로 그녀는 테세우스와 함께 달아나다가 낙소스 섬에서 급사했다거나 디오니소스 신을 따라갔다거나(남편을 버려둔 채) 하는 갖가지 설화가 있다. 그녀의 이름인 '지극히 성스러운 여자(性神)'는 여신을 생각케 한다.

내 집에 찾아온 손님입니다. 물론 당신들도 그 영광을 나누어 가지시겠지만 그런즉 너무 서둘러 돌아가시게 할 수는 없을 것 같군요. 그리고 이처럼 선물을 원하는 분에게 인색하게 대접하지 말아주십시오. 신의 뜻에 따라서 당신들의 집에는 많은 보물이 있을 테니까요."

연로한 에케네오스도 사람들에게 말했다.

"여러분, 왕비께서는 우리들의 목표나 생각과 결코 동떨어진 말씀을 하시지는 않았습니다. 원래 사려가 깊으신 분이시니까요. 그러니 분부대로 따르도록 합시다. 하지만 그것을 결정하고 실천에 옮기는 것은 알키노스 왕의 재량에 달려 있소."

그러자 이번에는 알키노스 왕이 대답하여 말했다.

"지금 한 말은 백 번 지당하오. 내 생명이 더 길어져서 노를 잘 젓는 파이에케스 사람들을 통치할 수 있는 한은. 그리고 손님께서는 하루 속히 귀국하고 싶겠지만 내일 아침 손님께 드릴 선물을 다 준비할 때까지는 기다려주시오. 그리고 손님을 돌려보내는 일은 모두 내가 주선해드리겠소. 이 나라의 권세는 모두 다 내가 쥐고 있으니까."

그러자 지략이 뛰어난 오디세우스가 말했다.

"알키노스 왕이시여, 모든 사람들 중에서도 특히 뛰어나신 왕께서 명하신다면, 그리고 앞으로 일 년 동안 이곳에 있으라 분부하시더라도, 저를 돌아가게 할 준비를 하시고 또한 훌륭한 선물까지도 주신다면 저는 그대로 눌러 있겠습니다. 많은 선물을 갖고 고향으로 돌아가는 것이 훨씬 더 좋을 테니까요. 그리고 제가 이타케에 돌아가서 만나게 되는 사람들도 저를 더욱 우러러볼 테니까요."

그러자 이번에는 알키노스 왕이 말했다.

"오디세우스시여, 우리는 당신이 허튼 소리나 하는 사람이거나 사기꾼이라고는 생각지 않습니다. 이 검은 대지가 씨를 뿌려 기른 인간 중에는 거짓말을 밥먹듯이 하는 사람들도 많이 있긴 하지만 말입니다. 당신의 말은 매우 조리있고 그 뛰어난 사리분별이며 뛰어난 음유시인이 노래를 부르듯이 재미있게 아르고스의 군사들이나 당신 자신이 겪은 고생담을 얘기해주셨습니다. 그러니 그 후의 일들을 자세히 더 얘기해주시지요.

명계에서 신과 같은 어떤 전우를 만났는지, 당신과 함께 일리오스로 원정했다가 숨진 전우들에 대해서 말입니다. 요즈음은 밤이 무척 길어서 아직

잠을 잘 시각이 아닙니다. 그러니 어서 그 신기한 일들을 들려주시오. 눈부신 새벽이 오더라도 관계치 않습니다."

그러자 지략이 뛰어난 오디세우스가 대답하여 말했다.

"모든 사람 중에서도 뛰어나신 알키노스 왕이시여, 말씀하신 대로 이야기를 많이 하는 것이 좋을 때도 있는가 하면 자는 것이 좋을 때도 있습니다. 하지만 왕께서 들으시기를 원하신다면 저는 더욱 쓰라렸던 이야기라도 해드리겠습니다. 그것은 전우들의 고난에 찬 이야기인데 그 사람들은 트로이아 군대와의 힘든 전투에서는 가까스로 살아 남았으나 그 후 귀국하다 마음씨 고약한 악랄한 여자의 책략으로 목숨을 잃었습니다.

그런데 영리한 페르세포네이아가 우아한 부인들의 망령을 사방으로 쫓아버리자, 거기에 아트레우스의 아들, 아가멤논의 망령이 나타났습니다. 또한 그 주위에 모여든 것은 그와 함께 아이기스토스의 성관에서 살해된 사람들의 망령이었습니다. 그들은 검붉은 피를 마시자, 곧 나를 알아보고 크게 소리내어 울면서 눈물을 흘렸으며 손을 내밀려고 허우적거리면서 내 팔에 의지하려 했습니다. 그러나 이제 그의 몸에는 힘이 빠져 있었으며 전에는 팔다리나 관절에 넘치던 기력도 다 잃은 상태였습니다. 저는 그것을 보자 너무나 측은해서 눈물을 흘렸습니다. 저는 그에게 큰소리로 말했습니다.

명예로우신 아트레우스의 아드님이시며 병사들의 왕이신 아가멤논이시여, 대관절 지루한 고뇌를 안겨주는 어떤 죽음의 운명이 당신을 멸망시켰소? 혹시 포세이돈이 당신의 선단에 심술궂은 폭풍을 불게 해서 배들을 침몰시켰는가? 아니면 육지에서 마음씨가 고약한 자들이 암소떼나 양떼를 빼앗으려고 당신의 생명을 빼앗았는가? 아니면 도성이나 여자들을 빼앗기 위해 싸우다가 그리 되었소?

그러자 아가멤논의 망령은 대답했습니다.

'제우스의 후예이며 라에르테스의 아드님이신 지략이 뛰어난 오디세우스여, 내가 죽은 것은 포세이돈이 심술궂게 사방에서 폭풍을 몰고 와서 나의 배를 침몰시켜서도 아니며, 또한 육지에서 적들이 나의 생명을 빼앗은 것도 아니며, 아이기스토스가 사전에 나를 살해할 음모를 꾸미고 나의 아내와 공모하여 나를 죽였소. 그는 자기 집으로 나를 초청하여 잔치를 벌이고 나를 죽인 것이오. 나는 그처럼 처참하게 살해되었소. 또한 내 옆에서는 내 부하들이 혼례연이나 잔치상에 올려놓기 위하여 도살하여 흰 이빨을 드러낸 돼지처럼 살육당했소. 당신도 많은 무사들이 싸움터에서 죽어가는 것을 보아왔을 것이오. 혼자서 말에 올라 고군분투하던 끝에 죽는다거나 격렬한 전투를 벌이다가 전사한 경우 말이오. 하지만 이렇게 죽는 것을 보았다면 뼈아픈 슬픔을 느끼게 될 것이오. 이를테면 상 위에 혼주병이며 맛있는 음식들이 잔뜩 놓여 있는 그 방 한가운데 내가 쓰러져 있고 바닥이 온통 피로 얼룩져 있는 것을 본다면 말이오. 그리고 프리아모스의 딸 카산드레[28]의 애처로운 비명 소리가 들려왔었소. 그것은 간악한 계책을 꾸민 클리타이메스토레가 내 곁에서 그녀를 죽였던거요. 나는 손을 쳐들려 했지만 칼에 찔려 숨을 거두면서 땅 위에[29] 손을 떨어뜨렸소. 개만도 못한 그 여자는 나를 버려둔 채 가버렸으며, 내가 명부로 떠날 때도 나의 두 눈을 감겨주거나 입을 다물여주지도 않았었소. 정말이지 이 여자보다 더 무섭고 뻔뻔스런 여자는 없을 것이오. 그 여자는 그처럼 표독스럽게 남편을 살해할 계책을 꾸몄던 거요. 그런데도 나는 내가 고향으로 돌아가면 아이들이며 노비들도 반가이 맞아줄 것이라고 믿고 있었소. 그런데도 그 여자는 표독스런 계책을 꾸며 자기 자신이나 후세에 태어날 착한 여생들에게 치욕을 남겨주었던 것이오.'

그렇게 말하기에 저는 대답했습니다.

'아, 넓은 하늘을 진동시키는 제우스 신께서는 아트레우스의 후손을 무척이나 미워하시는군요. 그것은 처음부터 여자들의 술책에 의한 것이었구려. 헬레네 때문에 많은 병사들이 목숨을 잃었으며, 이번에는 또 클리타이메스토레가 멀리 떨어져 있는 당신에게 간계를 꾸미다니…….'

내가 이렇게 말하자, 그는 곧 대답했습니다.

'그런즉, 그대도 여성에게 너무 친절하게 대하지 말아주게. 그리고 마음속에 담고 있는 것을 다 털어놓지 말고 어느 정도는 감추어두는 것이 좋을 것이오. 하지만 오디세우스여 그대가 아내에게 살해당하는 일은 없을 것이오. 이칼리오스의 딸인 페넬로페는 사려분별이 뛰어났으며 생각이 깊으니까. 우리가 싸움터로 떠날 무렵, 그대의 부인은 앳된 새색시로 어린 아들에게 젖을 물리고

---

28) 카산드레 : 트로이아의 왕. 프리아모스의 딸로, 아폴론의 사랑을 뿌리쳐서 저주를 받게 된다. 멸망한 후 아가멤논에게 주어지나 왕이 개선한 후 곧 함께 살해당한다.

29) 땅 위에 : 이 대목은 글자의 뜻 그대로이다. 또는 '땅 위에 드러누워 두 팔을 들어 숨을 거두면서도 검을 빼들려 했다.'라고도 해석할 수 있다.

있었지. 그 아들은 이제 장성하여 어른들 틈에 끼어 회의에도 참석하겠지. 당신은 무척 행복한 분이오. 머지않아 고향으로 돌아가서 아들과 얼싸안게 되겠지. 그것이 부자간의 정이 아니겠소. 그런데 나의 아내는 아들을 마음껏 보여주지도 않고 오히려 나를 살해했었오. 그런데 그대에게 꼭 해둘 말이 있소. 그러니 내 말을 명심해두기 바라오. 고향에 닿게 되면 아무도 모르게 배를 해안에 대시오. 여자란 결코 믿을 것이 못 되니까.

그런데 이것만은 확실히 말해주시오. 내 아들이 아직 살아 있는지. 올코메노스나 사막이 끝없이 뻗어 있는 피롤스나, 아니면 광활한 스파르타의 메넬라오스에 가 있는 것은 아닌지 말이오. 오데스테스는 결코 죽지 않았으며 이 세상 어디엔가 살아 있을 테니까.'

그래서 저도 말했습니다.

'아트레우스의 아들이시여, 왜 그런 것을 물으려 하시오? 나는 그가 살아 있는지 죽었는지 알지 못하오. 그런 부질없는 질문은 말아주시오.'

우리 두 사람은 이런 서글픈 말을 서로 주고받으면서 서 있었습니다. 괴로움으로 가슴을 조이고 눈물을 흘리면서 말입니다. 그때 펠레우스의 아들 아킬레우스의 망령이나, 파트로클로스나 더없이 기품이 높은 안틸로코스[30]와 아이아스의 망령도 나타났습니다. 이 사람은 생김새나 체격에 있어서나 다나오이의 군사 중에서 기품있는 펠레우스의 아들인 아킬레우스 다음으로 뛰어난 사람이었습니다. 이때 발이 빠른 아이아코스의 후예(아킬레우스)의 망령이 나를 보자 슬프게 탄식하면서 말했습니다.

'제우스님의 후예이며 라에르테스의 아드님인, 지략이 뛰어난 오디세우스여, 그대는 무척 대담한 사나이로군. 어찌하여 새삼스럽게 이런 대담한 계략을 꾸몄는가. 그대는 어찌하여 이 명부까지 내려왔는가. 이곳은 사려분별도 모르는 망령들이 사는 곳으로 자기의 할 일을 마친 환상만이 사는 곳일세.'

이렇게 말하기에 저도 대답했습니다.

'아킬레우스시여, 펠레우스의 아드님이시며 아카이아의 군사 중 특히 뛰어난 용사여, 나는 틸레시아스에게 볼일이 있어서 온 것이오. 험준한 바위

30) 안틸로코스와 아이아스 : 전자는 네스토르의 장남, 후자는 아카이아의 군사 중 아킬레우스(그의 사촌 형제에 해당함)의 다음 가는 용사, 이들은 트로이아에서 전사하거나 자살했다.

산으로 둘러싸인 이타케로 어떻게 하면 돌아갈 수 있을지 물어보기 위해서 말이오. 왜냐하면 우리는 여태껏 아카이아 가까이는 가보지도 못했으며, 고향땅에 상륙도 해보지 못한 채 언제나 재난만 당하고 있네. 아킬레우스여, 지금까지도 그렇지만 앞으로도 자네보다 더 행복한 사람은 없을 것일세. 우리 아르고스 군은 자네가 살아 있을 때부터도 자네를 신처럼 존경해 왔었네. 그런데 자네는 지금 망령들이 살고 있는 이 명계에서도 군세를 떨치고 있지 않은가. 그러니 죽은 몸이라고 해서 결코 탄식할 필요는 없을 것 같네.'

내가 이렇게 말하자. 그는 곧 대답했습니다.

'아닐세, 내가 죽은 것을 위로할 필요는 없네. 나는 남의 소작인이 되어 힘든 밭일을 할망정 살아 있었으면 좋겠네. 비록 공전(公田)을 갖지 못해[31] 가난하게 살더라도, 세상을 떠난 망령들의 군주가 되어 그들을 통치하는 것보다는 낫다고 생각하네. 그건 그렇고 나의 훌륭한 아들에 대한 이야기나 들려주게. 대장이 되려고 전쟁터에 나갔는지, 아니면 전쟁터에는 나가지 않고 있는지 말일세. 그리고 명예로운 우리 아버님 펠레우스에 대해서도 말해주게. 그분은 지금도 미르미돈 사람들의 존경을 받고 계신지, 아니면 온 헤라스에서, 그리고 연로한 탓으로 푸티에에서 괄세를 받고 계신지. 만약에 내가 이 어두운 곳에 있지 않고 넓은 트로이아 땅에서 아르고스의 군사들을 막았고 혁혁한 무훈을 세웠던 자들을 물리친 용사로서 아버님을 도울 수만 있다면 나의 용기와 뛰어난 솜씨를 직접 보여드릴 수 있으련만[32] 아버님을 협박했거나 명예로운 지위에서 밀어내려는 자들에게도 말일세.'

그의 말에 저는 대답했습니다.

'그런데 명예로운 펠레우스님에 대해서는 아무런 소식도 듣지 못했네. 하지만 자네의 아들인 네오프톨레모스에 대한 것이라면 사실 그대로 말해주겠네. 나는 자네의 아들을 직접 움푹하고 날씬한 배에 태우고 스키로스 섬에서 멋진 각반을 친 아카이아 군사가 있는 곳으로 데려다 주었었네. 우리가 트로이 섬에 대한 작전을 의논할 때 그는 언제나 먼저 의견을 제시했는데, 그의 발언은 매우 합리적이었다네. 다만 신과 같은 네스토르와 나에게는 미치지 못했지만 말일세. 그런데 트로이아와의 전쟁터에서 아카이아 군사들이

31) 공전(公田)을 갖지 못해 : 공적으로 전답을 나누어 받지 못한 가난한 자를 일컬음.
32) 직접 보여드릴 수 있으련만 : '나의 무용과 솜씨로 본때를 보여줄 것이다.'

싸울 때는 어느 무사에게도 뒤지려 하지 않았으며 언제나 앞장섰었네. 자네의 아들은 싸움터에서 수많은 적들을 무찔렀는데 하도 많아서 일일이 다 그 이름을 댈 수 없지만 적군 중에서도 가장 출중했던 텔레보스 왕의 아들[33]인 에우리필로스를 죽인 것도 자네의 아들 네오프톨레모스였네. 그를 둘러싼 많은 케티오이[34] 병사들은 한 부인의 뇌물로 해서 목숨을 잃었었네.

그는 거룩한 멤논 다음 가는 미남이었네. 또한 우리가 에페이오스가 애써 만든 목마 속에 들어가 있을 때는 내가 그들을 지휘했으며 그들은 아르고스의 군사 중에서도 가장 용감한 무사들이었네. 이때 자네의 아들을 제외한 다나오이의 지휘자나 장군들은 몰래 눈물을 닦거나 겁에 질려 다리를 떨었지만 자네의 아들만은 추호도 얼굴이 창백해지거나 눈물을 흘리거나 하지 않았었네. 그는 오히려 나에게 말의 뱃속에서 밖으로 내보내달라고 애원했으며, 청동검과 묵직한 창을 들고 나가 트로이아 군사들을 무찌르겠다고 했네. 그리고 프리아모스의 험준한 성채를 함락시켰을 때는 자기 몫으로 푸짐한 상품까지 얻어서 배에 올랐지만 창에 찔리거나 싸움에서 다치지도 않고 백병전 때도 전혀 아무런 부상도 당하지 않았었네.'

이렇게 말하자 발이 빠른 아이아코스의 후예(아킬레우스)의 망령은 극락 백합이 피어 있는 들판[35]을 성큼성큼 걸어갔습니다. 그는 자기의 아들이 천하의 용사였다는 말을 듣자 기분이 좋았던 거지요. 그러는 동안 이 세상을 떠난 죽은 사람들의 망령이 슬픈 표정으로 몰려와서 자기의 가족들에 대해서 물어보았습니다. 그러나 텔라몬의 아들인 아이아스의 망령만은 멀찌감치 혼자 떨어져 화를 내고 있는 것 같았습니다. 그것은 아킬레우스의 갑옷을 누구에게 줄 것인가 배안에서 판정을 내릴 때, 그 승부에서 내가 그를 이긴 것이 못마땅했던 것입니다. 그 갑옷을 상품으로 내놓은 사람은 아킬레우스의 모신(母神)이었고, 판정을 내린 것은 트로이아의 처녀들과 팔라스 아테네였습니다. 이런 승부에서는 이기지 않았으면 좋았을지도 모릅니다. 왜냐하면 이런 상품

33) 텔레보스의 아들 : 미시아의 왕으로서 그의 어머니는 프리아모스의 딸 아스티오케이다. 전쟁이 끝나가자 트로이아군을 구원하기 위하여 왔다. 케티오스 강은 카이코스 강의 지류로서 미시아로 흐른다.

34) 케티오이 : 강 유역에 살고 있는 주민.

35) 극락의 백합 들판 : 청백색 꽃이 피는 명계의 식물. 부추나 파의 일종으로 긴 줄기와 잎이 있다.

(갑옷)을 건 내기 때문에 훌륭한 한 무사가 목숨을 버렸으니 말입니다. 이 아이아스도 체격이나 힘으로 보더라도 명예로운 펠레우스의 아들 다음으로는 다나오이의 어떤 사람보다도 뛰어난 무사였으니까요. 그래서 저는 그를 위로해주기 위해 다정하게 말했습니다.

'아이아스여, 명예로운 텔라몬의 아들인 그대는 죽어서도 나에 대한 분노를 풀지 못하는가. 그 저주스런 갑옷 때문에 말일세. 그러한 불행은 신들이 아르고스 군사들에게 계획했던 일일세. 아카이아 군사들은 펠레우스의 아드님이신 영웅 아킬레우스나 마찬가지로 그대가 죽은 것을 슬퍼하고 있네. 그러나 그것은 누구의 책임도 아니며 제우스 신께서 다나오이의 창을 든 무사들을 몹시 밉게 보셔서 자네에게 죽음의 운명을 내렸던 것이네. 자 이리 와서 내 말을 들어보게. 제발 화를 풀고 말일세.'

제가 이렇게 말했으나 그는 대답도 하지 않고 다른 혼령의 뒤를 좇아 망령들이 있는 명부로 가버렸습니다.

그렇기는 하지만[36] 이때 그가 화를 내더라도 저는 말을 계속했을지도 모릅니다. 그러나 이때 저의 가슴속에서는 이 세상을 떠난 다른 망령들을 만나보고 싶었습니다.

바로 이럴 때 미노스의 모습이 나타났습니다. 그는 제우스 신의 훌륭한 아들인데 황금 홀장을 들고 앉아서 망령들을 심판하고 있었습니다. 망령들은 모두 왕이 내릴 심판을 기다리며 명왕의 궁전 앞에서 서성대고 있었습니다.

다음에는 거인 오리온을 보았습니다. 그는 극락의 백합이 피어 있는 들판에서 그가 생전에 산 속을 헤매면서 때려잡던 들짐승들을 한곳에 몰아넣고 있었습니다. 그는 손에 영원히 망가지는 일이 없는 청동으로 만든 곤봉을 들고 있었습니다.

또한 세상에서 이름 높던 가이아의 아들 티티오스도 보였습니다. 그는 땅바닥에 누워 있었는데 그 키가 구백 척이나 되었으며 양 옆구리에는 두 마리의 독수리가 앉아서 그의 내장을 쪼아먹고 있었지만 손으로 쫓지도 못했습니다. 그는 레토 여신에게 불손한 짓을 해서 벌을 받고 있는 중이었습니다. 제우스 신의 존귀하신 비였던 레토께서 경치가 좋은 파노페우스를

36) 그렇기는 하지만 : 이 글자가 적당치 않다 하여 삭제해버린 옛 주석도 있으며 568~627행은 후대에 추가한 것이라고 보는 사람도 있다.

경유하여[37] 피토로 가는데 그랬다 하더군요.'

그리고 탄탈로스가 참혹한 고통을 받고 있는 것도 보았습니다. 그는 못 속에 서있었는데 목 언저리까지 물이 찰랑거렸는데도 목이 말라서 물을 마시려 하지만 입이 닿지 않아 물을 마시지 못했습니다. 왜냐하면 그 노인이 물을 마시려고 몸을 굽힐 때마다 물이 빠져버리고 발 밑에 검은 땅만 나타났기 때문이었습니다. 즉 신께서는 늘 그가 목이 마르게 하셨던 것입니다. 그래서 높은 나무에 열매가 주렁주렁 열려 있으며 배나무나 석류나무며 빨간 사과나무나 무화과가 달려 있는 무화과나무며 올리브나무에 탐스럽게 과실이 열려 있건만 그 열매를 따려고 노인이 손을 뻗치기만 하면 바람이 불어 어두운 구름이 깔린 쪽으로 과일을 던져버리는 것이었습니다.

그리고 시지프스도 보았습니다. 그는 심한 고통을 받고 있는 중이었습니다. 그는 손으로 거대한 바위를 밀어 올리고 있었는데 두 손과 두 발로 버티고 서서 큰 바위를 높은 곳으로 밀어 올려야 했는데 거의 다 밀어 올리는 순간 무서운 힘으로 밑으로 다시 밀어내므로 돌은 다시 아래로 굴러 떨어지는 것이었습니다. 그는 다시 밑에서부터 바위를 밀어 올려야 했는데, 그의 손에는 땀이 흥건히 고였으며 머리는 흙먼지로 뒤범벅이 되어 있었습니다.

다음에는 장사 헤라클레스의 환상을 보았습니다. 그러나 그것은 환영뿐이고, 헤라클레스 자신은 불사의 신들과 함께 즐거운 향연으로 나날을 보내면서 복사뼈가 아름다운 헤베[38]를 아내로 삼고 있었습니다. 그의 환영의 주위에는 사방으로 놀라서 달아나는 큰 새가 지저귀는 소리처럼 망령들이 웅성거리고 있었습니다. 그는 화살을 활시위에 대고 당장 쏠 듯이 무서운 눈초리로 주위를 노려보았습니다. 그리고 그의 가슴에는 무거운 방패를 대고 있었는데 그 방패를 붙들어맨 가죽띠는 황금으로 장식되었으며 곰이나 멧돼지나 눈빛이 이글거리는 사자 등이 여러 마리나 새겨져 있었으며 전쟁 장면이나 사람을 살해하는 장면까지도 아로새겨져 있어 이런 훌륭한 방패의 띠는 두 번 다시 만들지 못할 만큼 정교했습니다. 그는 나를 보자 곧 알아보고 비통한 어조로 말하는 것이었습니다.

---

37) 파논페우스를 경유하여 : 보이오티아 근처로, 델포이 산을 넘는 중간에 있는 고을.

38) 헤베 : 헤라클레스의 승천(자살) 후 천상에서 제우스의 명에 따라 그 아내가 되었다. 이 부분은 후대의 설화로 제거해버리는 한 이유가 되었다.

'제우스님의 후예이며 라에르테스의 아들인 지략이 뛰어난 오디세우스여, 그대 역시 내가 햇빛 아래서 고생했던 것처럼 쓰라린 운명에 처해 있는 모양이구려. 나는 크로노스의 아드님이신 제우스의 아들인데도 끝없는 고난을 겪었네. 왜냐하면 비천한 인간[39]에게 매어 있어야 했으니 말일세. 그 놈은 나에게 아주 어려운 일을 하라고 했네. 한 번은 날더러 여기(명계)에[40] 있는 개를 끌어오라고 했네. 그것은 여간 어려운 일이 아니었지. 그러나 나는 그 개를 명부에서 끌어내어 바깥 세계로 데리고 갔었네. 그것은 헤르메이아스와 빛나는 눈을 가진 아테네 여신이 나와 동행해주어 가능했었지.'

이렇게 말하고 그는 다시 명부로 돌아가버렸습니다. 하지만 저는 그 자리에 죽치고 앉아 어쩌면 죽은 다른 영웅들의 망령이 또 오지나 않을까 하고 기다리고 있었습니다. 테세우스나 페이리토스 신들의 이름 높은 아드님들을 혹시 만날 수 있지 않을까 하고 말입니다.

그런데 많은 망령들이 무섭게 소리치며 몰려와서 저는 무서워서 어찌할 바를 몰랐습니다. 지혜로운 페르세포네이아가 명부에서 무서운 괴물 고르곤의 목이라도 보내면 어쩌나 해서 조바심을 쳤습니다. 잠시 후 저는 배가 있는 곳으로 돌아가서 동지들을 서둘러 배에 태우고 묶었던 닻줄을 풀게 했습니다. 동지들이 각기 노 저을 자리에 앉자 대양하(오케아노스)의 흐름을 따라 노를 젓게 했습니다. 처음에는 노로 배를 저었고 그 뒤에는 순풍이 배를 밀어주었습니다.

---

39) 비천한 인간 : 사촌 형인 아르고스의 왕 에우리스테우스에게 예의 그 지나친 열두 가지 일을 명한 것을 가리킴

40) 나를 여기(冥界)에 : 앞의 주(註)인 열두 가지 어려운 일 중의 하나로서 명계의 번견(番犬) 케르베로스를 잡으러 온 이야기. 이때는 무사히 지상으로 돌아왔으나 자신이 불을 피워 자살한 후 명계로 내려간 것 같아서 앞서 말한 승천설과는 일치하지 않는다.

제 12 편

표류담의 계속. 명계를 방문하고 돌아오자, 그는 키르케로부터 선물을 받아 다시 배를 타고 노래를 부르는 괴상한 새, 세이레네스나 그 소용돌이인 칼리브디스, 괴물 스킬레로부터의 위험은 면하게 되지만, 태양신의 소를 죽인 탓으로 큰 폭풍을 만나 가까스로 그만이 칼립소 섬으로 헤엄쳐 올라갔던 것이다.

"배를 타고 대양하(오케아노스)를 빠져나오자 파도치는 대해로, 그리고 다시 키르케가 살고 있는 아이아이에 섬으로 돌아갔습니다. 그곳에는 일찍 태어나는 새벽의 여신이 사는 집과 춤을 추는 무도장이 있으며, 또한 태양이 떠오르는 곳이기도 했습니다. 여기에 도착하자 우선 배를 육지로 끌어 올리고 저는 물결치는 대해로 배를 내렸던 그곳에서 잠을 자면서 눈부신 새벽이 오기를 기다리고 있었던 것입니다.

일찍 태어나며 장미빛 손가락을 가리키는 여신이 나타날 때, 저는 동지들을 키르케의 성관으로 보내어 이 세상을 떠난 엘페노르의 시신을 갖고 오게 했습니다. 그리고는 큰 나무를 베어 해안 중 앞쪽으로 튀어나온 곳에서 가슴이 미어질 듯 눈물을 흘리면서 그의 시체와 그의 무구(武具)를 태운 다음, 무덤을 만들고 그 위에 우리가 늘 사용했던 손에 익은 노를 꽂아 세웠습니다. 이 일을 끝냈을 때 키르케는 우리가 명계에서 돌아왔음을 알고 찾아왔습니다. 키르케는 시녀들을 거느리고 많은 식량이며 고기며, 빨갛게 반짝이는 포도주를 갖고 와서 우리가 있는 한가운데 서더니 여신 중에서도 기품 높은 키르케는 우리들에게 말했습니다.

"당신들은 정말 대단하군요. 살아 있는 몸으로 명왕의 성관에 내려가다니요. 다른 사람들은 한 번밖에 죽지 않는데 두 번씩이나 죽다니 말입니다. 자, 그것은 어찌되었든 오늘은 하루 종일 마음껏 배불리 먹고 또 포도주도 마시세요. 그리고 내일 날이 밝으면 떠나는 것이 좋겠군요. 내가 여러분이 항해할 길을 자세히 가르쳐드리지요. 자칫 잘못하다가는 바다 위에서나 육지에서 재난을 당해 어려움을 겪을 테니까요."

그녀는 이렇게 말하면서 우리를 설득했습니다. 우리는 그날 하루 종일 해가 질 때까지 맛있는 고기나 술로 잔치판을 벌였는데 이윽고 해가 지고 어두워지자 모두 배의 닻줄 옆에 누워 잠을 잤습니다. 그때 여신은 나의 손을 잡으면서 동지들이 자는 곳에서 멀찌감치 떨어진 곳에 앉히더니 내 옆에 누워서 그 동안에 있었던 일들을 일일이 물어보았습니다. 그래서 제가 명계에서 겪었던 일들을 하나도 빼놓지 않고 차근차근 말해주자 키르케 여신은 이렇게 말했습니다.

"명계에서의 일은 모든 것을 다 잘 마무리한 셈이군요. 그러면 이제부터 내가 하는 말을 잘 들으세요. 신께서도 일깨워주시겠지만 말입니다.

이제부터 당신이 가게 될 곳은 마녀 세이레네스[1]들이 살고 있는 바닷가입니다. 이 여자들은 그들이 살고 있는 곳에 오는 인간에게는 누구나 할 것없이 마법을 겁니다. 누구든지 일단 세이레네스들의 목소리를 듣기만 하면 그 사람은 집으로 돌아가서 자기의 아내나 아이들에 둘러싸여 기쁨을 나누지 못한 채 세이레네스들이 목청을 돋구어 부르는 노래에 매혹되어 넋을 잃게 됩니다. 그들이 앉아 있는 풀밭 둘레에는 썩어가는 사람들의 뼈가 수북이 쌓여 있고 말라빠진 살가죽이 뼈에서 아직 떨어지지 않은 채로 있습니다. 그러니 그 옆에 가지 말고 곧장 달려가십시오. 동지들의 귀에는 달콤한 벌꿀을 따뜻하게 녹여서 발라주어 아무도 그 노랫소리를 듣지 못하게 하십시오. 그러나 만약 당신이 그 노랫소리를 듣고 싶다면 들어도 좋습니다. 하지만 그러려면 당신의 손발을 당신의 빠른 배에 단단히 묶어놓게 해야 합니다. 그리고 당신이 세이레네스의 노래를 듣고 즐길 수 있도록 돛대도 돛줄도 단단히 묶어야 합니다. 또 당신이 돛줄을 풀라고 명하면 밧줄로 당신을 더욱 세게 묶게 해야 합니다.

그리하여 당신들이 무사히 괴물의 곁에서 멀어진 후에는 두 갈래 길이 나타나는데 어느 길을 택해야 좋을지에 대해서는 자세히 말하지 않겠습니다. 그 일은 당신이 잘 생각해서 하는 것이 좋겠습니다. 두 갈래 길 중 한 길은 높이 솟은 암초가 있는 곳으로 가는 길인데 그 암초를 향해 검푸른 눈을

1) 세이레네스 : 단수(單數)는 세이렌이며, 뒤에는 새 모양을 한 목만 있는 부인의 형상으로 만들어진 호적경보(號籍警報)의 사이렌은 그것의 근대적 전용(轉用)이다.

가진 암피트리테의 큰 파도를 일게 할 것입니다. 행복하게 살고 있는 신들께서는 그 암초를 떠 있는 바위[2]라 부르는데, 그곳은 날개를 가진 새들이라도 빠져나갈 수 없습니다. 제우스 신께 성스러운 음식을 운반한다는 비둘기조차도 그 중 한 마리는 매끄러운 바위에 부딪쳐 죽고 맙니다. 제우스 신께서는 이들 비둘기를 짝수를 맞추어주고 여별로 한 마리를 더 보낸다는 것입니다. 그래서 인간이 탄 배가 그곳을 무사히 통과한 적이 없으며 뱃조각도 사람의 시체도 사나운 파도와 저주스러운 불 같은 질풍을 만나 떠돌아다니게 되었습니다. 그러나 오직 한 척만[3]이 그곳을 빠져나갔습니다. 그것은 아르고라는 큰 배였는데 아이에스테에서 돌아오던 중 큰 바위에 부딪칠 뻔했던 것을 헬레님께서 이아손[4]을 사랑하여서 이곳을 무사히 통과할 수 있게 했던 것이지요.

또 하나의 길에는 두 개의 큰 바위가 있으며 한 바위는 뾰족한 끝이 넓은 하늘에 닿을 듯이 솟아 있고 그 주위를 구름이 덮고 있는데 항상 구름이 걷히지 않아 여름이고 가을이고 푸른 하늘을 볼 수 없답니다. 그러니 죽어야 하는 인간으로서는 도저히 그 꼭대기까지 올라갈 수 없으며 설령 스무 개의 손과 발을 가졌다 하더라도 그 바위는 너무 매끄러워 도저히 올라갈 수 없습니다. 또한 이 바위에는 안개에 뒤덮인 동굴이 있으며 그 입구는 서쪽의 명계로 향하고 있습니다. 당신은 그쪽으로 배를 몰도록 하세요. 명예로운 오디세우스시여, 그러나 그때 당신과 함께 탄 힘센 젊은이가 배에서 동굴을 향해 활을 쏜다고 해도 화살은 동굴까지 미칠 수 없습니다. 그곳에는 무서운 소리를 내며 짖어대는 스킬레[5]가 살고있습니다. 그 음성은 갓 태어난 강아지의 울음소리 같지만 그 생김새는 간사하고 사악한 괴물이어서 이것을 보고

---

2) 떠 있는 바위 : 이 이야기는 비슷한 '서로 맞부딪치는 바위(바위가 두 개 있는 셈)'의 이야기와 혼동되고 있다. 이 두 이야기는 앞서 나온 '아르고의 원정담(遠征譚)'에서도 나오며(아폴리오스에 의하면) 이 원정담에서는 비둘기의 깃털을 집으며 서로 맞부딪치는 바위이다. '떠 있는 바위'는 빙산에서 비롯된 말로 짐작되기도 한다.

3) 오직 한 척만 : 위에 말한 거대한 배인 아르고를 말함. '만인에게 관심을 기울이는 아르고'라 불리는데, 이 2행은 후대에 추가한 것이라고 보는 학자도 있다.

4) 이아손 : 아르고 원정대의 우두머리로 페리아스의 양조카. 그리스 영웅 전설 중에 나오는 주요 인물의 한 사람.

5) 스킬레 : 보통 그리스 어로는 스킬라, 전설에서는 원래는 아름다운 소녀였는데 포세이돈의 사랑을 받았으나 포세이돈의 비(妃) 암피트리테의 질투를 받아 추한 괴물로 변했다고 한다. 후대의 작이라고도 한다.

좋아할 사람은 아무도 없을 것입니다. 비록 그것이 신이라 하더라도 말입니다. 또 그 괴물의 손발은 열두 개나 공중에 매달려[6] 있으며 여섯 개의 긴 목에는 머리가 달려 있고 이빨이 세 줄로 나 있는데 죽음의 빛깔을 띠고 있습니다. 이 괴물은 동굴 속에 몸뚱이의 아랫부분을 숨기고 여섯 개의 머리를 동굴 밖으로 내밀고 있지요. 그 머리가 바위의 주위를 돌아다니면서 먹이를 잡아먹는데 물표범이나 물개보다 더 큰 먹이가 없을까 하고 언제나 찾고 있답니다. 암피트리테가 이런 바다 짐승을 많이 키우고 있었거든요. 그래서 배를 타고 그곳에 간 뱃사람으로 무사하게 돌아온 사람은 한 사람도 없습니다. 스킬레가 검푸른 배에서 한 사람씩 나꿔채갔기 때문입니다.

또 한쪽의 바위는 오디세우스님도 보시게 되겠지만 아주 나지막해서 활을 쏘면 닿을 수 있을 만큼 가까이 있는데 그 바위에는 키가 큰 무화과나무가 있습니다. 잎이 무성한 나뭇가지 아래는 매우 검은 칼리브디스[7]가 있는데 하루에 세 번씩 검은 물을 빨아들였다가 세 번씩 토해내고 그리고 다시 세 번은 무서운 소리를 내면서 빨아들입니다. 그런즉 물을 빨아들일 때는 가까이 가지 말아야 합니다. 대지를 뒤흔드는 대신(大神)이라도 그것을 구출할 수는 없습니다. 그쪽으로 가는 것보다는 스킬레가 살고 있는 바위로 다가가서 재빨리 그 옆을 빠져나가는 것이 좋을 것입니다. 한꺼번에 모든 동지를 잃는 것보다는 배 안에 타고 있는 여섯명의 동지를 잃는 편이 훨씬 나을 테니까요."

이렇게 말하기에 저는 말했습니다.

"여신이시여, 어떻게 하는 것이 좋은지 확실하게 가르쳐주십시오. 그 저주스런 칼리브디스를 안전하게 빠져나갈 수 있는 방법을 말입니다. 그리고 스킬레가 우리 동지들을 헤치려 할 때 그것을 막을 수 있는 방법을……."

그러자 여신 중에서도 거룩한 키르케가 대답했습니다.

"정말 딱한 분이군요. 그래도 또 싸움을 자초하려 하다니요. 불사의 신

---

6) 공중에 매달려 : 구구한 해석이 있으며, 후대의 용법에 따라서는 hōra에 연관시켜 '미숙한'이라든가 '흉칙한'이라는 것이 주이며 옛 주의 '공중에 매달려'를 여기서는 채용하기도 했다. '앞다리'라고 보는 학자도 있으나 '모두 앞다리'라 하는 것도 별 의미가 없는 것 같다.

7) 칼리브디스 : 무섭게 깊은 곳으로 빨아들이는 소용돌이. 조류의 작용에 의해 생기는 것으로 노르웨이의 해변 메르스트롬에 있는 그러한 전설이 고대 그리스의 뱃사람들에게 전해져서 생긴 것인 듯하다. 일반적으로 시칠리아 섬(해협)을 가리키는 것이라고도 한다.

들에게도 지려 하지 않다니……. 그 스킬레는 인간이 아니라 불사(不死)의 해악(害惡)입니다. 무서울 정도로 거칠고 포악하여 패배를 모르는 자입니다. 그러니 그 손아귀에서 빠져나가는 것이 상책입니다. 만약 당신이 그 바위 가까이서 갑옷을 입고 무기를 들려고 꾸물거리다가는 그 괴물이 동굴 속에서 다시 튀어나와 괴물의 머리 숫자만큼 당신의 동지들을 잡아가면 어쩔려구요. 그런즉, 일언이폐지하고[8] 크라타이이스에게 도움을 청할 수 있도록 서둘러 돌진해가야 합니다. 크라타이이스는 스킬레의 어머니로서 인간 세계의 재앙에는 익숙하지요. 크라타이이스가 마음만 먹으면 스킬레가 다시 튀어나오지 못할 것입니다.

그 다음에는 트리나키에 섬에 닿게 됩니다. 그곳에는 태양신의 소와 양과 산양이 떼를 지어 방목되고 있는데 일곱 무리의 소떼와 역시 일곱 무리의 양떼가 있는데 한 무리가 오십 마리씩이며, 그 짐승들은 새끼도 낳지 않고 그 수가 줄어드는 일도 없습니다. 이 소와 양떼는 머리가 아름다운 님프인 파에투사(빛나는 여신)와 람페티에(찬연한 여인)가 양육하는데 그녀들은 하늘을 날아다니는 태양신과 거룩한 신 네아이라 사이에서 태어난 딸입니다. 이 두 님프를 모신(母神)이 낳아 길러 멀리 떨어진 외딴 트리나키에 섬에서 살도록 보냈던 것입니다. 아버지이신 태양신의 양떼나 뿔이 휜 소들을 치라고 말입니다. 당신들이 그 가축들을 해치지 않고 귀국하기만 간절히 원한다면, 비록 온갖 재난을 만나더라도 이타케 섬으로 돌아갈 수 있을 것입니다. 그러나 만에 하나 가축을 해치게 되면 파멸은 면한다 하더라도 비참한 꼴로 부하들을 모두 잃은 채 혈혈단신으로 늦게야 돌아가게 될 것입니다."

키르케가 이렇게 말하는 동안 황금 보좌에 앉은 새벽의 여신이 찾아왔습니다. 그러자 키르케는 섬의 내륙으로 돌아가버렸고 저는 동지들과 다시 배에 올라 닻줄을 풀게 했습니다. 우리는 각기 노 저을 자리에 앉아 잿빛 바다를 저어갔습니다. 우리의 배 뒤에서 시원한 순풍을 보내준 것은 역시 머리가 아름다운 키르케였습니다. 우리가 돛을 맨 밧줄을 내리고 가만히 앉아 있자 바람이 순조롭게 배를 순항하게 해주었습니다. 그때 저는 무척 괴로운

---

8) 그런즉, 일언이폐지하고 : 이 3행을 아리스타르코스 등은 배척하고 있다. 또한 일설에 의하면 크라타이이스를 스킬레의 어머니의 이름으로 보고 있는데 이것은 후대의 견해인 듯하며 '자연의 막강한 힘'을 의미하는 듯하다.

심정이었으나 동지들에게 말했습니다.

"이보게들, 여신 중에서도 존귀한 키르케께서 나에게 한 말을 한두 사람만 알고 있다는 것은 옳지 않다고 생각해서 말인데 내가 전해줄 터이니 자네들도 명심해주게. 처음에는 세이레네스들의 이상한 노랫소리와 꽃이 만발해 있는 목장에 정신을 빼앗기면 안 된다고 여신은 말씀하셨네. 그 노랫소리는 나 혼자만 들으라고 하셨네. 자네들은 나를 돛대에 꽁꽁 묶어서 움직이지 못하게 해야 하네. 그리고 내가 자네들에게 묶은 밧줄을 풀라고 부탁하거나 명령을 내리더라도 그 말에 따르지 말고 더욱 힘껏 묶어주게."

저는 동지들에게 이렇게 말해주었습니다. 그러는 사이에 우리의 빠른 배는 순풍을 받아 세이레네스들이 사는 섬에 닿았습니다. 그러자 바람이 딱 멎고 물결이 잔잔해진 것은 신께서 파도를 가라앉게 한 때문입니다. 동지들은 모두 일어나서 돛을 내리고 모두 노 저을 자리에 앉아 노를 저었습니다. 저는 큰 밀납 덩어리를 날카로운 청동 칼로 잘게 썰어서 튼튼한 손으로 뭉갰습니다. 그랬더니 억센 힘을 받은데다가 휘페리온의 아들인 태양신의 빛을 받아 밀랍이 부드럽게 녹았습니다. 저는 동지들의 귀에 녹은 밀납을 발라주고 굵고 튼튼한 밧줄로 저를 돛대에 꽁꽁 묶게 했습니다. 동지들은 다시 노 저을 자리에 앉자 잿빛 바다를 저어갔습니다. 배는 항해를 계속하여 사람이 소리치면 들릴 만한 곳까지 이르렀을 때 세이레네스들은 바다 위로 배가 다가오자 소리 높게 노래를 부르기 시작했습니다.

"자, 이리 가까이 오시오. 아카이아 군사들의 영예인 오디세우스여, 배를 이리 가까이 대시구려. 우리의 노래를 들을 수 있도록. 우리들이 부르는 즐겁고 달콤한 노랫소리를 듣지 않고 검은 배를 타고 이곳을 지나간 사람은 아무도 없었지요. 우리는 넓은 트로이아 땅에서 아르고스의 군사들과 트로이아 군이 신의 뜻에 따라 얼마나 많은 고난을 겪으며 싸웠는지를 다 알고 있습니다. 우리는 만물을 키워주는 대지에서 일어나는 일이라면 모르는 것이 없으니까요."

세이레네스들은 달콤한 목소리로 이렇게 말하는 것이었습니다. 그래서 저는 귀가 솔깃해져서 저를 묶은 밧줄을 풀어달라고 동지들에게 말했습니다. 그러나 동지들은 몸을 구부리고 묵묵히 노만 저었습니다. 또 페리메데스와 에우릴로코스는 자리에서 일어나더니 밧줄로 저를 더욱 세게 묶었습니다.

그러는 사이에 세이레네스들이 살고 있는 섬을 통과하여 그들이 떠드는 소리나 노랫소리도 들리지 않게 되었습니다. 저는 동지들의 귀를 막았던 밀납을 뜯어내고 저를 묶었던 밧줄도 풀게 했습니다.

그런데 이 섬을 뒤로 하여 한참 멀어졌을 때 큰 파도와 연기가 피어오르는 것이 보였습니다. 그리고 굉장히 큰소리도 들렸습니다. 동지들은 너무 놀라 자기도 모르게 잡았던 노를 놓아버렸습니다. 모든 노는 철썩 소리를 내며 바다에 떨어지고 배는 더 이상 앞으로 나가지 않은 채 서버리고 말았습니다. 저는 배 안을 이리 저리 돌아다니며 동지들을 격려해주었습니다.

"이보게들, 우리는 지금까지 수많은 재난을 겪어오지 않았는가. 이번 일쯤은 저 퀴클로프스가 넓은 동굴 속에서 폭력으로 우리를 가두었을 때에 비하면 아무것도 아닐세. 그때 나는 사려분별로 아슬아슬하게 재난에서 빠져나오지 않았는가. 그러니 이번 재난도 너무 심려하지 말게나. 무슨 수가 있겠지. 그러니 이제부터 내가 시키는 대로 해주게. 자네들은 각기 노 저을 자리에 가 앉아 파도를 헤치고 나가도록 하게. 제우스 신께서 이 파멸의 재난을 면하게 해주기를 빌면서. 그리고 키를 잡는 자네에게 특히 명하겠네만은, 내 말을 명심해주기 바라네. 저기 보이는 연기나는 파도의 바깥쪽으로 배가 멀어지도록, 그리고 저 바위를 향해[9] 가도록 해야 하네. 자칫 방심하여 우리를 재난에 빠지게 해서는 안 되네."

제가 이렇게 말하자, 동지들은 모두 저의 말에 따랐습니다. 그러나 스킬레에 대해서는 한 마디도 말해주지 않았습니다. 그것은 피치 못할 재난인지라 제가 동지들에게 그 말을 해주면 그들은 겁에 질려 노를 젓지 않고 배 안에 숨으려 할 테니까 말입니다. 저는 그때 키르케가 말해주었던 까다로운 지시를 깜빡 잊고 있었습니다. 키르케는 절대로 무장(武裝)을 해서는 안 된다고 했는데도 저는 갑옷을 입고 긴 창을 두 개나 들고서 갑판 위를 서성거리고 있었던 것입니다. 우리는 그 바위에 살고 있는 스킬레가 나타날 것이라고 기대했으나 동지들에게 해를 입힐 그 괴물은 나타나지 않았습니다. 그래서 저는 안개에 가린 바위만 바라보고 있었습니다.

우리는 탄식하면서 배를 해협으로 몰았습니다. 한쪽에는 스킬레가 있고 다른 쪽에는 무서운 칼리브디스가 바다의 짠 소금물을 빨아들이고 있었기

---

9) 저 바위를 향하여 : 스킬레가 살고 있는 바위를 말함. 다른 책에서도 '바위들'이라고 복수로 나타내기도 했다. 이것은 다른 바위, 가령 칼리브디스의 바위 등도 들어가게 되므로 이교설(異教說)을 채용하기도 했다.

때문입니다. 이 소용돌이가 바닷물을 뿜어낼 때는 물거품을 뿜어내듯이 바다 전체가 솟아오르는 듯했으며 양쪽에 높이 솟은 바위 꼭대기까지 물길이 솟아올랐고 바닷물을 빨아들일 때는 바다가 온통 밑바닥까지 소용돌이쳤으며 주위의 바위는 무서운 소리로 으르렁거렸으며 소용돌이 밑바닥의 흙은 검은빛을 띤 모래였습니다. 동지들은 너무나 무서워 새파랗게 질려 있었습니다. 우리는 공포에 질린 눈으로 그 소용돌이를 바라보고 있었는데 어느새 스킬레는 우리 배에서 여섯 명의 동지들을 낚아챘습니다. 이 동지들은 누구보다도 힘이 센 자들이었습니다. 우리가 타고 있는 빠른 배와 동지들을 살펴보니 낚아챈 동지들의 손발만이 공중에 보일 뿐이었습니다. 그들은 살려달라고 내 이름만 슬픈 목소리로 부를 뿐이었습니다. 그들은 뾰죽한 바위 위에서 고기를 낚으려고 긴 낚싯대에 그 미끼로 들에 사는 소의 뿔을 바다에 던져 넣듯이, 그리고 낚아 올린 고기가 입을 벌름거리며 펄떡거리는 것을 땅바닥에 내던지듯이 바위 위에 내동댕이쳤습니다. 동지들은 손을 버둥거리며 울부짖었으나 스킬레는 동굴 입구에서 그들을 통째로 잡아먹었습니다. 그것은 바다를 떠돌면서 겪어온 온갖 고난 중에서도 가장 처참한 광경이었습니다.

이리하여 가까스로 그 바위들도 무사히 빠져나가 무서운 칼리브디스와 스킬레의 재난에서 벗어나자 이번에는 태양신의 성스러운 섬에 이르게 되었습니다. 그곳은 이마가 널찍한 소와 양과 산양이 무리지어 살고 있었습니다. 우리가 타고 있는 검은 배가 앞바다에 이르자 목장에서는 소의 울음소리와 양들이 우는 소리가 들려왔습니다. 그때 저는 장님 점쟁이인 테바이 사람 틸레시아스가 해준 말과 아이아이에 섬의 키르케가 해준 말을 상기했습니다. 인간에게 기쁨을 주는 태양신의 섬에는 가지 않는 것이 좋다던 그 말 말입니다. 그때 저는 침울한 심정으로 동지들에게 이렇게 말했지요.

"내 말을 잘들 듣게. 자네들은 온갖 고난을 겪어왔는데, 지금 틸레시아스가 나에게 말해준 예언을 전해주겠네. 그리고 아이아이네의 키르케 여신도 나에게 말했네. 인간들에게 기쁨을 주시는 태양신의 섬에는 가지 말라고 말일세. 그곳에는 우리에게 가장 무서운 재앙이 도사리고 있을 터인즉 섬에는 가지 말고 그 옆을 지나가도록 배를 젓게."

이렇게 말하자 동지들은 무척 실망하는 것이었습니다. 그때 에우릴로코스가 투덜대며 말했습니다.

"오디세우스님, 당신은 너무 매정하십니다. 남달리 기운도 세시고 손발의 피로도 모르시나보죠? 당신의 몸은 무쇠로 만들었답니까? 동지들이 피로와 졸음에 지쳐 있는데도 섬에 올라가 휴식을 취하게 하지 않다니. 그건 말도 안 됩니다. 그 섬에 올라가면 맛있는 저녁 식사도 지어먹을 수 있을 텐데 말입니다. 이런 몸으로 어두운 바다 위로 항해를 계속하라니요. 밤이 되면 언제나 배를 위태롭게 하는 바람이 세차게 불어오지 않았습니까? 그러면 어느 쪽으로 가야 파면을 피할 수 있지요? 만약 갑자기 폭풍이라도 만나게 되면 어찌하시겠습니까? 이런 바람들은 신들의 허락도 없이 배를 때려부수지요. 그러니 섬에 배를 대고 저녁 식사나 하고 하룻밤을 보낸 다음 내일 아침 일찍 떠나는 것이 어떠신지요."

에우릴로코스가 이렇게 말하자 동지들도 모두 그의 말에 찬동했습니다. 이때 저는 신이 또 무슨 계교를 꾸미고 있다는 것을 확실히 깨달았습니다. 그래서 그에게 언성을 높여서 말했습니다.

"에우릴로코스여, 그대는 나를 협박하려 하는가? 정 그렇다면 모두 나에게 굳게 맹세를 하게. 만약 소떼나 양떼를 보더라도 소나 양은 절대로 죽이지 않겠다고……. 그대신 키르케 여신이 준 식량은 얼마든지 먹어도 괜찮아."

내가 이렇게 말하자 모두 굳게 맹세했습니다. 그들이 단단히 맹세도 하고 서약을 마치자 우리는 널찍한 포구로 들어가서 배를 댔습니다. 그곳은 달콤한 샘물이 있는 곳으로, 우리는 모두 배에서 내려 저녁 식사를 지었습니다. 우리는 배불리 먹고 마시고 나자 죽은 동지들을 생각하면서 눈물을 흘렸습니다. 저 악랄한 스킬레가 우리의 널찍한 배에서 낚아채어 잡아먹은 동지들을 애도하며 우는 사이에 달콤한 졸음이 엄습해 왔습니다. 그러나 밤도 다 끝나가는 3분의 1시분(時分)[10], 별들도 자취를 감출 무렵 제우스 신은 무서운 돌풍과 함께 구름떼를 몰고 와서 대지도 바다도 구름으로 뒤덮고 하늘을 캄캄한 밤으로 뒤덮었습니다. 일찍 태어나는 장미빛 손가락을 가리키는 새벽의 여신이 나타나자 우리는 빈 동굴 속으로 배를 끌어들였습니다. 그곳에는 님프들의 아름다운 무도장과 집들이 있었습니다. 그때 저는 동지들을 모아놓고 그들 가운데 서서 말했습니다.

10) 끝나가는 3분의 1시분(時分): 낮이고 밤이고 셋으로 나누었다(《일리아스》 21·111 참조). 다음 구절도 '별도 꼭대기를 지나 내리막길로 들어선', 즉 새벽이 가까워진 것으로 볼 수 있다.

"나의 친한 동지들이여, 우리의 빠른 배 안에는 음식이며 마실 것이 충분히 있으니 소에는 절대 손을 대지 말아주게. 재난을 초래하면 큰일이니까. 그 짐승들은 모두 존귀하신 신의 소유물일세. 소도 양도 만물을 키우시고 모든 일에 귀를 기울이시는 태양신의 것이란 말일세."

저는 이렇게 간곡한 말로 혈기가 넘치는 동지들을 설득시켰습니다. 그런데 그로부터 한 달 내내 남풍이 계속 불어왔으며 동쪽과 남쪽에서 불어오는 바람 외에는 어느 방향에서도 바람이 불어오지 않았습니다. 그래서 동지들은 식량과 빨간 포도주가 남아 있는 동안에는 식량을 아껴 먹으면서도 소에는 절대로 손을 대지 않았으나 비축했던 식량이 바닥이 나자 산과 들을 방황하면서 물고기고 날짐승이고 닥치는 대로 잡을 수밖에 없었습니다. 구부러진 바늘[11]이 굶주린 위장을 괴롭혔기 때문이지요.

그 무렵 저는 섬 깊숙이 올라가 있었습니다. 귀국할 방도를 가르쳐주십사고 신들께 기원하려고 말입니다. 저는 동지들과 떨어져 섬 깊숙이까지 들어가 손을 깨끗이 씻고 바람이 불지 않은 아늑한 곳으로 들어가서 올림포스에 계신 모든 신들에게 기도를 올리고 있었습니다. 그런데 신들은 그때 저의 눈꺼풀에 달콤한 잠을 부어 넣으셨습니다. 그럴 즈음 에우릴로코스는 동지들에게 못된 계책을 제의했던 것입니다.

"여보게들 내 말을 잘 들어보라구. 우리는 지금 몹시 굶주리고 있네. 죽는다는 것은 아무리 비참한 인간에게도 무서운 일임에 틀림없네. 그 중에서도 굶어죽는다는 것은 가장 괴롭고 불쌍한 일이지. 그러니 태양신의 소 중에서도 가장 좋은 소 몇 마리를 몰아내어 광활한 하늘을 다스리시는 신들에게 제물로 바치는 것이 어떻겠는가? 그리고 우리가 만약 이타케로 돌아가서 조국의 땅을 밟게 되거든 하늘을 날으는 태양신께 훌륭한 궁전을 지어드리고 그 궁전에는 좋은 제물을 잔뜩 바치도록 하세. 또 만약 뾰죽한 뿔이 난 소들 때문에 신들이 화가 나서 배를 부숴버리려 하시고 다른 신들도 그 신을 돕는다면 입을 벌려 실컷 물을 마시고 목숨을 잃는 편이 멀리 떨어진 외딴 섬에서 질질 끌면서 죽음의 길을 재촉하는 것보다는 낫지 않겠는가?"

에우릴로코스가 이렇게 말하자 다른 동지들도 이에 찬성하여 태양신의

---

11) 구부러진 바늘 : 이 행은 4·369와 똑같아서 여기에 전용(轉用)하는 것은 적당치 않다 하여 많은 학자들은 배척하고 있다.

소 중에서도 가장 좋은 것으로 몇 마리를 몰고 왔습니다. 마침 우리의 배에서 그리 멀지 않는 곳에 이마가 넓고 뿔이 굽은 소들이 풀을 뜯고 있었습니다. 배 안에는 흰 보릿가루가 남아 있지 않았으므로 그들은 소들을 둘러싸고 신들에게 기도를 올리고 잎이 무성한 떡갈나무 가지에서 연한 잎을 뜯어 뿌렸습니다. 이렇게 기도를 끝내자 소의 목을 자르고 가죽을 벗기고 다리를 잘라 기름으로 덮고 이것을 다시 이중으로 싼 후 그 위에 날고기를 놓았습니다. 또한 굽고 있는 제물로 바칠 고기에 부을 술이 없어서 그대신 물을 붓고 내장까지도 모조리 구웠습니다. 다음에는 다리의 살과 뼈도 굽고 또 남은 고기는 잘게 썰어서 꼬챙이에 꽂아 불에 구웠습니다.

마침 그때 저의 눈꺼풀에서 달콤한 잠이 사라져버렸기 때문에 빠른 배가 있는 바닷가로 가보니 아니나 다를까 고기 굽는 냄새가 천지를 진동했습니다. 저는 크게 탄식하면서 불사의 신들에게 말했습니다.

"제우스 신이시여, 그리고 영원히 행복하게 사시는 그 밖의 신들이시여, 당신들은 저를 달콤한 잠으로 유혹하시고, 엉뚱한 과실을 범하게 하였습니다. 저의 동지들이 저를 기다리고 있는 동안 그들은 큰 일을 저질렀습니다."

한편 허공을 빨리 나는 태양신께는 긴 옷을 입은 람페티에를 보내 우리가 실수하여 태양신이 아끼는 소를 죽였음을 보고하게 하였습니다. 그러자 신께서는 대노하여 불사의 신들에게 말하였습니다.

"제우스 신이시여, 그리고 영원히 행복하게 사시는 불사의 신들이시여, 이들을 벌하여 주십시오. 라에르테스의 아들인 오디세우스의 부하들을. 그 자들은 저의 소들을 참혹하게 죽였습니다. 제가 별이 반짝이는 하늘로 올라갈 때나, 또는 하늘에서 지상으로 내려올 때 언제나 저를 기쁘게 해주던 소를 죽였습니다. 만약 그 소에 상응하는 엄한 벌을 그들에게 내려주시지 않는다면 저는 명계로 들어가 망령들 사이에서 빛날 것입니다."

그러자 구름을 몰고 오는 제우스 신이 대답했습니다.

"태양신이시여, 그러지 말고 불사의 신들에게 빛을 보내주게. 그리고 죽어야 할 인간들을 위해 보리를 키워주는 논밭에 빛을 보내주게. 그 자들의 빠른 배는 내가 흰빛을 번쩍이는 번갯불로 포도주 빛 바다에서 산산조각으로 부수어버릴 테니까."

사태가 이리 되리라는 것은 이미 머리가 아름다운 칼립소에게서 들어 알고 있었는데 칼립소는 전령의 신 헤르메스에게서 직접 들었다고 말했습니다.

저는 다시 배가 있는 바닷가로 가서 부하들 한 사람 한 사람에게 책망을 했지만 이제는 어쩔 도리가 없었습니다. 소는 이미 죽어버렸으니까요. 얼마 안 있어 신들은 그들에게 불길한 징조를 나타내기 시작했습니다. 죽은 소의 가죽이 엉금엉금 기어다니고 쇠꼬챙이에 꽂은 고기는 구운 것이든 아직 굽지 않은 것이든 낮은 신음 소리를 내면서 소처럼 울기 시작했습니다.

그로부터 엿새 동안 나의 충실한 동지들은 태양신의 소떼 중에서 좋은 놈을 몰고 와서는 계속 잡아먹었으며 칠일째 되는 날, 크로노스의 아드님이신 제우스 신이 광란하듯 몰아부치던 돌풍이 딱 멎자 우리는 서둘러 배에 올라 돛대를 세우고 흰 돛을 단 후 넓은 바다를 향해 떠났습니다.

이윽고 섬이 멀어져 육지라고는 전혀 보이지 않는 망망대해로 나왔을 때 크로노스의 아드님이신 제우스 신께서는 우리의 배를 검은 구름으로 덮어 사방이 캄캄해졌습니다. 그러자 배는 더 이상 항해하지 못하게 되었습니다. 왜냐하면 그때 무서운 소리를 내면서 서풍이 불어닥쳐 돛대의 밧줄이 두 개가 끊어져버려 돛대가 쓰러지고 밧줄도 선창 바닥으로 떨어져버렸으며 쓰러지던 돛대가 키잡이의 머리에 맞아 머리통을 산산조각으로 부서지게 했습니다. 그의 몸은 곡예사처럼 뱃머리에서 바다로 떨어지고 용감했던 그의 영혼은 육신을 떠나가고 말았습니다.

게다가 제우스 신께서는 요란한 천둥 소리와 함께 배에 벼락을 떨어뜨렸습니다. 제우스 신의 벼락에 맞은 배는 형체도 알아볼 수 없이 부서졌으며 유황 냄새가 코를 찔렀습니다. 배에서 떨어진 동지들은 가마우지처럼 검은 배의 주위에서 파도에 떠밀리고 있었습니다. 이제 그들이 그토록 고대하던 귀국의 꿈은 영영 사라지고 말 것입니다.

한편 저는 배의 앞뒤를 몇 번이나 왔다갔다 했습니다. 큰 파도가 배의 용골 옆 뱃전을 떼어갈 때까지 말입니다. 부서진 뱃조각이 하나 둘씩 파도에 떠밀려 갈 때 저는 돛대를 잘라 용골에 쓰러뜨리고 쇠가죽을 꼬아 만든 튼튼한 밧줄로 부러진 돛대를 용골에 붙들어 맨 후 그 위에 앉아서 저주스런 바람이 부는 대로 실려갔던 것입니다.

그러자 사납게 몰아치던 서풍도 잠잠해지고 남풍으로 바뀌어 저는 슬픔을 억제하면서 칼리브디스의 저주스러운 길로 다시 들어서게 되었습니다. 저는 날이 밝을 때까지 떠밀려가다가 해가 뜰 무렵 스킬레의 바위와 무서운 칼리브디스의 소용돌이에 이르게 되었습니다. 마침 그때 소용돌이는 짠 바닷물을 빨아들이기 시작했습니다. 저는 재빨리 껑충 뛰어 근처에 자라고 있는 무화과나무에 박쥐처럼 매달렸으나 안전하게 발을 디딜 곳도, 걸어갈 수도 없었습니다. 그 나무의 밑둥은 아래쪽에 있었으며 큰 나뭇가지만 하늘 높이 자라 있었으니까요. 그처럼 길고 큰 가지가 칼리브디스에 그늘을 드리우고 있었던 것입니다.

저는 기를 쓰고 나뭇가지에 매달린 채 무서운 그 소용돌이가 용골과 돛대를 토해내기를 기다리고 있었습니다. 그 기다리는 시간이란 참으로 지루했습니다. 소용돌이는 마치 재판관이 판결을 내려주기를 바라는 젊은이들의 판결을 마치고 재판관이 저녁 식사를 들기 위해 자리에서 일어나는 것처럼 늦게서야 용골과 돛대를 다시 바다 위로 떠올렸습니다. 저는 그 돛대에 올라타기 위해서 붙들었던 가지에서 손을 놓자 요란한 소리를 내며 긴 돛대 옆의 바다에 철썩 떨어져버렸습니다. 저는 다시 그 위에 올라 앉아 노도 없이 손으로 저어 갔습니다. 그러나 인간과 신들의 아버지이신 제우스 신께서 스킬레에게는[12] 나를 발견하지 못하게 하셨습니다. 만약 그렇지 않았더라면 그 순간 파멸을 면치 못했을 것입니다.

그때부터 구일 동안, 저는 파도에 실려갔는데 열흘째 되던 날 밤, 신들께서는 저를 오귀기에 섬으로 가게 하셨던 것입니다. 그 섬에는 사람처럼 말을 하는 무서운 여신 칼립소가 살고 있었는데 저를 반가이 맞아주고 잘 보살펴주었습니다. 이제 그 이후의 이야기는 되풀이할 필요가 없겠지요. 이미 어제 이 성관에서 당신에게나 거룩하신 당신의 부인에게도 다 말씀드렸으니까요. 한 이야기를 다시 하기는 싫으니까요.

12) 스킬레에게는 : 이 두행은 불필요하다 하여 배척되고 있다. 또는 오디세우스를 주어(스킬레를 보는 것을)로 보는 해석도 있으나 그래도 문맥이 잘 통하지 않는다.

제 13 편

오디세우스의 표류담도 이것으로 끝나게 된다. 사람들은 감탄하여 왕의 지시에 따라 다투어 그에게 선물을 주고 배에 태운 후 이타케 섬으로 보내준다. 배 안에서 잠든 그를 해안으로 끌어올리고, 보물을 곁에 있는 동굴 속에 넣고 그들이 떠나자 잠에서 깨어난 오디세우스는 이곳이 어딘지 몰라 의아해하는데 아테네 여신이 소녀의 모습으로 나타나서 여러 가지 일들을 말해준다.

오디세우스가 이렇게 말하자, 사람들은 모두 조용해졌다. 불빛이 침침한 성관의 넓은 홀은 마법의 힘에 사로잡혀 있는 듯했다.

이때 알키노스가 오디세우스에게 큰소리로 말했다.

"오디세우스시여, 숱한 고생 끝에 청동 문지방으로 단장한 저의 성관에 오신 이상 다시는 내쫓기어[1] 돌아가는 일은 없을 것입니다. 그러니 원로 여러분, 내 집에 와서 붉게 빛나는 술을 마시며 음유시인의 노래에 귀를 기울이고 있는 여러분들에게 간곡히 말씀드립니다. 이미 이 손님을 위해서 옷이며 온갖 기교를 다 부려서 만든 황금과 그 밖의 선물들은 파이에케스의 국무를 돌보는 분들이 훌륭한 궤에 넣어두었습니다. 그러니 여러분, 각자가 그분에게 큰 솥이나 냄비를 별도로 더 보내도록 합시다. 우리는 차후에 백성들로부터 세금을 거두어 그것을 보상받으면 되지 않겠습니까? 개인이 무상으로 그것을 지출한다는 것은 어려운 일이니까요."

알키노스 왕이 이렇게 말하자 모두 그 뜻에 찬동하고 자리에서 일어나 잠을 자러 집으로 돌아갔다.

그리하여 일찍 태어나는 장미빛 손가락을 가리키는 새벽의 여신이 나타나자, 모두 서둘러 배가 있는 곳으로 달려가서 훌륭한 무사의 징표인 청동 그릇을 갖고 왔다. 존엄하신 알키노스 왕은 손수 배에 올라 그것들을 싣게

---

1) 내쫓기어 : 《일리아스》 1·59와 같은 말이 사용되고 있다. 여기서는 반드시 적당한 것은 아니다. 작자가 기억에서 전용한 것으로 보인다.

하고 선원들이 배를 저어갈 때 아무런 불편이 없도록 보살펴주었다. 그리고는 모두 알키소스 왕의 성관으로 돌아가서 잔치 준비를 했다.

존엄하신 알키노스 왕은 그들을 위하여 크로노스의 아드님이시며 검은 구름을 부리시는 제우스 신께 암소 한 마리를 제물로 바쳤다. 그들은 허벅지 살을 구워 제사를 올린 다음 흥겨운 잔치를 벌였다. 신처럼 국민의 존경을 한몸에 받고 있는 음유시인 데모도코스가 그들 사이에 서서 노래를 계속했다. 한편 오디세우스는 눈부시게 빛나는 태양 쪽으로 얼굴을 들리고 어서 해가 지기를 간절히 바라고 있었는데, 그것은 한시바삐 귀국할 수 있기를 바랐기 때문이며, 그것은 마치 농부가 포도주빛 소에 쟁기를 매어 놀려두었던 밭을 갈다가 해가 저물어 저녁을 먹으러 걸음을 재촉하지만 너무 다리가 아파 빨리 걷지 못하는 것과 같았다. 오디세우스는 그 농부처럼 해가 지는 것을 보자 기쁨을 감추지 못했다. 그는 노젓는 일에 익숙한 파이에케스 사람들과 알키노스 왕에게 다가가서 말했다.

"알키노스 왕이시여, 모든 사람들 중에서도 특히 훌륭한 분이시여, 그리고 여러분들은 신들에게 술과 제물도 바쳤으니 저를 무사히 보내주십시오. 이제 제가 바라는 것들은 다 갖추어졌으니까요. 돌아갈 수 있도록 채비도 해주셨으며 선물도 이렇게 많이 주셨으니까요. 하늘에 계신 신들께서도 축복을 내려주실 것입니다. 저는 고향으로 돌아가면 저를 애타게 기다리고 있는 아내와 가족들도 만나게 될 것입니다. 그리고 여러분들께서는 이 나라에서 부인이나 자녀들과 함께 행복하게 사시고 또한 이 나라에 아무런 재앙없이 평화로운 세월이 계속되시기를 간절히 빕니다."

이렇게 말하자, 그들은 모두 그가 적절한 인사말을 했다면서 손님을 전송하자고 말했다.

"폰토노스여, 혼주기에 좋은 술을 타서 이 성관 안에 있는 모든 분들의 잔에 따라드리라. 또한 이 손님이 하루 속히 그분의 나라로 돌아가게 해달라고 제우스 신께 잔을 올리라."

폰토노스는 마음을 녹여주는 술을 부어주었다. 그들은 광활한 하늘을 다스리시는 신들께 잔을 바쳤다. 그러자 오디세우스는 자리에서 일어나 왕비 아레테의 손에 두 귀가 달린 술잔을 들려주고 왕비에게 말했다.

"왕비시여, 늙음과 죽음이 찾아올 때까지 평안히 계십시오. 저는 이제 저의 나라로 돌아갑니다만 왕비께서는 이 성관에서 아드님들이나 이 나라 백성들과 그리고 알키노스 왕과 더불어 행복하게 사시기를 빕니다."

이렇게 말한 다음 오디세우스가 문 밖으로 나서자, 알키노스 왕은 전령을 시켜서 빠른 배가 있는 바닷가로 그를 안내하게 했다. 또한 왕비 아레테도 시녀들을 함께 딸려보냈다. 한 시녀에게는 깨끗하게 빤 폭이 넓은 옷감과 속옷을 들려 보냈고 또 한 시녀에게는 튼튼하게 만든 함을 들렸으며 또 다른 한 시녀에게는 곡식과 빨간 포도주를 들려 보냈다.

사람들이 모두 배가 있는 해변에 도착하자 전송하러 나온 사람들은 널찍한 배 안에 음료며 양식이며 갖고 온 짐들을 실었다. 그리고 배의 갑판 위에 오디세우스가 눈을 뜨지 않고 잠을 잘 수 있도록 두툼한 모포를 깔아주었다. 오디세우스가 배에 올라 잠자코 자리에 눕자 선원들도 각자 노 저을 자리에 앉고 구멍 뚫린 큰 돌에 묶여 있던 밧줄을 풀었다. 선원들이 몸을 뒤로 젖히면서 노를 젓기 시작하자 달콤한 잠이 오디세우스의 눈꺼풀을 덮었다. 그 잠은 죽음처럼 깨지 않는 편안하고 달콤한 잠이었다.

그가 탄 배는 4대마차를 끄는 암말들이 채찍 소리에 놀라 평지를 달려가듯이 신에 못지않은 지혜를 갖고 있는 무사를 싣고 물결을 헤치면서 하늘을 날아가는 새보다도 빠르게 질주해갔다. 그 무사도 수많은 고난을 겪었으며 수많은 전쟁과 폭풍을 견뎌낸 사람이었다. 그러나 지금은 지난날의 고난도 다 잊은 채 깊은 잠에 빠져 있었다.

그런데 가장 빛나는 그 별[2]이 하늘 높게 떠올랐을 때 —— 그 별이 일찍 태어나는 새벽의 빛을 알릴 즈음, 배는 이타케 섬 가까이 이르렀다. 그 섬에는 바다 노인의 신의 이름을 딴 포르키스라는 포구가 있었는데 이곳에는 두 개의 곶이 삐죽이 돌출해 있었다. 이 두 개의 곶은 먼 바다에서 밀어닥치는 큰 파도를 막아주어 그 포구에서는 닻을 내리지 않고 정박하는 것이 예사였다.

그런데 이 포구의 가장 안쪽 부두에는 긴 잎을 드리운 올리브나무가 있었으며 그 근처에 환영의 뜻을 나타내는 듯한 동굴이 있었으며 그곳은 하천의 님프[3](나이아데스)라 불리는 분들의 성소(聖所)이기도 했다. 이 동굴 안에는 돌로 만든 혼주병이나 두 귀가 달린 술잔이 놓여 있으며 그 안에서는 꿀벌들이

---

2) 빛나는 그 별 : 새벽의 명성(明星)과 금성(金星)을 가리킴. '빛을 가져온다'는 이름을 갖고 있다.

3) 하천의 님프 : 나이아스(복수는 나이아데스)를 말함. 하천 등지에 사는 요정이다.

살고 있었다. 또한 동굴 안에는 돌로 만든 베틀이 있으며 님프들이 이 베틀에 앉아 자줏빛의 현란한 옷감을 짠다고 했다. 또한 이 동굴 안에서는 언제나 샘물이 흐르고 있었다. 이 동굴에는 두 개의 문이 있으며 한 문은 북쪽을 향해 나있는 사람들이 들어갈 수 있지만 남쪽에 나있는 문은 신들이 드나드는 문으로 사람은 들어갈 수 없었다.

선원들은 전부터 그 장소를 잘 알고 있었으므로 배를 그곳으로 몰고 갔다. 그러나 너무 세게 배를 몰았던 탓으로 선체의 절반이나 뭍으로 올라가버렸다. 선원들은 그토록 빨리 배를 저어왔던 것이다. 배가 뭍에 닿자 선원들은 배에서 내려 육지로 올라갔다. 그들은 우선 아직도 잠들어 있는 오디세우스를 업고 내려 빛나는 요 위에 눕히고 다음에는 파이에케스의 장로들이 도량이 넓으신 아테네 여신의 도움으로 오디세우스가 고향으로 돌아갈 때 선물로 준 물건들을 배에서 끌어내려 올리브나무 밑에 모아놓았다. 그것은 지나가는 사람들이 오디세우스가 잠에서 깨어나기 전에 그것들을 가져가지 못하게 하기 위해서였다. 그런 다음 그들은 다시 자기 나라로 돌아가버렸다.

그러나 대지를 뒤흔드는 신은 처음에 신과도 같은 오디세우스를 위협했던 말을 잊지 않고 있었던지 제우스 신께 그 의향을 물었다.

"아버지이신 제우스 신이시여, 인간인 파이에케스 사람들조차도 그들은 나의 씨족[4]인데도 불구하고 나를 존경하지 않는다면 나는 불사의 신들 사이에서도 존경받지 못할 것입니다. 오디세우스가 온갖 고난을 겪은 끝에 고향으로 돌아간 것을 생각하면 더욱 그렇습니다. 저는 그를 고향으로 돌아가게 하지 못하게 하겠다는 것은 아닙니다. 당신이 처음에 그렇게 약속하고 승낙한 일이었으니까요. 그러나 녀석들은 자고 있는 오디세우스를 빠른 배에 태워 이타케 섬으로 데려다 주었을 뿐아니라 훌륭한 선물까지 주었습니다. 청동과 황금과 옷가지들을 산더미 같이 많이 주었습니다. 트로이아에서조차도 그가 이렇게 많은 것들을 노획하지는 못했을 것입니다."

그러자 모든 구름을 지배하시는 제우스가 대답하여 말했다.

"대지를 뒤흔드는 신이여 무슨 말을 하려 하는가. 다른 신들이 그대를 업수이 여기다니 그것은 당치도 않은 소리일세. 나이도 가장 많고 지체도 높은 그대에게 무례한 짓을 하다니 그것은 있을 수도 없을 뿐더러 쉬운 일이

4) 씨족 : 그 씨족(氏族)에 속하는 자들, 즉 후예라는 뜻.

아닐세. 만일 인간의 몸으로 완력이나 권력을 믿고 그대에게 불손한 짓을 한다면 언제든지 마음껏 보복하게나."

이 말에 이번에는 대지를 뒤흔드는 포세이돈이 대답하여 말했다.

"지금 당장이라도 말씀하신 대로 하겠습니다. 검은 구름을 일으키시는 신이시여, 하지만 저는 당신의 심기를 언짢게하면 어쩌나 하여 삼가하고 있습니다. 지금 당장이라도 파이에케스 족들의 빠른 배가 그를 실어나르고 돌아가는 것을 자욱하게 안개낀 바다 위에서 부숴놓고 싶습니다. 앞으로는 절대로 인간들을 실어보내지 못하도록 말입니다. 그리고 큰 산으로 그들의 도성을 양쪽에서 둘러쌀 작정입니다."

그 말을 듣자 모든 구름을 지배하는 제우스가 대답했다.

"친애하는 신이여, 나는 이렇게 하는 것이 좋지 않을까 생각하네. 사람들이 섬에서 배가 돌아오는 것을 바라보고 있을 때 육지 가까이서 그 배를 빠른 배 모양의 돌로 만들어버리는 걸세. 그들이 깜짝 놀라도록 말일세. 그러나 그들의 고을을[5] 산으로 둘러싸는 일만은 하지 않는 것이 좋겠네."

대지를 뒤흔드는 포세이돈은 이 말을 듣자 곧바로 파이에케스 족들이 살고 있는 스케리에로 가서 대기하고 있는데 그 배는 바다 위를 날 듯이 달려왔다. 그러자 대지를 뒤흔드는 대신은 그 배로 다가가서 그 배를 돌로 만들어버리고 손바닥으로 내려쳐서 땅 밑까지 뿌리가 내려 뻗게 했다. 그리고 포세이돈은 그곳에서 사라져버렸다.

그러자 이것을 보고 사람들은 말했다. 긴 노로 배를 잘 젓는 파이에케스 사람들은 서로 마주보며 떠들었다.

"도대체 누가 고향으로 돌아오는 빠른 배를 바다 한복판에 묶어놓았는가. 바로 눈 앞에까지 다 왔는데 말이야."

사람들은 이렇게 말했지만 그 영문을 알 수 없었다. 그러나 알키노스 왕은 사람들에게 말했다.

"그 옛날 나의 아버님이 하셨던 말씀이 사실로 나타날 것이다. 포세이돈은 우리가 모든 사람들을 안전하게 보내주는 것을 못마땅하게 여기고 있다고 말씀하셨었다. 그래서 파이에케스 족들의 멋진 배가 사람들을 실어다 주고

---

5) 그러나 그들의 고을을 : 이 대목에 대해서는 이설(異說)이 분분하며 '큼직한 산……', '산이…….'

돌아올 때 안개가 자욱한 바다 위에서 그 배를 박살내고 우리들의 도성 양편에서 큰 산으로 에워쌀 것이라고 신께서 말씀하시더라고 하셨지. 그것이 지금 사실로 증명된 것이다. 그러니 여러분은 내가 하는 말을 잘 듣고 내 말에 따르도록 하시오. 우선 앞으로는 누군가 우리한테 와서 간절히 청하더라도 더 이상 보내주지 않도록 하세. 그리고 포세이돈 신에게는 좋은 암소 열두 마리를 골라 제물로 바치도록 하세. 우리를 긍휼히 여겨 우리 도성을 양쪽에서 높은 산으로 에워싸지 말아달라고 빌도록 하세."

왕이 이렇게 말하자 사람들은 겁에 질려 암소를 골라왔다. 파이에케스 족들의 지도자들은 제단 앞에서 포세이돈에게 기도를 드렸다.

한편 거룩한 오디세우스는 잠에서 깨어났으나 자기가 조상 대대로 살아온 땅에 누워 있으면서도 너무나 오랜 세월 동안 고국을 떠나 있었는데다 팔라스 아테네가 주위에 안개를 자욱하게 끼게 하여 이곳이 자기 나라인지 알지 못했다. 여신이 안개를 끼게 한 것은 지나가던 사람들이 그를 보고 알아보지 못하게 하기 위해서였다. 온갖 불법을 저지르는 구혼자들에게 충분한 보복을 하기 전에는 그의 부인이나 친척이나 성내의 사람들에게 그의 정체가 알리지 않도록 말이다. 그래서 이 영주에게는 모든 것이 생소하게 보였다. 길게 뻗은 좁은 길이며, 정박하기 좋은 포구며, 험준한 바위 산도, 무성한 수목들도 오디세우스의 눈에는 낯설기만 했다.

그는 자리에서 일어나 고향 땅을 바라보면서 손바닥으로 두 다리를 치면서 탄식하였다.

"아아 이럴 수가 있는가 나는 또 어떤 인간들이 살고 있는 나라에 왔단 말인가? 이곳 사람들은 난폭하고 사리를 모르는 사람들일까? 아니면 낯선 외지 사람들에게 친절하게 대해주는 신을 두려워하는 마음을 가진 사람들일까? 나의 많은 보물을 어디로 갖고 가야 안전하며, 어디로 발길을 옮겨야 좋을까. 파이에케스 사람들이 사는 곳에 그대로 머문 것이 잘못한 것은 아닐까. 더 권세가 당당한 군주를 찾아가서 부탁했더라면 나를 극진히 환대해주고 고향으로 보내주었을 텐데. 그런데 지금은 이 보물들을 어디에 두어야 좋을지도 모르겠으며 그렇다고 여기에 그대로 버려둘 수도 없지 않은가. 다른 사람들이 가져가버리면 큰일이니까. 그렇다면 파이에케스 족들의 지도자들은 분별도 없고 도리를 지키는 사람이 아니었단 말인가? 나를 엉뚱한 나라로 보내주다니——. 그들은 나를 틀림없이 이타케 섬으로 보내주겠다고 약속했음에도 불구하고 이를 실행하지 않았다. 제우스께서 진실로 탄원하는 사람을 보호해주는 신이시라면 그들을 벌하여주소서. 약속을 어긴 자에게는 벌을 내리겠다고 신께서는 늘 말씀하시지 않았습니까? 그래, 우선 재물의 수를 세어봐야겠다. 배에 싣고 이곳에 오는 동안 없어진 것은 없는지 살펴보아야겠다."

이렇게 말하고 그는 값진 세 발 달린 솥이며 황금 그릇이며 훌륭한 옷가지를 세어보았다. 그러나 없어진 것은 하나도 없었다. 그래도 그는 고향을 그리워하며 물결치는 바닷가에 엎드려 울었다. 그가 눈물을 닦으며 울고 있는데 젊은 남자의 모습으로 변장한 아테네 여신이 나타나셨다. 그 차림새로 보아 양치기 같았으나 영주의 아들처럼 늠름해 보였다. 양 어깨에는 외투를 걸치고 있었으며 통통한 발에는 멋진 신을 신고 양손에 창을 들고 있는 모습을 보자, 오디세우스는 그의 앞으로 나아가 위엄 있는 목소리로 말했다.

"참 반갑군요, 당신은 내가 이 땅에 와서 처음 만나는 분이십니다. 아무쪼록 나를 적대시하지 마시고 여기 있는 이 물건들과 나를 무사히 보내주십시오. 이렇게 신에게 기원하듯 당신의 무릎에 매달려 애원합니다. 그러니 확실히 말씀해주십시오. 이곳은 어느 나라이며 또한 어떠한 사람들이 살고 있습니까? 아니면 전망이 좋은 한 섬인지, 아니면 비옥한 대륙의 한 끝이 바다 쪽으로 기울어져 있는 해변인가요?"

그러나 이번에는 빛나는 눈의 아테네 여신이 말했다.

"낯선 분이시여, 이곳에 어떤 나라냐고 묻는 것을 보니 먼 곳에서 온 분 같군요. 이곳은 그처럼 세상에 알려지지 않은 땅이 아닙니다. 많은 사람들이 잘 알고 있는 고장이지요. 동쪽의 태양이 향하는 나라에 사는 사람들이든, 또 해가 저무는 서쪽 나라에 사는 사람들이든 모두 잘 알고 있는 나라입니다. 바위 투성이의 산이 많아 평지가 적고, 말을 타고 달리기에는 적합하지 않으나 그렇다고 척박한 섬은 아니며 넓다고는 할 수 없지만 이 섬에서는 곡식도 많이 나고 포도주도 나오지요. 그리고 언제나 비와 이슬이 넉넉히 내려 산양이나 소를 치기도 좋고 또 갖가지 수목들도 무성히 자라고 있어 일년 내내 물이 끊기지 않는 샘물도 여러 곳 있습니다. 그래서 이타케 섬은 그 이름이 트로이아까지 알려져 있습니다. 비록 아카이아의 나라에서[6] 멀리 떨어져

6) 아카이아의 나라에서 : 여기서는 그리스 전체를 가리키는 것으로 생각된다.

있지만 말입니다."

이 말을 듣자 인내심이 강하고 존엄한 오디세우스는 조상 대대로 살아온 고향 땅에 돌아와 있음을 알게 되어 몹시 기뻐했다. 제우스의 딸 팔라스 아테네가 그렇게 알려주었기 때문이었다. 그래서 그는 신에게 말하면서도 내심으로는 교활한 지혜를 굴리면서도 자기의 정체를 드러내지는 않았다.

"이타케 섬에 대해서는 저도 들은 적이 있습니다. 바다 멀리 떨어져 있는 넓은 크레테에서였지요. 저는 지금 이런 재물들을 가지고 왔습니다. 저의 아이들에게도 이 정도의 재물은 남겨놓고 이곳으로 도망쳐왔는데, 그것은 제가 이도메네우스의 아들을 죽였기 때문입니다. 그는 오르실로코스라는 자인데 그는 광대한 크레테 섬 안에서 누구보다도 발이 빨랐습니다. 그 자는 제가 갖은 고난을 겪어가면서 위험을 무릅쓰고 트로이아에서 갖고 온 나의 노획물[7]을 빼앗으려고 해서 죽였던 것입니다. 저는 트로이아에서 그의 아버지의 비위를 맞춰주며 그의 신하로 있고 싶지 않아, 동지들을 지휘하여 그가 밭에서 돌아오는 것을 지키고 있다가 청동창으로 찔렀습니다.

그날 밤은 유난히 캄캄해서 누구 한 사람 우리를 보지 못했습니다. 저는 청동창으로 그를 찔러 죽이자 재빨리 포이니카 사람들의 훌륭한 배로 가서 그들이 흡족해 할 만큼 전리품을 듬뿍 나누어주고 저를 필로스든, 에페이오이 족들이 지배하고 있는 엘리스로든 데려다 달라고 부탁했습니다. 그런데 바람이 세차게 불어 그들은 그곳에서 멀리 떨어진 곳으로 데려오고 말았습니다. 그들이 저를 속이려 한 것은 결코 아니었지만, 저는 처음에 가기로 작정한 곳이 아닌 이곳에 닿게 되었던 것입니다. 우리는 가까스로 이곳 포구에 배를 댈 수 있었는데, 그래서 저녁 식사도 깜박 잊고 하지 못했습니다. 우리는 기진맥진하여 배에서 내려 모두 바닷가에 누워버렸습니다. 그때 저는 너무 피로에 지쳐 깊은 잠에 빠지게 되었습니다. 그러자 그들은 배에 싣고 온 저의 물건들을 끌어내려 제가 잠자고 있는 바닷가 모래밭에 갖다놓고는 다시 배를 타고 경치가 좋은 시돈으로 떠나가버렸습니다. 그래서 혼자 남겨진 저는 난처한 처지에 놓이게 되었습니다."

그러자 빛나는 눈의 여신 아테네는 미소를 지으면서 손으로 그를 어루만졌다. 그 모습은 매우 아름다웠으며 키가 늘씬하고 훌륭한 손재주를 가진

7) 나의 노획물 : '내가 트로이아 땅에서 빼앗은 것.'

여인같이 보였다. 여신은 그에게 언성을 높여 말했다.

"당신은 참 능청스럽고 교활한 사나이군요. 비록 신이라 해도 당신의 꾀는 당해내지 못할 것 같군요. 누구에게건 지기 싫어하고 머리가 잘 돌아가는 당신은 자기 고향에 돌아와서도 여전히 사람을 속이려는 이야기는 그만두려 하지 않는군요. 당신이 그러기를 좋아한다 하더라도 이제 그런 이야기는 그만두기로 합시다. 우리는 모두 꾀가 많으니까요. 당신은 인간 중에서 책략이나 꾸며대는 화술이 뛰어났으며, 나 또한 신들 중에서는 지혜가 꽤나 뛰어났으니까요. 그런데 당신은 당신이 쓰라린 고난을 당하고 있을 때 당신을 도와주었고, 또 얼마 전에는 파이에케스 사람들이 당신을 좋아하게 하도록 해준 제우스의 딸, 팔라스 아테네를 모르십니까? 그리고 지금 내가 이곳에 온 것은 당신과 함께 묘한 궁리를 짜내어 당신의 보물을 숨겨주기 위해서입니다. 존엄한 파이에케스 사람들이 당신의 귀국을 축하하는 귀한 선물을 준 것도 내가 꾸민 계락이지요. 그리고 당신의 멋진 성관에 돌아가서 이겨내야 할 고통도 모두 말해드리겠습니다. 그것이 당신의 운명인즉 어떤 일이 있더라도 참아내야 합니다. 그리고 남자든, 여자든 어떠한 사람에게도 당신이 갖은 고난을 겪으면서 방랑하던 끝에 돌아왔다는 사실을 밝혀서는 안 됩니다. 사람들로부터 갖은 수모와 고통을 당하더라도 꾹 참아야 합니다."

그러자 지모가 뛰어난 오디세우스가 대답하여 말했다.

"여신이시여, 인간의 몸으로 제가 만났던 분이 아테네 여신이라는 것을 알아차린다는 것은 어려운 일입니다. 아무리 아는 것이 많은 사람이라도 갖가지 형상으로 모습을 바꾸시니 어찌 알아차리겠습니까. 그러나 전부터 당신이 저를 돌보아주셨다는 것은 저도 잘 알고 있습니다. 전에 우리 아카이아 군사들이 트로이아에서 싸울 때도 알고 있었습니다. 또 우리가 프리아모스의 험준한 성을 함락시키고 나서 우리가 각기 자기 배에 올라타자 신께서는 아카이아 사람들을 뿔뿔이 흩어지게 하셨습니다. 그런 뒤에는 제우스 신의 따님은 볼 수도 없었으며, 저의 고난을 덜어주려고 우리 배에 타신 줄도 몰랐습니다. 그래서 신들께서 우리를 재앙으로부터 풀어주시기만을 기다리면서 방랑을 계속해왔던 것입니다. 여신께서는 얼마 전, 파이에케스 사람들이 살고 있는 풍요로운 나라에서 저를 격려해주셨으며, 몸소 도성까지 저를 안내해주셨습니다. 그래서 지금도 이처럼 아버지 신의 무릎에 매달려서[8] 이렇게 간절히 기원합니다. 아마도 이곳은 전망이 뛰어난 이타케가 아니라 어딘가 다른 나라 땅에서 방황하고 있는 것 같습니다. 그런데도 당신께서는 저를 골려주려고 이러시는 거지요. 정말로 저는 고향 땅에 닿은 것일까요?"

이에 답하여 이번에는 빛나는 눈의 아테네 여신이 말했다.

"당신은 언제나 그런 생각만 하고 있군요. 그러니 당신을 그냥 내버려둘 수가 없군요. 당신은 예의 바르고 재치있고 똑똑해요. 다른 사람 같았으면, 방랑 끝에 고향으로 돌아간다면 곧 기뻐 어찌할 바를 모르며 한시 바삐 집으로 돌아가서 아이들과 아내를 만나보려 할 것입니다. 그런데 당신은 그런 것을 물어보거나 알려고도 하지 않는군요. 당신의 아내가 집에서 낮이나 밤이나 슬픔으로 지내고 있는 것을 직접 확인하기 전에는 말입니다. 그러나 나는 당신이 동지들을 다 잃고 고향으로 돌아가게 되리라는 것을 조금도 의심하지 않았습니다.[9] 그러나 나는 포세이돈과 싸우기는 싫었지요. 그분은 저의 숙부이니까요. 그분이 당신을 그토록 미워하신 것은 당신이 그분의 사랑하는 아드님[10]의 눈을 찔렀다 하여 노하신 거지요.

그러면 이제 이타케의 실정을 알려드리도록 하지요. 당신이 믿을 수 있도록 말입니다. 이곳은 저 바다의 노인의 포르키스 포구입니다. 그리고 이 나무는 잎이 길쭉한 올리브나무입니다. 이곳 바로 가까이 하천의 님프(나이아데스)라 불리는 자들의 성소인 동굴이 있지요. 둥근 천장이 바위로 된 그 동굴에서 당신은 님프들에게 많은 제물을 바쳤었지요. 그리고 저기 멀리 보이는 것은 숲으로 뒤덮인 네리토스 산입니다."

여신이 이렇게 말하면서 주위의 안개를 걷어주자 이타케의 대지가 한눈에 들어왔다. 그러자 인내심이 강하고 존귀한 오디세우스는 기쁨을 감추지 못하고 보리를 자라게 하는 밭의 흙에 입을 맞추었다. 그리고는 두 손을 들어올려 님프들에게 기원을 드렸다.

"샘가에 살고 있는 님프들이시여, 제우스의 따님들인 당신들과 이렇게 다시 만나게 되리라고는 생각지도 못했습니다. 제발 저의 간절한 기도를 들어주소서. 그리고 전이나 다름없이 제물도 바치겠습니다. 제우스의 따님인 전리품

8) 아버지 신의 무릎에 매달려서 : '기원하는 사람을 지켜주는 제우스', 또는 '객인(외래인, 渡來人)을 지켜주는' 제우스의 이름을 걸고라는 뜻.

9) 의심지 않았습니다. : 그렇게 되도록 '실현시키려고 생각지도 않았던 것이다.' 라는 뜻.

10) 사랑하는 아드님 : 외눈의 거인 폴리페모스를 가리킴. 오디세우스가 그의 눈을 찔렀던 것이다(9 · 380 이하).

(戰利品)을 주재하는[11] 신께서 내가 오래 살게 하시고 또한 사랑하는 아들이 어른이 되는 것을 허락해주시도록 말입니다."

그러자 이번에는 빛나는 눈의 여신 아테네가 말했다.

"안심하세요. 이제 그런 걱정은 할 필요도 없습니다. 그것보다는 우선 당신의 보물들을 이 큰 동굴 속에 숨겨놓읍시다. 그것들이 온전하게 당신 것이 될 수 있도록 말입니다. 그러면 어떻게 하면 가장 안전하게 숨겨둘 수 있는지 곰곰이 생각해봅시다."

이렇게 말하더니 여신은 침침한 동굴 속으로 보물을 숨길 장소를 찾으러 들어갔다. 한편 오디세우스는 동굴 가까이 파이에케스 사람들이 준 황금 덩어리와 닳지 않는 청동 기구며 옷가지들을 운반했다. 여신은 그것들을 동굴 속에 차곡차곡 넣은 다음 큰 돌로 입구를 막았다.

그런 다음 두 사람은 올리브나무 아래 앉아서 오만무례한 구혼자들을 퇴치할 궁리를 했는데, 먼저 입을 연 것은 빛나는 눈의 여신 아테네였다.

"제우스의 후예이며 라에르테스의 아드님인 지략이 뛰어난 오디세우스여, 수치를 모르는 저 구혼자들을 어떻게 하면 퇴치할 수 있는지 궁리해보십시오. 놈들은 벌써 삼 년 동안이나 당신의 성관을 멋대로 차지하고 신이나 다름없는 당신의 부인에게 결혼 선물까지 갖고 와서 청혼을 하고 있습니다. 그런데도 당신의 부인은 당신이 돌아오기만 기다리면서 울면서 세월을 보내고 있습니다. 그러나 모든 구혼자들에게 실낱 같은 희망을 주어 결혼을 약속하는 것이지만 본심은 그렇지 않았습니다."

그러자 지략이 뛰어난 오디세우스가 대답하여 말했다.

"여신이시여, 만일 여신께서 자세히 얘기해주시지 않았더라면 아트레우스의 아들 아가멤논의 불행한 운명을 저의 집에서 저도 당할 뻔 했군요. 그러니 그들에게 어떻게 복수하는 것이 좋은지 저의 편이 되어주셔서 그 옛날 제가 트로이아 성을 함락시킬 때 도와주셨던 것처럼 이번에도 대담무쌍한 용기를 주십시오. 빛나는 눈의 여신께서 이번에도 제 편이 되어주신다면 3백 명의 무사라 하더라도 그들과 싸워 이길 자신이 있습니다."

그러자 빛나는 눈의 여신이 말했다.

---

11) 전리품(戰利品)을 주재하는 : 아테네 아게레이에를 가리킴. 그 뜻은 확실하지는 않으나 일반적으로 그렇게 해석하고 있다.

"물론 당신의 곁에 있어주고 말고요. 지금도 구혼자들은 당신의 재산을 갉아먹고 있지만 우리 둘이서 일을 벌이면 그들은 땅바닥에 피와 머릿골을 뿌리게 될 것이오. 그러기 위해 당신을 아무도 알아보지 못하게 변장시켜 주지요. 우선 손발의 고운 살결을 거칠게 보이도록 하고, 아마빛 머리카락도 텁수룩하게 하고, 몸에는 흉칙스런 누더기 옷을 걸치게 하지요. 사람들이 보면 구역질을 할 만큼 추하게 변장하는 겁니다. 그리고 당신의 그 맑은 눈도 눈곱이 낀 흐리멍덩한 눈으로 보이게 합시다. 어느 구혼자가 당신을 보더라도, 그리고 성관에 남겨두고 떠났던 당신의 부인이나 아들이 보더라도 초라한 사나이로 보이도록 말입니다. 당신은 맨 처음에 돼지 치는 사람을 찾아가도록 하십시오. 그 사람은 전이나 다름없이 당신에게 충성스러우며 당신의 아들이나 지조가 굳은 페넬로페에게도 충성스런 사나이입니다.

그 사나이는 돼지우리 옆에 살고 있으므로 곧 찾을 수 있습니다. 이 돼지우리는 코라크스 바위가 있는 데서부터 아레투사 샘물 근처 사이에 있는데, 돼지들은 여기에서 도토리를 마음껏 먹고 검은 물을 마시는데 그래서 돼지들은 살을 찌운답니다. 당신은 한동안 이곳에 머물면서 그에게 자세하게 모든 것을 물어보십시오. 나는 그 동안 아름다운 여성이 있는 스파르타에 가서 당신의 사랑하는 아들 텔레마코스를 데려오겠습니다. 오디세우스여, 당신의 아들은 당신의 생사를 알아보려고 광활한 땅[12], 라케다이몬과 메넬라오스로 떠났거든요."

그러자 지략이 뛰어난 오디세우스가 말했다.

"당신은 모든 것을 다 알고 계시면서도 어찌하여 저의 아들에게 말해주시지 않았습니까? 그 아이에게도 여러 곳을 방랑하며 고난을 받도록 하셔야 속이 시원하셨습니까? 그 아이가 없는 동안 못된 자들이 우리 집 양식을 다 파먹게 하셔야 했습니까?"

이 말에 빛나는 눈의 여신 아테네가 대답했다.

"그럴 리야 있겠습니까? 아들에 대해서는 걱정하지 마시오. 내가 그렇게 하도록 시켰지요. 그곳에 가서 훌륭한 명예를 얻도록 말입니다. 당신의 아들은

---

12) 광활한 땅 : 이것도 해석이 꼭 일치하지 않은 형용사(形容詞)로 여러 가지 지명에 사용되는 미칭. eurychoros를 choros(무용무창단)으로 보는 사람들도 있으나 '넓은 무용 '장소'가 도성에는 타당할 때도 있으나 광대한 지역에 대해서는 적당한 형으로는 생각되지 않는다.

아트레우스의 성관에서 편안하게 지내고 있으며 많은 선물도 받았을 것입니다. 비록 젊은 구혼자들이 당신의 아들이 검은 배를 타고 돌아오는 길목에서 지키고 있다가 그를 살해하려고 흉계를 꾸미고 있기는 하지만 그렇게는 되지 않을 것입니다. 그러기 전에 당신의 집 식량을 파먹고 있는 구혼자들을 대지(大地)가 사로잡아버릴 테니까요."

아테네 여신은 이렇게 말하고 나서 지팡이를 그의 몸에 대어 그의 손발의 고운 살결을 거칠게 하고, 아마빛 머리털을 텁수룩하게 하고, 손발과 몸 전체의 피부도 늙은이의 피부처럼 쭈굴쭈굴하게 하고, 맑은 그의 두 눈도 짓무르게 바꾸어놓았다. 그리고 그의 몸에는 지금까지와는 달리 남루한 누더기옷으로 갈아 입혔다. 그리고 어깨에는 걸음이 빠른 사슴의 털 빠진 가죽을 걸치게 하고 손에는 끈이 하나 달린 낡아빠진 자루를 들려주었다.

두 사람은 이렇게 계책을 꾸미고 나서 헤어졌다. 여신은 거룩한 라케다이몬으로 오디세우스의 아들을 찾아 떠났다.

제 14 편

돼지를 치는 에우마이오스의 오두막집에서의 이야기. 오디세우스는 여신의 권유에 따라 충실한 돼지치기 에우마이오스의 오두막집을 찾아간다. 헤어진 지 20년이 흘렀는데다가 여신이 그를 변장시킨 탓으로 에우마이오스는 그를 알아보지 못하고, 방랑하는 노인이라 불쌍히 여겨 음식을 나눠주며 노인의 신상에 대해서 물어본다. 조심스런 오디세우스는 자기의 장체를 밝히지 않고 크레테 섬의 뱃사람이라면서 해적의 손에 의해 노예로 팔려가던 중 도망쳐왔다고 말한다. 그리고 주인을 잃고 슬퍼하는 돼지치기를 위로해주며 당신의 주인은 머지않아 꼭 돌아올 것이라고 말해준다.

한편 오디세우스는 아테네 여신이 말해준 충직한 돼지치기가 사는 집을 찾아 울퉁불퉁한 길을 걸어 숲이 우거진 곳에서 빠져나와 언덕길을 넘어갔다. 이 사람은 존엄한 오디세우스의 많은 가족[1]들 중에서도 가장 충직한 사람이었다.

오디세우스가 그의 오두막집에 가보니 그는 문어귀의 봉당에 앉아 있었다. 그곳은 사방이 잘 내다보이는 곳으로, 높게 울타리가 쳐져 있었다. 이 울타리는 이 돼지치기가 먼 나라로 간 주인의 돼지들을 돌보기 위하여 직접 자기 손으로 만든 것으로 안주인이나 라에르테스[2]노인의 힘은 손톱만큼도 빌리지 않았었다. 그는 잘라낸 돌을 쌓아 올리고 그 위에는 가시덩굴을 씌어놓았었다. 그리고 바깥쪽에는 떡갈나무의 검은 목재를 쪼개어 많은 말뚝을 박았으며, 울타리의 안마당에는 열두 개의 돼지우리가 밀집해 있었는데 돼지들은 그곳에서 잠을 잤다. 그리고 각 돼지우리 안에는 땅바닥에 드러누운 돼지가 50마리씩 있었다. 그 돼지들은 모두 새끼를 가진 암퇘지였고 수퇘지들은 밖에다 내놓고 길렀으며 그 수는 훨씬 적었다. 왜냐하면 으스대는 구혼자들이

1) 가족 : '가족'이란 급사들, 즉 노비이다.
2) 라에르테스 : 오디세우스의 연로한 아버지, 제 24 편에서 보듯이 교외인 시골에서 칩거하고 있다.

수놈만 잡어먹어 그 수를 줄게 한 때문이었다. 돼지치기도 그들의 요구에 못 이겨서 언제나 살찐 수퇘지를 골라 보내어 지금 남아 있는 돼지는 모두 합쳐 360마리뿐이었다. 그 곁에는 야수처럼 사나운 개가 네 마리나 누워 있었는데 그것은 이 돼지치기가 길들인 개들이었다.

마침 이 돼지치기는 색깔이 좋은 쇠가죽을 잘라서 자기의 신발을 만들고 있는 중이었다. 그리고 다른 세사람의 젊은 돼지치기들은 돼지떼를 이끌고 들로 나갔으며 또 한 사람은 성내로 심부름을 나가고 없었다. 그 젊은이는 오만무례한 구혼자들에게 바칠 돼지를 몰고 간 것이다. 구혼자들은 그 돼지를 잡아 제물로 바친 다음 배불리 뜯어먹는 것이었다.

느닷없이 나타난 오디세우스를 보자 개들이 짖어대면서 일제히 덤벼들었다. 오디세우스는 깜짝 놀라 들고 있던 지팡이를 떨어뜨린 채 땅바닥에 털썩 주저앉고 말았다.

이때 만약 돼지치기가 들고 있던 쇠가죽을 손에서 내던지고 재빨리 문 밖으로 달려나오지 않았더라면 오디세우스는 자기 소유의 오두막집 앞에서 난처한 꼴을 당했을지도 몰랐다. 돼지치기는 소리치며 개들에게 돌을 던져 쫓아버리더니 주인인 오디세우스에게 말했다.

"영감님, 하마터면 개들이 당신을 물어 죽일 뻔했구려. 그랬더라면 영감님은 평생을 두고 저를 원망하셨겠지요. 신들께서는 이런 일이 아니고도 나에게 쓰라리고 슬픈 일을 많이 안겨주셨지요. 저는 하느님 같은 나리님을 생각하면서 울고 탄식하며 한숨으로 나날을 보내고 있습니다. 그리고 엉뚱한 사람들을 위하여, 그들에게 살찐 돼지를 먹이기 위해 돼지를 기르는 신세랍니다. 그런데 우리 주인 어른께서는 먹을 것을 구하기 위해 여러 곳을 방황하고 계실 것입니다. 말이 다른 사람들이 사는 도시나 고을을 말입니다. 그것도 아직 살아서 햇빛을 보실 수 있다면 말입니다. 어찌 되었든 나를 따라 안으로 들어갑시다. 밥과 술을 배불리 먹고 난 다음 어디서 왔으며 또 얼마나 많은 고난을 겪었는지 얘기해주시오."

마음씨 착한 돼지치기는 앞장서서 그를 오두막집으로 안내하여 방에 앉혔다. 그 방에는 바닥에 나무의 잔가지를 가득 깔고 그 위에는 수염이 긴 산양 가죽을 깔아놓았는데 그곳은 그가 잠자리로 하는 방이었다. 오디세우스는 이런 따뜻한 대접을 기특하게 여겨 그에게 말을 걸었다.

"주인이시여, 제우스나 다른 불사신들께서 당신의 희망을 무엇이건 들어주시기를 빕니다. 이처럼 나를 따뜻하게 영접해주셨으니까요."

그러자 돼지치기 에우마이오스가 대답하여 말했다.

"손님, 저는 영감님보다 행색이 더 남루한 분이 왔다 하더라도 손님을 홀대하지는 않습니다. 왜냐하면 먼 이국 땅에서 온 손님은 비록 행색이 거지 같다 하더라도 모두 제우스님께서 보낸 분이니까요. 우리가 베푸는 물건은 비록 하찮은 것이기는 하지만 정성만은 가득 담겨 있지요. 왜냐하면 주인 어른의 위세에 질리어 더 이상 드릴 수가 없기 때문입니다. 더구나 주인 어른이 젊은 분이시면 더욱 그렇지요. 하지만 저의 옛 주인 어른은 우리를 친자식처럼 돌보아주셨으며 갖고 계신 재물이나 전답도 나누어 주셨지요. 그런데 신들은 그분의 귀국을 막고 있군요. 만약 우리가 성심껏 부지런히 일을 한다면 주인께서는 저한테도 듬뿍 은전을 내리셨을 것입니다. 그런데 그분은 돌아가셨습니다. 헬레네 일족이 몰살했더라면 좋았을 텐데. 그들은 수많은 무사들의 생명을 빼앗았으니까요. 그분은 아가멤논의 복수를 해주기 위해 트로이 군사들과 싸우기 위해 좋은 말의 산지인 일리오스로 떠나셨던 것입니다."

이렇게 말하더니 얼른 겉옷을 띠로 졸라매고 돼지우리를 향해 나갔다. 거기에는 돼지들이 우리 안에 갇혀 있었는데 그 중에서 두 마리를 붙잡아 도살하고 털을 불에 그슬린 후 고기를 썰어 꼬챙이에 꿰어서 불에 구워 갖고 왔다. 그는 따끈따끈하게 구운 고기를 오디세우스에게 주며 말했다.

"어서 이 고기를 드시지요, 손님. 하인들이 먹는 새끼 돼지고기입니다. 살찐 수퇘지는 구혼자들 차지니까요. 그 놈들은 신의 처벌도 겁내지 않고 자비심도 없는 자들이지요. 그러나 축복받은 신들은 그들의 무도한 행동을 좋아하지 않으시며, 올바른 길과 인간의 분별있는 행동만 칭찬해주시지요. 못된 마음을 품고 나쁜 짓을 하는 자들이 다른 나라로 몰려가서 제우스가 그들에게 전리품을 주어 배에 가득 싣고 돌아올 때는 이들도 신의 심판과 처벌에 대한 두려움으로 가슴을 두근거리게 마련이지요. 그런데 구혼자들은 무언가 알고 있어요, 신의 목소리를 통해 주인 어른의 불행한 최후를 알고 있는 모양입니다. 그래서 정정당당하게 구혼하려 하지도 않고, 자기의 집으로 돌아가지 않은 채 주인 어른의 재산을 축내고 있지요. 그들은 밤낮없이 제우스님이 내려주신 오디세우스님의 재산을 축내고 있는데 가축을 도살한 것만도 한두 마리가 아닙니다. 포도주도 물마시듯 축내고 있습니다. 우리 주인 어른의 재산은 굉장히 많았습니다. 이 이타케 섬에서건, 검은 흙으로 덮여 있는 본토에도 이만한 재산을 갖고 있는 영주는 없었을 것입니다. 아마도 스무 명의 재산을 합친다 해도 그분의 재산만은 못 할 만큼 부자였답니다. 제가 어림해 따져 보아도 본토에는 소떼가 스무 개나 있었으며 스무 개의 양떼와 돼지떼, 그리고 같은 수만큼의 산양떼를 타향 사람인 양치기나 이 댁 하인들이 기르고 있습니다. 또한 이 섬의 끝에 서는 열한 개의 산양떼를 젊은 사나이들이 기르고 있는데 그들은 구혼자들을 위해 가장 살찐 놈으로 골라 매일 한 사람씩 번갈아가면서 몰고 갑니다. 저도 이곳에서 주인 어른의 돼지를 사육하고 있지만 그들과 마찬가지로 가장 살찐 놈을 골라 보내지 않으면 안 됩니다."

돼지치기가 이런 말을 하고 있는 동안 오디세우스는 술과 고기를 먹으면서 묵묵히 구혼자들을 퇴치할 생각을 하고 있었다. 식사도 끝나고 배가 불렀을 때 돼지치기는 자기의 술잔에 술을 가득 부어 그에게 주었다. 그도 흐뭇한 마음으로 술잔을 받아들고 그에게 물었다.

"정말 이렇게 후대해주시니 감사합니다. 그런데 자기의 재산으로[3] 당신을 후하게 대접해주었다는 그 부유한 재산을 가졌으며 세력이 대단했다는 주인은 누구였습니까? 그분은 아가멤논의 복수를 해주기 위하여 싸우다가 죽었다고 하셨는데 그분의 이름을 알려주십시오. 그런 훌륭한 분이라면 내가 아는 분일지도 모르니까요. 저는 여러 나라를 떠돌아다녔으니 제우스님이나 다른 신들만이 알고 있는 사실을 내가 듣고 전해줄 수 있을지도 모르니까요."

그가 이렇게 말하자 돼지치기는 대답하여 말했다.

"영감님이 여러 나라를 방랑했다 하지만 당신이 하는 말은 그분의 부인이나 아드님이 믿어주시지 않을 겁니다. 방랑자들은 대접을 받기 위해 터무니없는 거짓말을 밥먹듯이 하니까요. 방랑하던 끝에 이타케에 온 사람은 주인 마님을 찾아가서 터무니없는 말을 지껄이지만 주인 마님은 그들을 융숭하게 대접하면서 일일이 자상하게 물어보셨습니다. 그리고는 눈물을 흘리신다 합니다. 남편을 타국 땅에서 잃은 부인이라면 어쩔 수 없었겠지요. 그러니 영감님도 멋대로 꾸며내어 말하겠단 말인가요? 그러면 누군가가 당신에게 겉옷이며 속옷을 줄지도 모르지요. 주인어른의 뼈와 가죽은 들개나 하늘을 쏜살같이

3) 자기의 재산으로: 재산이라 하더라도 그 당시는 아직 화폐가 없었으므로 고대의 게르마니아와 마찬가지로 가축이 주요한 교환의 표준이었다. 라틴 어의 pecus와 pecuniary, 영어의 fee 등과 같은 종류(cognate)이다.

날아다니는 새들이 다 파먹었을 것이고 영혼은 이미 육체를 떠났을 것이 분명합니다. 아니면 바다에서 고기밥이 되었을 것이고……. 그리고 주인 어른의 뼈는 넓은 육지의 끝에서 모래판에 묻혀 있을지도 모릅니다. 주인 어른께서는 머나먼 타국땅에서 그처럼 무참하게 돌아가셔서 남아있는 가족들에게 특히 저에게 크나큰 슬픔을 남겨놓으셨습니다. 하지만 이제 그 인자하셨던 주인 어른을 다시는 만날 수 없게 되었습니다. 내가 태어났으며 부모님이 길러주시고 부모님이 사시는 집으로 돌아가더라도 그분을 만날 수는 없게 되었습니다. 고향으로 돌아가서 늙으신 부모님을 보고 싶은 마음이 간절하더라도 돌아오시지 않는 오디세우스님을 애타게 기다리는 심정만은 못 하답니다. 손님, 지금 그분은 이곳에 계시지 않지만 그분의 이름을 부르는 것조차 죄스러운 생각이 든답니다. 그분은 그처럼 저를 끔찍하게 아껴주셨으니까요. 그분은 지금 여기에 안 계시지만 저는 언제나 저의 주인 어른으로 받들고 있답니다."

그러자 이번에는 오디세우스가 말했다.

"하지만 주인장은 당신의 주인 어른께서는 돌아오지 않는다고만 말하는군요. 남의 말을 통 믿지 않으시는 것 같습니다. 하지만 저는 결코 허튼 소리는 하지 않습니다. 맹세코 말합니다만 오디세우스는 틀림없이 돌아오십니다. 그분이 자기의 성관으로 돌아오시면 좋은 소식을 전해주었다면서 푸짐한 상을 주시겠지요. 훌륭한 옷을 상으로 주시겠지만, 그분이 돌아오시기 전에는 결코 그 상을 절대로 받지 않으렵니다. 당장 궁색하다고 해서 허튼 소리를 하는 녀석은 저승의 대문처럼 질색이니까요. 신들 중에서도 첫째 가시는 제우스 신이시여 굽어 살피소서. 손님을 접대하는 식탁이며, 제가 의지하여 찾아온 높이 치솟은 오디세우스의 성관도 살펴주소서. 지금 내가 하는 말들은 일 년 내에 틀림없이 실현될 것입니다. 이 달이 가고 새 달이 되면, 오디세우스님은 집으로 돌아와서 그분의 부인과 훌륭한 아들을 그의 집에서 모욕한 자들에게 복수할 것입니다."

이렇게 말하자, 돼지치기 에우마이오스가 말했다.

"영감님, 나는 당신이 좋은 소식을 전해주었지만 사례하지는 않겠습니다. 오디세우스님은 돌아오시지 않을 테니까요. 그보다는 마음을 푹 놓고 천천히 술이나 드시지요. 그리고 그런 얘기는 그만두시고 화제를 바꿉시다. 주인 어른 이야기가 나오면 저의 마음만 아프니까요. 그러니 맹세 같은 것은 하지 않아도 좋습니다. 하지만 어찌 되었든 페넬로페님이나 연로하신 라에르테스님이나 신과 같은 모습을 한 텔레마코스님이 그토록 애타게 기다리시는 오디세우스님께서 돌아와주신다면 얼마나 좋겠습니까? 그런데 그분의 아드님이신 텔레마코스님이 걱정입니다. 신들은 그분을 어린 나무처럼 훌륭하게 길러주셨지요. 우리는 그분이 무사들 사이에서 아버지 못지 않은 사람이 되기를 기대했건만 어느 신께서 분별력을 잃었는지, 또는 어떤 인간이 꾸민 것인지는 모르겠으나 아버님의 소식을 알아보려고 신성한 필로스로 떠나셨답니다. 그런데 못된 구혼자들은 그분이 돌아오는 길목에서 지키고 있다가 그분을 해치려 하고 있습니다. 아르케이시오스 족[4]의 핏줄을 이어받은 그분을 이타케섬에서 멸망시키려 하고 있답니다.

하지만 그런 이야기는 그만 하기로 합시다. 붙잡힐지, 아니면 도망쳐서 크로노스의 아드님이 구원의 손을 뻗어 보호해주실지 우리는 알 수 없는 일이니까요. 그보다는 영감님이 겪어온 고생담이나 들어봅시다. 그러나 저한테는 거짓없이, 내가 분명하게 알아 들을 수 있도록 말입니다. 당신은 어떤 사람이며 어디서 출생했으며 어느 나라 사람인지, 그리고 양친은 어떠한 분인지……. 그리고 어떤 배를 타고 이 섬에 오게 되었으며 선원들은 어떻게 해서 이 섬으로 당신을 데려왔습니까. 또한 그들의 이름은? 당신이 걸어서 이 섬으로 왔다고는 생각할 수 없으니까요."

이에 대해서 지략이 뛰어난 오디세우스가 대답하여 말했다.

"그러면 자세히 얘기해드리지요. 지금 우리 두 사람은 이 오두막집에 들어앉아 느긋하게 음식과 술을 들면서 이야기를 나누고 있는데 다른 사람들은 그대로 일을 하도록 두시지요. 그러나 일 년 동안 꼬박 들어앉아 이야기를 한다 해도 제가 겪은 고난을 다 얘기해드릴 수는 없을 것입니다. 그것은 다 신들이 내린 재난이었습니다.

저는 널따란 크레타 섬에서 유복한 지주의 아들로 태어났습니다. 저 외에도 많은 아들들이 큰 저택에서 함께 살았습니다. 그 아들들은 본처의 소생이었으나 저의 생모는 돈으로 사들인 첩이었습니다. 휘라쿠스의 아드님이신 카스토르는 저를 본처에서 낳은 아들이나 다름없이 애지중지하면서 키워주셨습니다. 그 무렵 크레타 사람들은 신처럼 그를 존경하고 따랐습니다 재산이

---

4) 아르케이시오스 족: '아'는 오디세우스의 조부, 그러므로 '오' 일가(一家)를 가리킴.

많은 데다가 훌륭한 아들들을 많이 거느리고 있었으니까요. 그러나 죽음의 운명은 그를 명왕의 성관으로 데려가버렸습니다. 그러자 혈기가 왕성한 아들들은 그의 재산을 나누어 갖기 위해 제비를 뽑았습니다. 하지만 저에게는 조금밖에는 주지 않았습니다. 그리고 집 한 채를 주었기 때문에 저는 아내를 얻었습니다. 그 아내는 땅을 많이 갖고 있는 집안의 딸이었는데 그것은 저의 수완을 높이 평가하여 딸을 주었던거지요. 그것은 제가 얼간이도 아니고 싸움을 겁내어 도망쳐버리지 않았기 때문이었습니다. 지금은 이 꼴이지만 그래도 이 껍질[5]을 보시면 짐작하시겠지만 한창 때는 매우 쓸만한 젊은이였답니다. 저는 숱한 고난을 겪으면서 살아왔습니다. 아레스 신과 아테네 여신은 용감한 마음과 적진을 무찌르는 무용을 저에게 주셨던 것이지요. 그래서 적들을 무찌르고 그들에게 재난을 입히기 위해 용감한 무사를 뽑을 때는 제일 먼저 제가 뽑혀 언제나 선두에 서서 창을 들고 적들을 무찔렀습니다.

그러나 밭일을 하기 싫어 재산도 돌보지 않았으며 아이들을 훌륭하게 기르지도 않았습니다. 오직 하고 싶은 일이란 노를 들고 배를 젓는 일, 시퍼렇게 날이 선 창이나 활을 들고 싸움터로 나가는 일이었습니다. 다른 사람 같으면 소름이 끼치는 그런 일에만 마음을 쏟았습니다. 아마도 신께서는 저에게 그런 일만 하도록 시키신 모양입니다.

아카이아 사람들의 자제들이 트로이아 땅에 상륙하기 전에도 저는 동지들과 함께 아홉 번이나 빠른 배를 타고 다른 나라로 가서 많은 전리품을 얻어오곤 했습니다. 그래서 우리 집은 부자가 되었으며 크레타 사람들은 저를 존경하게 되었습니다. 그런데 먼 데까지 살피시는 제우스 신께서 저 끔찍스런 원정을 계획하셨을 때 섬 사람들은 저와 이름 높은 이도메네우스에게 선단을 이끌고 일리오스 원정에 나가라고 권했습니다. 온 나라 사람들이 그렇게 말하니 이를 거역할 수는 없었습니다.

이리하여 우리 아카이아 군사들은 구 년 동안 피나는 전투를 하였으며 십 년째 되던 해에 프리아모스의 도성을 함락시킨 다음 선단을 이끌고 귀국길에 올랐으나 신께서는 아카이아 군사들을 뿔뿔이 흩어지게 하였습니다. 제우스께서는 특히 저에게 끔찍한 재앙을 내리셨습니다. 저는 결혼한지 한 달만에 정식으로 결혼한 아내와 아이들과 재산을 즐길 수 있었을 뿐이었

5) 이 껍질 : 격언풍의 표현인 듯. 즉 노년의 모습에서 그 장년기를 짐작할 수 있다는 뜻.

습니다. 저는 저의 마음이 명하는 바에 따라 아홉 척의 배를 갖추자 동지들을 태우고 이집트로 떠났습니다. 그 후 엿새 동안 민완한 동지들은 잔치를 벌였습니다. 저는 푸짐하게 제물을 차려놓고 신들께 제사를 드리고 동지들도 배불리 먹였습니다. 그리하여 칠일째 되는 날 널따란 크레 섬에서 순풍을 타고 출범했습니다. 항해는 순조로워 재난을 당한 배는 한 척도 없었으며 한 사람도 앓지 않고 바람의 힘을 받아 키를 잡는 방향으로 배는 항해를 계속하였습니다. 이렇게 해서 오일째 되는 날 유유히 흐르는 이집트의 나일강에 닿아 강 어귀에 배를 댔습니다.

이때 저는 건장한 동지들에게 배 곁에서 배를 지키게 한 후 정찰대를 보내어 사방을 정찰하여오라고 명했습니다. 그러나 그들은 젊은 혈기만 믿고 오만하게도 이집트 사람들이 힘들여 가꿔놓은 논밭을 마구 짓밟아놓았으며 부녀자와 어린 아이들을 잡아오고 이집트 남자들을 마구 죽였습니다. 그 소문은 이내 도성에 알려지고 말았습니다. 그 소문을 듣고 그들은 날이 밝자 몰려왔습니다. 보병과 기병들이 청동 창검을 번쩍이며 온 평원을 좁다하고 몰려왔습니다. 거기에 또 천둥을 울리는 제우스 신께서는 우리 동지들의 마음속에 패망의 기분을 심어 놓아 누구 한 사람 적을 맞아 싸우려 하지 않았습니다. 사방팔방에서 이렇게 재앙이 우리를 둘러싸서 많은 동지들이 날카로운 청동 칼에 맞아 죽기도 하고 포로가 되어 강제 노동을 당하게 되었습니다. 그러나 제우스 신께서는 저의 마음속에 어떤 생각을 하게 하여 죽음을 면할 수 있었습니다. 그때 저도 동지들과 함께 죽었더라면 더 이상 고난을 겪지 않았을 텐데 말입니다. 그만큼 저에게는 많은 재난이 기다리고 있었으니까요. 그때 저는 멋진 투구를 벗어던지고 방패와 창도 팽개친 다음, 그 나라 왕의 마차 앞으로 나가 그의 무릎에 입을 맞추었습니다. 그러자 왕은 저를 불쌍히 여기시어 눈물을 흘리고 있는 저를 마차에 태워 자기의 성관으로 데리고 갔습니다. 그때 이집트 군사들은 나를 죽이려고 창을 들고 달려들었습니다. 그들은 그토록 분격했던 것입니다. 그러자 왕은 그들을 제지하고 주객(主客)의 의를 소중히 여기시는 제우스 신의 노여움을 두려워하여 저를 보호해주셨습니다.

저는 그곳에서 칠 년간 머물면서 그들로부터 많은 재물을 받았습니다. 그런데 팔 년째가 되었을 때 한 포이니키아 인이 찾아왔습니다. 그는 부정한 짓만 하는 사기꾼이었습니다. 그는 감언이설로 저를 꼬여서 포이니키아로 데리고 갔습니다. 그곳에는 그의 집과 재산도 있었는데 저는 그의 집에서 꼬박 일 년 동안 있었습니다. 그러나 세월이 흘러 다시 제철이 돌아왔을 때 그 사나이는 리비아로 가는 배에 저를 태웠습니다. 그는 자기와 함께 짐을 싣고 가자는 것이었지만, 실인즉 저를 노예로 팔아 두둑하게 돈을 벌 셈이었지요. 저는 그런 줄도 모르고 그를 따라 배에 올랐던 것입니다. 배가 강한 북풍을 받아가며 크레테 섬 앞을 지날 때 제우스 신께서는 그들을 파멸시키기로 계책을 꾸미셨습니다. 배가 크레테 섬 앞바다를 빠져나가 육지가 안 보이는 먼 바다에 이르렀을 때 크로노스의 아드님은 먹장 같은 구름으로 우리 배를 에워싸시더니 요란한 소리를 내며 우리가 탄 배에 벼락을 떨어뜨렸습니다. 제우스의 벼락을 맞아 부서진 배는 유황 냄새로 가득찼으며 선원들은 모두 바다에 빠져 갈매기떼처럼 뱃전을 붙잡고 파도에 떠 있었습니다. 신께서는 귀국하려는 희망을 끊어버리신 것입니다. 그러나 제우스 신께서는 저를 불쌍히 여기셨던지 검푸른 배의 긴 돛대를 저에게 쥐어주셔서 이 재난을 면하게 해주셨습니다. 저는 그 돛대에 매달려서 저주스런 바람이 부는 대로 흘러갔습니다.

이렇게 구일 동안 보내다가 십일째 되는 날 큰 파도는 저를 테스프로토이 사람들이 사는 나라의 해변으로 밀어붙였습니다. 테스프로토이의 국왕 페이돈케스는 저를 노예로 삼지 않고[6] 잘 보살펴주셨습니다. 거친 파도에 지쳐 있는 나를 왕자가 발견하여 저를 부축하여 부왕의 성관으로 데려갔던 것입니다. 왕은 저에게 겉옷과 속옷이며 그밖에 옷들을 주시더군요. 오디세우스에 관한 소문을 들은 것은 바로 그곳에서였습니다. 이 왕은 그분이 귀국할 때 이곳에 맞아들여 융숭하게 대접해주었다고 했습니다. 그리고 오디세우스가 모아둔 많은 재물도 보여주었습니다. 청동이며, 황금 덩어리며 그리고 정교하게 만든 철제품(鐵製品)들을……. 이 왕의 성관에는 10대까지 써도 다 못쓸 만큼 많은 보물이 가득 쌓여 있었습니다. 그리고 오디세우스는 지금 도도네[7]로 갔는데 그곳에 있는 신수(神樹)인 높게 치솟은 떡갈나무로부터 어떻게

6) 노예로 삼지 않고 : '돈으로 사들인 자가 아니라'라는 뜻. 표착자(漂着者)는 보통 포로와 마찬가지로 노예로 삼았는데 아마 그는 왕자의 주선으로 외래자(外來者)로 취급되었던 것 같다.

7) 도도네 : 그리스의 서북단에 있는 제우스의 성지(옛 주거지역일 것이다), 그곳에 있는 큰 고목나무와 비둘기의 신점(神占)으로 유명하다.

하면 이타케 섬의 풍성한 고향으로 돌아갈 수 있을지 제우스 신의 의중을 알아보기 위해서라 했습니다. 그는 너무나 오래 고향을 떠나 있었으므로 공공연하게 돌아가는 것이 좋을지, 아니면 아무도 모르게 은밀히 돌아가는 것이 좋은지 알아보기 위해서라 했습니다. 왕은 성관에서 신께 신주를 바치면서 저에게 맹세했지요. 이미 그가 타고 갈 배를 바다에 띄워놓았으며 선원들도 준비를 갖추고 대기 중이라니 그분도 머지않아 그리운 고향 땅으로 돌아오게 되겠지요.

그러나 왕은 그분보다 저를 먼저 돌려보내 주셨습니다. 마침 테스프로토이 사람들의 배 한 척이 보리가 많이 나는 둘리키온으로 떠나게 되었던 것이지요. 왕은 그 섬의 영주인 아카스토스에게 잘 모시라고 분부하셨던 것입니다. 그런데 이 선원들은 저에게 흉칙한 음모를 꾸몄던 것입니다. 실컷 고생을 시킬 작정이었지요. 그들이 배가 육지에서 멀리 떨어진 바다로 나왔을 때 그들은 저를 노예로 팔아넘길 계책을 실행에 옮겼던 것입니다. 그들은 제가 입고 있던 옷을 모조리 벗기더니 누더기 옷을 주며 입으라 했습니다. 지금 제가 입고 있는 이 남루한 누더기가 바로 그들이 준 옷이지요.

저녁때 이타케 섬에 배가 닿자 그들은 저를 갑판에 밧줄로 꽁꽁 묶어놓고 육지로 올라가서 저녁 식사를 했습니다. 그런데 신께서 나를 묶은 밧줄을 풀어주셨는지 밧줄이 스스로 풀렸습니다. 저는 천으로 머리를 가리고 짐 내리는 발판[8]을 타고 해면에 가슴을 댔습니다. 그리고 두 손으로 헤엄쳐서 눈 깜짝할 사이에 도망쳐 나왔습니다.

저는 나무가 무성한 숲으로 기어 올라가 몸을 숨겼습니다. 그러자 그들은 부산하게 소리치면서 저를 찾아다니고 있었습니다. 얼마 후 더 이상 찾지 못한다고 생각했는지 다시 배를 타고 떠나버렸습니다. 제가 쉽사리 몸을 숨길 수 있었던 것은 신의 가호가 있었기 때문일 것입니다. 그리고 저를 분별있는 분의 오두막집으로 인도해주신 것도 좀더 살라는 운명인 모양입니다."

그러자 돼지치기 에우마이오스가 대답하여 말했다.

"정말 고생이 많으셨군요. 당신의 이야기는 저의 가슴을 아프게 합니다. 당신이 얼마나 많은 고생을 하였으며 방랑하셨는지 짐작이 갑니다. 하지만 오디세우스님에 대한 이야기는 확실한 것 같지도 않고 믿기 어렵군요. 당

---

8) 짐 내리는 발판 : 배에 걸쳐놓고 사용했다. 큰 배에서는 뱃전에 세워져 있다.

신같이 점잖은 양반이 어찌하여 거짓말을 하시는지? 저는 잘 알고 있으니까요. 저의 주인 어른은 신들의 미움을 사서 돌아오시지 못하고 있다는 것을 말입니다. 그래서 전쟁이 끝난 뒤, 지금까지도 트로이아 군사와 싸울 때도 죽게 하지 않으셨으며 가족들의 팔에 안겨 죽게 하지도 않으셨습니다. 그때 죽었더라면 아카이아의 군사들은 주인 어른의 무덤을 훌륭하게 만들어주었을 것이며 아드님을 위해서도 커다란 영예를 후세에까지 남겼을 것입니다. 그런데 지금은 이름도 없이 폭풍의 요정[9]이 어디론가 휩쓸어가고 말았습니다. 저는 시내에서 멀리 떨어진 외딴 곳에서 돼지를 기르고 있기 때문에 사람들과 만날 기회도 없고 도성 안에 가는 일도 없습니다. 사려 깊으신 페넬로페님께서 일이 있어 와 달라고 하시기 전에는 말입니다. 그래서 소식을 갖고 온 사람 곁에 앉아서 일일이 캐어 묻지요. 오랫동안 돌아오지 않으시는 주인 어른을 위해 가슴 아파하는 사람이건, 또는 보상도 하지 않고 마구 퍼먹으며 즐거워하는 자들이건 간에요. 하지만 저는 전에 아이토로스의 사나이[10]가 와서 거짓으로 조작해낸 말로 나를 속인 이후부터는 자세히 물어보거나 듣기도 싫어졌습니다. 그 자는 살인을 하고 여러 나라를 떠돌아다니다가 저의 오두막집에 찾아왔었는데 저는 그를 친절하게 따뜻이 대접해주었지요. 그랬더니 그는 말하기를 크레테 섬의 이도메네우스 왕 밑에 있는 우리 주인 어른을 보았는데, 폭풍으로 부서진 배를 고치고 있었는데, 여름이나 초가을에는 많은 보물을 싣고 신과 같은 부하들을 데리고 돌아오실 거라고 했습니다. 그러니 숱한 재난을 당한 끝에 이곳에 오신 노인이여, 결코 거짓말까지 해가면서 저의 비위를 맞추려 하거나 속일 생각은 하지 마시오. 내가 당신을 손님으로 깍듯이 대하고 위로하는 것은 제우스님을 두려워해서이며, 또한 당신의 처지를 딱하게 생각했기 때문입니다."

그러자 이번에는 지략이 뛰어난 오디세우스가 대답하여 말했다.

"당신은 사람을 전혀 믿어주지 않으시는군요. 제가 이처럼 맹세까지 하고 말을 해도 믿지 않으시다니——. 그러면 우리 약속을 합시다. 이제부터는 올림포스에 계신 신을 우리 두 사람의 증인으로 삼고 말이오, 만약 당신의

9) 폭풍의 요정 : Harpyiai로 원래는 질풍을 의인화(擬人化)한 것으로 보이는데 뒤에는 두 사람(또는 세 사람)의 날개를 가진 여자 괴물을 의미했다.

10) 아이토로스의 사나이 : 중부 그리스의 서부, 카리돈을 중심으로 하는 지방(주민의 이름을 따서 아이토리아라 불림)에서 온 자.

주인 어른께서 이 성관으로 돌아오시면 겉옷이며 속옷을 저에게 주어 둘리키온으로 갈 수 있도록 배를 태워 보내주십시오. 저는 전부터 그곳에 가고 싶어 했으니까요. 그리고 당신의 주인 어른이 내가 말한 대로 돌아오시지 않을 때는 하인들을 시켜 높은 바위 위에서 저를 아래로 떠밀어버리라고 하시지요. 이 추한 거지가 더 이상 터무니없는 소리를 지껄이지 못하도록 말입니다."

이 말에 착한 돼지치기가 대답했다.

"당치도 않은 말씀, 내가 손님을 이 오두막집에 모셔와서 대접까지 하고서 손님을 죽게 한다면 내가 못된 사람이라는 평판이 후세에까지 널리 퍼질 것이오. 마음을 담아서[11] 크로노스의 아드님이신 제우스께 기도합시다. 그런 일은 절대로 하지 않을 것이라고. 벌써 저녁 식사를 할 때가 되었군요. 함께 일하는 젊은이들이 집으로 돌아와서 맛있는 저녁 식사 준비를 할 것입니다."

두 사람이 이런 이야기를 주고받고 있는데 젊은 사나이들이 돼지떼를 몰고 와서 전이나 다름없이 돼지우리 속에 넣어 쉬게 했는데 돼지들의 꿀꿀거리는 소리가 너무나 요란했다. 그러자 마음씨 착한 돼지치기는 젊은이들을 불러 말했다.

"돼지 중에서 가장 좋은 놈을 이리 끌고 오거라. 먼데서 오신 손님을 위해 대접해 드려야겠다. 우리도 손님 덕에 맛있는 고기를 먹어보자꾸나. 우리는 이 돼지들을 돌보느라 많은 고생을 해오지 않았더냐. 그런데 어떤 놈들은 우리가 피땀 흘려 기른 돼지를 값도 치르지 않고 먹고 있단 말이다."

그는 큰소리로 이렇게 말하더니 청동 칼로 장작을 쪼갰다. 한편 젊은이들은 살이 찐 다섯 살 난 돼지를 끌고 와서 화덕 옆에 세웠다. 마음씨 착한 돼지치기 에우마이오스는 불사의 신들을 잊지 않았다. 그는 의식에 따라 우선 돼지 머리의 털을 잘라 불 속에 던지면서 신들에게 사려 깊은 오디세우스가 자기의 성관으로 돌아올 수 있게 해주십사고 기원했다. 그런 다음 불이 붙어 있는 나무 토막을 번쩍 들어 돼지의 머리를 내리치자 생명은 돼지를 떠나버렸다. 다음에는 털을 그을리고 순식간에 토막냈다. 돼지치기는 네 다리에서 고기를 잘라내어 살찐 비계살 속에 싸고 탄 보리알을 뿌린 다음 불 속에 던졌다. 다음에는 나머지 고기를 잘게 썰고 꼬챙이에 꿰어 불에 던져 구워 조리대

---

11) 마음을 담아서 : '마음을 가다듬어' 제우스 신께 기도한다는 뜻.

위에 쌓았다. 그러고는 일어나서 일곱 몫으로 나눈 다음, 한 몫은 님프들에게, 또 한 몫은 마이아의 아들인 헤르메스 신에게 기원을 드리면서 바친 다음 나머지 몫을 앞앞이 분배했다. 흰 이빨을 가진 돼지의 등심 살코기는 오디세우스에게 성의를 다한 대접이라면서 주어 오디세우스의 마음을 흐뭇하게 해주었다.

그래서 지략이 뛰어난 오디세우스는 그에게 말했다.

"에우마이오스시여, 제우스 신께서 저를 대해 주시듯이 당신도 호감을 받는 분이 되시기 바랍니다. 이런 남루한 차림의 저를 환대해주시니 정말로 감사합니다."

그러자 돼지치기 에우마이오스는 대답하여 말했다.

"손님, 마음껏 드시지요. 사람들이 바라는 일 중에는 신께서 해주시는 일도 있을 것이고, 해주시지 않은 것도 있을 것입니다. 신께서는 못하시는 일이 없으니까요."

이렇게 말하고 구운 고기를 영원하신 신들께 제물로 바쳤다. 그리고 빨간빛을 띤 술을 땅에 부은 다음 성을 함락한 오디세우스에게도 주었다. 그런 다음 자기 몫의 접시 앞에 앉자 메사울리오스가 모두에게 음식을 나누어 주었다. 이 사나이는 에우마이오스가 주인이 없는 동안 안주인이나 라에르테스 노인의 도움을 받지 않고 자기 힘으로 사온 사람이었다. 그는 타포스 사람한데서 자기가 힘들여 번 물건을 주고 데려온 종이었다. 일동은 차려놓은 음식을 배불리 먹고 마셨을 때 메사울리오스가 먹은 그릇을 치우고 그들은 모두 잠자리에 들었다.

밤이 되었으나 달도 뜨지 않아 무척 어두웠다. 제우스는 밤새도록 비를 내리게 했으며 서풍이 계속 불어왔다. 이때 오디세우스는 돼지치기 에우마이오스의 마음을 떠보기 위해 말을 걸었다. 그가 옷을 벗어 주든가 아니면 누군가 일꾼 중의 한 사람에게 벗어 주라고 시키거나 알아보고 싶어서였다.

"자 내 말을 잘 들어주십시오. 에우마이오스님이나 다른 분들께 기도하는 마음으로 이야기하고 싶은 것이 있습니다. 술이 얼큰해서 그런지는 몰라도 말입니다. 술이란 참 묘한 것이어서 영리한 사람이라도 노래를 부르고 싶어지거나 큰소리로 웃게 하거나 춤을 추고 싶은 충동을 일으키게 하지요. 말하지 않아도 좋은 것까지 말하게도 하지요. 기왕 얘기가 나왔으니 말이지만 다 털어놓지요. 그 옛날 제가 트로이아의 성 아래서 매복한 군사를 거느리던 때처럼 지금도 젊고 힘이 세다면 얼마나 좋겠소. 그때 지휘를 맡은 사람은 오디세우스와 아트레우스의 아들 메넬라오스였지요. 그래서 저는 세 번째 지휘자였지요. 우리는 성채 아래 험준한 성벽에 이르자 도성을 둘러싼 무성한 수목이나 늪가의 갈대밭에 잠복해 있었지요. 그러던 중 밤이 되었습니다. 그날따라 북풍이 몰아쳤고 얼어붙은 듯 추운 밤에 양털 같이 새하얀 눈까지 내렸습니다. 날씨가 너무 추워서 방패에는 고드름이 달렸습니다. 이때 다른 사람들은 모두 어깨를 가죽 방패로 가린 채 외투와 내의를 든든히 껴입고 잠이 들었습니다. 그런데 저는 떠날 때 분별없이 외투를 다른사람에게 주어버려 외투도 입지 못했습니다. 설마 날씨가 이렇게까지 추울 것이라고는 미처 생각지도 못했던 겁니다. 그래서 얇은 겉옷에 방패만 들고 떠났던 것이지요. 밤도 삼경이 되어[12] 별들도 중천에서 내려올 때쯤 저는 곁에 있던 오디세우스에게 팔꿈치로 그의 옆구리를 쿡쿡 찌르면서 말을 걸었습니다. 그러자 그는 저의 말에 귀를 기울여주었습니다."

'제우스의 후손이며 라에르테스의 아드님이신 지략이 뛰어난 오디세우스시여, 나는 더 이상 살아 있는 사람들 틈에 끼지는 못할 것 같구려. 외투를 돌아오기를 기다리며 매복해 있네. 자네가 고향으로 돌아가기 전에 자네를 입지 않아 더 이상 추위를 견딜 수 없게 되었습니다. 신께서 나를 속이셨는지 외투도 입지 않고 이곳에 왔으니 말입니다.' 이렇게 말하자 그분은 다음과 같은 것을 궁리해냈습니다. 그분은 나에게 이렇게 말했습니다.

'잠자코 있게나. 아카이아 군사 중 누가 자네의 말을 들어서는 안 되니까.'

그러더니 팔꿈치 위에 머리를 떨구면서 이렇게 말하는 것이었습니다.

'모두들 들으라. 내가 잠든 사이에 영몽(靈夢)이 나한테 찾아왔었다. 우리는 배를 타고 먼 곳에 와 있는데, 병사들의 우두머리인 아트레우스의 아들 아가멤논한테 가서 선단에 머물러 있는 많은 군사들을 보내줄 수 없겠느냐고 내 대신 누가 다녀와주지 않겠는가?'

그가 이렇게 말하자 안도라이몬의 아들 토아스가 자리에서 벌떡 일어나더니 외투를 벗어던지고 선단이 있는 곳으로 달려갔지요. 그래서 저는 그의 외투를 뒤집어쓰고 잘 수 있었습니다. 그래서 저는 황금 보좌에 앉으시는 새벽의

---

12) 밤도 삼경이 되어 : 일몰부터 아침까지 6등분하여 그 제 3 시를 가리키며 한밤중이 된다.

여신이 나타날 때까지 따뜻하게 잘 수 있었습니다. 지금도 그때처럼 젊고 기운이 세다면, 이 오두막집에 있는 돼지를 치는 사람 중에서 훌륭한 무사에게 존경을 표시하기 위해서라도 나에게 망토를 줄 것입니다.

하지만 지금은 내가 남루한 누더기 옷을 입었다 하여 사람들은 저를 업신여길 뿐입니다."

그러자 돼지치기 에우마이오스가 대답하여 말했다.

"아, 영감님. 지금 하신 말씀은 매우 유익한 얘기였습니다. 결코 주제넘거나 쓸데없는 말이 아닙니다. 그런즉 당신은 입을 것이며 다른 것에 부족함을 느끼지 않게 될 것입니다. 불운한 탄원자가 갖기에 합당한 것들이라면. 하지만 날이 밝으면 당신은 그 누더기 옷을 입고 돌아다녀야 하겠지요. 왜냐하면 이곳에는 외투도 없고 갈아 입을 겉옷도 없으니까요. 우리는 모두 입고 있는 옷 한 벌밖에는 갖고 있지 않습니다. 하지만 만약 오디세우스님의 사랑하는 아드님이 오신다면 외투도 속옷도 주실 것이고, 어디든지 당신이 가고 싶은 곳으로 보내주실 겁니다."

이렇게 말하자 그는 벌떡 자리에서 일어나서 난로 옆에 잘 자리를 마련해주고 그 위에 양과 산양 가죽을 깔아주었다. 오디세우스는 그 잠자리에 몸을 눕혔다. 그러자 그는 오디세우스의 몸 위에 크고 두꺼운 외투를 덮어주었다. 그것은 추운 겨울 바람에 대비해서 갖고 있던 것이었다.

이렇게 해서 오디세우스는 잠이 들었으며 젊은 사나이들도 그의 옆에 나란히 누웠다. 그러나 돼지치기 에우마이오스는 돼지들과 떨어져 자는 것이 마음에 걸려 밖으로 나갈 채비를 했다. 그것을 보는 오디세우스는 집에 없는 주인의 재산을 이토록 소중하게 돌보는 마음씨가 너무나 가상해서 기쁨을 감출 수 없었다. 그는 예리한 검을 어깨에 둘러메자 바람을 막아줄 두터운 외투를 걸쳤다. 그리고는 잘자란 산양 가죽과 창을 들었는데, 그것은 개나 못된 인간들의 습격에서 몸을 보호하기 위해서였다. 이렇게 차리고 나자 그는 흰 이빨을 드러낸 돼지들이 언제나 자는 북풍을 피할 수 있는 산기슭의 바위 밑으로 갔다.

제 15 편

텔레마코스도 귀국하여 역시 돼지치기의 오두막집으로 온다. 아테네 여신은 예정대로 우선 스파르타의 메넬라오스의 궁정에 머물고 있는 텔레마코스의 베갯머리에 가서 귀국을 재촉한다. 이윽고 귀국길에 오른 텔레마코스는 필로스로 갔다. 그리고 다시 배를 타고 이타케 섬으로 가던 중 그가 돌아오기를 숨어서 기다리던 귀혼자들의 눈을 속여 이타케 섬 끝에 상륙하여 에우마이오스의 오두막집으로 향하는데 이것은 모두 여신의 지시에 따른 것이었다.

여신 팔라스 아테네는 지략이 뛰어난 오디세우스의 아들에게 귀국을 서두르게 하기 위하여 머나먼 라케다이아몬으로 떠났다. 그리하여 여신은 텔레마코스와 네스토르의 출중한 아들 페이시스토라스가 이름 높은 메넬라오스의 성관에서 자고 있는 것을 보았다. 이때 네스토르의 아들은 곤한 잠에 빠져 있었으나 텔레마코스는 잠도 자지 못한 채 아버지를 생각하며 몸을 뒤척이고 있었다. 빛나는 눈의 여신 아테네는 그의 머리맡으로 가서 말했다.

"텔레마코스여, 집을 떠나 이토록 오랫동안 떠돌아다니는 것은 좋지 않아요. 집안 살림도 팽개쳐둔 채, 이러고만 있을 때가 아닐세. 지금도 자네의 성관에서는 방자한 구혼자들이 자네의 재산은 멋대로 축내고 있으니 말일세. 그러면 모처럼 아버지의 소식을 알아보려 떠난 여행도 헛수고가 될 뿐일세. 그런즉 용감한 메넬라오스에게 어서 속히 집으로 돌려보내 달라고 부탁하게. 그래서 자네를 기다리는 훌륭한 어머니를 만나도록 하게. 지금 어머님의 아버님이나 형제들은 모두 자네의 어머니에게 에우리마코스와 재혼하라고 권유하고 있네. 에우리마코스는 구혼자들 중에서는 누구보다도 많은 선물과 혼수품을 보냈다네. 그러니 자칫하다가는 자네의 재산은 몽땅 그 자에게 털릴지도 모르네. 여자의 마음이란 믿을 것이 못 되거든. 자네의 어머니가 그 자와 재혼하게 된다면 새 남편의 재산은 늘려주기 위하여 자기의 자식이나 사랑하던 전남편은 모두 다 잊게 마련이니까. 그러니 한시바삐 집으로 돌아가서 시녀 중 가장 믿을 만한 사람에게 집안 일을 맡기도록 하게. 신들께서 자네에게 현숙한 부인을 점지해주실 때까지는 말일세.

그리고 또 한 가지 꼭 말해둘 것이 있는데, 이 말을 명심하게. 지금 구혼자들 중 힘이 센 자들이 이타케와 험준한 사모스 섬 사이의 여울목에서 자네가 돌아오기를 기다리며 매복해 있네. 자네가 고향으로 돌아오기 전에 자네를 살해하려고 말일세. 하지만 그렇게 되지는 않을걸세. 그 전에 구혼자들을 꼼짝 못 하도록 대지(大地)가 붙들어놓을 테니까. 그러니 섬에서 멀리 떨어져 배를 몰게 하고 밤에도 돛을 내리지 말아야 하네, 신들 중 자네를 보호해줄 분께서 순풍을 보내줄 것이니까.

자네의 배가 이타케 섬 맨끝 해안에 닿거든, 배는 선원들을 태운 채 도성으로 향하게 하고 자네는 우선 돼지치기 에우마이오스의 오두막집으로 가도록 하게. 그 사람은 마음씨가 착하고 충직한 사나이이니까. 그곳에서 하룻밤을 보낸 다음 그를 성관으로 보내어 자애로운 페넬로페에게 자네가 필로스에서 무사히 돌아왔다고 전하게 하게."

여신은 이렇게 말하고 나자 올림포스의 높은 산봉우리로 날아가버렸다. 한편 텔레마코스는 네스토르의 아들을 발로 건드려 깨운 다음 그에게 말했다.

"자, 눈을 뜨시오, 네스토르님의 아들이시여. 외발톱의 말들을 끌어내어 수레에 매어주구려. 우리가 떠날 수 있도록……."

그러자 네스토르의 아들 페이시스토라스가 말했다.

"텔레마코스여, 그건 곤란하오. 우리가 아무리 급히 떠나려 해도 이렇게 어두운 밤에 말을 달리게 할 수는 없을 테니까. 그러니 날이 밝을 때까지 기다리세. 아트레우스의 아드님이신 메넬라오스께서 주신 선물을 수레에 실어줄 때까지 ——. 그리고 정다운 말로 작별 인사를 할 때까지는 기다려야 하네. 손님으로 환대해준 주인의 친절을 언제까지나 잊어서는 안 되지 않는가."

그들이 이런 말을 주고받는 사이에 황금 보좌에 앉으신 새벽의 여신이 찾아오셨다. 그러자 용감한 메넬라오스가 머리가 아름다운 헬레네의 곁에서 일어나 두 사람이 있는 곳으로 왔다. 그를 보자 신 같은 오디세우스[1]의 사

1) 신 같은 오디세우스 : 이 1행은 대개 본래의 사본에는 없다. 또한 554행도 똑같으며, 여기서는 불필요한 구절로 보인다.

랑스런 아들은 서둘러 속옷을 입고 폭이 넓은 망토를 어깨에 걸치더니 밖으로 나와 주인 곁으로 가서 말했다.

"아트레우스의 아드님이시며 제우스 신께서 돌보시는 병사들의 우두머리이신 메넬라오스시여, 이제 저를 고향으로 돌아가게 해주소서. 저는 한시바삐 고향으로 돌아가고 싶습니다."

이 말에 대하여 용감한 메넬라오스가 대답하여 말했다.

"텔레마코스여, 자네가 그토록 귀국을 원한다면 더 이상 붙들지는 않겠네. 누구든 손님을 대접할 때, 손님의 뜻을 무시하고 지나치게 손님을 붙들어주고 환대하려 한다거나 손님을 소홀하게 대접하는 것은 좋지 않으니까. 무슨 일에서나 정도껏 하는 것이 현명한 일이겠지. 귀국을 원치 않는 손님을 서둘러 돌려보내거나, 또는 돌아가고 싶어 하는 손님은 억지로 붙들어두는 것도 주인이 할 짓이 아닐세. 손님이 묵고 있는 동안은 정중하게 대접해드리고 돌아가고 싶어 할 때는 보내드려야 하니까. 하지만 잠시만 기다리게. 내가 선물한 훌륭한 물건을 수레에 실을 때까지만……. 그러면 자네도 그 물건을 챙길 수 있을 것이고 그 사이에 나는 시녀들에게 맛있는 음식을 대청에 차려놓도록 할테니까. 우리로서는 명예와[2] 영광이며, 자네에게는 이득이 되니 누이 좋고 매부 좋지 않겠는가. 함께 즐거운 식사를 하고 끝없이 넓은 땅을 향해 떠나는 것이 좋지 않겠는가. 그리고 자네가 헬라스 전역이나 아르고스를 돌아보고 가겠다면, 내가 함께 따라가주도록 수레를 준비하겠네. 그리고 사람들이 살고 있는 여러 도시도 안내해주겠네. 그러면 그 누구도 우리를 빈손으로 돌려보내지는 않을 것이고 멋진 청동의 세 발 달린 솥이든, 냄비든, 노새든, 황금으로 만든 술잔이든 선물도 줄 것일세."

그러자 이번에는 현명한 텔레마코스가 대답하여 말했다.

"아트레우스의 아드님이시며 제우스께서 보살펴주시는 왕이신 메넬라오스시여, 저는 속히 고향으로 돌아가야 합니다. 저는 떠나올 때 재산을 돌봐줄 사람을 정해두지 않았습니다. 그러니 신과 같은 아버님의 소식을 알기 위해 돌아다니는 동안 제가 죽었을때 창고에 쌓아둔 재물이 하나라도 없어지면 안 되니까요."

---

2) 우리로서는 명예와 : 이 부분의 78~85 행은 아리스타르코스에 의하여 삭제되었다.

이 말을 듣자 용감한 메넬라오스는 곧 자기의 비와 시녀들을 시켜 성관의 넓은 홀에 푸짐한 음식을 차려놓게 하였다. 그때 포에토스의 아들 에테오네우스가 막 잠자리에서 일어나서 가까이 다가왔다. 그는 이 성관 가까이 살고 있었던 것이다. 용감한 메넬라오스는 불을 피워 고기를 구우라고 에테오네우스에게 명하자, 그는 곧 시키는 대로 했다.

한편 메넬라오스논 널찍한 광으로 내려갔는데 부인인 헬레네와 아들 메가펜테스[3]가 그 뒤를 따랐다. 그는 보물을 쌓아둔 곳에 가자 두 귀가 달린 술잔을 집어들고 아들 메가펜테스에게는 은으로 만든 혼주병을 들게 했다. 한편 헬레네는 옷이 들어 있는 궤로 다가갔다. 그 안에는 자기가 몸소 만든 옷이 들어 있었는데 그 중에서 가장 좋은 옷을 꺼냈다. 그 옷은 별처럼 반짝였으며 궤의 가장 밑바닥에 들어 있었다. 이들 세 사람은 이것들을 가리고 성관의 넓은 홀을 지나 텔레마코스가 있는 곳으로 갔다. 이때 금발의 메넬라오스가 그에게 말했다.

"텔레마코스여, 요란하게 천둥을 울리시는 헬레 여신의 남편 되시는 제우스께서는 자네의 뜻대로 귀국하게 해주시기를 비네. 그리고 이 성관에 있는 보물 중에서도 가장 좋은 것들을 선물로 주겠네. 우선 온갖 장식을 다한 혼주병을 주겠네. 그 혼주병은 흰 은으로 만들었으며 황금으로 테두리를 장식한 것으로 헤파이토스가 만든 것이지. 그것은 내가 트로이아에서 돌아오던 중 시돈의 파이데모스의 성관에 머물고 있을 때 파이데모스 왕께서 나에게 선물로 준 것인데 그것을 자네에게 주겠네."

아트레우스의 아들인 메넬라오스는 이렇게 말하면서 뒤 귀가 달린 술잔을 텔레마코스의 손에 쥐어주자 용감한 메가펜테스는 반짝거리는 혼주병을 갖고 와서 그의 앞에 놓았다. 또 아름다운 헬레네는 아름다운 옷을 들고 와서 텔레마코스 곁으로 다가와서 말했다.

"텔레마코스 도련님, 나도 선물로 이것을 가져왔습니다. 이것은 제가 직접 만든 것인데, 진심으로 기다리던 결혼식 때 신부에게 이 옷을 드리시지요. 그때까지는 어머님의 방에 간직해두십시오. 어쨌든 무사히 고향의 훌륭한

---

3) 메가펜테스 : 메넬라오스가 헬레네가 없는 동안 여자 노예와의 사이에서 낳은 아들로서, 즉 서자인데 헬레네가 이 아이를 데려다가 궁중에서 길렀다. 그의 이름을 '커다란 비애' 이다.

성관으로 돌아가시기를 빕니다."

이렇게 말하면서 옷을 건네주자. 텔레마코스도 감사히 그 옷을 받았다. 그리고 페이시스트라토스는 그 물건들을 수레에 실으면서 감탄하여 그것들을 바라보았다.

금발의 메넬라오스는 사람들을 넓은 홀로 데리고 가서 소파나 의자에 앉히고 시녀에게 손 씻을 물을 멋진 은대야에 담아오게 하였다. 또한 반들반들한 네 발 달린 탁자를 펴놓고 늙은 우두머리 시녀를 시켜 빵과 각종 요리를 차리게 했다. 또 그 옆에서는 포에토스의 아들[4]이 고기를 썰어 접시에 담았으며 지체 높으신 메넬라오스의 아들은 돌아다니며 잔에 술을 따랐다.

사람들이 내놓은 음식을 마음껏 먹고 마셨을 때 텔레마코스와 네스토르의 아들은 잘 울리는 주랑 아래 잘 꾸며놓은 수레에 올랐다. 그때 뒤에서 아트레우스의 후예인 금발의 메넬라오스가 오른손에 마음을 즐겁게 하는 포도주를 황금 술잔에 부어 들고 왔다. 두 사람이 신들께 신주(神酒)를 올리게 한 후 그들을 떠나보내기 위해서였다. 그는 말 앞으로 다가가서 잔을 내밀며 말했다.

"그럼 잘 가게. 그리고 병사들의 우두머리이신 네스토르님께도 안부 전해줄게. 아카이아의 아들들이 트로이아에서 싸울 때 내게는 아버님처럼 다정하게 대해주신 그분에게 말일세."

그러자 이번에는 지혜로운 텔레마코스가 말했다.

"네, 말씀하신 대로 그곳에 도착하면 그 어른께 안부 전해 올리겠습니다. 하지만 제가 이타케로 돌아가서 아버님이신 오디세우스의 성관에서 그분을 만나 그분과 이야기를 할 수 있다면 얼마나 기쁘겠습니까? 어른께 융숭한 대접을 받았으며 훌륭한 선물까지 받아왔노라고 말입니다."

그가 이렇게 말하고 있는데 독수리 한 마리가 안 뜰에서 잘 기른 새하얀 거위를 낚아채어 오른쪽으로 날아왔다. 그러자 그곳에 있던 남자나 여자들이 소리를 지르면서 그 뒤를 쫓았으나 독수리는 가까이 오자마자 마차 앞에서 다시 오른쪽으로 날아왔다. 이것을 보고 사람들은 크게 기뻐했으며 흐뭇해 했다. 그때 네스토르의 아들 페이시스토라토스가 그들에게 말했다.

"제우스 신께서 보살펴주시는 메넬라오스시여, 이 신기한 징조는 저희 두

---

4) 포에토스의 아들 : 앞에 나온(95 행) 테오네우스를 지칭함.

사람을 위해 신께서 보이셨는지 아니면 메넬라오스님을 위해 보여주신 것인지 말씀하여주십시오."

이렇게 말하니 군신 아레스의 친구인 메넬라오스는 이것을 어떻게 판단해서 올바른 해석을 내릴 수 있을까 하고 궁리했다. 그러자 긴 치마를 입은 헬레네가 먼저 입을 열었다.

"우선 내가 점괘를 풀어볼 테니 잘 들으세요. 신들이 내 가슴속에 생각케 하신 것을 솔직하게 말하지요. 집 안에서 애지중지 기른 거위를 산에서 날아온 독수리가 낚아채어 갔지요. 자기의 가족이나 새끼를 산에 버려둔 채 와서는 말이지요. 그와 같이 오디세우스님도 숱한 재난을 겪으면서 여러 곳을 방랑한 끝에 고국으로 돌아가 보복을 할 것입니다. 어쩌면 이미 돌아가서 구혼자들에게 복수할 계책을 궁리하고 있을지도 모릅니다."

그러자 지혜로운 텔레마코스가 대답하여 말했다.

"천둥을 울리게 하는 헬레 여신의 남편되시는 제우스 신께서 그렇게 해주시기를 빌겠습니다. 그렇게만 된다면 집에 돌아가서 신처럼 당신께 기원을 드리겠습니다."

이렇게 말하고 말에게 채찍을 휘두르자 말은 질풍처럼 도성을 빠져나가 평원으로 향했다. 말은 하루 종일 쉬지도 않고 양 어깨에 걸친 멍에를 흔들면서 달렸다. 해가 지고 모든 길거리가 어둠이 묻힐 때 두 사람은 페라이로 접어들어 알페이오스의 하신(河神)의 아들 오르틸로코스의 아들인 디오클레스의 성관에 도착했다. 그곳에서 하룻밤을 묵었는데 영주 디오클레스는 그들을 후히 대접해주었다.

일찍 태어나는 장미빛 손가락을 가리키는 새벽의 여신이 나타나자, 두 사람은 다시 수레에 말을 멘 후 수레에 올라 현관 끝에서 소리가 높게 울려퍼지는 주랑을 지나 말을 달렸다. 그들이 채찍을 휘두르자 두 필의 말은 날 듯이 달렸다. 이리하여 눈 깜짝할 사이에 필로스의 험준한 성에 당도했는데 이때 텔레마코스는 네스토르의 아들에게 말했다.

"네스토르의 아드님이시여, 어떻게 하면 지금 내가 하는 말을 약속해주시고 또 실천해주실지요. 우리는 처음부터 친한 사이였으며 조상 대대로 가까이 지내는 집안 사이인데다가 나이도 같습니다. 더구나 이번 여행은 한 마음으로 서로 도와왔습니다. 제발 저를 배가 있는 있는 곳까지 데려가지 마시고 이곳에서 헤어지지요. 연로한 왕께서 저를 극진히 대접하기 위하여 저를 억지로 성관에 묵게 하시면 큰일이거든요. 저는 한시바삐 고국으로 돌아가야 하니까요."

그러나 네스토르의 아들은 어떻게 하는 것이 좋을지 신중히 생각해보았다. 그리고 이렇게 하는 것이 가장 좋겠다고 결심이 서자, 그는 서둘러 수레를 몰아 빠른 배의 갑판에 메넬라오스가 선물로 준 옷이며 황금 그릇들을 실어준 후 텔레마코스에게 말했다.

"그러면 서둘러 배에 오르십시오. 그리고 동지들에게는 배에 오르라 이르십시오. 내가 집으로 돌아가서 아버님께 모든 것을 보고드리기 전에 말입니다. 아버님은 틀림없이 당신 얘기를 들으시면 당신을 절대 그냥 보낼 수 없다면서 당신을 모시러 직접 오실 것입니다. 화를 내시면서 말입니다."

그는 이렇게 말한 후 멋진 갈기가 난 말을 달려 필로스로 떠나 성관에 당도했다. 한편 텔레마코스는 동지들을 재촉하여 지시했다.

"동지들이여 검은 배 안에 선구를 챙겨 넣고 배가 떠날 준비를 하게. 나도 배에 오를 테니까."

그러자 뱃사람들은 그의 지시에 따라 배에 올라 각기 노 저을 자리에 앉았다.

그가 바삐 왔다갔다 하면서 뱃머리에서 아테네 여신께 기원하고 있는데 한 사나이가 가까이 다가왔다 그는 아르고스에서 사람을 죽인 탓으로 추방당한 점쟁이였는데 이름 높은 멜람푸스 가문의 후손이었다. 이 멜람푸스는 전에 양떼의 어머니라는 필로스에 살고 있었으며 필로스의 시민 중에서도 부자였으며 훌륭한 집에서 살고 있었다. 그런데 그는 한동안 고향과 도량이 넓은 국왕 넬레우스의 곁에서 도망쳐온 사람이었다. 이 세상의 누구보다도 훌륭하다는 넬레우스는 멜람푸스의 그 많은 재산을 1년 동안이나 빼앗았으며 멜람푸스를 필라코스 성관 안에 감금시켜놓아 숱한 고생을 겪게 했다. 하지만 그것은 넬레우스의 딸[5]에게 마음을 빼앗긴 때문이었다. 격심한 타격을 안겨주는 여신 에리니스[6]가 그에게 지워준 무거운 짐이었다. 그러나 그는 울

---

5) 넬레우스의 딸 : 바다의 신 네레우스가 아니라 필로스의 넬레우스로, 네스토르의 자매인 아르고스의 피어스의 구혼을 받았는데, 그의 동생 멜란푸스가 그것을 중개했다. 아드라스토스 왕의 할머니가 된다.

6) 여신 에리니스 : 복수의 여신들이라고 해석된다. 우라노스의 피를 받아 태어났다는 설도 있다. 옛 티탄계의, 즉 씨족사회의 질서를 지키고 혈족의 의(義)를 바르게 하는 것. 그 복수는 에리니에스.

부짖는 소들을 필라케에서 필로스로 몰고 가서 넬레우스에게 부당한 일의 대가를 요구하여 형 비아스에게는 신부를 맞이하도록 하였으나 그는 말을 기르는 타향 아르고스로 갔다. 그곳이야말로 그에게는 아르고스 사람들을 다스리며 살아가기에 합당한 곳이었다. 그는 그곳에서 결혼하였으며 지붕이 높은 집도 지었다. 그리고 안티파테스와 만티오스라는 듬직한 두 아들도 낳았다. 또한 안티파테스는 도량이 넓은 오이클레스를 낳았으며 오이클레스는 병사들을 지휘하는 암피아라오스를 낳았는데 산양 가죽 방패를 든 제우스가 특히 그를 사랑했으며 아폴론도 그를 무척 아꼈으나 아내가 뇌물을 받았던 탓으로 늙기도 전에 그 아내는 테바이 읍에서 죽었다.

그의 아들로 태어난 것이 알크마온과 암필로코스였다. 한편 만티오스는 폴리페이데스와 클레이토스라는 두 아들을 두었는데 이 클레이토스가 원체 미남이라서 황금 보좌에 앉으시는 새벽의 여신이 그를 유괴해서 불사신들의 동지로 만들려 했다. 한편, 기량이 뛰어난 폴리페이데스를 아폴론 신께서 인간 중에서도 가장 뛰어난 점쟁이로 삼은 것은 암피아라오스가 죽었기 때문이었다. 그러나 그는 자기의 아버지에게 원한을 품고 휘페레시에로 이주하여, 그곳에 살면서 모든 인간들에게 점을 쳐주었다.

바로 그의 아들이 이곳에 온 것이다. 이름이 테오클리메노스인 그가 텔레마코스 곁으로 다가왔던 것이다. 그때 텔레마코스는 빠른 배 옆에서 기도를 드리면서 제주를 올리고 있었는데, 그는 텔레마코스에게 간절히 말하는 것이었다.

"마침 당신이 여기서 제사를 지내시니 말씀입니다만 이 제물과 신의 가호와, 당신의 동료에게 말씀드립니다만 제가 묻는 말에 숨김없이 말씀해주십시오. 당신은 어떤 분이시며 어느 나라 사람인지, 그리고 양친은 어떤 분이십니까?"

그러자 이번에는 현명한 텔레마코스가 대답했다.

"낯선 분이시여, 말씀대로 확실한 것을 말해드리지요. 나는 이타케 사람으로 아버님의 이름은 오디세우스라 합니다. 그러나 그분은 지금 돌아가신 것 같습니다. 그래서 지금 나는 아버님의 소식을 수소문하기 위해 검은 배를 타고 동지들과 함께 이렇게 먼 곳까지 헤매고 있는 중입니다."

그러자 이번에는 신처럼 보이는 테오크리메노스가 말했다.

"저 또한 친척을 죽였다 하여 조국에서 추방당한 몸입니다. 말을 기르는 아르고스에는 형제나 친척들이 많이 있으며 아카이아 사람들에게 대단한 위세를 부리고 있습니다. 그 자들의 손에 잡혀 죽어야 할 검은 운명에서 빠져 나오려고 나라를 떠나온 신세라서 여러 나라를 유랑할 운명인 모양입니다. 어쨌든 저를 배에 좀 태워주십시오. 그들이 저를 죽이지 못하도록 말입니다. 그들이 지금 뒤쫓아오고 있습니다."

이번에는 현명한 텔레마코스가 그에게 말했다.

"네, 그렇게 하시지요. 당신이 원하신다면 배에서 쫓아내는 일은 없을 것입니다. 자, 따라오시지요. 당신을 환대하겠습니다."

그는 큰소리로 이렇게 말하고 그의 손에 든 청동창을 받아 배의 갑판 위에 눕혀 놓았다. 그리고 자기도 배에 올라 뱃머리에 앉고, 자기의 옆자리에는 점쟁이인 테오클리메노스를 앉혔다. 텔레마코스가 선원들을 격려하여 출항을 서두르라 이르자 선원들은 배의 한복판에 돛대를 세우고 흰 돛을 달고 쇠가죽 끈으로 붙들어맸다. 그 때 빛나는 눈의 여신 아테네가 순풍을 불어보내 이 배가 한시바삐 항해하도록 해주었다. 그들을 태운 배는 크로노이 부근[7]의 맑게 흐르는 칼키스 강을 향해 항진했다.

해가 지고 길목이 어둠 속에 묻힐 무렵 배는 제우스 신이 보내준 순풍을 받아 페아이 항[8]으로 다가갔다가 다시 에페이오이 인들이 지배하는 신성한 엘리스 앞바다로 갔다. 그리고 이번에는 다시 토아이 섬들[9]로 배를 몰았다. 텔레마코스는 과연 죽음을 모면할 수 있을 것인지, 아니면 구혼자들에게 목숨을 잃을 것인지 걱정이 되었다.

이야기는 바뀌어 오디세우스와 충직한 돼지치기 에우마이오스는 오두막 집에서 저녁 식사를 하고 있었으며 그들 옆에서는 다른 젊은 사나이들도 식사를 하고 있었다. 음식을 다 먹고 났을 때 오디세우스는 돼지치기의 마음을 시험해보려고 이렇게 말했다 ── 즉 자기를 극진히 대접하며 이 오두막집에 그대로 눌러 있게 할 것인지 아니면 도성으로 가보라고 말할 것인지를 떠보고 싶어서였다.

"에우마이오스여, 그리고 다른 젊은 분들이시여, 내 말을 들으시오. 나는 내일 아침 일찍 성 안으로 들어가야겠소. 구걸을 하러 말이오. 그래야 당신이나

---

7) 크로노이 부근 : 이것과 카르키스는 에리스 주의 마을과 샘물(개울)의 이름.

8) 페아이 항 : Pheai는 남부 엘리스의 항구, 또는 곶의 이름.

9) 토아이 섬들 : Thoesin로 '빠른 섬들'이라고도 하지만 의미는 확실치 않다. 스트라본의 설에 의하면 에키나데스 제도의 일부라 한다.

다른 젊은 분의 양식도 덜 축내게 될 테니까. 그러니 나에게 잘 가르쳐주시오. 그리고 성내로 나를 데려다 줄 유능한 안내자도 한 사람 붙여주시오. 성내에서는 나 혼자서 방황해야 하겠지만. 한 잔의 술이나 보리빵을 누가 주지 않을까 하고——. 하지만 신과 같은 오디세우스의 성관에 가면 사려 깊은 페넬로페에게 그분의 소식을 전할 수 있을지, 또 구혼자들 틈에 들어가면 음식을 줄지도 모르지 —— 그들은 언제나 진수성찬을 먹을 테니까. 그러면 나는 곧 그들 사이에서 그들이 원하는 대로 무엇이든 멋지게 해보일 것입니다. 지금 내가 하는 말을 명심해서 들으시오. 전령의 신인 헤르메스님 덕분에 이분께서는 인간이 하는 일에 빛과 영예를 주시지만 시중 드는 일이라면 나를 따를 사람이 없을 것입니다. 예를 들면 불을 잘 피우는 일, 마른 장작을 쪼개는 일, 고기를 썰거나 굽는 일, 또는 술 따르는 일 등 천한 사람이 지체높은 분들에게 시중드는 일이라면 무엇이고 다 할 수 있지요."

그러자 돼지치기 에우마이오스는 매우 언짢은 표정을 지으면서 말했다.

"노인장, 왜 그리 엉뚱한 생각을 하십니까? 당신이 구혼자들 틈에 들어갔다가는 생명을 부지하기 어려울 것입니다. 그들이 건방지고 난폭하다는 것은 강철로 된 하늘에까지 퍼져 있지요. 그들의 시중을 드는 일은 당신 같은 사람이 할 짓이 못 됩니다. 좀더 젊고 예쁜 겉옷과 속옷을 입은 사람이어야 합니다. 언제나 머리가 반들반들하고 깨끗한 얼굴을 가진 사나이들이라야 그들의 시중을 들 수 있을 것입니다. 식탁은 반들반들하게 윤이 나고 그 위에는 언제나 빵이며 여러 가지 고기며 포도주가 가득 쌓여 있습니다. 그러니 가지 마시고 그냥 여기에 있도록 하십시오. 당신이 여기에 있다고 해서 노인장을 푸대접할 사람은 아무도 없습니다. 나든, 나와 함께 있는 젊은이들이든 아무도 괄세하지 않을 것입니다. 그러다가 혹시 오디세우스님의 사랑스런 아드님이 이곳에 오신다면, 그분께서는 겉옷이고 속옷이고 다 주실 것이고 어디든지 당신이 원하는 곳으로 보내드릴 것입니다."

이 말에 참을성있고 존귀한 오디세우스가 대답하여 말했다.

"에우마이오스시여, 당신이 나한테 베풀어주신 만큼 제우스님께서도 당신을 아껴주시기를 빕니다. 당신은 나의 방랑과 고달픈 탄식을 덜어주셨습니다. 정말이지 유랑처럼 쓰라린 일은 없습니다. 하지만 원수 같은 창자를 채우기 위해 사람들은 온갖 고생을 계속해가지요. 그런데 나를 가지 못하도록 만류하고 그분이 오기를 기다리라 하셨는데, 그렇다면 존귀하신 오디세우스님의 어머님이나 아버님에 대해서 말씀해 주십시오. 오디세우스님은 연로한 부모님을 남겨둔 채 떠나셨다는데 그분의 부모님은 아직도 햇빛 아래 살아 계신지 아니면 이미 세상을 떠나 명계의 성관으로 들어가셨는지 말해주시오."

그 말에 대해서 돼지치기의 우두머리인 에우마이오스가 말했다.

'그렇다면 손님께 확실하게 말씀드리지요. 라에르테스님은 아직 살아 계시며 제우스님께 기도를 드리는 것이 그분의 일과랍니다. 자기의 집에서 죽을 수 있게 해 달라구요. 한 번 떠나 돌아오지 않는 아드님 때문에 애통해하는 데다 사려 깊으신 부인마저 돌아가셨으니 얼마나 마음이 아프시겠습니까. 그래서 나이보다 더 빨리 늙으셨지요. 그 부인께서도 이름 높은 당신의 아드님을 애타게 기다리다 돌아가셨습니다. 이곳 주민들이나 저와 친한 사람들은 모두 그분이 좀더 사시기를 원했습니다. 그분께서 비탄에 젖어 있는 동안, 그리고 생존해 계셨을 때, 저는 가끔 그분을 찾아뵙는 것이 큰 낙이었습니다. 마님께서는 긴 치맛자락을 끄시는 막내따님 쿠티메네님과 저를 함께 길러 주셨습니다.

그분은 막내따님이셨는데, 그분과 저를 함께 키우시며 조금도 차별하지 않으셨습니다. 그리고 나이가 들자 따님은 사메로 시집을 보냈는데 굉장한 혼수품을 받으셨지요.

한편 마님께서는 저에게 훌륭한 옷을 입혀주시고 신까지 주시어 저를 시골로 보내셨습니다. 그분께서는 진심으로 저를 사랑해주셨습니다. 하지만 지금은 그런 것도 다 없어지고 말았습니다. 다행히 신들께서는 제가 하는 일을 더욱 번창하게 해주셔서 먹고 마시기에 불편없이 해주셨으며 불쌍한 사람들을 구제[10] 해주기도 했습니다. 하지만 마님께서는 집안에 걱정거리가 생겨 우리에게 위로의 말 같은 것을 해주실 수 없었습니다. 우리는 이야기를 하거나 여쭈어보고 싶고 또 먹고 마시고 싶고 시골에 가서 뭐라도 얻어오고 싶어했지요. 그것이 우리 같은 종들의 위안이니까요."

이에 대해서 지모가 뛰어난 오디세우스가 대답하여 말했다.

"아아, 불쌍하게도 어려서부터 돼지치기가 된 에우마이오스여, 당신은 고향이나 부모님 곁을 떠나 여러 곳을 떠돌아다니셨군요. 그런데 한 가지

---

10) 구제 : 당연히 소중히 대접해야 할 외래인(손님)이나 원인(願人)에 대해서 신의 배려를 잊지 않고 베푸는 것.

분명하게 말해주시오. 길이 넓고 사람들이 사는 도성이 적들에게 함락될 때 부모님은 그곳에 살고 계셨는지, 그리고 당신이 소나 양떼 옆에 혼자 있을 때 못된 사나이들이 배로 납치하여 이곳 성관에 비싼 돈으로 팔아 넘겼습니까?"

그 말에 대해서 돼지치기의 우두머리가 대답했다.

"손님께서 물으시니 말씀드리지요, 조용히 들어보십시오. 술을 드시며 마음을 달래면서 말입니다. 마침 요즘은 밤이 긴데다 잠도 오지 않으니 이야기를 즐기며 듣기에도 좋은 계절이지요. 그리고 손님 또한 일찍부터 잠자리에 들기는 싫으시겠지요. 잠을 너무 많이 자는 것은 좋지 않으니까요. 그러나 잠자고 싶은 사람은 밖에 나가 자도록 하시오. 그리고 아침이 되거든 식사를 하고 주인 어른의 돼지떼를 몰고 나가는 것이 좋을 것이오. 나와 손님은 오두막집 안에서 술과 음식을 들으면서 쓰라렸던 지난날을 되새기며 실컷 이야기나 나눌 테니까. 갖은 고생을 다하면서 떠돌아다닌 사람에게는 그 고생스럽던 지난날의 추억이 즐거움이 되기도 하니까……. 그러면 손님께서 듣고 싶어하시는 저의 지난날에 대해서 말하겠습니다.

손님도 들어본 적이 있을지 모르겠지만, 오르티기에[11] 윗쪽의 태양이 방향을 바꾸는 곳에 쉬리에라는 섬이 있었습니다. 그 섬은 별로 넓진 않지만 땅이 비옥하여 소나 양을 기르기에도 좋고 포도주나 밀도 많이 나는 곳이었지요. 이 섬에는 가뭄이 든 적도 없으며 그 어떤 전염병도 가난한 섬 사람들을 괴롭힌 적은 한 번도 없었습니다. 그리고 이 섬에서는 사람들이 늙게 되면 은화살을 든 아폴로 신이 아르테미스 신과 함께 오셔서 갖고 있던 화살을 쏘아 목숨을 빼앗곤 했습니다. 그곳에는 두 고을이 있었는데 무엇이곤 서로 나누어 가졌습니다. 이 두 고을을 저의 아버님이 다스리셨습니다. 오르메노스의 아드님인 쿠테시오가 바로 그분의 이름인데 불사신과 같은 인물이었습니다.

마침 그 무렵 항해술이 뛰어난 포이니키아 사람들이 찾아왔습니다. 그들은 욕심 많은 사기꾼으로 배에 잡화를 잔뜩 싣고 왔던 것입니다. 그런데 아버님의 저택에는 포이니키아 출신의 여인이 있었습니다. 재주도 있고 키가 큰 여

11) 오르티기에 : '메추라기의 마을'은 곳곳에 있었으며 특히 델로스 섬, 쉬크사이가 유명하며 여기서는 시리아에 있는 것으로 통상 여겨지고 있다.

자였지요. 포이니키아의 사기꾼들은 그 여자를 감언이설로 꼬여냈습니다. 처음에는 그 여자가 빨래를 하고 있는 것을 데려가서 배 곁에서 동침했습니다. 인정에 약한 여자의 마음을 흐트려놓은 것입니다. 그리고 이번에는 당신은 어떤 사람이며 어디서 온 여자냐고 물었습니다. 그러자 그 여인은 서슴지 않고 우리 아버님의 지붕이 높다란 성관을 가리켰습니다.

그리고 '나는 청동이 많이 나는 시돈에서 온 여자로 부유한 아리바스의 딸입니다. 그런데 내가 시골에 갔다 오는 것을 타포스 섬에서 온 해적들이 사로잡아 이곳으로 데려와서는 저 집 주인에게 팔아 넘겼습니다.'

그러자 그 여자와 정을 통한 사나이가 말했습니다.

'참 안됐군. 그렇다면 우리를 따라 고향으로 돌아가지 않겠는가? 그러면 고향의 그 멋진 집도 볼 수 있을 것이고 부모님도 다시 만날 수 있을 텐데, 부모님이 아직까지 생존해 계시고 부자라면 말이야.'

그러자 그 여자는 이렇게 대답했습니다.

'당신들이 저를 무사히 우리 집까지 데려다 주겠다고 약속만 해준다면 그렇게 하겠어요.'

그러자 그들은 모두 여자가 하라는 대로 서약했습니다. 그들이 서약을 다 마치자 그 여자는 그들에게 말했습니다.

'그러면 잘 들으세요. 당신들 중 누구라도 나를 만나거나 말을 걸어서는 안 됩니다. 노상에서건, 내가 샘물에서 물을 길을 때도 말입니다. 누군가 집으로 가서 주인 영감님께 말하면 큰일이니까요. 그렇게 되면 영감님은 나를 의심하여 튼튼한 밧줄로 나를 묶어 가두어둘 것입니다. 그리고 당신들도 그냥 두지는 않을 것입니다. 그러니 이야기는 가슴속에 꼭 담아둔 채 가지고 갈 물건이나 사세요. 그래서 배가 갖가지 물건으로 가득 차거든 저에게 속히 기별해주십시오. 내 손이 닿는 곳에 있는 금을 모조리 훔쳐올 테니까요. 그리고 뱃삯으로는 특히 좋은 것을 드리겠어요. 그것은 영감님의 아들인데 내가 그 집에서 키워주고 있지요. 아주 영리한 아이인데 그 아이를 배로 데리고 가겠습니다. 그러면 당신들은 큰 돈을 벌게 되겠지요.'

그 여자는 이렇게 말하고 훌륭한 저택으로 돌아갔습니다. 한편 그 포이니키아 사람들은 꼬박 일 년 동안 이곳에 머물면서 갖가지 생활 물자를 구해 배에 실었습니다. 그들의 배가 짐으로 가득 차자 그들은 그 여자에게 사람을 보냈습니다. 그 사람은 매우 꾀가 많아 호박(琥珀)이 박힌 황금 사슬을 갖고 와서 시녀들이나 어머니께 보이며 흥정을 하다가 넌지시 그 여자에게 신호를 보내고는 자기의 배로 돌아가버렸습니다. 그러자 그 여자는 저의 손을 잡고 밖으로 데리고 나갔습니다.

마침 그때 응접실에서는 연회에 초청된 사람들을 위한 술잔이 식탁에 놓여 있는 것이 보였습니다. 그 사람들은 저희 아버님과 교제가 깊은 분들이었는데 모두 시민들과 회의를 하러 나가고 없었습니다. 그 여자는 식탁 위에 있던 술잔 세 개를 품속에 감추고 나갔지만 저는 철부지 어린이라 눈치도 없이 그 여자를 따라갔습니다.

해가 지고 사방이 어두워질 때 우리는 항구로 나갔습니다. 항구에는 포이니키아 인들의 빠른 배가 정박해 있었습니다. 그들은 우리를 배에 태우더니 배에 돛을 달았습니다. 제우스님께서는 그 배에 순풍을 보내주었습니다. 우리는 밤낮없이 육일 동안 항해를 계속했습니다. 이윽고 칠일째 되는 날, 크로노스의 아드님이신 제우스 신의 보살핌이 있어서 아르테미스님께서 그 여자를 화살로 쏘니 그 여자는 바다에 사는 새처럼 요란한 소리를 내며 선창에 떨어졌습니다. 그러자 포이니키아 사람들은 바다 표범이나 물고기의 밥이 되게 바다에 그 여자의 시체를 던져버리고 말았습니다. 혼자 남게 된 저는 무척 슬펐습니다. 바람과 파도가 우리를 이타케 섬으로 싣고 갔을 때, 라에르테스님이 자기의 재물을 주고 저를 사셨습니다. 이렇게 해서 저는 이 고장에 살게 되었습니다."

이 말을 듣자 제우스의 후예이신 오디세우스가 말했다.

"에우마이오스여, 당신의 말을 듣고 보니 내 가슴도 찢어질 것 같구려. 하지만 제우스님께서는 당신에게 재앙과 함께 행복도 주셨군요. 좋은 주인을 만나게 되었으니 말이오. 그분은 당신에게 먹고 마실 음식을 주시어 편안한 생활을 할 수있게 하였으니 얼마나 다행한 일이겠소. 하지만 저는 사람이 사는 곳이면 어디든 끝도 없이 유랑하다가 이곳까지 흘러온 신세입니다."

두 사람은 이런 이야기를 하다 보니 별로 잠도 자지 못했다.

한편 텔레마코스 일행은 바닷가에 배를 대고 돛을 내린 후 돛대를 풀자 노를 저어 선창으로 다가갔다. 그리고 닻을 던지고 배를 밧줄로 붙들어맸다. 그들은 배에서 내리자 식사 준비를 하고 빨간 포도주를 섞었다. 식사가 끝나자 영리한 텔레마코스가 말을 꺼냈다.

"그러면 당신들은 우리가 타고 온 검은 배를 도성 쪽으로 몰고 가시오.

나는 시골로 가서 목동들을 찾아가보아야겠소. 그리고 저녁때 우리 집 농사가 어떻게 되었는지 살펴본 후 도성으로 가겠소. 내일 아침에는 여행에 수고한 품삯 대신 고기며, 맛있는 포도주로 푸짐하게 대접할 작정이오."

그러자 신처럼 보이는 테오클리메노스가 말했다.

"그러면 저는 어느 쪽으로 가야 할까요, 나으리? 바위가 많은 이타케 섬을 지배하시는 분들 중 어느 분의 집으로 가야 합니까? 나으리의 어머님이 계시는 성관으로 갈까요?"

이 말에 영리한 텔레마코스가 말했다.

"다른 때 같았으면 곧바로 우리 집으로 가라고 하겠습니다. 우리 집이라면 손님을 대접하기에 결코 불편한 점이 없을 테니까요. 하지만 현재로서는 당신에게 그렇게 하는 것이 좋지 않을 것 같습니다. 나도 집에 없는데다가 어머님께서도 당신을 만나주지 않으실 테니까요. 우리 집이라 해도 어머님은 구혼자들 앞에는 좀처럼 모습을 나타내지 않으시고 별채의 이층 방에서 옷감만 짜고 계시니까요. 그런즉 다른 사람의 이름을 알려줄 터이니 그분 집으로 찾아가십시오. 그분은 에우리마코스란 사람인데 마음씨 착한 폴리보스의 훌륭한 아드님으로 지금 이타케 사람들은 그분을 신처럼 우러러보고 있지요. 그리고 우리 어머님과 결혼해서 오디세우스의 뒤를 이으려 하고 있지요. 하지만 그것은 모두 올림포스의 높은 산 위에 사시는 제우스 신만이 결정할 문제입니다. 혼례에 앞서 그들에게 재앙을 내리느냐 안 내리느냐는……."

그가 이렇게 말했을 때 오른쪽에서 새 한 마리가 날아왔다. 그 새는 아폴론 신이 보낸 전령의 매였는데 두 발로 비둘기를 낚아채고 있었다. 비둘기가 바둥대어 텔레마코스가 서 있는 곳에 날개털이 마구 떨어져 내렸다. 그러자 테오킬리메노스는 동지들과 조금 떨어진 곳으로 그를 불러 손을 잡으며 말했다.

"텔레마코스시여, 저 새가 나으리의 오른쪽으로 날아온 것은 신의 뜻임이 분명합니다. 저는 그것을 이 눈으로 똑똑히 보고 그것이 신의 뜻임을 곧 알았습니다. 이타케 땅에는 나으리님의 집안 외에는 영주가 될 만한 사람은 없습니다. 나으리의 가문만이 대대로 이 땅을 지배하게 될 것입니다."

영리한 텔레마코스는 이에 대해 이렇게 말했다.

"그 말이 성사되기를 바라겠습니다. 그렇게만 된다면 당신은 내게서 우정과 많은 선물도 받게 되겠지요. 그러면 만나는 사람마다 당신을 부러워하겠지요."

그리고는 충직한 부하 페라이오스에게 소리 높여 말했다.

"페라이오스여, 클리티오스의 아들인 그대는 필로스까지 나와 함께 간 사람 중에서는 누구보다도 내가 하는 말을 잘 들어주었었지. 그런즉 이번에도 이 손님을 자네의 집으로 모시고 가서 잘 대접해주지 않겠는가. 내가 집으로 돌아갈 때까지 말일세."

그러자 이번에는 창을 잘 쓰기로 알려진 페라이오스가 말했다.

"텔레마코스시여, 제발 이곳에 오래오래 머무르시기를 이렇게 빕니다. 이분은 제가 잘 모실 테니 염려하지 마십시오."

이렇게 말하더니 배가 있는 데로 가서 동지들을 배에 태우고 닻줄을 풀고 일일이 노 저을 자리에 앉혔다.

한편 텔레마코스는 멋진 신발을 신고 청동 창을 집어들었다. 배 안에 남아 있는 자들은 오디세우스의 사랑하는 아들 텔레마코스의 명령에 따라 닻줄을 풀었다. 그리고 도성을 향해 배를 몰았다.

텔레마코스는 걸음을 재촉하여 돼지치기의 오두막집에 당도했다. 거기에는 그의 돼지를 기르면서 열심히 일하는 충직한 돼지치기가 살고 있었다.

제 16 편

돼지치기의 오두막집에서 오디세우스 부자의 재회. 오디세우스와 돼지치기 에우마이오스가 아침 식사를 하고 있는데 텔레마코스가 그곳에 도착했다. 식사를 마친 후 텔레마코스는 돼지치기를 어머니한테 보내어 무사히 귀국했음을 알린다. 그 사이에 아테네 여신의 주선으로 부자가 다시 만나게 된다. 그리고 앞으로의 계책을 상의한다. 한편 돼지치기는 항구에 닿은 선원들을 만나게 되고 페넬로페에게 텔레마코스가 귀국했음을 알린다. 구혼자들은 이 말에 당황하여 음모를 획책하고 돼지치기는 자기의 오두막집으로 돌아와서 도성 안의 분위기를 말해준다.

한편 오디세우스와 마음씨 착한 돼지치기는 날이 밝자 오두막집에서 불을 피워 아침 식사 준비를 하고, 돼지를 불러 모으자 일꾼들을 시켜 밖으로 내보냈다. 바로 그때 텔레마코스가 집에 왔는데 여느때 같으면 사납게 짖어대던 개들도 그를 둘러싸고 꼬리를 흔들면서 짖지도 않았다. 오디세우스는 인기척이 나는 것을 듣자 에우마이오스에게 위엄있는 목소리로 말했다.

"에우마이오스님, 누가 찾아온 것 같은데 개가 짖지 않고 꼬리를 흔드는 것을 보니 동지 중의 누구인지 혹은 이웃에 살고 있는 아는 사람인 모양이군요."

미처 말을 마치기도 전에 사랑하는 주인 아들이 문 앞에 서 있자 돼지치기는 너무 놀라 들고 있던 붉게 반짝이는 포도주를 섞고 있던 그릇을 땅에 떨어뜨렸다. 그는 주인 앞으로 다가가서 그의 목과 눈과 두 손에 입을 맞추었다. 그리고 너무나 기쁜 나머지 눈물까지 흘렸다. 사랑하는 아들이 먼 곳에 갔다가 10년만에 돌아온 것을 맞이하는 아버지처럼, 그리고 늦게 얻은 외동 아들을 위해서라면 어떤 고생이든 하겠다는 아버지처럼 마음씨 착한 돼지치기는 신처럼 보이는 텔레마코스의 손을 잡고 마치 죽을 고비를 넘기고 온 사람에게 하듯이 마구 입을 맞추었다. 그리고 흐느껴 울면서 엄숙한 목소리로 말했다.

"사랑하는 도련님께서 돌아오셨군요. 배를 타고 필로스로 떠나셨다는 말을 들었을 때는 영영 만나뵙지 못할 줄 알았습니다. 자, 어서 방으로 드시지요.

도련님의 모습을 자세히 보고 마음껏 기뻐하게 말입니다. 도련님은 좀처럼 이곳에 모습을 나타내지 않으시고 도성 안에 계셔서 일꾼들과는 거의 만나지 않으셨으니까요. 아마도 도련님께서는 그 흉칙스런 구혼자들을 만나는 것이 더 좋으셨던 모양입니다."

그러자 이번에는 영리한 텔레마코스가 대답하여 말했다.

"그럼 그렇다고 해두겠네, 영감. 자네를 만나 직접 내 눈으로 보면서 자네의 이야기를 들어보려고 이렇게 찾아왔네. 어머님께서는 아직도 성관에 머물고 계신지, 아니면 다른 사나이에게 시집을 가셨는지, 그리고 오디세우스님의 방은 이부자리도 없이 텅 비어서 거미줄 투성이로 되지는 않았는가?"

이에 대해서 돼지치기의 우두머리가 말했다.

"네, 마님께서는 아직도 꾹 참아가면서 성관에 머물고 계신답니다. 하지만 밤이고 낮이고 눈물로 나날을 보내고 계신답니다."

이렇게 말하자 그는 텔레마코스의 청동 창을 받아 들었다. 한편 텔레마코스는 돌로 된 문지방을 넘어서 안으로 들어갔다. 오디세우스는 그가 들어오자 자리를 비켜주었다. 그러나 텔레마코스는 그것을 막으면서 그에게 말했다.

"손님, 그대로 앉아 계십시오. 우리는 다른 방으로 가지요. 자리를 마련해줄 사람도 여기 있으니까요."

그렇게 말해서 오디세우스는 다시 자리에 앉았다. 돼지치기가 텔레마코스를 위하여 푸른 나뭇가지를 잔뜩 깔고 그 위에 양털 가죽을 펴자 오디세우스의 사랑하는 아들은 그 위에 앉았다. 돼지치기는 두 사람을 위하여 구운 고기를 여러 개의 접시에 담아왔다. 그것은 어제 먹다 남은 고기였다. 그리고 빵도 여러 개 바구니에 담아왔고 담쟁이 덩굴 무늬가 새겨진 술잔에 꿀처럼 달콤한 포도주를 담아 들고 오디세우스의 앞에 와서 앉았다. 그들은 차려온 음식을 맛있게 먹었다. 모두 실컷 먹고 마시고 났을 때 텔레마코스는 충직한 돼지치기에게 말했다.

"영감, 이 손님은 어디서 오신 분이신가? 뱃사람들은 어디서 이분을 이타케 섬으로 모셔 왔다던가? 그들은 누구라고 하던가? 이분이 걸어서 이곳까지 오셨을 리는 없을 테니 말일세."

그러자 돼지치기 에우마이오스가 대답하여 말했다.

"네 도련님. 말씀드리고말고요. 이분은 크레타 섬 사람인데 사람들이 사는 여러 곳을 떠돌아다녔다고 합니다. 신께서는 이분의 운명을 그렇게 정해놓으셨던 것이지요. 그리고 며칠 전 테스프로토이 사람들이 타고 온 배에서 도망쳐서 저의 오두막집에 찾아왔기에 제가 머물러 있도록 했습니다. 도련님께 탄원을 청하는 사람이니 이제는 도련님의 재량 대로 하시지요."

그러자 영리한 텔레마코스가 대답하여 말했다.

에우마이오스여, 하지만 자네의 말은 나의 가슴만 아프게 하는군. 내 처지에 이 손님을 나의 집에 모실 수 있겠는가. 나는 아직 나이도 젊은데다 힘에도 자신이 없으니 말일세. 누가 시비를 걸어온다 하더라도 그것을 물리칠 힘이 없네. 게다가 어머님은 마음이 두 갈래로 갈라져서 갈피를 잡지 못하고 계시지 않은가. 남편의 침상과 온 나라 사람들의 뜻에 따라 내 곁에 머물면서 집을 지켜 나갈 것인지, 아니면 구혼해온 아카이아 사람들 중 혼수품을 가장 많이 줄 사나이를 따라갈 것인가 하고 망설이고 계시지 않은가, 하지만 어쨌든 이 손님이 자네의 집으로 찾아온 이상 외투며, 속옷이며 깨끗한 옷도 주고 선물로 양쪽 날이 있는 검과 신도 주도록 하겠네. 또한 손님이 원하는 곳이면 어디든 보내드리도록 하지. 하지만 자네가 원한다면 이 오두막집에 머물러 있게 하고 자네가 보살펴드리게나. 옷과 양식은 내가 보내주겠네. 자네가 일꾼들의 양식을 더 이상 축내게 할 수는 없으니까. 나로서는 이분을 구혼자들이 우글거리는 우리집으로 데려가지는 않겠네. 그 자들은 난폭한데다 오만불손하여 이분에게 시비를 걸거나 하면 어쩌겠는가 그러면 내 입장이 아주 난처해지지 않겠는가. 혼자서 여러 놈을 상대한다는 것은 아무리 힘이 장사라도 어려운 일이지."

그러자 이번에는 인내심이 강하고 존귀한 오디세우스가 말했다.

"말씀 중에 끼여들어 죄송합니다만 말씀을 듣자니 저의 가슴도 찢어질 것 같군요. 구혼자들이 성관에 몰려와서 이처럼 훌륭한 분을 업수이 여기고 못된 짓을 하고 있다니 말입니다. 어서 말씀해주시지요. 당신 스스로 포기하신 것인지, 아니면 섬 사람들이 모두 당신에게 적대 감정을 품고 있는 것인지. 아니면 형제간에 싸우기라도 하셨습니까? 아무리 심하게 다투었다 하더라도 힘을 합쳐 싸워주기를 바라는 것이 인지상정이 아닐까요. 내가 만일 당신처럼 젊고 힘이 있다면 그냥 있지는 않을 것입니다. 그리고 그 훌륭하신 오디세우스의 아드님이나 또는 오디세우스께서 방랑길에서 돌아온다면 무슨 걱정이 있겠습니까? 하지만 아직은 희망이 있습니다. 내 말이 거짓이라면 누구든지 내 목을 잘라도 좋습니다. 내가 라에르테스의 아드님이신 오디세우스의 성관에 들어가지 못한다면 말입니다. 그러나 그들이 합세하여 홀몸인 나를 죽인다면, 내집 안에서 죽는 편을 택하겠습니다. 타향에서 온 손님을 홀대하거나 무고한 시녀들을 성관 안에서 혹사하거나 음식과 술을 마구 퍼먹어 바닥을 내는 것을 못 본 체 하기보다는 그들 손에 죽는 것이 낫지요."

그러나 이번에는 영리한 텔레마코스가 대답하여 말했다.

"손님, 그렇다면 사실대로 말해드리지요. 이 섬에 사는 사람들 전체가 나에게 적의를 품고 있는 것도 아니며, 형제들 사이에 싸움이 있었던 것도 아닙니다. 다만 크로노스의 아드님이 우리 집안을 그만큼 외롭게 만드신 것이지요. 증조부이신 아르케이시오스님에게는 라에르테스 한 분만을 아들로 두셨으며 또 한 할아버님이신 라에르테스님은 오디세우스 한 분만을 아들로 두셨습니다. 그리고 오디세우스님 역시 저 하나만을 아들로 성관에 남겨두고 떠나셔서 부자지간의 따뜻한 정도 나눠보지 못하셨습니다.

그래서 지금은 흑심을 품은 자들이 성관에 몰려와 있습니다. 그들은 둘리키온이나 사메나 숲이 많은 자퀸토스 같은 섬에서 권세를 부리는 호족들이거나 바위 산이 많은 이타케 섬에서 권세를 부리는 자들인데 그들이 모두 어머님께 구혼하며 우리 집 재산을 탕진하고 있습니다. 그런데 어머님은 이 꺼림칙한 구혼을 거절도 하지 못한 채 우물쭈물하고 있습니다. 그래서 그들은 우리 재산만 파먹고 있어 나는 머지않아 파멸하고 말 것입니다. 하지만 그것은 신의 뜻에 달렸겠지요. 참, 에우마이오스, 자네는 속히 가서 지조가 굳은 페넬로페님께 내가 필로스에서 무사히 돌아왔다고 전해주게. 당분간 나는 이곳에서 머물겠네. 다른 사람에게는 말하지 말고 어머님께만 전해드리고 곧 돌아오도록 하게. 아카이아 사람들은 아무도 모르게 해야 하네. 나를 해치려는 자들이 우글거리고 있으니 말일세."

이에 대해서 돼지치기 에우마이오스가 대답하여 말했다.

"잘 알겠습니다. 시키신 대로 하겠습니다. 그런데 이것만은 확실히 말씀해 주십시오. 성관에서 돌아오는 길에 라에르테스님께도 알려드리면 어떨지요. 그분은 얼마 전까지도 오디세우스님의 소식을 몰라 걱정으로 지내시면서도 밭일을 감독하시고 일꾼들과 같이 술도 드시고 식사도 하셨으나 도련님이 배를 타고 필로스로 떠나시자 식사도 술도 드시지 않았으며 밭일도 돌보지 않으신 채 탄식하고 눈물로 하루하루를 보내시어 뼈만 앙상하게 남아 있습니다."

이 말에 대해서 영리한 텔레마코스가 대답하여 말했다.

"정말 가슴 아픈 일이군. 하지만 알려드리지 말게. 사람들이 무슨 일이건 자기의 뜻대로 할 수 있다면 우선 아버님이 돌아오실 날을 택하겠네. 그러니 자네도 성관에 계신 어머님께 소식을 전하고는 곧장 돌아오게. 할아버님께 가지는 말라는 말일세. 그 대신 어머님께 말씀드려 나이 든 하녀를 다른 사람이 눈치채지 못하게 보내라 이르게. 그러면 그 하녀는 할아버님께 소식을 전할 테니까."

이렇게 일러서 돼지치기를 떠나게 했다. 그는 발에 신을 신고 도성을 향해 떠났다. 아테네 여신은 돼지치기 에우마이오스가 오두막집을 나서자 키가 후리후리하고 교양이 있는 부인의 모습으로 오두막집 문 앞에 서서 오디세우스에게 그 모습을 보이셨다. 그러나 텔레마코스는 눈앞에 있는 그 모습을 보기는커녕 알아차리지도 못했다. 왜냐하면 신들은 누구에게나 그 모습을 뚜렷하게 나타내지 않기 때문이다. 그 모습은 오디세우스와 개들만이 보았는데 개들은 짖지도 않고 코를 벌름거리며 오두막집 밖으로 달아나버렸다. 여신이 눈을 찡긋해보이면서 신호를 보내자 오디세우스는 그것을 눈치채고 방에서 나와 안마당 벽을 돌아 여신 앞으로 갔다. 이때 아테네 여신이 그에게 말했다.

"제우스의 후예이시며 라에르테스의 아드님인 지략이 뛰어난 오디세우스시여, 이제는 당신의 아드님께 자초지종을 밝히십시오. 두 부자가 어떻게 하면 못된 구혼자들에게 죽음의 운명을 안겨줄 수 있을지 머리를 맞대고 궁리해가지고 세상에도 이름 높은 도성을 향하여 떠나시오. 나 또한 당신들 곁에서 멀리 떨어져 있지 않을 것이오. 싸우고 싶어서 힘을 주체할 수 없을 지경이니까."

아테네 여신은 이렇게 말하고 황금 지팡이를 그의 몸에 댔다. 그러자 맨 처음에는 깨끗한 망토와 속옷을 몸에 걸치게 하고 그 몸집은 크고 젊게 하시고 피부색도 검게 바꾸어놓았으며 턱과 볼의 주름도 팽팽하게 했으며 턱 밑의 수염도 완전히 검게[1] 바꾸어놓았다. 여신은 이 일을 끝내자 하늘 나라로

1) 수염도 완전히 검게 : 6 · 231 에는 '히아신스의 꽃처럼'(검푸르게)으로 되어 있는데 13 · 400 에는 '아마빛(블론드)의 수염을 텁수룩하게'라고 되어 있어 일치하지 않는다. 전권을 통하여 한꺼번에 완송(完誦)되지 않아 부분적인 불일치로 보아야 할 것이다.

떠났다. 한편 오디세우스는 오두막집으로 다시 돌아갔다. 사랑하는 아들은 그 모습을 보자 깜짝 놀라서 신이 나타난 것이 아닌가 겁을 먹고 다른 쪽으로 시선을 돌렸다. 그리고 위엄있는 목소리로 말했다.

"손님이시여, 조금 전과는 전혀 다른분으로 보이시는군요. 입고 있던 옷도 달라졌고 피부 색깔도 다릅니다. 당신은 분명히 널따란 하늘에 계신 신 중의 한 분이심이 분명합니다. 저에게 자비를 베풀어주십시오. 신에게 합당한 제물이며 황금으로 만든 훌륭한 그릇도 바치겠으니 저희들을 불쌍히 여기시어 보살펴주소서."

그러자 인내심이 강하고 존엄한 오디세우스가 대답하여 말했다.

"나는 결코 신이 아니다. 어찌하여 나를 신이라 말하는가. 나는 바로 너의 아버지니라. 나로 인하여 한숨과 탄식 속에 숱한 고생을 해야 했던 너의 아버지다. 그 못된 자들에게 시달림을 당하면서 살아온 너의 아버지니라."

이렇게 말하고는 아들에게 입을 맞추었다. 그의 두 볼에서는 이제까지 참아왔던 눈물이 흘렀다. 그러나 텔레마코스는 이 말을 믿기 어렵다는 듯 다시 이렇게 말했다.

"그럴 리가 없습니다. 당신이 우리 아버님 오디세우스시라니, 그것은 말도 안 됩니다. 아마도 신께서는 저를 놀리시나봅니다. 더 울며 탄식하라고 말입니다. 아무리 비범한 재주를 가졌다 하더라도 신께서 다녀가신 것도 아닌데 어찌 마음대로 젊어졌다, 늙어졌다 할 수 있겠습니까? 조금 전까지만 해도 당신은 늙고 초췌한 모습이 아니었습니까? 그런데 지금은 널따란 하늘에 계신 신들과 같은 모습이 아닙니까?"

이에 대해서 인내심이 강한 오디세우스가 대답하여 말했다.

"텔레마코스여, 사랑하는 아버지가 집으로 돌아왔다. 그런데 너무 의심하거나 놀라는 것은 잘못이다. 왜냐하면 나 이외에는 다른 오디세우스가 이곳에 올 까닭이 있겠느냐? 내가 바로 너의 아버지 오디세우스다. 나는 숱한 재난을 겪으면서 여러 곳을 떠돌아다니다가 이십 년만에 고국 땅으로 돌아오게 된 것이다. 그리고 이처럼 신기한 일을 꾸미신 것은 전리품을 챙기시는[2] 아테네 여신이시며, 그분이 나를 이런 모습으로 변장시켜주신 거란다. 그분께서는 어떤 모습으로도 변장시킬 수 있으시다. 어떤 때는 거지로, 또

2) 전리품을 챙기시는 : 앞에 나왔던 Ageleie로, 아테네 여신의 한 칭호.

어떤 때는 좋은 옷을 차려 입은 젊은 남자로도 변장시키시지. 널따란 하늘을 다스리시는 신들께서는 죽어야 할 인간에게 영예를 주시는가 하면 고생을 시킬 수도 있단다."

그가 이렇게 말하고 자리에 앉자, 텔레마코스도 아버지를 끌어안으며 소리내어 엉엉 울었다. 한 동안 두 사람은 기쁨의 눈물을 흘렸다. 그들의 울음 소리는 아직 날아다니지도 못하는 어린새끼를 들녘에서 일하던 농부가 둥지에서 갖고 가자 슬피 울어대는 바다의 독수리나 발톱이 날카로운 독수리가 우는 소리보다도 요란했다. 그때 텔레마코스가 아버지에게 먼저 말을 걸지 않았더라면 해가 저무는 것도 모른 채 울음을 그치지 않았을 것이다.

"그런데 아버님, 도대체 무슨 배로, 어떠한 사람들이 아버님을 이타케 섬까지 모시고 왔습니까? 그들의 이름은 뭐라 하던가요? 이곳까지 걸어서 오시지는 않았을 테니까요."

그러자 이번에는 존엄하고 인내심이 강한 오디세우스가 말했다.

"그렇게 물으니 말해주마. 배로 이름난 파이에케스 사람들이 나를 여기까지 데려다 주었다. 그 나라 사람들은 타국 사람일지라도 자기 나라에 찾아와서 구원을 청하면 모두 데려다 준다고 하더라. 그들은 내가 잠들어 있을 때 나를 빠른 배에 태워 이타케 섬까지 실어다 주었을 뿐 아니라 훌륭한 선물도 주었다. 청동 그릇이며, 황금으로 만든 그릇이며, 좋은 옷가지를 잔뜩 주었다. 그 물건들은 신의 지시에 따라 동굴 속에 쌓아두었다. 내가 이 오두막집으로 온 것도 아테네 여신이 그렇게 하도록 지시하셨기 때문이다. 못된 놈들을 해치울 수단과 방법을 궁리하도록 말이다. 그러면 구혼자들의 이름을 말해 보거라. 도대체 몇 명이나 되며 어떤 자들인지 확실히 알아야겠다. 그리고 방법을 강구해보자구나. 우리 부자가 남의 힘을 빌리지 않고도 그들을 해치울 수 있을지, 아니면 다른 사람의 도움을 받아야 할지 말이다."

이에 대해서 영리한 텔레마코스가 대답했다.

"아버님에 대한 평판은 저도 들어 알고 있습니다. 아버님이 뛰어난 무사이시며 지략이 뛰어난 분이라는 것은 저도 잘 알고 있습니다. 그러나 너무나 대담한 말씀을 하시니 놀라지 않을 수 없습니다. 저희 두 사람만으로는 힘이 센 많은 적들을 당해낼 수 없습니다. 구혼자들은 열 명이나 스무 명 정도가 아닙니다. 지금 당장이라도 그 수를 아실 수 있습니다. 우선 둘리킨온 섬에서만도 오십이 명의 젊은 영주에 여섯 명의 시종이 따라왔습니다. 또한 사메 섬에는 스물네 명의 용사들이 몰려왔으며, 자퀸토스 섬에서는 아카이아 족의 젊은이가 스무 명, 그리고 이타케 섬 안에서도 열두 명이 나섰는데 모두 뛰어난 장사들입니다. 그리고 전령 메돈, 음유시인, 고기를 잘 써는 두 사람의 중개인[3]이 딸려 있는 형편입니다. 그들이 모두 한 자리에 있을 때 그들과 싸운다면 오히려 흉악무도한 그들에게 참패를 면치 못할 것입니다. 그러니 우리와 함께 힘을 합쳐 싸워줄 사람을 우선 찾아보는 것이 좋겠습니다."

그러자 이번에는 존엄하고 인내심이 강한 오디세우스가 대답하여 말했다.

"그러냐? 그럼 지금 내가 하는 말을 잘 들어라. 그리고 잘 생각하거라. 아테네 여신과 아버지 신이신 제우스께서 우리를 도와주신다면 되겠느냐? 아니면, 그래도 우리를 도와줄 사람을 더 물색해야 하겠느냐?"

그 말에 대해서 영리한 텔레마코스가 대답하여 말했다.

"그 두 분께서 도와주신다면 마음이 놓입니다. 그 두 분 신께서는 하늘 높이 구름 속에 앉아 계시지만 인간 뿐만 아니라 불사의 신들까지도 다스리고 계시니까요."

그러자 존엄하고 인내심이 강한 오디세우스가 말했다.

"두 분 신께서는 우리가 싸울 때 멀리서 보고만 있지는 않으실 것이다. 구혼자들과 우리가 나의 성관에서 아레스 신의 무용(武勇)[4]을 겨룰 때는 우리 편이 되어주실 것이다. 그런즉 너는 먼저 집으로 돌아가거라. 햇살이 퍼지거든 곧 가거라. 그리고 오만무례한 구혼자들 틈에 끼어있도록 해라. 그러면 나는 나중에 초라한 늙은 거지 차림으로 돼지치기를 따라 그리로 가도록 하마. 그리고 성관에서 나를 깔보고 모욕하더라도 너는 못 본 체하고, 내가 모욕을 당하더라도 참아야 한다. 그들이 내 다리를 잡고 문 밖으로 끌어내거나 나를 때리더라도 못 본 체하고 참아야 한다. 그저 점잖게 그러지 말라고 타이를 정도로만 말하거라. 하지만 그 녀석들은 너의 말을 들은 체도 하지 않을 것이다. 이미 그들에게는 운명의 날이 닥쳐왔으니까…….

그리고 지금 내가 하는 말을 잊지 말고 명심해두거라. 즉 지략이 뛰어난

---

3) 중개인 : therapon은 시종의 일종이라 생각된다(《일리아스》에서도 종종 나온다.) 통례적으로 근친이나 혈족 중에서 이 일을 맡아 하며 매우 큰 역할이다. 가령 2 인승 전차(戰車)에서 전사(주인)의 말을 모는 역을 맡으며 훌륭한 기사가 하는 역할이었다.

4) 아레스 신의 무용 : menos Areos의 역어로서 무신(武神)이 고취하는 용기나 무력(武力)을 의미했다.

아테네 여신이 내 마음에 넌지시 신호를 보내시면 곧 너에게 머리를 끄떡여 신호를 할테니 집 안에 있는 무구를 모조리 거두어 광 속에 갖다 넣어라. 그리고 구혼자들을 적당한 말로 얼버무리거라. 그들이 무기를 찾거든 '연기를 쐬지 않는 곳에 넣어두었습니다. 오디세우스님께서 트로이아를 향해 떠날 때 남겨둔 무기들은 불기운을 쐬어서 모두 못 쓰게 되었어요. 그리고 또 크로노스의 아드님은 저에게 이렇게 주의시키셨습니다. 여러분이 술에 취해 싸움을 벌여서 연회장을 난장판으로 만들까 걱정하고 계십니다. 쇠붙이란 무사들에게 살기를 돋기 하니까요.' 라고 말하면서 말이다.

그러나 우리가 쓸 검 두 자루와 창 두 개는 남겨두거라. 그리고 쇠가죽으로 만든 방패 두 개도 남겨두어 우리가 필요할 때 얼른 가서 손에 들 수 있도록 준비해두어라. 그러면 팔라스 아테네와 지략이 뛰어나신 제우스 신께서는 그들의 마음을 혼란시켜놓으실 것이다. 그러니 내가 한 말을 명심하고 네가 나의 아들이며 우리집의 혈통을 이어받은 사람이라면 오디세우스가 집으로 돌아왔다는 것을 누구에게도 알리면 안 된다. 라에르테스님께도 돼지치기에게도 시종 중의 누구에게도, 너의 어머니 페넬로페에게도 알리지 말아야 한다. 다만 너하고 나만이 여자들의 마음을 떠보도록 하자. 그리고 하인들의 마음도 시험해보자구나. 누가 우리 두 사람을 가장 아끼고 두려워하며 또한 누가 이처럼 훌륭하게 성장한 너를 존경하지 않는지……."

그 말에 오디세우스의 자랑스런 아들이 말했다.

"아버지시여, 언젠가는 저의 마음을 아시게 되리라고 믿습니다. 저는 결코 긴장이 해이해지지 않았습니다. 하지만 그것이 아버님과 저에게는 아무런 도움이 되지 않을 것 같습니다. 그러니 침착하게 생각해보시지요. 이곳 저곳 돌아다니며 한 사람 한 사람의 마음을 떠보려면 시간이 많이 걸리겠지요. 그 동안 못된 구혼자 녀석들은 기고만장하게 아버님의 성관에 버티고 앉아 우리 재산을 마음대로 갉아먹을 것입니다. 그보다는 여자들을 떠보시도록 권하겠습니다. 여자들 중 어떤 사람이 아버님께 무례하게 대하는지, 어떤 여자가 나쁜 짓을 하지 않는 여자[5]인지 알아보시지요. 그러나 오두막집에

5) 나쁜 짓을 하지 않는 여자 : 고래로 이것에 대해서는 해석이 구구해서(어원적으로 설명하기 어려우며), 여자 노예 중 '과오를 저지르지 않은 자', '계율을 지키는 여자들' 을 가리키는 말로 추정된다.

사는 사나이들의 마음을 알아보는 것은 서두를 필요가 없으며 그것은 나중에 하는 것이 어떨지요. 아버님께서 산양 가죽 방패를 든 제우스 신의 뜻을 헤아려 알고 계신다면 말입니다."

두 부자는 이런 말들을 주고받고 있었다. 한편 필로스에서 텔레마코스와 그 동지들을 싣고 온 멋진 배는 이타게의 도성으로 향하고 있었다. 선원들은 항구 안 깊숙이 배를 대자 배를 육지로 끌어 올리고 선구들을 끌어 내리고 얻어온 값진 선물들을 클리티오스의 집으로 옮겨놓았다. 그리고 전령을 오디세우스의 성관으로 보냈다. 사려 깊은 페넬로페에게 아들이 돌아왔음을 알려주기 위해서였다. 그렇게 한 것은 기품있는 부인께서 더 이상 애처롭게 눈물을 흘리지 않게 하기 위해서였다.

이 전령은 마음씨 착한 돼지치기와 똑같은 소식을 전하기 위하여 부인이 계신 성관으로 가던 중 두 사람은 우연히 만나게 되었다. 그러나 두 사람이 성관에 도착하자, 전령은 시녀들한테 가서 이렇게 말했다.

"사랑하는 아드님께서 돌아오셨다고 부인께 알리시오."라고.

또 돼지치기는 페넬로페에게로 직접 가서 그녀의 사랑하는 아들이 시킨 대로 보고했다. 그리고 모든 것을 자세히 말씀드린 후 다시 오두막집으로 돌아가려고 대청을 나왔다.

이때 구혼자들은 모두 풀이 죽어 시름에 잠겨 있었다. 그들은 대청에서 나와 안뜰의 높다란 담을 지나 밖으로 나오자 문 앞에 모여 있었다. 폴리보스의 아들 에우리마코스가 맨 먼저 그들에게 말했다.

"여러분, 참으로 대단한 일이 여보란 듯이 이루어졌소. 우리는 텔레마코스가 이번 여행에서 무사히 돌아오리라고는 꿈에도 생각지 못했던 일이었소. 어쨌든 가장 좋은 검은 배를 바다로 끌어내리어 어부들을 모아 태우고 매복한 동지들에게 알려 속히 집으로 돌아오도록 알립시다."

그의 말이 채 끝나기도 전에 암피노스가 자리에서 일어나서 몸을 돌려 뒤를 돌아보더니 마침 깊숙한 포구 안에 막 돛을 내리려는 배 한 척을 발견하고는 빙그레 웃으면서 자기의 동지들에게 말했다.

"사람을 보낼 필요도 없게 되었네. 그들은 벌써 다들 돌아왔으니까. 어느 신께서 그들에게 알려주었는지 아니면 그들이 텔레마코스의 배가 직접 지나가는 것을 보았는지는 모르지만 말일세. 하지만 그들은 그 배를 놓쳐버렸단 말일세."

그러자, 그들은 모두 포구로 나갔다. 선원들은 검은 배를 육지로 끌어 올리고 힘이 센 시종자들은 선구를 배 안에서 끌어내렸다. 그들은 모두 회의장으로 몰려갔는데 자기들 이외에는 젊은이고 나이든 사람이고 그곳에는 얼씬도 못하게 했다. 그때 에우페이테스의 아들 안티노스가 말을 꺼냈다.

"아 이게 무슨 꼴인가. 신께서 그 사나이에게 재앙을 면하게 해주시다니. 우리는 낮에 바람이 세차게 부는 곶 앞에 앉아 한눈도 팔지 않고 망을 보지 않았던가. 그리고 밤이 되면 빠른 배를 타고 아침 해가 뜰 때까지 고향으로 돌아오는 텔레마코스를 잡아 죽이려고 기다리고 있지 않았던가. 그런데 신께서는 그 자를 은밀하게 고향 땅으로 데려다 주셨단 말일세. 그러니 우리는 텔레마코스를 파멸시킬 계책을 다시 세워야 하네. 우리들의 손아귀에서 빠져나가지 못하도록 말일세. 왜냐하면 그 녀석이 살아 있는 한 우리의 일은 성취할 수 없네. 그 녀석은 이제 아이가 아닐세. 이미 사리분별도 있고 영리하단 말일세. 그런데다 시민들도 우리에게만 호의를 보이는 것은 아니지 않은가. 그러니 그 녀석이 아카이아 사람들을 회의장으로 불러모으기 전에 빨리 손을 써야 하네. 그 녀석은 서두를 것이네. 그는 화를 내면서 사람들에게 이렇게 말하겠지. 우리가 자기를 죽이려 했지만 실패로 돌아갔다고 말일세. 그러면 시민들은 그의 말을 듣고 우리가 못된 일을 꾸몄다고 우리를 욕할 것이 아닌가. 그들이 우리에게 어떤 해를 가하거나 우리의 영지에서 추방하거나 하면 큰일이네. 그래서 우리가 타국으로 쫓겨나거나 하면 안 되지 않는가. 그러니 우리가 선수를 쓰세. 우리는 도성 밖이든 도성으로 들어오는 노상에서 그를 붙잡은 다음 그의 재산을 빼앗아서 나누어 가지세. 성관은 그 자의 어머니나 그의 어머니와 결혼할 사람에게 주도록 하면 되지 않겠는가. 그러나 여러분이 이 제안이 마음에 들지 않는다면, 그리고 그가 살아서 자기 아버지의 재산을 물려받기를 바란다면, 앞으로는 그의 재산을 멋대로 축내주는 일은 더 이상 하지 말도록 하세. 그대신 각자 혼수품을 주어 청혼하세. 그리고 우리 중에서 혼수품을 가장 많이 내고 운이 좋은 사람이 그 부인과 결혼하면 되지 않겠는가."

그가 이렇게 말하자, 모두 조용해졌다. 이때 암피노모스가 사람들 틈에서 일어나서 입을 열었다. 그는 아레토스의 아들 니노스의 아들로 밀이 많이 나고 목초가 풍부한 둘리키온에서 구혼자들을 이끌고 왔는데 기질도 뛰어난데다 언변이 좋아서 페넬로페의 눈에 든 사람이었다. 이 사람이 구혼자들을 위한다면서 말을 꺼냈다.

"여러분, 내 생각으로는 텔레마코스를 죽이는 것은 바람직하지 못합니다. 국왕의 아들을 죽인다는 것은 도리에 벗어난 일이니까요. 그러니 우선 신들의 의향을 알아보도록 합시다. 만약 제우스 대신(大神)의 신탁이 그를 죽이기를 원하신다면 나 자신도 그를 죽이는 일에 가담할 것이며 다른 사람들에게도 그렇게 하자고 권하겠습니다. 그러나 신들의 뜻이 그런 것이 아니라면 그 일을 중지하라고 권하겠습니다."

암피노모스가 이렇게 말하자 모두 그의 말에 찬동했다. 그들은 자리에서 일어나서 모두 오디세우스의 성관으로 들어가서 반들반들한 돌 의자에 앉았다.

한편 이때 사려 깊은 페넬로페는 이제까지의 생각을 바꾸어 방자한 구혼자들 앞으로 나가기로 했다. 그들이 아들을 죽이려 한다는 말을 전해 들었기 때문이었다. 즉 전령 메돈이 그들의 모의를 듣고 전해주었던 것이다. 페넬로페는 시녀들을 거느리고 대청으로 나갔다. 그녀는 귀부인답게 지붕을 받쳐주는 튼튼한 돌기둥 옆에 반짝이는 베일로 두 볼을 가린 채 섰다. 그리고 안티노스를 꾸짖었다.

"안티노스여, 당신은 악랄한 음모를 꾸미는 분이군요. 당신은 이 이타케에서 연배가 같은 분 중에서 지략도 있고 언변도 좋다는 말을 들었는데 알고 보니 그런 분이 아니군요. 당신은 미치광이군요. 어찌하여 당신은 텔레마코스를 죽이려고 음모를 꾸미십니까? 남을 해치려고 음모를 꾸미는 것은 신의 뜻이 아니며 도리에도 벗어나는 일입니다. 당신의 아버님이 국민들의 노여움을 두려워하여 자기 나라를 버리고 이곳으로 도망쳐왔을 때의 일을 벌써 잊었습니까? 그것은 제우스 신께서도 증인을 서주실 것입니다. 당신의 아버님이 타포스 섬의 해적패와 한 통속이 되어 테스프로티이의 주민들을 침입하여 괴롭혔던 일 말이오. 그 나라 사람들은 우리와 친한 사이였지요. 그들이 당신의 아버지를 잡아 죽이고 그의 재산까지 몰수하려 했을 때 오디세우스께서 그들을 타일러 그러지 못하게 하지 않았던가요? 그런데도 당신은 지금 그런 은인의 재산을 마구 파먹고 은인의 아내에게 청원하면서 그 아들까지 죽이려 하다니 어디 사람이 할 짓입니까. 더 이상 나를 괴롭히지 마시고, 그 일을 중지하고 다른 분들에게도 그런 일이 벌어지지 않도록 타이르십시오."

그러자 이번에는 폴리보스의 아들 에우리마코스가 자리에서 일어나서 말했다.

"이칼리오스의 따님이시며, 사려 깊으신 페넬로페시여, 안심하십시오. 그런 일로 걱정하시지 않아도 좋습니다. 내가 이렇게 눈을 뜨고 이 세상에 살아 있는 한, 당신의 아들 텔레마코스를 해치려는 사람은 결코 있지도 않거니와 생겨나지도 않을 것이니까요. 그래도 그런 생각을 하는 자가 있다면 저의 날카로운 창에 찔려 검은 피를 흘리게 될 것입니다. 성을 함락시키기로 유명한 오디세우스님께서는 당신의 무릎 위에 나를 앉히시고 구운 고기도 먹여주시고 새빨간 포도주도 먹여주신 인자한 분이셨습니다. 그러므로 텔레마코스는 누구보다도 내가 아끼는 분입니다. 그것이 신의 뜻이라면 어쩔 수 없겠지만, 앞으로는 더 이상 텔레마코스를 살해할까 염려하지 않아도 좋습니다."

이렇게 힘주어 위로의 말을 했지만 그는 내심 텔레마코스를 살해할 마음을 품고 있었다. 페넬로페는 반짝반짝 윤이 나는 이층 방으로 올라가서 그리운 남편 오디세우스를 생각하며 눈물을 흘렸다. 빛나는 눈의 여신 아테네 여신이 눈꺼풀에 달콤한 잠을 던져줄 때까지.

저녁때, 충직한 돼지치기가 오디세우스와 아들을 묵고 있는 오두막집으로 돌아왔다. 그리하여 한 살 짜리 돼지를 잡아 제물로 바치고 푸짐하게[6] 저녁상을 차렸다. 그 사이에 아테네 여신은 라에르테스의 아들 오디세우스의 옆으로 다가가서 지팡이로 때려 처음의 노인 모습으로 바꾸어놓고 남루한 누더기 옷으로 갈아입혔다. 돼지치기가 주인을 알아보고 자기 혼자 가슴에 담아둘 수가 없어 지조가 굳은 페넬로페에게 알려서는 안 되었기에 말이다. 이때 텔레마코스는 돼지치기에게 먼저 입을 열었다.

"에우마이오스여, 이제 돌아왔는가. 성 안에서는 어떠한 소문이 돌고 있던가? 나를 살해하려고 매복해 있던 구혼자들은 돌아왔다던가, 아니면 아직도 내가 돌아오기를 지키고 있다던가?"

그러자 돼지치기 에우마이오스가 대답하여 말했다.

"빨리 마님께만 소식을 전하고 돌아오려고 서둘다 보니 미처 그런 것을 알아볼 겨를이 없었습니다. 제가 갔을 때 도련님이 타고 오신 배가 도착하여 그 배의 전령이 도련님이 돌아오셨다는 것을 저보다 먼저 마님께 알렸습니다.

---

6) 푸짐하게 : 충분히 마음을 써서, 원만하게라는 뜻.

그런데 이 눈으로 똑똑히 본 것만은 말씀드릴 수 있습니다. 제가 성채 위쪽의 헤르마이오스 언덕에 이르렀을 때 빠른 배 한 척이 항구로 들어오는 것을 보았습니다. 그 배 안에는 많은 남자들이 타고 있었으며 방패며 창도 많이 보였습니다. 아마도 그들이 돌아온 것이 아닌지 모르겠습니다."

그 말을 듣자 존귀하고 용감한 텔레마코스는 아버지와 서로 눈짓을 하며 웃었다. 그러나 돼지치기는 눈치채지 못하도록 했다.

모두 하던 일을 마치고 저녁식사가 준비되자 식사를 시작했다. 똑같이 나눈 음식 접시를 일일이 받아 즐거운 마음으로 먹고 마시고 나자 사람들은 잠자리에 들었다.

제 17 편

텔레마코스의 귀가. 오디세우스는 거지 차림으로 자기의 성관으로 돌아가 구혼자들로부터 갖은 수모를 당하게 된다. 이튿날 아침 텔레마코스는 구혼자들을 물리칠 방법을 아버지와 의논한 후 먼저 성관으로 돌아갔다. 오디세우스도 이보다 늦게 돼지치기와 함께 성관에 도착한다. 문 앞에서 손수 기르던 애견 아르고스도 만난다. 그리고는 대청으로 들어갔으나 거지가 왔다고 괄세를 받는다. 페넬로페는 자기의 집에서 판치는 불법을 슬퍼하며 에우마이오스를 불러 거지의 신상을 알아보려 하지만 오디세우스는 저녁때까지 기다려 달라고 한다.

일찍 태어나는 장미빛 손가락을 가리키는 새벽의 여신이 나타났을 때, 신처럼 존엄한 오디세우스의 아들 텔레마코스는 멋진 신발을 신고 튼튼한 창을 집어들었다. 그의 창은 그 손에 꼭 맞았다. 그리고 도성을 향해 떠나기에 앞서서 자기의 집 돼지치기에게 말했다.

"영감, 그러면 나는 어머니를 만나러 도성으로 떠나네. 아무래도 나를 직접 만나보시기 전에는 슬픔을 가라앉히시지 않을 테니까. 그런데 부탁하네만 저 딱한 손님을 성내로 좀 모셔다 드리게. 거기 가면 먹을 것도 얻을 수 있을 테니까. 그러면 누군가가 노인을 불쌍히 여겨 빵이며 술도 주지 않겠는가. 하지만 나로서는 모든 사람들을 다 돌보아줄 수는 없네. 나의 가슴속에는 걱정거리가 너무나 많으니까. 그랬다고 저 노인이 화를 내도 할 수 없는 일일세. 그러면 노인만 더 손해이니까. 나는 사실대로 말해야 직성이 풀리거든."

그러자 지략이 뛰어난 오디세우스가 대답하여 말했다.

"나으리, 걱정하지 마시구려. 저도 여기에는 더 이상 남아 있고 싶지 않습니다. 거지란 시내며 시골로 돌아다니며 구걸을 하는 것이 훨씬 더 뱃속이 편하지요. 그러면 인심 좋은 분을 만나 먹을 것도 얻을 수 있고……. 나는 이미 연로하여 이 축사에 남아 시키는 대로 일할 기력도 없습니다. 그러니 이 사람을 따라 성 안으로 들어가도록 하겠습니다. 따뜻한 방에서 몸을 더

녹힌 다음 햇살이 퍼지거든[1] 가겠습니다. 옷이 너무 허름해서 이슬을 맞으며 먼 곳까지 가다가 병이라도 나면 큰일이지요."

이렇게 말하자 텔레마코스는 오두막집에서 나와 걸음을 재촉하면서도 그의 머릿속은 구혼자들에게 호된 복수를 해야겠다는 생각으로 꽉 차 있었다. 그는 훌륭한 성관에 도착하자 들고 있던 창을 높다란 기둥에 기대어놓고 안으로 들어가서 돌로 된 문지방을 넘어섰다.

그의 모습을 맨 먼저 발견한 것은 그의 유모 에우리클레이아였는데 마침 그녀는 정교하게 새겨놓은 의자 위에 양털 방석을 올려놓고 있다가 눈물을 글썽이며 달려왔다. 또한 다른 시녀들도 우루루 달려나와 반가이 맞으면서 그의 머리며 어깨에 입을 맞추었다.

또 사려 깊은 페넬로페도 방 안에서 달려나왔다. 그 모습은 아르테미스 여신이나 황금의 아프로디테처럼 아름다웠다. 그녀는 두 팔을 내밀어 눈물을 글썽이며 아들의 머리며 두 눈에 입을 맞추며 울음 섞인 목소리로 말했다.

"이제야 돌아와주었구나! 사랑스런 내 아들 텔레마코스가. 나는 영영 너를 만나지 못할 줄 알았었다. 내 승낙도 없이 너의 아버지의 소식을 알아보겠다고 배를 타고 필로스로 떠났다는 말을 들었을 때는……. 그것은 어찌 되었든 어서 말해보거라. 어떤 일[2]을 듣고 보았는지를."

그러자 이번에는 영리한 텔레마코스가 말했다.

"어머니, 제발 저의 마음을 뒤흔들어 눈물을 흘리게 하지 말아주십시오. 아슬아슬한 파멸의 고비를 가까스로 넘기고 온 몸이랍니다. 그보다는 어서 목욕을 하시고 깨끗한 옷으로 갈아입으신 다음 시녀들을 데리고 이층으로 올라가 신들께 두둑히 제물을 바치겠다고 기도를 드리시지요. 제우스 신께서 복수를 할 수 있게 해주시도록 말입니다. 그리고 저는 지금 바로 회의장으로 가겠습니다. 제가 돌아올 때 저를 따라온 손님이 있는데 그 손님을 불러오겠습니다. 저는 동지들에게 우선 그분을 페라이오스의 집으로 모셔가게 했습니다. 그리고 내가 집으로 돌아올 때까지 잘 대접해드리라고 일러두었습

1) 햇살이 퍼지거든 : '따뜻한 봄기운' 또는 '따뜻한 햇볕'이라는 두 가지 해석이 있는데 여기서는 후자를 택하기로 한다.

2) 어떤 일 : '어떻게 생긴 사람을 만났느냐'라는 뜻. 3·97과 같은데, 여기서는 별로 적당치 않다. 아버지(남편)의 모습보다도 남편의 소식을 묻고 있는 것이니까. 낭송시에서 앞 절의 구를 유용한 타당하지 않은 한 예라고 하겠다.

니다."

그가 이렇게 말하니 그의 어머니는 대답도 하지 않고 나가 목욕을 한 후 깨끗한 옷으로 갈아입고 제우스 신께서 복수의 과업을 완성시켜주신다면 신들에게 큰 제물을 올리겠다고 기원을 드렸다.

한편 텔레마코스는 손에 창을 들고 대청을 가로질러 걸음을 재촉했다. 그러자 발이 빠른[3] 개들이 그 뒤를 따랐는데 아테네 여신이 그를 눈부실 정도로 품위있게 꾸며주어 그가 지나가자 사람들은 모두 그가 오는 것을 감탄의 눈으로 바라보았다. 또 오만한 구혼자들은 그의 주위로 모여와서 속으로는 음흉한 흉계를 꾸미고 있으면서도 겉으로는 갖은 아양을 다 떨었다. 그는 웅성거리는 구혼자들을 피해 조상 대대로 친한 사이인 멘토르나 안티포스나 하리텔세스 등이 앉아 있는 곳으로 가 앉았다. 그러자 모두 여러 가지 궁금한 것들을 물어왔다. 그때 마침 창을 잘 쓰기로 이름 높은 페라이오스가 손님을 데리고 회의장으로 왔다. 텔레마코스는 손님 곁으로 다가갔다. 그러자 페라이오스가 말했다.

"텔레마코스님, 여자들을 저희 집으로 보내주십시오. 메넬라오스님이 주신 선물들을 이쪽으로 보내드려야겠습니다."

그러자 이번에는 영리한 텔레마코스가 말했다.

"페라이오스여, 이 일이 어떻게 풀려 나갈지 잘 모르겠다. 어쩌면 오만한 구혼자들은 성관 안에서 나를 몰래 죽인 다음 조상 대대로 물려받은 재산을 모조리 저희끼리 나누어 가질지도 모른다. 그러니 차라리 그것을 그들이 차지하기보다는 자네가 갖는 것이 좋겠네. 하지만 내가 살육과 죽음의 운명을 그들에게 안겨준다면 그때 이를 기뻐하는 나에게 그것을 갖고 오게."

이렇게 말한 후 손님을 집 안으로 데리고 들어갔다. 그들이 훌륭한 성관 안으로 들어가자 우선 상의를 벗어 의자나 방석 위에 올려놓고 깨끗하게 닦아놓은 욕조에 들어가서 목욕을 했다. 시녀들은 그들의 몸을 씻어주고 올리브유도 발라주었다. 또 양털 외투와 속옷을 입혀주었다. 두 사람은 욕조에서 나와 긴 의자에 앉자 하녀가 황금대야에 손 씻을 물을 떠왔다. 그리고

3) 발이 빠른 : podas argoi에 의했는데 이 아르고스도 여러 가지로 해석된다. '재빠른, 민첩한'은 손이나 발에 사용되며 '흰, 희게 빛나는'은 소나 거위 등. 흰 발이라는 뜻으로 볼 수 있다.

그들이 앉은 옆에 반들반들한 네 발 탁자를 펴놓고 시녀가 빵이며 많은 음식을 차려냈다. 한편 어머니인 페넬로페는 대청 기둥 옆 긴 의자에 앉아 엘레네 실을 감고 있었다. 그들이 차려온 음식을 다 먹고 남을 때 사려 깊은 페넬로페가 그들에게 먼저 말했다.

"텔레마코스야, 나는 이제 그만 이층으로 올라가 쉬고 싶구나. 오디세우스께서 아트레우스 가문의 분들을 데리고 일리오스로 떠나가신 이후로는 언제나 눈물로 세월을 보내고 있었단다. 게다가 너마저 너의 아버님의 소식에 대해 시원한 말을 해주지 않으니 기고만장한 구혼자들이 몰려오기 전에 내 방으로 올라가야겠다."

그러자 이번에는 영리한 텔레마코스가 대답하여 말했다.

"어머님이 그렇게 말씀하시니, 사실대로 자세하게 말씀드리겠습니다. 우리는 맨 먼저 백성들의 어진 목자이신 네스토르를 만나기 위해 필로스로 갔습니다. 그러자 그는 높은 성관으로 저를 데리고 가서 융숭하게 대답해 주었습니다. 그분은 타국에 나가 있다가 오랫만에 돌아온 아들을 맞아들이듯이 저를 아들처럼 따뜻하게 대해주셨습니다. 그러나 오디세우스님께서 살아계신지, 혹은 돌아가셨는지에 대해서는 이 세상에 있는 사람 중 아무에게서도 들은 적이 없다고 하셨습니다. 그러나 그분께서는 수레에 말을 매어 아트레우스의 아드님이시며 창을 잘 쓰는 메넬라오스님에게로 보내주셨습니다. 저는 그곳에서 아르고스 태생의 헬레네님과도 만났습니다. 그분 때문에 아르고스의 군사와 트로이아 군사들이 신들의 뜻에 따라 심한 고난을 겪었다 합니다. 용감한 메넬라오스님은 저에게 물으셨습니다. 무슨 일로 라케다이몬까지 왔느냐구요. 그래서 사실대로 말씀드리자 그분은 이렇게 말씀하셨습니다.

'도대체 그럴 수가 있단 말인가? 용감무쌍한 장부의 잠자리에 비겁한 녀석들이 함부로 끼어들려 하다니. 마치 어미 사슴이 젖도 안 떨어진 새끼 사슴을 사자의 굴에 넣어두고 숲속과 골짜기를 헤매면서 먹이 풀을 찾으러 간 것 같군. 나중에 자기의 굴로 들어간 사자는 어미도 새끼도 잡아먹겠지. 그와 마찬가지로 오디세우스도 그들을 참혹한 죽음의 운명으로 몰아넣고 말 것이네. 전날 오디세우스가 훌륭한[4] 고장 레스보스 섬에서 필로메이데스와

4) 훌륭한 : 호메로스에서 종종 나오는 형용으로 일반적으로는 '잘 지은, 잘 된'이란 뜻이다.

씨름을 했을 때 상대방을 보기 좋게 내동댕이치자 아카이아 군사들은 얼마나 좋아했던가. 바라건대 아버지 신이신 제우스 신이나 아테네 여신이시여, 그리고 아폴론 신이시여, 용사 오디세우스가 구혼자들 틈으로 뛰어들게 해주십시오. 그러면 그들은 한 사람도 남김없이 죽임을 당할 것이며 구혼의 쓴맛을 톡톡히 맛보게 되겠지요. 그리고 지금 자네가 네게 문의하는 점에 대해서는 결코 얼버무리거나 속이는 일없이 저 바다의 노인이 들려준 것을 덧붙이거나 숨기지 않고 사실 그대로 말해주겠네. 그 노인 말에 의하면, 자네의 아버님은 어떤 섬에서 고난을 당하고 있는 것을 보았다고 했네, 칼립소라는 님프의 성관이었는데, 그 님프가 자네의 아버님을 강제로 붙잡고 있어서 자기의 나라로 돌아갈 수 없는 처지였다네. 왜냐하면 그곳에서는 망망한 대해를 항해할 수 있는 노를 갖춘 배도 없을 뿐더러 뱃사람도 없었으니 말일세.'

아트레우스 가문의 창을 잘 쓰기로 유명한 메넬라오스님은 말씀하셨습니다. 또 제가 귀국 길에 올랐을 때는 불사의 신들께서 순풍을 보내주셔서 그리운 고향으로 빨리 돌아올 수 있었습니다."

이 말을 듣자 페넬로페는 매우 깊은 감동을 받았다. 이때 신처럼 보이는 테오클리메노스가 그들의 대화에 끼어들었다.

"정중하신 라에르테스의 아드님 오디세우스의 부인이시여, 저의 말을 잘 들어주십시오. 제가 숨김없이 신탁을 전해드리겠습니다. 그러면 우선 신들 중에서도 첫째 가시는 제우스께서 굽어 살펴주소서. 오디세우스님께서는 이미 조국 땅을 밟고 계십니다. 앉아 있거나 서 있거나간에 말입니다. 또한 구혼자들의 악한 소행도 다 알고 계십니다. 그분께서는 모든 구혼자들에게 내릴 재앙을 꾸미고 계십니다. 저는 갑판이 멋진 배 위에 앉아서 그러한 점괘를 텔레마코스님께 말씀드렸지요."

그 말에 대해서 이번에는 사려 깊은 페넬로페가 말했다.

"손님이시여 지금 하신 그 말씀이 현실로 된다면 얼마나 좋겠습니까? 그렇게만 된다면 나는 당신에게 많은 선물을 드릴 것입니다. 보는 사람들이 모두 부러워할 만큼."

그들은 이런 말을 주고받고 있었다. 한편 구혼자들은 오디세우스의 성관 앞에서 원반 던지기며 산양 사냥을 할 때 쓰는 창을 던지며 놀고 있었다. 이윽고 저녁 식사 시간이 다가오자 여러 목장에서 양이며 산양들을 목동들이 몰고 돌아왔다. 그때 메돈이 그들을 보고 말했다. 그는 전령 중에서는 구혼자들에게 가장 인기가 있었다.

"젊은 양반들, 재미 있게 경기도 마음껏 하셨으니 성관으로 드시지요. 식사를 하셔야겠습니다. 알맞은 시간에 식사를 하는 것도 결코 나쁜 일은 아니니까요."

이렇게 말하자, 그들은 모두 일어나서 성관으로 들어갔다. 그들은 안으로 들어가자 외투를 벗어서 긴의자나 팔걸이 의자 위에 놓고 큰 양이나 살찐 산양을 잡고 또 살찐 암퇘지와 소를 잡아 저녁 식사를 준비했다. 그 무렵 오디세우스와 마음씨 착한 돼지치기는 성관을 향해 떠날 준비를 하고 있었다. 떠나기 전에 돼지치기의 우두머리가 먼저 말을 꺼냈다.

"손님, 기어코 도성으로 가시겠다 하시니 저희 주인께서 말씀하신 대로 지금 떠납시다. 내 생각 같아서는 여기서 우리와 같이 오두막집이나 지키면서 지내는 것도 나쁘지 않을 텐데……. 하지만 주인 어른께 꾸지람을 듣기는 싫습니다. 자, 어서 떠납시다. 곧 날도 저물 것 같으니까요. 저녁때가 되면 추워집니다."

그러자 지략이 뛰어난 오디세우스가 대답하여 말했다.

"네 그러지요, 참으로 지당한 말씀입니다. 그러면 당신이 저를 안내해주시지요. 그런데 혹시 나뭇가지를 잘라낸 막대기 같은 것이 있으면 저에게 주시지 않겠습니까? 길이 험하다니 지팡이로 써야겠습니다."

이렇게 말하면서 그는 어깨에 허름한 동냥 자루를 메었다. 그것은 넝마나 다름없이 낡았으며 멜빵도 새끼줄이었다. 에우마이오스는 짚고 가기에 편한 지팡이를 그에게 주었다. 두 사람이 떠나자 오두막집에는 개들과 젊은 일꾼들만 남아서 집을 지켰다. 이렇게 해서 돼지치기는 자기 주인을 도성으로 데리고 갔는데 그 주인의 모습은 초라하고 늙은 거지 행색에 지팡이를 짚고 있었다.

이윽고 험한 고갯길을 올라 두 사람은 도성 근처 맑은 샘물 가까이 이르렀는데——도성 안의 백성들은 이 샘물에서 물을 길어갔는데 이 샘물은 이타코스와 네리토스, 그리고 폴리크토르가 만든 것이라 했다——그 둘레에는 이 샘물의 물을 먹고 자란 백양나무가 숲을 이루었으며 사방은 둥그스럼한 원형을 이루고 있었다. 그리고 그 안의 높은 바위 틈에서 찬 물이 흘러내렸고 그 위쪽에서는 님프를 모시는 제단이 마련되어 있어서 그곳을 지나는 나

그네는 여기서 제물을 바치곤 했다. 두 사람은 이곳에서 돌리오스의 아들인 멜란티오스를 만났다. 그는 마침 구혼자들의 만찬에 쓸 산양들을 몰고 성 안으로 들어가는 중이었는데 목동 두 사람도 그와 함께 있었다. 그는 돼지치기를 보자 에우마이오스의 이름을 부르면서 욕설을 퍼부어 오디세우스의 비위를 상하게 했다.

"흥, 꾀죄죄한 녀석이 저와 꼭같은 녀석을 데리고 가는군. 신께서는 언제나 비슷한 놈끼리 어울리게 하시는군. 이 더러운 돼지치기야, 그 비렁뱅이를 어디로 끌고 가는건가? 보기만 해도 밥맛이 떨어질 그 거지를 말이다. 이 거렁뱅이는 검(劍)이나 무쇠 솥에 접근하려는 것이 아니라 이집 저집 다니며 문전걸식을 하면서 남의 집 기둥에 어깨를 비벼되며 빵조각이나 얻어 먹을 놈이군. 누가 나에게 저 영감을 데려다가 오두막지기로 쓰라고 한다면 가축의 우리나 청소시키고 어린 새끼 양에게 풀이나 집어주도록 시키겠구만——. 그러면 양젖을 가라앉힌 멀건 물이라도 먹여서 허벅지의 살이 붙게 해주겠는데. 하지만 저런 인간일수록 고분고분 일을 하려 하지도 않을거야. 땀 흘려 일하기보다는 허리를 구부리고 이 집 저 집 돌아다니며 구걸이나 해서 쪼르륵 소리가 나는 뱃속을 채우려 하겠지. 그러니, 분명히 말해두지만 이 거지를 신 같은 오디세우스의 성관으로는 데려가지 말게. 만약에 데려갔다가는 무사님들의 손에서 수없이 발판[5]이 날아와 머리며 가슴팍을 짓부셔놓을 테니까."

그는 이렇게 말하면서 스쳐 지나가다가 오디세우스의 허리를 발로 걷어찼다. 하지만 오디세우스가 꿋꿋하게 버티고 서 있어서 그를 넘어뜨리지는 못했다. 그때 오디세우스는 여러 가지로 생각해보았다. 그의 등 뒤에서 막대기로 후려쳐서 죽여버릴까, 아니면 멱살을 잡고 그의 머리통을 땅바닥에 박아줄까, 하고 말이다. 그러나 그는 더욱 분통을 억제하며 꾹 참았다. 그러나 돼지치기도 그를 노려보며 나무라더니 두 손을 높이 들어 기도를 올렸다.

"샘을 지키시는 님프님들이시여, 제우스님의 따님이신 당신들에게 언젠가 오디세우스께서 넉넉한 기름에 어린 양이나 산양의 허벅지 살을 구워 바친 일이 있다면 제발 이 기도만은 들어주소서. 제발 그분이 돌아오도록 보살펴주소서. 만약 그렇게만 된다면 저 녀석의 못된 버릇을 고쳐주게 되겠지요.

---

5) 발판 : sphela를 말하는데 의자 등에 곁들여놓아 발을 얹게 하는 작은 판인 것 같다.

지금은 거들먹거리면서 거리를 쏘다니고 양이나 산양들을 못된 목동들이 못 쓰게 만들어놓고 있지만 말입니다."

그러자 산양치기 멜란티노스가 말했다.

"지금 뭐라고 입을 놀렸느냐. 이 개 같은 녀석아. 너 같은 녀석은 배에 실어 이타케에서 멀리 떨어진 곳으로 데리고 가서 재물을 듬뿍 받고 팔아 넘겨야겠다. 지금 당장이라도 아테네 신이 은으로 만든 활로 텔레마코스를 쏘아 죽이시든지, 아니면 구혼자들이 그를 처치해주었으면 내 속이 시원하겠다. 오디세우스가 멀리 떨어진 땅에서 귀국의 희망을 잃었듯이 말이다."

그들은 이렇게 말하더니 앞서 가버렸다. 돼지치기와 오디세우스는 천천히 걸어갔다. 그러나 산양치기는 빠른 걸음으로 성관에 가서 그와 가장 친한 에우리마코스의 맞은쪽 자리에 끼어 앉았다. 그러자 시중 드는 사나이들이 고기를 나누어놓았으며 나이 많은 시녀가 공손하게 음식을 갖다 주었다. 그때 오디세우스와 마음씨 착한 돼지치기가 그들 옆에 와 섰다. 실내에서는 큰 하프 소리가 울려퍼졌다. 페미오스가 그들을 위해 하프를 뜯으며 노래를 시작했다. 그때 오디세우스는 돼지치기의 손을 잡으면서 말했다.

"에우마이오스님, 오디세우스님의 성관은 매우 훌륭하군요. 많은 집들 중에서도 아주 눈에 잘 뜨입니다. 대들보도 하나가 아니고 여러 개가 겹쳐져 있으며 안뜰도 멋집니다. 담장이며 둘러쳐진 차양이며 현관도 겹문으로 아주 튼튼해보입니다. 낯선 사나이가 함부로 들어가려 하더라도 들어가지 못하겠군요. 그리고 많은 분들이 여기서 연회를 벌이고 있다는 것을 금세 알겠군요. 비계 굽는 냄새가 코를 찌르고 하프 소리까지 울려퍼지고 있으니 말입니다. 잔치의 반려자로 정해놓으신 그 하프 소리가 들리니까 말입니다."

그러자 돼지치기 에우마이오스가 말했다.

"벌써 알아차렸구려, 당신은 결코 머리가 아둔한 사람이 아닌 것 같습니다. 그러면 이 일을 어떻게 진행시킬 것인지 잘 생각해봅시다. 당신이 먼저 훌륭한 성관 안으로 들어가는 것이 어떻겠습니까? 그래서 구혼자들 틈에 끼여 앉으시지요. 나는 여기에 그대로 남아 있겠습니다. 또 당신이 원하신다면 내가 먼저 들어가고 당신은 여기서 기다리고 있어도 좋습니다. 하지만 우물쭈물하면 안 됩니다. 누군가 밖에서 보고 물건을 집어던지거나 내쫓을지도 모르니 조심해야 합니다."

이렇게 말하자 인내심이 강하고 존귀한 오디세우스가 말했다.

"잘 알겠습니다. 당신이 말하지 않아도 이미 생각해보았습니다. 어쨌든 먼저 들어가시지요. 저는 여기 남아 있을 테니까. 얻어맞거나 걷어채여본 적이 한두 번이 아니며, 바다나 싸움터에서 숱한 고난을 겪어본 몸이니까요. 이번에 그런 일을 당한다 해도 고난을 좀더 당하는 것에 지나지 않습니다. 하지만 배안에 꾸루룩거리는 배창자만은 어쩔 수 없군요. 참 염치없는 녀석이지요 배창자란 인간에게 온갖 고생을 다 시키거든요. 노저을 자리가 좋은 배를 여러 척 만들어 황량한 바다를 건너가서 적들과 싸우는 것도 그 창자 때문이니까요."

두 사람이 이렇게 말을 주고받고 있는데 옆에 누워 있던 개 한 마리가 머리를 쳐들고 귀를 쫑긋거렸다. 그 개는 인내심이 강한 오디세우스가 기르던 개였는데 개가 다 자라기도 전에 그는 성스러운 일리오스로 떠났던 것이다. 전에는 젊은 영주님들이 산양이나 사슴이나 토끼를 사냥하러 갈 때 자주 데리고 다녔으나 지금은 주인도 돌아보지 않아 지저분한 쓰레기더미 속에 누워 있었다. 그 오물들은 성관의 문 옆에 노새나 소들이 깔겨놓은 똥오줌으로, 오디세우스의 하인들이 거름으로 쓰기 위해 넓은 밭으로 운반해갈 때까지 수북이 쌓여 있었다. 그 더러운 곳에 아르고스가 누워 있었던 것이다. 그 개는 오디세우스가 온 것을 알아차리자 꼬리를 흔들고 두 귀를 쫑긋거렸다. 그러나 이제는 주인에게로 달려갈 힘조차 없었다. 오디세우스는 그런 개를 보자 에우마이오스 몰래 눈물을 닦으면서 그에게 말했다.

"에우마이오스님, 이 개는 아주 멋지군요, 비록 두엄더미 위에 누워 있기는 하지만 골격도 잘 생긴 것 같습니다. 그런데 생김새처럼 빨리 달릴 수 있을지, 아니면 사람들이 식탁 곁에 두고 기르는 개인지는 잘 모르겠군요. 나리님들은 폼으로 개를 기르기도 하니까요."

그 말에 답하여 돼지치기 에우마이오스가 말했다.

"그렇지 않습니다. 이 개는 멀리서 돌아가신 분의 개인데, 만약 이 개가, 그 옛날 오디세우스님께서 트로이아를 향하여 떠나실 무렵이나 다름없이 그 모양이나 힘이 그대로라면 그 날쌘 다리를 보고 당신도 감탄했을 것입니다. 가령 깊은 숲속에서 아무리 큰 짐승이라도 놓쳐본 적이 없었으니까요. 용하게 발자국을 찾아 따라가기도 했습니다. 그러나 주인이 타국에 나가 돌아오지 않으니 하녀들은 개를 전혀 돌보지 않아 저렇게 꼴이 말이 아니게 되었군요. 하인이란 주인이 지켜보고 잔소리를 하지 않으면 분수껏 일을 하려 들지 않습니다. 사람이 일단 노예가 되면 한 사람 몫 중 절반의 힘은 제우스 신께서 걷어가버리신답니다."

이렇게 말하고, 그는 성관으로 들어가 구혼자들 곁으로 갔다. 한편 늙은 개 아르고스는 20년만에 오디세우스의 모습을 보자 이내 검은 죽음의 운명에 빠지고 말았다.

돼지치기 에우마이오스를 맨 먼저 본 사람은 신처럼 보이는 텔레마코스였다. 그는 돼지치기가 성관으로 들어오는 것을 보자 눈짓을 하며 가까이 오게 했다. 그러자 돼지치기도 눈에 띄는 의자를 들고 가서 텔레마코스의 식탁 맞은쪽에 앉았다. 그 의자는 고기를 자르는 사람이 앉아서 고기를 자르는 곳이었다. 그러자 시종이 고기접시를 갖다 놓고 바구니에서 빵도 갖다 주었다.

잠시 후 오디세우스도 성관으로 들어왔다. 초라한 늙은 거지 차림에 지팡이를 짚고, 그리고 몸에는 누더기를 걸치고 있었다. 그는 문 안쪽의 물푸레나무 문지방에 앉아 측백나무 기둥에 몸을 기대고 있었다. 그 기둥은 목수가 먹물을 퉁겨 반듯하게 다듬은 것이었다. 그러자 텔레마코스는 돼지치기를 가까이 불러 빵 바구니에서 빵 한덩어리에 고기를 얹어 슬며시 쥐어주면서 말했다.

"저 손님에게 이것을 갖다 드리게. 그리고 이렇게 전하게. 구혼자들한테 가서 구걸하라고. 궁한 처지에 빠지고 보면 체면이 밥 먹여주겠는가?"

그러자 돼지치기는 오디세우스의 곁으로 가서 말했다.

"텔레마코스님께서 이것을 갖다 드리랍니다. 또 직접 구혼자들 사이로 돌아다니면서 구걸을 하라 하십니다. 체면을 차리는 것은 걸인이 할 일이 아니랍니다."

그러자 지략이 뛰어난 오디세우스가 대답하여 말했다.

"제우스 신이시여, 텔레마코스님께서 인간들 중 누구보다도 가장 행복하게 지내시도록, 그리고 마음속에 바라시는 일들을 모두 성취할 수 있도록 보살펴주소서."

이렇게 말하더니 두 손으로 빵을 받아 허름한 동냥자루 위에 놓았다. 그리고 음유시인이 대청에서 노래를 부르는 동안 그 빵과 고기를 먹었다.

그가 빵을 다 먹었을 때 음유시인도 노래를 끝냈으므로 구혼자들의 시끄럽게 떠드는 소리가 성관 안을 떠들썩하게 했다. 마침 그때 아테네 여신은 라에르테스의 아들 오디세우스의 곁으로 다가가서 구혼자들한테 가서 구걸하라고 재촉했다. 그리고 어떤 사람이 분수를 잘 지키며, 법도를 어기는 무지막지한 자는 또 누구인지도 살펴보라고 했다. 그러나 그들 중 누구 한 사람도 보호하려 하지 않았다. 그래서 오디세우스는 오른쪽부터 차례차례 돌면서 구걸을 했다. 마치 전부터 거지 생활을 해온 것처럼 익숙한 솜씨로 이 사람 저 사람에게 손을 내밀었다. 사람들은 그에게 이것저것 집어주기도 하고 어디서 왔으며 이름이 뭐냐고 묻기도 했다.

그런 사람들 틈에서 산양치기 멜란티오스가 말했다.

"세상에서도 이름 높은 구혼하는 분들이시여, 제 말을 들어보십시오. 저는 조금 전에도 저 걸인을 보았습니다. 돼지치기가 이곳으로 데려올 때였습니다. 그러나 이 사나이에 대해서 아는 것이 없습니다."

그러자 안티노스가 돼지치기를 꾸짖으며 말했다.

"이보게, 평판 높은 돼지치기, 그대는 어찌하여 저 추한 걸인을 이곳으로 데려왔는가? 이곳에는 저 자 말고도 잔치판을 망쳐놓는 부랑자나 거지가 수두룩해. 그 자들이 이리 몰려와서 네 주인의 음식을 축내는 것만으로는 만족하지 못한다는 말인가? 그런데 그것도 모자라서 이 거지까지 불러들였단 말인가?"

그러자 돼지치기 에우마이오스는 말했다.

"안티노스님, 말씀이 너무 지나치시군요. 누가 낯선 사람을 일부러 끌어들이겠습니까? 우리 고을을 위해 일할 사람이라면 모르겠지만……. 가령 점쟁이라든가, 병을 고쳐주는 의사라든가, 목수라든가, 혹은 노래를 불러 사람들을 기쁘게 해주는 음유시인 같은 사람이라면 모르겠지만……. 그러한 사람들은 넓은 세상 어디에도 불려다니겠지요, 하지만 자기의 재산이나 축내주는 거지를 불러들일 사람은 없겠지요. 그런데 당신은 구혼자들 중에서도 특히 오디세우스의 하인에게는 짓궂게 구는군요. 특히 저에 대해서는. 하지만 나는 개의치 않겠습니다. 지조가 굳은 페넬로페님과 신처럼 보이는 텔레마코스님이 이 성관 안에 살아 계시는 한……."

그러자 이번에는 현명한 텔레마코스가 말했다.

"잠자코 있게나. 그 사람에게는 너무 말대답을 하지 않는 게 좋네. 안티노스는 언제나 기분 나쁘게 사람의 비위를 건드려놓는 버릇이 있으니까. 그래서 싸움이 벌어지기도 했지만……."

텔레마코스는 또 안티노스를 향해 이렇게 말했다.

"안티노스여, 당신은 마치 아버지가 자식을 돌보듯이 나를 염려해주는군요. 그처럼 당당하게 저 손님을 이 대청에서 몰아내라고 지시하다니 하지만 신께서는 그렇게 하게 하지 않을 것입니다. 당신도 무엇이건 그분에게 좀 갖다 주시지요[6]. 그러면 결코 군소리는 하지 않을 테니까요. 우리 어머님이나 하인들의 눈치를 볼 필요는 없습니다. 신 같은 오디세우스의 성관 안에 있는 사람이면 누구한테나 말이오. 그러나 당신에게는 그럴 생각이 조금도 없을 것입니다. 다른 사람에게는 주지 않고 당신 혼자 배가 터지도록 먹으려 하겠지요."

그 말에 대해서 이번에는 안티노스가 대답하여 말했다.

"텔레마코스여, 건방진 소리는 그만 두게. 구혼자들이 그만큼 베풀어주었으니 그만하면 적어도 석달 동안은 이 성관에 나타나지 말란 말일세."

이렇게 말하자 네 발 달린 식탁 아래서 발판을 집어들었다. 하지만 다른 사람들은 모두 자선을 베풀어주어 오디세우스의 동냥 자루는 빵이나 고기로 가득 찼다. 오디세우스는 다시 문지방 있는 데로 돌아와서 아카이아 사람들이 준 음식을 먹을 수 있었는데도 안티노스의 곁으로 가서 그에게 말을 걸었다.

"나으리, 보아하니 아카이아 족 중에서도 가장 높으신 영주님같이 보이시니 저에게 적선 좀 하십시오. 다른 분들보다도 더 두둑하게 자비를 베풀어주시지요. 그러면 저는 온 세계에 그 이름을 알리겠습니다. 저도 전에는 남부럽지 않은 집에 살고 있었으며 그래서 떠돌아다니는 사람에게도 듬뿍 동냥을 주었답니다. 그가 어떤 신분의 사람이든, 또 무엇을 바라든 그냥 돌려보내지 않았습니다. 하인도 많이 거느렸으며 부자라는 말을 들을 만큼 재산도 많았습니다. 그러나 크로노스의 아드님이신 제우스 신께서 그 많은 재산을 몽땅 빼앗아갔습니다. 그래서 저는 이처럼 이 나라 저 나라를 떠돌아다니는 해적을 따라 머나먼 이집트까지 가게 되었습니다. 그것은 모두 신께서 저를 파멸로 빠뜨리기 위해서였지만……. 저는 나일강 어귀에 배를 정박시키고 충실한 동지들에게 배 옆에서 배를 지키고 있으라고 명한 다음 척후병을 보내어 사방을 정찰해오라고 시켰습니다. 그러나 그들은 공연히 우쭐해져서 자기들의 현기만 믿고 이집트 사람들이 공들여 가꿔놓은 전답을 밟아 뭉개고 부녀자와

---

6) 그분에게 좀 갖다 주시지요 : 무언가 오디세우스에게 응분의 자선을 베풀라고 의뢰하는 말이라 여겨진다.

아이들을 잡아오는가 하면 남자들을 마구 잡아 죽였습니다. 그런데 그 비명 소리가 도성 안에까지 퍼져서 그 소리를 들은 사람들이 날이 새자 벌떼같이 달려왔습니다. 순식간에 온 들판이 청동 무기를 든 병사나 말을 탄 병사들로 가득 차게 되었습니다.

거기에 또 천둥을 울리시는 제우스 신께서 우리 동지들에게 엄청난 공포심을 갖게 하여 누구 한 사람 적과 맞서 싸우려는 사람이 없어 사방팔방에서 재난이 일시에 몰아 닥쳤습니다. 이 적들은 예리한 창검으로 우리를 살해하는가 하면 생포하여 그들의 노예로 삼았습니다. 그때 저는 마침 그곳에 온 이아소스의 아들 도메토르의 손에 넘겨지게 되었습니다. 그분은 키프로스 섬에서 위세를 떨치는 영주였습니다. 그 이후 저는 지금 보시는 바와 같이 온갖 고난을 다 겪은 끝에 이곳에 오게 되었습니다."

그러자 이번에는 안티노스가 소리 높여 말했다.

"도대체 어느 신께서 우리의 잔치를 망쳐놓는 귀찮은 놈을 보내셨단 말인가. 내 식탁에서 멀리 떨어져 그대로 한 가운데 서 있거라. 더 이상 그 고약한 이집트나 키프로스를 더 이상 보지 않으려거든 말이다. 이 거지는 정말 염치도 없는 놈 같다. 이 녀석은 아무한테나 가서 구걸을 하지 않는가. 그런데 누구나 그 자에게 선심을 쓰는군. 자기 것이 아니라고 마구 선심을 쓰고 있단 말이다."

그러자 지략이 뛰어난 오디세우스는 한 발 물러서며 말했다.

"참, 당신은 겉보기엔 훌륭해보이지만 전혀 사려 분별이 없는 것 같군요. 당신은 당신의 재산에서 소금 한 톨도 줄 사람 같지 않군요. 지금은 남의 집 음식을 얻어먹으면서 빵 한 조각도 주려 하지 않으니 말입니다. 그렇게 수북이 쌓아두고서도……."

이렇게 말하고 안티노스는 더욱 노발대발했다. 그는 눈을 치뜨며 가시돋친 목소리로 말했다.

"네가 정 그런다면 온전하게 이곳을 빠져나가지는 못할 것이다. 감히 나에게 그런 욕설을 퍼붓다니……."

이렇게 말하자 그는 발판을 번쩍 들어 오디세우스의 오른쪽 어깨를 내리쳤다. 그러나 오디세우스는 바위처럼 버티고 서 있었다. 안티노스가 던진 발판도 그를 쓰러뜨리지는 못했었다. 그러자 그는 아무 말도 못한 채 고개를 갸웃거리며 다시 복수해줄 것을 궁리하고 있었다. 오디세우스는 다시 문지방 가까이 가서 가득 찬 동냥 자루를 내려놓더니 구혼자들 틈에 서서 말했다.

"세상에서도 이름 높으신 페넬로페님의 구혼자 여러분들 잘들 들으시오. 지금 내가 하는 말은 내 가슴속의 진실된 마음이 명하는 말이오. 사람이 자기의 재산을 지키기 위하여 적과 싸울 때나, 자기의 소나 새하얀 양을 지키기 위해 적과 싸우다가 적에게 맞았을 때는 처량한 자기 신세나 슬픔 같은 것을 생각할 겨를이 없는 법입니다. 그러나 내가 안티노스에게 얻어맞은 것은 굶주린 저주스런 배창자 때문입니다. 그 배창자란 참으로 세상 사람들에게 많은 불행을 안겨줍니다. 하지만 나 같은 거지에게도 비호해줄 신이나 복수의 신이 계신다면 안티노스의 구혼이 성사되기 전에 죽게 하여 주시기를 빕니다."

이에 대해서 이번에는 에우페이테스의 아들 안티노스가 말했다.

"입 닥치고 앉아서 먹기나 해. 그러지 않겠다면 썩 꺼져버려. 네가 떠벌린 말을 듣고 성난 젊은이들이 너의 팔다리를 잡고 대청 안에서 끌고 다니기 전에 그렇게 되면 그놈의 주둥아리도 더 이상 말을 못 하겠지."

그렇게 말하자 사람들은 그 말이 너무 상스럽다고 화를 냈다. 그리고 분별있는 젊은이들은 이구동성으로 말했다.

"안티노스여, 이 불행한 부랑자를 때린 것은 온당치 못해. 큰 재앙을 불러들이면 어쩌려고 그러는가. 만약 이 자가 하늘에 계신 신이라면 말일세. 신께서도 타국에서 온 부랑자로 모습을 바꾸기도 하시고 모습을 여러 가지로 바꿔가면서 사람들이 사는 곳을 두루 찾아가시어 사리에 어긋난 못된 짓을 하는 사람이나 법을 잘 지키는 바른 사람을 가려내시지 않던가."

구혼자들이 이렇게 말했음에도 그는 아랑곳하지 않았다. 한편 텔레마코스는 자기의 아버지가 얻어맞는 것을 보자 마음이 아팠으나 눈물을 흘리지는 않고 말없이 고개를 숙여 복수해줄 궁리만 하고 있었다.

한편 그 걸인이 대청에서 안티노스에게 얻어맞았다는 말을 들은 사려 깊은 페넬로페는 시녀들에게 말했다.

"제발 활의 명수인 아폴론 신께서 그 사람을 때려주기라도 해주신다면 얼마나 좋겠느냐?"

그러자 이번에는 늙은 시녀 에우리노메가 말했다.

"우리들의 이 저주가 실현되기를 빌겠습니다. 그러면 구혼자 중 누구 한 사람도 의자에 앉아서 새벽을 맞이할 수는 없겠지요."

이 말에 대해서 사려 깊으신 페넬로페가 대답하여 말했다.

"할멈, 그들은 못된 일만 꾸미는 못된 자들 뿐이라오. 특히 안티노스는 검은 죽음의 신 같은 사람이라니까. 불운한 타국의 사람이 이 성관에 찾아와서 구걸을 할 때 다른 사람들은 모두 무엇을 나누어주어 동냥 자루를 가득 채워주었다는데 그 사람은 주기는커녕 발판으로 오른쪽 어깻죽지를 내리쳤다지 뭔가."

페넬로페는 내전에서 시녀들과 이런 말을 주고받고 있을 때 오디세우스도 식사를 하고 있었다. 한편 페넬로페는 충직한 돼지치기를 가까이 불러 말했다.

"에우마이오스, 저 손님한테 가서 이리 오라 이르게. 그분에게 인사라도 하고 물어볼 말이 있네. 혹시 어디선가 인내심이 강한 오디세우스님에 대해 소문을 들은 것은 없는지, 아니면 직접 본 일이 있는지 알아보고 싶네. 그분은 여러 나라를 떠돌아다녔을 테니까 말일세."

이 말에 돼지치기 에우마이오스가 대답하여 말했다.

"마님, 아카이아 족 사람들이 좀 조용해졌으면 좋겠습니다. 그 사람이 하는 말은 마음을 흡족하게 해줄 테니까요. 저는 그 사람을 사흘 밤이나 저의 오두막집에 잠재워주면서 함께 지냈습니다. 그는 이타케 섬 해안에 닿은 배에서 도망치자마자 맨 먼저 저를 찾아왔으니까요. 그런데도 자기가 겪은 고난에 대해서는 별로 자세하게 말해주지 않았습니다. 마치 음유시인의 다음 노래를 사람들이 목이 타게 기다리듯이 말입니다. 음유시인이 신들에게서 가르침을 받아 세상 사람들에게 애절한 노래나 이야기를 부르고 들려주면 그때마다 어서 더 노래를 들었으면 하고 간절히 바라듯이 그 사람은 집안에 앉아서 저에게 마술을 걸었던 것입니다. 그는 말했습니다. 오디세우스와는 조상 대대로 가까이 지냈으며 자기는 크레테 섬에 살던 미노스 왕의 친척[7]이라 했으며 그리고 갖은 고난을 다 겪으며 돌아다니던 끝에 이곳에 닿은 모양인데, 그는 얼마 전 오디세우스님께서 테스프로토이 족[8]의 땅에 계시다는 말을 들었으며 그리고 많은 재물을 가지고 돌아오고 계시는 중이라 하였습니다."

그 말을 듣자 사려 깊은 페넬로페가 말했다.

"그러면 얼른 가서 그분을 이리 데리고 오게. 내가 자세한 얘기를 들을

---

7) 미노스 왕의 친척 : 미노스라는 명칭은 이 시대에는 이미 크레테의 어떤 왕으로서, 고유명사처럼(대표적으로) 사용된 것으로 보이는 그 왕의 일족으로 보인다.

8) 테스프로토이 족 : 그리스의 중북부 서쪽 끝, 바다에 면한 곳에 사는 종족, 그 거주지가 테스프로티아이다(종족에서 지명이 생겨나지, 지명에서 종족이 생겨나는 것은 아니다. 후에는 이것이 고유명사화하여 고정되지만 본래는 일정하지 않다. 로마, 로마니, 로마니아와 같이).

수 있도록 말일세. 저 구혼자들은 문 앞이나 집 안에 앉아서 자기들끼리 먹고 떠들게 내버려두는 것이 좋겠지. 그들은 모두 기분이 좋은 모양이니까. 저들은 자기네 재산은 손톱 만큼도 축내지 않고 고스란히 집에 쌓아두고 있어서 그들의 곡식이나 달콤한 술은 고작 하인들이 먹는 정도라네. 그리고 자기들은 매일같이 이곳에 와서 살찐 소나 양이나 산양을 잡아 제물로 바친 다음 흥청망청 잔치판을 벌이고 붉게 빛나는 술을 마구 파먹으면서 우리 집 재산을 축내고 있네. 그것은 우리 집에서 재앙을 막아줄 오디세우스님이 안 계시기 때문이 아닌가. 만약 오디세우스님께서 고국으로 돌아오신다면 당장 텔레마코스와 힘을 합쳐 저들의 난폭하고 못된 행동을 못 하게 하시고 보복해주실 텐데……."

마침 그때 텔레마코스가 큰소리로 재채기를 했는데 그 소리가 너무나 커서 온 집 안에 울려 퍼졌다. 페넬로페는 큰소리로 웃으면서 에우마이오스에게 말했다.

"그러면 어서 그 손님을 이리 모시고 오게. 그대도 보지 않았는가, 내 아들이 내가 한 말에 대해 재채기로 찬성을 뜻을 나타내준 것을. 어쩌면 구혼자들 모두에게 죽음이 현실로 다가올지도 모르며, 단 한 사람도 죽음의 운명에서 빠져나가지는 못할 것일세. 지금 자네에게 말해둘 것이 하나 있는데 잘 기억해두게. 만약 그 손님의 말이 틀림없다는 것을 알게 되거든 겉옷도 속옷도 깨끗한 것으로 입혀주겠네."

그 말을 듣고 돼지치기는 곧 달려가서 오디세우스에게 그 말을 전했다.

"영감님, 텔레마코스님의 어머님이신 페넬로페께서 당신을 부르십니다. 오디세우스님에 대해서 물어보실 말도 있다 합니다. 그리고 당신의 말이 틀림없는 사실이라면 당신에게 필요한 겉옷도 속옷도 주시겠다 합니다. 그러면 성내를 돌아다니며 동냥을 하더라도 배는 곯지 않을 것입니다. 누구든지 당신에게 동냥을 줄 테니까요."

그러자 존귀하고 인내심이 강한 오디세우스가 말했다.

"에우마이오스님, 그렇다면 나도 이칼리오스의 따님이시며 사려 깊으신 페넬로페님께 확실하게 다 말씀드리지요. 그분에 대해서는 잘 알고 있으니까요. 우리는 다같이 갖은 고난을 겪어온 처지지요. 하지만 저 못된 구혼자들이 두렵군요. 그자들의 무례하고 난폭한 행동은 무쇠 같은 하늘에도 알려져 있으니까요. 조금 전에도 나는 잘못한 것이 하나도 없는데 나를 때리지 않았습니까? 그러나 텔레마코스님도 그 누구도 말려주지 않았습니다. 그러니 페넬로페님께 방에서 기다려달라고 여쭈시지요. 한시바삐 내 얘기를 듣고 싶으시겠지만 해가 질 때까지만 기다려달라 하십시오. 그때는 이 성관의 나리께서 먼저 돌아올 수 있느냐고 난롯가에서 물어보셔도 좋겠지요. 저는 이렇게 남루한 옷을 입고 있으니까요. 그래서 당신한테 맨 먼저 구원을 청하러 갔던 것은 당신도 다 알고 있지 않습니까?"

그러자 돼지치기는 자리에서 일어나 안으로 향했다. 그가 막 문지방을 넘어서는 것을 보자 페넬로페가 말했다.

"에우마이오스여, 어찌하여 그 걸인을 데려오지 않았는가. 누군가 두려운 사람이 있어서 못 오는 건가? 아니면 성관에서 못 올 사정이라도 생겼다더냐? 동냥을 해야 하는 입장에서 너무 체면을 차리는 것도 곤란한 일이로군."

이 말에 대해서 돼지치기 에우마이오스가 대답했다.

"그 사람뿐 아니라 다른 사람도 그렇게 생각할 것입니다. 오만무례한 자들의 난폭한 행동을 피하려는 것이겠지요. 그 사람은 마님께 해가 질 때까지만 기다려달라 했습니다. 마님을 위해서도 그렇게 하는 것이 좋을 듯 싶습니다. 마님 혼자 직접 여쭈어보시려면 그때가 더 좋을 것 같구요."

그러자 사려 깊은 페넬로페가 말했다.

"그 손님의 의견도 결코 사리에 벗어난 것같지는 않군. 죽어야 할 인간 중에서 그 사람처럼 악랄한 일을 꾸미는 사람이 없을 테니까."

주인 마님이 이렇게 말하자 충직한 돼지치기는 구혼자들 틈으로 다시 돌아갔다. 그리고 다른 사람이 듣지 못하게 머리를 바짝 대고 텔레마코스에게 말했다.

"도련님, 저는 이제 돼지를 돌보러 가야겠습니다. 그것은 도련님과 저의 생활 밑천이거든요. 그러니 이쪽 일은 도련님이 잘 처리하시지요. 우선 도련님 자신의 몸을 소중히 하셔서 별 탈이 없도록 하셔야겠습니다. 아카이아 족 중에는 못된 일을 꾸미는 자들이 많은데, 그 자들을 제우스 신께서 우리가 재난을 당하기 전에 모조리 없애주시면 얼마나 좋겠습니까?"

영리한 텔레마코스가 이에 답하여 말했다.

"자네의 말대로 하겠네. 영감, 여기서 저녁 식사나 하고 떠나도록 하게. 그리고 내일 아침에 다시 살찐 제물들을 끌고 오게나. 이쪽 일은 나와 불사의 신께서 맡도록 할 테니까."

이렇게 말하자 돼지치기는 다시 반들반들한 의자에 앉아 배가 부르게 먹고 마신 다음 잔치를 벌이고 있는 구혼자들을 뒤로 한 후 오두막집을 향해 떠났다.

어느덧 해가 저물어 구혼자들은 춤과 노래로 흥을 돋우고 있었다.

제 18 편

오디세우스가 걸인 이로스와 주먹다짐을 하고 있다. 남루한 걸인 이로스가 연회장에 와서 라이벌인 거지 오디세우스를 보자, 그를 시기하여 욕설을 퍼붓는다. 구혼자들은 그를 부추겨 오디세우스와 싸움을 붙이지만 지고 만다. 밖이 시끄럽자 페넬로페가 대청으로 나와 그들과 말을 주고받는다. 그리고 선물을 받겠다고 한다. 저녁때가 되어 그들은 노래와 춤을 즐긴다. 텔레마코스는 그들을 타이르며 그만 집으로 돌아가라고 말한다.

이때 그곳에 한 거지가 왔다. 온 이타케를 돌아다니며 구걸을 하는 거지였는데 남달리 위가 튼튼해서 먹고 마시는 것밖에 몰랐다. 그는 배짱도 없고 힘도 세지 못했으나 덩치 하나만은 커서 그가 태어났을 때 그의 어머니는 아르네이오스라는 이름을 지어 주었다. 그러나 이곳 젊은이들은 모두 그를 이로스라 불렀다. 왜냐하면 항상 어디서든 누구의 지시에 따라 심부름[1]을 맡아 해주었기 때문이었다. 그 사나이가 나타나서 오디세우스를 자기의 터에서 내쫓으려고 욕설을 퍼부으며 말했다.

"이봐 영감, 다리를 잡아 끌어내기 전에 지금 당장 문 밖으로 꺼져버려. 모두들 너를 끌어내라고 나에게 눈짓을 하는 것이 보이지 않느냐? 하지만 나는 창피해서 그러지는 않겠다. 그러니 우리가 주먹다짐을 하며 싸움이 시작되기 전에 어서 꺼지란 말이다."

그러자 그 걸인을 노려보면서 지략이 뛰어난 오디세우스가 말했다.

"정말 건방진 녀석이군. 나는 너에게 해가 되는 일은 하지도 않았으며 말도 하지 않았다. 그리고 누가 너에게 무엇을 준다 해도 조금도 질투하지 않겠다. 아무리 많은 물건을 준다 해도 말이다. 그리고 이 성관은 우리 두 사람에게는 아직도 넓지 않은가. 네 녀석도 나나 마찬가지로 부랑자인 모양인데 행복이란 신께서 나누어주시는 법. 그러니 힘만 믿고 나에게 덤비지 않기를 바란다.

---

1) 심부름 : 원래(《일리오스》 등에서)는 무지개의 신 이리스가 신들의 전령을 맡았다 해서 이를 빗대어 이로스라는 별명을 붙였다.

내 기분을 언짢게 하지 말라는 말이다. 내 비록 늙기는 했지만 너의 가슴이나 입술을 피투성이로 만드는 것쯤은 식은죽 먹기니까. 하기야 그렇게만 된다면 너는 내일부터 두 번 다시 타에르테스의 아들 오디세우스의 성관에는 나타나지 못할 테니 나에게는 더 이상 반가운 일이 없겠지만……."

그러자 거지 이로스가 화를 내면서 흰소리를 쳤다.

"허 참, 이 허수아비 같은 녀석이 뭐라고 입을 놀리는 거야! 부엌데기 늙은 할망구처럼, 지금 당장 내 주먹 맛을 보아야 정신을 차리겠나? 곡식이 자란 논밭을 파헤치는 돼지 새끼를 몽둥이로 후려치듯이 이 두 주먹으로 너의 턱을 쳐 이빨을 부러뜨려주겠다."

두 사람은 높다란 문 앞의 반들반들한 문지방 위에서 말다툼을 하고 있었다. 두 사람이 말다툼을 하는 것을 들은 힘이 센 안티노스는 통쾌하게 웃으면서 구혼자들 틈에서 큰소리로 말했다.

"여러분, 지금까지 이런 일이 있은 적은 없었습니다. 신께서 이 성관에 이런 흥겨운 일을 보내주신 적은 없었습니다. 저 타국에서 온 손님과 이로스가 주먹 싸움으로 힘을 겨루어보겠답니다. 그러니 그들에게 시합을 시켜보는 것이 어떻겠습니까?"

이렇게 말하자 사람들은 환성을 지르면서 자리에서 일어나 남루한 넝마를 걸친 거지들의 주위로 모여들었다. 이들 틈에서 에우페이테스의 아들 안티노스가 다시 말했다.

"혈기가 넘치는 구혼자들이시여, 잘 들으시오. 여기에 우리가 밤에 먹을 산양 순대며 고기가 수북이 있습니다. 두 사람 중 싸움에 이긴 자에게 자기가 바라는 만큼 주도록 합시다. 그리고 우리와 함께 식사도 하게 하고 지는 거지에게는 더 이상 이곳에 구걸하러 오지 못하게 합시다."

안티노스가 이렇게 말하자 모두 그 말에 찬성했다. 이때 지략이 뛰어난 오디세우스는 여러 가지로 마음속에 계책을 생각하면서 그들에게 말했다.

"여러분, 그것은 곤란합니다. 저처럼 늙은 사람이, 게다가 온갖 고생으로 심신이 지쳐 있는 제가 어찌 젊은 사나이와 싸울 수 있겠습니까? 하지만 굶주린 창자가 가만히 있지 않는군요. 저를 부채질한다는 말입니다. 그러면 여러분께서 굳게 약속해주십시오. 누구라도 이로스의 편을 들어주어 내가 지도록 부추기지 않겠다고 말입니다."

이렇게 말하자 모두 그가 요구한 대로 약속해주었다. 사람들이 굳게 약속을 하고 났을 때, 이번에는 용감한 텔레마코스가 말했다.

"손님, 당신의 마음에 치솟는 용기가 저 사나이와 싸우기를 원한다면 아카이아의 사람들은 누구건 겁낼 필요가 없습니다. 혹시 당신을 때리려는 사람이 있다면 그 사람은 많은 사람들을 적으로 만들게 될 테니까요. 이 집 주인은 바로 나며, 그리고 지체있는 영주님인 에우리마코스나 안티노스도 내 말에 찬성해줄 것입니다."

이렇게 말하니 구혼자들도 모두 찬성했다. 그러자 오디세우스는 헤진 누더기를 허리에 감자 굵고 튼튼한 두 넓적다리와 떡 벌어진 어깨며, 근육이 발달한 가슴팍이며 두 팔이 보였다. 게다가 아테네 여신이 곁에서 보살펴주어 그의 손발은 더욱 굳건해 보였다. 구혼자들은 모두 놀라 혀를 내두르면서 옆에 있는 사람들과 수근거렸다.

"이로스는 공연히 까불다가 화를 자초할 것 같군. 저 노인은 누더기를 입고 있건만 저 넓적다리는 정말 대단해."

모두 이렇게 수근거리고 있을 때 이로스도 기가 꺾여 안절부절 못 했다. 그것도 아랑곳하지 않고 하인들이 그를 억지로 끌어내자 그는 손발까지 부들부들 떨고 있었다. 그러자 안티노스가 그의 이름을 부르면서 꾸짖었다.

"이 겁쟁이 소 같으니라구. 저 늙은이가 무서워 벌벌 떨 지경이라면 차라리 이 자리에 나타나지 않았거나 태어나지 말았어야 했을 것이다. 저 늙은이는 온갖 고난을 다 겪어 지칠 대로 지쳐 있지 않느냐. 그러니 분명히 말해두지만 만약 네가 저 늙은이에게 진다면 검은 배에 태워서 에케토스 왕[2]이 있는 본토로 보내버리겠다. 그 왕은 사람들에게 해악을 일삼기를 좋아하는 분이니까 아마도 시퍼런 청동 칼로 너의 코도 두 귀도 사정없이 잘라서 개에게 던져 먹게 할 것이다."

이렇게 말하자 그는 더욱 겁이 나서 다리를 덜덜 떨었다. 그런 그를 시합장으로 끌어내어 두 사람이 손을 들어 싸울 채비를 갖추게 했다. 이때 인내심이 강하고 존귀한 오디세우스는 잠시 머뭇거렸다. 그를 때려눕혀 그대로 죽게 할 것인지 아니면 살짝 때려서 땅에 쓰러뜨릴 정도로 할 것인가 하고 생각하다가 가장 좋은 방법은 살짝 때려눕혀 아카이아 사람들이 의심을 갖게

---

2) 에케토스 왕 : '꽉 잡아놓지 않은 왕'으로 동화나 민화에 나오는 인물. 어린이들에게 겁을 주는 무서운 왕이다.

하지 않도록 하는 것이라고 마음먹었다. 두 사람은 주먹을 들어 시합이 시작되었다. 먼저 이로스가 오디세우스의 오른쪽 어깨를 치자 오디세우스는 이로스의 귀 밑 목줄기를 쳐서 뼈가 안쪽으로 부러졌다. 그러자 붉은 피를 흘리면서 모래판에 쓰러져 발을 바둥거리며 이를 갈았다. 그것을 본 구혼자들은 두 손을 들어올리며 웃어댔다. 오디세우스는 이로스의 다리를 잡고 현관 앞을 지나 안뜰로 끌고 가서 울타리에 기대 앉히고 그의 손에 지팡이를 쥐어주면서 그에게 소리 높게 말했다.

"너는 여기에 가만히 앉아 있어. 그 지팡이로 개나 돼지를 쫓으면서 말이다. 이런 주제에 타국에서 온 사람들이나 거지들의 왕초가 되려 하는가. 또 그런 생각을 하다가는 더 심한 봉변을 당할 것이다."

이렇게 말하고 그의 두 어깨에 허름한 동냥 자루를 메어주었다. 그것은 새끼줄 멜빵이 달린 초라한 것이었다. 그런 다음 성관으로 들어가서 자리에 앉으니 사람들은 모두 통쾌하게 웃으면서 안으로 따라들어와 그에게 인사말을 했다.

"손님이여, 그대는 제우스 신이나 그 밖의 신들이 자네가 좋아하는 것을 얻을 수 있도록 해주실 걸세. 자네는 저 욕심쟁이 사나이가 온 나라를 떠돌아다니지 못하게 해주었으니까. 우리는 그 녀석을 본토로 데려가서 에케토스 왕에게 넘겨주겠네. 그분은 모든 사람에게 해악을 끼쳐놓기를 좋아하는 분이지."

그들이 이렇게 말하자 오디세우스도 마음이 흐뭇해졌다. 안티노스가 순대와 방금 구운 고기를 집어주었고 암피노모스는 바구니에서 빵 두 개를 꺼내어 그에게 주고 황금으로 만든 술잔을 권하면서 그를 축하하며 말했다.

"축하하오, 영감님. 아무쪼록 오래오래 행복하게 살기 바라오. 지금까지는 모진 고난을 겪어왔지만……."

그러자 지략이 뛰어난 오디세우스가 대답하여 말했다.

"암피노모스님이시여, 당신은 정말 분별이 있는 분 같습니다. 그것은 당신이 훌륭한 부모님을 갖고 계신 때문이겠지요. 당신의 아버님이신 둘리키온의 니소스님[3]께서는 훌륭한 분이시며 부자라는 평판이 자자했습니다. 당신이 그분의 아드님이시라니 사리가 밝겠지요. 그러니 제가 하는 말을 잘 들어

---

3) 둘리키온의 니소스님 : 암피노모스의 아버지.

주십시오. 대지가 키워주는 것 중에서 인간처럼 더 외롭고 허약한 것은 없을 것입니다. 이 지상에서 숨쉬고 움직이는 모든 것들 중에서 말입니다. 왜냐하면 신들께서 인간에게 건강과 능력을 주신 동안은 훗날 재앙을 받을 것이라고는 꿈에도 생각지 않으니까요. 하지만 신들께서 화를 내리실 때는 그것을 꾹 참고 견뎌야 합니다. 인간들과 신들의 아버님이신 제우스 신께서 정해주신 하루하루를 꾹 참고 살아가야 합니다. 저 또한 전날에는 부귀 영화를 누리며 살았으며 부모나 형제들의 권력만 믿고 난폭하고 도리에 어긋난 짓도 하였지요. 그런즉 누구든지 도리에 벗어난 짓을 하지 않는 것이 좋겠습니다. 오직 신들께서 시키는 대로, 그것이 어떠한 일이든지 따르는 것이 좋을 것입니다. 그런데 지금 구혼자들은 도리에 어긋난 짓들을 자행하고 있습니다. 한 무사의 재산을 축내고 있을 뿐 아니라 그의 부인에 대하여 무례한 짓을 하고 있습니다. 하지만 이 집 주인도 더 이상 자기의 고국 땅에서 멀리 떠나 그의 가족과 헤어져 있지는 않을 것입니다. 아니 바로 가까이 와 있습니다. 그러니 그분을 만나지 않으시도록 신께서 당신이 얼른 돌아가게 하시기 바라는 바입니다. 왜냐하면 구혼자들과 그분이 한 지붕 아래로 들어선다면 필시 피를 흘리지 않고는 결말이 나지 않을 테니까요."

이렇게 말하고 우선 신에게 꿀처럼 달콤한 포도주를 바친 다음 마시고 나서 세상 사람들을 바르게 다스리는 암피노모스의 손에 술잔을 돌려주었다. 한편 암피노모스는 온갖 번민으로 가슴을 조이면서 성관 안으로 걸어갔다. 그러나 아테네 여신이 그를 억제해놓아 텔레마코스의 창에 찔려 죽음의 운명을 모면할 수는 없었다. 그는 다시 자기의 자리로 돌아가서 앉았다.

한편 빛나는 눈의 여신 아테네는 이카리오스의 따님이시며 사려 깊은 페넬로페에게 다음과 같은 생각을 하게 했다. 즉 구혼자들 앞에 모습을 나타내어 구혼자들의 마음을 부채질해줌으로써 자기의 남편과 아들에게 자기가 더욱 귀중한 존재라는 것을 보여주기 위하여 구혼자들 앞에 모습을 나타냈던 것이다. 그래서 페넬로페는 억지로 미소를 지으면서 이름을 부르며 말했다.

"에우리노메여, 전에는 전혀 마음이 내키지 않았는데 구혼자들 앞에 모습을 드러내 보이고 싶어지니 나도 내 마음을 잘 모르겠네. 그리고 아들에게는 어떠한 일이 있더라도 구혼자들과는 가까이 하지 말라고 일러줘야겠네. 그들은 입으로는 번드레하게 말하면서도 돌아서서는 음흉한 계략을 꾸미고 있다네."

그러자 이번에는 늙은 시녀 에우리노메가 말했다.

“네, 지금 마님께서는 지당한 말씀을 하셨습니다. 그러시다면 목욕을 하시고 얼굴에 화장도 하신 다음 아드님께 가셔서 숨김없이 말씀드리세요. 그렇게 눈물젖은 얼굴로 나가시면 안 됩니다. 언제나 그렇게 슬픔에 싸여 계시면 더욱 좋지 않습니다. 마님께서 수염이 난 아드님의 모습을 보고 싶다고 신들께 그토록 기도하시던 그 아드님도 이제 어엿한 성인이 되셨으니까요.”

시녀의 말에 사려 깊은 페넬로페가 대답하여 말했다.

“에우리노메여, 목욕을 하고 얼굴에 화장을 하라고는 말하지 말아주게, 그분께서 가운데가 깊숙한 배를 타고 출정하시고 나자 올림포스를 지키시는 신들께서는 나의 아름다운 매력을 빼앗아가고 말았네. 그보다는 아우트노에와 히포다메이아를 이리로 오라 이르게. 내가 대청에 나가 있을 때 내 곁에 서 있게 해야겠으니까. 나 혼자서는 구혼자들 앞에 갈 수 없어. 그것은 점잖지 못한 짓이지.”

이렇게 말하자 늙은 시녀는 시녀들에게 마님의 명령을 전해주어 빨리 오게 하려고 밖으로 나갔다.

이때 빛나는 눈의 여신 아테네는 또 다른 일을 생각해내어 이카리오스의 따님에게 달콤한 잠이 오게 했다. 그러자 페넬로페는 소파에 기대어 손발의 뼈마디까지 축 늘어져 자고 있을 때 여신 중에서도 거룩한 여신은 아카이아의 구혼자들이 그녀에게 매혹되어 침을 흘릴 정도로 그녀를 신처럼 아름답게 꾸며주셨다. 그 모습은 훌륭한 관을 쓴 키테라의 여신[4]이 전아한 선녀들의 가무를 보러 갈 때처럼 몸에 향유를 발라주었다. 그리고 또 키도 훨씬 크고 풍만한 체구에 살결도 상아빛보다 더 희게 꾸며주시고 여신은 사라졌다. 그러자 흰 팔의 시녀들이 방에서 큰소리로 떠들며 오는 바람에 잠에서 깨어난 페넬로페가 손으로 두 눈을 비비면서 말했다.

“너무 고단했던 탓인지 그만 잠이 들고 말았다. 이처럼 달콤한 죽음을 존엄하신 아르테미스님[5]께서 지금 당장이라도 나에게 내려주셨으면 얼마나 좋겠느냐. 매사에 뛰어나신 오디세우스님의 덕망을 사모하면서 가슴이 찢어지는 슬픔으로 지내지 않아도 좋으련만……. 그분이야말로 아카이아 사람들

---

4) 키테라의 여신 : 아프로디테를 말함. 전아한 선녀들은 카리테스로, 이른바 three Graces의 세 여신, 아프로디테의 시녀들이다.

5) 아르테미스님 : 이 여신은 갑자기 아무도 모르게 편안한 죽음을 가져다 준다고 한다. 즉 자기의 화살로 눈 깜짝할 사이에 사람을 죽인다고 한다.

중에서도 가장 뛰어난 분이셨지."

그녀는 이렇게 말하면서 두 시녀를 거느리고 반짝이는 이층 계단을 내려왔다. 여성들 중에서도 가장 존귀한 페넬로페가 구혼자들이 있는 곳에 도착하자 두 볼을 반짝이는 베일로 가린 채 탄탄한 기둥 옆에 섰다. 그리고 그 옆에 시녀들이 조심스레 서 있는 것을 보자 그곳에 있던 구혼자들은 더욱 연모의 정에 사로잡혔으며 너나 할 것없이 그녀를 품에 안고 자보고 싶은 생각에 무릎의 힘이 빠지는 것 같았다. 이때 부인은 사랑하는 아들 텔레마코스에게 말했다.

"텔레마코스야, 아직도 너는 사려분별이 확고하지 못하구나. 어렸을 때는 누구보다 영리하지 않았더냐. 이제는 키도 크고 성인이 되었으니 다른 사람들은 너를 부귀한 집 자식이라 말하겠지. 너의 그 늠름한 체구나 용모를 보면 타국에서 온 사람들은 그렇게 생각할 것이다. 그런데도 너는 아직도 사려분별이 없다……. 우리의 성관 안에서 타국에서 온 손님이 저처럼 모욕을 당하는데도 그냥 보고만 있다니 어찌된 일이냐. 이것은 바로 너의 치욕이며 세상 사람들은 너의 못난 짓을 비난하게 될 것이다."

그러자 현명한 텔레마코스가 대답하여 말했다.

"어머님, 그 일에 대해서 화를 내셨다 하더라도 결코 그것은 무리가 아닙니다. 하지만 저도 분별이 있으며 좋은 것과 좋지 않은 것을 분별할 수 있습니다. 전에는 어려서 잘 몰랐지만 말입니다. 그렇지만 모든 일을 현명하게 생각하고 처리하기란 어려운 일입니다. 이 구혼자들은 음흉한 흉계를 꾸미고 정당한 길에서 저를 빗나가게 하려 하는데 이것은 저를 도와줄 분이 한 사람도 없기 때문입니다. 그리고 조금 전에 낯선 손님과 이로스가 싸운 것은 구혼자들의 의도와는 달리 낯선 손님이 이겼습니다. 제우스 신이나 아테네 여신이나 아폴론 신께 부탁드립니다만 지금처럼 구혼자들이 우리 성관 안에서 참패를 당하여 머리를 숙이게 된다면 얼마나 좋겠습니까. 안뜰에서건, 성관 안에서건, 조금 전에 이로스가 정원 옆에서 무릎을 꿇고 있듯이 술 취한 사람처럼 머리를 떨군 채 비틀거리거나 서지도 못하고 손발이 말을 안 들어 늘 돌아가는 집에도 가지 못하게 되었으면 좋겠습니다."

두 사람이 이런 이야기를 주고받고 있는데 에우리마코스가 페넬로페에게 말했다.

"이카리오스의 따님이시며 자애로우신 페넬로페시여, 만약 지금 이아손 아르고스[6] 안에 살고 있는 아카이아 족 사람들이 모두 당신을 보았더라면 더 많은 구혼자들이 성관에 몰려와서 이른 아침부터 잔치판을 벌였겠지요. 그것은 모든 여성 중에서도 당신이 그 용모나 키나 마음이 누구보다도 뛰어나기 때문입니다."

그 말에 사려 깊은 페넬로페가 대답하여 말했다.

"에우리마코스님, 아르고스 사람들이 저의 남편과 함께 일리오스를 향해 출정했을 때 신께서는 저의 용모나 자태를 이미 빼앗아가버리셨습니다. 만약 그분이 돌아오셔서 제가 살아가는 것을 지켜주신다면 저의 명예 또한 더욱 높아지고 더 좋아지겠지요. 그러나 지금은 저에게 크나큰 걱정거리를 내리셔서 저는 괴로워하고 있습니다. 남편은 조국을 떠나갈 때 저의 오른손을 잡고 말하셨지요.

'여보, 내가 생각하기로는 훌륭한 아카이아 무사들이 트로이아에서 전부 무사히 돌아오리라고는 기대할 수 없을 것 같구려. 왜냐하면 트로이아 사람들은 싸움에 익숙한 무사들이기 때문이오. 그들은 창을 쓰거나 활을 쏠 때나, 그리고 발이 빠른 말도 잘 타며 피투성이가 나는 격렬한 싸움을 해온 사람들이니까. 그러니 신께서 나를 다시 고국으로 돌아가게 할 것인지 트로이아에서 죽게 될 지금으로서는 어떻게 말할 수 없구려, 그러니 지금처럼 부모님도 잘 돌보아드리고 모든 것을 알아서 잘 처리해주오. 그리고 아들이 커서 성인이 되었을 때는 좋은 사람을 골라 재혼하시오.'

그런데 그분의 말이 모두 사실로 나타나고 말았습니다. 그래서 언젠가는 그 흉칙스런 혼례가 이 저주스런 몸에 닥쳐올 밤이 올 것입니다. 제우스 신은 나한테서 행복을 빼앗아버렸으니까요. 하지만 지금은 격렬한 고통이 저의 마음과 가슴을 짓누르고 있을 뿐입니다.

전 같으면 가문이 훌륭한 집 딸이나 덕망있는 분의 따님을 아내로 맞이하려고 서로 치열한 경쟁을 하는 분들이라면 자진해서 훌륭한 소나 양들을 몰고 오는가 하면 훌륭한 선물도 가지고 왔을 것입니다. 남의 집 재산을 마구잡이로 축내지는 않았을 것입니다."

---

6) 이아손 아르고스 : 페르폰네소스 반도에 있는 아르고스로 아카이오의 본거지. 그들은 지배층을 형성하고 있던 북방계의 이주민으로, 이타케 섬에서도 상류 계급을 형성하고 있었다. 구혼자들은 모두 이 부류에 속해 있었으며 따라서 종종 '아카이아 족들'이라 불렸다. 그러나 이 '이아손'은 아마도 이오니아라는 명칭과 관련이 있는 것으로 생각된다.

페넬로페가 이렇게 말하는 것을 듣자 오디세우스는 매우 기뻤다. 그들에게서 선물을 받으려고 귀에 솔깃한 말을 했지만 그녀의 본 뜻은 다른 데 있었기 때문이다.

그러자 이번에는 에우페이테스의 아들 안티노스가 부인에게 말했다.

"이카리오스의 따님이시며 자애로우신 페넬로페시여, 아카이오 사람들 중 청혼하려는 자들이 선물을 갖고 오거든 사양치 마시고 받아주십시오. 선물을 거절하고 받지 않는 것은 좋지 않습니다. 하지만 우리는 당신이 훌륭한 사람과 결혼하기 전에는 이곳에서 떠나지 않겠습니다."

안티노스가 이렇게 말하자 모두 그의 말에 찬성하고 하인을 자기 집으로 보내어 선물을 가져오게 했다. 특히 안티노스는 오색이 찬란한 큼직한 옷을 갖고 오게 했는데 그 옷에는 열두 개의 황금 브로치와 잘 구부러지는 고리가 달려 있었다. 또 에우리마코스는 황금 목걸이를 가져오게 했는데 이 목걸이에 달려 있는 호박(琥珀) 구슬은 태양처럼 빛을 발했다. 또한 에우리다마스의 하인들은 귀고리 한 쌍을 갖고 왔는데 오디 같은 구슬이 세 개 달려 있었으며 찬란한 광채를 발하고 있었다. 폴리크토르의 아들 페이산도로스는 더욱 훌륭한 장식이 달린 목걸이를 가져오는 등 아카이아의 구혼자들은 저마다 값진 선물을 갖고 왔다.

여인 중에서도 고귀한 페넬로페는 다시 이층으로 올라갔다. 시녀들은 훌륭한 선물들을 갖고 그 뒤를 따랐다. 한편 구혼자들은 춤과 노래로 흥을 돋우면서 저녁 때가 되기를 기다리고 있었다.

그러는 사이에 어두운 밤이 되어 어둠을 밝히기 위해 큰 촛대를 세 개 갖다가 성관을 밝혔다. 또 청동 도끼로 쪼갠 잘 마른 장작도 갖고 오고 관솔도 갖고 와서 시녀들이 번갈아가면서 불을 피웠다. 그때 제우스님의 후예이시며 지략이 뛰어난 오디세우스가 시녀들을 보고 말했다.

"오랫동안 성관을 비워둔 오디세우스의 시녀들이여, 거룩한 마님이 계신 내전으로 돌아가시오. 그리고 곁에서 물레를 돌리면서 마님을 위로해드리든지 모두 방에 앉아서 털실을 다듬어드리시지요. 여기 있는 이 촛대의 불이 꺼지지 않도록 내가 보아드리지요. 손님들이 의자에 앉아 있더라도 내가 불이 꺼지지 않도록 지켜드리지요."

이렇게 말하자, 시녀들은 서로 얼굴을 쳐다보면서 깔깔거리며 웃었다. 예쁘장하게 생긴 멜란토는 그에게 욕설을 퍼부었다. 그녀는 돌리오스의 딸이었으나 페넬로페가 딸처럼 귀여워하여 돌보아주었으며 마음에 드는 장난감도 주었었다. 그런데도 이 시녀는 주인 마님에 대하여 그 은혜나 고마운 마음을 갖고 있지 않았으며 에우리마코스와 정을 통하고 있었다. 이 멜란토가 오디세우스에게 욕설을 퍼부은 것이었다.

"더럽고 추한 거지 늙은이 같으니라구. 당신은 머리가 돈 모양이군. 대장간이나 회당 같은 데 가서 자지 않고 염치없이 점잖은 분들 틈에 끼여서 이죽거리고 있다니, 자기 분수를 알아야지, 술이라도 잔뜩 취했다는 말인가. 부랑자 이로스를 이겼다고 기고만장이군. 그렇지만 조심하는 것이 좋을거야. 이로스보다 힘이 센 사람이 나타나서 네놈의 머리를 마구 두들겨 피투성이가 되게 만들어 밖으로 끌려가지 않도록 말이다."

그러자 지략이 뛰어난 오디세우스가 그녀를 흘겨보면서 말했다.

"못된 계집 같으니라구. 텔레마코스님한테 가서 지금 당장 말해주겠다. 너를 끌고 가서 네 손발을 잘라주라고."

이렇게 말하여 여자들의 간담을 서늘하게 해주었다. 시녀들은 겁에 질려 벌벌 떨면서 대청에서 나가버렸다. 그가 정말 그렇게 말할까봐 겁이 났던 것이다. 그는 타고 있는 촛대 옆에 서서 불을 지키면서 사람들을 살펴보았다. 그러나 그의 마음속에서는 해야 할 일들을 여러 가지로 궁리하고 있었다.

그런데 아테네 여신께서는 혈기가 넘치는 구혼자들이 못된 짓을 하는 것을 제지하려 하지 않았다. 라에르테스의 아들 오디세우스의 마음을 더욱 괴롭혀주기 위해서였다.

그때 폴리보스의 아들 에우리마코스가 구혼자들을 웃겨주려는듯 오디세우스에게 욕설을 퍼부었다.

"잘들 들으시오, 세상에서도 이름 높은 왕비께 구혼하는 여러분. 그것은 나의 가슴속에서 나의 마음이 명하는 것이기 때문이오. 이 사나이는 신의 뜻에 따라 오디세우스의 성관에 온 것 같습니다. 그리고 이 관솔불은 그의 머리에서 빛을 발하는 것 같습니다. 그의 머리에는 머리털이 하나도 없으니 말입니다."

이렇게 말하더니 도성을 함락시키는 오디세우스를 향해 말했다.

"이보게, 방랑자, 내가 그대를 맡아준다면 나의 머슴이 되어 일할 생각이 없는가? 나의 외따로 떨어진 밭에서 말일세. 급료는 넉넉히 주지. 돌을 주어다 울타리도 만들고 나무도 심어 자라게 한다면 말일세. 그렇게만 해준다면 양식도 넉넉하게 줄 것이고 입을 옷이며 신발도 주겠네. 하지만 지금껏 못된 일만 하면서 살았으니 일은 하기 싫을 것이고 거리를 떠돌아다니면서 굶주린 창자를 채우려고 구걸을 하려 하겠지."

이에 대해서 지략이 뛰어난 오디세우스가 대답하여 말했다.

"에우리마코스님, 봄이 되어 우리 둘이서 밭을 누가 더 잘 가는지 한 번 내기를 했으면 좋겠습니다. 풀 베기를 한다면 날이 휜 낫을 갖고 오겠습니다. 당신도 그런 낫을 들고 식사도 하지 않은 채 날이 어두워질 때까지 한 번 내기를 해보실까요. 풀이 우거진 곳에서 말입니다. 또 만약 밭을 가는 일이라면 힘이 세어 절대로 지칠 줄 모르는 다갈색 소로 보습이 잘 들어가는 사 에이커 정도의 땅을 갈기로 한다면 내가 간 밭이랑이 더 반듯하고 곧다는 것을 곧 볼 수 있을 것입니다. 또 크로노스의 아드님께서 지금 당장 어디선가 전쟁을 걸어오게 하신다면 저에게 창 두 자루와 청동으로 만든 꼭 맞는 투구를 주십시오. 그러면 제가 맨 앞에 서서 싸우는 것을 보여드리겠습니다. 그러면 에우리마코스님도 더 이상 저의 배창자를 그처럼 업신여기지는 않게 되겠지요. 당신은 멋대로 무지막지하게 행동할 뿐 아니라 인정이라고는 눈곱만큼도 없는 분이군요. 그리고 당신 자신을 꽤나 훌륭하고 힘이 세다고 생각하고 있는 것 같습니다. 하기야 그것은 당신이 변변치 못한 자들과 사귀고 있기 때문이겠지요. 만약 오디세우스님께서 지금이라도 돌아오신다면 저 넓은 현관문이 도망치기에 너무 좁다고 느끼겠지요."

이 말에 에우리마코스는 머리 끝까지 화가 치밀어서 그를 흘겨보면서 큰소리로 말했다.

"뭐야, 여러분들 앞에서 그 무슨 불손한 짓거리냐. 지금 당장 요절을 내줘야겠다. 네놈은 술에 취한 모양기구나. 부랑자 이로스에게 이겼다 해서 정신이 돌았느냐? 못된 놈 같으니라고."

그는 이렇게 말하면서 발판을 집어들자 오디세우스는 에우리마코스를 무서워하는 것처럼 둘리키온에서 온 암피노모스의 무릎에 매달리면서 구원을 청했다. 이때 에우리마코스가 집어던진 발판이 술 시중을 드는 하인의 오른쪽 팔에 맞아 술병이 요란한 소리를 내면서 바닥에 떨어졌고 하인은 비명을 지르면서 벌렁 자빠졌다. 그러자 대청 안에 앉아 있던 구혼자들은 옆 사람과 눈길을 마주치면서 수근거렸다.

"저 미치광이 같은 방랑자는 이곳에 오기 전에 죽어버렸더라면 좋았을 텐데……. 그랬더라면 이런 소동도 일어나지 않았을 것을. 그런데 우리는 저 거지 때문에 소란만 피우고 있고 훌륭한 음식도 즐기지 못하고 있지 않은가."

이때 용감한 텔레마코스가 사람들 틈에서 말했다.

"당신들은 완전히 정신을 잃은 것 같군요. 당신들은 음식도 술도 마음껏 들지 않았습니까? 필시 이것은 어느 신께서 여러분들을 꾸짖고 계신 것인지도 모르겠습니다. 그러니 이제 그만 집으로 돌아가서 쉬도록 하시지요. 어느 분이든 강제로 내쫓지는 않겠지만……."

구혼자들은 모두 텔레마코스가 너무도 대담하게 말하자 입술을 깨물면서 그를 노려보았다. 그때 니소스의 훌륭한 아들인 아레티아스의 아들 암피노모스가 말했다.

"여러분, 누구든지 사리에 맞은 말을 했다고 기분을 상해 하거나 반항할 사람은 없겠지요. 그러니 타국에서 온 손님을 학대하거나 하인을 때리거나 하지 맙시다. 존귀하신 오디세우스님의 성관에서는 말입니다. 자, 술 따르는 하인을 시켜 잔이 술을 따르게 하여 신들에게 술을 올리고 집으로 돌아가서 자도록 합시다. 그리고 이 손님은 성관에서 텔레마코스가 돌보아주도록 하는 것이 좋겠습니다. 자기 집에 온 손님이니까요."

그러자 모두 그의 의견에 찬성했다. 그리고 둘리키온에서 온 전령 물리오스가 혼주병에 술을 섞었다. 암피노모스의 시종 물리오스가 돌아다니며 구혼자들의 잔에 술을 따라주자 신들에게 신주를 바치고 모두 달콤한 술을 마시고 각자 잠을 자기 위해 자기의 숙소로 향했다.

제 19 편

모습을 바꾼 오디세우스가 부인과 면회를 하고 늙은 하녀가 그의 발을 씻겨주는 장면. 오디세우스는 대청에서 아들 텔레마코스와 의논하여 가까이 있는 무기들을 창고로 옮기게 한다. 한편 오디세우스는 자기의 신분을 거짓으로 말하고 오디세우스는 머지않아 귀국할 것이라며 부인의 마음을 달래어준다. 부인은 그를 위해 잠자리를 보아주라며 늙은 시녀 에우리클레이아에게 명하여 손님의 발을 씻어주게 한다. 늙은 시녀는 그의 발에 나있는 상처 자국을 보자 그가 주인임을 알게 되지만 오디세우스는 이를 입 밖에 내지 못하게 한다.

오디세우스는 대청에 혼자 남아 있는 사이에 아테네 여신의 도움을 받아 구혼자들을 처부술 방법을 궁리하다가 갑자기 텔레마코스에게 큰소리로 말했다.

"텔레마코스여, 지금 당장 무기들을 창고 속에 넣어두거라. 그리고 그들이 무기를 찾거나 너에게 묻거든 적당한 말로 넘겨라. '오디세우스님이 트로이아로 떠날 때와는 달리 때가 묻고 더러워져서 연기에 그을리지 않게 치웠다고 하거라. 그리고 제우스 신께서 당신들이 술에 취하여 싸움이라도 하게 되면 다칠지도 모르고 그렇게 되면 향연도 구혼도 못하게 될 것이라고 쇠붙이란 무사를 끌어들이는 힘이 있다는 속담까지 하면서 말씀하셨습니다.' 라고 얼버무리거라."

그러자 텔레마코스는 사랑하는 아버지의 지시에 따라 유모 에우리클레이아를 불러 말했다.

"할멈, 지금 바로 모든 시녀들을 방 안에 가두도록 하게, 내가 아버지의 무기를 창고에 모조리 갖다 넣을 때까지.

아버지가 안 계시니 훌륭한 무기들을 제대로 간수하지 못하여 녹이 슬고 연기에 그을렸거든. 하기야 나는 어렸으니까 그런 것을 전혀 몰랐었지. 그래서 연기가 닿지 않는 곳에 잘 보관해둘까 하네."

그러자 마음씨 고운 유모 에우리클레이아가 말했다.

"도련님께서 집안 일이며 재산을 간수하는 일에 마음을 써주신다면 얼마나 고마운 일이겠습니까? 그렇다면 누구더러 등불을 비추라 할까요? 시녀들이 그 일을 해야 할 텐데 도련님은 그것을 허락하시지 않으시니까요."

그렇게 말하자 영리한 텔레마코스가 말했다.

"여기 있는 손님에게 시킬 것이다. 누구든지 우리 집 음식을 먹은 이상 먼 데서 온 손님이라 하더라도 무슨 일이고 하지 않을 수 없지."

이 말에 유모는 더 이상 대꾸하지 않고 잘 꾸며진 방들의 문을 모두 닫았다. 그러자 지모가 뛰어난 오디세우스와 명예로운 그의 아들 텔레마코스는 부리나케 투구나 꼭지가 달린 방패나 끝이 뾰족한 창들을 창고로 옮겼다. 그들의 앞에서는 팔라스 아테네가 황금 촛대를 들고 밝은 빛을 비쳐주었다. 그때 텔레마코스는 아버지에게 말했다.

"아버님, 제 눈에는 모든 것이 이상해보입니다. 방들의 벽이며, 멋진 전나무로 만든 대들보며, 높이 솟은 기둥도 제가 보기에는 타오르는 불길처럼 보이는군요. 이것은 아마도 넓은 하늘에 계시는 신께서 우리 집에 오신 것이 아닐까요?"

이에 대해서 지략이 뛰어난 오디세우스가 대답하여 말했다.

"잠자코 있거라. 네 마음속으로만 느끼고 묻지 않는 것이 좋겠다. 이것은 올림포스에 계시는 신들께서 하시는 일이니까. 그러니 너는 가서 자는 것이 좋겠다. 나는 여기에 남아서 시녀들이나 너의 어머니를 시험해보아야겠다. 너의 어머니는 나 때문에 슬피 탄식하면서 자세하게 물어볼 테니까."

이렇게 말하자 텔레마코스는 잠을 자기 위해 관솔불을 들고 대청을 지나 내전으로 들어갔다. 그곳은 전부터도 달콤한 잠이 엄습해올 때 그가 자는 곳이었다. 그는 이번에도 그곳에 드러누워 빛나는 새벽이 오기를 기다리면서 눈을 붙였다. 한편 오디세우스는 대청에 남아서 아테네 여신의 힘을 빌려서 구혼자들을 퇴치할 방법을 궁리하고 있었다.

사려 깊은 페넬로페는 아르테미스나 황금의 아프로디테 같은 모습으로 내실에서 밖으로 나왔다. 시녀들이 그녀를 위해 화덕 옆에 갖다 놓은 안락의자는 상아와 은으로 된 소용돌이 장식이 되어 있는 것으로 그 옛날 공장(工匠) 이크말리오스가 만든 것이었다. 그 의자 아래에는 발을 올려놓을 발판을 의자에 붙여서 만들어놓았었다. 그리고 그 의자 위는 큰 양털 가죽으로 덮여 있었다. 이때 사려 깊은 페넬로페가 이 의자에 걸터앉았다. 그리고 팔이 흰 시녀들도 방에서 나와 많은 빵과 네 발 달린 탁자와 술잔을 가져왔다. 그 술잔은 그 오만한 사나이들이 마시던 잔이었다. 그리고 아직도 타고 있는 불덩이를 화로에서 꺼내어 그 위에 장작을 수북이 쌓아놓고 불을 피워 방안을 밝고 따뜻하게 했다. 그 동안에도 멜란토는 오디세우스를 또 조롱했다.

"이 부랑자야, 아직도 여기 남아서 밤새도록 따라다니며 애를 먹이려는 거냐? 집 안 구석구석을 돌아다니면서 여자들에게 시비를 걸려는 거지? 어서 나가 동냥이라도 하라구, 나가지 않으면 불이 붙은 장작개비로 두들겨 내쫓을 테니까."

지략이 뛰어난 오디세우스는 그녀를 흘겨보면서 말했다.

"참 이상한 일이군. 왜 그렇게 나를 미워하지? 내가 추한 꼴을 하고 남루한 옷을 입었기 때문인가. 온 나라를 돌아다니면서 구걸을 하는 것은 여간 힘든 일이 아니지. 거지나 부랑자란 다 그래. 나도 전에는 행복하고 부유한 집을 갖고 있었네. 그리고 부랑자들이 어떤 차림을 했든, 무엇을 원하건간에 자선을 베풀어주었었지. 또한 하인도 많이 거느리고 있었으며 세상에서 부자 소리를 들을 만큼 재산도 많이 갖고 있었지. 그런데 크로노스의 아드님인 제우스 신께서 전부 빼앗아가버렸어. 그것도 신의 뜻이었네. 그러니 시녀님도 이 성관 안에서 그 좋은 자리를 잃지 않도록 조심하시오. 마님의 기분을 언짢게 하여 야단을 맞을지도 모르고 오디세우스가 돌아오실지도 모르며 아직도 그 희망은 있으니까. 또 이미 세상을 떠나 귀국할 수 없게 되었다 하더라도 그분의 아드님인 텔레마코스가 아폴론 신의 도움을 받아 훌륭하게 성인이 되시지 않았느냐 말일세. 이 성관 안에 있는 어떤 여자도 그분의 눈을 속일 수는 없네. 이제는 그것을 눈치채지 못할 나이가 아니니까."

사려 깊은 페넬로페는 그 말을 듣자 시녀를 불러 호되게 나무랐다.

"너는 정말 뻔뻔스런 계집애다. 하지만 내 눈을 속일 수는 없다. 그 죄값은 자기의 목으로 갚을 수밖에 없겠지. 내가 저 손님을 내 방으로 불러 우리 주인에 대해서 여러 가지를 물어보려 한다는 것을 너는 다 알고 있지. 나는 지금 여러 가지로 고초를 겪고 있다."

페넬로페는 이렇게 말하더니 늙은 시녀 에우리노메에게 말했다.

"에우리노메, 의자와 그 위에 깔 양털가죽을 갖고 오게. 손님이 거기에 앉아 얘기를 하고 내가 묻는 말을 들을 수 있도록. 여러 가지로 자세히 물어보고 싶으니까."

그러자 늙은 시녀는 곧 잘 닦은 의자를 가져와서 그 위에 양털 가죽을 덮었다. 그러자 오디세우스는 그 위에 앉았다.

우선 사려 깊은 페넬로페가 말을 꺼냈다.

"손님, 그러면 우선 제가 먼저 물어보겠습니다. 당신은 대체 어떤 분이시며 어디서 오셨습니까? 그리고 어느 나라 사람이며 부모님들은 뉘신지요?"

이에 대하여 지략이 뛰어난 오디세우스가 대답하여 말했다.

"마님, 이 덧없는 세상에서 죽어야 할 인간 중 마님을 비방할 사람은 아무도 없습니다. 마님은 덕망을 세상에 떨쳐 전능한 왕과도 같으며, 신을 존중하고 올바른 길을 세상에 내보이시어 용감한 군사들을 다스리시고, 그 아래로 펼쳐진 검은 대지에서는 보리나 밀을 자라게 하시고, 나무에는 과실이 풍성하게 열리고 가축들은 늘 새끼를 낳고 바다에는 고기가 있으니 이것은 모두 정사를 잘 다스려 백성들이 번성했기 때문입니다. 그런데 마님은 지금 저에게 물으시지만 비록 이곳이 마님의 방이라도 저의 신분과 태어난 나라에 대해서는 묻지 말아주시기 바랍니다. 저는 지금까지 쓰라린 재난을 수없이 겪어왔으니 다시 그때 일을 생각하여 가슴이 미어지게 하지 말아주십시오. 더구나 남의 집에서 옛날을 생각하며 눈물을 흘리는 것은 도리에 어긋나는 일일 테니까요. 제가 술에 잔뜩 취하여 눈물을 흘리는 것을 보인다면 시녀나 마님 자신이 화를 내실지도 모르는 일이지요."

이에 대하여 이번에도 사려 깊은 페넬로페가 대답하여 말했다.

"손님, 아르고스의 군사들이 배를 타고 일리오스를 향해 떠날 때 저의 남편 오디세우스도 그들과 함께 떠났습니다. 이때 신들께서는 저의 용모도 우아함도 다 빼앗아버렸습니다. 만일 그분이 집으로 돌아오셔서 저의 생활을 돌보아 주신다면 저에 대한 세상의 평판도 좋아질 것이고 매사가 순조로워졌을 것입니다. 그런데 어찌된 셈인지 신께서는 저에게 큰 재앙을 내리셔서 지금은 매일을 탄식으로 보내고 있습니다. 이 섬에서 위세를 떨치는 명문 자제들은 말할 것도 없고 둘리키온이나 사메[1)]나 숲이 우거진 자퀸토스에서 권세를 떨치는 분들께서 저에게 강제로 청혼해오면서 우리 집 재산을 축내고 있습니다. 그래서 다른 나라에서 오는 손님이나 청원할 일이 있어 찾아오는

1) 둘리키온이나 사메 : 지금의 자퀸토스라고도 하나 부근에 있는 주요한 섬들.

사람이나 사절이나, 이 나라를 위하여 일하는 사람들까지도 따뜻하게 대접해드리지 못하고 오직 오디세우스님이 돌아올 때만 애타게 기다리며 마음을 태우면서 지내는 형편이랍니다. 그런데 저들이 하도 결혼을 재촉하여 저도 하는 수 없이 거짓말을 하지 않을 수 없었습니다. 처음에는 신께서 폭이 넓은 베를 짜면서 그들을 따돌려보라는 계시를 내리셨지요. 저는 방 안에 베틀을 차려놓고 가는 실로 폭이 넓은 베를 짜면서 그들에게 말해주었습니다.

'젊은 양반들, 존귀한 오디세우스님께서는 돌아가셨으므로 저에게 구혼한다면 혼례를 너무 서두르려 하지 마시고 좀 기다려주십시오. 이 폭이 넓은 베를 다 짤 때까지. 이 실이 쓸모없게 되지 않도록 말입니다. 이 베는 탄식을 안겨주는 저주스런 죽음의 운명이 라에르테스님을 데려갈 그날을 위하여 그분의 수의[2)]를 만들 옷감입니다. 만약 시신을 싸줄 옷감도 없이 그분이 누워 계신다면 아카이아의 모든 여자들은 제가 재산이 많은데도 너무 인색하다고 비난할 것입니다.'

이렇게 말하면서 구혼자들의 들뜬 마음을 가까스로 진정시켰습니다. 그래서 낮에는 해가 저물 때까지 큰 베틀에 앉아 베를 짰고 밤이 되면 관솔불을 켜놓고 그것을 다시 물었습니다. 저도 삼 년 동안, 아카이아 사람들의 눈을 속일 수 있었으나 날이 가고 달이 가 계절이 바뀌어 사 년째가 되었을 때입니다. 그때 못된 시녀들의 고자질로 그들이 몰래 와서 현장을 목격하고 저를 마구 비난했습니다.

저는 어쩔 수 없이 마음에는 없었지만 억지로 베를 다 짜게 되었습니다. 그래서 이제는 혼례를 피할 도리가 없게 되었으며 저의 부모님까지도 다시 결혼하라고 재촉이 성화 같으시고 아들은 아들 대로 구혼자들이 자기의 재산을 파먹는 것을 보고 몹시 화를 내고 있습니다. 제우스 신께서 복을 내려주셔서 아들은 이제 집안 일을 충분히 꾸려나갈 만큼 장성했습니다. 그건 그렇고 당신의 이름은 무엇이며 어디시 오신 분이신지요. 당신이라고 해서 옛 이야기에 나오듯이 떡갈나무나 돌에서 태어난 것은 아니겠지요?"

이에 대해서 지략이 뛰어난 오디세우스가 대답하여 말했다.

"라에르테스의 아드님인 오디세우스의 거룩하고 현명한 부인이시여, 저의 이름과 출신을 꼭 알아야겠다 하시니 모두 말씀드리겠습니다. 비록 지금보다도

2) 수의 : 노부 라에르테스의 장례 때 필요한, 시신에게 입힐 옷.

더 큰 슬픔이 저의 몸을 감쌀지라도 말씀드리겠습니다. 사람이 자기의 고향을 떠나——말하자면 지금의 제 처지처럼 오랫동안 고향을 떠나——사람들이 사는 이 거리 저 거리를 떠돌아다니면서 고생을 하고 있다면 더욱 그렇겠지요. 그러면 저에게 물으신 점에 대해서 다 말씀드리겠습니다. 포도주빛 바다의 한가운데 크레테라는 나라가 있습니다. 그곳은 아름답고 풍요로운 땅이었습니다. 바다로 둘러싸인 그 고장에는 많은 사람들이 살고 있었으며 아흔 개의 도읍이 있는데 그 도읍은 서로 언어가 달랐지만 뒤섞여 살고 있었습니다. 아카이아 족도 있었으며 활달한 에테오크레테스 족[3]도 있었으며 퀴도네스 족이나 일족이 셋으로 갈라진 도리스 족[4], 그리고 페라즈고이 족들도 살고 있었습니다. 그 중에서도 크노소스는 큰 도성이었으며 이 성에서도 미노스(왕)가 구 년을 단위로 하여 제우스 대신의 법도에 따라 다스리고 있었습니다. 그분이 바로 도량이 넓으신 데우카리온님으로 저의 아버님이셨습니다. 아버님은 저와 이도메네우스 왕[5]을 아들로 두셨지요. 형님인 이도메네우스는 저보다도 무용이 뛰어난 분으로 끝이 구부러진 선단을 이끌고 아트레우스 집안의 영주들과 함께 일리오스로 출정했습니다. 저는 그분의 동생으로 저의 이름은 아이톤입니다. 그때 저는 오디세우스님과도 만났으며 선물도 드렸습니다. 트로이아를 향해 뱃길을 재촉할 때 바람이 심하게 불어 마레이아 곶에서 옆으로 배를 흘려보내 크레테 섬까지 오게 되었던 것입니다. 그래서 에일레이티이아[6]의 동굴이 있는 암니노스 항구[7]의 꼬불꼬불한 안쪽으로 들어가서 겨우 폭풍을 피할 수 있었습니다.

---

3) 에테오크레테스 족 : 크레테 섬 본래의 원주민(주요한)을 가리키는 듯하며 이 섬에는 뒤에 들어온 지배층 아카이오(아카이아 족) 외에도 인종이 대체로 구역을 나누어 살았던 것 같다. 미노스(문화 전성) 시대의 담당자가 에테오크레테스(진짜 크레테 족)일 것이다.

4) 도리스 족 : 트로이아 전쟁(오디세우스 시대) 전후는 도리스 족이 남하하기 이전이거나 남하한 초기로서, 또 아직 크레테 섬에 있을 까닭이 없다(기원전 10 세기 경일 것이다). 그러므로 작자 또는 구송(口誦) 시인의 시대(기원전 8 세기경)의 이야기가 뒤섞여진 것, 이 시의 성립이 이 시대에 속한다는 것을 나타내는 한 예이다.

5) 이도메네우스 왕 : 그의 아버지 데우카리온은 대홍수의 데우카리온이 아니라 통례 미노스 왕의 아들로 되어 있다(에우로페의 손자).

6) 에일레이티이아 : 출산(出産)의 여신으로 헤라, 아르테미스 등의 별칭이라 하기도 하고, 그 부하(또는 딸)의 여신이라고도 한다. 본래는 옛 토착민의 것이리라.

7) 암니노스 항구 : 크레테의 북부 해안 중간에 가까우며 크노소스의 외항이기도 하다.

그러자 오디세우스님께서는 곧 도성으로 들어와서 전부터 친하게 지냈으며 서로 존경하는 사이였던 이도메네우스를 찾았습니다. 그러나 이도메네우스가 이미 끝이 구부러진 선단을 이끌고 일리오스로 떠난 지 열흘인가 열하루째가 되는 아침이었습니다. 저는 형을 대신하여 그분을 우리 성관으로 모시고 가서 융숭하게 대접하고 집안에 있던 여러 가지 물건도 선물로 드렸습니다. 그리고 그분을 따라온 동지들에게도 온 나라 안에서 모아온 밀과 빛나는 빨간 포도주도 드리고 또 뜻하신 바를 성취하시도록 소도 제물로 바쳐드렸습니다. 존귀한 아카이아 족 분들은 이곳에서 열이틀 동안 묵었는데, 그것은 강한 북풍이 몰아쳐서 땅 위에 서 있기조차 어려웠기 때문이었습니다. 아마도 고약한 어느 신령께서 단단히 심술을 부렸던 모양입니다. 그러나 열사흘째가 되는 날 바람이 멎어 모두 배를 타고 떠나게 되었습니다."

이렇게 그럴 듯하게 거짓말을 꾸며대자 그의 얘기를 듣는 페넬로페는 온통 눈물로 얼룩져서 그 모습이 매우 초췌해보였다. 그것은 마치 높게 쌓였던 눈이 녹아 물이 되어 흐르듯이——서풍이 뿌린 눈을 동남풍이 녹여버려 흐르는 물이 강물을 넘치게 하듯이——부인은 고운 볼을 눈물로 적시면서 남편을 그리며 울고 있었다. 오디세우스는 비탄에 젖어 울고 있는 아내의 모습을 보자 자기의 가슴 또한 찢어질 듯했으나 그의 두 눈은 눈물을 감추기라도 하려는 듯 뿔이나 쇠붙이로 만든 것처럼 꿈쩍도 하지 않고 눈꺼풀 속에 숨겨져 있었다.

부인은 눈물을 흘리면서 실컷 울고 나자 다시 그에게 말했다.

"그렇다면 이번에는 손님의 이야기를 시험해보겠습니다. 손님께서 정말 손님의 집에서 저의 남편을 신과도 같은 동지들과 함께 대접해드렸다면 말씀해주시지요. 그때 그분은 어떤 옷을 입고 있었으며 그분의 인품은 어떠했으며 그분을 따라간 동지들은 어떠했습니까?"

이에 대해서 지략이 뛰어난 오디세우스가 대답하여 말했다.

"마님, 그처럼 오랫동안 헤어져 있던 분에 대해서 말한다는 것은 참으로 어려운 일입니다. 그분이 저의 고향에서 떠난지도 벌써 이십 년째가 되었으니까요. 그렇지만 기억나는 대로 그 모습을 말씀드려보겠습니다. 그때 존귀하신 오디세우스님께서는 보랏빛 털실로 짠 상의를 입고 있었는데 두 겹으로 된 것이었습니다. 그리고 단추는 두 개의 황금 관(管) 모양이었습니다. 그 앞면에는 개가 두 앞발로 알록달록한 새끼 사슴을 잡고 있어 새끼 사슴이 바둥거리는 형상이 정교하게 새겨져 있었습니다. 그것을 보자 우리는 모두 감탄했습니다. 그것은 모두 황금으로 만든 것이었는데 한쪽이 사슴을 잡아 숨통을 조이는 형상이라면 다른 쪽은 달아나려고 발버둥치는 형상이었습니다. 그리고 입고 있는 바지는 반짝이는 천이었는데 마치 양파 껍질처럼 빛나고 있었습니다. 그처럼 부드럽고 태양처럼 빛나서 감탄의 눈으로 그분을 바라보는 여자들도 많이 있었습니다. 그런데 지금 꼭 말씀드릴 것이 있는데 이 말을 명심해주시기 바랍니다. 오디세우스님께서는 집에 있을 때도 이런 옷을 입고 있었는지 동지들 중 누구나가 빠른 배를 타고 떠날 때 드린 것인지, 아니면 어디선가 기항했을 때 숙소의 주인이 준 것인지도 모릅니다. 그분은 많은 분들과 친분이 있었으니까요. 그런 분은 아카이아 족 중에서도 드물었으니까요. 저 또한 그분에게 청동으로 만든 검과 두 겹으로 짠 보랏빛 상의와 테두리를 수놓은 하의를 선사한 후, 멋진 배에 올라 떠나는 것을 배웅해드렸으니까요. 또 그분에게는 그분보다 나이가 더 들어 보이는 전령이 따르고 있었습니다. 그분이 어떤 분인지에 대해서도 말씀드리겠습니다. 양어깨가 둥그스름하고 살결이 검었으며 머리칼이 양털 같은 분이었는데 이름이 에우리바티스라 했습니다. 오디세우스님께서는 누구보다도 그 사람을 아꼈는데, 그 사람은 매우 솔직해보였습니다."

오디세우스가 이렇게 확실한 증거를 제시하며 말하자, 페넬로페는 더욱 슬피 울었다. 그리고 다시 그에게 말했다.

"손님이 처음 이곳에 오셨을 때는 그저 불쌍한 분이라고만 생각했지만 지금은 저희 집의 귀한 손님이 되셨습니다. 손님이 방금 말씀하셨던 그 옷들은 모두 제가 드린 것이었지요. 옷장에서 꺼내어 잘 손질한 후 거기에 단추도 달았습니다. 하지만 저의 남편이 두 번 다시 이 그리운 고향 땅에 돌아오시는 것을 볼 수 없을 거예요. 오디세우스님은 불길한 운명의 장난으로 가운데가 깊숙한 배를 타고 그 이름을 입에 올리기도 싫은 일리오스로 가시게 된 겁니다."

그러자 지략이 뛰어난 오디세우스가 대답하여 말했다.

"라에르테스의 아들 오디세우스님의 거룩하고 현명한 부인이시여, 남편을 그리는 나머지 아름다운 몸을 해치거나 마음을 상하게 해서는 안 됩니다. 그러는 것도 무리는 아니겠지만 세상에는 남편을 잃고 슬픔으로 지내는 부인들도 얼마든지 많이 있습니다. 더구나 신과도 같은 오디세우스님을 잃은 마님의 심정이야 오죽하겠습니까? 그러나 눈물을 거두시고 제가 하는 말을 잘 들어보십시오. 틀림없는 말을 하나도 숨기지 않고 다 말씀 드리겠습니다. 저는 오디세우스님이 벌써 귀국했다는 말을 들었습니다. 그것도 여기서 멀지 않은 테스프로토이 족들이 사는 비옥한 고을에 살아 계신다더군요. 그리고 여러 나라에서 귀한 선물도 많이 갖고 오셨답니다. 그러나 충직한 부하들과 가운데가 깊숙한 배는 포도주빛 넓은 바다에서 잃어버렸답니다. 그분이 동지들과 함께 트리나키에 섬에서 나올 때 제우스 신과 태양신에게 노여움을 사게 되어 동지들은 큰 파도가 이는 바다에서 한 사람도 남김없이 목숨을 잃었답니다. 그의 부하들이 태양신의 소를 죽였기 때문이었다 합니다. 그러나 그분만은 배의 용골(龍骨)을 붙잡고 매달려 있는 것을 파도가 육지로 밀어 보냈다 합니다. 그곳은 신에 가까운 파이에케스 족들이 사는 나라로 그들은 오디세우스님을 신처럼 대접했으며 많은 선물을 주는가 하면 그들의 배에 태워 무사히 고향으로 보내드리려 했던 것입니다. 그런즉 사실은 오디세우스님이 이미 고향땅으로 돌아올 수도 있었을 것입니다. 그러나 오디세우스님은 죽어야 할 인간 중에서도 지략이 뛰어나신 분이라 돌아오는 길 여기저기에서 재물을 모으려 했던 것이지요. 그 누구도 그분과 경쟁을 벌일 사람은 없을 것입니다. 테스프로토이 족의 왕 페이돈은 이렇게 저에게 얘기해주셨습니다.

그리고 페이돈 왕은 성관에서 신들에게 신주를 따를 때도 맹세까지 하면서 말했습니다. 배는 이미 부둣가에 대기시켜 놓았으며 배를 저을 선원도 준비를 마쳤으니 곧 고향으로 보내드리겠다고 했답니다. 그런데 그분보다 저를 먼저 보내주셨던 것이지요. 마침 거기에 밀이 많이 나는 둘리키온으로 가는 테스트로토이 사람들의 배가 와 있었던 것입니다. 왕은 내가 떠나기 전에 오디세우스님이 얻어 모은 보물들을 다 보여주었는데 그 재산은 10대 후까지 쓰고도 남을 만큼 많이 쌓여 있었습니다. 그런데 그때 오디세우스님께서는 도도네[8]에 가셨다고 했습니다. 그것은 하늘 높이 가지를 뻗은 신성한 떡갈나무에게 제우스 신의 뜻을 알아보기 위해서라 했습니다. 그분은 오랫동안 고향을 떠나 있었으므로 모든 사람이 보는 앞에서 공개적으로 돌아가는 것이 좋을지, 아니면 남이 모르게 은밀히 돌아가는 것이 좋을지를 알아보기 위해서였지요. 그러니 나리께서는 곧 돌아오실 것입니다. 더 이상 친척과 조국

8) 도도네 : 본 편의 294~299 행은 제 14 편 325~330 과 같음.

땅에서 멀리 떨어진 곳에 있지는 않을 것입니다. 이것만은 틀림없는 사실입니다. 제우스 신이시여, 굽어 살펴주소서 그리고 지금 제가 찾아온 영예로운 오디세우스님의 성관을 지켜주시는 이 화덕[9]도 살펴주소서. 지금 제가 말씀드린 일들은 꼭 이루어질 것입니다. 즉 올해 안에 이 달이 가고[10] 새로운 달이 오기 전에 오디세우스님께서는 이곳으로 돌아오실 것입니다."

이 말에 이번에는 사려 깊은 페넬로페가 말했다.

"손님, 지금 하신 말씀대로 실현된다면 얼마나 기쁘겠습니까? 그렇게만 된다면 손님께서는 정성을 다한 대접을 받으실 것이고 많은 선물도 받게 되겠지요. 만나는 사람들이 모두 손님을 축복해줄 만큼 말입니다. 그런데도 저의 마음에는 오디세우스님은 돌아오지 못할 것이고 손님에게도 선물을 못 드릴 것이며 따뜻하게 보내드리지 못할 것 같은 생각이 듭니다. 지금 이 성관에는 지시할 사람이 아무도 없으니까요. 전 같으면 오디세우스님이 직접 귀한 손님들은 전송하거나 영접하셨지요. 시녀들에게 손님의 목욕물을 준비하게 하시고 잠자리도 마련하고 침대도 요도 두툼하고 깨끗한 이부자리를 덮고 황금의자에 앉으시는 새벽의 여신이 올 때까지 편안히 주무시게 해 주셨지요. 그리고 아침이 되면 일찍감치 목욕을 하고 향유를 바른 다음 텔레마코스의 곁에 앉아 넓은 방에서 식사도 하게 했을 것입니다. 저 구혼자들 중에서 손님의 기분을 상하게 하는 자가 있다면 혼을 내주었을 것입니다. 그런데 지금은 아무리 비위가 상했더라도 어쩔 도리가 없을 것입니다. 손님은 목욕도 못 하셨고 향유도 바르지 못했으며 남루한 옷을 걸친 채 대청에서 식사를 했는데 어찌하여 제가 다른 여자보다도 분별이 있고 사려가 깊다 하십니까? 인간의 생명은 짧아서 만약 어떤 사람이 건방지고 인색하다면 그 사람이 살아 있는 동안에도 그 자에게 고난과 저주를 퍼부을 것입니다. 그러나 행동거지가 고결한 사람은 그 이름이 널리 퍼지게 되겠지요. 많은 사람들은 그의 덕을 칭송해줄 것입니다."

그러자 지략이 뛰어난 오디세우스가 대답하여 말했다.

"거룩하고 현명한 라에르테스의 아들 오디세우스님의 부인이시여, 저는

---

9) 이 화덕 : 한 집안의 신성한 불을 지켜주는 장소로서 특히 중요하다. 그리스 민족이 북방에서 유래했음을 시사하는 것이다.

10) 이 달이 가고 : 달이 끝나고 월초(月初)를 그리스 사람들도 '설이 선다' histamenos라 한다.

눈 덮인 크레테의 산들을 뒤로 하고 긴 노가 달린 배를 타고 떠나온 이래로는 입는 겉옷이나 푹신하고 두터운 이불이 싫어졌습니다. 밤에 잠도 제대로 자지 못하던 지난날과 마찬가지로 자고 싶을 뿐입니다. 저는 딱딱한 침대에서 밤을 보내며 황금 의자에 앉으시는 새벽의 여신이 찾아오기를 기다려 왔으며, 또한 발을 씻을 물 같은 것을 바라지도 않습니다. 그리고 이 성관의 시녀의 그 누구에게도 내 다리에 손이 닿게 하지 않겠습니다. 그러나 전부터 이 집에서 일하는 늙은 하녀나 저처럼 고생을 많이 해온 늙은 하녀라면 저의 다리에 손을 대더라도 거절하지 않겠지만."

이 말에 대해서 사려 깊은 페넬로페가 말했다.

"아 손님, 먼 곳에서 이 성관에 찾아오신 손님 중, 손님처럼 사려가 깊은 분은 한 분도 없었습니다. 손님께서는 그처럼 분별이 있으시고 무엇이고 조리에 닿게 이야기하시는군요. 마침 저희 성단에는 나이가 들고 매사에 빈틈없는 할멈이 있지요. 그 할멈은 그분이 태어난 직후부터 그분을 길러 주었답니다. 그 할멈더러 손님의 발을 씻어주라 하겠습니다. 자 그러면 마음씨 고운 에우리클레이아여 이 집 주인 어른과 연배도 비슷한 손님의 발을 씻겨드리게. 오디세우스님도 저분같이 손발이 험하게 되었을지도 모르지. 고생을 많이 하면 인간은 일찍 늙어버리니까."

페넬로페가 이렇게 말하자, 할멈은 두 손으로 얼굴을 가리고 뜨거운 눈물을 흘리면서 목이 메어 말했다.

"도련님[11]을 위하는 일이라면 제가 못할 일이 어디 있겠습니까? 당신께서는 누구보다도 신을 공경하는 분이신데도 제우스 신께서는 그 많은 인간 중에서도 특히 당신을 미워하시는 것 같군요. 당신께서는 천둥을 울리시는 제우스 신께 살찐 허벅다리를 구워 바치셨으며 고르고 고른 백 마리의 소를 제물로 바치면서 기도를 드리지 않으셨던가요? 늙을 때까지 유복하게 살게 해주십사고, 그리고 아들을 훌륭하게 키우게 해달라고 말입니다. 그런데도 신들께서는 유독 당신에게만 고국으로 돌아갈 희망마저 주시지 않는군요. 아마도 당신께서 어느 훌륭한 성관을 찾아갔을 때 먼 나라의 낯선 여자들이 당신을 놀렸다고 욕설을 퍼부었을 것입니다. 이 성관의 하녀들이 이 손님을

---

11) 도련님 : 글자의 뜻대로라면 '아기님', 노녀가 자기 손으로 기른 오디세우스를 옛날에 불렀던 식으로 부른 것.

조롱하고 욕설을 퍼부었듯이 말입니다. 그 여자들로부터 모욕을 당하기 싫어 발을 맡겨 씻게 하지 않았지만 저는 싫다고 거절하지 않겠습니다. 이카리오스의 따님이신 사려 깊은 페넬로페께서 시키시는 일이니까요. 자, 발을 이리 내미시지요. 발을 씻겨드리겠습니다. 페넬로페님을 위해, 그리고 손님을 위해 씻겨드리고 말고요. 지금 저의 가슴속에는 갖가지 걱정으로 가득 차 있습니다. 지금 제가 하는 말을 잘 들어주세요. 다른 나라에서 불쌍한 사람들도 많이 이곳에 찾아오셨지만 그 몸매며, 목소리며, 발이며 손님처럼 오디세우스님을 닮은 분은 처음입니다."

이에 대해 지략이 뛰어난 오디세우스가 대답하여 말했다.

"할멈, 당신이 말했듯이 우리 두 사람을 보고는 모두들 서로 닮았다고 말했답니다."

노파는 반짝반짝 윤이 나는 대야를 갖고 와서 우선 거기에 찬물을 붓고 다음에는 뜨거운 물을 부어 오디세우스의 발을 씻겨주었다. 이때 오디세우스가 화로 쪽으로 등을 돌리고 앉아 어두운 쪽으로 얼굴을 돌린 것은 그때 그의 마음속에 어떤 생각이 떠올랐기 때문이었다. 노파가 그의 발을 잡을 때 발에 난 흉터를 보고 모든 일이 탄로날까 염려해서였다. 늙은 시녀는 주인 곁으로 다가가서 발을 씻기다가 그 흉터를 알아냈다. 그 흉터는 아우틀리코스나 그의 아들들과 함께 파르네소스[12]로 사냥을 갔을 때 산돼지의 흰 이빨에 물린 상처였다. 이 아우틀리코스는 어머님의 훌륭한 아버지였는데, 세상에서 훔치는 것과 거짓말을 잘 하기로 누구보다도 뛰어난 분이었다. 그것은 헤르메이아스[13] 신께서 그에게 준 재주로 신의 마음에 들 만큼 어린 양이나 어린 산양의 허벅지 살을 구워 제물로 바친 때문이었다. 이 아우틀리코스가 비옥한 이타케 땅에 와서 자기 딸이 낳은 어린 손자(오디세우스)를 만나게 되었다. 저녁 식사를 마친 뒤에 에우리클레이아가 그 아기를 할아버지의 무릎 위에 올려놓으며 말했다.

"아우틀리코스님, 이 귀여운 아기에게 직접 이름을 지어주시지요. 무척이나 기다리던 아이였으니까요."

---

12) 파르네소스 : 델포이의 뒤쪽에 있는 산으로 할아버지인 아우틀리코스(어머니의 아버지)와 사냥을 했을 때의 이야기.

13) 헤르메이아스 : 헤르메스 신의 옛 호칭, 아우틀리코스의 아버지라 한다.

그러자 아우틀리코스가 대답하여 말했다.

"내 사위와 딸아, 지금 내가 지어주는 이름이 어떠한 이름이든 이 아이의 이름으로 정하거라 나는 이제까지 많은 사람들로부터 미움을 받으면서 지금까지 살아왔었다. 사람을 양육해주는 대지에 살고 있는 남자나 여자들로부터 말이다. 그런즉 오디세우스라는 이름[14]을 이 아이에게 붙여주겠다. 나는 이 아이가 자라서 제 어미의 고향에 있는 나의 큰 성관을 찾아 파르네소스에 오면 거기에 있는 나의 재산을 그 아이에게 나누어주고 그를 기쁘게 해주어 제 집으로 돌려보낼 것이다."

그리하여 오디세우스는 훌륭한 선물을 얻기 위해 그곳에 갔던 것이다. 그러자 아우틀리코스와 그의 아들들은 그의 손을 잡으며 따뜻하게 맞아주었다. 또한 어머니의 어머님인 암피티에도 오디세우스의 머리며 맑은 두 눈에 입을 맞춰주었다. 한편 아우틀리코스는 명예로운 아들들에게 만찬 준비를 시켰다. 그들은 아버지의 지시에 따라 다섯 살이 된 암소를 끌고 와서 가죽을 벗기고 토막을 내어 잘게 썬 다음 여러 개의 꼬챙이에 꿰어 정성껏 구운 다음 일일이 그릇에 담아 내놓았다. 그리하여 그날은 해가 질 때까지 잔치를 계속하였으며 성찬을 배불리 먹었다. 이윽고 해가 지고 어둠이 찾아오자 모두 잠자리에 들었다.

다시 장미빛 손가락을 가리키는 새벽의 여신이 나타나자 아우틀리코스의 아들들은 사냥개를 데리고 사냥을 떠났다. 오디세우스도 그들을 따라갔다. 이들 일행은 숲으로 뒤덮인 파르네소스 일대의 험준한 산으로 향하였다. 바람이 몰아치는 산 중턱에 이르렀을 때 조용히 흐르는 오케아노스의 깊은 물 속에서 태양이 솟아올라 주위의 논밭을 비추기 시작했다. 그때 사냥꾼들은 얕은 계곡에 도착했는데 개들은 사람들보다 먼저 짐승들의 발자국을 따라 달려갔다. 아우틀리코스의 아들들은 그 뒤를 따랐으며 오디세우스도 그들 틈에 끼어서 긴 그림자를 드리우는 창을 흔들면서 나아갔다. 나무가 빽빽이 들어선 그늘에 큰 멧돼지가 사는 잠자리가 있었다.

그곳은 습기를 안고 불어오는 바람도 뚫고가지 못하며 태양의 빛도 뚫지 못하며 비가 억수 같이 내려도 새지 않을 만큼 나무가 무성했으며 낙엽들이

14) 오디세우스라는 이름 : 그리스 어의 한 형태인 오디사오마이(미워하다, 혐오하다)와 비슷한 음. 그러나 이것은 속된 해석이며 아마도 비그리스 어계의 것으로 보인다.

수북하게 쌓여 있었다. 멧돼지가 사람들과 개들이 몰려오는 소리를 듣자 등줄기의 갈기털을 곤두세우고 눈에 불을 켜면서 달려나왔다. 그때 오디세우스가 멧돼지를 찌르려고 긴 창을 단단히 쥐고 맨 먼저 뛰어나갔다. 그런데 멧돼지가 쏜살같이 달려나와 그의 무릎을 물어 이빨을 살 속에 깊숙이 박았다. 그러나 다행히 뼈까지는 닿지 않았다. 오디세우스 또한 멧돼지의 오른쪽 어깨를 찌르니 번쩍이는 날카로운 창 끝에 박혀 멧돼지는 신음 소리를 내면서 땅바닥에 쓰러져 숨이 끊어졌다. 아우틀리코스의 아들들은 잡은 멧돼지를 운반하고 신처럼 영예로운 오디세우스의 상처에 붕대를 감아 피를 멈추게 한 후 서둘러 사랑하는 아버지의 성관으로 돌아갔다.

아우틀리코스와 그의 아들들은 오디세우스를 잘 치료해주고 선물도 듬뿍 주어 이타케 섬으로 보내주었다. 집으로 돌아온 아들을 보자 아버지와 어머니는 기쁨을 감추지 못하면서 어쩌다 다쳤는지 자세히 물었다. 오디세우스는 파르네소스로 사냥을 갔다가 멧돼지의 흰 이빨에 물렸으며 아우틀리코스의 아들들도 함께 갔었다고 설명해드렸다.

이 늙은 하녀는 두 손으로 다리를 잡고 위에서 아래쪽으로 문질러오다가 그 상처를 보는 순간 그의 발을 떨어뜨리고 말았다. 그러자 그의 발이 청동 대야에 떨어져버려 대야가 갑자기 요란한 소리를 내면서 기울어지는 바람에 물이 바닥으로 쏟아졌다. 할멈은 기쁨과 고통으로 두 눈에는 눈물이 가득 고였으며 말도 하지 못했다. 노파는 턱에 손을 대면서 오디세우스에게 말했다.

"분명한 오디세우스님이시군요. 다리를 만져보기 전에는 주인 어른이신 줄도 몰랐습니다."

이렇게 말하면서 페넬로페 쪽으로 얼굴을 돌렸다. 그것은 사랑하는 남편이 이 성관 안에 와 계시다는 것을 알려드리기 위해서였다. 그러나 주인 마님은 돌아앉아 있어서 이것을 눈치채지 못하고 있었다. 그것은 아테네 여신께서 부인의 마음을 다른 곳으로 돌리게 했기 때문이었다. 한편 오디세우스는 손을 뻗어 오른손으로는 유모의 입을 막고 왼손으로는 유모를 끌어당기며 말했다.

"할멈, 어찌하여 나를 파멸시키려 하는가? 유모는 나를 유모의 젖으로 길러주지 않았던가? 나는 지금 온갖 고난을 겪은 끝에 이십 년만에 고향으로 돌아왔네. 그러니 할멈의 마음속에 신께서 나의 귀국을 귀띔해주었다 하더라도 성관 안의 그 누구에게도 이 사실을 말해서는 안 되네. 만약에 그러지 않는다면 내 손으로 오만한 구혼자들을 신께서 처치하게 하실 때 유모라 해서 살아남지 못할걸세. 성관 안에 있는 다른 시녀들을 처치할 때 말일세. 지금 내가 한 말은 기필코 실현될 테니까."

그러자 이번에는 영리한 에우리클레이아가 말했다.

"도련님, 그 무슨 섭섭한 말씀입니까? 제가 얼마나 입이 무겁고 쓸데없는 말은 결코 입 밖에 내지 않는다는 것을 누구보다도 잘 알고 계시지 않습니까? 굳은 돌멩이나 무쇠처럼 입을 꽉 다물고 있겠습니다. 그런데 한 가지 말씀 드리겠는데, 가슴 깊이 새겨주십시오. 만일 신께서 나으리의 손으로 오만한 구혼자들을 퇴치하게 하신다면 그대 성관에 있는 시녀들에 대해서 모두 말씀 드리겠습니다. 어느 시녀가 나으리께 무뢰한 짓을 했으며, 또 어느 시녀가 죄를 저질렀는지를."

그러자 지략이 뛰어난 오디세우스가 대답하여 말했다.

"할멈, 누가 할멈에게 얘기하라 하던가, 그럴 필요는 없네. 내가 직접 살펴보고 가려내겠네. 그러니 절대 입도 벙끗해서는 안 되네. 모든 것을 신께 맡길 테니까."

그러자 유모는 발 씻을 물을 다시 떠오려고 밖으로 나갔다. 대야의 물을 전부 엎질러버렸기 때문이었다. 발을 다 씻고 기름까지 다 바르고 나자 오디세우스는 의자를 발 가까이 끌고 와서 몸을 따뜻하게 하려 했는데 그의 상처는 헌 누더기로 감추고 있었다. 이때 사려 깊은 페넬로페가 먼저 말을 꺼냈다.

"그런데 손님, 한 가지 더 물어볼 것이 있습니다. 이제 곧 마음에 괴로움이 쌓여 있는 사람이라 하더라도 편안한 잠자리에 들 시각입니다만 신께서는 저에게 너무나 큰 슬픔을 내려주신 탓으로 낮에는 울며 탄식하거나 슬퍼하기는 해도 하는 일에 정신이 팔린다든가 시녀들이 일하는 것을 보면서 시름을 잊기도 합니다. 그러나 밤이 되어 모두 깊은 잠이 들고 나면 잠자리에 누웠어도 괴로움으로 마음을 조이면서 탄식과 슬픔에 지친 몸을 더욱 채찍질하게 됩니다. 마치 저 판다레오스의 딸[15]이라는 노란 휘파람새가 이른 봄날 나뭇잎이 무성한 나뭇가지에 앉아 사랑하는 아들 이티로스를 그리며

15) 판다레오스의 딸 : 여러 가지 설이 있으나 여기서는 그 딸이라는 아에돈(휘파람새)을 지칭한 것으로 보인다. 아들인 이티스(또는 이티로스)를 살해한 것을 한탄하여 노래했다 한다.

우는 것처럼 눈물로 긴긴 밤을 지새우고 있답니다. 그 이티로스는 제토스님과의 사이에서 낳은 아들[16]인데 자기의 실수로 죽였다 합니다. 저도 그와 마찬가지로 마음은 두 갈래로 갈라져서 번민하고 있습니다. 아들 옆에 살면서 모든 것을 지켜갈 것인지, 저의 재산과 하인들과 우뚝 솟은 성관을 지키면서 돌아오지 않는 남편을 위해 정조를 지키면서 온 백성들의 평판을 소중하게 생각하며 살아갈 것인지, 아니면 성관에 찾아와서 한사코 구혼하는 아카이아 사람들 중 가장 많은 혼수품을 보내온 훌륭한 분을 따라가야할 것인가 하고 번민하고 있습니다.

아들이 아직 어려서 철이 들지 않았을 때는 남편의 집을 떠나 다른 곳으로 개가할 수는 없었습니다. 그러나 이제는 아들도 장성해서 구혼자들이 자기의 재산을 축내는 것이 못마땅해서 저더러 저의 친정으로 돌아가달라고 합니다. 하지만 그것은 어쨌든 저의 꿈을 들어보시고 한 번 풀어주시지 않겠습니까? 즉 우리 집에 스무 마리의 거위가 있었는데 물 속에서 나와 밀을 먹고 있었습니다. 저는 그것을 바라보면서 마음을 달랬습니다. 그런데 산에서 부리가 꼬부라진 독수리가 날아와서 거위들의 목을 쪼아 모조리 죽였습니다. 거위들은 모두 죽어 집 안에 쓰러져 있었고 독수리는 하늘 높이 날아가버렸습니다. 저는 꿈 속에서 거위를 죽였다고 울고 있는데, 머리를 아름답게 땋아올린 아카이아 여자들이 울고 있는 제 옆에 모여왔습니다. 그런데 그 독수리가 다시 날아와 추녀 끝에 앉아 사람의 목소리로 저에게 울음을 그치라 말하면서,

'안심하시오, 먼 나라에까지 이름이 나있는 이카리오스의 따님이시여, 이것은 꿈이 아니라 현실로 나타날 길조요. 그리고 이것은 반드시 사실로 나타나게 될 것이오. 거위란 구혼자이며, 꿈에서는 독수리가 당신 앞에 나타났으나 이번에는 당신의 남편으로 돌아왔소. 나는 모든 구혼자들에게 처참한 최후를 안겨줄 것이오.'

이렇게 말하고 났을 때 저는 달콤한 꿈에서 깨어났습니다. 제가 눈을 떠서 살펴보니 성관 내에서 거위떼가 밀을 쪼아먹고 있는 것이 보였습니다. 전이나 다름없이 먹이통에 몰려들어 밀을 쪼아먹고 있었습니다."

그러자 지략이 뛰어난 오디세우스가 대답하여 말했다.

---

16) 제토스님의 아들 : 이티스를 지칭함. 제토스는 테바이의 왕이라는 설도 있으나 이 이야기는 사실(史實)이나 다른 전설과 전혀 관계가 없는 설화의 일종으로 추측된다.

"마님, 다른 방법으로는 그 꿈을 풀 길이 없군요. 그런데 오디세우스님 자신이 어떻게 풀 것인지 가르쳐주시는군요. 구혼자들은 단 한 사람도 죽음의 운명에서 빠져나가지 못할 것입니다."

이 말에 대해서 이번에는 사려 깊은 페넬로페가 말했다.

"손님, 원래 꿈이란 믿을 것이 못 됩니다. 인간이 살아가는 세상에서 그것이 다 실현되는 것도 아니니까요. 즉 허무한 꿈 같은 것[17]에는 두 개의 문이 있다고 하더군요. 한 문은 뿔로 되어 있으며 또 하나의 문은 상아로 되어 있다 합니다. 꿈 중에서 상아의 문에서 나오는 꿈은 사람을 녹여 허황된 말만 전하지만 잘 다듬은 뿔로 된 문에서 나온 꿈은 누군가가 그것을 보면 사실로 되어 나타난다 합니다. 하지만 제가 꾼 무서운 꿈은 뿔로 된 문에서 나온 것 같지는 않습니다. 제가 꾼 꿈이 뿔문에서 나온 꿈이라면 저나 아들에게도 고마운 일이겠지만 말입니다. 그런데 한 가지만 더 말씀드릴 터이니 가슴속에 잘 새겨두시기 바랍니다. 곧 새벽이 될 터인데 그것은 매우 불길한 징조입니다. 그 날은 저를 오디세우스님의 성관에서 강제로 끌어내는 날입니다. 왜냐하면 저는 경기의 과녁으로 쌍날 도끼를 내놓을 테니까요. 그 도끼는 저의 남편이 언제나 자기의 방에 용골을 세워두는 받침대[18]처럼 가지런히 세워두었는데 그 도끼는 전부 열두 개가 있습니다. 남편은 그것을 멀리 떨어져 서서 활로 쏘아 맞추곤 했습니다. 그래서 저는 이번에 그것을 과녁으로 하여 구혼자들에게 시합을 시킬 작정입니다. 구혼자 중 누구든 활을 쏘아 열두 개의 쌍날 도끼를 하나도 남김없이 맞춘 분에게, 이 성관을 떠나 그분과 재혼할 생각입니다. 그러면 저도 언젠가 귀한 재물로 가득한 이 집을 꿈에라도 다시 생각하게 되겠지요."

그러자 지략이 뛰어난 오디세우스가 말했다.

"거룩하고 현명한 라에르테스님의 아들 오디세우스의 부인이시여, 어떤 일이 있더라도 이 성관에서 그 경기를 늦추지 마셔야 합니다. 구혼자 녀석들이

---

17) 꿈 같은 것 : 다른 대목에서도 상세히 나온다. 루키아노스에는 꿈은 상아와 뿔로 된 두 개의 문에서 나온다고 했다.

18) 용골(龍骨)을 세워두는 받침대 : 선박을 건조할 때 용골의 아랫부분을 세우고 받치는 받침대라는 설(스이더스 사전 등), 또는 배의 용골 그 자체를 말한다는 설 등이 있는데 어쨌든 머리 부분에 구멍이 나 있는(것으로 추정된다. 이런 모양을 한 쌍날 도끼도 실제로 출토되고 있으므로) 쇠도끼의 자루를 가지런히 나열한 것으로 생각된다.

활시위를 당겨서 도끼 구멍 전부 쏘아 맞추기 전에 지략이 뛰어나신 오디세우스께서 이곳에 오실 테니까요."

그러자 사려 깊은 페넬로페가 말했다.

"손님께서 제 곁에 앉아서 계속 이야기를 해주신다면 절대로 저의 눈꺼풀에 졸음이 오는 일은 없을 것 같군요. 하지만 인간의 몸으로 언제까지나 잠을 자지 않을 수는 없는 법. 불사의 신들께서 논에서 보리를 여물게 하는 인간에 대해서 저마다 할 일을 정해주셨으니 저 또한 저의 방으로 가서 잠자리에 들겠습니다. 오디세우스님께서 이름조차도 입에 담고 싶지 않은 일리오스로 떠나신 이래 비탄과 눈물로 밤을 지새는 그 침상으로 말입니다. 손님께서도 이 성관에서 주무십시오. 잠자리를 마련해드리도록 일러놓겠습니다."

이렇게 말한 후 부인은 시녀들을 거느리고 불이 환한 자기의 방으로 올라가서 빛나는 눈의 여신 아테네가 그녀의 눈꺼풀에 상쾌한 잠을 쏟아 넣을 때까지 사랑하는 남편 오디세우스를 그리면서 눈물을 흘렸다.

제 20 편

잠자리에 든 오디세우스는 새벽녘에 길조(吉兆)를 접하게 된다. 아침이 되자 텔레마코스는 고을로 나갔고 에우리클레이아는 대청을 청소한다. 또 에우마이오스는 돼지 세 마리를 몰고 온다. 한편 구혼자들은 흉조를 만난 분풀이로 거지 차림의 오디세우스를 조롱하며 소란을 피운다. 그리고 예언자 테오클리메노스의 충고도 들으려 하지 않는다.

오디세우스는 작은 방에서 잠자리에 들었다. 밑바닥에는 무두질하지 않은 쇠가죽을 깔고 그 위에는 양털을 듬뿍 깔았는데, 이것은 아카이아의 구혼자들이 잡아먹은 양털 가죽이었다. 또한 그 위에 드러누운 오디세우스의 몸에 에우리노메가 외투를 덮어주었다. 오디세우스는 자리에 누웠으나 구혼자들에게 복수할 궁리를 짜내느라 좀처럼 잠을 이루지 못했다. 전부터 구혼자들과 내통하던 시녀들은 그들과 시시덕거리면서 방에서 나갔다. 그 소리를 들은 오디세우스는 분통이 터져 부글부글 속을 끓이면서 이것 저것 생각에 잠겼다. 등 뒤로 덮쳐서 한 놈도 남기지 않고 죽여버릴까, 아니면 이번만은 구혼자들과 하녀들이 내통하는 것을 못 본 체 해둘 것인가 하고——. 그래서 그의 가슴은 개처럼 으르렁댔다. 마치 어린 강아지를 끼고 있는 어미 개가 낯선 사람이 온 것을 보고 물어뜯으려 하는 것처럼 그의 가슴도 부글거렸다. 그러나 그는 가슴을 치면서 자신을 타일렀다.

"심장이여, 참아야 한다. 이보다 더 심한 일도 참지 않았더냐. 저 살기 등등하던 퀴클로프스(單眼鬼)가 너의 동지들을 잡아먹었을 때도 너는 참아내지 않았던가. 계책을 꾸며 죽을 줄만 알았던 동굴에서 빠져나올 때까지 참고 견디지 않았더냐."

그는 이렇게 자기 자신을 타이르면서 참았다. 그래서 이리 저리 몸을 뒤척였는데 마치 비곗살과 선지를 가득 넣은 순대를 활활 타오르는 불 위에 올려놓고 뒤척이며 빨리 구워내려고 서두르듯이 그는 몸을 뒤척이면서 계책을 궁리하기에 바빴다. 어떻게 하면 자기 혼자서 염치없는 구혼자들을 처치할 것인가 하고 말이다. 마침 그때 아테네 여신께서 여인의 모습으로 높은 하늘에서 내려와 그의 베개 밑에 서서 말했다.

"당신은 어찌하여 아직도 잠을 자지 않고 있지요? 이곳은 당신의 집이고, 당신의 부인과 아들이 있지 않습니까? 더구나 그 아들은 사람으로서는 더 바랄 수 없는 훌륭한 아들이지요."

그러자 지략이 뛰어난 오디세우스가 대답하여 말했다.

"네, 하신 말씀은 하나도 틀리지 않았습니다. 그러나 단 한 가지, 제가 이리저리 몸을 뒤척이며 있는 것은 걱정거리가 있어서입니다. 즉 어떻게 하면 파렴치한 구혼자들을 해치우느냐 하는 것입니다. 저는 한 사람이지만 그들은 언제나 한데 모여 있으니까요. 그리고 또 하나 중요한 것이 마음에 걸립니다. 즉 제우스 신이나 당신의 뜻에 따라 그들을 죽인 다음 어떻게 무사할 수 있을지 가르쳐주십시오."

이 말을 듣자 빛나는 눈의 여신 아테네가 말했다.

"참 딱한 분이군요. 사람들은 별로 지혜도 없는 동지나 죽어야 할 인간을 믿고 의지하려 하건만――. 하물며 나는 신이며 이제까지 모든 고난에서 당신을 지켜주지 않았던가요? 그러니 당신에게 분명히 말해두지요. 가령 오십 명의 쓸모없는 인간들[1]이 우리 두 사람을 살해하려고 매복하여 포위하더라도 당신은 그들의 소나 양들을 그들이 보는 앞에서 빼앗아올 수 있을 것이오. 그러니 충분히 잠을 자시오. 밤새껏 잠을 자지 않고 눈을 멀뚱거리고 있는 것은 좋지 않아요. 하지만 머지않아 당신은 모든 재난에서 벗어날 수 있을 것이오."

이렇게 말한 후, 오디세우스의 눈꺼풀에 잠을 쏟아넣고 여신 중에서도 존귀한 아테네는 올림포스로 돌아갔다. 그리하여 손발을 나른하게 하는 잠이 오디세우스를 모든 근심 걱정에서 해방시켰을 때 마음씨 착한 그의 부인은 잠에서 깨어나서 부드러운 침상에 앉은 채 눈물을 흘리고 있었다. 그녀는 실컷 울고 나자 여자 중에서도 가장 존귀한 아르테미스 여신에게 기도를

1) 쓸모없는 인간들 : 이 형용 merop은 그 뜻이 불확실한 말 중의 하나로서 '인간'이라는 말과 합쳐져 대개는 좋은 뜻이 아닌 것을 나타내는 것 같다. 특히 여기서는 '지혜가 없는, 보잘것 없는' 인간들이란 뜻.

올렸다.

"제우스 신의 따님이신 아르테미스시여, 저의 가슴에 화살을 쏘아 저의 목숨을 끊어주소서. 아니면 폭풍이 저를 낚아채어 어두컴컴한 길을 빠져나가 소용돌이치는 오케아노스 강 어귀[2]에 던져넣게 해주소서. 마치 판다레오스의 딸들[3]을 태풍이 하늘 높이 몰고 갔듯이. 신께서도 그의 양친을 죽였지만 거룩한 아프로디테가 고아로 남게 된 아이들을 보살펴 치즈나 달콤한 꿀이며 포도주를 먹여 키워주셨습니다. 그리고 헬레 여신께서는 누구보다도 뛰어난 용모와 현명함을 그녀들에게 주었으며, 거룩한 아르테미스님께서는 큰 키를 주셨으며, 아테네 여신께서는 훌륭한 손재주를 가르쳐주셨습니다. 그러나 거룩한 아프로디테께서 그녀들의 혼례에 관해 여쭈어보려고 천둥을 울리시는 제우스 신이 있는 올림포스로 갔습니다. 제우스 신께서는 모든 것을 잘 알고 계시며 죽어야 할 인간의 행복과 불행도 다 알고 계셨기 때문이지요. 그러나 그 사이에 폭풍이 그 딸들을 빼앗아가서 저 저주스런 복수의 여신들의 시녀로 주었던 것입니다. 그와 마찬가지로 올림포스에 사시는 신들께서 저의 모습을 보이지 않게 없애주시든지, 아니면 머리를 곱게 땋으신 아르테미스 여신께서 활로 쏘아 죽여주시기를 빕니다. 그러면 음산한 지하라도 달려가서 오디세우스님을 만날 수 있게 되겠지요. 그리고 남편보다 못한 보잘 것 없는 사나이들의 마음을 제가 기쁘게 해주는 일이 없도록 해주소서. 낮 동안은 울음으로 보내며 가슴을 태우다가 밤이 되면 잠의 노예가 된다는 것은 정말 싫은 일입니다. 일단 잠이 찾아와 눈꺼풀을 덮으면 좋은 일이든, 궂은 일이든 모두 잊게 하지요. 그런데 신께서는 불길한 꿈을 꾸게 하셨습니다. 오늘 밤에도 저의 곁에 남편과 꼭 닮은 분이 제 곁에 누워 있었습니다. 그 모습은 그분이 원정을 떠나실 때의 모습 그대로였습니다. 그래서 저는 꿈이 아니라 현실같이 생각하며 기뻐했습니다."

이렇게 기도를 한 얼마 후 황금 의자에 앉은 새벽의 여신이 찾아왔다.

---

2) 오케아노스 강 어귀 : 물줄기가 소용돌이치는 곳, 대양하(大洋河)는 세계의 끝을 흐르는 큰 강으로 상상되었다.

3) 판다레오스의 딸들 : 판다레오스는 메로페의 아들로서 제우스의 사원에서 황금으로 만든 개를 훔친 죄로 벌을 받게 되었으며 그의 딸들도 폭풍의 정이 앗아갔다고 한다. 그러나 이것도 민간 설화의 하나이며 또한 앞에 나온바 있는 아에돈의 아버지 판다레오스와는 반드시 일치하지 않는다. 즉 유래가 다른 설화인 것 같다.

오디세우스는 아내의 울음소리를 듣고 마음이 산란해졌다. 그녀가 자기가 남편임을 알고 그의 머리맡에 와 서있는 것만 같았다. 그는 자리에서 일어나서 위에 걸치고 있던 겉옷과 양털가죽을 의자 위에 놓고 쇠가죽은 밖으로 갖다 치웠다. 그리고 두 손을 모아 제우스 신께 기도를 드렸다.

"아버지 신이신 제우스시여, 신들께서는 저를 육지와 바다 위로 이리 저리 끌고 다니며 온갖 고생을 다 시킨 다음 고향으로 돌아오게 하셨습니다. 그러니 이 집안에서 잠을 깬 사람 중에서 누구든 좋은 예언을 하게 하시고 밖에서도 제우스님의 조짐을 나타내 보이시기 바랍니다.

이렇게 기도하자 지략의 신 제우스께서 섬광을 내뿜는 올림포스에서 구름 사이로 천둥을 울려주셨다. 그 소리를 들은 오디세우스는 매우 기뻐했으며 집 안에서도 방아 찧는 여자가 예언을 했다. 거기에는 백성들의 목자(영주)를 위해 절구가 여러 개 놓여 있었는데 열두 명의 여자들이 밤낮없이 보리나 밀을 빻아 가루로 만들고 있었다.

그런데 다른 여자들은 가루를 다 빻아가고 있었으나 그 여자만은 힘이 약해서 아직도 가루를 빻고 있었다. 그 여자가 찧던 손을 멈추고 주인에 대한 예언을 했던 것이다.

"신과 인간을 모두 다스리시는 제우스 대신이시여, 신께서는 방금 별이 총총한 하늘에서 요란하게 천둥을 울리셨습니다. 그러나 구름은 어디에도 보이지 않습니다. 이것은 필시 누구에겐가 예언을 하시려는 것이겠지요. 그러시다면 이 불쌍한 여인에게도 한 마디 하게 해주소서. 구혼자들이 오디세우스님의 성관에서 훌륭한 만찬을 드는 것도 오늘이 마지막이 되게 해주소서. 그들은 나에게 힘들게 가루를 빻게 하여 목숨을 재촉할 것만 같은 피로로 저의 무릎을 세울 수가 없게 만들어놓았습니다. 그런즉 오늘이 최후의 만찬이 되게 해주고 싶습니다."

이렇게 말하자 그것을 들은 오디세우스는 못된 자들에게 복수할 수 있을 것 같아 매우 흡족해 했다.

아침이 되자 오디세우스의 훌륭한 성관에 있는 다른 시녀들은 모두 일어나 큰 화덕에 불을 피웠다. 신과도 같은 텔레마코스도 잠자리에서 일어나 옷을 입고 어깨에 예리한 칼을 둘러메었다. 또한 훌륭한 가죽신을 신고 날카로운 청동 날이 달린 창을 들고 문간에 서자 에우리클레이아에게 말했다.

"할멈, 손님은 잘 모셨는가, 잠자리며 식사는 잘 대접해드렸는가? 아니면 그냥 내버려두었는가? 어머님은 총명한 분이시지만 쓸모없는 사람은 잘 모시고 훌륭한 손님은 홀대하실 때도 없지 않으시거든."

그러자 눈치 빠른 에우리클레이아가 말했다.

"도련님, 이번에는 어머님은 손님을 잘 모셨으니 책하지 마시지요. 손님께서는 편히 앉아 마음껏 술도 마셨습니다. 하지만 빵은 먹고 싶지 않다고 하셨습니다. 어머님께서도 손님이 편히 잘 수 있도록 잠자리를 마련해드리라고 시녀들에게 분부하셨습니다. 그런데 손님은 학대 받으며 살아온 불운한 분이라서 그런지 잠자리에 요를 깔고 자기 싫다 하시면서 무두질도 하지 않은 쇠가죽과 양털 가죽을 덮고 문간 방에서 주무셨지요. 그래서 저희들이 겉옷을 덮어드렸습니다."

이렇게 대답하자 텔레마코스는 대청을 가로질러 밖으로 나갔다. 손에 창을 들고 발이 빠른 개 두 마리를 데리고는 각반을 두른 훌륭한 아카이아 사람들이 모여 있는 집회장으로 향했다. 한편 페이세노르의 후예이며 오푸스의 딸인 에우리클레이아는 시녀들에게 지시했다.

"자, 일을 시작하자, 한 패는 물을 뿌리고 방 안을 청소하고 의자 위에는 보랏빛 모포를 깔아놓거라. 그리고 또 한패는 네 발 탁자를 깨끗이 닦은 다음 혼주기나 두 귀가 달린 술잔도 깨끗이 닦아놓거라. 나머니 한 패는 샘으로 가서 물을 길어오되 빨리 돌아와야 한다. 구혼자 분들은 그렇게 오랫동안 대청에 나가 계시지 않을 테니까 오늘은 잔칫날[4]이라 곧 돌아오실 것이다."

이렇게 말하자 시녀들은 늙은 우두머리 시녀의 말에 따라 한 패는 스무 명이 한 조가 되어 샘터로 갔으며 또 한 패는 집 안에 남아서 부지런히 일을 하고 있었다.

그럴 즈음 구혼자들의 혈기 왕성한 부하들이 들어와서 장작을 패기 시작했으며 여자들도 물을 길어 샘터에서 돌아왔다. 또 돼지치기 에우마이오스도 살찐 돼지 세 마리를 몰고 와서 아름다운 안마당에서 풀을 먹게 한 다음 오디세우스에게 다가와서 상냥하게 말을 걸었다.

"손님 어떻던가요? 구혼자들이 당신을 친절하게 대해주던가요. 아니면 여전히 이 성관에서 당신에게 무례한 언동을 하던가요?"

그러자 지략이 뛰어난 오디세우스가 대답하여 말했다.

---

4) 잔칫날: 아폴론 신 Lykabas의 축제, 뒤에서도 종종 언급된다.

"에우마이오스님, 신들께서 이들의 못된 소행에 벌을 내리시기를 바랄 뿐입니다. 그 자들은 오만무례하게도 남의 집에서 방자한 짓을 하고 있군요. 정말 염치없는 놈들입니다."

두 사람은 이렇게 이야기를 주고받고 있었다. 마침 그때 산양치기인 멜란티오스[5]가 산양들 중에서 가장 좋은 놈으로 골라온 것이었다. 그것은 구혼자들을 위한 잔치에 쓸 것이었다. 이 멜란티오스는 두 목동도 함께 데리고 왔는데 몰고 온 산양을 소리가 높게 울려퍼지는 주랑 아래 매어놓더니 오디세우스에게 다시 욕설을 퍼부었다.

"이봐 부랑자, 아직도 성관에 있으면서 구혼자 나으리들께 구걸하며 어정거리고 있는가. 이렇게 된 이상 주먹 맛을 보지 않고는 결말이 나지 않겠군. 네가 동냥하는 방법은 도무지 돼먹지 않았단 말이다. 다른 곳에 가더라도 아카이아 사람들한테서 얼마든지 동냥을 할 수 있을 텐데 아직도 나가지 않으려 드는거냐?"

그러나 지략이 뛰어난 오디세우스는 그 말에 대해서도 아무 대꾸도 하지 않고 머리만 저었다. 마음속으로는 호된 맛을 보여줄 궁리를 하고 있었으면서도——.

이때 세 번째로 온 사람은 목동의 우두머리 필로이티오스였다. 그는 새끼를 낳지 않은 암소와 살찐 산양을 구혼자들에게 주기 위해 바다를 건너 싣고 왔었다. 이들은 이 고장에 찾아오는 사람이면 어떤 사람이고 태워다 주는 습관이 있었다. 이 사나이는 싣고 온 짐승들을 소리가 잘 울려퍼지는 주랑 아래 매어놓고 돼지치기 곁으로 다가가서 물었다.

"에우마이오스여, 새로 온 이 손님은 신분이 어떤 사람이라 합디까? 어디서 태어났으며 고향은 어디라 합디까? 매우 불운한 사람 같지만 그 용모만은 한 나라의 영주 같구려. 신들께서는 여러 나라를 떠돌아다니는 사람들에게 너무 잔혹하시지. 비록 그가 한 나라의 영주라 할지라도 그들의 신상에 쓰라린 운명을 지워주실 때는."

이렇게 말하더니 오른손을 번쩍 들어 인사를 하고 오디세우스에게 따뜻하게 말을 걸었다.

5) 멜란티오스 : 산양을 치는 사나이, 성악한 시녀 멜란토와 마찬가지로 '검은' 멜란에서 만들어진 이름으로, 밤, 범죄, 악의 대명사격이다.

"안녕하십니까, 늙은 손님이시여. 지금은 몹시 고생이 되는 모양입니다만 곧 행복해지겠지요. 제우스 신이시여, 그 많은 신들 중에서도 당신처럼 무정한 분은 없을 것입니다. 당신께서 직접 창조하신 우리 인간이 갖가지 고난을 겪고 있는데도 그토록 못 본 체 하시다니. 나는 손님을 보는 순간 겁이 났으며 나의 두 눈은 눈물로 흐려졌습니다. 오디세우스님이 생각이 나서 말입니다. 그분도 손님처럼 남루한 옷을 걸치고 이곳 저곳을 헤매고 계시겠지요. 제발 어디에고 살아 계셔서 햇빛을 보고 계시다면 얼마나 좋겠습니까. 그러나 이미 돌아가셔서 명왕의 성관에 계신다면 정말 원통한 일입니다. 훌륭하셨던 오디세우스님께서는 내가 아직 어렸을 때 소치는 일을 저에게 맡기셨지요. 그것은 케팔레네스[6] 마을에서였습니다. 그 소가 이제는 헤아릴 수 없을 정도로 불어나서 이마가 널찍한 소들이 이삭을 내밀어[7] 늘어나고 있습니다. 그런데 주인도 아닌 자들이 그 소를 잡아먹으려고 끌어오라고 나에게 명령하는 것입니다. 성관에는 그분의 아드님이 버젓하게 있는데도 그분을 두려워하거나 신들의 노여움을 사지 말아야겠다는 두려움도 없이 말입니다. 게다가 그들은 한 번 떠나신 이래 돌아오시지 않는 주인 어른의 재산까지도 나누어 가지자는 판이랍니다. 그래서 저의 가슴은 착잡하기 이를 데 없습니다. 아드님이 계시지만 타국 땅으로 소를 몰고 가버린다는 것은 좋지 않은 일이지요. 하지만 이대로 주저앉아 남의 집 소를 돌보면서 고생을 한다는 것은 더욱 괴로운 일이지요. 이대로는 더 이상 참고 있을 수 없을 것 같습니다. 그래서 유력한 영주님을 찾아서 도망치고 싶은 생각이 울컥 치솟곤 했답니다. 하지만 저는 불운한 우리 주인 어른을 잊을 수 없습니다. 어디선가 돌아오셔서 못된 구혼자들을 성관에서 몰아내주시지 않을까 해서이지요."

이에 대해서 지략이 뛰어난 오디세우스가 대답하여 말했다.

"소치는 분이시여, 당신은 결코 쓸모없는 사나이[8]도 어리석은 사람도 아닌 것 같습니다. 그리고 당신이 분별 있는 사나이라는 것은 나도 알고 있습니다. 그래서 맹세코 당신에게 말해두겠습니다. 저는 신들 중에서도 가장 높으신

---

6) 케팔레네스 : 《일리아스》 중의 〈배들의 카타로고스〉(제 2 권) 631에도 나오는 중부 그리스 지방의 이오니아 해 근처에 사는 종족.

7) 이삭을 내밀어 : 곡식이 무성하게 자라 이삭을 내민 형상에 비유한 것.

8) 쓸모없는 사나이 : '나쁜 사나이'라는 뜻. 아무짝에도 쓸모없는 사나이가 아니라 분별이 있고 이해심이 있다는 뜻.

제우스 신과 존귀하신 오디세우스님의 화덕을 지켜주는 신을 믿고 이곳에 왔습니다. 당신이 이 성관을 떠나기 전에 오디세우스께서는 이곳으로 돌아오실 것입니다. 그리고 저 못된 구혼자들이 지금은 우쭐대고 있지만 그들이 처참하게 죽어가는 것을 당신의 눈으로 똑똑하게 볼 수 있을 것입니다."

그러자 이번에는 소를 지키는 사나이가 말했다.

"손님, 손님이 지금 한 말을 크로노스의 아드님이 실현시켜주신다면 내 힘이 얼마나 세며, 솜씨가 얼마나 비범한지 보여드리지요."

또한 에우마이오스도 지략이 뛰어난 오디세우스께서 자기의 집으로 돌아오게 해달라고 신들에게 기도했다.

그들은 이런 말을 주고받고 있었다.

한편 구혼자들은 텔레마코스를 살해할 계획을 꾸미려 했다. 그때 마침 그들이 앉아 있는 좌측 하늘에 새가 한 마리 나타났다. 하늘 높이 나는 독수리였는데 꽥꽥 소리내어 울고 있는 비둘기 한 마리를 발톱으로 낚아채고 있었다. 이것을 보자 암피노스가 모두에게 말했다.

"여보게들, 이 계획은 아무래도 뜻대로 될 것 같지 않네. 텔레마코스를 죽이는 일은 단념하고 즐겁게 식사나 하세."

암피노스가 이렇게 말하자 모두 그의 말에 찬성하고 존귀하신 오디세우스의 성관으로 몰려가서 모두 겉옷을 벗어서 의자나 긴 의자에 걸쳐놓고 큰 양이나 살찐 양들을 제물로 잡고 살찐 수퇘지와 소떼 중 으뜸가는 암소도 잇따라 잡았다. 그리고 내장을 잘 구워 나눠주고 혼주기에 포도주를 섞어 돼지치기가 술잔을 돌렸다. 일꾼의 우두머리인 필로이티오스는 아름다운 바구니에 담긴 빵을 골고루 나누어주었다. 구혼자들은 내온 음식 접시에 쉴새없이 손을 뻗쳤다.

한편 텔레마코스는 지혜를 짜내어 오디세우스를 대청의 돌로 된 문지방 옆에 앉게 하고 초라한 작은 의자와 네 발 탁자를 옆에 놓아준 다음 고기를 갖다 주고 황금 술잔에 포도주를 따라주게 한 다음 그에게 말했다.

"그러면 잠시 여기 앉아서 사나이들과 함께 술을 드시지요. 저들이 욕지거리를 하거나 손찌검을 하면 내가 그러지 못하도록 할 테니까요. 이 성관은 공공 건물이 아니며 오디세우스의 성관이니까요. 그분이 저를 위해 마련하신 집입니다. 그리고 구혼자 여러분들께서도 욕지거리는 하지 말아주십시오. 싸움이 벌어지지 않도록 말입니다."

이렇게 말하자 모두 입술을 지긋이 깨물면서 텔레마코스의 대담한 말에 눈이 휘둥그래졌다. 그러자 구혼자들 가운데서 에우페이테스의 아들 안티노스가 일어나서 말했다.

"아카이아의 여러분들, 지금 한 말은 몹시 비위에 거슬리지만 텔레마코스의 말에 따르기로 합시다. 우리에게는 매우 불손한 언동이지만 그래도 크로노스의 아드님이신 제우스 신께서 만류하셨으니[9] 어쩌겠소. 만약 그렇지만 않았더라면 그가 아무리 큰소리를 쳤더라도 이 성관 안에서 처치해버렸을 것이오."

안티노스가 이렇게 말했지만 텔레마코스는 전혀 개의치 않았다. 한편 전령들이 신들에게 바칠 거룩한 소 백 마리를 몰고 거리를 지나가고 있었다. 머리를 길게 기른 아카이아 사람들은 화살을 멀리까지 쏘는 아폴론 신의 그림자가 깃드는 정원의 나무 아래 모여들었다.

구혼자들은 윗부분의 고기를 구워내서 여러 개의 접시에 담아 잔치판을 벌였다. 오디세우스 앞에도 요리 시중을 드는 이들이 자기들의 몫과 똑같은 고기 접시를 보냈다. 그것은 신과 같은 사랑스런 오디세우스의 아들이 그렇게 하도록 명했기 때문이었다.

그러나 아테네 여신은 오만무례한 구혼자들이 퍼붓는 욕설을 자제케 할 수는 없었다. 그것은 라에르테스의 아들 오디세우스의 가슴속에 더욱 괴로운 느낌을 갖게 하기 위해서였다. 구혼자들 중에서 특히 못된 사나이가 한 사람 있었다. 그는 이름이 크테시포스라 했는데 사메에 살고 있었다. 그 자는 자기 아버지의 재산만 믿고 집을 떠난 후 돌아오지 않는 오디세우스의 부인에게 구혼했던 것이다. 이때 그는 우쭐대는 구혼자들 틈에 섞여 말했다.

"혈기에 넘치는 구혼자들이여, 지금 내가 하는 말을 잘 들어주게. 저 손님은 우리와 똑같은 몫을 받았네. 손님을 냉대하는 것은 좋지 않은 일이지. 더구나 텔레마코스의 손님을 말일세. 그래서 나도 그 손님에게 선물을 줄 생각이네. 그 자신이든, 목욕탕지기든, 또는 하인 중의 누구든 신 같은 오디세우스의 성관에 있는 사람이라면 고맙게 받아주기 바라네."

그는 이렇게 말하더니 바구니에 들어 있던 소 다리를 억센 손으로 집어 던졌다. 오디세우스는 살짝 머리를 돌려 가볍게 피했으나 속으로는 허전하고

---

9) 제우스 신께서 만류하셨으니 : 텔레마코스를 살해하기로 한 모략을 가리킴.

비아냥거리는 웃음[10]을 띠고 있었다. 그 소 다리가 탄탄한 벽에 부딪친 것을 보고 텔레마코스는 언성을 높여서 크테시포스를 꾸짖었다.

"크테시포스여, 당신이 던진 소 다리가 손님에게 맞지 않은 것은 당신을 위해서는 천만다행이었네. 만약 손님이 맞았더라면 당신의 허리는 날카로운 창 끝에 찔렸을 것이오. 그렇게 되었더라면 혼례 대신 당신의 아버지는 여기서 장례를 치루어야 했을 것이오. 그러니 누구든지 여기서는 눈에 거슬리는 행동을 삼가해주시오. 나도 이젠 어린아이가 아니오. 선한 일도 나쁜 일도 구별할 수 있으니까. 그런데도 지금까지는 이런 것을 보고서도 꾹 참아왔소. 산양이나 양이 마구 살해되고 술독도 바닥이 나고 곡식이 축나는 것을 보면서도 말이오. 혼자서 여러 사람을 제지하기란 어려운 일이니까. 어쨌든 더 이상 악의를 품고 난폭한 짓을 하지 말아주시오. 하지만 만약 칼을 들고 나를 죽이려 한다면 그것도 내가 바라는 바요. 이런 무도한 행동을 보고 있는 것보다는 차라리 죽어버리는 편이 훨씬 좋을 것이니까. 이 집을 믿고 찾아온 손님을 때려주거나 하녀들을 멋대로 마구 끌고 다니는 것을 보기보다는 말이오."

이렇게 말하자 모두 물을 끼얹은 듯 조용해졌다. 한참 후에 다마스토르의 아들 아겔라오스가 구혼자들에게 말했다.

"여러분, 바른 말에 대해서 아무도 반항적인 말을 하거나 비난할 사람은 없을 것입니다. 그러니 이 집을 찾아온 손님을 때리거나 신 같은 오디세우스의 성관의 하인 한 사람에게도 손을 대지 않도록 합시다. 그리고 텔레마코스와 마님께는 내가 하고 싶은 말이 있습니다.

두 분께서 잘 들어주시면 고맙겠습니다. 당신들은 지혜로운 오디세우스가 언젠가 돌아와주기를 바라고 있을 것입니다. 그러는 동안은 결코 그것이 부당하다고 비난받을 수는 없습니다. 잠자코 그를 기다리든, 성관에 가득 차 있는 구혼자들을 제지하시든 말입니다. 그러나 이제 그가 귀국할 수 없다는 것은 명백해졌습니다. 그러니 어머니에게 이렇게 말씀드려주시지요. 누구라도 좋으니 가장 많은 선물을 보내오는 사람과 결혼하시라고 말입니다. 그러면

10) 허전하고 비아냥거리는 웃음 : 이 말에서 후세의 '사르도닉한 웃음'이란 말이 생겨났다. 이 말은 사르다네라는 식물에서 나왔는데, 이것을 먹으면 매우 쓰고 입이 돌아간다는 데서 연유했다.

당신은 아버님의 재산을 차지하게 될 것이고 먹고 살 수 있게 되겠지요. 또한 어머님은 새로운 남편의 집을 돌보시라고 일러드리시지요."

그러자 이번에는 영리한 텔레마코스가 대답하여 말했다.

"당치도 않은 말씀을……. 아겔라오스시여, 아버님이 고생을 하시다가 이타케에서 먼 어디에선가 돌아가셨는지, 아직도 유랑을 계속하고 계신지는 모르겠습니다만 어머님의 재혼을 내가 늦추려는 것은 아닙니다. 누구든 좋은 분이 있다면 결혼하시라고 언제나 권하고 있습니다. 결혼할 때는 지참할 물건도 많이 드리겠다고 하셨습니다. 그러나 마음에 없어 하시는 것을 이 성관에서 억지로 끌어낼 수는 없지 않겠습니까? 신들께서도 그렇게 하는 것은 원치 않으실 것입니다."

텔레마코스가 이렇게 말했을 때 팔라스 아테네 여신께서는 구혼자들에게 사라지지 않는 너털웃음을 일으키게 하여 그들의 분별을 흐리게 해놓았다. 그들은 자기의 것 같지 않은 턱으로 껄껄 웃었으며 피가 뚝뚝 떨어지는 고기 조각을 집어먹었으며 그들의 두 눈에는 눈물이 가득 고였다. 그들의 마음속은 울고싶은 충동에 사로잡혀 있었다. 구혼자들의 이런 꼴을 보자 신처럼 보이는 테오클리메노스[11]가 말했다.

"이 얼마나 딱한 사람들인가! 그 꼴이 다 무언가? 그대들의 얼굴도, 머리도, 아래쪽 무릎도 어둠으로 덮여 있으며 비탄의 절규 소리가 넘치고 있다. 볼은 눈물로 흠뻑 젖어 있군. 게다가 훌륭한 벽도 피로 물들어 있으며 거실도 안뜰도 유령이 득실거리고 있다. 유령들은 어둠 속으로, 유령의 나라로 가려 한다. 태양은 하늘에서 빛을 감추고 불길한 어둠이 사방을 모조리 집어삼키고 있다."

이렇게 말했으나 구혼자들은 누구나 과장된 그의 말이 우습다는 듯 웃을 뿐이었다. 그러자 구혼자들 중에서 플리보스의 아들 에우리마코스가 말을 꺼냈다.

"이 손님은 조금 전 막 이곳으로 온 분 같은데 제 정신이 아닌 것 같소. 여기가 밤 같다고 하니 말입니다. 그러니 도련님이시여, 이분을 집 밖으로 내보냅시다. 집회장으로나 가보라고 하시지요."

---

11) 테오클리메노스 : 15 · 256 이하 자주 등장한 예언자. 여기서는 살육을 환상적으로 나타내어 구혼자들의 최후를 예언하고 있다.

그러자 이번에는 신과 같은 테오클리메노스가 말했다.

“에우리마코스여, 나는 당신에게 배웅해 줄 사람을 부탁하지는 않았소. 나에게는 두 눈도 두 귀도 있으며 두 다리도 있소. 그리고 가슴속에는 확고한 분별도 있으니 결코 남보다 못할 것이 없소. 하지만 나는 여기서 나갈 것이오. 이제 그대들에게 재앙이 닥쳐올 것이니까. 신과 같은 오디세우스의 성관에서 사람을 모욕하고 무도한 짓을 하는 구혼자들은 누구 한 사람 그 재앙을 면할 수는 없을 것이오.”

이렇게 말하더니 훌륭한 성관에서 나가 페라이오스의 집으로 갔는데, 페라이오스는 그를 반가이 맞아들였다. 한편 구혼자들은 서로 얼굴을 쳐다보면서 손님들을 비웃더니 이번에는 텔레마코스를 약올리려 했다. 혈기가 넘치는 젊은이들은 입을 모아 이렇게 말했다.

“텔레마코스여, 자네보다 더 시시한 손님을 맞은 사람은 세상에 아무도 없을 것이네. 가령 지금 거기 와 있는 부랑자만 해도 그렇지. 욕심만 많아서 빵이며 술이며 덮어놓고 욕심을 부리지만 하는 일이란 아무것도 없고 전쟁에 나가 싸울 줄도 모르고 논밭 일에 방해만 되고 있지. 또 한 사람은 점을 치겠다고 일어섰던 그 사나이지. 그러니 내 말을 들어주게, 그것이 훨씬 득이 될 테니까. 이런 손님들은 노 저을 자리가 많은 배에 태워 시케로이 인들이 사는 곳으로 보내버리는 것이 어떻겠는가. 그러면 상당한 값을 받고 팔 수도 있을 테니까.”

구혼자들이 이렇게 말했으나 텔레마코스는 그 말에 대꾸도 하지 않고 아버지 쪽으로 눈을 돌렸다. 도대체 언제 저 파렴치한 구혼자들을 처치할 것인가를 기다리면서.

한편 이카리오스의 따님이신 사려 깊은 페넬로페는 특별히 멋진 의자를 구혼자들이 앉아 있는 맞은편에 갖다 놓고 대청에서 사나이들이 떠드는 얘기에 귀를 기울였다. 그들은 웃고 떠들면서 점심 식사를 준비하고 있었다. 여러 마리의 짐승을 제물로 잡아 마련한 식탁이라 푸짐하고 훌륭했다. 그러나 저녁 식사는 맛없는 음식이 될 것이 틀림없었다. 그 음식이란 여신과 싸움의 용사가 제공할 테니까. 그것은 그들이 먼저 못된 짓을 꾸몄기 때문이었다.

제21편

활쏘기 시합. 페넬로페는 대청으로 나와 오디세우스가 쓰던 활을 내놓고 구혼자들에게 활쏘기 시합을 시킨다. 열두 개의 쇠도끼를 매달아놓고 도끼 머리의 구멍을 활로 쏘아 맞추는 사람과 결혼하겠다고 그녀는 말한다. 그들은 앞다투어 활을 잡고 쏘아 맞추려 하나 실패한다. 그러자 그들은 활의 여신 아폴론의 축제일까지만 연기하여 달라고 하지만 오디세우스가 쏘겠다고 나서서 도끼머리의 구멍을 맞추는 데 성공한다.

빛나는 눈의 여신 아테네는 이카리오스의 딸이며 사려 깊은 페넬로페에게 이런 생각을 떠오르게 했다. 오디세우스의 성관 안에서 구혼자들에게 활쏘기 시합을 시키되 잿빛의 쇠도끼를 과녁으로 하게 했는데 결국 이것은 살육의 전초전이기도 했다. 페넬로페는 자기 방의 높은 층계로 가서 꾸부정한 열쇠를 집어들었다. 청동으로 만든 그 열쇠에는 상아로 만든 자루가 달려 있었다. 그녀는 그 열쇠를 가지고 시녀들과 함께 맨 끝에 있는 광으로 갔다. 그 광에는 주인의 보물들이 가득 들어 있었다. 청동이나 황금, 그리고 공 들여 만든 쇠붙이들이 보관되어 있었다. 또 그 광에는 구부러진 활이며 화살을 담는 화살통도 있었는데 그 화살통 안에는 신음을 안겨주는 화살도 많이 들어 있었다. 그것은 전날 라케다이몬에서 만났을 때 친해진 에우리토스의 아들 이피토스[1]가 준 것이었다.

이 두 사람은 용감한 무사 오르텔로코스의 성관[2]에서 만났었다. 그때 오디세우스는 빚을 받으러 갔었다. 그 빚이란 이 나라 국민 모두가 진 빚인데, 전날 메세네의 사나이들[3]이 이타케 섬에서 삼백 마리의 양을 목동과 함께 노획하여 노저을 자리가 많이 있는 배에 싣고 데려간 적이 있었다. 그 빚을

1) 이피토스 : 에우리토스의 아들. 오디세우스가 갖고 있는 강궁(强弓)의 유래를 설명하는 대목이다.

2) 오르텔로코스의 성관 : 메세네의 페라이의 성주라 한다. 3·488에도 나온다.

3) 메세네의 사나이들 : 전날 이타케에서 양을 노획해갔다고 한다.

돌려받기 위하여 오디세우스는 아직 어린 나이였지만 먼 길을 갔던 것이다. 그것은 부왕이나 다른 장로들이 그를 사절로 천거했기 때문이었다.

한편 이피토스는 그에게서 훔쳐간 열두 필의 암말과 아직도 젖을 빠는 새끼 노새를 찾으러 와 있었다. 그러나 이 말들은 그에게 죽음의 운명을 안겨주는 원인이 되었다. 즉 그 후 제우스의 아들이며 용맹한 무사였던 헤라클레스의 집에 그가 갔을 때 이 사나이는 어려운 일[4]을 잘 처리하는 무사였는데 손님인 이피토스를 자기의 집에서 살해했었다. 정말 무지막지한 사나이여서 신들의 복수도 두려워하지 않았다. 이렇게 말 주인을 죽인 다음 말발굽이 튼튼한 말들을 자기의 성관 안에 가둬놓고 있었다. 어쨌든 말을 찾던 중 오디세우스를 만나 그에게 활을 선물로 주었던 것이다. 이 활은 전에 데에우리토스[5]가 항상 가리고 다니던 것을 높이 솟은 성관에서 세상을 떠날 때 아들에게 남겨준 것이었다. 그 답례로 오디세우스도 날카로운 검과 튼튼한 창을 선사했다. 그것은 친밀한 우위를 맺은 표시이기도 했다. 그러나 두 사람 모두 상대방의 집에서 묵거나 식사를 같이 한 적은 없었다. 왜냐하면 그러기 전에 제우스의 아들[6]이 에우리토스의 아들 이피토스를 살해했기 때문이었다. 오디세우스는 배를 타고 전쟁터로 나갈 때는 언제나 그 활을 가져가지 않고 성관에 그대로 남겨두어 다정한 인연을 맺은 친구를 기렸다. 그는 이 활은 자기의 고향에서만 가지고 다녔었다.

여인 중에서도 존귀한 페넬로페는 그 광 앞의 떡갈나무로 만든 문지방에 도착했다. 이 문지방은 목수가 솜씨를 다해서 다듬었으며 먹을 쳐 곧게 만든 다음 기둥을 세우고 번쩍거리는 문을 달아놓았었다. 이곳에 도착하자 페넬로페는 문고리를 묶은 가죽끈을 풀고 열쇠를 끼워 넣고 두 문에 달린 빗장을 똑바로 겨누어 두드리니 두 문은 목장에서 풀을 뜯는 황소 같은 소리를 냈다. 훌륭한 판자문은 열쇠를 끼우자 큰소리를 내며 서서히 열렸다. 페넬로페는 곧 열린 마루방으로 걸음을 옮겼다. 거기에는 여러 개의 궤가 놓여 있었으며 그 궤짝 속에는 향기를 풍기는 옷들이 가득 들어 있었다. 주인 마님은 손을 내밀어 활을 넣어둔 자루를 끌어내렸다. 그 자루는 활을 넣어두는 화사한

4) 어려운 일 : 헤라클레스에 대하여 이른바 열두 가지 어려운 일같이 곤란한 일을 말함.
5) 데에우리토스 : 이피토스의 아버지.
6) 제우스의 아들 : 헤라클레스를 말함.

것이었다. 주인 마님은 거기에 주저앉아 그 활을 자기의 무릎 위에 올려놓고 잠시 소리나게 울면서 자루에서 남편의 활을 꺼냈다. 그리고 실컷 울고 나자 주인 마님은 오만한 구혼자들이 모여 있는 대청으로 활과 화살이 담긴 화살통을 들고 나갔다. 그 속에는 신음 소리를 내는 화살이 가득 들어 있었다. 시녀들은 무구가 들어 있는 궤를 들고 뒤따랐는데, 거기에는 무쇠와 청동으로 만든 주인의 무구가 가득 들어 있었다.

이렇게 하여 여인 중에서도 기품 높은 페넬로페가 구혼자들 앞에 나타나 튼튼한 지붕을 받쳐주는 기둥 옆에 섰다. 그녀는 두 볼 위의 아름다운 베일을 손으로 받쳐들고 있었으며 그 양편에는 충직한 시녀들이 한 사람씩 서 있었다. 페넬로페는 구혼자들에게 말했다.

"혈기에 넘치는 구혼자들이시여, 내가 하는 말을 잘 들으시오. 당신들은 언제나 이 집에 몰려와서 식사도 하고 술도 마셨습니다. 그것도 주인이 집을 떠난 채 오랫동안 돌아오지 않는 집에 몰려와서는 오직 저와 결혼하고 싶다는 구실로 남의 재산을 축내고 있습니다. 구혼자들이시여, 그렇다면 지금 여기 오디세우스의 큰 활을 갖다 놓았으니 누구든지 가장 활솜씨가 좋은 사람, 즉 여기 놓인 열두 개의 도끼 머리의 구멍을 다 맞춘 분을 따라 이 훌륭하고 물자도 풍성한 집을 떠나겠습니다. 그러나 나는 꿈에라도 이 집을 잊지 못할 것입니다."

페넬로페는 이렇게 말한 다음 마음씨 착한 돼지치기 에우마이오스에게 명하여 그 튼튼한 활과 잿빛나는 쇠도끼를 구혼자들 앞에 갖다 놓으라고 했다. 그러자 에우마이오스는 눈물을 글썽이며 그것을 갖다 내려놓았다. 소치기도 한쪽 구석에 서서 주인의 활을 보며 흐느껴 울었다. 이것을 본 안티노스도 그의 이름을 부르면서 꾸짖었다.

"너희 촌뜨기들은 꼭 철딱서니없는 어린애 같단 말이다. 그저 코 앞의 일밖에는 모른단 말이야. 울기는 왜 우느냐. 그렇지 않아도 사랑하는 부군을 잃어 상심하고 계신데 눈물을 흘리다니. 그러니 아무 소리 말고 얌전하게 식사나 하고 있거라. 아니면 구혼자들의 경기에 사용할 과녁과 활을 여기에 둔 채 집 밖으로 나가 울든지. 여기 모인 사람들 가운데 오디세우스만큼 힘이 센 사람은 없을 것 같으니 저 활을 당겨 과녁을 맞추기란 여간 어려운 일이 아닐 것이다. 나는 그분이 얼마나 힘이 센지 지금도 잘 기억하고 있으니까."

그는 이렇게 말했지만 마음속으로는 자기야말로 활줄을 당겨 쇠도끼의 구멍을 맞출 수 있을 것이라고 믿고 있었다. 그는 누구보다도 먼저 영예로운 오디세우스의 손에 의해 그 화살의 맛을 맛볼 운명인 줄도 모르고 말이다. 그때 그는 대청에 앉아 있는[7] 오디세우스를 얕잡아보고 동지들에게도 그렇게 부추겼던 것이다.

이때 텔레마코스가 이들에게 힘찬 목소리로 말했다.

"이 무슨 일인가! 크로노스의 아드님인 제우스 신께서는 나를 바보 멍청이로 만드셨단 말인가? 나의 소중한 어머님은 남달리 분별있는 분이신데 이 집을 떠나 다른 남자를 따라간다 하시는데 나는 큰소리로 웃으며 즐거워하다니! 하지만 구혼자들이시여, 이처럼 시합할 준비를 하였으니 해보시지요. 현재로서는 이처럼 훌륭한 여인은 아카이아를 다 뒤져도 찾아볼 수 없을 것입니다. 신성한 필로스나 아르고스나 미케네에서도 이런 여인은 찾아볼 수 없을 것입니다. 여러분 자신도 그것을 잘 알고 있을 터인즉 내가 더 이상 어머님을 칭찬해드릴 필요는 없겠지요. 그러나 갖가지 구실을 붙여 우물쭈물하면서 미루거나 활 당기기를 주저하지 마시고 확실하게 결판을 짓도록 합시다. 저도 이 활을 당겨보고 싶습니다. 그리하여 만약 내가 쏜 화살이 쇠도끼의 과녁을 맞춘다면 어머님은 이처럼 번민하는 나를 버리고 다른 남자를 따라가지는 않으시겠지요. 나도 이제는 제법 아버님의 훌륭한 무기를 들어올릴 수 있을 만큼 자랐으니까요."

이렇게 말하고 나서 텔레마코스는 두 어깨에서 새빨간 망토를 벗어던지고 벌떡 일어나서 어깨에서 날카로운 검을 풀어놓았다. 그런 다음 도끼를 세워놓고 먹줄을 쳐서 곧게 고랑을 판 다음 그 흙을 꽉꽉 밟아 다졌다. 이렇게 하여 과녁이 된 도끼를 세워놓자 모여 있던 사람들은 모두 감탄하여마지 않았다. 그런 다음 그는 문지방께로 가서 활을 살펴보았다. 그는 세 번이나 활줄을 당기려고 갖은 힘을 다 썼으나 세 번 다 활줄을 당기지 못했다. 마음 같아서는 활시위를 당겨 쇠도끼를 관통시켜보려 했지만 역시 헛일이었다. 그는 다시 네 번째로 줄을 당기려 했으나 오디세우스가 그만 두라고 눈짓을 보내 아들에게 제지시켰다. 그러자 텔레마코스는 다시 한 번 우렁찬 목소리로 모두에게 말했다.

---

7) 앉아 있는 : 빌라모비츠의 주장에 따라 이것은 오디세우스를 지칭한 것으로 본다. 밀은 주격(主格)인 '앉은 채로'(안티노스가)를 주장하지만 그것은 무의미하다.

"정말 힘들군요. 앞으로 저는 힘없는 겁쟁이란 말을 듣게 되었습니다. 아직 나이가 어린 탓으로 팔에 힘이 없어서인지, 아니면 누구든 싸움을 걸어올 때 그 사나이를 물리칠 힘이 없어서인지 안타깝기만 합니다. 어쨌든 여러분, 저보다 팔힘이 세다고 생각하시는 분은 나와서 활을 당겨보시지요. 그래서 이 시합을 빨리 끝내도록 합시다."

그는 이렇게 말하면서 활을 땅에 내려놓고 활시위를 팽팽하게 하여 판자문에 기대어놓고 화살통도 그 옆에 놓아둔 다음 다시 자기 자리에 가서 앉았다. 그러자 에우페이테스의 아들 안티노스가 사람들에게 말했다.

"그러면 여러분, 술심부름꾼이 언제나 먼저[8] 술을 따르는 오른쪽에서부터 차례대로 시작하기로 합시다."

안티노스가 이렇게 말하자 모두 그의 말에 찬성했다. 우선 에노푸스의 아들 레오디스가 일어섰다. 이 사나이는 땔감을 맡아보는 역[9]을 맡고 있어서 언제나 훌륭한 혼주기 옆의 구석 자리에 앉게 되어 있었는데 그는 구혼자들의 방자한 행동을 못마땅하게 여겨 언제나 그들을 비난했었다. 그가 제일 먼저 문지방으로 다가가서 여러 가지로 활줄을 당겨보았으나 끝내 당기지 못했다. 왜냐하면 미처 줄을 당기기도 전에 그의 물렁한 팔에서 힘이 모두 빠져버렸던 것이다. 그러자 그는 구혼자들에게 말했다.

"여러분 나는 도저히 당기지 못하겠습니다. 그러니 다른 분이 나와서 당기십시오. 이 활은 많은 용사들에게 재난을 안겨줄 것 같습니다. 목적한 바를 이루지 못하고 살아 있기보다는 차라리 죽는 편이 훨씬 나으니까요. 우리는 그것을 위해 매일 이곳에 모였었지요. 그런데 지금 같아서는 오디세우스의 부인이신 페넬로페님과 결혼하기를 바라시지만 결국 그 희망을 잃게 될 것입니다. 누구든지 일단 이 활을 다루어 본 다음에는 아름다운 옷을 입은 아카이아의 다른 처녀에게로 마음을 돌리는 것이 좋을 것 같습니다. 그러니 페넬로페님께서는 누구든 가장 많이 선물을 보내주는[10] 좋은 분과 결혼하시기 바랍니다."

---

8) 언제나 먼저 : 혼주병의 옆 자리를 가리킴. 헌주할 때는 거기서부터 시작한다. 즉 레오데스, 사제의 좌석부터.

9) 땔감을 맡아보는 역 : 신들에게 바치는 구운 제물(희생의 바치는 내장 등을 구워 바치는)을 살피는 사제의 역할.

10) 선물을 보내주는 : 가장 많은 선물을 보내주는 사나이를 가리킴.

이렇게 말하고 활을 반들반들한 판자문에 기대놓고 빠르게 날아가는 화살도 멋진 갈고리에 걸어놓자 다시 자기의 자리로 돌아가 앉았다. 그러자 안티노스가 그의 이름을 부르면서 나무랐다.

"레오데스여, 무슨 헛소리가 그대의 이빨 사이로 새어나오는가. 듣자 하니 정말 나를 화나게 하는군. 자기가 활시위를 당기지 못했다고 해서 용사들의 생명이나 영혼에 화가 미치게 된다니. 다만 그것은 자네의 어머님이 자네를 활의 명수로 낳아주시지 않았던 탓일 뿐일세. 자 씩씩한 구혼자들이여, 어서 활시위를 당깁시다."

이렇게 말하고 나서 산양치기 멜란티오스에게 명했다.

"멜란티오스, 이 대청 안에 불을 피워라. 그리고 큰 의자를 갖다 놓고 그 위에 양털 가죽을 깔도록 해라. 또 남겨둔 기름덩이를 갖고 오거라. 젊은 양반들께서 충분히 몸을 녹이고 살갗에 기름을 바른 다음 활쏘기 시합을 하도록 말이다. 그렇게 해서 경기를 속히 끝내도록 하자."

이렇게 말하자 멜란티오스는 서둘러 불을 피우고 큰 의자를 불 옆에 갖다 놓고 그 위에 양털 가죽을 깔고 남겨두었던 기름덩이를 갖고 왔다. 젊은 양반들은 따뜻하게 몸을 불에 녹이고 활을 당겨보았으나 아무도 활시위를 당기지 못했다 그들의 팔 힘으로 활을 당기기에는 역부족이었다. 그러나 안티노스와 신같이 보이는 에우리마코스만은 단념하지 않았다. 이 두 사람은 구혼자들의 우두머리로 기량도 뛰어났었다.

그때 존엄한 오디세우스의 소치기와 돼지치기는 함께 밖으로 나갔는데 이것을 본 오디세우스도 그들을 따라 밖으로 나왔다. 그들이 안뜰 밖으로 나왔을 때 오디세우스가 두 사람을 불러 부드럽게 말했다.

"소치기 양반, 그리고 돼지치기 양반, 잠시 말씀드릴 것이 있소. 말하지 않고 가슴속에 묻어두려 했지만 내 마음이 말하라고 명하는군요. 만약 어떤 신께서 지금 오디세우스님을 이곳으로 데려오신다면 당신들은 어떻게 하겠습니까? 오디세우스님의 편을 들어줄 것인지, 아니면 구혼자들을 도와주겠습니까? 당신들의 솔직한 심정을 들려주시구려."

이렇게 말하자 소치기가 말했다.

"아버지 신이신 제우스 신께서 그런 소원을 들어주셔서 그분이 돌아오신다면 제가 얼마나 힘이 세며, 이 두 팔이 어떤 일을 할 수 있는지 알 수 있게 될 것입니다."

에우마이오스도 소치기와 마찬가지로 지략이 뛰어난 오디세우스가 자기의 집으로 돌아오게 해달라고 신들에게 간절히 기도했다. 오디세우스는 두 사람의 마음을 확인하자 두 사람에게 다시 한 번 말했다.

"그분은 반드시 돌아오신다. 여기 있는 내가 바로 오디세우스다. 숱한 재난을 당한 끝에 이십 년만에 고향 땅을 밟은 것이다. 너희 두 사람만은 내가 돌아오기를 애타게 기다려주었었다. 그 많은 하인들 중 너희 두 사람만이 그래주었다는 것을 알게 되었다. 다른 자들은 누구 한 사람 내가 다시 돌아오게 해달라고 기도했다는 말을 들어보지 못했다. 그래서 말인데 너희들에게만 나의 본심을 말해주지, 앞으로 어떻게 될 것인지를. 만약 신께서 오만한 구혼자들을 내 손으로 물리치게 해주신다면 너희들을 장가보내 재산도 나누어주고 내 성관 옆에 집도 지어줄 것이다. 그리고 앞으로는 텔레마코스와 동지나 형제처럼 지내게 해줄 것이다. 그러면 내가 오디세우스가 틀림없다는 증거를 보여주마. 내 말이 거짓이 아니라는 것을 증명하기 위해서라도. 이 흉터를 보거라 이것은 전날 아우틀리코스의 아들들과 함께 파르네소스로 멧돼지 사냥을 나갔다가 멧돼지의 흰 이빨에 물린 상처였지."

그는 이렇게 말하더니 누더기를 젖혀 큰 흉터를 보여주었다. 두 사람은 그 흉터를 살펴보자 현명한 오디세우스의 손에 매달려 울음을 터뜨렸으며 머리며 어깨에 환영하는 뜻으로 입을 맞추었다. 오디세우스도 두 사람의 머리와 어깨에 입을 맞추어주었다. 이때 만약 오디세우스가 그들을 제지하여 이렇게 말하지 않았더라면 그들이 눈물에 젖어 울고 있는 동안에 해가 저물어 밤이 되었을 것이다.

"자, 이제 그만 눈물을 거두거라. 혹시 누군가가 대청에서 나와 이것을 보고 안에 가서 말을 하거나 해서는 안 되니까. 그러니 안으로 들어갈 때는 한 사람씩 들어가도록 하자.

우선 내가 먼저 들어갈 것이니 너희들은 잠시 후에 들어오도록 해라. 그리고 이것을 신호로 정해두기로 하자. 즉 거만을 떠는 구혼자들은 나에게 화살이나 화살을 주지 않으려 할 것이다. 그래서 말인데 에우마이오스, 네가 활을 가지고 대청으로 와서 나에게 다오. 그리고 여자들에게 명하여 이가 잘 맞는 대청 문을 단단히 잠그도록 해라. 누가 사나이들의 신음 소리나 시끄러운 소리를 방에서 듣더라도 밖으로 나와서는 안 되거든. 그대로 안에서 일만 하라고 해라. 또 필로티오스, 너는 안뜰의 입구에 빗장을 지르고 밧줄로 단단히 묶어놓거라."

이렇게 말한 후 성관 안을 들어가서 아까 앉았던 작은 의자에 앉았다. 잠시 후 지체 높은 오디세우스의 두 하인도 안으로 들어왔다. 에우리마코스는 아까부터 두 손에 활을 들고 이쪽 저쪽 볼에 대고 있었다. 그러나 활시위를 펴지 못해 공명심을 상하게 되자 기분이 나빠져서 말했다.

"아아 참 마음대로 되지 않는군. 나든, 여러분이든 좀 안된 일이기는 하지만 결혼에 대해서 그토록 가슴 아파할 필요는 없네. 아카이아 족 여자들은 페넬로페가 아니더라도 얼마든지 있으니까. 그리고 바다로 둘러싸인 이타케 섬에도 그리고 다른 나라에도 말일세. 우리가 이처럼 신과 같은 오디세우스보다 팔힘이 없다는 것을 후세 사람들이 알게 되면 얼마나 우리를 비웃겠는가. 우리가 활도 쏘지 못하는 사람들이라고 말일세."

그러자 이번에는 에우페이테스의 아들 안티노스가 말했다.

"에우리마코스여, 자네도 알고 있겠지만 그렇게 되지는 않을 것이네. 왜냐하면 지금은 이 고을 전체가 마침 그 대신(大神)[11]의 축제일이 아닌가. 그러니 누가 활을 쏘려 하겠는가. 안심하고 그 활을 내려놓게나. 그리고 과녁으로 놓아둔 쇠도끼도 그대로 있던 자리에 두도록 하세. 라에르테스의 아들 오디세우스의 대청에 들어와서 그것을 가져가려 하는 사람은 아무도 없을 테니까. 그러니 술을 따르는 일을 맡은 사람은 헌배식(獻杯式)을 올릴 준비를 해주게. 우선 신들에게 헌배하고 휜 활을 제단에 올려놓도록 하세. 그리고 내일 아침 일찍 산양치기 멜란티오스에게 명하여 산양을 몰고 오도록 하세. 모든 산양 중에서 가장 좋은 놈으로 말일세. 활 쏘기로 이름 높은 아폴론 신께 허벅지살을 제물로 바친 다음 활쏘기 시합을 끝내기로 하세."

안티노스가 이렇게 말하자 모두 그의 말에 찬성했다. 이때 전령이 사람들에게 손 씻을 물을 부어주자 젊은 시종들이 혼주병에 술을 가득 부어 우선 신들에게 올리고 모두에게 술을 따라주었다. 사람들이 헌주를 마치고 마음껏 마시고 났을 때 지략이 뛰어난 오디세우스가 가슴속의 계책을 생각하면서 말했다.

"세상에도 이름 높은 왕비님의 구혼자들이시여, 저의 마음이 명하는 말을 잘 들어주십시오. 특히 에우리마코스님과 신처럼 보이는 안티노스님께 부

11) 그 대신(大神)의 : 아폴론의 축제, 이미 나온바 있음.

탁드립니다만 지금 제가 말씀드리려 하는 말은 참으로 시의적절할 것입니다. 지금은 활쏘기 시합을 중지하고 신들께 맡겨버리자는 그 말씀 말입니다. 내일 아침이 되면 신께서는 마음에 드신 분에게 힘을 내려주실 것입니다. 그런데 그 활을 저에게 빌려주시면 저도 여러분 틈에 끼어 저의 팔 힘을 한 번 시험해보고 싶습니다."

이렇게 말하자 구혼자들은 모두 건방진 녀석이라고 화를 냈는데 이 훌륭한 활을 만약 당기면 어쩌나 하는 두려움 때문이었다. 맨 먼저 안티노스가 꾸짖어 말했다.

"건방진 녀석, 예의라는 건 손톱만큼도 모르는 놈이군. 지체 높은 우리들과 한 자리에서 음식을 들고, 요리도 우리와 똑같은 몫을 받아 아무런 부족함이 없이 먹으며 우리들이 하는 얘기도 다 들으면서도 고마운 줄도 모르다니. 너 외에는 우리 얘기를 들은 손님이나 거지는 없지 않은가. 아마도 꿀처럼 달콤한 포도주가 너의 정신을 돌게 한 모양이구나. 술은 지금까지 많은 사람들을 돌게 했으니까. 누구든지 마구 퍼마시게 되면 술은 저 반인마(半人馬)로 유명한 에우리티온[12] 조차도 실수를 저지르게 하거든. 라피타이 족을 찾아 저 도량이 넓으신 페이리토스[13]의 성관에 갔을 때 술에 취해서 페이리토스의 성관을 엉망으로 만들었었지. 그래서 힘센 장사들은 모두 분격하여 문 밖으로 끌어내어 두 귀와 코 끝을 청동 칼로 사정없이 베어버렸었지. 이때부터 켄타우로이(半馬人族)와 라피타이 용사들 사이에는 전쟁이 벌어졌다. 술을 너무 퍼마셔서 우선 자기 자신이 혹독한 재난을 입게 되었던 것이다. 그와 마찬가지로 너에게도 큰 재난이 덮쳐올 것이다. 네 놈이 그 활을 당긴다면 말이다. 왜냐하면 우리 고장에서는 네 놈에게 호의를 베풀 사람은 아무도 없으니까. 그뿐인가. 너를 검은 배에 태워서 아케토스 왕[14]에게 보내게 되면 결코 무사히 살아 돌아오지는 못할 것이다. 그러니 점잖게 술이라도 마시고 있는 것이 좋을 것이다. 그리고 자기보다 젊고 힘이 센 무사들과 경쟁을 벌이려는 생각은

---

12) 에우리티온 : 마인(馬人) 켄타우로이 중의 한 사람. 영주 중의 한 사람으로 페이리토스의 혼례 때 술이 만취하여 신부를 약탈하려고 소동을 벌였다.

13) 페이리토스 : 제우스(또는 익시온)와 데이아 사이에서 태어난 아들로서 텟사리아의 라피타이 족의 수령. 뒤에 테우스의 친구로서 여러 가지 사건과 관계가 있다. 이 마인과의 투쟁은 아테네의 파르티논 신전 기둥 난간에 조각으로 남아 있어 더욱 유명하다.

14) 아케토스 왕 : 전항 18·85 에도 나온다.

아예 하지 않는 것이 좋을 것이다."

그러자 이번에는 사려 깊은 페넬로페가 말했다.

"안티오스님, 텔레마코스의 손님을 괴롭히는 것은 온당치 못합니다. 이 집을 의지하여 찾아왔으니까요. 이 손님이 오디세우스의 큰 활시위를 당겨 나를 자기의 집으로 데려가려 한다고 생각하시나요? 아마도 이 손님은 그럴 생각이 조금도 없을 것입니다. 그런즉 여러분 중 누구라도 이 성관에서 그 일로 걱정하면서 식탁에 앉아 있지 않아도 괜찮습니다. 그런 걱정은 하지 않아도 좋습니다."

이렇게 말하자 이번에는 폴리보스의 아들 에우리마코스가 말했다.

"이카리오스의 따님이시며 사려 깊은 페넬로페시여, 제 생각에는 이 사나이가 당신을 데리고 갈 것이라고는 생각하지 않습니다. 다만 세상 남자나 여자들의 평판을 염려할 뿐입니다. 아카이아 족 중 가장 천한 자들이 이렇게 말하지 않을까 하는 염려에서지요.

'정말 형편없는 사나이들이군. 훌륭한 무사의 배우자를 아내로 맞이하겠다는 주제에 그 활시위를 당기지도 못하다니. 그런데 낯선 거렁뱅이가 방랑하던 끝에 이곳에 찾아와서 손쉽게 쇠도끼의 과녁을 모조리 쏘아 맞췄다더군.' 하고 말입니다. 그러면 우리 체면이 말이 아니지요."

그러자 사려 깊은 페넬로페가 말했다.

"에우리마코스님, 그 일이 아니라도 이 고을에서 좋은 평판을 기대한다는 것은 무리입니다. 훌륭한 무사의 성관에서 염치도 없이 그분의 재산을 축내고 있으니 말입니다. 그런데도 이것을 어찌 비난의 씨가 된다고 하십니까? 이 손님은 키도 크고 체격도 좋은데다가 훌륭한 분의 아드님이라 하셨습니다. 그러니 이분에게 그 활을 넘겨주시지요. 모두 보는 앞에서요. 그리고 아폴론 신께서 이분에게 영광을 내리시어 활시위를 당기게 된다면 겉옷이며 깨끗한 속옷도 드리고 또한 개나 사나이들을 쫓아낼 수 있는 끝이 예리한 창도 드리겠습니다. 그리고 양날이 있는 검과 훌륭한 신발도 주어 손님이 원하는 곳으로 보내드리겠습니다."

그러자 이번에는 현명한 텔레마코스가 말했다.

"어머님, 그 활에 대해서는 아카이아 족 중 저 이상으로 권한을 가진 사람은 없습니다. 그 활을 빌려주든 빌려주지 않든 그것은 제가 결정할 문제입니다. 이 험준한 이타케 섬에서 위세를 떨치는 분이든, 또는 말을 기르는 에리스

주[15])로 가는 도중의 섬에 사는 사람이든 일단 제가 이 손님에게 활을 들게 하더라도 저의 뜻에 반하여 이의를 제지할 수는 없습니다. 그러니 어머님은 방으로 돌아가셔서 어머님의 일이나 하십시오. 베틀에 앉아 베를 짜시든지 실 감는 일이든지 아니면 시녀에게 일이나 시키십시오. 활에 대해서는 우리 남자들이, 특히 제가 알아서 하겠습니다. 왜냐하면 이 성관은 제가 관할하고 있으니까요."

이렇게 말하자, 왕비는 깜짝 놀라 자기의 처소로 돌아가버렸다. 아들의 믿음직한 말솜씨에 한결 마음이 놓였기 때문이었다. 그리고는 위층으로 올라가서 시녀들과 함께 사랑스런 남편 오디세우스를 그리면서 탄식의 눈물을 흘렸다. 빛나는 눈의 여신 아테네가 눈꺼풀에 상쾌한 잠을 뿌려줄 때까지.

한편 이쪽에서는 충직한 돼지치기가 그 활을 갖고 가자 대청에 모여 있던 구혼자들은 욕설을 퍼부었다. 또 우쭐대는 젊은이들은 너나없이 이렇게 말했다.

"아니, 도대체 그 활을 어디로 가져가느냐. 못된 돼지치기 같으니라구. 발 빠른 개들이 돼지 옆에서 너를 물어죽일 것이다. 만약 아폴론 신이나 다른 불사신들이 우리를 동정해 주신다면 아무도 없는 외딴 곳에서 너를 물어 죽일 것이란 말이다."

모두 이렇게 욕지거리를 하자 돼지치기는 기가 꺾여 그 활을 그 자리에 놓아버렸다. 그러자 텔레마코스는 한쪽 구석에서 큰소리로 호령했다.

"영감, 그 활을 어서 가져가게. 그들의 말을 듣고 그 활을 가져가지 않는다면 당장 요절을 낼 것이다. 내 비록 나이는 어리지만 너에게 돌멩이를 던져 시골로 내쫓아버릴 것이다. 내가 이 성관에 몰려든 구혼자 중 누구보다도 힘이 세다면 못된 음모를 꾸미는 그들에게 혼을 내어 내쫓으련만……."

이렇게 말하자 구혼자들은 기분이 좋아져서 너털웃음을 웃으면서 텔레마코스에게만은 못된 적의를 누그러뜨렸다. 이때 돼지치기는 활을 갖고 가서 현명한 오디세우스의 손에 넘겨주었다. 그리고 유모 에우리클레이아에게 말했다.

"텔레마코스님이 유모에게 명령하셨소. 이가 꼭 맞는 대청 문을 닫도록 하시오. 그리고 남자들의 신음 소리나 소란스런 소리가 들리더라도 밖으로

---

15) 말을 기르는 에리스 주 : 페르폰네소스의 서부로 평원이 많다.

나오지 말고 안에서 자기가 할 일이나 계속하라 하셨소."

이렇게 말하자 유모는 아무 말도 하지 않고 방문을 모두 닫았다.

한편 필로이티오스는 살며시 밖으로 나가 튼튼한 안뜰의 문을 단단히 잠궜다. 마침 주랑 아래에는 양끝이 휜 배의 밧줄이 있었다. 그 밧줄은 억새풀을 꼬아 만든 밧줄[16]로 단단히 문을 묶은 다음 다시 안으로 들어와 오디세우스 쪽을 보면서 자리에 앉았다. 이때 오디세우스는 이에 활을 들고 주인이 없는 사이에 뿔이 달린 부분에 좀이 먹지는 않았나 하고 이리 저리 살펴보고 있었다. 그것을 보자 누군가가 옆 사람에게 이렇게 말했다.

"저 작자는 활을 잘 아는 자일지도 몰라. 그리고 이런 활이 자기 집에 있을지도 모르고. 그런데 정말로 저 활을 당겨볼 작정인가. 저 녀석이 활을 이리 저리 잡아보지 않는가."

그러자 또 한 사람이 우쭐대며 말했다.

"저 자는 정말 저 활을 당길 수 있을까 하고 재고 있는 것 같군."

구혼자들이 이렇게 말하는 동안 지략이 뛰어난 오디세우스는 큰 활을 이모저모 살펴보고 나서 마치 큰 하프를 잘 타거나 노래를 잘 하는 사람이 잘 꼬은 양의 창자로 만든 줄을 양끝에 걸어 줄감개에 감듯이 조금도 힘들이지 않고 줄을 당겨보았다. 그러고는 다시 활은 오른손에 잡고 활줄이 팽팽한지 살펴보는 것이었다. 손으로 살짝 줄을 건드리자 제비 같은 소리로 맑게 울렸는데 이 소리를 들은 구혼자들은 마음을 조였으며 얼굴 빛까지 변했다. 때마침 제우스 신께서는 천둥 소리를 울려 좋은 징조를 보이자 인내심이 강하고 존귀한 오디세우스는 기쁨을 감추지 못했다. 그는 재빨리 책상 위에 놓인 빨리 날으는 화살을 집어들었다. 그것은 아카이아 사람들을 시험해보기 위해서였다. 그는 화살을 활줄의 중앙에 갖다 대고 의자에 앉은 채로 화살을 쏘았다. 그러자 화살은 과녁으로 세워둔 도끼머리의 구멍을 하나도 빠짐없이 관통시켰다. 오디세우스는 텔레마코스에게 말했다.

"텔레마코스여, 이 손님은 대청에 앉아서도 그대를 욕되게 하지는 않았소. 과녁을 벗어나지도 않았으며 활줄을 조정하는 데 오랜 시간 고생하지도 않았소. 내 힘은 아직도 노쇠하지 않았군요. 구혼자들이 나를 바보로 취급하면서 욕지거리를 하던 것과는 다릅니다. 하지만 지금은 해가 지기 전에

16) 억새풀을 꼬아 만든 밧줄 : 배의 돛줄로 사용하는 밧줄.

아카이아 족 사나이들을 위해 만찬 준비를 할 때입니다. 식사가 끝나거든 가무나 하프를 타면서 즐겨봅시다. 그것은 모두 향연의 꽃이나 다름없으니까."

이렇게 말하면서 눈을 꿈쩍하여 신호를 보내자 존귀한 오디세우스의 사랑스런 아들 텔레마코스는 날카로운 칼을 허리에 차고 손으로 창을 집어 들었다. 그리고 번쩍거리는 청동으로 몸을 단단히 하고[17] 아버지 곁으로 가서 딱 막아섰다.

17) 몸을 단단히 하고 : 본래는 '청동 무구(武具)를 몸에 걸치고'(《일리아스》에서는 무사들이)이지만 여기서는 칼만 말하는 것 같다. '무장하고'라는 뜻.

제 22 편

구혼자들을 물리치는 장면. 이어서 오디세우스는 다음 화살을 안티노스에게 겨누고 그를 쏘아 쓰러뜨렸다. 그런 다음 오디세우스는 자기의 이름을 밝히고 일동을 질책한다. 에우리마코스의 구차한 변명을 뿌리치고 구혼자들을 차례로 쓰러뜨리는 일에 아들 텔레마코스도 협력한다. 그러나 음유시인이나 전령, 예언자 테오클리메노스 등은 관계가 없으므로 손을 대지 않았다. 그 사이에 에우마이오스는 무기를 훔치려는 멜란티오스를 무찌른다. 구혼자들을 모두 처치하자 그는 유모를 불러 시녀들 중 배신자를 가려내어 처벌하고 청소를 시킨다.

지략이 뛰어난 오디세우스는 누더기를 벗어던지자 활과 화살이 가득 담긴 화살통을 들고 문지방 위로 뛰어올랐다. 그리고 빠르게 날아가는 화살을 발 앞에 놓고 구혼자들에게 말했다.

"이제부터 속임수가 없는 경기가 진행될 것이다. 그리고 이번에야말로 사람이 이제까지 쏘아본 적이 없는 표적을 잘 맞출지 어떨지 아폴론 신께서 나에게 영예를 주실지 시험해볼 때이다."

그는 이렇게 말하고 나자 안티노스를 향해 날카로운 화살을 겨누었다. 그때 마침 안티노스는 황금으로 만든 두 귀가 달린 술잔을 두 손으로 받쳐들고 막 술을 마시려던 참이었다. 그래서 그는 누가 자기를 죽이리라고는 생각지도 못했다. 무사들이 잔치판을 벌이고 있는데 제아무리 용맹스런 장사라도 혼자서 그들에게 대항하여 자기에게 재앙과 죽음의 운명을 안겨줄 것이라고는 감히 누가 생각이나 했을까.

그러나 오디세우스는 그 사나이, 안티노스의 목을 겨냥하여 화살을 쏘았다. 날카로운 화살촉이 부드러운 목에 박히자 손에서 술잔을 떨어뜨린 채 저쪽으로 넘어졌다. 그러자 안티노스의 콧구멍에서는 피가 줄기처럼 넘쳐 흘렀다. 그 순간 앞에 놓인 탁자를 발로 걷어차 음식물이 쏟아졌다. 빵이나 구운 고기는 순식간에 흙투성이가 되고 말았다.

구혼자들은 안티노스가 쓰러지는 것을 보자 일제히 소란스럽게 떠들면서 자리에서 벌떡 일어나 집 안의 단단한 벽 쪽으로 눈을 돌려 찾아보았으나 방패나 창은 눈에 뜨이지 않았다. 그들은 더욱 화가 나서 오디세우스에게 욕설을 퍼부었다.

"이봐 부랑자, 무사들에게 활을 쏘다니, 천벌을 받을 놈. 앞으로는 어떠한 경기에도 참가하지 못할 것이다. 너에게는 지금 당장 험악한 파멸이 내려질 것이다. 이 이타케 섬의 젊은이들 중에서도 가장 뛰어난 인물을 죽였으니 네 놈은 마땅히 여기서 독수리의 밥이 되고야 말 것이다."

그들은 누구나 할 것 없이 그를 욕했는데, 그것은 그때까지도 오디세우스가 무고하게 무사를 죽인 줄만 알았기 때문이었다. 그들은 자기들도 모조리 파멸의 올가미에 걸려 있다는 것을 눈치채지 못하고 있었다. 이때 오디세우스는 그들을 노려보면서 말했다.

"이 개만도 못한 놈들, 네 놈들은 내가 트로이아에서 영영 고향으로 돌아오지 못할 줄 알았더냐? 내 집 재산을 축내고 시녀들을 강제로 끌고 가서 함께 잘 뿐만 아니라 또 이처럼 내가 눈이 시퍼렇게 살아 있는데도 내 아내에게 청혼해오다니, 네 놈들이야말로 광활한 하늘을 다스리시는 신들도 두려워하지 않고, 세상 사람들로부터 욕을 얻어먹고 있는 것도 아랑곳하지 않고 있다니! 이제 네 놈들은 모조리 파멸의 올가미에 걸려들게 되었다."

이렇게 말하자 그들은 모두 얼굴이 새파랗게 질려서 이리 뛰고 저리 뛰면서 빠져나갈 구멍을 찾고 있었다. 그러나 그때 에우리마코스 한 사람만은 그에게 말했다.

"만약 당신이 이타케 사람 오디세우스이고 지금 막 돌아왔다면 당신이 지금 한 말은 모두 지당합니다. 아카이아 족 사람들이 저지른 행위는 정말 도리에 어긋나는 짓이었으며 또한 시골에서도 온갖 못된 짓을 다했습니다. 그러나 잘못을 저지른 장본인은 여기 쓰러져 있는 안티노스요. 그 자가 이런 못된 짓을 저질렀는데, 그것을 꼭 결혼을 해야 하겠다든가 해서가 아니라 그가 이타케 전체를 자기의 손아귀에 넣으려는 생각에서 저지른 일이었지요. 그러나 크로노스의 아드님은 그것을 실현시켜주시지 않았습니다. 그는 당신의 아들까지 살해하려고 음모를 꾸몄습니다. 그러나 그 사나이도 죄값을 받아 살해되었습니다. 그러니 당신이 다스리는 나라의 무사들을 너그럽게 용서해주시기 바랍니다. 그러면 우리들은 이 댁에서 축낸 재산을 각각 소 스무 마리씩 계산해서 갖고 오겠습니다. 그리고 당신이 흡족해 할 만큼 청동과 황금도 바치겠습니다. 그때까지는 당신이 아무리 화를 내도 부당한 짓이라고 비난할 사람은 아무도 없을 것입니다."

그러자 지략이 뛰어난 오디세우스는 그를 노려보면서 말했다.

"에우리마코스여, 설령 네가 조상 대대로 물려받은 재산을 갖고 온다 해도, 또 네가 지금 가진 것에 다른 데서 얻은 것을 덧붙여 가져온다 하더라도 구혼자들이 자기들이 저지른 모든 일을 보상하기 전에는 결코 살육의 손을 멈추지 않을 것이다. 자, 나와 맞서 싸우든지 아니면 도망치든지 둘 중의 하나를 선택하라. 그러나 이 준엄한 파멸을 모면할 자는 없을 것이다."

이렇게 말하자, 그들은 가슴이 떨리고 무릎에서 힘이 빠져 엉거주춤하고 있었다. 그들 틈에서 에우리마코스가 다시 말했다.

"동지들, 저 사나이는 뛰어난 활 솜씨를 그대로 두지는 않을거요. 일단 훌륭한 활과 화살을 손에 쥐고 있으니, 그가 문지방 위에서 활을 쏘아 우리를 죽이기 전에 우리도 맞서 싸우는 것이 어떻겠소. 모두 칼을 뽑아들고 네 발 탁자를 방패 삼아 죽음을 몰고 오는 화살을 막도록 합시다. 우리 모두 힘을 합쳐 그와 대항합시다. 만약 그 자를 문지방에서 문 밖으로 몰아낸다면 거리로 나가서 큰소리를 칠 수 있게 된다면 이 자가 활을 쏘는 것도 최후가 될 거요."

이렇게 말하고는 양면에 날이 선 날카로운 청동 검을 뽑아들었다. 그리고 무서운 함성을 지르면서 오디세우스에게 덤벼들었다. 그러자 오디세우스도 활을 쏘아 그의 가슴을 쏘니 그의 간을 관통하여 에우리마코스는 들었던 검을 땅바닥에 떨어뜨리고 탁자 위에 쓰러지고 말았다. 탁자 위의 음식이며 두 귀가 달린 술잔도 모두 땅바닥으로 굴러 떨어졌다. 에우리마코스는 단말마 같은 고통을 참지 못해 땅바닥에 이마를 마구 찧고 두 발로 의자를 걷어찼는데 이미 그의 두 눈에는 어두운 그림자가 덮치고 있었다.

한편 암피노모스는 오디세우스의 정면으로 달려들어 날카로운 검을 빼들고 어떻게 해서든지 문간에서 멀어지려 했으나 이보다 먼저 텔레마코스가 등 뒤에서 청동창으로 잔등을 찔러 가슴까지 뚫고 나갔다. 그는 땅바닥에 넘어지면서 얼굴을 땅바닥에 처박았다. 텔레마코스는 긴 창을 암피노모스의 몸에 박아둔 채 일어섰다. 왜냐하면 자기가 긴 그림자가 꼬리를 끄는 창을 뽑을 때 아카이아 족의 누군가가 칼을 들고 달려들거나 앞쪽으로 엎드리고 있는 자기를 찌를지도 모른다는 생각이 들었기 때문이었다. 그는 사랑하는 아버지 곁으로 다가서서 말했다.

"아버님, 지금 곧 방패와 창 두 개와 머리에 꼭 맞는 청동 투구를 갖다 드리겠습니다. 그리고 저도 무장을 하고 오겠습니다. 돼지치기나 저 소치기에게도 갑옷을 입히겠습니다. 무장을 든든하게 하는 편이 안전하니까요."

그러자 지략이 뛰어난 오디세우스가 대답하여 말했다.

"빨리 갖고 오거라. 화살이 아직 남아 있는 동안에 말이다. 이쪽은 나 혼자뿐이라서 문간에서 밀려나면 안 된다."

그러자 텔레마코스는 사랑하는 아버지의 말대로 광으로 달려갔다. 그곳에는 훌륭한 무구가 가득 들어 있었다. 그는 여기에서 방패 네 개와 창 여덟 개, 그리고 말총 장식이 달려 있는 청동 투구를 꺼내어 아버지께 갖다 드리고 자기도 서둘러 무장을 한 다음 두 하인에게도 갑옷을 입혀 지략이 뛰어난 오디세우스의 양옆에 세웠다.

한편 오디세우스는 화살이 남아 있을 때까지는 구혼자들을 한 사람씩 겨냥하여 쏘았다. 그러자 그들은 차례로 쓰러졌다. 그러나 활을 쏘는 주인의 손에 화살이 떨어지자 오디세우스는 대청의 튼튼한 문기둥에 활을 기대어 세워놓고 자기는 두 어깨에 네 겹의 쇠가죽을 겹쳐 만든 방패를 걸치고 머리에 투구를 쓰니 투구에서는 말총꼬리가 무시무시하게 늘어져 흔들리고 있었다. 그리고 손에는 청동날이 번쩍이는 두 개의 창을 들고 있었다.

그런데 튼튼하게 쌓아올린 벽에는 뒷 쪽으로 문이 나 있었다. 또 가장 높은 문지방 옆에는 대청에서 복도로 통하는 통로가 나 있었으며 이가 잘 맞는 판잣문이 달려 있었다. 오디세우스는 충직한 돼지치기에게 그 문으로 가서 망을 보도록 시켰다. 그것만이 유일한 도망칠 길목이었다. 이때 아겔라오스가 모두에게 말했다.

"동지들, 누구든 뒷문으로 빠져나가 사람들에게 알리시오. 그것이 구원을 청하는 가장 빠른 방법입니다. 그렇게 되면 이 사나이도 더 이상 활을 쏘지 못할 것이오."

그러자 이번에는 산양치기 멜란티오스가 말했다.

"제우스 신께서 돌보아주시는 아겔라오스님, 그것은 곤란합니다. 그보다는 바로 옆에 안뜰로 통하는 문이 있습니다. 복도로 난 문으로 빠져나간다는 것은 어려운 일입니다. 힘센 무사라면 혼자서도 모두를 제지할 수 있을 것입니다. 그러니 이렇게 하는 것이 어떨까요. 내가 광으로 가서 무구를 가져오겠습니다. 오디세우스와 그의 아들은 그 광 속에 무구를 넣어두었을 것이

분명합니다."

산양치기 멜란티오스는 이렇게 말하더니 오디세우스의 안채를 향해 달려갔다. 그는 거기에서 열두 개의 방패와 같은 수의 창, 그리고 말총이 달려 있는 열두 개의 투구를 갖고 와서 구혼자들에게 주었다. 그들이 무장을 하고 긴 창을 들고 휘두르는 것을 보자 오디세우스는 무릎에서 힘이 빠지고 가슴이 쓰렸다. 그렇게 되면 상대하기 어려워질 것이라고 생각하자 텔레마코스를 향해 말했다.

"텔레마코스여, 이것은 필시 성관에 있는 시녀의 누군가가 우리에게 싸움을 걸려거나 아니면 멜란티오스가 한 짓 같다."

이에 대해서 현명한 텔레마코스가 대답하여 말했다.

"아버님, 이번 실책은 제가 저지른 것이지 누구의 책임도 아닙니다. 광문을 열어놓은 채 깜박 잊고 닫지 않았는데 그것을 어떤 놈이 본 것 같습니다. 그러니 에우마이오스, 자네가 가서 광문을 닫고 오게. 그리고 이런 짓을 한 것이 시녀인지 아니면 돌리오스의 아들 멜란티오스의 짓인지도 알아보게. 내 생각 같아서는 멜란티오스의 짓이 틀림없을 거야."

그들이 이런 말을 주고받고 있을 때, 산양치기 멜란티오스가 또 무구를 가져오려고 광으로 가는 것을 충직한 돼지치기가 보고 곁에 있는 오디세우스에게 말했다.

"제우스의 후예이시며 라에르테스의 아드님이신 지혜로운 오디세우스님이시여, 저 못된 자[1]가 또 광으로 달려가고 있습니다. 제가 짐작하는 대로입니다. 그러니 확실하게 말씀하여주시지요. 만약 저의 힘이 저 자보다 세어서 이긴다면 죽여도 좋은지요, 아니면 이리로 끌고 올까요? 저 자가 성관에서 저지른 온갖 죄과에 대한 보상을 톡톡히 받도록 말입니다.

그러자 지략이 뛰어난 오디세우스가 대답하여 말했다.

"나와 텔레마코스는 못된 구혼자들을 대청 안에 더 붙들어놓을 테다. 그들은 몹시 밖으로 나가고 싶어 하겠지만 말이다. 그러니 너희 둘이서 저 놈의 손발을 비틀고 밧줄로 칭칭 묶어 천장의 대들보에 매달아놓거라. 그렇게 두면 오래

---

1) 저 못된 자가 : aiclelos의 뜻을 번역한 것. 이 말 또한 그 뜻이 일정치 않은 것 중의 하나로 '파괴적인'(불, 명계의 왕, 전쟁의 신 등에) 또는 '보이지 않는, 어두운', '보고 싶지 않은' 등의 뜻으로 짐작된다. 여기서는 '보기 흉한, 반감을 불러일으키는'과 같은 뜻으로 보았다.

살아 있을수록 심한 고통을 맛보게 되겠지."

이렇게 말하자 두 사람은 곧 광으로 갔다. 그러나 광 안에 있는 사나이는 그것을 눈치채지 못했다. 그 사나이는 광 속을 여기 저기 뒤지며 무구를 챙기고 있었다. 두 사람은 입구의 기둥 옆에 숨어서 그가 다시 나오기를 대기하고 있었다. 이윽고 산양치기 멜란티오스가 문지방을 넘으려 했다. 한 손에는 네모난 투구를 들고 또 한 손에는 라에르테스님이 젊은 시절에 쓰던 낡은 방패를 들고 있었는데 폭이 넓은 이 방패에는 군데군데 곰팡이가 나 있었다. 두 사람이 달려들어 그의 머리채를 끌어잡고 당기자 그는 바닥에 쓰러져 바둥거리는 것을 두 발과 손을 밧줄로 묶고 팔다리를 비틀었다. 그리고 다시 밧줄로 온몸을 묶어 천장 대들보에 달아매자 돼지치기 에우마이오스는 그에게 욕설을 퍼부으며 말했다.

"이 놈 멜란티오스, 이제부터 밤새도록 뜬 눈으로 망을 보게 되었구나, 포근한 잠자리에 누워서 말이다. 하지만 네 놈에게는 이것도 과분하다. 네 놈은 일찍 태어나시는 황금 의자에 앉은 새벽의 여신이 오케아노스 강가에서 떠오르는 것도 보게 되겠지. 그때가 되면 네 놈도 구혼자 나으리들께 산양을 몰고 와서 요리를 해야 할 테니까."

이렇게 해서 멜란티오스는 밧줄에 묶여 천장에 매달린 채 그곳에 남아 있게 되었다. 두 사람은 갑옷을 입고 광문을 닫은 다음 지략이 뛰어난 오디세우스의 곁으로 돌아왔다. 그들은 그곳에서 기세가 등등하게 대치했다. 네 사람은 문지방 쪽에서 버티고 서서 대청 안에 있는 많은 사람들과 맞서고 있었다. 이때 제우스 신의 따님 아테네 여신이 멘토르의 모습과 목소리로 나타났다. 이것을 본 오디세우스는 기뻐 어쩔 줄 모르며 말했다.

"멘토르님, 우리는 오랜 친구이며 동년배 아닙니까? 옛 정을 잊지 마시고 우리를 재난에서 보호해주십시오."

그가 이렇게 말한 것은 무사들에게 용기를 북돋아주는 아테네 여신이라 생각했기 때문이었다. 그러나 구혼자들은 대청 안에서 욕설을 퍼부었다. 다마스토르의 아들 아겔라오스가 맨 먼저 일어나서 소리쳤다.

"이봐 멘토르, 자기를 도와 구혼자들과 싸워 달라는 그 감언이설에 넘어가서는 안 되네. 우리의 계략은 틀림없이 실현될 테니까. 만약 네가 그들 편에 서게 된다면 우선 이들 부자를 한꺼번에 때려잡고 다음에는 네 놈도 살아 남지 못할 것이다. 그리고 네 놈들의 목을 청동칼로 치고 나면 네 놈들의 재산도 몽땅 오디세우스의 재산과 마찬가지로 우리가 나눠 가질 것이고 집에 있는 자식들도 살려두지 않겠다. 또한 네 딸이든 네 아내든 이 이타케 고을을 자유로운 몸으로 걸어다니지는 못할 것이다."

아테네 여신은 이 말을 듣자 더욱 화가 나서 오디세우스를 꾸짖어 말했다.

"오디세우스여, 그대는 이제 확고한 기개도 용기도 없어졌는가. 그 옛날 훌륭한 아버님을 가진 흰 팔의 헬레네를 위하여 구 년 동안 트로이아 군사들과 싸움을 계속했을 때처럼 말이오. 그리고 많은 용사들을 치열한 전투에서 수없이 무찔렀고 뛰어난 계략으로 길폭이 넓은 프리아모스 도성을 함락시키기도 하지 않았는가? 그런데 그 솜씨와 용기는 다 어디로 가고 자기 집과 재산을 위해 구혼자들과 싸우는 데도 그처럼 쩔쩔매고 있는가. 자, 이리 오시오. 그리고 내 옆에 서서 알키모스의 아들 멘토르가 당신의 적을 상대하여 싸우는 것을 보시오. 그러면 친구를 위해서 얼마나 용감하게 싸우는지 알 수 있을 것이오."

이렇게 말했으나 오디세우스와 명예로운 그의 아들의 기력이나 무용을 시험해보려고 자기 혼자 일방적인 승리를 거두려 하지는 않았다. 여신은 제비의 모습으로 검게 그을린 대청의 높은 천장에 올라가 앉았다.

한편 구혼자들 쪽에서는 다마스토르의 아들 아겔라오스나 에우리노모스, 암피메돈, 그리고 데모프톨레모스, 폴리크토르의 아들 페이산도르스, 용감한 폴리보스 등이 구혼자들을 격려했다. 이들은 아직 살아 남아 생명을 걸고 싸우고 있는 구혼자들 중에서는 특히 힘이 세고 뛰어난 자들이었다. 그 밖의 사람들은 계속 쏘아대는 화살에 맞아죽고 없었다. 이때 아겔라오스가 구혼자들에게 말했다.

"동지들, 이제 저 사나이의 무적의 팔도 지쳐 있는 것 같소. 그리고 멘토르 녀석도 큰소리만 치고는 가버리고 저 놈들만 문 옆에 남아 있고. 그러니 모두 한꺼번에 긴 창을 던질 것이 아니라, 우선 여섯 사람만 창을 던지기로 하세, 어쩌면 제우스 신께서 오디세우스를 명중시켜 명예를 높여주실지도 모르니까. 저 사나이만 쓰러뜨리면 나머지 녀석들은 신경쓸 필요도 없으니까."

이렇게 말하자, 모두 그의 지시대로 창을 던졌으나 아테네 여신은 그 창들을 모두 빗나가게 하셨다. 그 중 한 사람이 던진 창은 대청의 단단한 기둥에 맞았으며, 또 한 사람이 던진 창은 꽉 닫힌 문에 맞았고, 또 청동 날을 박은 물푸레나무 창은 벽에 맞았다. 이렇게 해서 구혼자들이 던진 창을 모두 피했을 때 인내심이 강한 오디세우스가 말했다.

"자, 이번에는 내가 말할 차례군. 이번에는 우리가 구혼자들을 향해 창을 던지자. 놈들은 전에도 수없이 못된 짓을 했건만 우리를 죽여 무구를 벗기려고 안간힘을 쓰고 있다."

이렇게 말하자, 이쪽 편에서는 날카로운 창을 정면으로 겨냥하여 일제히 던졌다. 오디세우스는 데모프톨레모스의 눈을 향해 던졌고, 텔레마코스는 에우리아테스를, 돼지치기는 엘라토스를 향해 던졌으며 소치기는 페이산도르스를 쓰러뜨렸다. 창에 맞은 자들이 모두 쓰러져 땅바닥을 이빨로 물어뜯는 것을 보자 구혼자들은 대청 한쪽 구석으로 물러섰다. 그러나 이쪽은 앞으로 돌진하여 시신에 꽂힌 창을 다시 뽑아들었다.

구혼자들은 다시 기세를 올려 창을 던졌으나 이번에도 아테네 여신께서는 창을 모두 빗나가게 하였다. 한사람이 던진 창은 튼튼한 대청의 문기둥에 부딪쳤고 또 한 사람이 던진 것은 꽉 닫힌 문에 부딪쳤으며 청동 날을 박은 물푸레나무 창은 벽에 부딪쳤다. 그리고 암피메돈의 창은 텔레마코스의 손목뼈를 맞췄으나 살갗을 스쳐 약간 상처를 입혔을 뿐이었다. 또 크테시포스는 긴 창으로 에우마이오스의 어깨를 긁어 상처를 입혔으나 심한 상처는 아니었다.

이번에는 지략이 뛰어난 오디세우스 편에서 구혼자들에게 창을 던질 차례였다. 한쪽에서는 도성을 함락시키는[2] 오디세우스가 에우리다마스를 쓰러뜨렸고, 텔레마코스는 암피메돈을, 돼지치기는 폴리보스를, 소치기는 크테시포스를 창으로 찔러 쓰러뜨리자 그는 우쭐해서 크테시포스에게 말했다.

"폴리테르세스의 아들이여, 너는 참 더러운 입을 가진 놈이다. 이제는 큰소리를 치지 못하겠지. 큰소리를 치는 것은 신들에게 맡기는 것이 좋겠다. 신들은 이보다 훨씬 훌륭하니까. 그리고 이것은 네가 선물로 던져준 쇠다리에 대한 답례다. 신과도 같은 주인 어른께서 성관 안에서 구걸하실 때 네가 주었던……."

뿔이 휜 암소를 기르는 소치기가 이렇게 말하는 동안 오디세우스는 다마스토르의 아들[3]을 가까이서 긴 창으로 찔렀다. 한편 텔레마코스는 에우

2) 도성을 함락시키는 : 여기서는 오디세우스를 형용하는 말로서, 그는 트로이아 성을 함락시키는 싸움에 참여했었다. 일반적으로는 가장 무용이 뛰어난 용사에 적당한 형용이다.

3) 다마스토르의 아들 : 아겔라오스를 지칭함.

에노르의 아들 레오크리토스의 배를 창으로 찔러 청동 창끝을 깊숙이 뱃속에 박자 땅바닥에 얼굴을 처박으며 쓰러졌다.

이때 아테네 여신이 인간의 생명을 빼앗는[4] 산양 가죽으로 만든 방패를 지붕 위에서 높이 쳐들자 구혼자들은 혼비백산하여 대청 안에서 이리 저리 도망쳤다. 그것은 마치 기나긴 봄날 등에에게 물려 허둥대는 암소떼와 같았다. 또 그들은 발톱이 휜 무서운 부리를 가진 독수리가 산에서 내려와서 작은 새떼를 덮치자 몸을 움츠리고 들녘에 쳐놓은 그물[5]로 몰려올 때 꼼짝달싹 못 하고 있는 것을 보고 사람들이 재미있어하듯이 구혼자들을 마구 잡아 죽이니 그들의 목을 칠 때마다 비명 소리가 그치지 않았으며 땅바닥에는 유혈이 낭자했다.

이때 레오데스는 오디세우스의 무릎에 매달려 애원했다.

"오디세우스님, 이렇게 당신의 무릎에 매달려 애원합니다. 제발 저를 경건한 마음으로 다루어주시고 저를 불쌍히 여겨주소서, 저는 결코 성관에서 시녀들을 못살게 굴지도 않았으며 못된 짓도 하지 않았습니다. 뿐만 아니라 구혼자들이 못된 짓을 할 때 언제나 그러지 못하도록 말렸습니다. 그런데도 그들은 저의 말을 듣지 않았으며 나쁜 짓을 계속했습니다. 그들이 떼죽음을 당한 것은 너무나 당연합니다. 다만 저는 점쟁이 노릇[6]만 했을 뿐입니다. 그러니 저들과 함께 죽는다면 좋은 일을 한다해도 아무런 덕을 쌓지 못하게 될 것입니다."

그러자 지략이 뛰어난 오디세우스는 그를 흘겨보며 말했다.

"정말로 그대가 희생적인 점쟁이 노릇을 하였다면 나의 귀국이 실현되지 않기를 빌었겠지. 그리고 사랑스런 나의 아내가 그대와 재혼하여 아들을 낳아 달라고 빌었을 것이다. 그러니 네 놈도 죽음의 고통을 면할 수는 없을 것이다."

이렇게 말하더니 땅에 떨어져 있던 칼을 집어들었다. 이것은 조금 전에 아겔라오스가 살해될 때 땅바닥에 던져버린 칼이었다. 그 칼로 레오데스의 목을 치자 방금 전까지도 입을 놀리던 그의 목이 떨어져 땅바닥을 붉게 물들였다.

또 테르피오스의 아들이며 음유시인인 페미오스는 아직도 검은 죽음의

---

4) 인간의 생명을 빼앗는 : 여기서는 아이기스 방패를 형용하는 말. 《일리아스》 13 · 339 (전쟁의 형용)에도 나온다.

5) 그물 : 작은 새를 잡을 때 사용하는 그물. 들녘에 쳐놓는데 삼베실로 만들었다.

6) 점쟁이 노릇 : 레오데스를 지칭함. 즉 기도사(祈禱師).

운명을 피해 살아 있었다. 이 사나이는 억지로 끌려와서 구혼자들을 위해 노래를 불렀는데 높은 소리를 내는 하프를 두 팔로 끌어안고 뒷문 곁에 웅크리고 있었다. 대청에서 뛰쳐나가 울 안을 지키시는 제우스 대신의 제단에 매달려 도움을 청할 것인지 아니면 오디세우스에게 매달려서 사정해볼 것인지 생각하고 있었다. 이 제단은 라에프테스도 오디세우스도 소의 허벅지 살을 구워 제사를 올리곤 했었다. 그래서 결국 라에르테스의 무릎에 매달려서 사정해 보는 편이 좋겠다는 생각이 들었다. 그래서 그는 속이 텅 빈 하프를 혼주병과 은못을 촘촘히 박은 의자 사이의 땅바닥에 내려놓고 오디세우스에게로 달려가서 무릎에 매달리며 애원했다.

"이렇게 무릎에 매달려서 사정합니다, 오디세우스님. 제발 저에게 너그러운 마음으로 자비를 베풀어주십시오. 만약 저와 같은 음유시인을 죽인다면 당신께서는 훗날 고통을 당하실 것입니다. 저는 신들이나 인간들을 위하여 노래를 부르니까요. 저는 노래를 저절로 배웠습니다. 신께서는 저의 마음속에 모든 노래의 길을 가르쳐주셨지요. 당신 곁에서 노래를 부른다는 것은 신에게 노래를 불러드리는 기분입니다. 그러니 저의 목을 베지 말아주십시오. 그리고 당신의 아드님이신 텔레마코스님도 이렇게 말할 것입니다. 제가 자진해서 그랬거나 또는 보수를 받기 위해 구혼자들의 향연석상에서 노래를 부른 것이 아니라는 것을. 다만 그들이 떼로 몰려와서 저를 강제로 데려갔을 뿐입니다."

이렇게 말하는 것을 무용이 뛰어난 텔레마코스가 듣고 가까이 있는 자기의 아버지에게 말했다.

"아버님, 이 사람을 죽이지는 말아주십시오. 그리고 전령 메돈도 살려주시지요. 그 사람은 제가 어렸을 때부터 저를 보살펴주었으니까요. 만약 필로티오스나 돼지치기 에우마이오스가 그를 죽이지 않았다면. 그리고 아버님이 온 집 안을 수라장으로 만드셨을 때 아버님과 부딪치거나 하지 않았다면 말입니다."

이렇게 말하는 소리를 메돈이 들었다. 그때 그는 검은 죽음의 운명에서 벗어나기 위해 방금 벗겨낸 쇠가죽으로 온몸을 둘둘 말고 의자 밑에 처박혀 있었는데 의자 밑에서 벌떡 일어나서 쇠가죽을 벗어 던지더니 텔레마코스에게로 달려가서 무릎을 꿇고 애원했다.

"도련님, 저는 이렇게 여기 살아 있습니다. 제발 아버님께 말씀드려주십시오. 아버님께서는 성관 안의 재산을 잃으시고 구혼자들 일로 해서 무척 화가 나셨겠지만 저 날카로운 칼로 저를 치지 마시도록 말씀드려주십시오."

그러자 지략이 뛰어난 오디세우스는 빙그레 웃으면서 말했다.

"안심하라, 이 아이가 너를 비호하여 생명을 보증해주지 않았느냐. 선한 행동이 악한 행동보다 얼마나 훌륭한 것인가를 네 자신도 깊이 깨닫고 또한 사람들에게도 전해주거라. 너와 세상에 평판이 좋은 음유시인은 이 자리를 피하여 안뜰에 나가 있는 것이 좋겠다. 나는 성관 안에 남아 있는 자들을 처리해야 하니까."

이렇게 말하자 두 사람은 대청 밖으로 나가 제우스 대신의 제단 맞은쪽에 앉아서 사방을 두리번거리면서 살육의 손길이 미치는 것을 기다리고 있었다.

오디세우스는 구혼자 중 누군가 살아 남아 검은 죽음의 운명에서 빠져나간 자는 없는지 집 안을 이리 저리 둘러보았다. 그러나 한 사람도 살아남지 못한 채 피와 모래로 뒤범벅이 되어, 어부들이 그물로 잡아올린 물고기처럼 뒹굴고 있었다. 바닷물이 그리워 모래 사장에 뒹구는 것을 따가운 햇볕이 그 생명을 빼앗아간 것을 보는 것처럼 구혼자들은 어깨를 나란히 하고 늘어져 있었다. 그때 지략이 뛰어난 오디세우스는 텔레마코스에게 말했다.

"텔레마코스야, 가서 유모 에우리클레이아를 불러오거라. 내가 생각하고 있는 것을 유모에게 말해야겠다."

그러자 텔레마코스는 사랑하는 아버지의 말에 따라 뒷문을 열고 유모 에우리클레이아를 불렀다.

"유모, 유모는 우리 성관 시녀들의 우두머리지, 어서 나와요. 아버님이 하실 말씀이 있으시다네."

이렇게 말했으나 유모는 겁에 질려 잠자코 있었다. 그러나 굳게 닫힌 성관 문을 열고 나오자 텔레마코스가 뛰어가서 데리고 왔다. 그때 오디세우스는 아직도 시체 틈에 서 있었다. 피와 먼지로 엉망이 된 그의 모습은 들판에서 막 소를 잡아먹고 온 사자와 같았다. 그의 가슴과 뺨은 피투성이가 되어 보기만 해도 무시무시했으며 두 발과 두 손도 모두 피로 얼룩져 있었다. 그러나 유모는 시체와 흥건한 피를 보자 큰일이 성사되었음을 보고 갑자기 환성을 질렀다. 그러나 오디세우스는 이를 제지하면서 위엄있는 소리로 말했다.

"유모, 속으로만 좋아하고 소리까지는 지르지 말게. 죽은 사람 앞에서 의기양양하여 환성을 지르는 것은 좋지 않으니까. 이 자들은 신들께서 정해주신 운명과 무도한 소행으로 신세를 망친 걸세. 그들은 이 세상에 살아 있는 어떤 인간이라도, 천한 사람이든 귀한 사람이든 소중하게 대접한 적이 없었지. 그들을 의지하려고 찾아온 사람들을 말일세. 그래서 그들은 비참한 최후를 맞이하게 된 것이다. 그러면 유모는 이 성관에 있는 여자들을 불러오게. 나를 푸대접한 여자건, 죄가 없는 여자도 다 오라고 하게."

그러자 이번에는 유모 에우리클레이아가 상냥하게 말했다.

"그렇다면 주인 어른, 사실대로 말씀드리겠습니다. 이 성관 안에 제 아래 오십 명 정도의 여자들이 있는데 저는 그 시녀들에게 여러 가지 일을 시킵니다. 양털을 빗질하는 등 시녀들의 일을 하게 하고 있습니다. 이들 중 열두 명이 부끄러운 짓을 하여 저를 얕볼 뿐만 아니라 페넬로페님에게도 무례하게 구는 형편입니다. 도련님은 이제 겨우 어린 티를 벗어난 형편이시고 마님께서는 도련님께 시녀를 부리는 일을 허용하지 않으시니까요. 그러면 이층으로 올라가서 마님께 알려드려야겠습니다. 어느 신께서 잠을 부어주셔서 지금 잠이 드셨습니다."

그러자 지략이 뛰어난 오디세우스가 대답하여 말했다.

"아니, 마님은 깨우지 말고 그 대신 여자들이나 이리 불러오게. 못된 짓을 하던 여자들을 말일세."

유모는 대청을 가로질러 시녀들을 부르러 나갔다. 한편 오디세우스는 텔레마코스와 소치기와 돼지치기(에우마이오스)를 자기 곁으로 오게 하여 말했다.

그러면 이제부터 시체를 운반해내도록 하세. 여자들에게도 그렇게 말하게. 그리고 이번에는 훌륭한 의자며 네 발 달린 탁자를 물과 구멍이 숭숭 뚫린 해면으로 깨끗하게 닦아내도록 하세. 그리하여 집 안을 깨끗이 치운 다음 시녀들을 대청 밖으로 끌어내어 안뜰 담장과 둥근 정자[7] 사이에 모아놓고 장검으로 찔러 죽이는 걸세. 여자들이 생명을 잃어 애욕이 완전히 사라져 버리도록. 그런 생각에 사로잡혀 있었기 때문에 구혼자들과 서로 어울리고 정을 통했던 것이야."

그러는 사이에 여자들이 모두 모였다. 시녀들은 닭똥 같은 눈물을 흘리면서 소리내서 울고 있었다. 우선 그녀들을 시켜 시체를 운반시켜 안뜰의 주랑

7) 둥근 정자 : 담장 가까이 세워놓은 둥글고 작은 정자. 이것은 델포이 신전 아래에도 있으며 용도는 확실치 않다.

아래 내려놓고 시체를 서로 기대놓았다. 이것은 오디세우스가 직접 지시하며 서둘렀기 때문에 빨리 끝낼 수 있었다. 다음에는 훌륭한 의자며 네발 달린 탁자를 물과 해면으로 깨끗이 닦았다. 그러는 한편에서는 텔레마코스가 소치기와 돼지치기와 같이 괭이[8]로 성관의 땅바닥을 평평하게 골랐는데 그 사이에도 시녀들은 시체를 밖으로 운반했다. 이윽고 대청 안이 말끔히 정리되자 대청에서 시녀들을 끌고 나와 안뜰과 둥근 정자 사이의 좁은 곳으로 데리고 갔는데 거기서는 도저히 도망칠 수가 없었다. 이들을 향하여 현명한 텔레마코스가 말했다.

"너희들의 생명을 끊을 때 깨끗하게 죽여주지는 않겠다. 너희들은 내 얼굴에 마구 흙칠을 했으니까. 그리고 우리 어머님에게도 그랬었다. 또 밤에는 구혼자들과 함께 자기도 했었지."

이렇게 말하고 검은 배를 매어두는 밧줄을 둥근 정자의 굵은 기둥에 매었다. 그리고 발이 땅에 닿지 못하도록 높게 줄을 매었다. 이렇게 하여 긴 날개를 가진 티티새나 비둘기가 나무숲에 쳐놓은 새그물에 걸렸을 때처럼 둥지로 돌아가려다 잘못하여 무시무시한 참상이 그 새들을 맞이한 것처럼 여자들은 차례차례 머리를 달아매고 목에는 더욱 참혹하게 죽도록 올가미가 걸려 있었다. 그녀들은 잠시 발버둥을 치기도 했지만 그래도 그리 오래 가지는 않았다.

또한 멜란티오스를 현관에서 안뜰로 끌어내어 무자비한 청동칼로 코와 두 귀를 자르고 남근(男根)을 잡아뽑아 개들에게 던져주었다.

그러고 나자 일동은 손발을 깨끗이 씻고 오디세우스가 있는 성관으로 들어갔다. 이것으로 일은 전부 끝난 셈이었다. 오디세우스는 유모 에우리클레이아에게 말했다.

"유모, 재앙을 치료할 유황을 가져오게. 그리고 방 안에 유황을 피우도록 불도 갖고 오게. 또 페넬로페에게 시녀들을 거느리고 이리 오라고 하게. 집 안에 있는 시녀들도 모두 이리 오도록 독촉하게."

그러자 이번에는 유모 에우리클레이아가 상냥하게 말했다.

"네, 주인 어른의 말씀은 조리에 맞는 지당한 말씀입니다. 그리고 겉옷과 속옷을 갖고 오겠습니다. 이처럼 헐렁한 누더기를 입은 채 성관 안에 서

---

8) 괭이 : 흙을 고르는 데 쓰이는 삽같이 생긴 기구.

계셔서는 안 될 말씀입니다. 그러면 남들이 보고 고약하다고 쑥덕거릴 것입니다."

이에 대하여 지략이 뛰어난 오디세우스가 대답하여 말했다.

"우선 집 안에 불부터 피워주게."

그러자 유모 에우리클레이아는 그대로 따라, 불과 유황을 갖고 왔다. 오디세우스는 대청이나 안채에서 안뜰까지 유황을 피워 집 안을 깨끗하게 했다. 유모는 다시 오디세우스의 훌륭한 성관을 가로질러 안으로 들어가서 시녀들에게 오디세우스의 분부를 전하고 다시 모이도록 알리자 시녀들은 방에서 손에 관솔불을 들고 모두 오디세우스의 주위로 몰려와서 인사를 드리고, 그의 머리며 어깨며 두 손에 매달려 입을 맞추었다. 오디세우스 또한 흐뭇한 그리움에 감정이 격해져서 눈물을 흘리며 한숨을 내쉬었다. 그는 시녀들을 모두 똑똑히 기억하고 있었다.

제23편

페넬로페가 처음으로 남편을 확인하는 장면. 구혼자들을 모두 다 처치했을 때, 이 성관의 주인 오디세우스가 귀국하여 부인을 부른다는 소식을 전하기 위해 유모는 가벼운 발걸음으로 마님의 방으로 달려가서 알린다. 그러나 부인은 너무나 뜻밖의 일이라서 믿으려 하지 않는다. 그러나 이것저것 물어보고 비로소 수긍한다. 이들 부부는 쓰라렸던 지난날을 돌이켜보며 잠자리에 든다. 이튿날 오디세우스는 귀국 보고를 하기 위해 노부 라에르테스의 농장으로 찾아간다.

늙은 시녀는 싱글벙글하면서 남편께서 돌아왔다는 기쁜 소식을 전하기 위해 이층으로 올라간다. 그러나 마음이 조급하여 무릎만 앞섰지 발이 제대로 떨어지지 않았다. 가까스로 마님의 머리맡에 이르자 마님께 말했다.

"페넬로페님, 어서 일어나시지요. 마님께서 그토록 애타게 기다리시던 오디세우스님께서 돌아오셨습니다. 너무나 오랜만에 돌아오셨지만 이 집 재산을 축내고 도련님을 구박하던 그 못된 구혼자들을 모조리 죽여버리셨습니다."

그러자 사려 깊은 페넬로페가 말했다.

"유모, 무슨 잠꼬대 같은 소리를 하는건가. 신께서는 지각 있는 사람이 정신을 잃게도 하시고 얼빠진 자들에게 정신이 들게도 하신다더니 자네의 머리를 돌게 하신 모양이군. 그러니 이처럼 가슴을 태우고 있는 나를 단잠도 못자게 하다니. 오디세우스님께서 이름도 듣기 싫은 저 일리오스로 떠나신 이래 이렇게 단잠을 자보기는 처음이었는데 말일세. 그러니 어서 자네의 방으로 내려가 있게. 만약 다른 시녀가 이런 얘기를 하여 단잠을 깨웠다면 야단을 쳐 쫓아버렸을 것이다. 그러나 연로한 유모가 그랬다니 이번만은 용서해주겠네."

그러자 이번에는 상냥한 유모가 다시 말했다.

"마님을 놀리다니요, 그것은 당치 않은 말씀입니다. 오디세우스님께서 정말로 돌아오셨답니다. 저 먼 데서 왔다는 손님, 대청에서 구혼자들이 천대하던 그 손님이 바로 오디세우스님이었답니다. 텔레마코스님께서는 아버님이 오신 것을 진작부터 알고 계셨답니다. 그러면서도 조심스럽게 아버님의 계획을 감추고 계셨던 것입니다. 오만한 사나이들을 처벌하시기까지는 비밀로 해두셨던 거랍니다."

이렇게 말하자 페넬로페는 너무나 기뻐 침상에서 벌떡 일어나 늙은 시녀를 얼싸안고 뜨거운 눈물을 흘렸다. 그리고 그녀를 향해 말했다.

"유모, 정말 자네의 말대로 그분이 돌아오셨다면 확실하게 말해주게. 그 많은 못된 구혼자들을 어떻게 혼자서 처치하셨는지."

그러자 이번에는 유모 에우리클레이아가 상냥하게 말했다.

"보지도 듣지도 못했지만 그들이 살해될 때 신음 소리만은 들었습니다. 우리는 겁에 질려 안채의 구석방에 앉아 있었습니다. 판자문을 단단히 걸어잠갔거든요. 그래서 텔레마코스님이 우리를 대청으로 불러낼 때까지 구석방에 처박혀 있었습니다. 대청으로 나가보니 오디세우스님께서는 땅바닥에 나뒹굴고 있는 시체 한가운데 서 계셨습니다. 마님께서 그것을 보셨더라면 속이 다 후련해졌을 것입니다. 그때의 오디세우스님은 피나 흙먼지[1]를 뒤집어쓴 사자 같았으니까요. 지금 그 시체들은 안뜰 문간 옆에 쌓아놓았고 집 안은 유황을 피워 깨끗하게 청소해놓았습니다. 그런 다음 마님을 불러오라 분부하셨습니다. 그러니 어서 저를 따라오시지요. 두 분께서 오랜만에 회포를 푸셔야죠.[2] 이제야말로 그토록 오랜 동안 바라시던 것들이 모두 이루어진 셈입니다. 주인 어른께서 살아 돌아오셔서 마님이나 아드님도 다시 만나게 되셨고 오만방자한 구혼자들을 한 사람도 남김없이 처치해버리셨으니까요."

그러자 이번에는 사려 깊은 페넬로페가 말했다.

"하지만 유모, 너무 큰소리로 웃으며 떠들지 말게, 자네도 알다시피 이 집 안 사람들은 그분이 돌아오시기를 얼마나 애타게 바랐었나. 특히 나와 또 그분과의 사이에서 태어난 우리 아들이 얼마나 고대했었나. 하지만 자네가 한 말을 사실이 아닌 것 같네. 아마도 어느 신께서 오만한 구혼자들을 처

---

1) 피나 흙먼지 : 이 1 행은 제 22 편 402 행과 동일하며 여기서는 부적당한 것 같아 삭제해도 무방하다.

2) 회포를 풀다 : 추상적인 말을 쓰고 있는데 호메로스에서는 보기 드문 예이다. 《일리아스》에서는 이 말을 볼 수 없으나 《오디세이아》에서는 네 번이나 나온다. '즐거움'(기쁨)이 비교적 구어풍(口語風)으로 나타나 있다.

치하셨을 거야. 그 자들은 이 지상에 있는 어떤 사람도 존경하지 않았으며 그들을 의지하려 찾아온 사람들을 천대했으니 그 오만불손한 행동을 신께서 벌하신 것이 틀림없네. 오디세우스님께서는 아카이아에서 멀리 떨어진 타국 땅에서 귀국길이 끊겨 돌아가셨을 테니까."

그러자 이번에는 상냥한 유모 에우리클레이아가 말했다.

"마님, 그 무슨 당치 않은 말씀이세요? 나리께서는 지금 난롯가에 앉아 계시는데 집에 돌아올 리 없다니요. 정말 제 말을 믿지 않으시는군요. 그렇다면 제가 확실한 증거를 대드리지요. 어제 제가 그분의 발을 씻겨드릴 때 옛날 멧돼지한테 물린 흉터를 이 눈으로 똑똑히 보았습니다. 제가 이 사실을 마님께 알리려 하자 나리께서는 내 옷깃을 잡으시며 절대로 말하면 안 된다 하셨습니다. 어떤 계략을 갖고 계셨던 거지요. 그러니 어서 저를 따라오시지요. 저의 목숨을 걸고 맹세해도 좋습니다. 만약 제가 마님을 속였다면 저를 처참하게 죽여주시지요."

이에 대해서 사려 깊은 페넬로페가 말했다.

"유모, 영원하신 신들의 뜻을 헤아린다는 것은 무척 어려운 일이겠지. 유모가 아무리 영리하다 하더라도 말일세. 그러니 우선 내 아들이 있는 곳으로 가세. 살해된 구혼자나 그들을 죽인 사람을 이 눈으로 똑똑히 보게……."

이렇게 말하고 이층 계단을 내려갔다. 아무도 없는 곳에서 사랑하는 남편에게 물어볼 것인지 아니면 가까이 다가가서 두 손을 잡고 머리에 입을 맞추는 것이 좋을지 망설이면서. 페넬로페는 대청으로 들어가 돌로 된 문지방을 넘어서 불빛이 환한 벽 쪽으로 가서 오디세우스와 마주앉았다. 이때 오디세우스는 높다란 기둥에 기대어 아래를 내려다보면서 앉아 있었다. 기품 있는 부인이 어떤 말을 할 것인가 하고 기다렸으나 부인은 한참 동안 말없이 앉아 있었다. 부인은 몽롱한 기분으로 남편을 보고 있었다. 어쩌면 남편을 닮은 것도 같고, 남루한 옷을 걸치고 있는 그 모습은 남편이 아닌 것도 같았다. 이것을 텔레마코스가 보고 어머니를 부르며 말했다.

"어머니는 너무 냉정하시군요. 어찌하여 아버지 곁으로 가시지 않고 멀리 떨어져 계십니까? 아버지를 보시고서도 한 마디 말도 하지 않으시고 무엇이건 여쭈어보시지도 않는군요. 다른 여자 같으면 이렇게 남편과 뚝 떨어져 앉아 있지는 않을 것입니다. 갖은 고생을 다 겪은 끝에 이십 년만에 돌아오시지 않았습니까? 어머님의 마음은 언제나 이처럼 돌처럼 차고 딱딱했군요."

그러자 사려 깊은 페넬로페가 말했다.

"아들아, 내 마음이 너무 놀라 얼어붙은 모양이구나. 영 말이 나오지 않는구나. 마주앉아 얼굴을 마주보는 것조차 겁이 나는구나. 만약 이분이 틀림없는 오디세우스님이시며 집으로 돌아오신 것이 틀림없다면 우리 두 사람은 그것을 확인하는 것이 좋을 것이다. 우리에게는 남들이 모르는 표적이 있으니까."

그러자 인내심이 강하고 존귀한 오디세우스는 미소를 지으면서 텔레마코스에게 말했다.

"텔레마코스야, 너의 어머님께서 마음껏 나를 시험해보시라고 하려무나. 그렇게 하는 것이 좋을 것 같다. 지금 내가 이처럼 남루한 옷을 걸치고 있으니, 나를 보고도 남편이란 생각이 안 드는 거다. 그런데 그건 그렇고 앞으로 어떻게 하는 것이 최선의 방법인지 좀 생각해보자. 같은 나라 사람을 단 한 사람만 죽이더라도, 그리고 죽은 사람의 편이 많지 않더라도 그의 친척들을 생각해서 조국을 버리고 망명하는 것이 관례이다. 그런데 우리는 국가의 기둥이라는 사람들을 많이 죽였다. 이타케 섬의 젊은이들 중에서도 특히 뛰어난 자들을 죽였다. 그러니 이에 대한 대책을 생각해보거라."

그러자 이번에는 영리한 텔레마코스가 대답하여 말했다.

"그것은 아버님이 직접 대책을 세우는 것이 좋겠습니다. 세상 사람들은 아버님의 계책이 누구보다도 현명하다고 합니다. 죽어야 할 인간 중에서 아버님과 경쟁을 하려는 자는 없을 것입니다. 우리는 오직 아버님의 뜻에 따르겠습니다. 무용(武勇)에 있어서는 결코 남에게 뒤지지 않으니까요."

그러자 지략이 뛰어난 오디세우스가 대답하여 말했다.

"그러면 내가 가장 좋은 방법이라 생각되는 것을 말해보겠다. 우선 목욕을 하고 깨끗한 속옷을 입는 것이 좋겠다. 그리고 시녀들에게도 각자 자기 방으로 가서 옷을 갈아입으라 일러라. 다음에는 음유시인을 불러 하프를 손에 들고 유쾌한 노래에 어울려 춤을 추게 하거라. 그래서 길 가는 사람이나 가까이 사는 사람들이 듣고 혼례 잔치라도 열리는 것으로 알도록 말이다. 이렇게 해서 우선은 구혼자들이 떼죽음을 당했다는 소문이 밖으로 새어나가지 않도록 해야 한다. 내가 밖으로 나가 수목이 무성한 우리 밭에 도착하기 전까지는 말이다. 그러면 그곳에 가서 올림포스에 계신 신께서 어떤 계책을 내리실지 생각해보자구나."

이렇게 말하자, 그의 분부대로 우선 목욕을 하고 옷을 갈아입었으며 시녀들도 좋은 옷으로 단장했다. 또한 음유시인은 속이 텅 빈[3] 큰 하프를 들고 사람들의 가슴속에 즐거운 노래와 춤이 저절로 나오게 해주었다. 그러자 웅장한 성관 안은 사나이들과 아름다운 띠를 두른 여자들이 어울려 추는 발소리가 신나게 울려 퍼졌다. 그래서 성관 밖에서 이 소리를 들은 사람들은 이렇게 서로 말을 주고받았다.

"아마도 마님과 많은 구혼자 중 어느 분과 혼례식을 올리나보군. 참 딱한 분이라니까. 남편이 돌아올 때까지 저 웅장한 성관을 지키지 못하다니, 절개란 도무지 없는 분이야."

이렇게 말하는 것이었다. 그들은 성관에서 일어났던 끔찍한 일은 전혀 모르고 있었다. 성관 안에서는 에우리노메가 도량이 넓으신 오디세우스를 목욕시키고 몸에 기름을 발라준 다음 폭이 넓은 베옷과 속옷을 입히고 아테네 여신이 그의 머리 끝부터 멋진 모습으로 바꿔주시어 늠름하고 훤칠하게 보이도록 해주셨다. 그리고 목까지 치렁치렁 내려오는 머리는 히아신스 꽃 빛깔[4]처럼 마치 헤파이토스와 팔라스 아테네 여신으로부터 묘기를 전수받은 명공(名工)이 은그릇의 테두리를 정교하게 황금으로 두른 것처럼 그의 모습을 한껏 단장시켜주었다. 이윽고 그는 불사신과 같은 모습으로 욕조에서 나와 부인의 맞은편에 놓인 아까 앉았던 자리로 돌아와서 부인에게 말했다.

"이 얼마나 이상한 여자[5]인가. 올림포스에 계신 신들께서는 연약한 여자 중에서도 특히 그대에게 꿋꿋한 마음을 주셨나보군. 다른 여자 같았으면 이렇게 참을성있게 이십 년만에 고향으로 돌아온 남편에게 멀찌감치 떨어져 앉아 있지는 않았을 것이오. 그건 그렇고 유모, 자리를 깔아주게. 나 혼자라도 좀 자야겠네. 부인의 심장은 무쇠로 만든 모양이니까."

그러자 이번에는 사려 깊은 페넬로페가 말했다.

---

3) 속이 텅 빈 : 배나 동굴 같은 것에 흔히 사용된다. 여기서는 하프를 말하며 '음이 부드러운, 우아한'과 비슷한 뜻으로 보인다.

4) 히아신스 꽃 빛깔 : 이 158~162 행은 6·230~235 와 같다. 이 대목은 후대에 추가한 것으로 추정되며 전후의 연결이 좋지 않다.

5) 이상한 여자 : 나중에 페넬로페가 오디세우스를 향하여 같은 말(단, 남성형)을 사용한다. 무언가 신령이라도 들린 사람처럼 이상한 말을 하거나 이상한 행동을 하는 사람 '엉뚱한 짓을, 이상한 짓을'과 같은 뜻.

"당신이야말로 참 이상한 분이시군요. 저는 교만하지도 않을 뿐더러 누구를 깔보지도 않습니다. 다만 긴 노가 달린 배를 타고 이타케를 떠날 때부터 어떤 모습인지 생생하게 기억하고 있으니까요. 자, 에우리클레이아, 튼튼한 침대[6]를 준비해드리게. 아늑한 안채 밖에 당신이 손수 만든 그 침대를. 그리고 요를 깔고 양털이며 이불도, 두툼한 담요도 펴드리게."

이렇게 말한 것은 남편을 떠보기 위해서였는데 오디세우스는 언짢은 표정으로 신실한 부인에게 말했다.

"페넬로페여, 지금 부인이 한 말은 내 가슴을 아프게 하는구려. 누가 내 침상을 딴 곳으로 옮길 수 있단 말이오. 그것은 여간 어려운 일이 아닐 텐데. 만약 신께서 오셔서 직접 딴 곳으로 옮겨놓기 전에는 그것은 어려운 일일 테니까. 하물며 인간으로서야 아무리 젊고 힘센 사람이라도 그것은 쉬운 일이 아니오. 내가 그 침상을 만들 때 나는 하나의 비밀을 만들어두었었소. 원래 그곳은 기다란 잎이 나 있는 올리브나무가 무성한 안뜰이었소. 그 나무가 자라서 줄기가 큰 기둥만한 아름드리가 되었었소. 나는 그 나무를 중심으로 내전의 침실을 짓고 많은 돌을 쌓았으며 그 위에 지붕을 얹고 튼튼한 문짝도 꼭 맞게 달아놓았소. 다음에는 기다란 잎이 달린 올리브나무의 가지를 쳐버리고 밑둥부터 잘라 청동칼로 잘 다듬은 다음 먹줄을 쳐 곧게 하여 침상 기둥을 만들었었소. 그리고 송곳으로 구멍을 뚫고 황금이나 은, 상아(象牙)를 박아 장식하고 그 내부는 빨갛게 물들인 쇠가죽끈으로 묶었었소. 이것이 이 침대의 비밀이오. 그런데 그 침대가 아직 그대로 있는지 다른 어떤 사나이가 올리브나무를 밑둥에서 잘라내어 다른 곳으로 옮겨갔는지는 모르지만……."

이렇게 말하자 페넬로페는 무릎도 마음도 떨려 그 자리에 주저앉고 말았다. 오디세우스가 두 사람만이 알고 있는 증거를 확실하게 대준 때문이었다. 페넬로페는 눈물을 흘리면서 와락 달려가 두 손으로 오디세우스의 목을 휘감고 머리에 입을 맞추며 말했다.

"오디세우스님, 제발 그렇게 무서운 표정일랑 짓지 마세요. 당신은 무슨 일에서나 남보다 뛰어났으며 분별있는 분이니까요. 신들께서는 우리가 함께 살면서 젊음을 즐긴 다음 행복하게 노년에 이르는 것을 시기하셔서 우리에게 시련을 주셨어요. 그러니 당신을 처음 만났을 때 반갑게 인사드리지 못한

---

6) 튼튼한 침대 : 튼튼하게 만들어진 큰 침대이다.

것을 건방지다고 화내지 말아주세요. 저는 언제나 누군가 낯선 사람이 찾아와서 교묘한 말로 나를 속이지나 않을까 늘 불안 속에서 지냈습니다. 세상에는 못된 음모를 꾸미는 자들이 많이 있으니까요. 제우스님의 따님이신 헬레네님만 해도 아카이아 족의 용감한 무사들을 또다시 고국으로 데려갈 줄 알았더라면 결코 타국 남자에게 몸을 허락하거나 함께 자지는 않았을 것입니다. 헬레네님을 꼬여서 그러한 부정을 저지르게 한 것은 바로 신이셨습니다. 그런 죄스러운 과오를 범할 의도는 전혀 없었습니다. 그 실수로 해서 우리에게까지 화근이 미쳤던 것이지요. 하지만 지금 당신은 우리들의 침상에 얽힌 비밀을 분명하게 밝혀주셨습니다. 다른 사람들은 그것을 아무도 본 적이 없지만 당신과 나 그리고 시녀 아크토리스가 알고 있을 뿐이지요. 제가 이곳으로 시집올 때 아버님이 딸려보내 우리들의 견고한 내전을 지켜주는 그 시녀뿐이지요. 이제는 툭 터놓고 제가 믿을 수 있게 되었습니다."

이렇게 말하여 남편의 마음을 더욱 설움에 복받치게 했다. 그는 마음이 통하는 신실한 아내를 끌어안고 한동안 눈물을 흘렸다. 그것은 마치 풍랑을 만나 허우적거리는 사나이가 눈앞에 육지가 나타난 것을 보고 기뻐하는 것처럼 페넬로페도 기쁨을 감추지 못했다. 바다 한가운데서 포세이돈이 바람과 큰 파도를 일으켜 항해하던 배를 산산조각냈을 때 고작 몇 사람만 살아 남아 육지를 향해 헤엄쳐 가서 겨우 재앙을 면하여 육지에 오르는 것처럼 페넬로페는 남편의 모습을 바라볼수록 남편의 귀국이 기쁘고 고마워서 남편의 목에서 좀처럼 팔을 떼지 못했다. 만약 빛나는 눈의 여신 아테네가 다른 일을 생각해내지 않았더라면 이처럼 울고 웃는 사이에 장미빛 손가락을 가리키는 새벽의 여신이 나타났을지도 몰랐다. 즉 여신은 밤을 오래오래 밝지 않게 붙들어놓고 또 한편으로는 황금보좌에 앉으신 새벽의 여신을 대양하(오케아노스) 근처에 머물러 있게 하시고 인간 세계에 빛을 가져다주는 발이 빠른 람포스와 파에톤 여신을 태울 마차에 매는 것을 허락하지 않았던 것이다. 그때 지략이 뛰어난 오디세우스가 부인에게 말했다.

"부인이여, 아직 우리는 이 시련의 끝[7]에 완전히 도달한 것은 아니며 우리 앞에는 측량하기 어려운 힘든 일들이 기다리고 있소. 나는 그것을 완전히

7) 시련의 끝 : 힘겨루기(싸움이나 경기 등)를 위해 부과된 일의 결말, 종말을 말함. '어려운 사업'이나 또는 그 결과의 '상품' 등을 지칭하기도 한다.

마무리하지 않으면 안 되오. 그래, 맞아. 내가 나와 부하들이 언제 귀국할 수 있는지 알아보기 위하여 명왕의 성관으로 내려가서 텔레시아스의 혼령에게 점을 쳤을 때 그가 예언해주었었소. 그것은 어쨌든 부인, 우리의 침실로 갑시다. 달콤한 잠에 몸을 내맡겨 마음을 위로합시다."

그러자 이번에는 사려 깊은 페넬로페가 말했다.

"침실은 언제든지 마음이 내키실 때 들 수 있도록 준비해두었습니다. 신께서 당신을 고향 땅으로, 그리고 훌륭한 성관으로 돌아오게 하셨으니까요. 그런데 당신께서 마음먹고 있는 그 시련이 어떤 것인지 알고 싶군요. 언젠가는 알 수 있겠지만 지금 알아두는 것도 해로울 건 없을 테니까요."

이에 대해서 지략이 뛰어난 오디세우스가 대답하여 말했다.

"참 이상한 여자요, 당신은. 왜 그렇게 성급하게 독촉하는 거요? 그렇다면 나도 숨김없이 말해주겠지만, 나 자신도 꺼림칙하게 생각하고 있으니까 당신에게도 듣기 좋은 얘기는 아닐 거요.

그는 명했소[8]. 두 손에 잘 맞는 노를 쥔 채 바다라는 것을 전혀 모르는 사나이들이 사는 곳에 당도할 때까지 가라고 했소. 그들은 소금을 친 음식을 아직 먹어본 적이 없으며 뱃전을 붉게 칠한 배를 본 적도 없으며 배에서는 날개나 다름없는 노라는 것도 모르는 사람들이라 했소. 이렇게 틸레시아스는 말해주었는데 당신에게도 그것을 다 말해주겠소. 도중에 한 나그네를 만나게 되는데 그 사나이가 나를 보고 '너는 곡식을 까부는 키를 어깨에 짊어지고 있구나.' 하고 말하거든 손에 쥐고 있던 노를 대지에 세우고 새끼양과 황소와 암퇘지를 쫓아다니는 수퇘지 등이 세 가지를 포세이돈에게 제물로 바치고, 또 고향으로 돌아가거든 광활한 하늘을 지배하시는 신들께 차례대로 백 마리의 소를 제물로 바치라고 했소. 또 나에게는 바다에서 죽음이 오겠지만 그것은 매우 조용할 것이며 행복한 노년에 기력이 다해 죽는 그런 죽음이 될 것이며 내 주위에 사는 사람들은 모두 번창할 것이라고 예언했었소."

그러자 이번에는 사려 깊은 페넬로페가 말했다.

"만약 신들이 지금보다 더 좋은 만년을 보내게 해주신다면 앞으로는 여러 가지 재난을 모면할 희망도 없겠군요."

두 사람은 이렇게 서로 이야기를 나누고 있었다. 그 사이에 에우리노메와

---

8) 그는 명했소 : 예언자 틸레시아스의 말을 가리킴. 이 대목은 11 · 121 과 거의 같다.

유모는 환하게 비추는 관솔불 아래 보드라운 이부자리를 펴서 잠자리를 준비했다. 잠자리를 다 펴놓자 유모는 자기의 방으로 돌아갔다. 그래서 시녀 에우리노메가 두 손에 관솔불을 들고 침실로 향하는 두 사람을 안내해주고 자기의 처소로 돌아갔다. 두 사람은 낯익은 침실로 가서 정해진[9] 잠자리를 맞이했는데[10] 한편 텔레마코스는 소치기와 돼지치기와 함께 추던 춤을 멈추고, 여자들에게도 춤을 멈추게 하고 자기들도 희미한 그림자가 드리운 성관의 방으로 가 잠을 청했다.

두 사람은 그리움과 사랑의 마음으로 마음을 달래고 그 동안 쌓였던 회포를 풀었다. 여성 중에서도 기품 있는 페넬로페는 보기 싫은 구혼자들을 매일같이 대해야 했으며 그것을 참아야 했던 괴로운 일들, 구혼자들이 집안의 소나 양을 수없이 잡아먹고 많은 포도주통을 먹어 치웠다는 얘기를 하면 제우스의 후예인 오디세우스는 자기가 세상 사람들에게 얼마나 괴로움을 주었으며 자기 또한 얼마나 많은 고생을 해왔는지 남김없이 털어놓았다. 페넬로페는 이러한 이야기를 넋을 잃고 들었으며 이야기가 다 끝나기 전에는 눈꺼풀에 잠이 찾아오지도 않았다.

우선 이야기는 키코네스 족을 쳐부수던 일부터 시작해서 로토파고이 족들의 기름진 땅에 도착했던 이야기 다음에는 퀴클로프스(單眼의 거인)에 대한 이야기, 이 단안의 거인이 그의 뛰어난 동지들을 인정사정없이 잡아먹던 일, 또 아이블로스 섬에 도착했을 때 처음에는 따뜻하게 맞아주었으며 그들이 배를 태워 고향 땅으로 보내주었으나 고국으로 돌아갈 운명을 타고나지 못하여 질풍이 그들을 덮쳐 물고기가 우글거리는 바다 한가운데로 몰고 갔던 이야기, 그리고 라이스트리고네스 족의 수도 텔레필로스에 갔으나 그들이 배를 파괴하여 동지들이 몰살당하고 검은 배를 타고 혼자 나온 이야기, 그리고 요녀(妖女) 키르케의 괴상한 음모와 계략을 꾸몄던 일, 여러 개의 노가 달린 배를 타고 명왕의 성관에 가서 테바이 사람 틸레시아스의 영혼으로부터 예언을 구하던 일, 또 그때 이미 세상을 떠난 전우들이며, 또 그를 낳아주고 길러주신 어머니의 혼령을 만난 얘기도 들려주었다. 또 높은 소리로 계속

9) 정해진 : 고래로 혼인을 정하는 것, 부부의 연을 맺는 것.

10) 맞이했는데 : 알렉산드레이아기(期)에 정본(定本)을 만든 대학자 아리스타르코스나, 그의 스승 아리스토파네스(희극 작가와는 다른 사람) 등은 오디세이아를 여기서 끝냈다(그 뒷부분은 나중에 추가한 것이다).

노래를 부르는 세이레네스를 만났던 일, 그리고 떠 있는 바위라고 부르는 암초[11]나 무서운 칼리브디스나 스킬레에 관한 이야기 그리고 거기에서는 죽은 사람을 내지 않고는 통과하지 못했던 일들도 얘기해주었다. 또한 부하들이 태양신의 소를 잡아먹어 하늘을 뒤흔드는 제우스 신께서 그들의 빠른 배에 벼락을 친 이야기, 그때 그의 부하들은 모두 죽었지만 자기만은 가까스로 죽음을 면했던 일 등. 그리고 오귀기에 섬으로, 님프 칼립소의 집에 가자 여신은 그를 같이 자기의 남편이 되어 달라고 하면서 텅 빈 동굴에 그를 있게 하고 먹고 자게 하면서 언제까지나 나이도 먹지 않고 죽지도 않게 해주겠다고 했으나 자기의 마음은 요지부동이었다는 얘기도 들려주었다. 그리고 갖은 고난 끝에 파이에케스 섬에 닿게 되었는데 그 섬 사람들은 자기를 신처럼 모셨으며 자기를 배에 태워 그리운 고국 땅으로 보내주었으며 이때 그들은 청동과 황금으로 만든 귀한 그릇이며 많은 옷도 주었다는 이야기를 마지막으로 했을 때 잠이 두 사람을 엄습하여 가슴에 가득 찼던 걱정거리도 모두 잊게 해주었다.

그런데 빛나는 눈의 여신 아테네는 또 다른 일을 생각해내어 오디세우스가 사랑하는 아내와 충분히 단잠을 잤을 것으로 생각될 무렵 오케아노스의 끝에서 황금 보좌에 기대어 일찍 태어나는 새벽의 여신을 하늘에 떠오르게 하여 인간 세계에 빛을 보내주게 했다. 오디세우스도 푹신한 침상에서 일어나 페넬로페에게 말했다.

"여보, 우리는 신물이 날 정도로 고통을 겪어왔었소. 당신은 내가 갖은 고생 끝에 집으로 돌아오기를 울면서 기다렸고, 나는 제우스 신이나 다른 신들이 고난을 내리시어 그리운 고향에서 언제나 멀리 떨어져 있게 했었소. 그러나 지금은 두 사람이 그토록 소망하던 뜻이 이루어져 함께 살게 되었으니 이제는 남은 재산을 잘 관리하고, 못된 구혼자들이 잡아먹은 가축은 그것이 많다 하더라도 내가 직접 되찾아오겠소. 가축 우리가 꽉 차도록 말이오. 그런데 나는 이제 나무가 무성한 우리 농원에 가려 하오. 그 동안 나 때문에 애태우신 아버님을 찾아뵈어야겠소 그래서 말인데 당신에게 일러둘 말이 있소. 해가 떠오르면 우리 성관에서 구혼자들이 모두 살해되었다는 소문이 퍼질 것이오. 그러니 당신은 시녀들을 데리고 이층에 올라가 꼼짝 말고 있도록 하시오.

11) 떠 있는 바위라고 부르는 암초 : 12·61 이하에 나온다.

그리고 누구를 만나도 안 되며 문책도 하면 안 되오."

이렇게 말하고 두 어깨에 훌륭한 무구를 걸치고 텔레마코스와 소치기와 돼지치기를 불러 모두에게 무기를 들라고 했다. 그러자 모두 그의 말대로 청동 무구로 무장하고 문을 열어 오디세우스를 선두로 집을 나섰다. 그때 이미 아침 햇살이 땅위에 비쳤는데 아테네 여신은 이들을 어두운 밤으로 감싸서 재빨리 도성 밖으로 데리고 갔다.

제 24 편

구혼자들의 영혼은 명계(冥界)로 하강하여 화목이 이루어진다. 오디세우스의 성관에서 살해된 구혼자들의 망령은 헤르메스 신의 안내를 받아 명계로 내려간다. 그곳에서 영웅들의 혼을 만나 자초지종을 말한다. 한편 오디세우스는 늙으신 아버님을 농장으로 찾아뵈어 재회를 기뻐한다. 그 사이에 구혼자들의 친족들은 보복하기 위하여 떼를 지어 농원으로 몰려온다. 한 차례의 접전이 있은 다음 아테네 여신의 중재로 화해하고 평화로운 도성으로 돌아와 끝난다.

키레네의 신[1] 헤르메스는 지금 살해된 구혼자들의 망령을 불러냈다. 두 손에 황금 지팡이를 들고 사람들을 잠재우기도 하고 또는 자고 있는 사람을 잠에서 깨우기도 했다. 헤르메스 신이 그 지팡이를 들고 망령을 깨워 데리고 갔는데 그들은 광활한 동굴 속에서 박쥐들이 찍찍 소리를 내며 날아다니듯 울음소리를 내면서 서로 붙잡고 바위 위에서 늘어진 줄을 놓쳐 애타게 울듯이 울면서 따라갔다. 그 무리의 선두에 서서 구원을 베푸는[2] 헤르메스 신은 몽롱하고 침침한(명계로 가는) 길을 걸어 내려갔다. 이리하여 오케아노스(大洋河)의 흐름을 따라(흰 바위) 옆을 지나 다시 태양신이 들어가는 문과 꿈의 무리들이 몰려 있는 곳을 지나서, 극락 백합[3]이 피는 들판에 이르렀다. 이곳은 일을 마친(세상을 떠난)[4] 자들의 망령이 사는 곳이었다.

그들은 거기에서 펠레우스의 아들 아킬레우스의 망령이나, 파트로클로스나 명예로운 안틸로코스며, 아이스 등의 망령을 만났는데, 이 무사들은 명예로운

---

1) 키레네의 신 : 헤르메스를 말함. 아르카디아의 키레네 산 속에서 태어났다는 전설이 있다.

2) 구원을 베푸는 : 이것도 헤르메스 신의 칭호인데 의미가 반드시 명확한 것은 아니다. akaketa로, ak를 겹쳐서 '병을 고치다'에서 나온 것이라고 추정되어 해석되고 있으나 충분히 설득력이 있는 것은 아니다.

3) 극락 백합 : 아스포데로스라는 파〔葱〕과의 식물. 청백색 꽃을 피운다고 한다.

4) 일을 마친 : '고생을 한', 인생고에 시달린 영혼, 즉 죽은 자의 신령을 가리킴. 라틴 어의 defunctus와 같다.

펠레우스의 아들을 제외한 다른 모든 다나오스의 후예 중에서 용모로 보나 체격으로 보나 가장 뛰어난 자들이었다. 이들이 아킬레우스를 둘러싸고 떠들고 있을 때 바로 그 곁에 아트레우스의 아들 아가멤논의 망령이 괴로운 표정으로 다가왔다. 그의 주위에는 그와 함께 아이기스토스의 성관에서 생명을 잃은 자들의 망령들이 둘러싸고 있었다. 이들을 향해 우선 펠레우스의 아들이 말했다.

"아트레우스의 아들이여, 소문에 듣기로는 영웅이라 불리는 무사들 중에서도 당신은 특히 벼락을 던지시는 제우스 신의 사랑을 받고 있었다는 말을 들었습니다. 그것은 당신이 저 토로이아에서 우리 아카이아 족 군사들이 고전을 면치 못하고 있을 때 많은 용사들을 다스렸기 때문이었습니다. 그런데 당신에게도 저주스런 운명이 따라다니게 되었군요. 이 세상에 태어난 사람이라면 누구도 그 운명을 모면할 수 없겠지만 그렇다 하더라도 군주로서의 영예를 누리면서 트로이아에서 죽음을 맞이했더라면 얼마나 좋았겠습니까? 만약 그랬더라면 아카이아의 모든 무사들이 당신을 위해 무덤을 만들고 당신의 자손들도 후세에까지 그 명예를 전해주었을 것입니다. 그런데도 당신은 덧없이 애통한 죽음을 맞이해야 할 운명이었습니다."

그러자 이번에는 아트레우스의 아들의 망령이 말했다.

"더없이 행복한 펠레우스의 아들 아킬레우스님이시여, 신의 모습처럼 보이는 당신은 아르고스에서 멀리 떨어진 트로이아에서 돌아가셨는데, 그곳에서는 당신 외에도 트로이아 쪽 군사나 아카이아의 용맹스런 아들들이 당신을 위해 싸우다가 목숨을 잃었습니다. 그런데 당신은 모래 먼지에 묻혀 그 몸을 쓰러뜨렸지요. 기사의 뛰어난 재주는 다 팽개친 채 말입니다. 그러나 우리들은 하루 종일 싸웠습니다. 만약 제우스 신께서 번갯불로 제지하지 않았더라면 전쟁은 그치지 않았을 것입니다. 우리는 당신의 시체를 싸움터에서 배로 옮기고 따뜻한 물과 기름으로 당신의 시신을 깨끗이 닦은 다음 다나오이 사람들[5]은 뜨거운 눈물을 흘렸으며 머리칼을 잘라 바쳤습니다. 또한 당신의 어머님도 비보를 듣자 바다의 불사의 여신들을 데리고 오셔서 바다가 진동할

---

5) 다나오이 사람들 : 아카이아 인과 거의 같은 뜻으로 사용되고 있는 그리스 민족계, 다나오스의 후예(신화풍으로 불러서)라고도 한다. 또는 다나에와 관련되어 아르고스로 이주해온 한 분파이든가 도나우, 다나이스나 이집트를 침입한 다나우나와도 관계가 있는지 모르겠다.

듯 슬피 통곡하셨습니다. 이때 아카이아의 군사들은 그 통곡 소리를 듣고 다리가 후들후들 떨릴 지경이었습니다. 그래서 모두 벌떡 일어나서 가운데가 텅 빈 배에 뛰어오를 뻔했습니다. 이때 만약 지난 일들을 소상하게 알고 있는 네스토르님께서 우리를 제지하지 않았더라면 말입니다. 그분은 그 전부터도 늘 뛰어난 의견을 내놓곤 하셨지요. 이 노인이 모두를 위해 여러 가지로 생각한 끝에 모두에게 말했습니다.

'자, 그만 조용히 하게. 아르고스의 젊은 군사들이여. 그렇게 달아나지 말게, 어머님이 바닷속에서 불사의 여신들을 데리고 세상을 떠난 아드님을 보기 위해 이렇게 오시지 않았는가.'

이렇게 말하자, 의기 왕성한 아카이아의 군사들도 달아나지 않았지요. 그래서 당신의 유해를 둘러싸고 바다의 연로한 신 네레우스의 딸들이 거룩한 수의를 입혀주었지요. 그리고 9 명의 무사이(芸神)들이 고운 목소리로 만가를 불렀습니다. 이때 아르고스의 군사 중 눈물을 흘리지 않은 사람은 한 사람도 없었습니다. 그만큼 무사이들의 노랫소리는 감동적이었습니다. 이때부터 십칠 일 동안 밤낮없이 불사의 신들이나 죽어야 할 인간이고 할 것 없이 당신의 죽음을 애도했습니다.

그리고 십팔 일 째 되는 날 우리는 당신의 시신을 화장했습니다. 그때 우리는 여러 마리의 살찐 양과 산양, 그리고 뿔이 휜 소를 잡아 제사를 지냈습니다. 그때 당신의 시신엔 신들의 옷을 입히고 향유와 달콤한 꿀을 뿌려 화장했는데 아카이아 족의 많은 영웅들은 무장을 한 채 불타고 있는 장작더미를 향해 혹은 걸어서 또는 말을 타고 요란한 소리로 내며 달려왔답니다. 그리하여 헤파이토스의 화염[6]이 당신의 시신을 다 태워버리자, 우리는 이른 아침부터 물을 섞지 않은 술과 올리브유를 부어 불을 끈 다음 당신의 백골을 골라냈습니다. 그때 당신의 어머님께서는 두 귀가 달린 황금 병을 내놓으셨습니다. 이 병은 디오니소스가 선사한 것인데 이름난 공예의 신인 헤파이토스가 만든 것이라고 했습니다. 우리는 그 병에 당신의 뼈를 담았습니다. 당신보다 먼저 죽은 메노이티오스의 아들 파트로클로스의 뼈와 함께 말입니다. 안틸로코스의[7] 뼈와 함께 섞지 않은 것은 당신이 먼저 세상을 떠난 파트로클로스 다음

---

6) 헤파이토스의 화염 : 헤파이토스는 대장장이와 여기에 필요한 불의 신으로 알려져 있다.
7) 안틸로코스의 : 이 2 행은 생략해버리는 학자가 많다. 《일리아스》 24·574 에 따라서.

으로는 누구보다도 뛰어났기 때문이었습니다. 우리는 그 뼈를 파묻고 크고 훌륭한 무덤을 쌓았습니다.

아카이아 족의 용맹스런 무사들이 널찍한 헬레스폰토스의 여울목에 툭 튀어나온 곶 근처에 바다 위에서도 잘 보일 수 있도록, 그리고 후세에 태어날 사람들을 잘 볼 수 있도록 묻었던 것입니다. 또 당신의 어머님께서는 장의를 위해 신들께 기원을 드리고 아카이아 군의 대장에게 경기를 할 때 쓰라면서 훌륭한 상품도 내놓으셨습니다. 당신도 영웅들의 장례에 많이 참석해보셨겠지만, 한 나라의 영주가 세상을 떠나면 젊은이들이 씨름판을 벌이고 상품도 푸짐하게 내놓는 것이 보통이었지요. 그러나 당신의 장례 때 여신들이 내놓은 상품은 눈이 휘둥그래질 정도로 훌륭한 것이었습니다. 그만큼 은처럼 흰 다리를 가진 테티스 신께서는 여러 신들과도 절친한 사이였지요. 이처럼 당신은 사후에도 그 명성을 잃지 않았었습니다. 뿐만 아니라 당신의 훌륭한 명예는 세상 사람들에게 영원히 전해질 것입니다. 그런데 저는 전쟁을 완전히 끝냈건만 아무런 기쁨도 누리지 못하고 있습니다. 제가 귀국할 제우스 신께서는 무참한 파멸을 내려주셨던거지요. 아이기스토스와 저주스런 내 아내의 손에 살해되었으니까요."

그들은 이렇게 지난 일들을 서로 이야기하고 있었다. 이때 아르고스를 죽인 신 헤르메스[8]가 오디세우스에게 살해된 구혼자들의 망령을 인솔하여 가까이 왔으므로 두 사람은 깜짝 놀라 그들의 곁으로 달려갔다. 그러자 아트레우스의 아들 아가멤논의 망령은 절친했던 메넬라우스의 사랑하는 아들이며 세상에 그 이름이 알려진 암피메돈을 망령들 중에서 발견했다. 이 사나이는 이타케 섬에 살고 있었는데 그와는 전부터 서로 왕래하던 사이였다. 그러자 아트레우스의 아들 아가멤논의 망령이 우선 입을 열었다.

"암피메돈이여, 자네들은 무슨 사연이 있어서 이 어두운 지하 세계로 내려왔단 말인가. 자네들은 같은 나이 또래인 데다가 고을에서도 뛰어난 용사들이 아니었던가. 자네들이 배를 타고 갈 때 포세이돈이 산더미 같은 파도와 폭풍으로 바닷속으로 쳐넣었는가? 아니면 땅 위에서 적의를 품은 자들이 자네들의 소떼나 양떼를 약탈하려고 자네들을 죽였다는 말인가? 그것도

8) 아르고스를 죽인 신 헤르메스 : 5 · 43 이하 자주 나오는 헤르메스의 칭호. 그 뜻은 확실치 않다. 여기서는 망령을 인도하는 안내자인 헤르메스 H. Psychopompos이다.

아니면 자네들의 도성이나 부녀자들을 보호하려고 싸우다가 죽었단 말인가? 내가 묻는 말에 대답해주게. 나는 자네의 집안과는 각별한 사이였으니까 말일세. 내가 이타케 섬으로 가서 자네의 집을 방문했던 일을 벌써 다 잊었는가? 신과도 같은 메넬라오스와 함께 오디세우스를 재촉해서 배를 타고 일리오스로 원정을 하자고 부탁하러 갔던 일 말일세. 그때 나는 꼭 한 달만에 도성을 함락시키는 오디세우스를 설득시킬 수 있었지."

그러자 이번에는 암피메돈의 망령이 말했다.

"명예로운 아트레우스의 아드님이시며 무사들의 군주이신 아가멤논이시여, 제가 어찌 그것을 기억하지 못하겠습니까. 제우스 신께서 보살펴주시는 당신이 하신 말씀을. 그래서 말인데 저희들의 비참한 최후를 죄다 말씀드리겠습니다. 원정을 떠난 오디세우스가 오랫동안 돌아오지 않자 우리는 그의 부인에게 청혼했습니다. 그러자 그녀는 우리들의 청혼을 거절하지도 않고 그렇다고 딱부러지게 결정을 내리지도 않은 채 죽음의 어두운 운명을 가슴에 품고 교활한 계략을 꾸몄던 것이지요. 그 여자는 큼직한 베틀을 방 안에 들여놓고 결이 곱고 널찍한 옷감을 계속 짜고 있었습니다. 그러면서 우리들에게 이렇게 말하는 것이었습니다.

'나에게 구혼하는 젊은 양반들이시여, 존귀하신 오디세우스님이 죽은 이상 나의 결혼을 조급하게 서두르려 하시겠지만 조금만 기다려주시지요. 이 폭넓은 옷감을 다 짤 때까지 뽑아낸 실이 못 쓰게 되면 어쩝니까. 이것은 라에르테스님의 장례 때 수의로 쓸 천이니까요. 그분께서 심한 고통이 따르는 죽음의 운명이 그분 곁을 찾아올 때 쓸 옷감입니다. 시신을 감싸줄 옷도 없이 그분을 돌아가시게 한다면 아카이아 족들의 여자들은 저를 욕할 테니까요.'

이렇게 말하며 결혼을 재촉하는 우리들을 설득하려 했습니다. 그런데 그 여자는 하루 종일 베를 짰는데 밤이면 새벽녘까지 그것을 도로 풀었습니다. 이렇게 해서 삼 년 동안은 우리를 속여넘겨 아카이아 족 사람들을[9] 납득시킬 수 있었으나 사 년째로 접어들었을 때 그것을 알고 있는 한 시녀가 우리에게 알려주었습니다. 그래서 우리는 그녀가 짠 천을 다시 풀고 있는 현장을 확

9) 아카이아 족 사람들을 : 앞에서도 여러 번 나온 바와 같이 이타케나 그 인근에서 아카이아 족은 지배 계급인 그리스계 족속을 말한다. 주로 원주민계가 서민층에 많았던 때문일 것이다(노예 이외에도).

인하게 되었습니다. 그녀는 울며 겨자먹기로 그 베를 다 짤 수밖에 없었습니다.

그녀는 베를 다 짜자 태양이나 달빛처럼 빛나는 그 천을 사람들에게 보여주었을 바로 그때 심술이 고약한 어느 신께서 돼지치기가 살고 있는 외딴 오두막집으로 오디세우스를 데리고 갔습니다. 게다가 또 신과 같은 오디세우스의 사랑하는 아들 텔레마코스도 모래 언덕이 많은 필로스에서 검은 배를 타고 이타케로 돌아왔던 것입니다. 이들 두 사람은 구혼자들에게 무서운 죽음의 계책을 모의하여 세상에 이름 높은 이타케로 왔던 것이지요. 이때 텔레마코스가 먼저 왔고 오디세우스는 나중에 왔는데 그를 데리고 온 사람은 돼지치기였으며, 그는 누더기를 몸에 걸치고 늙고 초라한 거지 차림으로 지팡이를 짚고 있었습니다. 그러나 우리 중 그 누구도 그가 오디세우스라는 것을 알아보지 못했습니다. 그리고 그렇게 느닷없이 그가 나타나리라고는 아무도 생각하지 못했지요. 그래서 우리는 그에게 욕을 퍼붓는가 하면 그에게 물건을 던지며 때려주기도 했습니다. 그래도 그는 자기의 집에서 꾹 참고 있었습니다. 그러나 이윽고 산양 가죽 방패를 드신 제우스 신께서 그를 부추기자 텔레마코스와 합세해서 훌륭한 무구들을 모두 거두어 광 속에 집어넣고 단단히 문을 채워버렸습니다. 그리고 교묘하게 자기의 아내를 시켜 구혼자들에게 큰 활과 잿빛 쇠도끼를 내놓게 했습니다. 무서운 죽음의 운명을 맞이하게 된 경기의 도구를 내놓아 살육이 벌어지게 한 것입니다. 우리는 단 한 사람도 그 큰 활을 당기지 못했으나 그 활이 오디세우스의 수중에 들어가자 우리는 모두 그에게 활을 주지 말라고 강력하게 항의했으나 텔레마코스는 그의 편을 들어 활을 주라고 명했습니다. 그 활을 받아들자 오디세우스는 어렵지 않게 활시위를 당겨서 쇠도끼의 구멍을 모조리 명중시켰습니다.

그러더니 그는 문지방 위에 버티고 서서 잇따라 빠른 화살을 쏘아댔습니다. 눈을 무섭게 부라리면서――. 맨 처음에 안티노스님이 화살을 맞고 쓰러졌습니다. 그리고 잇따라 구혼자들에게 화살을 쏘아댔습니다. 구혼자들은 화살을 맞아 수없이 쓰러졌습니다. 아마도 어느 신께서 그에게 가세했던 것 같습니다. 그들은 한 동안 성관 안을 마구 휩쓸어 신음 소리가 끊이지 않았습니다. 땅바닥은 순식간에 유혈이 낭자해졌습니다. 아가멤논이시여, 이렇게 해서 우리들은 모두 죽게 되었습니다. 더욱이 그 시체는 아직껏 오디세우스의 성관에 손도 대지 않은 채 방치되어 있습니다만 가족들은 그것을 모르고 있습니다. 가족들이 알았더라면 상처에 묻은 검은 피를 닦은 다음 관에 넣어 슬퍼해주었겠지요. 그것이 죽은 사람들에 대한[10] 예의니까요."

이에 대해서 아트레우스의 아들 아가멤논의 망령이 말했다.

"행복한 라에르테스의 아들, 지략이 뛰어난 오디세우스여, 그대는 진정 미덕을 갖춘 아내를 갖고 있구려. 이카리오스의 따님이신 페넬로페는 그처럼 절개가 뛰어났었군. 그녀의 가상한 정조는 길이 빛날 것이며 불사의 신들께서는 지조가 굳은 페넬로페에게 아름다운 노래를 지어주실 것이다. 틴달레오스의 딸처럼[11] 못된 짓을 꾸며서 본 남편을 죽여버린 것과는 너무나 다르니까. 그녀에 대해서는 끔찍한 노래가 세상에 전해질 것이오. 그리고 행동을 바르게 처신하는 여자들까지도 물들게 할 것이오."

두 사람은 이런 말을 주고받으며 땅 속 깊이 있는 명왕의 성관 안에 서 있었다.

한편 오디세우스 일행은 도성을 벗어나서 라에르테스의 잘 손질한 농원에 도착했다. 이곳은 옛날 라에르테스 자신이 얻은 토지인데 무척 힘들여 자기의 거처도 마련하고 그 주위에는 사방으로 작은 오두막집이 연이어 있었다. 하인들은 이 오두막집에서 식사를 하거나 쉬거나 했다. 이 하인들은 주인의 지시에 따라 일을 해야하는 강제노예[12]로서 그들 중에서 시케리아[13] 태생의 늙은 하녀가 라에르테스 노인의 치닥거리를 해주고 있었다. 이때 오디세우스는 소치기와 돼지치기, 그리고 아들에게 말했다.

"너희들은 이제부터 튼튼한 집 안으로 들어가서 돼지 중에서 가장 살찐 놈을 잡아 식사 준비를 시키거라. 그 사이에 나는 아버님을 찾아뵙고 아직도 나를 알아보시는지 한번 시험해보겠다. 그토록 오래 뵙지 못했으니 말이다."

이렇게 말하면서 하인들에게 무기를 벗어 맡겼다. 그러자 그들은 안으로 들어갔다. 그리고 오디세우스는 포도가 주렁주렁 열려 있는 밭으로 갔으나

---

10) 죽은 사람들에 대한 : 장의의 의례상 죽은 사람이 당연이 받아야 할 의례(가령 장례식의 일체의 의례).

11) 틴달레오스의 딸처럼 : 여기서는 아가멤논의 처 클리다임네스토레를 일컬음. 헬레네와 어머니가 같은 자매.

12) 강제노예 : 전쟁으로 인해 강제로 노예가 된 사람.

13) 시케리아 : 이 명칭의 근원인 시케로이 족으로, 이탈리아 종족 계통으로 추정된다. 현 시칠리아의 옛 이름.

돌리오스 영감은 보이지 않고 다른 하인이나 아이들도 눈에 띄지 않았다. 그도 그럴 것이 사람들은 모두 포도밭 담장을 쌓기 위해 돌을 주으러 갔는데 돌리오스 영감이 앞장서서 그들의 길을 안내했던 것이었다. 그래서 오디세우스는 아버님이 혼자 있는 곳에 이르게 되었다. 그때 아버님은 잘 손질된 밭에서 나무 한 그루를 파내고 있었는데 누덕누덕 기운 허름한 옷을 입고 있었다. 또한 정강이에는 쇠가죽으로 만든 각반을 둘렀으며 두 손은 가시에 찔리지 않으려고 토시를 끼고[14] 또 머리에는 비참한 모습을 강조라도 하듯이 산양 가죽으로 만든 두건을 쓰고 있었다. 인내심이 강하고 존귀한 오디세우스는 노쇠하고 슬픔에 젖어 상심하시는 아버님을 보자 곁에 있는 높다란 돌배나무 그늘에 숨어 눈물을 닦았다. 그리고 아버지에게 매달려 입을 맞추며 어찌어찌하여 고향으로 돌아오게 되었는지 그 동안에 있었던 일들을 말씀 드려야 할 것인지 이것저것 물어보면서 시험해볼 것인지 망설이며 생각해본 결과 이렇게 하는 것이 좋겠다고 생각하게 되었다. 즉 우선 짓궂은 말을 걸어 아버님의 마음을 떠보기로 했다. 이렇게 생각한 존귀한 오디세우스는 곧장 아버지를 향하여 걸어갔다. 그러나 노인은 머리를 숙인 채 나무 밑둥 주위를 파고 있었다. 영예로운 그의 아들은 가까이 다가가서 말했다.

"영감님, 나무 가꾸는 솜씨를 보니 영감님은 결코 생각없는 분 같지는 않군요. 심은 나무를 보니 무화과나무도, 포도나무도, 올리브나무도, 배나무도, 야채밭도 아주 잘 가꾸셨군요. 그런데 단 한 가지 흠잡을 데가 있는데, 영감님 내 말에 화는 내지 마시구려. 즉 영감님 자신에 대해서는 충분한 뒷바라지를 못 하고 있는 것 같습니다. 연로하여 몸이 야윈데다가 몸에 걸친 옷도 너무 남루하군요. 아까 영감님이 일을 잘못한다고 이 집 주인이 싫어하는 건 아니겠지요. 보아하니 영감님은 남의 집 종 같지는 않으며 영주님처럼 보이지만 말입니다. 하지만 그런 사람들은 목욕을 한 다음 식사를 하고 푹신한 잠자리에서 자는 것이 좋겠지요. 그것이 노인들의 일상 습관이니까요. 영감님, 저에게 숨김없이 말씀해주시겠습니까? 영감님은 뉘 댁 하인이며 어떤분의 과수원을 돌보고 계신지 제가 충분히 납득할 수 있도록 분명하게 말씀해 주시지요.

지금 내가 찾아온 이 땅이 이타케인지, 아닌지를——. 내가 방금 이곳으로

---

14) 토시를 끼고 : 손을 다치지 않기 위하여 끼는 일종의 장갑 같은 것으로 보인다.

올 때 만났던 사람은 별로 좋은 사람 같지는 않았습니다. 자기와 친한 사람의 소식을 물었는데도 자세히 말해주지 않았으며, 내 말을 들으려고도 하지 않았습니다. 그분이 아직도 살아 계셔서 이 세상에 살아 있는지 아니면 이미 죽어 명왕의 성관에 가 있는지 통 말해주지 않았습니다. 그러니 내가 영감님께 자세히 말해드릴 테니 잘 들어주십시오.

이전에 내가 우리 집에 있었을 때 어떤 분이 우리 집에 찾아오셨기에 재워드린 적이 있습니다. 먼 곳에서 왔다는 그분은 매우 친절했는데 그분은 말하기를 자기는 이타케 태생으로 자기 아버지의 이름은 아르케이시오스의 아들 라에르테스라 했습니다. 나는 그 사람을 집으로 모시고 가 묵게 하고 잘 대접했으며 또 집에 갖고 있던 물건을 충분히 선물도 했습니다. 그 때 저는 황금만도 칠 탈란타나 드렸으며 꽃모양이 새겨진 은으로 만든 혼주병이며 열두 벌의 털 외투와 열두 장의 아름답고 큰 담요, 열두 벌의 속옷도 선사했지요. 또 솜씨가 뛰어난 여자 네 명도 주었는데 그 여자들은 그 손님 자신이 직접 고른 여자였지요."

그러자 이번에는 아버지가 눈물을 뚝뚝 흘리면서 말했다.

"외지에서 오신 분이시여, 당신은 바로 당신이 찾고 있는 그 고장에 오셨습니다. 그러나 이 고장에는 지금 못된 짓을 일삼는 난폭한 사나이들이 날뛰고 있는 판이라 당신이 아무리 산더미 같은 선물을 주며 호의를 베풀었더라도 모두 헛일이 되고 말았습니다. 당신의 친구라는 그 사람이 이타케에 지금 살고 있다면 얼마나 반가워하겠습니까? 그가 있었다면 틀림없이 당신에게 선물도 답례로 주었을 것이고 잘 대접하여 보내드렸겠지요. 그렇게 하는 것이 은혜에 보답하는 예의니까요. 그런데 손님, 한 가지 물어볼 것이 있는데 꼭 대답해 주셔야겠습니다. 손님이 그 사람을 대접해준 것이 지금부너 몇 년 전의 일입니까? 그 불행한 사나이가 바로 나의 아들입니다. 그 아이는 가족이나 고향에서 멀리 떨어진 넓은 바다에서 고기의 밥이 되었거나 아니면 육지에서 야수나 큰 새의 밥이 된 것 같구려, 만약에 죽었다면 어머니도 그의 시신에 수의를 입혀주고 울어주지도 못했고 아버지 또한 눈물을 흘리지도 못했소. 그리고 많은 혼수품을 가지고 그에게 시집온 아내 페넬로페도 그의 시신을 관에 넣고 눈을 감겨준 후 울어주지도 못했지요. 이런 일들은 모두 사자를 위해 의당 해야 할 일인데도 말이오. 그런데 손님은 뉘시며 어느 나라에서 오셨는지, 그리고 고향은 어디며 부모님은 계신지, 당신이 타고 온 빠른 배는 어디에 대어두었으며, 또 신과 같은 뱃사람들은 어디에 있는지 확실하게 말해주시오. 아니면 남의 배를 타고 와서 당신을 내려놓고 떠났는지요?"

이에 대해서 지략이 뛰어난 오디세우스가 말했다.

"그렇다면 자초지종을 확실하게 말씀드리지요. 나는 알리바스에서 온 사람인데 그곳의 이름 높은 성관에 살고 계신 폴리페몬 가문[15]의 아페이다스님의 아들입니다. 또한 저의 이름은 에펠리토스라 하는데 신령님께서는 시카니에[16]에서 길을 잘못 들게 하여 저를 이리로 오게 하셨습니다. 그리고 내가 타고 온 배는 도성 밖의 바닷가에 대어놓았습니다. 오디세우스님께서 저의 고향에 오셨다가 떠나신 지도 벌써 오 년이 되었군요. 그분이 떠나실 때, 새점을 쳤는데 점괘가 오른쪽에 나타나서 저도 매우 기쁜 마음으로 그분을 전송할 수 있었습니다. 그분 역시 매우 기뻐하면서 떠났지요. 그래서 우리 두 사람은 마음속으로 우러난 순수한 우정을 나누었으며 훌륭한 선물을 주고받을 수 있기를 바랐던 것입니다."

이렇게 말하자 검은 고뇌의 구름이 노인을 에워쌌다. 노인은 두 손으로 타다 만 검은 재를 집어들고 희끗희끗한 머리칼에 뿌리면서 흐느껴 울었다. 사랑하는 아버님이 이처럼 애통해하시는 것을 보자 오디세우스의 가슴은 마구 흔들렸으며 콧구멍에서는 뜨거운 콧김이 흘러나왔다. 그는 와락 아버지에게로 달려가 입을 맞추며 말했다.

"그 사나이가 지금 여기 서 있는 접니다. 아버님. 아버님이 그토록 애타게 찾으시던 그 아들이 이십 년만에 고향 땅으로 이렇게 돌아왔습니다. 그러니 이제 그만 울음을 그치시지요. 하지만 우선 급히 말씀드려야 할 것이 있습니다. 저는 저의 성관에서 구혼자들을 모두 죽였습니다. 여러 사람을 괴롭히고 잔악무도한 짓을 한 그들에게 복수한 것입니다."

그 말에 대해서 이번에는 라에르테스가 말했다.

"정말 당신이 나의 아들 오디세우스라면 내가 믿을 수 있도록 확실한 증거를 보여주시오."

---

15) 폴리페몬의 가문 : 폴리파몬이라고도 많이 읽는다. '부자인', '유복한'이란 뜻.

16) 시카니에 : 시칠리아 섬의 옛 이름. 이것은 그 주민(지중해 종족 계열인 원주민 시카니에에서 따온)에서 연유한 호칭.

그러자 지략이 뛰어난 오디세우스가 대답하여 말했다.

"그러면 우선 이 흉터를 눈으로 똑똑히 확인하시지요. 이 흉터는 전날 파르나소스에 갔을 때 멧돼지가 흰 이빨로 물었던 상처입니다. 아버님과 어머님이 외조부님 아우틀리코스님의 댁으로 저를 보내셨을 때 말입니다. 저는 그때 외조부님이 저에게 주시겠다고 약속하신 선물을 받으러 갔었지요. 그리고 또 한 가지 증명해드릴 것이 있습니다. 제가 어렸을 때 아버님을 따라 과수원에 갔을 때 과수원을 걸어다니며 마구 어리광을 부렸지요. 그때 아버님께서는 저에게 약속하셨습니다. 우선 배나무 열세 그루, 사과나무 열 그루, 무화과나무 마흔 그루를 주시겠다고 하셨습니다. 그리고 일 년 내내 열매가 열리는 포도나무 쉰 고랑도 주시겠다 하셨습니다. 그 포도나무는 제우스 신이 정해주신 계절이 계속되는 한 갖가지 종류의 포도 송이가 주렁주렁 열린다 하셨습니다."

이렇게 말하자 노인은 오디세우스가 제시한 증거가 확실함을 인정하고 무릎을 떨면서 사랑스런 아들을 두 팔로 끌어안은 채 정신을 잃었다. 인내심이 강하고 존귀한 오디세우스는 아버지를 부축했다. 한참 후 숨을 돌리고 다시 정신을 차린 노인은 아들에게 말했다.

"아버지 신이신 제우스 신이나 신들께서는 올림포스의 높은 산봉우리에 계셨군요. 만약 구혼자들의 무도하고 난폭한 행동에 복수를 했다면 말입니다. 하지만 내가 지금 염려하는 것은 이타케 사람들이 당장 몰려올 것이며 또 케팔레노이의 모든 고을에 이 소식을 보내지 않을까 하는 점이다."

그러자 지략이 뛰어난 오디세우스가 대답하여 말했다.

"안심하시지요. 그건 염려하지 않으셔도 됩니다. 그보다도 어서 집으로 돌아가시지요. 텔레마코스와 소치기와 돼지치기에게 식사 준비를 해놓도록 일러놓았습니다."

두 사람은 이런 말을 주고받으며 훌륭한 집으로 향했다. 두 사람이 집에 도착하여 보니 텔레마코스와 소치기와 돼지치기가 소와 돼지를 잡아 고기를 썰고 빨갛게 빛나는 포도주를 섞고 있었다.

그 사이에 시케리아 태생의 시녀는 기량이 뛰어난 라에르테스를 목욕시키고 올리브유를 발라준 다음 아름다운 겉옷을 입혀주었다. 그러자 아테네 여신이 다가와서 백성들의 우두머리의 팔과 다리를 살찌게 하시고 전보다도 훨씬 튼튼하고 크게 해주셨다. 그래서 노인이 욕실에서 나왔을 때는 사랑하는 아들도 감탄하지 않을 수 없었다. 아버지의 모습이 불사의 신 같았기 때문이었다. 그는 너무 놀랍고 감탄해서 아버지에게 큰소리로 말했다.

"아버님, 불사의 신 중 누군가가 아버님의 모습이며 키를 더욱 훌륭하게 해주신 모양입니다."

그러자 분별있는 라에르테스도 대답하여 말했다.

"아버지 신이신 제우스님이나 아테네님, 아폴론님께 맹세하겠습니다. 만약 내가 케파레스 사람들을 이끌고 저 견고한 도성인 네리코스를 함락시켰을 때처럼 강했더라면, 어제 우리 성관에서 양 어깨에 무구를 걸치고 너의 곁에 서서 구혼자들과 응전했을 것이다. 그랬더라면 그들 중 몇 사람이 무릎을 꺾어 너를 기쁘게 해주었으련만……."

그들은 이런 말을 주고받고 있었다. 식사 준비가 끝나자, 일손을 멈추고 소파나 의자에 앉아 식사를 막 시작하려 했을 때 돌리오스 영감이 아들들을 데리고 왔다. 밭일에 몹시 지쳐 있는 것을 어머니인 시켈레 할멈이 불러왔던 것이다. 이 할멈은 그들을 키워주었고 노인이 늙자 뒷바라지도 해주고 있었던 것이다. 그들은 오디세우스를 보고 그가 오디세우스임을 알게 되자 넋나간 모습으로 장승처럼 방 안에 서 있었다. 오디세우스는 그들에게 인사를 하면서 다정한 목소리로 말했다.

"영감, 자 이리 앉아 식사하세. 놀라운 일은 모두 잊고 말일세. 몹시 배가 고팠지만 영감이 돌아오기를 기다리고 있었네."

그러자 돌리오스 영감은 느닷없이 두 팔을 벌리고 그에게 다가갔다. 그리고 오디세우스의 손을[17]을 잡자 팔꿈치에 입을 맞추고 이렇게 말했다.

"아아 그리운 오디세우스님, 돌아오시지 못할 줄 알았는데 이렇게 돌아와주셨군요. 이것은 아마도 신께서 직접 모셔왔을 것입니다. 신께서 이런 복덕을 내려주시다니 정말 기쁘고 고맙습니다. 그런데 이것만은 우리가 충분히 납득할 수 있도록 말씀해주십시오. 즉 사려 깊으신 페넬로페님께서는 나으리께서 돌아오신 것을 알고 계시는지, 아니면 지금 당장 소식을 전해드릴까요?"

이에 대해서 지략이 뛰어난 오디세우스가 대답하여 말했다.

---

17) 오디세우스의 손을 : 어형(語形)으로 보아 매우 특이(Odysseus)하며 예외없이 이 부분이 뒤에 추가되었다.

"걱정하지 않아도 되네. 이미 알고 있으니까. 영감은 그런 고생까지 하지 않아도 돼."

이렇게 말하여 그를 다시 잘 닦은 의자에 앉혔다. 그러자 이번에는 돌리오스의 아들들도 오디세우스의 손을 잡으며 환영하는 인사를 하고 아버지인 돌리오스 노인의 옆에 앉았다.

이들이 이런 말을 주고받은 후 분주하게 식사에 열중했다. 그러나 그 사이에 발이 빠른 소문은 온 고을에 퍼져 구혼자들의 기구한 운명과 죽음을 알렸다. 그 소문을 들은 사람들은 사방팔방에서 달려나와 탄식하고 신음하며 오디세우스의 성관으로 몰려와서 시체를 끌어내어 장례를 치렀다. 또 타국에서 온 자들의 시체는 빠른 배에 실어 자기 나라로 보내주었다. 그리고 그들은 비탄에 젖어 아픈 마음을 안고 모두 회의장으로 향했다. 회의장에 모두 다 모이자 에우페이테스가 자리에서 일어나 사람들에게 말했다. 그도 그럴 것이, 아들 안티노스의 죽음으로 뼈아픈 슬픔이 가슴속에 사무쳐 있었기 때문이었다. 안티노스는 오디세우스가 맨 먼저 죽인 사나이였다. 에우페이테스는 회장에 서서 눈물을 흘리며 말했다.

"여러분, 저 사나이는 참으로 끔찍한 일을 아카이아 족 사람들에게 저질렀습니다. 그는 유능한 사나이들을 배에 태워 원정을 떠나 가운데가 텅 빈 선단과 많은 무사들을 다 잃었습니다. 그런데 이번에는 또 고국에 돌아오자마자 케팔레이노의 뛰어난 사람들을 모두 살해했습니다. 이 사나이가 필로스나 거룩한 엘리스로 도망치기 전에 이쪽에서 먼저 쳐버리도록 합시다. 그곳은 에페이오이가 지배하는[18] 고장이오. 만약 우리가 서둘지 않는다면 언제까지고 수치를 당하게 됩니다. 그렇게 된다면 후세에까지 그 오명을 씻지 못하게 될 것이오. 우리가 자식이나 형제들을 죽인 자에게 복수도 하지 않고 있다면 말입니다. 그렇게 된다면 나는 살아 있다 하더라도 마음이 편치 않을 것이고 빨리 죽어 그들이 있는 저 세상으로 가는 것이 더 나을 것입니다. 그러니 빨리 서두릅시다. 저들이 앞질러 바다를 건너 도망치기 전에……."

그가 눈물을 흘리면서 이렇게 말하자, 아카이아 인들은 모두 슬픔에 젖어 있었다. 그러자 그때 메돈과 존귀한 음유시인이 오디세우스의 성관에서 나와

18) 에페이오이가 지배하는 : 에리스 주(州)의 주민, 그 남쪽으로 필로스의 영토가 이어진다.

그들이 있는 곳으로 왔다. 그리고 모여 있는 사람들을 보자 깜짝 놀랐다. 그때 메돈이 그들에게 조리 있게 말했다.

"이타케의 모든 분들이시여 내 말을 잘 들으시오. 오디세우스님께서는 불사의 신들께서 동의하지 않은 일을 한 것이 아닙니다. 나는 직접 거룩한 신의 모습을 보았습니다. 그분은 오디세우스님의 바로 옆에 서 계셨는데 멘토르님과 꼭 닮은 모습이었습니다. 그때 불사의 신께서는 오디세우스님의 눈앞에 나타나시어 그분을 격려해주셨고, 구혼자들의 마음을 혼란케 하고 미친 사람들처럼 대청 안을 이리 저리 뛰어다니게 했는데 구혼자들은 잇따라 쓰러져버렸습니다."

그 말을 듣자 회의장에 모인 사람들은 모두 너나 없이 얼굴이 파랗게 질려 공포에 떨고 있었다. 그때 마스토르의 아들 할리테르세스가 모두에게 말했다. 왜냐하면 이 사람만은 옛날의 일이고 앞으로 닥쳐올 일도 모두 알고 있기 때문이었다. 그래서 모두를 염려하여 좌석에서 벗어나 말했다.

"이타케 사람들이여, 지금 내가 하려는 말을 잘 들어주시오. 이런 결과를 초래하게 된 데는 여러분에게도 책임이 있습니다. 즉 여러분이나 구혼자들은 나의 말도 듣지 않고 백성들의 지도자인 멘토르님의 말에도 따르지 않고 당신들의 자식들이 저지르는 어리석은 짓을 제지하려 하지 않았습니다. 그래서 그들은 무모하게 우쭐대며 무도한 짓을 저질렀던 것입니다. 그들은 지체 높은 영주님의 재산을 갉아먹었으며 그분의 부인에게 무례한 짓을 서슴지 않았습니다. 그분이 영영 돌아오지 못할 줄 알았겠지요. 그러니 내 생각 같아서는 이렇게 하는 것이 좋겠습니다. 그분을 치겠다는 생각은 버립시다. 만약 그랬다가는 공연히 불행을 자초하게 될지도 모릅니다."

이렇게 말하자 그들 중 반 수 이상은 큰 소리를 치면서 자리에서 벌떡 일어섰다[19]. 또 남아 있는 사람들은 함께 모여 그 자리에 남아 있었다. 즉 할리테르세스의 말이 귀에 거슬려 에우페이테스의 말에 동의하고 있었기 때문이었다. 그들은 무구를 가지러 급히 집으로 돌아갔다. 그들은 번쩍거리는 청동 무구를 몸에 걸치자 널찍한 고을 입구에 모여들었다. 에우페이테스는

19) 벌떡 일어섰다 : '회중의 절반 이상이 소리치며 자리에서 일어났다.' 동의하지 않고 자리에서 일어난 것인지, 납득하고 일어섰는지 반드시 분명하지 않으나 뒷구절에 따르면 그들이 일어선 것은 집으로 돌아가서 무기를 가져오기 위한 것으로 보인다.

어리석게도 그들의 앞장을 섰다. 그는 죽은 아들의 복수를 하려 한 것이었지만 거기서 죽어야 하는 운명이 기다리고 있었다.

이때 하늘에서는 아테네 여신이 크로노스의 아들 제우스 신을 향해 말했다.

"우리들의 아버님이시고 크로노스의 아드님이시며 왕중의 왕이신 분이시여, 당신께서는 어떤 생각을 갖고 계시는지 저의 물음에 대답해주소서. 이제부터 치열한 전쟁과 무서운 살육이 벌어지게 할 것인지, 아니면 양쪽을 화해시키려 하십니까?"

그러자 구름을 모으시는 제우스 신이 대답하여 말했다.

"딸이여, 어찌하여 그대는 나에게 그런 일을 물으려 하는가? 이러한 방책을 꾸며낸 장본인은 바로 그대가 아닌가? 즉 오디세우스가 귀국해서 구혼자들을 죽이게 한 것은 바로 그대였지. 그러니 그대의 뜻대로 하기 바란다. 그러나 어떻게 하는 것이 최상의 길인지 말해두겠다. 오디세우스가 구혼자들에게 벌을 내린 이상 서로 화해하여 굳은 서약을 하고 그에게는 오래도록 왕위를 보존하게 할 것이며 고을 사람들은 아들이나 형제들이 살육당한 것을 그들이 다 잊게 해주어야 하지 않겠는가. 이렇게 하여 전과 다름없이 서로 친하게 지내며 부(富)와 평화를 오래오래 누리도록 하라."

이렇게 말하면서 아테네를 재촉했다. 그러자 아테네 여신은 높은 올림포스 봉우리에서 급히 뛰어내려 왔다.

한편 이쪽에서는 모두 음식을 배불리 먹었을 때 인내심이 강한 존귀한 오디세우스가 모두에게 말했다.

"누가 나가서 바깥 동정을 살피고 오게. 고을 사람들이 가까이 몰려와 있는지 알아보게."

그러자 돌리오스의 한 아들이 분부대로 밖으로 나가 문지방 위에 올라가보니 이미 고을의 무리들이 가까이 몰려와 있었다. 그는 급히 돌아와 오디세우스에게 말했다.

"큰일 났습니다. 놈들이 가까이 와있습니다. 어서 무구를 입읍시다."

그러자 모두 자리에서 일어나서 무구를 몸에 걸쳤다.

오디세우스 일행 네 명과 돌리오스의 아들 여섯 명, 거기에 또 라에르테스와 돌리오스도 비록 백발이었지만 전사가 되어 몸에 무구를 걸쳤다. 모두 무장을 하고 나자 오디세우스를 선두로 하여 밖으로 나갔다.

이때 그들의 바로 옆에 제우스의 따님인 아테네 여신이 나타나셨다. 그의 몸매며 목소리까지도 멘토르와 똑같았다. 그 모습을 보자 인내심이 강하고 존귀한 오디세우스는 기뻐하며 자기의 사랑하는 아들 텔레마코스에게 말했다.

"텔레마코스, 이런 상황에 이르렀으니 단단히 각오하거라. 무사들이 싸워 누가 가장 용감한 무사인가를 결정할 때 조상의 명예를 더럽혀서는 안 된다. 우리 집안[20]은 예로부터 온 나라에서 가장 무용이 뛰어났지 않았느냐."

그 말에 대해서 이번에는 현명한 텔레마코스가 대답하여 말했다.

"아버님, 보십시오. 저는 결코 아버님의 가문을 욕되게 하지는 않겠습니다."

그 말을 듣자 라에르테스도 기뻐하며 말했다.

"오늘은 참으로 기쁜 날이구나. 아들과 손자가 무용을 겨루며 싸움터에 나가니 더없이 흐뭇하구나."

그러자 빛나는 눈의 여신 아테네가 가까이 와서 말했다.

"아르케이시오스의 아들이시여, 그대는 나의 모든 전우 중에서도 가장 친한 분입니다. 그러면 빛나는 눈의 여신 아테네와 그의 아버지 되시는 제우스 신께 기원을 드리고 그 긴 창을 잘 휘둘러 던져보시오."

이렇게 말하면서 팔라스 아테네가 노인의 기력을 북돋아주자. 라에르테스는 제우스 대신의 딸 아테네 여신에게 기원을 드리고 긴 꼬리를 끄는 창을 잘 휘둘러 던지니 에우페이테스의 투구에 맞아 청동 볼받이를 꿰뚫었다. 즉 투구는 창을 이겨내지 못한 채 사정없이 안쪽으로 찌그러져버렸다. 에우페이테스가 비명을 지르면서 땅에 쓰러지자 그의 무구는 덜거덕거렸다. 그때 오디세우스의 영예로운 아들은 선진을 덮쳐서 혹은 칼로, 혹은 양날이 선 창으로 적들을 무찌르니 한 사람도 살아 남아 돌아갈 것 같지 않았다. 만약 이때 산양 가죽으로 만든 방패를 든 제우스 대신의 따님인 아테네 여신이 큰소리를 지르면서 이들을 제지하지 않았더라면…….

"이타케의 여러분들, 처절한 싸움에서 더 이상 피를 흘리기 전에 전투를 중지하시오."

아테네 여신께서 이렇게 말하자 모두 창백한 공포에 질려버렸다. 그리고 적들은 겁을 집어먹고 들고 있던 무기를 모두 땅에 떨어뜨렸다. 그리고 생명을 건지려고 꽁지가 빠지도록 도망치는 것을 보자 인내심이 강하고 존귀한

20) 우리 집안 : genos로 씨족을 의미한다. 집보다는 광의(廣義)이다.

오디세오스는 무서운 소리로 외치면서 높은 하늘을 날아가는 독수리처럼 몸을 앞으로 굽히고 그들을 덮쳤다. 그때 크로노스의 아드님인 제우스 신께서 화염을 내뿜는 벼락을 던지자 빛나는 눈의 여신 아테네님이 오디세우스에게 말했다.

"제우스의 후예인 라에르테스의 아들이며 지혜가 뛰어난 오디세우스여, 이제 피비린내나는 싸움은 그만 그치시오. 크로노스의 아드님이시며 허공에 천둥을 울리시는 제우스 신께서 화를 내시면 큰 일이니까."

아테네 여신이 이렇게 말하자 이쪽에서는 기뻐하며 이 말에 따랐다. 그러자 아테네 여신은 양편을 설득하여 희생의 제물을 바치고 화해의 서약을 맺게 했다. 이때 산양 가죽 방패를 든 제우스 대신의 따님의 모습은 그 몸매며 목소리까지도 멘토르와 꼭같았다.

■ 작품 해설

《오디세이아》는 《일리아스》와 아울러 호메로스의 작품으로 알려져 있다. 서양 문학의 벽두를 장식하는 이 작품은 1 만 2 천행에 이르는 대서사시편으로 그 예술적 가치 외에도 많은 문제를 안고 있어 후세에 끼친 영향 또한 지대하다. 유사 이전의 작품으로 제작 연대나 작자도 불분명하며 그 성립 과정 또한 희미한 추측에 맡기는 수밖에 없다. 《일리아스》나 《오디세이아》는 다 같이 영웅시이면서도 딱딱한 《일리아스》와는 달리 이것은 느긋한 노변잡담, 말하자면 옛날 이야기 같은 분위기를 곳곳에서 전개시키고 있어 비평가 중에는 《일리아스》보다 높게 평가하는 사람도 적지 않다.

이 작품이 과연 《일리아스》의 작자와 동일인이 쓴 것이냐 하는 점에 대해서도 의문을 제기하는 사람도 적지 않았다. 영국의 페이지 교수 같은 사람은 《일리아스》의 작자와는 전혀 다른 사람이 쓴 것으로 주장하기도 했다.

작자에 대해서 : 그리스 최대의 시성 호메로스(Homeros)에 대해서는 그의 유명한 서사시 《일리아스》와 《오디세이아》의 작자라는 것 외에는 뚜렷하게 알려진 것이 없다. 혹자는 그가 마이온의 아들이라 했고 혹자는 편력시인의 집단명이라고도 했으며 또는 장님인 구걸 시인이라고도 했다. 또 혹자는 실존했던 인물이 아니라 전설적인 인물이라고도 했다.

그러나 철학자 크세노파네스나 사학자 헤로도투스의 고증이나 근대의 고고학적 발굴이나 연구 및 언어학상의 조사 연구에 따르면 호메로스는 실재 인물이며 기원 전 900~800 년경 스뮈르나 지방에서 살았으며 《일리아스》와 《오디세이아》는 그의 작품으로 보는 것이 타당한 것 같다. 《일리아스》는 장편 서사시로 순정적인 영웅 아킬레우스를 중심으로 한 아름다운 기사 이야기이며, 《오디세이아》는 지략이 뛰어난 오디세우스가 트로이아를 함락시킨 후 부하들을 이끌고 귀국하던 중 겪게 되는 모험담과 자기 나라인 이타케로 돌아오기까지의 10 년간의 이야기이다. 이 두 서사시는 그 양이 방대함에도 불구하고 소재가 잘 정리되고 통합되어 산만하지 않고 독자를 긴장 속에 이끌고 간다. 또한 원시 문학의 소박함을 띠고 있으면서도 예술적인 구성의

완벽을 기하고 있어서 그의 시는 그 당시 문화의 지주적인 존재로 되었으며 그의 이름은 시인의 대명사처럼 되어버렸다.

그의 시는 다음 시대인 로마의 시인들에게도 지대한 영향을 주었으며 현재까지도 지대한 영향을 주고 있다.

작품에 대해서 : 《오디세이아》(오디세우스의 노래라는 뜻)는 《일리아스》 뒤를 이어 트로이아를 공략한 후 그리스 군(이카이오, 아카이아군) 장군들의 갖가지 귀국담 중 이타케 섬의 영주 오디세우스가 귀국하던 중 폭풍을 만나 해상의 여러 곳을 표류하던 끝에 20년 만에 고향으로 돌아와, 그가 없는 동안 그의 아내 페넬로페와 외아들 텔레마코스를 괴롭힌 횡포하기 그지없는 구혼자들을 퇴치하고 행복을 되찾게 된다는 이야기이다.

전편은 2부 내지 3 부로 나누어진다. 제 1 부는 〈텔레마코스의 이야기〉(제 1 편~제 4 편까지)로 텔레마코스가 아버지의 소식을 알아보기 위하여 아테네 여신의 인도를 받아 아버지의 전우인 네스토르와 메넬라오스를 찾아가는 것이고, 제 2 부는 오디세우스의 표류담(제 5 편부터 제 2 편, 또는 제 13 편 첫머리까지)인데 회상 형식을 써서 그가 트로이아를 떠나 칼립소 섬으로, 다시 스케리아 섬으로 표류해갔다가 이타케 섬으로 돌아오기까지, 제 3 부(제 13 편~제 24 편까지)는 귀국한 후 충직한 돼지치기 에우마이오스와 아들과 재회하여 자기 집으로 돌아가 못된 구혼자들을 죽이고 부부가 재회하게 되며 아테네 여신의 중재로 구혼자들의 유족과도 화해하여 영원한 평화를 얻는 것으로 대단원의 막을 내린다.

오디세이아

● 저 자 / 호 메 로 스

● 역 자 / 반 광 식

● 발행자 / 남 용

● 발행소 / 一信書籍出版社

주 소 : 121-110
서울 마포구 신수동 177-3

등 록 : 1969. 9. 12. (No. 10-70)

전 화 : 703-3001~6

FAX : 703-3009

ISBN 89-366-0336-1 값 12,000원